Collana "Corticelli-Hetzel"

146.

DI FRONTE ALLA BANDIERA
CLOVIS DARDENTOR

« I viaggi straordinari »
di Jules Verne

XXXIII.

EDIZIONE INTEGRALE DI TUTTI

«I viaggi straordinari»

di Jules Verne

Opere pubblicate o in corso di pubblicazione:

I Cinque settimane in pallone (1863)
II Viaggio al centro della Terra (1864)
III Dalla Terra alla Luna (1865) - Intorno alla Luna (1870)
IV Le avventure del capitano Hatteras (1866)
V I figli del capitano Grant (*Viaggio intorno al mondo*) (1867-1868)
VI Ventimila leghe sotto i mari (1870)
VII L'isola misteriosa (1875)
VIII Una città galleggiante (1871) - Avventure di tre russi e tre inglesi nell'Africa australe (1872)
IX Il giro del mondo in 80 giorni (1873)
X Il paese delle pellicce (1873)
XI I naufraghi del «Chancellor» (1875) - Le Indie nere (1877)
XII Michele Strogoff (*Da Mosca a Irkutsk*) (1876)
XIII Le avventure di Ettore Servadac (*Attraverso il mondo solare*) (1877)
XIV Un capitano di quindici anni (1878)
XV I cinquecento milioni della Begum (1879) - Le tribolazioni di un cinese in Cina (1879)
XVI La Casa a vapore (*Viaggio attraverso l'India Settentrionale*) (1880)
XVII La Jangada (*Ottocento leghe sul Rio delle Amazzoni*) (1881)
XVIII La scuola dei Robinson (1882) - Il Raggio Verde (1882)
XIX Kéraban il testardo (1883)
XX La Stella del Sud (1884) - L'arcipelago in fiamme (1884)
XXI Mathias Sandorf (1885)
XXII Robur il conquistatore (1886) - Un biglietto della lotteria (1886)
XXIII Nord contro Sud (1887)
XXIV La strada per la Francia (1887) - Il mondo sottosopra (1889)
XXV Due anni di vacanze (1888)
XXVI Famiglia senza nome (1889)
XXVII César Cascabel (1890)
XXVIII Mistress Branican (1891)
XXIX Il castello dei Carpazi (1892) - Claudius Bombarnac (1893)
XXX Avventure di un ragazzo (*P'tit-Bonhomme*) (1893)
XXXI Mirabolanti avventure di mastro Antifer (1894)
XXXII L'isola a elica (1895)
XXXIII Di fronte alla bandiera (1896) - Clovis Dardentor (1896)
XXXIV La Sfinge dei Ghiacci (1897)
XXXV Il superbo Orinoco (1898)
XXXVI Il testamento di uno stravagante (1899)
XXXVII Seconda patria (1900)
XXXVIII Il villaggio aereo (1901) - Le fantasie di J.-M. Cabidoulin (1901)
XXXIX I fratelli Kip (1902)
XL Borse di viaggio (1903)
XLI Padrone del mondo (1904) - Un dramma in Livonia (1904)
XLII Il faro in capo al mondo (1905) - L'invasione del mare (1905)
XLIII Il vulcano d'oro (1906)
XLIV L'Agenzia Thompson & C. (1907)
XLV La caccia alla meteora (1908)
XLVI Il pilota del Danubio (1908)
XLIX Tutti i racconti - *I. Un dramma nell'aria e altri racconti* (1851-1865)
L Tutti i racconti - *II. Racconti di ieri e di domani* (1874-1910)

JULES VERNE

Di fronte alla bandiera

*

Clovis Dardentor

Copertina
Hetzel - Al mappamondo dorato

Tavole di`
Léon Benett

MURSIA

TITOLO ORIGINALE DELL'OPERA

FACE AU DRAPEAU
CLOVIS DARDENTOR

Traduzioni integrali dal francese rispettivamente di
MARIELLA MUGNAI e GIUSEPPE CASTOLDI

1938/AC - Gruppo Ugo Mursia Editore S.p.A. - Via Tadino, 29 - Milano
ISBN 88-425-1632-5

Anno	Edizione
97 96 95 94	1 2 3 4

PRESENTAZIONE

I due romanzi di Verne raccolti in questo volume, benché apparsi entrambi nel 1896, sono estremamente diversi l'uno dall'altro.

Di fronte alla bandiera ha come prima fonte d'ispirazione una complessa vicenda realmente avvenuta. Eugène Turpin, scienziato francese inventore di diverse materie coloranti e dell'esplosivo noto col nome di melinite (1885), era balzato agli onori della cronaca per aver reso pubblico il fatto che il segreto della sua scoperta era stato rivelato a una potenza straniera; la sua denuncia, tuttavia, fu cosí violenta da suscitargli contro, di rimbalzo, l'accusa di avere a sua volta divulgato segreti riguardanti la sicurezza nazionale. Ne era seguito un processo ed egli era stato condannato con conseguente sua grande amarezza per l'ingiustizia subita. Gli echi della vicenda ebbero vasta risonanza e la fantasia di Verne ne trasse materia di romanzo: la storia di Turpin divenne cosí quella di un inventore misconosciuto, Thomas Roch, nel cui animo il rancore provato al vedere disprezzato il proprio lavoro degenera in odio contro la società che non riconosce i suoi meriti.

Tuttavia Thomas Roch non è Turpin e le sue vicende sono ben diverse: impazzito e incosciente, egli ritrova la lucidità solo quando si occupa della sua invenzione, che – piú potente della melinite – fa pensare alla bomba atomica e comprende un congegno a razzo anticipatore dei missili. Roch non cede la sua scoperta a potenze straniere, né rivela segreti militari, vende invece il suo « Folgoratore » al miglior offerente, il pirata Ker Karraje, il quale approfitta dell'alterazione mentale dell'inventore per raggiungere i propri fini. Ma quando, da ultimo, Thomas Roch deve agire contro una nave su cui sventola la bandiera del suo paese, si ribella al suo plagiario e preferisce distruggere il « Folgoratore » annientando, con se stesso, il pirata, la sua banda e il suo covo.

L'esacerbato Turpin si ritenne diffamato da quest'opera (anche se, in sostanza, essa spezzava una lancia in favore degli inventori denigrati), e intentò causa. Il processo, tenutosi presso il Tribunale di Parigi, si concluse nel 1897: dopo un'arringa del celebre avvocato Raymond Poincaré (futuro presidente della Repubblica francese) che difendeva gli interessi di Verne e dell'editore Hetzel, la Corte respinse l'istanza di Turpin che questa volta diede l'impressione di aver agito al solo scopo di richiamare l'attenzione del pubblico su di sé.

L'altro romanzo compreso in questo volume, Clovis Dardentor, è di soggetto meno serio e impegnato e potrebbe addirittura definirsi un vaudeville, come disse lo stesso Verne, ligio al programma: « Tutto è bene quel che finisce bene ». Per certi tratti del suo protagonista, potrebbe persino dirsi ispirato a Le voyage de Monsieur Perrichon di Eugène Labiche o al Tartarino di Daudet, cui Dardentor fa onore persino nel linguaggio, cosí bizzarro, pittoresco e colorito.

Due giovanotti sprovvisti di beni di fortuna e intenzionati a farla (in modo *lecito, s'intende), s'imbattono durante un viaggio verso l'Africa in Clovis Dardentor, esuberante scapolo di Perpignano arricchitosi nella professione di... bottaio; uno dei due decide di farsi adottare dall'ottimo perpignanese salvandolo, anche a rischio della propria vita, ma invece di riuscire nel suo intento, è lui ad essere salvato dal padre adottivo* in pectore, *che ha modo di rendere lo stesso servizio anche all'altro giovane piú disinteressato.*

Da ultimo, Dardentor viene effettivamente salvato da un grave pericolo per merito di una ragazza, e sarà quest'ultima che egli adotterà. La vicenda si conclude con il matrimonio tra la ragazza e il giovane piú disinteressato che diverrà cosí genero del ricco perpignanese. Tipica trama da vaudeville, *dunque, una specie di ritorno, da parte di Verne, ai primordi della propria carriera letteraria; e, insieme, un pretesto per far visitare al lettore l'isola di Majorca e una parte della regione di Orano nell'Africa settentrionale.*

Caratteristica particolare: il volume è dedicato ai tre nipotini dell'autore, Michel, Georges e Jean, figli di suo figlio Michel.

JULES VERNE nacque a Nantes l'8 febbraio 1828. A undici anni, tentato dallo spirito d'avventura, cercò di imbarcarsi clandestinamente sulla nave *La Coralie*, ma fu scoperto per tempo e ricondotto in famiglia. A vent'anni si trasferí a Parigi per studiare legge, e nella capitale entrò in contatto con il miglior mondo intellettuale dell'epoca. Frequentò soprattutto la casa di Dumas padre, dal quale venne incoraggiato nei suoi primi tentativi letterari. Intraprese dapprima la carriera teatrale, scrivendo commedie e libretti d'opera; ma lo scarso successo lo costrinse nel 1856 a cercare un'occupazione piú redditizia presso un agente di cambio a Parigi. Un anno dopo sposava Honorine Morel. Nel frattempo entrava in contatto con l'editore Hetzel di Parigi e, nel 1863, pubblicava il romanzo *Cinque settimane in pallone.*

La fama e il successo giunsero fulminei. Lasciato l'impiego, si dedicò esclusivamente alla letteratura e un anno dopo l'altro – in base a un contratto stipulato con l'editore Hetzel – venne via via pubblicando i romanzi che compongono l'imponente collana dei « Viaggi straordinari – I mondi conosciuti e sconosciuti » e che costituiscono il filone piú avventuroso della sua narrativa. *Viaggio al centro della Terra, Dalla Terra alla Luna, Ventimila leghe sotto i mari, L'isola misteriosa, Il giro del mondo in 80 giorni, Michele Strogoff* sono i titoli di alcuni fra i suoi libri piú famosi. La sua opera completa comprende un'ottantina di romanzi o racconti lunghi, e numerose altre opere di divulgazione storica e scientifica.

Con il successo era giunta anche l'agiatezza economica, e Verne, nel 1872, si stabilí definitivamente ad Amiens, dove continuò il suo lavoro di scrittore, conducendo, nonostante la celebrità acquistata, una vita semplice e metodica. La sua produzione letteraria ebbe termine solo poco prima della morte, sopravvenuta a settantasette anni, il 24 marzo 1905.

DI FRONTE ALLA BANDIERA

Capitolo I

IN VISITA ALLA CASA DI CURA

Il biglietto di visita che il direttore di Healthful-house ricevette quel giorno – 15 giugno 189... – non portava che questo semplice nome, senza stemmi o corone di sorta:

Conte d'Artigas

Sotto il nome, nell'angolo, era scritto a matita un indirizzo: « A bordo della goletta *Ebba*, all'ancora a New-Berne, Pamplico Sound ».

La capitale della Carolina del Nord – uno dei quarantaquattro Stati della Unione, all'epoca del nostro racconto – è l'importantissima città di Ralcigh, posta nel cuore della provincia a circa centocinquanta miglia dai suoi confini. Ed è appunto grazie alla sua posizione che questa città è diventata la sede del governo, mentre altre città la eguagliano o addirittura la superano per potenza industriale e commerciale, come nel caso di Wilmington, Charlotte, Fayette-ville, Edenton, Washington, Salisbury, Tarboro, Halifax, New-Berne. Quest'ultima città sorge in fondo all'estuario del Neuze-river, che va poi a gettarsi nel Pamplico Sound, una sorta di gran lago marittimo protetto da una diga naturale formata dalle isole e isolotti della costa della Carolina.

Il direttore di Healthful-house non avrebbe mai potuto indovinare la ragione per cui gli si mandava quel biglietto da visita, se esso non fosse stato accompagnato da una lettera che chiedeva, da parte del conte d'Artigas, il permesso di visitare la casa. Si aggiungeva che, nella certezza che il direttore avrebbe volentieri acconsentito a tale visita, il personaggio si sarebbe recato a Healthful-house quel pomeriggio stesso, assieme col capitano Spade, comandante della goletta *Ebba.*

Questo desiderio di visitare l'interno d'una casa di cura, molto nota a quell'epoca e molto ricercata dai ricchi malati degli Stati Uniti, non poteva sembrare che molto naturale da parte d'uno straniero. Del resto l'avevano già visitata molti altri, pur non portando il nome illustre del conte d'Artigas né avendo pensato di presentare in precedenza i propri omaggi al direttore di Healthful-house. Questi dunque si affrettò ad accordare il permesso richiesto e rispose che sarebbe stato onorato di aprire le porte della sua casa al conte d'Artigas.

Healthful-house, servita da un personale di prima scelta, garantita dalla presenza di medici di fama mondiale, era sorta per iniziativa privata. Indipendente dagli ospedali e dagli ospizi, ma sottoposta al controllo dello Stato, riuniva in sé tutte le prerogative di comodità e di salubrità di cui necessitano case di tal genere, destinate ad accogliere una clientela ricchissima.

Difficilmente si sarebbe potuto trovare una posizione piú piacevole di quella di Healthful-house. A ridosso di una collina si stendeva un parco di circa duecento acri, rigoglioso di quelle magnifiche piante profumate che si sviluppano prodigiosamente in quella parte dell'America settentrionale che è alla stessa latitudine delle Canarie e di Madera. Al limite inferiore del parco si apriva l'ampio estuario del Neuze, incessantemente rinfrescato dalle brezze del Pamplico Sound e dai venti marini venuti dal largo a battere su quella breve striscia di litorale.

Healthful-house, dove i ricchi malati venivano curati fra eccellenti condizioni igieniche, era solitamente destinata alla cura delle malattie croniche; ma la direzione non ricusava di accogliere anche coloro che erano affetti da turbe psichiche, quando però tali disturbi non si presentassero come incurabili.

Si dà il caso che allora – circostanza che richiamava grande attenzione su Healthful-house e che forse era la causa della visita del conte d'Artigas – un personaggio di gran notorietà fosse ospite nella casa da oltre diciotto mesi, sotto osservazione speciale.

Il personaggio in questione era un francese, Thomas Roch, di quarantacinque anni. Nessun dubbio che fosse affetto da una malattia mentale: tuttavia, fino a quel momento, i medici alienisti non avevano giudicato che in lui la perdita delle facoltà intellettuali fosse definitiva. Era purtroppo un fatto che anche negli atti piú semplici della vita gli venisse meno la giusta nozione delle cose: tuttavia, quando si doveva fare appello al suo genio, la sua ragione ritornava intera, potente, inattaccabile. E chi non sa che genio e follia sconfinano spesso l'una nell'altro! È vero comunque che le sue facoltà affettive e sensorie dovevano essere profondamente lese poiché, quando gli capitava di doverle esercitare, esse non riuscivano a manifestarsi altro che col delirio e l'incoerenza. Mancanza di memoria, impossibilità di fissare l'attenzione, assenza di coscienza e di giudizio. In quei casi Thomas Roch non era che un pazzo, incapace di bastare a se stesso, privo persino di quell'istinto naturale che non manca nemmeno alle bestie – l'istinto di conservazione – e allora bisognava sorvegliarlo, come un bambino che non si può perdere mai di vista. Per questa ragione il guardiano del padiglione 17, che il malato occupava ai piedi del parco di Healthful-house, era incaricato di sorvegliarlo giorno e notte.

La pazzia normale, nei casi in cui non sia incurabile, non potrebbe essere guarita che con una terapia di tipo morale. Medicina e terapeutica sono impotenti di fronte a essa e gli specialisti hanno dovuto riconoscere la loro inefficacia già da tempo. Era applicabile questa terapia morale al caso di Thomas Roch? È lecito dubitarne, nonostante l'ambiente tranquillo e salubre di Healthful-house, poiché i sintomi parlavano chiaro: irrequietezza, brusco cambiamento d'umore, irritabilità, stravaganze del carattere, tristezza, apatia, ripugnanza per qualsiasi seria occupazione, anche per quelle piú piacevoli. Nessun medico avrebbe potuto fraintendere tali sintomi, nessun trattamento pareva capace di guarirli o perlomeno di attenuarli.

È stato detto giustamente che la follia è un eccesso di soggettività, vale a dire uno stato in cui lo spirito ripiega troppo su un lavorio interiore senza essere abbastanza sensibile alle impressioni esterne. Questa indifferenza, in Thomas Roch, era praticamente assoluta. Egli non viveva che dentro se stesso, sempre concentrato in un'idea fissa la cui ossessione lo aveva condotto là dove ora si trovava. Si sarebbe verificata una circostanza, un contraccolpo che, per adoperare una parola esatta, fosse in grado di « esteriorizzarlo »? La cosa era poco probabile, ma non impossibile.

Converrà ora spiegare al lettore in quali condizioni questo francese avesse lasciato la sua patria, quali motivi lo avessero attirato negli Stati Uniti e perché il governo federale avesse creduto prudente e necessario ricoverarlo in quella casa di salute, dove si potesse controllare con cura minuziosa tutto ciò che fosse sfuggito dal suo inconscio durante le crisi.

Diciotto mesi prima il ministro della marina a Washington aveva ricevuto domanda d'udienza da parte di Thomas Roch a causa di una comunicazione che quest'ultimo desiderava fargli.

Solo a udire quel nome il ministro comprese di che cosa si trattava. E, benché sapesse di qual natura sarebbe stata la comunicazione e da quali pretese sarebbe stata accompagnata, egli non esitò a concedere immediatamente la udienza.

Infatti la fama di Thomas Roch era tale che il ministro, sempre preoccupato per gli incarichi affidatigli, non poteva esitare a ricevere un tale personaggio e a venire a conoscenza di quanto questi voleva personalmente sottoporgli.

Thomas Roch era un inventore, un inventore di genio. Scoperte molto importanti avevano messo in luce la sua personalità, già di per sé molto spiccata. Grazie a lui, quelle che fin allora erano pure teorie, avevano trovato finalmente un'applicazione pratica. Il suo nome era molto conosciuto nel campo scientifico e in quel mondo egli occupava uno dei posti piú importanti. Si vedrà in seguito a quali noie, a quali fastidi, a quali tradimenti ed anche a quali oltraggi, di cui lo ricoprirono gli scribacchini della stampa, egli fosse arrivato a quello stato di pazzia che rese necessario il suo ricovero a Healthful-house.

La sua ultima invenzione nel campo delle macchine da guerra portava il nome di Folgoratore Roch. Quest'apparecchio possedeva, a sentir lui, una tale superiorità rispetto a tutti gli altri, che la nazione che avesse voluto acquistarlo sarebbe diventata la sovrana assoluta dei continenti e dei mari.

Si sa a quali deplorevoli difficoltà vadano incontro gli inventori, quando si tratta delle loro scoperte e soprattutto quando essi tentano di farle accogliere dalle commissioni ministeriali. Una infinità di esempi, e anche molto famosi, sono ancor vivi nella nostra memoria. È inutile dunque insistere su questo punto, poiché tali faccende nascondono molte volte un sottofondo troppo intricato per essere chiarito. Tuttavia, per quanto riguarda Thomas Roch, è giusto confessare che, come la maggior parte dei suoi predecessori, egli aveva pretese cosí eccessive e valutava la sua nuova invenzione a un prezzo tale, che era praticamente impossibile aprire trattative con lui.

Ciò dipendeva – bisogna dire anche questo – dal fatto che, per altre precedenti scoperte, la cui applicazione era stata feconda di buoni risultati, egli s'era visto sfruttare con una abilità straordinaria. Non avendo potuto ottenere quei guadagni che egli giustamente si aspettava, il suo carattere aveva cominciato a esacerbarsi. Divenuto diffidente, pretendeva di non dare spiegazioni che ad affare concluso, di imporre condizioni assolutamente inaccettabili, e di essere creduto sulla parola mentre ogni volta domandava somme cosí favolose, prima ancora di procedere a qualsiasi esperimento, che diventava impossibile soddisfare tali e tante esigenze.

Questo francese in primo luogo offrí il suo Folgoratore Roch alla Francia. Fece conoscere in che cosa consistesse la sua scoperta alla commissione incaricata di esaminare la sua proposta. Si trattava di un congegno autopropulsivo, di fabbricazione tutta speciale, caricato con un esplosivo composto di sostanze nuovissime e che non produceva il suo effetto se non sotto l'azione di un deflagratore, anch'esso di assoluta novità.

Quando questo congegno, in qualunque modo fosse stato lanciato, scoppiava non già colpendo il punto previsto, ma alla distanza di qualche centinaio di metri, la sua azione sugli strati atmosferici era talmente potente che qualsiasi costruzione, un forte o addirittura anche una nave da guerra, veniva annientata nello spazio di diecimila metri quadrati. Era lo stesso principio della palla lanciata dal cannone pneumatico Zalinski, già sperimentato all'epoca del nostro racconto, ma con risultati cento volte maggiori.

Se dunque l'invenzione di Thomas Roch possedeva una simile potenza, certo essa avrebbe assicurato la superiorità offensiva o difensiva al suo paese. Tuttavia non c'era da chiedersi se l'inventore non esagerasse un po', benché avesse già dato prove della bontà e della utilità incontestabile di altre sue invenzioni? Solo l'esperienza avrebbe potuto dimostrarlo. Ma egli appunto si rifiutava di concedere il suo congegno per esperimenti di sorta, se non dopo aver riscosso quei milioni, che giudicava valesse il suo Folgoratore.

Indubbiamente già allora si era prodotto una specie di squilibrio nelle facoltà mentali di Thomas Roch. Egli non era piú interamente padrone del suo cervello. Lo si vedeva purtroppo avviato su una strada che lo avrebbe gradatamente condotto alla follia completa. Nessun governo avrebbe mai potuto accettare le condizioni che egli voleva imporre.

La commissione francese aveva dovuto rompere ogni trattativa, e i giornali, anche quelli dell'opposizione radicale, avevano dovuto riconoscere la difficoltà di poter concludere quella vertenza. Le proposte di Thomas Roch non furono quindi accolte, senza peraltro che ci fosse da temere che un altro stato potesse mai accettarle.

Nulla di strano, dunque, se nell'animo di Thomas Roch, cosí sconvolto da tanto eccesso di soggettività, la molla del patriottismo, tesa a poco a poco sempre di piú, avesse poi finito con lo spezzarsi del tutto. Bisogna ripeterlo, a difesa dell'onore della natura umana, Thomas Roch era stato colpito da incoscienza. Era rimasto lucido solo in quello che riguardava direttamente la sua scoperta. A quel proposito egli non aveva perduto nulla della potenza del suo genio; ma per tutti quelli che sono i normali dettagli dell'esistenza, il suo abbattimento psichico si accentuava ogni giorno di piú e gli toglieva interamente la responsabilità delle sue azioni.

A Thomas Roch fu dunque risposto negativamente. Forse sarebbe stato opportuno pensare a impedire che offrisse ad altri la sua scoperta... Ma ciò non fu fatto e fu un errore.

Cosí, quel che doveva accadere, accadde. In uno stato di crescente irritabilità, i sentimenti di patriottismo che formano l'essenza del cittadino – il quale, prima ancora d'appartenere a se stesso, appartiene al suo paese – si spensero nell'animo dell'inventore deluso. Allora egli pensò di rivolgersi alle altre nazioni, passò il confine, dimenticò il passato, anche se indimenticabile, e offrí il suo Folgoratore alla Germania.

Ma anche là, appena il governo seppe quali fossero le esorbitanti pretese di Thomas Roch, rifiutò di accogliere la sua proposta. Inoltre, il Ministero della Guerra stava appunto studiando la fabbricazione d'un nuovo meccanismo di balistica e credette poter fare a meno di quello offerto dall'inventore francese.

Allora in questi la collera si tramutò in odio – un odio istintivo contro l'umanità – in special modo poi quando le sue proposte ebbero lo stesso risultato negativo da parte dell'Ammiragliato britannico. Siccome gli inglesi sono gente pratica, non rifiutarono Thomas Roch di primo acchito, ma cercarono prima di assumere informazioni e di circuirlo. Thomas Roch non volle saperne. Il suo segreto valeva milioni: o egli avrebbe ottenuto questi milioni o non avrebbe ceduto a nessun costo il suo segreto. E l'Ammiragliato finí col rompere le trattative con lui.

Fu a questo punto, quando cioè il suo disordine mentale andava aumentando ogni giorno sempre di piú, che egli fece un ultimo tentativo con l'America, diciotto mesi circa prima dell'inizio della nostra storia.

Gli americani, ancor piú pratici degli inglesi, non stettero a mercanteggiare per il Folgoratore Roch al quale attribuivano un valore eccezionale, data la gran fama del chimico francese. Giustamente lo giudicavano un uomo di genio perciò presero nei suoi confronti le precauzioni opportune, anche a costo di doverlo poi indennizzare in giusta proporzione.

Siccome Thomas Roch dava segni fin troppo chiari d'alienazione mentale, il governo, anche nell'interesse della sua scoperta, giudicò opportuno ricoverarlo.

Sappiamo che Thomas Roch non fu sepolto in fondo a un ospedale per pazzi, ma ospitato nella casa di cura di Healthful-house, che offriva ogni garanzia per la cura della sua malattia. Tuttavia, benché gli fossero state dedicate tutte le cure piú attente, fino a quel giorno lo scopo non era stato ancora raggiunto.

Lo ricordiamo ancora, – e c'è ragione d'insistere su questo punto – Thomas Roch, nonostante lo stazionario stato d'incoscienza, ritornava perfettamente in sé non appena lo si indirizzava verso il campo delle sue scoperte. Allora si animava, parlava con la fermezza d'un uomo ch'è sicuro del fatto suo, con un'autorità che si imponeva. Nella foga del parlare, egli descriveva le portentose qualità del suo Folgoratore e gli effetti veramente straordinari che ne conseguivano. Ma, quanto alla natura del materiale esplosivo e del deflagratore, agli elementi di cui era composto, alla fabbricazione e alle tecniche per manovrarlo, egli si chiudeva in un silenzio da cui nessuno aveva potuto scuoterlo. Una o due volte, nel momento culminante d'una crisi, sembrò che il famoso segreto stesse per sfuggirgli cosicché si presero tutte le precauzioni necessarie... Ma fu inutile. Se Thomas Roch non aveva piú l'istinto di conservazione per sé, di certo egli lo aveva tutto integro per la sua scoperta.

Il padiglione 17 del parco di Healthful-house era circondato da un giardino cinto da una siepe, nel quale Thomas Roch poteva liberamente passeggiare sotto la sorveglianza del suo infermiere. Questi abitava nello stesso padiglione del malato, dormiva nella sua stessa camera, lo osservava notte e giorno e non lo lasciava neppure per un'ora. Spiava ogni minima parola che gli sfuggisse nel corso di quelle allucinazioni che generalmente gli capitavano durante il passaggio dalla veglia al sonno, e lo ascoltava persino mentre sognava.

Questo infermiere si chiamava Gaydon. Avendo saputo, poco tempo dopo il ricovero di Thomas Roch, che si cercava un sorvegliante in grado di parlare correntemente la lingua dell'inventore, egli si era presentato a Healthful-house ed era stato accettato in qualità di infermiere personale del nuovo pensionante.

In realtà, il suddetto Gaydon era un ingegnere francese di nome Simon Hart, da molti anni impiegato presso una società di prodotti chimici del New-Jersey. Simon Hart, di quarant'anni, aveva una fronte larga, segnata dalla tipica ruga dell'osservatore esperto, e un atteggiamento risoluto che denotava energia unita alla tenacia. Molto esperto dei problemi relativi al perfezionamento delle armi moderne e di tutte quelle invenzioni atte ad aumentarne la potenza, Simon Hart conosceva tutto quanto era in uso in materia di esplosivi, di cui a quell'epoca c'erano la bellezza di mille e cento qualità, e non c'era uomo piú adatto di lui ad apprezzare l'invenzione di Thomas Roch. Convinto della potenza di quel Folgoratore, non dubitava che l'inventore fosse in possesso d'un meccanismo capace di cambiare le condizioni della guerra sulla terra e sul mare, sia quella difensiva che quella offensiva. Sapeva che la pazzia aveva rispettato in Roch lo scienziato e che in quel cervello, in parte leso, brillava ancora una luce, una fiamma, la fiamma del genio. Allora egli si era reso conto che se, durante una crisi, a Roch fosse sfuggito il suo segreto, la scoperta d'un francese avrebbe finito col giovare a un altro paese invece che alla Francia. Decise perciò di offrirsi come infermiere di Thomas Roch, facendosi passare per un americano molto esperto della lingua francese. Addusse come pretesto un suo viaggio in Europa, diede le dimissioni e cambiò nome. In breve, favorito dalle circostanze, la sua offerta fu accolta ed ecco come, da quindici mesi, Simon Hart svolgeva le mansioni di infermiere sorvegliante presso Healthful-house.

Questa decisione testimoniava una devozione rara ed un nobile patriottismo, poiché doveva trattarsi di una mansione ben umiliante per un uomo del ceto e dell'educazione di Simon Hart. Tra l'altro non bisogna dimenticare che l'ingegnere non intendeva in alcun modo defraudare Thomas Roch dei suoi diritti; e se mai fosse riuscito a scoprire il segreto della sua invenzione, al proprietario sarebbero andati i legittimi benefici.

Dunque, da quindici mesi Simon Hart, o meglio Gaydon, viveva vicino a quel pazzo osservandolo, spiandolo, interrogandolo anche, ma senza averne cavato nulla. D'altra parte egli si era andato sempre piú convincendo dell'importanza della scoperta di Thomas Roch. E quel ch'egli soprattutto temeva era che la follia parziale del suo malato degenerasse in follia completa o che una crisi piú forte delle altre annientasse, assieme a lui, il suo segreto.

Questa era la situazione di Simon Hart e questa era la missione a cui egli dedicava tutto se stesso nell'interesse del suo paese.

Tuttavia, nonostante le delusioni e gli insuccessi, la salute di Thomas Roch, grazie alla sua vigorosa costituzione, non era affatto compromessa. Il suo temperamento nervoso lo aveva aiutato a resistere a cosí tanti stimoli distruttivi. Di media statura, con una testa grossa e una fronte ampia, il cranio voluminoso, i capelli brizzolati, lo sguardo talvolta feroce ma vivo, penetrante e imperioso quando la sua idea fissa vi accendeva un lampo, con un paio di folti baffi sotto al naso dalle narici palpitanti, le labbra sottili, come se fossero serrate per non lasciarsi sfuggire un segreto, la fisionomia pensosa e l'atteggiamento di un uomo che ha lungamente lottato ed è risoluto a combattere ancora: ecco l'inventore Thomas Roch, chiuso in uno dei padiglioni di Healthful-house, probabilmente non ben cosciente di questo sequestro della sua persona e affidato alla sorveglianza dell'ingegnere Simon Hart, diventato l'infermiere Gaydon.

Capitolo II

IL CONTE D'ARTIGAS

Ma chi era questo conte d'Artigas? Uno spagnolo?... Cosí si poteva supporre, a sentire il suo nome. Tuttavia sulla piastra affissa a poppa della sua goletta, spiccava a lettere d'oro il nome di *Ebba*, che è di pura origine norvegese. E se a questo personaggio si fosse domandato come si chiamava il capitano dell'*Ebba*, egli avrebbe risposto Spade e il primo nostromo Effrondat e il capo cuoco Helim: tutti nomi stranamente disparati che indicavano nazionalità decisamente differenti.

Si poteva forse formulare qualche ipotesi plausibile esaminando la persona del conte d'Artigas?... Difficilmente! Se il colore della sua pelle, i capelli nerissimi, la grazia dei movimenti potevano indicare un'origine spagnola, l'insieme di tutta la persona non presentava alcuna di quelle caratteristiche che sono proprie ai nativi della penisola iberica.

Era un uomo di altezza superiore alla media, di corporatura molto robusta, di quarantacinque anni al massimo. Con la sua andatura calma e altera aveva l'aria d'un capo indú, nelle cui vene si mescolasse il sangue di un superbo rappresentante della razza malese. Se anche non era di temperamento freddo, pure egli aveva tutta l'aria di voler apparire tale, con il gesto imperioso, con le parole misurate. Quanto al linguaggio di cui lui e il suo equipaggio si servivano era uno di quegli idiomi parlati nelle isole dell'Oceano indiano e nei mari circostanti. Va detto però che, quando le sue escursioni marittime lo conducevano sulle coste del Vecchio o del Nuovo Mondo, egli si esprimeva con notevole facilità in inglese, rivelando solo per un lieve accento la sua origine straniera.

Quale fosse stato il passato del conte d'Artigas, le diverse peripezie d'una esistenza delle piú misteriose, quale fosse ora la sua vita presente, quale fosse la causa della ricchezza – evidentemente considerevole poiché gli permetteva di vivere in un fasto straordinario, – in quale località avesse fissato la sua dimora abituale o per lo meno quale fosse il porto di scalo della sua goletta, nessuno avrebbe potuto dirlo e nessuno si sarebbe azzardato a rivolgergli domande su questo argomento, tanto egli si manifestava come poco comunicativo. Del resto non pareva uomo da compromettersi in un'intervista, anche a profitto dei reporter americani.

Quel che si sapeva di lui, era unicamente ciò che dicevano i giornali, quando segnalavano la presenza dell'*Ebba* in qualche porto, specialmente in quelli della costa orientale degli Stati Uniti. Là infatti la goletta andava, in periodi pressocché fissi, ad approvvigionarsi di tutto quanto è indispensabile a una lunga navigazione. Non solo essa si riforniva di provviste alimentari come farina, biscotti, conserve, carne secca e carne fresca, buoi e montoni vivi, vini, birra e bevande alcoliche, ma anche di abiti, di utensili, di oggetti di lusso o di prima necessità – il tutto pagato a prezzi alti, a volte in dollari, a volte in ghinee o in monete di diversa provenienza.

Da ciò il fatto che, se nulla si sapeva della vita privata del conte d'Artigas, non per questo egli era meno conosciuto nei diversi porti della costa americana, da quelli della Florida a quelli della Nuova Inghilterra.

Non c'è dunque da stupirsi se il direttore della Healthful-house si mostrò onoratissimo della richiesta presentata dal conte d'Artigas che accolse con molta sollecitudine.

Era la prima volta che l'*Ebba* approdava nel porto di New-Berne. E, senza dubbio, solo il capriccio del suo proprietario poteva averla spinta fino all'estuario del Neuze. Che cosa sarebbe venuto a fare altrimenti da quella parte?... A rifornirsi di vettovaglie?... No di certo, poiché il Pamplico-Sound non avrebbe mai potuto offrire quelle risorse che offrono invece altri scali come Boston, New York, Dover, Savannah, Wilmington nella Carolina del nord e Charleston nella Carolina del sud. Nell'estuario del Neuze, sul mercato poco importante di New-Berne, in cambio di quali merci il conte d'Artigas avrebbe potuto spendere i suoi scudi e le sue banconote? Quel capoluogo della contea di Craven non conta che cinque o seimila abitanti. Il commercio si riduce all'esportazione di grano, di maiali, di mobili e di munizioni navali. Tra l'altro, pochi giorni prima, durante una sosta di dieci giorni a Charleston, la goletta si era perfettamente rifornita per una destinazione come al solito sconosciuta.

Quell'enigmatico personaggio era dunque venuto al solo scopo di visitare Healthful-house?... Forse, e in fondo non era una cosa neanche tanto sorprendente, data la vera e ben meritata notorietà di cui godeva quella casa di cura.

Forse il conte d'Artigas aveva invece il capriccio di incontrarsi con Thomas Roch? La fama universale dello scienziato francese avrebbe giustificato tale curiosità. Un genio pazzo, le cui scoperte avrebbero potuto rivoluzionare i metodi fino allora conosciuti dell'arte militare moderna!

Nel pomeriggio come era precisato nella sua domanda, il conte d'Artigas si presentò all'ingresso della Healthful-house, accompagnato dal capitano Spade, comandante dell'*Ebba*.

Secondo gli ordini impartiti dal direttore, furono fatti entrare tutti e due e accompagnati nell'ufficio di lui.

Questi fece al conte d'Artigas un'ottima accoglienza e si mise a sua disposizione, non volendo cedere a nessuno l'onore di fargli da Cicerone: naturalmente ricevette da lui molti ringraziamenti per la sua cortesia. Mentre visitavano i locali comuni e le abitazioni private della clinica, il direttore non cessava di descrivere le cure prestate ai malati, cure veramente straordinarie, a sentire lui, per chi avesse voluto essere ricoverato presso di loro, e un trattamento di lusso, ripeteva, il cui risultato era stato di guadagnare ad Healthful-house un ben meritato successo.

Il conte d'Artigas, che ascoltava senza perdere la sua flemma abituale, sembrava interessato a quella inesauribile facondia, forse soltanto per poter meglio dissimulare lo scopo che lo aveva condotto là. Tuttavia, dopo aver dedicato a tale passeggiata un'oretta, credette giunto il momento di domandare:

— Non avete tra i vostri ospiti anche un malato di cui si è molto parlato in questi ultimi tempi, e che ha certo contribuito moltissimo ad attrarre l'attenzione pubblica su Healthful-house?

— Immagino, signor conte, che intendiate parlare di Thomas Roch...? — domandò il direttore.

— Difatti... proprio di quel francese... di quell'inventore la cui ragione pareva compromessa...

— Molto compromessa, signor conte, e forse è un bene che sia cosí! A mio avviso l'umanità non ha proprio nulla da guadagnare da simili scoperte la cui applicazione non fa che accrescere i mezzi di distruzione, già fin troppo numerosi...

— Questo è pensare da saggi, signor direttore, e sull'argomento, la vostra opinione coincide con la mia. Il vero progresso non sta su questa strada e io considero dei geni malefici coloro che marciano per una tale via... Ma, quest'inventore ha dunque perduto irrimediabilmente e completamente l'uso delle sue facoltà intellettuali?...

— Completamente no, signor conte... solamente per ciò che riguarda le cose ordinarie dell'esistenza. Da questo punto di vista effettivamente non ha piú né intelligenza, né responsabilità. Tuttavia il suo genio d'inventore è rimasto intatto, è sopravvissuto alla degenerazione mentale e, se qualcuno avesse aderito alle sue pretese fuori da ogni buon senso, io non ho alcun dubbio che dalle sue mani sarebbe uscito un nuovo meccanismo da guerra... di cui in realtà nessuno sente il bisogno...

— Verissimo, signor direttore — ripeté il conte d'Artigas e il capitano Spade parve approvare anche lui.

— Del resto, signor conte, potrete giudicare voi stesso. Eccoci arrivati davanti al padiglione occupato da Thomas Roch. Se la sua clausura è ben giustificata dal punto di vista della sicurezza pubblica, non per questo egli non è trattato con tutti i riguardi dovutigli e con tutte le cure che il suo stato esige. E poi ad Healthful-house egli è al riparo da tutti quegli indiscreti che potrebbero voler...

Il direttore completò la sua frase con un significativo moto del capo: il che fece nascere un impercettibile sorriso sulle labbra dello straniero.

— Ma — domandò il conte d'Artigas — Thomas Roch non è lasciato mai solo?...

— Mai, signor conte, mai. Presso di lui veglia costantemente un infermiere che parla la sua lingua e di cui siamo assolutamente sicuri. Nel caso in cui, in un modo o nell'altro, gli dovesse sfuggire qualche cenno relativo alla sua invenzione, questo sarebbe immediatamente riferito dopodiché si penserebbe a che uso farne.

In quel momento il conte d'Artigas lanciò una rapida occhiata al capitano Spade, che a sua volta rispose con un gesto che pareva dire: « Ho capito! ». E infatti, chi avesse osservato il capitano durante la visita, avrebbe notato come esaminasse con una minuzia particolare tutta quella parte del parco che circondava il padiglione 17, comprese le varie aperture che vi accedevano – con tutta probabilità in vista d'un piano stabilito in precedenza.

Il giardino di questo padiglione confinava col muro di cinta di Healthful-house. Esternamente quel muro chiudeva la base stessa della collina, il cui versante opposto scendeva in dolce declivio fino alla riva destra del Neuze.

Il padiglione era formato da un solo piano-terra, sormontato da una terrazza, secondo lo stile italiano. Il piano comprendeva due camere e una anticamera con le finestre protette da griglie di ferro. L'abitazione era circondata, su tutti i lati, da stupendi alberi, allora nel pieno splendore d'una rigogliosa vegetazione. La facciata anteriore dava su un verdeggiante tappeto erboso, dove non mancavano né alberelli di varie specie né fiori multicolori. Tutto l'insieme occupava circa mezzo acro di superficie, riservato all'uso esclusivo di Thomas Roch, che era libero di girare per tutto il giardino sotto la sorveglianza del suo guardiano.

Quando il conte d'Artigas, il capitano Spade ed il direttore entrarono nel recinto, il primo che videro sulla porta della villetta fu l'infermiere Gaydon.

Gli occhi del conte d'Artigas si posarono immediatamente su quell'uomo per osservarlo con una strana insistenza che però sfuggí al direttore.

Non era, del resto, la prima volta che uno straniero si recava a visitare l'ospite del padiglione 17, poiché lo scienziato francese passava, a ragione, per il piú curioso pensionante di Healthful-house. Tuttavia la originalità di quei due personaggi, di cui egli ignorava la nazionalità, suscitò la curiosità di Gaydon. Se il nome del conte d'Artigas non gli era sconosciuto, egli però non aveva mai avuto occasione d'incontrare quel ricco signore, durante le sue soste nei porti orientali e non sapeva che la goletta *Ebba* si trovasse attualmente all'ancora nell'estuario del Neuze, proprio ai piedi della collina di Healthful-house.

— Gaydon — domandò il direttore — dov'è in questo momento Thomas Roch?

— Là — rispose il guardiano, indicando con la mano un uomo che passeggiava meditabondo sotto gli alberi dietro al padiglione.

— Il signor conte d'Artigas è stato autorizzato a visitare Healthful-house e non ha voluto partire senza aver visto Thomas Roch, di cui si è fin troppo parlato ultimamente...

— E di cui si parlerebbe ancora — aggiunse il conte d'Artigas — se il governo federale non avesse preso la precauzione di chiuderlo in questa casa di cura...

— Precauzione necessaria, signor conte.

— Necessaria senz'altro, signor direttore, ed è meglio che il segreto di questo inventore si spenga con lui per la pace del mondo.

Dopo aver guardato il conte d'Artigas, Gaydon non aveva piú detto una parola e, precedendo i due stranieri, si diresse verso il boschetto confinante col recinto.

I visitatori non ebbero da fare che pochi passi per trovarsi di fronte a Thomas Roch.

Questi non li aveva visti venire e, anche quando si trovarono a pochi passi da lui, è probabile che egli non si accorgesse affatto della loro presenza.

Frattanto il capitano Spade, senza dare nell'occhio, non smetteva di esaminare la disposizione dei luoghi, il posto occupato dal padiglione 17 in quest'ultima parte del parco di Healthful-house. Quando risalí i vialetti in pendio distinse facilmente l'estremità d'un'alberatura che spuntava al disopra del muro di cinta. Gli bastò un'occhiata per riconoscere l'alberatura dell'*Ebba* cosicché poté constatare che da quel lato il muro costeggiava la riva destra del Neuze.

Intanto il conte d'Artigas osservava l'inventore francese. Dovette riconoscere che in quell'uomo, ancora vigoroso, il fisico non pareva aver sofferto, per una reclusione che durava oramai da diciotto mesi. Ma l'atteggiamento bizzarro, i gesti incoerenti, l'occhio smarrito, il totale disinteresse per tutto ciò che accadeva attorno a lui, denotavano fin troppo chiaramente uno stato di completa incoscienza ed un profondo indebolimento delle facoltà mentali.

Thomas Roch si era seduto su una panchina e con la punta d'un legnetto che teneva in mano, stava tracciando sulla sabbia del viale il profilo di una fortificazione. Poi si inginocchiò e fece dei mucchietti di sabbia che evidentemente dovevano fungere da bastioni. Infine, dopo aver strappato delle foglie da un vicino arbusto, le piantò sulle cime di quei mucchi, come tante piccole bandiere – tutto ciò fu eseguito con gran serietà, senza alcuna preoccupazione delle persone che lo stavano a guardare.

Era un gioco da bambini, ma un bambino non avrebbe mai avuto tanta gravità di movimenti.

— È dunque proprio pazzo?... — domandò il conte d'Artigas, il quale, nonostante l'abituale impassibilità, parve colpito da un certo disappunto.

— Vi avevo avvertito, signor conte — rispose il direttore — che non se ne potrà ricavare nulla.

— Non saprebbe almeno prestarci un minimo di attenzione?

— Sarà difficile convincerlo; — e rivolgendosi al guardiano: — Parlategli voi, Gaydon; chissà che, a sentire la vostra voce, gli venga voglia di rispondere...

— Mi risponderà, state sicuro, signor direttore — disse Gaydon.

Poi, battendo sulla spalla del suo protetto: — Thomas Roch? — chiamò con estrema dolcezza.

Quello alzò il capo e, di tutte le persone presenti, senza dubbio non vide che il suo guardiano, quantunque il conte d'Artigas, il capitano Spade, che si era avvicinato, ed il direttore facessero cerchio intorno a lui.

— Thomas Roch — continuò Gaydon, parlando in inglese, — ci sono degli stranieri che desiderano vedervi... Essi s'interessano molto alla vostra salute... ai vostri lavori...

Quest'ultima parola fu la sola che parve scuotere l'inventore dalla sua indifferenza.

— I miei lavori?... — egli ripeté in inglese, lingua che parlava con la stessa agilità della sua lingua madre.

Presa allora un sasso fra l'indice e il pollice ripiegati, come una biglia fra le dita d'un ragazzo, lo scagliò contro uno dei monticelli di sabbia e lo fece crollare. Un grido di gioia gli sfuggí dalle labbra.

— Crollato! Il bastione è crollato!... Il mio esplosivo ha distrutto tutto in un colpo solo!

Thomas Roch si era alzato in piedi e il fuoco del trionfo gli brillava negli occhi.

— Vedete? — disse il direttore, rivolgendosi al conte d'Artigas — l'idea della sua invenzione non lo abbandona mai.

— E morirà con lui! — affermò l'infermiere Gaydon.

— Gaydon, non potreste spingerlo a parlare del suo Folgoratore?...

— Se me lo ordinate voi, signor direttore... proverò...

— Fate pure, poiché credo che ciò interesserà il signor conte d'Artigas...

— Infatti... — rispose il conte d'Artigas, senza che dalla sua fredda fisionomia trapelasse alcuno dei sentimenti che lo agitavano.

— Devo avvertirvi che si rischia di provocare una nuova crisi... — fece osservare il guardiano.

— Troncherete la conversazione quando lo giudicherete opportuno. Dite a Thomas Roch che uno straniero desidera trattare con lui l'acquisto del suo Folgoratore...

— Ma non temete che il suo segreto gli sfugga?... — domandò il conte d'Artigas.

E ciò fu detto con tale vivacità che Gaydon non poté trattenere uno sguardo di diffidenza, del quale quell'impenetrabile personaggio non parve affatto adombrarsi.

— Un simile timore non esiste — rispose il guardiano — perché nessuna promessa arriverà mai a strappare a Thomas Roch il suo segreto... fino a che non avrà messo le mani sui milioni ch'egli esige...

— Che io non ho certo in tasca... — rispose tranquillamente il conte d'Artigas.

Gaydon si riavvicinò al suo protetto e, come la prima volta, lo toccò sulla spalla:

— Thomas Roch — gli disse — ci sono alcuni stranieri che vorrebbero comperare la vostra scoperta...

Thomas Roch si drizzò.

— La mia scoperta?... — esclamò — il mio esplosivo?... il mio deflagratore?...

E una crescente animazione indicava chiaramente il sopraggiungere di quella crisi di cui Gaydon aveva parlato e che sempre gli provocavano domande di tal genere.

— Quanto me lo pagherete?... Quanto? — domandò Thomas Roch.

A promettergli una somma, per enorme che fosse, non c'era alcun male.

— Quanto?... Quanto?... — ripeteva intanto Roch.

— Dieci milioni di dollari — rispose Gaydon.

— Dieci milioni?... — esclamò Thomas Roch. — Dieci milioni... per un Folgoratore la cui potenza è dieci milioni di volte superiore a tutto quello che si è potuto fare fino ad oggi?... Dieci milioni... per un proiettile autopropulsivo che può, scoppiando, irradiare la sua potenza distruttiva per diecimila metri quadrati!... Dieci milioni... per il solo deflagratore capace di produrre una tale esplosione!... Ma tutte le ricchezze del mondo non basterebbero a pagare il segreto della mia macchina e piuttosto che cederlo a questo prezzo mi taglierei la lingua coi denti!... Dieci milioni quando esso vale un miliardo!... Un miliardo!... Un miliardo!...

Thomas Roch appariva ora come un uomo a cui era venuto meno ogni buon senso, quando si trattava d'accordarsi con lui. E quand'anche Gaydon gli avesse offerto dieci miliardi, quel dissennato ne avrebbe chiesti di piú.

Il conte d'Artigas e il capitano Spade non avevano cessato di osservarlo fin dall'inizio della crisi – il conte sempre impassibile, benché avesse la fronte leggermente corrugata, il capitano scrollando la testa come per dire: « Decisamente, non ci si può cavar nulla da questo disgraziato! ».

Del resto Thomas Roch s'era dato alla fuga e correva attraverso il giardino, gridando con una voce strozzata dalla collera: — Miliardi!... Miliardi!...

Gaydon allora, rivolgendosi al direttore, gli disse:

— Vi avevo avvisato!...

Poi si mise a rincorrere il suo protetto, lo raggiunse, lo prese per un braccio e, senza incontrare gran resistenza, lo ricondusse nel padiglione di cui chiuse immediatamente la porta.

Il conte d'Artigas rimase solo col direttore, mentre il capitano Spade gironzolava un'ultima volta per il giardino, lungo il muro inferiore.

— Non avevo proprio esagerato, signor conte! — dichiarò il direttore. — Purtroppo la malattia di Thomas Roch fa ogni giorno nuovi progressi. A mio avviso, la sua pazzia è già incurabile. Quand'anche si mettesse a sua disposizione tutto il denaro che egli domanda, non se ne potrebbe cavar nulla...

— È probabile; — rispose il conte d'Artigas. — Tuttavia, se le sue pretese finanziarie arrivano fino all'assurdo dev'essere perché ha inventato un congegno dalla potenza per cosí dire infinita...

— Questa, signor conte, è l'opinione delle persone competenti; ma ciò che lui ha scoperto non tarderà a scomparire assieme a lui, in una di queste crisi che diventano sempre piú intense e piú frequenti. Ben presto, anche lo stimolo dell'interesse, il solo che pare essere sopravvissuto nel suo animo, sparirà...

— Resterà forse lo stimolo dell'odio! — mormorò il conte d'Artigas, proprio nel momento in cui il capitano Spade lo raggiungeva all'ingresso del giardino.

Capitolo III

IL DOPPIO RAPIMENTO

Mezz'ora dopo, il conte d'Artigas e il capitano Spade camminavano lungo il viale fiancheggiato da faggi secolari, che separa la casa di cura di Healthful-house dalla riva destra del Neuze. Si erano congedati dal direttore – questi dichiarandosi onoratissimo della loro visita e quelli ringraziandolo della cortese accoglienza. Un centinaio di dollari, destinati al personale della casa, testimoniavano la generosa approvazione del conte d'Artigas. Egli era – e come dubitarne? – uno straniero della massima distinzione, se la distinzione d'una persona si misura in base alla sua munificenza.

Usciti dal cancello a metà collina che chiudeva la proprietà della casa, il conte d'Artigas e il capitano Spade avevano seguito il muro di cinta, la cui altezza pareva sfidare qualunque tentativo di scalata. Il primo procedeva pensieroso e il suo compagno, per abitudine, attendeva sempre che gli venisse rivolta la parola.

Il conte d'Artigas non si decise a parlare se non quando, fermatosi, poté misurare con l'occhio la cima del muro dietro al quale si trovava il padiglione 17.

— Hai avuto il tempo — domandò — di studiare esattamente il luogo?

— Sí, signor conte — rispose il capitano Spade, calcando la voce su quel titolo nobiliare col quale si rivolgeva allo straniero.

— Non ti è sfuggito nulla?

— Nulla di ciò che mi era utile sapere. Per la sua posizione dietro a questo muro, il padiglione è facilmente raggiungibile, sempre se voi persistete nei vostri progetti...

— Persisto, Spade.

— Nonostante lo stato mentale in cui si trova Thomas Roch?...

— Nonostante il suo stato, e se noi riusciremo a toglierlo di là...

— Questo è affar mio. Venuta la notte penetrerò nel parco di Healthful-house, poi nel recinto del padiglione, senza essere visto da alcuno...

— Dal cancello d'ingresso?...

— No... da questo lato.

— Ma... da questo lato c'è il muro, e quand'anche riuscissi a superarlo, come lo ripasserai con Thomas Roch se quel pazzo si mette a gridare... se oppone qualche resistenza... se il suo guardiano dà l'allarme...

— Non preoccupatevi di questo... Non dovremo far altro che entrare ed uscire da questa porta.

E il capitano Spade gli mostrò, a qualche passo di lí, una porticina aperta nel muro di cinta, che doveva senz'altro servire al personale della casa, quando per qualche ragione di servizio dovevano recarsi sulla riva del Neuze.

— È di là — ripeté il capitano Spade — che entreremo nel parco e senza neanche disturbarci a usare una scala.

— Quella porta è chiusa...

— La apriremo.

— Non ci sono catenacci nell'interno?...

— Li ho aperti io durante la mia passeggiata in fondo al giardino e il direttore non si è accorto di nulla...

Il conte d'Artigas s'avvicinò alla porticina e chiese:

— Come l'aprirai?...

— Ecco la chiave — rispose il capitano Spade.

E mostrò la chiave che aveva cavato dalla serratura quando aveva liberato i catenacci.

— Non si poteva fare meglio, Spade — disse il conte d'Artigas — e probabilmente il rapimento non presenterà nessuna difficoltà di sorta. Raggiungiamo ora la goletta. Verso le otto, quando farà scuro, una delle lance ti sbarcherà qui con cinque uomini...

— Sí... cinque uomini — rispose il capitano Spade. — Cinque basteranno, anche nel caso che il guardiano volesse dar l'allarme e fosse necessario sbarazzarsi di lui...

— Sbarazzarsi di lui... — ripeté il conte d'Artigas — se fosse proprio necessario... Ma sarebbe forse meglio impadronirsi anche di quel Gaydon e condurlo a bordo dell'*Ebba*. Chissà se egli non ha già scoperto una parte del segreto di Thomas Roch?...

— Giusto.

— E poi Thomas Roch è oramai abituato a lui ed io non intendo cambiare alcuna delle sue abitudini.

Il conte d'Artigas accompagnò questa affermazione con un sorriso abbastanza significativo onde evitare che il capitano Spade potesse ingannarsi circa il ruolo riserbato al sorvegliante di Healthful-house.

Il piano di questo doppio ratto era dunque combinato e pareva avere ogni probabilità di successo. A meno che, durante le due ore che ancora mancavano alla notte, qualcuno non si accorgesse che mancava la chiave alla porticina del parco e che il catenaccio era stato aperto, il capitano Spade e i suoi uomini erano sicuri di poter penetrare nell'interno del parco di Healthful-house.

Bisogna d'altra parte precisare che, eccetto Thomas Roch, sottoposto ad una sorveglianza speciale, gli altri ospiti della casa di cura non erano oggetto di alcuna misura del genere. Abitavano i padiglioni o le camere delle costruzioni principali situati nella parte alta del parco. Tutto lasciava pensare che Thomas Roch e il suo infermiere, sorpresi isolatamente e messi nella impossibilità di opporre una seria resistenza e di chiamare aiuto, sarebbero rimasti vittime di quel rapimento che il capitano Spade si accingeva a compiere per conto del conte d'Artigas.

Lo straniero e il suo compagno si diressero quindi verso una piccola rada, ove li attendeva una lancia dell'*Ebba*. La goletta era ancorata a due lunghezze di cavo, con le vele racchiuse negli astucci giallastri, e i pennoni regolarmente imbroncati come si suol fare a bordo delle navi da diporto. Sopra il coronamento di poppa non sventolava alcuna bandiera. Solamente dalla formaggetta dell'albero di maestra pendeva una leggera fiamma rossa che la brezza di levante, sul punto di calmarsi, agitava appena.

Il conte d'Artigas e il capitano Spade montarono sulla lancia. Quattro remate e, in pochi momenti, giunsero alla goletta su cui salirono dalla scaletta laterale.

Il conte d'Artigas si recò subito nella sua cabina posta a poppa, mentre il capitano Spade si recava a prua per dare gli ultimi ordini.

Giunto presso il castello di prua egli si chinò sopra il capodibanda di sinistra cercando con lo sguardo un oggetto che galleggiava a qualche braccio di là.

Era un gavitello di piccole dimensioni che dondolava seguendo le piccole onde della risacca del Neuze.

La notte stava calando a poco a poco. Sulla riva sinistra di quel fiume sinuoso il contorno di New-Berne cominciava a sfumare. Le case spiccavano in nero sull'orizzonte ancora attraversato da una lunga striscia di fuoco bordata dalle nuvole di ponente. Dalla parte opposta il cielo sfumava per il sopraggiungere di densi vapori. Ma non pareva che ci fosse da temere la pioggia mentre le nubi si mantenevano nelle zone piú alte del cielo.

Verso le sette si accesero le prime luci di New-Berne ai diversi piani delle case, mentre l'illuminazione dei quartieri bassi si rifletteva nell'acqua a lunghi zig-zag, appena tremolanti sopra le rive, poiché la brezza stava calando con l'arrivo della sera. Le barche da pesca risalivano tranquillamente per raggiungere le insenature del porto, alcune cercando di cogliere l'ultimo soffio di vento con tutte le vele spiegate, altre spinte dai remi, i cui colpi secchi e regolari si ripercuotevano lontano. Due piroscafi passarono lanciando scintille dalle ciminiere incoronate di fumo nerastro, battendo sull'acqua con le ruote potenti, mentre il bilancere della macchina si alzava e si abbassava sopra lo *spardeck* gemendo come un grosso mostro marino.

Alle otto il conte d'Artigas riapparve sul ponte della goletta in compagnia d'un uomo, di cinquant'anni circa, al quale disse:

— È ora, Serkö...

— Vado ad avvisare Spade... — rispose Serkö.

Il capitano li raggiunse.

— Preparati a partire — gli disse il conte d'Artigas.

— Siamo pronti.

— Fa' in modo che nessuno dia l'allarme a Healthful-house e che nessuno possa sospettare che Thomas Roch e il suo guardiano sono stati condotti a bordo dell'*Ebba*...

— Dove del resto, non li troverebbero anche se venissero a cercarli — aggiunse Serkö con un'alzata di spalle e un'allegra risata.

— In ogni modo — rispose il conte d'Artigas — è meglio non destare sospetti.

La lancia era pronta e il capitano Spade vi prese posto con cinque uomini. Quattro afferrarono i remi, il quinto invece, che era il nostromo Effrondat e che doveva rimanere a guardia dell'imbarcazione, si pose alla barra vicino al capitano Spade.

— Buona fortuna, Spade — gli gridò dietro Serkö sorridendo — e lavora senza far rumore come un amante che va a rapir la sua bella...

— Va bene... a meno che quel Gaydon...

— Abbiamo bisogno tanto di Roch quanto di Gaydon — disse il conte d'Artigas.

— D'accordo! — replicò il capitano Spade.

La lancia si staccò e i marinai la seguirono con lo sguardo, finché non scomparve nell'oscurità.

Va notato che, in attesa del suo ritorno, l'*Ebba* non fece nessun preparativo di partenza. Evidentemente non c'era alcuna intenzione di abbandonare l'ancoraggio di New-Berne dopo il rapimento. E infatti come avrebbe potuto raggiungere l'alto mare? Non soffiava piú un alito di vento ed entro una mezz'ora la marea avrebbe cominciato a salire facendosi sentire fino a parecchie miglia a monte del Neuze. Perciò la goletta non venne a picco sulla sua ancora.

Alla fonda, a due lunghezze di cavo dalla riva, l'*Ebba* avrebbe potuto avvicinarsi un po' di piú e trovare ancora quindici o venti piedi di profondità col vantaggio di rendere piú agevole l'imbarco allorché la lancia fosse tornata ad avvicinarsi. Ma se non fu dato ordine di eseguire questa manovra, il conte d'Artigas aveva avuto le sue buone ragioni.

La distanza fu superata in pochi minuti e il canotto poté accostare senza essere veduto.

L'argine era deserto, e deserto era anche il viale che sotto l'arco di grandi faggi, costeggiava il parco di Healthful-house.

Il grappino lanciato sulla sponda fu saldamente fissato. Il capitano Spade e i quattro marinai sbarcarono, e, lasciandosi dietro il nostromo, scomparvero sotto la volta scura degli alberi.

Giunti davanti al muro del parco, il capitano Spade si fermò mentre i suoi uomini si posero ai lati della porta.

Dopo tutte le precauzioni prese dal capitano Spade, questi non aveva ora che da infilare la chiave nella serratura e spingere la porta, a meno che qualche inserviente, accortosi che la porta non era chiusa come il solito, l'avesse bloccata dall'interno.

In tal caso il rapimento diventava difficile, anche ammesso che fosse possibile scavalcare il muro di cinta.

Prima di tutto il capitano Spade accostò l'orecchio alla porta.

Dal parco non proveniva alcun rumore, né si vedevano segni di movimento intorno al padiglione 17. Non una foglia si muoveva sui rami dei faggi che coprivano il viale. Dovunque era il silenzio smorzato dell'aperta campagna in una notte senza vento.

Il capitano Spade prese di tasca la chiave e la fece scivolare nella serratura: il catenaccio si spostò e, sotto una debole spinta, la porta si aprí verso l'interno.

Tutto dunque era rimasto cosí come lo avevano lasciato i visitatori di Healthful-house.

Il capitano Spade entrò nel recinto dopo essersi ben assicurato che nessuno si trovasse nelle vicinanze del padiglione, e i marinai lo seguirono.

La porta fu solamente riaccostata allo stipite in modo da permettere al capitano e ai suoi marinai di poter fuggir via rapidamente fuori del parco.

In quell'angolo riparato da alberi altissimi, ricco di boschetti, l'oscurità era tale che sarebbe stato difficile ritrovare il padiglione, se a una delle sue finestre non avesse brillato una luce.

Nessun dubbio che quella fosse la finestra della camera occupata da Thomas Roch e dal guardiano Gaydon, poiché questi non abbandonava né di giorno né di notte il malato affidato alla sua custodia. Il capitano Spade era certo di trovarlo là.

Avanzò con molta prudenza assieme ai suoi quattro uomini, facendo attenzione che il rumore di un sasso urtato o d'un ramo spezzato non rivelasse la loro presenza. Raggiunsero cosí il lato del padiglione dove si apriva una porta laterale, presso cui c'era la finestra da cui filtrava la luce attraverso le pieghe della tendina.

Ma se quella porta era chiusa come si poteva penetrare nella camera di Thomas Roch? Ecco quel che si chiese il capitano Spade. Poiché egli non possedeva la chiave che avrebbe potuto aprirla, sarebbe stato necessario rompere uno dei vetri della finestra, poi con una mano far ruotare la maniglia, precipitarsi nella camera, sorprendere Gaydon aggredendolo bruscamente e metterlo in condizione di non poter chiamare aiuto? Come fare, altrimenti?...

Tuttavia questo colpo presentava parecchi rischi. Il capitano Spade se ne rendeva perfettamente conto, da uomo abituato a servirsi piú dell'astuzia che non della violenza. Ma non aveva altra scelta. L'essenziale, d'altra parte, era di rapire Thomas Roch – Gaydon era un soprappiú secondo le intenzioni del conte d'Artigas – e bisognava riuscirci a tutti i costi.

Giunto sotto la finestra, il capitano Spade si drizzò sulla punta dei piedi e attraverso uno spiraglio della tenda poté abbracciare con una sola occhiata tutta la stanza.

Gaydon era là, vicino a Thomas Roch, la cui crisi non era ancora finita dopo la partenza del conte d'Artigas. Quella crisi esigeva delle cure speciali che il guardiano elargiva al malato, secondo le indicazioni di un terzo personaggio. Si trattava di uno dei medici di Healthful-house che il direttore aveva mandato immediatamente al padiglione 17.

La presenza di questo medico non poteva evidentemente che complicare la situazione e rendere sempre piú difficile il rapimento.

Thomas Roch era disteso sopra un divano ancora tutto vestito. In quel momento pareva calmo. La crisi che andava smorzandosi a poco a poco stava per essere sostituita per qualche ora da un torpore e un assopimento generale.

Nel momento in cui il capitano Spade si era sollevato fino all'altezza della finestra, il medico si preparava ad andarsene. Tendendo l'orecchio si poté sentirgli dire a Gaydon che la notte sarebbe trascorsa senza altri incidenti e che non ci sarebbe stato bisogno di un'altra sua visita.

Detto ciò, il medico si diresse verso la porta che, il lettore non avrà dimenticato, si apriva appunto vicino a quella finestra davanti alla quale stavano il capitano Spade e i suoi uomini. Se non si nascondevano, se non si acquattavano dietro ai cespugli vicini al padiglione, potevano essere scorti non solo dal dottore, ma anche dal guardiano che si accingeva ad accompagnarlo fuori.

Prima che i due fossero comparsi sulla soglia, il capitano Spade fece un cenno e i marinai si dispersero mentre egli si accovacciava ai piedi del muro.

Fortunatamente il lume era rimasto in camera e non c'era il rischio di essere traditi da un getto improvviso di luce.

Al momento di congedarsi da Gaydon il dottore, fermandosi sul primo gradino, disse:

— Questo è stato uno degli attacchi piú forti che abbia subito finora il nostro malato!... Ne basterebbero due o tre di questa portata per fargli perdere anche quel po' di ragione che gli resta!

— Infatti, — rispose Gaydon. — Ma perché il direttore non proibisce ai visitatori l'ingresso nel padiglione? Se il nostro malato è ridotto nello stato in cui lo avete trovato, bisogna dir grazie a un certo conte d'Artigas e alle cose di cui questi ha parlato a Thomas Roch.

— Farò certamente presente la cosa al direttore — replicò il medico.

Discese allora gli ultimi gradini e Gaydon l'accompagnò fino in fondo al viale, dopo aver lasciato socchiusa la porta del padiglione.

Non appena i due si furono allontanati d'una ventina di passi, il capitano Spade si rialzò e i marinai lo raggiunsero.

Non era il caso di approfittare di quella occasione che veniva loro offerta, per entrare nella camera, impadronirsi di Thomas Roch, in quel momento mezzo addormentato e poi attendere che Gaydon fosse di ritorno per assalirlo?

Ma quando il guardiano si fosse accorto della scomparsa di Thomas Roch, si sarebbe subito messo a cercarlo, lo avrebbe chiamato, avrebbe dato l'avviso... Il medico sarebbe accorso subito... Tutto il personale di Healthful-house sarebbe stato in piedi in un lampo... E il capitano Spade non avrebbe nemmeno avuto il tempo di raggiungere la porta del muro di cinta, uscirne e richiuderla dietro di sé...

Del resto egli non ebbe il tempo di riflettere su un simile proposito. Un rumore di passi sulla sabbia indicava che Gaydon stava tornando verso il padiglione. La miglior cosa era di piombare su di lui, soffocarne le grida prima che avesse potuto dare l'allarme e metterlo nell'impossibilità di difendersi. In quattro, anzi in cinque, si sarebbe facilmente avuto ragione di lui e lo si sarebbe potuto trascinare fuori del parco. Quanto al rapimento di Thomas Roch, non presentava la minima difficoltà, poiché quel povero pazzo non avrebbe nemmeno capito quel che si faceva di lui.

Intanto Gaydon era spuntato da dietro un cespuglio e si stava dirigendo verso la scala. Ma, nel momento in cui stava per mettere il piede sul primo gradino, i quattro marinai gli piombarono addosso, lo gettarono a terra senza avergli lasciato la possibilità di lanciare un grido, gli tamponarono la bocca con un fazzoletto, gli strinsero una benda sugli occhi e gli legarono braccia e gambe talmente strette da ridurlo a un corpo inerte.

Due uomini rimasero accanto a lui mentre il capitano Spade con gli altri due entravano nella camera.

Come aveva pensato il capitano, Thomas Roch era in un tale stato che di tutto quel rumore non aveva inteso nulla. Steso sul divano, con gli occhi chiusi, se non fosse stato per il respiro affannoso, lo si sarebbe potuto credere morto. Non parve necessario legarlo né imbavagliarlo. Bastava che uno dei due uomini lo prendesse per i piedi, l'altro per la testa, e lo avrebbero trasportato fino alla barca, rimasta sotto la custodia del nostromo della goletta.

Cosa che fu messa in atto in un attimo.

Il capitano Spade lasciò per ultimo la stanza, dopo aver avuto cura di spegnere il lume e di chiudere la porta. Con quelle precauzioni, si poteva sperare che il rapimento venisse scoperto soltanto il giorno dopo o comunque non prima dell'alba.

La stessa operazione fu eseguita per il trasporto di Gaydon, che non presentò alcuna difficoltà. Gli altri due uomini lo sollevarono e, traversato il giardino, girando attorno ai cespugli raggiunsero il muro di cinta.

In quella parte del parco, sempre deserta, l'oscurità era ancora piú fonda. Non si vedevano neanche, dall'altra parte della collina, le luci dei padiglioni situati nella parte alta del parco, né delle altre costruzioni di Healthful-house.

Giunto davanti alla porticina, il capitano Spade non dovette far altro che tirarla verso di sé.

I due uomini che portavano il guardiano la passarono per primi. Poi fu la volta di Thomas Roch, portato a braccia dagli altri due. Infine uscí anche il capitano Spade e richiuse la porta con la chiave, che si riproponeva di gettare nelle acque del Neuze, appena avesse raggiunto l'*Ebba.*

Sul sentiero non c'era nessuno, e nessuno anche sulla riva.

Fatti venti passi, ritrovarono il nostromo Effrondat, che li aspettava seduto a ridosso dell'argine.

Thomas Roch e Gaydon furono sistemati a poppa della lancia in cui presero posto anche il capitano Spade e i suoi marinai.

— Rientra il grappino, presto! — comandò il capitano Spade al nostromo.

Questi eseguí l'ordine, poi, lasciandosi scivolare lungo l'argine, salí per ultimo sulla barca.

I quattro remi affondarono nell'acqua e la barca si diresse verso la goletta. Un lume, in cima all'albero di mezzana, indicava il suo punto di ancoraggio: venti minuti prima, essa aveva girato sull'ancora con la marea.

Dopo due minuti la lancia si trovava affiancata all'*Ebba.*

Il conte d'Artigas stava appoggiato al capodibanda vicino al barcarizzo della scala.

— Fatto, Spade?... — domandò.

— Fatto!

— Tutt'e due?

— Tutt'e due... sorvegliante e sorvegliato.

— Nessuno se ne è accorto, a Healthful-house?...

— Nessuno.

Non era pensabile che Gaydon, con le orecchie e gli occhi avvolti in una benda potesse riconoscere la voce del conte d'Artigas e del capitano Spade.

Bisogna dire, però, che né Thomas Roch né Gaydon furono immediatamente issati a bordo della goletta. Ci furono dei fruscii lungo lo scafo e trascorse una buona mezz'ora prima che Gaydon, che aveva conservato tutto il suo sangue freddo, si sentisse prima sollevato e poi calato in fondo alla stiva.

Il sequestro era stato compiuto e, a quanto pare, all'*Ebba* non rimaneva ormai altro da fare che abbandonare il suo ancoraggio, per discendere l'estuario, traversare il Pamplico Sound ed entrare in mare aperto. Ma invece a bordo non si eseguí alcuna di quelle manovre che di solito accompagnano la partenza di una nave.

Eppure, non risultava pericoloso rimanere in quel luogo dopo il doppio rapimento operato quella sera? Il conte d'Artigas aveva cosí ben nascosto i suoi prigionieri da essere assolutamente certo che non sarebbero stati scoperti, nel caso che l'*Ebba* – la cui presenza nei pressi di Healthful-house poteva sembrare sospetta – avesse ricevuto la visita della polizia di New-Berne?

Comunque fosse, sta di fatto che un'ora dopo il ritorno della lancia – meno gli uomini di guardia stesi a prua – l'equipaggio nelle sue cuccette, il conte d'Artigas, Serkö e il capitano Spade nelle loro cabine, dormivano tutti a bordo della goletta immobile su quel tranquillo estuario del Neuze.

Capitolo IV

LA GOLETTA « EBBA »

Soltanto il giorno dopo e senza alcuna fretta l'*Ebba* cominciò a fare i suoi preparativi. Dall'estremità del molo di New-Berne si poteva vedere l'equipaggio che, dopo aver lavato il ponte, sotto la direzione del nostromo Effrondat, scioglieva le vele dagli astucci, sistemava le drizze, issava le imbarcazioni, in vista di una partenza.

Alle otto del mattino il conte d'Artigas non s'era ancora visto. Il suo compagno, l'ingegnere Serkö, cosí era chiamato a bordo, non aveva ancora lasciato la cabina. Quanto al capitano Spade, era intento a dare ai marinai diversi ordini che indicavano una partenza immediata.

L'*Ebba* era uno yacht costruito espressamente per la corsa, benché il suo nome non avesse mai figurato nelle gare dell'America del Nord o del Regno Unito. L'alta alberatura, la superficie velica, il crociame dei pennoni, il pescaggio che le assicurava una grande stabilità anche quando aveva tutte le vele spiegate, la forma slanciata a prua e affinata a poppa, le linee d'acqua di disegno perfetto, tutto indicava una nave molto veloce, molto marina, in grado di reggere le peggiori tempeste.

Infatti, con vento in poppa e una forte brezza, la goletta *Ebba* poteva comodamente fare dodici miglia all'ora.

È un fatto che i velieri sono sempre sottoposti alla incostanza del tempo. Allorché sopraggiunge la bonaccia, bisogna che si rassegnino a non muoversi. Per questo benché essi posseggano qualità nautiche superiori rispetto alle navi a vapore, di queste ultime essi non possono avere la stessa sicurezza di movimento autonomo garantita dal vapore.

Da ciò parrebbe che, tutto considerato, sia superiore alle altre quella nave che riunisca in sé i vantaggi della vela e dell'elica. Ma decisamente questo non doveva essere il parere del conte d'Artigas, poiché si contentava di una semplice goletta per le sue escursioni in mare anche quando varcava i confini dell'Atlantico.

Quel mattino soffiava una leggera brezza di ponente. L'*Ebba* era dunque nella condizione piú favorevole per uscire dall'estuario del Neuze, e poi per raggiungere, attraverso il Pamplico Sound, uno di quei canali – veri e propri stretti – che mettono in comunicazione il lago con il mare aperto.

Due ore dopo l'*Ebba* si dondolava ancora sulla sua ancora, la cui catena cominciava a tendersi con il calare della marea. La goletta, che aveva girato con il riflusso, ora presentava la prua verso la foce del Neuze. La piccola boa che la sera prima galleggiava a sinistra doveva essere stata tolta durante la notte, poiché non la si scorgeva piú dondolarsi alla spinta della corrente.

D'un tratto si udí un colpo di cannone sparato a un miglio di distanza. Dalle batterie costiere si levò una leggera nuvola di fumo. A quel colpo risposero dal largo altre detonazioni prodotte dai pezzi distribuiti sulla catena d'isolotti.

In quella il conte d'Artigas e l'ingegnere Serkö comparvero sul ponte.

Il capitano Spade li raggiunse.

— Un colpo di cannone... — disse.

— Ce l'aspettavamo — rispose l'ingegnere Serkö, alzando leggermente le spalle.

— Questo indica che il personale di Healthful-house ha scoperto la nostra opera, — riprese il capitano Spade.

— Sicuramente — replicò l'ingegnere Serkö — e questi colpi significano l'ordine di bloccare i passi.

— E in che cosa può interessarci tutto ciò?... — chiese in tono tranquillo il conte d'Artigas.

— In nulla — rispose l'ingegner Serkö.

Il capitano Spade aveva avuto ragione nel dire che a quell'ora la scomparsa di Thomas Roch e del suo guardiano doveva essere a conoscenza di tutto il personale di Healthful-house.

Infatti al levar del sole il medico, che si era recato al padiglione 17 per la solita visita, aveva trovato la camera vuota. Immediatamente avvertito, il direttore fece eseguire delle ricerche all'interno del parco. L'ispezione rivelò che, se la porta del muro di cinta dal lato che costeggiava la base della collina era chiusa a chiave, la chiave ora non era piú nella serratura e inoltre che i catenacci erano fuori dalle loro bocchette.

Senza dubbio il rapimento doveva essere avvenuto attraverso quella porta durante la sera o durante la notte. Se ne sapeva talmente poco in proposito, che era praticamente impossibile fare anche delle semplici supposizioni o formulare sospetti su qualcuno. L'unica cosa che si sapeva era che il giorno prima verso le sette e mezzo di sera, uno dei medici della casa di cura si era recato a visitare Thomas Roch, in preda a una violenta crisi. Prestategli le cure del caso e lasciatolo in uno stato di completa incoscienza egli aveva abbandonato il padiglione, accompagnato dal guardiano Gaydon fino all'inizio del viale laterale.

Che cosa era avvenuto in seguito?... lo si ignorava.

La notizia di quel doppio rapimento fu subito telegrafata a New-Berne e di là a Raleigh. Sempre telegraficamente, il governatore della Carolina del Nord diede immediatamente l'ordine di non lasciar piú uscire una nave dal Pamplico Sound senza averla prima sottoposta a una minuziosa perquisizione. Un altro telegramma avvertí l'incrociatore di guardia, il *Falcon*, di prestarsi all'esecuzione di tali ordini. Contemporaneamente furono prese altre severe misure per estendere la sorveglianza a tutte le città e le campagne della provincia.

Cosí, in seguito a queste ordinanze, il conte d'Artigas poté vedere a due miglia di distanza, verso la parte orientale dell'estuario, il *Falcon* fare i preparativi per salpare. Quindi durante il tempo che sarebbe stato necessario al *Falcon* per mettere le macchine in pressione, la goletta avrebbe potuto allontanarsi senza timore di essere inseguita, per almeno una buona ora.

— Dobbiamo levar l'ancora?... — chiese il capitano Spade.

— Sí — rispose il conte d'Artigas — dato che il vento è buono, ma non c'è alcuna fretta.

— È vero — aggiunse l'ingegner Serkö — i passi del Pamplico Sound ora devono essere ben guardati e nessuna nave potrebbe evitare la visita di quei gentiluomini, altrettanto curiosi quanto indiscreti, prima di aver raggiunto il largo...

— Prepariamoci lo stesso — ordinò d'Artigas; — quando gli ufficiali dell'incrociatore o gli agenti di dogana avranno perquisito l'*Ebba*, sarà tolto per noi il divieto di uscire ed io sarei davvero meravigliato se non ci fosse accordata via libera...

— Con mille scuse, mille auguri di buon viaggio e di pronto ritorno! — replicò l'ingegner Serkö terminando la sua frase con una lunga risata.

Allorché la notizia giunse a New-Berne, le autorità si domandarono prima di tutto se nel caso di Thomas Roch e del suo guardiano si era trattato di ratto o di fuga. Siccome una fuga non avrebbe potuto essere realizzata senza la connivenza di Gaydon, l'idea fu abbandonata. Secondo il direttore e tutto il personale dell'amministrazione, la condotta del guardiano Gaydon non poteva dare adito al minimo sospetto.

Dunque si trattava di un rapimento e si può immaginare quale effetto il fatto producesse in tutta la città. Come! L'inventore francese, cosí scrupolosamente sorvegliato, era scomparso, e insieme con lui il segreto di quel Folgoratore di cui nessuno era ancora riuscito a impadronirsi!... Non sarebbero derivate conseguenze gravissime?... La scoperta del nuovo congegno era dunque definitivamente perduta per l'America?... E, supponendo che il colpo fosse stato eseguito a vantaggio d'un'altra nazione, questa non avrebbe finalmente ottenuto da Thomas Roch, caduto in suo potere, ciò che non era riuscito ad ottenere il governo federale?... E, francamente, come pensare che gli autori del ratto avessero agito per conto di un singolo?...

Perciò le misure di sicurezza furono trasmesse a tutte le varie contee della Carolina del Nord. Fu organizzata una sorveglianza speciale lungo le strade, lungo il percorso delle ferrovie, intorno a tutte le abitazioni delle città e delle campagne. Quanto al mare, era controllato lungo tutta la costa da Wilmington fino a Norfolk. Nessuna nave poteva sottrarsi alla visita degli ufficiali e degli agenti, e doveva essere trattenuta al piú piccolo segno di sospetto. Del resto, non il solo *Falcon* stava preparandosi a salpare, ma anche parecchie lance a vapore, di riserva nelle acque del Pamplico Sound, si preparavano a percorrerle in lungo e in largo con l'ordine di perquisire fino in fondo alla stiva tutte le navi mercantili, le navi da diporto, i pescherecci, tanto quelli che erano all'ancora come quelli che si preparavano a prendere il largo.

Frattanto la goletta *Ebba* si preparava a levare le ancore. Tutto sommato il conte d'Artigas non sembrava affatto preoccupato delle precauzioni prese da parte dell'amministrazione, e neppure delle conseguenze a cui sarebbe andato incontro se fossero stati trovati Thomas Roch e il guardiano Gaydon a bordo della sua nave.

Verso le nove le ultime manovre furono concluse. L'equipaggio della goletta si pose a virare sull'argano. La catena risalí attraverso la cubia e, nel momento esatto in cui l'ancora era a picco, furono bordate rapidamente le vele.

Qualche minuto dopo, sotto la spinta dei due fiocchi, della trinchettina, della mezzanella, della vela maestra e della controranda, l'*Ebba* puntò a est per scapolare la riva sinistra del Neuze.

A venticinque chilometri da New-Berne l'estuario forma bruscamente un gomito e per un tratto quasi uguale risale allargandosi verso nord-ovest. Passata davanti a Croatan e ad Havelock, l'*Ebba* raggiunse il gomito e filò in direzione nord stringendo il vento lungo la riva sinistra. Erano le undici quando, favorita dalla brezza e senza aver incontrato né l'incrociatore né le lance a vapore, l'*Ebba* scapolò la punta dell'isola di Sivan, al di là della quale si apre il Pamplico Sound.

Questa vasta superficie di acque si estende per circa cento chilometri, dall'isola di Sivan all'isola Roadoke. Dalla parte del mare si snoda una catena di lunghi e stretti isolotti – come altrettante dighe naturali – che vanno da sud a nord, da capo Look-out fino a capo Hatteras e da quest'ultimo fino a capo Henri, all'altezza della città di Norfolk, nello stato di Virginia, confinante con la Carolina del Nord.

Il Pamplico Sound è rischiarato da molti fanali disposti sulle isole e gli isolotti cosí da rendere possibile la navigazione durante la notte. Da qui la gran facilità per le navi in cerca di un riparo dalle gigantesche ondate dell'Atlantico, di trovarvi ottimi ancoraggi.

Molti passaggi mettono in comunicazione il Pamplico Sound con l'oceano Atlantico. Appena fuori del raggio d'azione del faro dell'isola Sivan si aprono il passo di Ocracoke, poi quello di Hatteras, e infine altri tre passi che portano rispettivamente i nomi di Logger-Head, New-Inlet e Oregon.

Da questa disposizione risulta chiaro che il primo passo che si presentava alla goletta era quello di Ocracoke, e c'era da supporre che l'*Ebba* vi sarebbe entrata per non dover cambiare le mure.

E il *Falcon* sorvegliava allora proprio quella parte del Pamplico Sound, ispezionando le navi mercantili e le barche da pesca che manovravano per uscire al largo. E infatti in quel momento, a causa degli ordini diffusi dall'amministrazione, ogni passo era sorvegliato dalle lance della polizia, per non parlare delle batterie che tenevano sotto controllo il largo.

Arrivata al traverso dello stretto di Ocracoke, l'*Ebba* non cercò di avvicinarvisi e neppure di evitare le lance a vapore che manovravano nel Pamplico Sound. Pareva che quello yacht da diporto non volesse far altro che un giretto mattutino, difatti continuò indifferente la sua rotta verso lo stretto di Hatteras.

Era certamente da lí e per ragioni solo a lui note che il conte d'Artigas aveva intenzione d'uscire poiché la goletta prese appunto quella direzione.

Fino a quel momento l'*Ebba* non era stata avvicinata dagli agenti di dogana, né dagli ufficiali dell'incrociatore, benché essa non avesse fatto nulla per sottrarvisi. D'altra parte, come avrebbe potuto eludere la loro vigilanza?

Forse le autorità, per uno speciale privilegio volevano risparmiare al conte d'Artigas la seccatura d'una perquisizione?... Lo si giudicava forse un personaggio troppo importante per disturbare la sua navigazione, foss'anche per un'ora?... Ciò pareva inverosimile poiché, pur considerandolo uno straniero favorito in tutto dalla fortuna, nessuno sapeva, in fondo, chi fosse, da dove venisse e dove andasse.

Comunque la goletta proseguí sulla sua rotta con un'andatura rapida ed elegante sulle acque calme del Pamplico Sound. La sua bandiera – una mezza luna d'oro tagliata all'angolo da una banda rossa – svolazzante dal picco, si spiegava in tutta la sua ampiezza al soffio della brezza.

Il conte d'Artigas era seduto a poppa in una di quelle poltrone di vimini che si usano a bordo degli yacht da diporto. L'ingegner Serkö e il capitano Spade stavano chiacchierando con lui.

— A quanto pare, i signori ufficiali della marina federale non hanno troppa fretta di venirci a porgere i loro saluti — fece notare l'ingegner Serkö.

— Vengano pure a bordo quando vogliono — rispose il conte d'Artigas con la piú completa indifferenza.

— Senza dubbio attendono che l'*Ebba* entri nello stretto di Hatteras, — disse il capitano Spade.

— Che attendano pure! — concluse il ricco padrone della nave.

E ricadde in quella flemmatica indifferenza che gli era abituale.

D'altra parte c'era da credere che l'ipotesi del capitano Spade si sarebbe avverata, poiché era piú che evidente che l'*Ebba* si stava dirigendo verso lo stretto indicato.

Se il *Falcon* non si era ancora mosso per andare a « farle visita », certamente l'avrebbe fermata quando si fosse presentata all'ingresso dello stretto. In quel punto gli sarebbe stato impossibile sottrarsi alla perquisizione d'obbligo se voleva uscire dal Pamplico Sound per raggiungere l'alto mare.

E non pareva affatto che l'*Ebba* volesse in qualche modo evitarla. Dunque Thomas Roch e Gaydon erano cosí ben nascosti a bordo della goletta che gli agenti non avrebbero potuto scoprirli?...

Questa ipotesi era ammissibile, ma forse il conte d'Artigas avrebbe mostrato molto minore indifferenza se avesse saputo che l'*Ebba* era stata oggetto di una segnalazione tutta speciale, tanto per l'incrociatore quanto per le lance della dogana.

Infatti la visita dello straniero a Healthful-house aveva attratto su di lui l'attenzione di tutti. Certamente il direttore non poteva aver avuto alcun motivo per sospettare il movente della sua visita. Ciononostante poche ore dopo la sua partenza lo scienziato e il suo sorvegliante erano stati rapiti e dopo di lui nessuno era entrato nel padiglione 17 e nessuno aveva piú scambiato parola con Thomas Roch. Cosí, sorti i primi sospetti, l'amministrazione cominciò a chiedersi se nella faccenda non ci potesse essere la mano di quel personaggio. Una volta osservata la disposizione dei luoghi, studiati i dintorni del padiglione, il compagno del conte d'Artigas non poteva aver tolto i catenacci dalla porta, portato via la chiave, esser ritornato di notte e, scivolato nel parco, aver eseguito il rapimento in condizioni piuttosto facili, dal momento che la goletta *Ebba* era ancorata a due o tre lunghezze di cavo dal muro di cinta?...

Questi sospetti, che inizialmente né il direttore né il personale dello stabilimento avevano approvato sul principio dell'inchiesta, andarono invece aumentando quando si vide la goletta levare le ancore, discendere l'estuario del Neuze e manovrare in modo da raggiungere uno dei passi del Pamplico Sound.

Per ordine delle autorità di New-Berne, dunque, l'incrociatore *Falcon* e le lance a vapore della dogana ricevettero l'incarico di seguire l'*Ebba*, di fermarla prima che fosse entrata in uno degli stretti, di sottoporla alla piú severa perquisizione non lasciando inesplorata alcuna parte delle cabine, della tuga, dei vari posti, della stiva. Non gli si doveva concedere libertà di passaggio se non si aveva la piú assoluta certezza che Thomas Roch e Gaydon non si trovavano a bordo.

Certamente il conte d'Artigas non poteva supporre che su di lui pesassero sospetti particolari e che il suo yacht fosse stato segnalato in modo speciale agli ufficiali ed agli agenti. Ma, quand'anche l'avesse saputo, forse che quell'uomo pieno di sdegnosa superbia e di tanta alterigia si sarebbe degnato di curarsene?...

Verso le tre del pomeriggio la goletta, che incrociava a meno di un miglio dallo stretto di Hatteras, manovrò in modo da tenersi nel mezzo del passaggio.

Dopo aver ispezionato alcune barche da pesca che si accingevano a prendere il largo, il *Falcon* stava in attesa all'entrata dello stretto.

Con ogni probabilità l'*Ebba* non si proponeva di sfuggire non vista, o di forzar le vele per sottrarsi a delle formalità alle quali venivano sottoposte tutte le navi del Pamplico Sound. Non era un semplice veliero che avrebbe potuto sfuggire all'inseguimento di una nave da guerra: se la goletta non avesse obbedito all'ingiunzione di mettere in panna, ben presto uno o due proiettili l'avrebbero costretta a farlo.

In quella, un'imbarcazione con a bordo due ufficiali e una decina di marinai si staccò dall'incrociatore; quindi, armati i remi, si accinse ad andare a tagliare la strada all'*Ebba*.

Il conte d'Artigas dal suo posto di osservazione a poppa guardò con noncuranza quella manovra mentre si accendeva un sigaro di puro avana.

Quando la barca fu a mezza lunghezza di cavo, uno degli uomini si alzò sventolando una bandiera.

— Segnale di alt — disse l'ingegner Serkö.

— Benissimo — rispose il conte d'Artigas.

— Ordine d'aspettare...

— Aspettiamo.

Il capitano Spade diede subito ordine di mettere in panna. La trinchettina, il fiocco e la vela maestra furono traversati, mentre la vela di mezzana era imbroncata con la barra sotto vento.

L'abbrivo della goletta cessò ben presto ed essa non tardò a fermarsi, subendo ormai soltanto la dolce spinta della corrente che portava verso lo stretto.

Pochi colpi di remo condussero la lancia del *Falcon* al fianco dell'*Ebba*. Un gancio d'accosto la incocciò ai parasartie dell'albero di maestra. Fu srotolata la scala e i due ufficiali, seguiti da otto uomini, salirono sul ponte, mentre due marinai restavano a guardia della lancia.

L'equipaggio della goletta si schierò su una linea vicino al castello di prua.

L'ufficiale superiore di grado – un tenente di vascello – avanzò verso il proprietario dell'*Ebba* che si era finalmente alzato e fra loro vi fu questo scambio di domande e risposte:

— Questa goletta appartiene al conte d'Artigas davanti al quale ho l'onore di trovarmi?

— Sí signore.

— Come si chiama?

— *Ebba*.

— Da chi è comandata?
— Dal capitano Spade.
— Di nazionalità?
— Indo-malese.
L'ufficiale guardò la bandiera della goletta mentre il conte d'Artigas aggiungeva:
— Posso sapere per qual motivo, signore, ho il piacere di vedervi a bordo della mia nave?
— Ci è stato impartito l'ordine — rispose l'ufficiale — di perquisire tutte le navi che sono attualmente ormeggiate nel Pamplico Sound e quelle che vogliono uscirne.
Non credette però opportuno precisare che l'*Ebba*, piú di ogni altra nave, andava sottoposta a una minuziosa perquisizione.
— Spero, signor conte, che non avrete l'intenzione di rifiutarvi...
— Affatto, signore — rispose il conte d'Artigas. — La mia goletta è a vostra disposizione dalla galletta degli alberi fino al fondo della stiva. Mi permetto solo di domandarvi la ragione per cui le navi che attualmente si trovano nel Pamplico Sound sono costrette a tale formalità.
— Non vedo alcuna ragione per tacervelo, signor conte — rispose l'ufficiale. — Al governatore della Carolina è stato segnalato un rapimento compiuto a Healthful-house e l'amministrazione vuole assicurarsi che i rapiti non siano stati nascosti su una nave durante la notte...
— È mai possibile?... — disse il conte d'Artigas fingendo sorpresa. — E chi è sparito da Healthful-house?...
— Un inventore, un pazzo, che è rimasto vittima dell'attentato assieme al suo infermiere...
— Un pazzo, dite!... Non si tratterà per caso del francese Thomas Roch?...
— Proprio di lui.
— Quel Thomas Roch che sono andato a vedere ieri nella mia visita alla casa di cura... lui, che ho interrogato alla presenza del direttore... lui che è stato colto da una crisi violentissima quando il capitano Spade ed io lo abbiamo lasciato?...
L'ufficiale guardava lo straniero con estrema attenzione, cercando di cogliere qualcosa di sospetto nei suoi gesti o nelle sue parole.
— Ma è incredibile! — aggiunse il conte d'Artigas.
E uscí con questa esclamazione proprio come se in quel momento sentisse per la prima volta parlare del ratto di Healthful-house.
— Signore — riprese quindi — comprendo benissimo quali e quante debbano essere le preoccupazioni dell'amministrazione essendomi reso conto di persona dello stato in cui versa Thomas Roch e approvo le misure che sono state prese. È inutile dirvi che né l'inventore francese né il suo infermiere si trovano a bordo dell'*Ebba*. Del resto potete assicurarvene voi stesso, perquisendo la goletta con tutta la cura che vorrete... Capitano Spade, vogliate accompagnare questi signori.
Fatta questa dichiarazione e salutato con freddezza il tenente del *Falcon*, il conte d'Artigas tornò a sedersi nella sua poltrona riportando il sigaro alle labbra.

I due ufficiali e gli otto marinai, al seguito del capitano Spade, cominciarono subito la perquisizione.

Prima di tutto dalla cappa di tuga discesero fino al salone di poppa – un salone elegantemente arredato, con rivestimenti di legno pregiato, oggetti artistici di gran valore, tappeti e tendaggi di stoffe molto costose.

Inutile dire che tanto il salone, quanto le cabine attigue e la cabina del conte d'Artigas furono frugati con la precisione che ci si può aspettare dai piú abili agenti di polizia. Del resto il capitano Spade stesso aiutava in quelle ricerche, non volendo che gli ufficiali conservassero il minimo sospetto nei riguardi del proprietario dell'*Ebba*.

Dopo il salone e le cabine di poppa, si passò nella sala da pranzo, sfarzosamente adornata. Si perquisirono i locali di servizio, la cucina e, a prua, la cabina del capitano Spade e del nostromo, quindi le cuccette dei marinai senza che apparisse traccia né di Thomas Roch né di Gaydon.

Restavano ancora la stiva e i suoi contenuti che esigevano un esame molto accurato. Cosí, appena alzata la copertura, il capitano Spade dovette far accendere due fanali per facilitare la visita.

Quella stiva conteneva riserve d'acqua, provviste d'ogni specie, botti di vino, fusti d'alcool, bottiglie di gin, d'acquavite e di whisky, barili di birra, una scorta di carbone, e tutto in tale abbondanza da far pensare che la goletta si fosse approvvigionata per un lungo viaggio. Fra gli spazi vuoti rimasti da quel carico i marinai americani s'intrufolarono fino al pagliolato piú lontano, fino al paramezzale, introducendosi fra gli interstizi delle balle e dei sacchi... E dovettero penare non poco!

Evidentemente il conte d'Artigas era stato a torto sospettato di essere immischiato nel rapimento dell'ospite di Healthful-house e del suo infermiere.

Quella perquisizione, durata circa due ore, terminò senza aver dato alcun risultato.

Alle cinque e mezzo gli ufficiali e i marinai del *Falcon* risalirono sul ponte della goletta dopo averne coscienziosamente perquisito tutto l'interno ed aver acquisito l'assoluta certezza che né Thomas Roch né Gaydon si trovavano là dentro. Esternamente visitarono inutilmente il castello di prua e le lance di salvataggio. Si convinsero perciò che l'*Ebba* era stata erroneamente sospettata.

A quel punto ai due ufficiali non restava altro da fare che prendere congedo dal conte d'Artigas, perciò avanzarono verso di lui.

— Signor conte — disse il tenente — vorrete scusarci di avervi disturbato.

— Voi, signori, non potevate che obbedire agli ordini ricevuti...

— Non si trattava del resto che d'una semplice formalità... — credette opportuno di aggiungere l'ufficiale.

Il conte d'Artigas, con un leggero movimento del capo, indicò che accettava quella risposta.

— Vi avevo detto, signori, che io non c'entravo con quel rapimento...

— Noi non ne dubitiamo assolutamente piú, signor conte, ed ora non ci resta che tornare a bordo della nostra nave.

— Come volete... La goletta *Ebba* può adesso uscire liberamente?...

— Senz'altro.

— Arrivederci, signori, arrivederci... poiché io sono un frequentatore affezionato di questa costa e non tarderò a ritornarci. Spero che al mio ritorno avrete scoperto l'autore di questo rapimento e riportato Thomas Roch a Healthful-house. Questo è auspicabile nell'interesse degli Stati Uniti e, aggiungerò, anche nell'interesse di tutta l'umanità.

Quando il proprietario dell'*Ebba* ebbe pronunciate queste parole i due ufficiali lo salutarono cortesemente e lui rispose con un leggero movimento del capo.

Il capitano Spade li accompagnò fino al barcarizzo ed essi, seguiti dai marinai, ritornarono all'incrociatore che li attendeva a due lunghezze di cavo.

A un cenno del conte d'Artigas, il capitano Spade comandò di tornare a issare le vele come erano prima che la goletta avesse messo in panna. La brezza era aumentata e con rapida andatura l'*Ebba* si diresse verso lo stretto d'Hatteras.

Mezz'ora dopo, superato il passo, lo yacht navigava in alto mare.

Per circa un'ora fu mantenuta la rotta per est-nord-est. Ma, come solitamente avviene, la brezza proveniente da terra non si faceva piú sentire a qualche miglio dalla costa. L'*Ebba*, presa nella calma, con le vele che sbattevano sugli alberi, l'azione del timone resa nulla, rimase immobile sulla superficie di un mare che non era turbato dal piú piccolo alito di vento.

Parve allora che la goletta fosse nell'impossibilità di proseguire la sua rotta per tutta la notte.

Il capitano Spade era rimasto a prua in osservazione. Una volta usciti dallo stretto, il suo sguardo non aveva cessato di portarsi ora a dritta, ora a sinistra, come se cercasse di scorgere qualche oggetto galleggiante da quelle parti.

A un certo punto gridò con voce sonora:

— Imbrogliate le vele!

A quell'ordine i marinai si affrettarono a mollare le drizze e le vele ammainate furono serrate ai pennoni senza che alcuno si curasse di chiuderle nelle fodere.

Era intenzione del conte d'Artigas attendere in quel posto il ritorno dell'alba e con essa la brezza del mattino? Di solito però si rimane sotto vela per poter utilizzare i primi soffi favorevoli della nuova brezza.

Fu calata in mare la lancia e il capitano Spade vi discese assieme a un marinaio che vogando a bratto lo condusse verso un oggetto galleggiante ad una decina di tese a sinistra.

Si trattava di un piccolo gavitello simile a quello che galleggiava nelle acque del Neuze, quando l'*Ebba* stazionava presso la riva di Healthful-House.

Appena afferrato quel gavitello assieme all'ormeggio a cui era fissato, la lancia lo trasportò all'altezza della prora della goletta.

A un comando del nostromo un cavo di rimorchio lanciato dalla nave fu attaccato al gavitello. Poi il capitano Spade e il marinaio risalirono sul ponte della goletta e la lancia fu issata nuovamente sulle grue.

Quasi subito il cavo di rimorchio si tese e l'*Ebba*, a secco di vele, fece rotta verso l'est con una velocità non inferiore alle dieci miglia.

La notte era fonda e i fari della costa americana scomparvero ben presto nelle nebbie dell'orizzonte.

Capitolo V

DOVE SONO?
(Appunti dell'ingegner Simon Hart)

Dove sono?... Che cosa è successo dopo quella improvvisa aggressione di cui sono stato vittima a pochi passi dal padiglione?...

Avevo appena lasciato il dottore, stavo per salire i gradini della scalinata, rientrare nella camera, chiuderne la porta e riprendere il mio posto accanto a Thomas Roch, quando parecchi uomini mi hanno assalito e atterrato... Chi sono?... Non ho potuto riconoscerli perché mi avevano bendato gli occhi... non ho potuto chiamare soccorso perché mi avevano imbavagliato... non ho potuto opporre resistenza poiché mi avevano legato braccia e gambe... poi, in quello stato, ho sentito che mi sollevavano, che mi trasportavano per un centinaio di passi... che mi issavano... poi che mi calavano... infine che mi facevano sdraiare...

Ma dove?... Dove?...

E di Thomas Roch che ne è stato?... Sarà lui che volevano piuttosto che me?... È molto probabile. Per tutti, io non ero che il guardiano Gaydon, non l'ingegner Simon Hart di cui nessuno ha mai sospettato la vera identità e la vera nazionalità; e perché allora avrebbero voluto impadronirsi di un semplice infermiere di ospedale?...

Dunque deve essere stato rapito l'inventore francese, nessun dubbio... e se l'hanno portato via da Healthful-house non è forse con la speranza di strappargli i suoi segreti?...

Ma io faccio questo ragionamento nell'ipotesi che Thomas Roch sia sparito con me... Sarà stato cosí?... Sí... deve essere cosí... è cosí... non posso avere dubbi su questo... non può essere che io mi trovi fra le mani di malfattori che hanno avuto il solo scopo di derubarmi... Non avrebbero agito cosí... dopo avermi messo nell'impossibilità di gridare, dopo avermi gettato in un angolo del giardino in mezzo a un cespuglio... dopo aver rapito Thomas Roch, non mi avrebbero certo rinchiuso... dove mi trovo adesso...

Ma dove mi trovo?... È l'invariata domanda alla quale da tante ore non riesco a dare una risposta.

Comunque sia, eccomi coinvolto in una straordinaria avventura che finirà... in che modo lo ignoro... e non oso nemmeno prevedere la conclusione. In tutti i casi voglio fissare nella mia memoria, istante per istante, tutte le piú piccole circostanze e poi, se sarà possibile, registrare per iscritto le mie impressioni quotidiane... Chissà che cosa mi riserva l'avvenire e se non finirò per scoprire, data la nuova situazione in cui mi trovo, il segreto del Folgoratore Roch?... Se un giorno dovessi tornare libero, bisogna che lo si conosca questo segreto e che si sappia anche chi sia l'autore o gli autori di questo criminoso attentato, le cui conseguenze possono essere gravissime!

Ritorno sempre alla stessa domanda sperando che un caso s'incarichi di rispondermi:

— Dove sono?...

Ricominciamo tutto daccapo.

Dopo essere stato trasportato a braccia fuori da Healthful-house ho sentito di venir deposto, senza violenza a esser sincero, sul tavolato di una imbarcazione che si piegò su un fianco – una lancia senza dubbio e di piccole dimensioni...

A questa prima oscillazione ne seguí quasi subito un'altra – io ho attribuito la cosa all'imbarco di una seconda persona. E posso dubitare che si trattasse di Thomas Roch?... Con lui non avranno certo avuto bisogno di imbavagliarlo, di bendargli gli occhi, di legargli mani e piedi. Doveva ancora essere in uno stato di prostrazione che gli impediva qualsiasi resistenza ed ogni coscienza dell'attentato di cui era oggetto. La prova che non mi sbaglio sta nell'odore caratteristico di etere che mi è arrivato al naso anche sotto il bavaglio. Difatti, proprio ieri, prima di lasciarci, il dottore aveva somministrato al malato qualche goccia di etere, e – me lo ricordo bene – un po' di quella sostanza, che si volatilizza cosí prontamente, gli era caduta sugli abiti mentre si dibatteva nella punta massima della crisi. Non è strano quindi se quell'odore era rimasto e che il mio olfatto ne fosse stato colpito. Sí... Thomas Roch era là, in quella barca, steso accanto a me... e se io avessi tardato qualche minuto a tornare al padiglione, non ce l'avrei trovato piú...

Se ci penso! Perché diavolo quel conte d'Artigas ha avuto la malaugurata idea di visitare Healthful-house? Se il mio protetto non lo avesse visto, non sarebbe accaduto niente di tutto quel che è successo. Il parlargli delle sue invenzioni ha scatenato in Thomas Roch quella crisi di cosí eccezionale violenza. La colpa principale è del direttore che non ha tenuto conto dei miei avvertimenti... se mi avesse dato ascolto, non si sarebbe dovuto chiamare il medico, la porta del padiglione sarebbe rimasta chiusa e il colpo sarebbe fallito...

Quanto all'interesse che può presentare il rapimento di Thomas Roch, sia per un singolo, sia per uno qualsiasi degli Stati dell'antico continente, è fin troppo evidente. Su questo, però, posso stare completamente sicuro. Nessuno potrà riuscire là dove io non sono riuscito in quindici mesi. Al grado di debolezza mentale a cui è ridotto il mio compatriota, qualunque tentativo per strappargli il suo segreto resterà inutile. E infatti il suo stato non può che peggiorare, la sua pazzia divenire completa anche in quei campi dove fino a oggi la sua ragione è rimasta intatta.

In fin dei conti comunque in questo momento non si tratta di Thomas Roch, ma di me ed ecco quel che io posso constatare.

Dopo alcune oscillazioni molto intense, la lancia si è messa in moto sotto la spinta dei remi. Il tragitto non è durato che un minuto. Si è inteso un leggero urto. Sicuramente l'imbarcazione dopo avere urtato lo scafo di una nave gli si è affiancata. Allora si è inteso un brusio agitato. Chi parlava, chi dava comandi, chi eseguiva manovre... Da sotto il mio bavaglio, pur senza comprendere nulla, ho afferrato un confuso mormorio di voci, che è continuato per cinque o sei minuti...

Il solo pensiero che mi è potuto venire alla mente, è che stessero per trasportarmi dalla lancia alla nave a cui essa apparteneva, rinchiudendomi in fondo alla stiva, fino al momento in cui la nave si sarebbe trovata in alto mare. Finché si navigherà sulle acque del Pamplico Sound è evidente che non si lascerà comparire sul ponte né Thomas Roch, né il suo guardiano...

Infatti, sempre imbavagliato, sono stato preso per le gambe e per le spalle.

La mia impressione è stata, non che delle braccia mi sollevassero oltre l'impavesata di una nave, ma al contrario che mi calassero... Era forse per lasciarmi andare... per buttarmi nell'acqua onde sbarazzarsi di uno scomodo testimone?... Quest'idea mi traversò per un attimo la mente e un brivido di angoscia mi attraversò dalla testa ai piedi... istintivamente trassi un profondo respiro e il mio petto si è gonfiato di quell'aria che presto forse verrà a mancargli...

No! mi hanno calato con una certa precauzione sopra un solido impiantito che mi ha dato la sensazione di un freddo metallico. Ero steso per lungo. Con mia grande sorpresa i lacci che mi legavano erano stati sciolti. Lo scalpiccio intorno a me era cessato. Un istante dopo udii il rumore sonoro di una porta che si chiudeva...

Ed eccomi qua... dove?... E, prima di tutto, sono solo?... Mi strappo il bavaglio dalla bocca e la benda dagli occhi...

Tutto è nero, profondamente nero. Non il minimo raggio di luce, neppure quella vaga percezione della luce che la pupilla conserva nelle camere ermeticamente chiuse...

Chiamo... chiamo a piú riprese... nessuna risposta. La mia voce è soffocata, come se traversasse un ambiente incapace di trasmettere i suoni.

Oltre a ciò, l'aria che respiro è calda, greve, pesante, e il movimento dei miei polmoni si fa difficile, impossibile se quest'aria non sarà rinnovata...

Allora, stendendo le braccia, ecco quello che riesco a percepire al tatto.

Io occupo un locale con le pareti di lamiera, che non misura piú di tre o quattro metri cubi. Quando passo la mano su queste pareti, mi rendo conto che sono tutte bullonate come le paratie stagne delle navi.

In quanto ad aperture, mi pare che su una delle pareti si disegni il quadro di una porta i cui cardini sporgono di qualche centimetro. Questa porta deve aprirsi dal fuori al dentro, ed è senza dubbio di là che mi hanno introdotto in questo stretto locale.

Con l'orecchio incollato alla porta non sento alcun rumore. Il silenzio è completo quanto l'oscurità, uno strano silenzio turbato solamente dal risonare del pavimento metallico, quando io mi muovo. Non odo nessuno di quei rumori sordi che regnano solitamente a bordo delle navi, né il vago sciabordio della corrente lungo lo scafo, né lo sciacquio del mare che lambisce la carena. Nemmeno piú quell'ondeggiamento che avrebbe dovuto sentirsi dato che nell'estuario del Neuze la marea produce sempre un movimento ondulatorio molto sensibile. Ma questo locale nel quale mi trovo imprigionato, appartiene veramente a una nave? Posso sicuramente affermare che galleggi sulla superficie delle acque del Neuze, benché io sia stato trasportato da una barca per un tragitto che non è durato piú d'un minuto?... In effetti, perché non pensare che quella lancia, anziché raggiungere una nave qualunque ferma ad attendere sotto Healthful-house, abbia invece raggiunto un altro punto della riva?... E in questo caso non sarebbe possibile che io sia stato depositato a terra, in fondo a una caverna?... Questo spiegherebbe la completa immobilità del locale... Però ci sono queste paratie metalliche bullonate e anche un vago odore di salsedine intorno a me, quell'odore *sui generis* di cui è normalmente impregnato l'interno delle navi e sulla cui natura non posso ingannarmi...

Dal momento della mia incarcerazione è trascorso un intervallo di tempo che stimo di circa quattro ore. È dunque quasi mezzanotte. Resterò qui fino al mattino?... Meno male che ho pranzato alle sei, conformemente alle abitudini di Healthful-house. Non sento fame, ho piuttosto una gran voglia di dormire. Tuttavia spero di aver l'energia sufficiente per resistere al sonno... non mi lascerò vincere... ho bisogno di appigliarmi a qualche cosa di esterno... Ma a che cosa?... dentro questa scatola di ferro non arrivano né suoni, né luce... Aspettiamo!... Forse, per quanto debole, un rumore qualunque potrà arrivare al mio orecchio?... Ora, tutta la mia potenza vitale si concentra nell'udito... e poi sto sempre all'erta per cogliere, sempre nel caso che non mi trovi sulla terraferma, il minimo movimento, la minima oscillazione, che dovranno pur farsi sentire... Ammesso che la nave sia ancora all'ancora, non può tardare a mettersi in movimento... o... altrimenti... non riuscirei piú a capire perché Thomas Roch e io siamo stati rapiti.

Finalmente... non è un'illusione... un leggero rollio mi culla e mi dà la certezza che non mi trovo sulla terra... benché sia appena sensibile, senza scosse, senza contraccolpi... assomiglia piuttosto allo scivolare sulla superficie delle acque...

Dunque, vediamo di riflettere con sangue freddo. Mi trovo a bordo d'una delle navi ancorate alla foce del Neuze e che stava attendendo sotto vela o sotto pressione il risultato del rapimento. La lancia mi ha trasportato a bordo: ma ripeto che non ho avuto la sensazione di venir sollevato al disopra dell'impavesata... Sono dunque stato fatto scivolare qui dentro, attraverso un portello aperto nello scafo?... Dopo tutto, poco importa! Che io sia stato o no calato in fondo alla stiva, il fatto è che ora mi trovo sopra qualcosa che galleggia e si muove...

Certo mi sarà resa ben presto la libertà come anche a Thomas Roch, ammesso che anche lui sia stato rinchiuso con la stessa cura usata per me. Per libertà intendo la possibilità di circolare a mio piacimento sul ponte di questa nave; tuttavia la cosa non avverrà prima di qualche ora, poiché è necessario che nessuno ci possa vedere. Quindi non torneremo a respirar l'aria pura se non quando la nave avrà raggiunto l'alto mare. Se si tratta di un veliero, avrà dovuto attendere che si levasse la brezza – quella brezza che viene da terra al levar del giorno e favorisce la navigazione nel Pamplico Sound. Se poi si tratta d'una nave a vapore...

No... a bordo d'una nave a vapore si diffondono inevitabilmente esalazioni di carbon fossile, di grassi, di mille odori provenienti dalla sala macchine, che sarebbero certamente arrivati al mio naso. E poi i movimenti dell'elica o delle pale, il rumore delle macchine, i contraccolpi dei pistoni, li avrei sentiti...

Insomma, la cosa migliore è pazientare. Solo domani sarò estratto da qui. Del resto, anche se non mi rendono la libertà, mi porteranno pure qualche cosa da mangiare. Quale probabilità c'è che mi si voglia lasciar morire di fame?... Sarebbe stato piú spiccio calarmi in fondo al fiume piuttosto che imbarcarmi... Una volta al largo, che cosa possono piú temere da me?... Nessuno potrà piú sentire la mia voce... i miei reclami sarebbero inutili e le mie recriminazioni piú inutili ancora!

E poi, chi sono io per gli autori di questo attentato?... Un semplice infermiere d'ospedale, un Gaydon qualunque, senza importanza... Era Thomas Roch che si voleva rapire da Healthful-house... io... io non sono stato preso che per sovrappiú... solo perché son tornato al padiglione proprio in quel momento...

In tutti i casi, qualunque cosa accada, chiunque siano le persone che hanno condotto questa faccenda, qualunque sia il luogo dove mi porteranno, io mi atterrò a questa risoluzione: seguitare a recitare la mia parte di infermiere. Nessuno, no! Nessuno sospetterà che, sotto le vesti di Gaydon, si nasconde l'ingegner Simon Hart. Da ciò avrò due vantaggi: prima di tutto nessuno diffiderà d'un povero diavolo di sorvegliante e, in secondo luogo, forse potrò scoprire il mistero di questa macchinazione e avvantaggiarmene se riesco a fuggire...

Ma dove va a perdersi il mio pensiero?... Prima di pensare a fuggire, aspettiamo d'essere arrivati a destinazione. Ci sarà tempo per pensare ad evadere, se se ne presenterà l'occasione... Fino allora l'essenziale è che non si sappia chi sono io, e non lo si saprà.

Ora (di questo ne ho la certezza assoluta) noi stiamo navigando. Tuttavia ritorno alla mia prima idea. No!... la nave che ci trasporta non è a vapore, ma non è neppure un veliero. È incontestabilmente spinta avanti da una potente macchina di locomozione. Devo ammettere però che non sento quei rumori caratteristici delle macchine a vapore quando azionano un'elica, o delle pale; e anche che questa nave non è assolutamente scossa dal tipico andirivieni dei pistoni dentro ai loro cilindri. Qui si tratta piuttosto di un movimento continuo e regolare, una specie di rotazione diretta che si comunica al propulsore, di qualunque specie esso sia. Non è possibile sbagliarsi: la nave è mossa da un meccanismo particolare... Quale?...

Che si tratti d'una di quelle turbine di cui si parla da qualche tempo e che, messe in movimento dentro a un tubo immerso nell'acqua, sono destinate a rimpiazzare l'elica, utilizzando meglio di questa la resistenza dell'acqua e imprimendo una velocità molto maggiore?...

Ancora poche ore e saprò che cosa pensare su questo genere di navigazione che sembra effettuarsi in un ambiente perfettamente uniforme.

D'altra parte – fatto non meno straordinario – i movimenti di rullio e di beccheggio non si sentono affatto. Ora come è possibile che il Pamplico Sound sia cosí tranquillo?... Anche la sola corrente della marea che sale e che scende basta di solito a turbarne la superficie.

Ma forse a quest'ora la marea è ferma e mi ricordo che la brezza di terra ieri col sopraggiungere della sera era calata. Non importa! La cosa mi è lo stesso inesplicabile, perché una nave spinta da un motore, qualunque sia la sua velocità, registra delle oscillazioni, di cui io invece non riesco a cogliere il minimo sentore.

Ecco di quali pensieri ossessivi è ora piena la mia testa! Nonostante una gran voglia di dormire, nonostante il torpore che mi assale in questa atmosfera soffocante, ho deciso di non lasciarmi vincere dal sonno.

Veglierò fino a che non sarà giorno e per me non sarà giorno se non quando questo locale riceverà la luce esterna. E forse non basterà che si apra la porta, bisognerà che mi tirino fuori da questo buco, che mi riconducano sul ponte...

M'appoggio ad un angolo, poiché non c'è nemmeno una panca su cui sedersi. Ma appena sento le palpebre diventare pesanti, appena mi sento invadere da una specie di sonnolenza, subito mi rialzo. La collera mi assale, mi metto a picchiare col pugno le pareti, chiamo... Invano mi ferisco le mani contro i bulloni di ferro: alle mie grida non accorre nessuno.

Sí!... Questo è indegno di me. Mi sono ripromesso di contenermi ed ecco che fin dall'inizio perdo la padronanza di me stesso e mi comporto come un ragazzo...

È certissimo che l'assenza di rollio e di beccheggio prova se non altro che la nave non ha ancora raggiunto l'alto mare. Forse, invece di traversare il Pamplico Sound abbiamo risalito il corso del Neuze?... No! Perché dovremmo addentrarci nel cuore della contea?... Se Thomas Roch è stato rapito da Healthful-house è perché lo si voleva portar fuori degli Stati Uniti, probabilmente in un'isola lontana dell'Atlantico o in un punto qualunque del vecchio continente. Dunque non è il Neuze, dal corso non molto lungo, che il nostro natante sta risalendo... noi siamo sulle acque del Pamplico Sound che dev'essere in calma assoluta.

Sia pure! Ma quando la nave avrà preso il largo essa non potrà piú sfuggire all'oscillazione delle onde che si sente sempre, anche quando è caduto il vento, sulle navi di medie dimensioni. A meno che non mi trovi a bordo d'un incrociatore o d'una corazzata... ma penso proprio che non sia il mio caso!

Ecco! In questo momento mi sembra... Sí... No, non mi sbaglio... Si sente un rumore qui dentro... un rumore di passi... Questi passi si avvicinano alla paratia metallica in cui è tagliata la porta che dà in questo locale... Saranno senz'altro uomini dell'equipaggio... Dunque mi apriranno infine questa porta?... Ascolto... C'è qualcuno che parla, ne sento le voci... ma non riesco a capire che cosa si dicono... Si servono di una lingua che non conosco... Chiamo... grido... Nessuna risposta!

Non c'è dunque che da aspettare, aspettare, aspettare! Questa parola, che continuo a ripetere, risuona nella mia povera testa come il batacchio d'una campana!

Vediamo se riesco a calcolare il tempo trascorso.

Tutto sommato, non posso pensare che siano passate piú di quattro o cinque ore da che la nave si è messa in moto. Secondo me la mezzanotte è già passata. Disgraziatamente il mio orologio non può servirmi a niente in questa oscurità.

Ora, se è vero che stiamo navigando da cinque ore, la nave sarà ormai fuori dallo stretto di Ocracoke o da quello di Hatteras. Ne deduco che deve essere al largo della costa, almeno d'un buon miglio... E tuttavia io non sento per nulla le ondate del largo...

È questo l'inesplicabile, è questo l'inverosimile... Vediamo... È possibile che io mi sia ingannato?... Sono stato forse vittima d'un'illusione?... Forse non sono affatto chiuso in fondo alla stiva d'una nave in moto?...

Ormai è passata un'altra ora e, improvvisamente, è cessato il rullio delle macchine... Sento perfettamente che la nave su cui mi trovo è ora assolutamente immobile... È dunque arrivata a destinazione?... In tal caso, non potrebbe trattarsi che di un porto della costa, a nord o a sud del Pamplico Sound... Ma quale probabilità c'è che Thomas Roch, strappato da Healthful-house, sia stato riportato sulla terra ferma?... Il rapimento sarà presto scoperto ed i suoi autori rischierebbero di essere scoperti dalle autorità dell'Unione...

D'altra parte se la nave adesso è ancorata sentirò il rumore della catena attraverso la cubia e quando ripartirà sentirò certamente una scossa, la scossa che aspetto... che riconoscerò... Non può tardare che di pochi minuti...

Aspetto... ascolto...

A bordo regna un cupo e inquietante silenzio... C'è da domandarsi se su questa nave ci siano altri esseri viventi oltre a me...

Ora mi sento invadere da una specie di torpore... l'aria è viziata... la respirazione diventa sempre piú pesante e il mio petto è oppresso come da un peso da cui non posso liberarmi...

Vorrei resistere... Ma è impossibile... Ho dovuto distendermi in un angolo e liberarmi di qualche indumento tanto la temperatura è soffocante... Le palpebre mi si fanno sempre piú pesanti, si chiudono e mi sento cadere in uno stato di prostrazione che finirà per sprofondarmi irresistibilmente in un sonno pesante...

Quanto tempo ho dormito?... Lo ignoro. Sarà notte o giorno?... Non saprei dirlo. Ma la prima cosa che posso notare è che adesso la respirazione è piú facile. I miei polmoni si riempiono di un'aria non piú pregna d'acido carbonico.

Forse è stata cambiata l'aria durante il mio sonno?... La mia prigione è stata aperta?... Qualcuno è entrato infine in questa scatola d'acciaio?...

Sí... e ne ho la prova.

La mia mano per caso incontra un oggetto... un recipiente pieno d'un liquido dall'odore invitante. Me lo porto alle labbra riarse, poiché son torturato dalla sete al punto che mi accontenterei anche di acqua salmastra.

È birra, una birra di buona qualità che mi rinfresca, mi riconforta... e di cui mi scolo una pinta intera.

Ma se non sono stato condannato a morire di sete, non sarò stato, penso, neanche condannato a morire di fame...

No... In un angolo è stato deposto un paniere che contiene una pagnotta di pane e un pezzo di carne fredda.

Finalmente mangio... e mangio avidamente e sento che le forze a poco a poco mi ritornano.

Decisamente non sono poi cosí abbandonato come ero propenso a credere prima. Qualcuno è entrato in questo oscuro locale e attraverso la porta è potuto entrare dal di fuori un po' di ossigeno, senza il quale sarei morto asfissiato. Poi è stato messo a mia disposizione qualcosa con cui calmare la mia sete e la mia fame fino al momento in cui sarò liberato.

Quanto tempo durerà ancora questa prigionia?... Dei giorni?... Dei mesi?...

Non mi è possibile del resto, calcolare il tempo che è trascorso durante il mio sonno, né stabilire con una certa approssimazione che ora è. Avevo ben avuto cura di caricare l'orologio ma non è a ripetizione... Forse, toccando le lancette... Sí... mi pare che la lancetta piccola sia sull'otto... senz'altro le otto del mattino...

Quello di cui, per esempio, sono sicuro è che la nave non è piú in movimento. Non si sente la minima scossa, chiaro segno che il motore è fermo. Intanto le ore passano, ore interminabili, e io mi domando se non aspetteranno la notte per entrare di nuovo nella mia prigione per cambiare l'aria, come già è stato fatto quando dormivo... e per rinnovare le provviste... Sí... vorranno approfittare del mio sonno...

Questa volta sono deciso... resisterò... Anzi, fingerò di dormire... e chiunque sia la persona che entrerà qui dentro, saprò ben obbligarla a rispondermi!

Capitolo VI

SUL PONTE

Eccomi all'aria libera, respirare a pieni polmoni... Finalmente mi hanno fatto uscire da quella scatola soffocante e salire sul ponte della nave... Appena salito, percorrendo tutto l'orizzonte con lo sguardo non ho potuto scorgere nessun segno di terra... Nient'altro che quella linea circolare che divide il cielo dal mare!

No!... Non c'è nemmeno una lontana apparenza di continente verso occidente, da quella parte dove la costa del Nord-America si svolge per migliaia di miglia.

In questo momento il sole, ormai al tramonto, diffonde solo piú raggi obliqui sulla superficie dell'oceano... Devono essere circa le sei di sera... Guardo il mio orologio... Sí, sono le sei e tredici minuti.

Ecco quel che è accaduto durante la notte del 17 giugno.

Aspettavo, come ho detto, che si aprisse la porta della mia prigione, ben deciso a non cedere al sonno. Non avevo dubbi che fosse già giorno, ma la giornata passava e nessuno si faceva vivo. Delle provviste messe a mia disposizione non restava piú nulla. Cominciavo a soffrire la fame, ma non la sete poiché mi era rimasta ancora un po' di birra.

Da quando m'ero svegliato, alcuni fremiti dello scafo mi avevano fatto pensare che la nave si fosse rimessa in moto, dopo essersi fermata fin dal giorno prima – probabilmente in qualche baietta deserta della costa, poiché non avevo inteso nessuna di quelle scosse che accompagnano solitamente le operazioni di ancoraggio.

Erano dunque le sei, quando risuonarono alcuni passi dietro la parete metallica della mia prigione. Sarebbe entrato qualcuno?... Sí... Si udí un cigolio nella serratura e la porta si aprí. La luce improvvisa di un fanale dissipò la profonda oscurità in cui ero immerso dal mio arrivo a bordo.

Apparvero due uomini che non sono però riuscito a riconoscere. Mi afferrarono per le braccia e mi avvolsero la testa in un fitto pezzo di tela cosí che non potei vedere piú niente.

Che cosa significava quella precauzione?... Che cosa volevano fare di me?... Cercai di dibattermi... Mi tenevano molto saldamente... Feci delle domande ma non ricevetti alcuna risposta. Poi quegli uomini si sono scambiati tra loro alcune parole in una lingua che io non capivo e di cui non ho potuto riconoscere l'origine.

Decisamente non usavano molti riguardi con me! In realtà, ero solo un guardiano di pazzi... perché disturbarsi per una persona di sí poca importanza?...

Comunque non sono troppo sicuro che l'ingegnere Simon Hart sarebbe stato oggetto di trattamenti migliori.

Questa volta comunque non fui imbavagliato e neppure mi legarono le braccia o le gambe. Si sono solo accontentati di tenermi saldamente cosicché non potessi fuggire.

Un attimo dopo, venni tratto fuori del mio compartimento e spinto attraverso uno stretto corridoio. Sotto i miei piedi risuonavano i gradini d'una scala di ferro. Poi una fresca brezza mi colpí sul viso e attraverso la benda di tela respirai a pieni polmoni.

Allora i due uomini mi sollevarono e mi deposero sopra un impiantito che però questa volta non era fatto di lastre metalliche e che doveva essere il ponte d'una nave.

Finalmente le braccia che mi stringevano mollarono le prese ed io mi trovai libero nei movimenti. Strappai subito la fascia che mi copriva la testa e mi guardai attorno...

Ero in piena navigazione a bordo d'una goletta, che lasciava dietro di sé sulle acque una lunga scia bianca.

Colpito dalla piena luce dopo esser stato rinchiuso per quarantott'ore nella piú completa oscurità, dovetti aggrapparmi a un cavo per non cadere.

Sul ponte andavano e venivano una decina di uomini dall'aria rude – tutti tipi molto diversi fra loro, a cui non avrei saputo quale origine attribuire. D'altra parte facevano mostra di notarmi appena.

Quanto alla goletta, secondo una mia rapida stima, stazzerà dalle duecentocinquanta alle trecento tonnellate. Piuttosto larga di baglio, fornita di una robusta alberatura ha una superficie velica capace di imprimere una notevole velocità con brezza favorevole.

A poppa, un uomo dal volto abbronzato stava al timone. Con le mani ben salde sulle caviglie della ruota, sosteneva energicamente la nave contro le violente imbardate.

Avrei voluto leggere il nome di questa nave che ha tutta l'aria di una nave da diporto. Ma il suo nome sarà scritto sul quadro di poppa o sulle murate di prua?

Mi sono diretto verso uno dei marinai e ho domandato:

— Che nave è questa?

Nessuna risposta. Anzi avevo motivo di pensare che quell'uomo non mi capisse affatto.

— Dov'è il capitano? — ho soggiunto.

Il marinaio non ha risposto a questa seconda domanda cosí come non aveva risposto alla prima.

Allora mi sono recato a prua.

Da quella parte, sopra le travi dell'argano si trova la campana... Forse sul bronzo di questa campana sarà inciso un nome... il nome della goletta?...

Niente, non c'è alcun nome.

Sono ritornato verso poppa e mi sono rivolto all'uomo che reggeva il timone ripetendo la domanda...

Ma quello mi ha lanciato un'occhiata poco simpatica, ha crollato le spalle e s'è inarcato con forza per raddrizzare la goletta tutta piegata a sinistra per un violento scarto.

Mi è venuta l'idea di vedere se anche Thomas Roch era là... Non l'ho visto da nessuna parte... Che non sia a bordo?... La cosa sarebbe inesplicabile. Perché allora rapire da Healthful-house soltanto il guardiano Gaydon? Nessuno ha mai potuto sospettare che io sia l'ingegnere Simon Hart e poi, quand'anche lo si fosse saputo, che interesse ci poteva essere a impadronirsi della mia persona, e che cosa ci si potrebbe aspettare da me?...

Cosí, dato che Thomas Roch non è sul ponte, penso che debba essere chiuso in una delle cabine e gli auguro di venir trattato con un po' piú di riguardi del suo infermiere.

Ed ora eccomi qua! Innanzi tutto mi viene da chiedermi – e anzi non capisco come la cosa non mi abbia colpito immediatamente – in che modo può navigare questa goletta. Le vele sono serrate... non spunta neanche un pollice di tela... il vento è caduto... i pochi aliti di brezza che vengono saltuariamente da levante sono contrari, poiché noi dirigiamo appunto in quella direzione... E tuttavia la goletta fila velocissima, con la prua un po' affondata, mentre il tagliamare fende le onde, la cui schiuma scivola lungo la linea di galleggiamento. Dietro la poppa si allunga la scia, come una serpentina cangiante.

Questa nave è dunque a vapore? No! Nessuna ciminiera s'innalza fra l'albero di maestra e l'albero di mezzana... È forse un bastimento mosso grazie all'elettricità fornita da una batteria d'accumulatori, o da pile di enorme potenza che muovono l'elica e gli danno una simile velocità?

Di fatto, non saprei spiegarmi altrimenti questo tipo di navigazione. In ogni caso, dal momento che il propulsore non può che essere un'elica, sporgendomi oltre al coronamento di poppa, la vedrò certamente funzionare perciò non mi resterà che da scoprire qual è il congegno meccanico che le imprime il movimento.

L'uomo al timone mi lascia avvicinare non senza rivolgermi uno sguardo pieno d'ironia.

Mi sporgo fuori e osservo...

Nessuna traccia di quel ribollimento che avrebbe prodotto la rotazione d'un'elica... Nient'altro che una scia piatta estesa per tre o quattro lunghezze di cavo, come quella che lascia dietro a sé una nave spinta da potente velatura...

Ma qual è dunque il motore che dà alla goletta questa fantastica velocità? Come ho già detto, il vento è alquanto sfavorevole e il mare si solleva a lunghe ondate, che però non si frangono affatto...

Ma io devo pur sapere... e senza che l'equipaggio si occupi di me, ritorno verso prua.

Arrivato vicino al boccaporto di prua, mi trovo in presenza di un uomo, la cui fisionomia non mi è del tutto sconosciuta... Appoggiato su un fianco, quest'uomo lascia che mi avvicini a lui fissandomi... Sembra aspettare che sia io a rivolgergli la parola...

Ah! Ora mi rammento... Costui è l'uomo che accompagnava il conte d'Artigas nella visita a Healthful-house. Sí... sono certo di non sbagliare...

Cosí, è stato quel ricco straniero a rapire Thomas Roch, ed io sono a bordo dell'*Ebba*, il suo yacht conosciutissimo in queste zone dell'America orientale!...

Ebbene! Allora l'uomo che mi sta di fronte mi dirà quel che ho il diritto di sapere. Ricordo che il conte d'Artigas e lui parlavano in inglese... Dunque mi capirà e non potrà rifiutarsi di rispondere alle mie domande.

Secondo me, quest'uomo deve essere il capitano della goletta *Ebba*.

— Capitano — gli dico — siete voi che io ho visto a Healthful-house... Mi riconoscete?

Ma quello si contenta di guardarmi senza degnarsi di rispondermi.

— Sono l'infermiere Gaydon — continuo — il custode di Thomas Roch, e voglio sapere perché mi avete rapito e portato a bordo di questa goletta...

Il capitano m'interrompe con un gesto ma m'accorgo che quel gesto non è rivolto a me, bensí ad alcuni marinai appostati sul castello di prua.

Questi accorrono, mi afferrano per le braccia e, poco curandosi del moto di collera che non riesco a trattenere, m'obbligano a discendere la scaletta del boccaporto di prua.

Questa scaletta non è che una rampa di ferro fissata perpendicolarmente alla paratia.

Sul fondo da ogni lato si apre una porta che mette in comunicazione l'alloggio equipaggio, la cabina del capitano e gli altri locali attigui.

Mi getteranno ancora una volta nel carcere cupo che ho già occupato in fondo alla stiva?...

Volto a sinistra, mi introducono in una cabina rischiarata da un oblò momentaneamente aperto e che lascia passare una fresca brezza.

Il mobilio consiste in una cuccetta completa con comodino, un tavolo, una poltrona, un armadio e una toletta; la tavola è apparecchiata e a me non resta che sedermi e mangiare. Siccome l'aiuto cuoco sta per andarsene, dopo aver deposto vari piatti, gli rivolgo la parola.

Ma anche questo, tanto per cambiare, è muto... è un ragazzotto negro... forse non capisce la mia lingua?...

La porta viene richiusa e io mi metto a mangiare con appetito, deciso a rimandare a piú tardi quelle domande che dovranno pur avere un giorno risposta.

È vero, sono prigioniero... ma stavolta in una condizione infinitamente piú confortevole e che spero mi sarà conservata finché non saremo giunti a destinazione.

A questo punto mi abbandono al corso dei pensieri, di cui il primo è questo: è stato il conte d'Artigas a predisporre tutto questo piano, è lui l'autore del rapimento di Thomas Roch e non ho il minimo dubbio che l'inventore francese sia rinchiuso in una cabina non meno confortevole di questa, a bordo dell'*Ebba*.

Ma insomma, chi è questo personaggio?... Da dove viene questo straniero?... Se si è impadronito di Thomas Roch è dunque perché vuole, a qualunque costo, impadronirsi del segreto del suo Folgoratore?... È possibile. Bisogna allora che io stia ben attento a non tradire la mia identità, poiché perderei ogni speranza di venir liberato se si venisse a sapere la verità sul mio conto.

Ma quanti misteri da svelare, quante cose inesplicabili da spiegare!... L'origine di questo d'Artigas, le sue intenzioni future, la rotta della goletta, il porto a cui attraccherà... e soprattutto questo sistema di navigazione, senza vele e senza elica, con una velocità di almeno dieci miglia all'ora!...

Finalmente col calar della sera dall'oblò entra una brezza piú fresca. Lo chiudo mediante la vite e, dato che la mia porta è chiusa dal di fuori, la cosa migliore è gettarmi sul letto e addormentarmi al dolce dondolio di questa strana *Ebba*, sulla superficie dell'Atlantico.

Il giorno dopo, all'alba, sono già alzato, faccio la mia toeletta, mi vesto e aspetto.

Mi viene subito l'idea di controllare se la porta della cabina è ancora chiusa...

No, non lo è piú. Spingo il battente, salgo la scaletta di ferro e mi trovo sul ponte.

A poppa, mentre i marinai attendono al lavaggio, due uomini, uno dei quali è il capitano, stanno chiacchierando. Quest'ultimo non mostra alcun segno di sorpresa vedendomi e con un cenno mi indica al suo compagno.

L'altro, che io non ho mai visto prima è un uomo sulla cinquantina, con barba e capelli neri qua e là brizzolati, aspetto agile, occhio vivace, fisionomia intelligente. Ha tutta l'aria di essere ellenico e che sia di origine greca ne ho conferma, quando l'ho sentito chiamare Serkö – ingegner Serkö – dal capitano dell'*Ebba*.

Quest'ultimo invece si chiama Spade – capitano Spade – e questo nome ha tutta l'aria di essere di origine italiana. Cosí c'è un greco, un italiano... un equipaggio fatto di gente racimolata in tutti gli angoli della terra e imbarcata su una goletta con nome norvegese... tutto questo miscuglio mi pare, con molta ragione, sospetto.

E il conte d'Artigas, poi, con un nome spagnolo e una fisionomia invece un po' orientale, da dove viene?...

Il capitano Spade e l'ingegner Serkö stanno parlando a voce bassa. Il primo sorveglia da vicino il timoniere, che non sembra affatto curarsi delle indicazioni date dalla bussola sistemata nella chiesuola davanti a lui. Pare piuttosto obbedire ai segnali di uno dei marinai di prua che gli indica se deve piegare a dritta o a sinistra.

Thomas Roch è là, presso la tuga... guarda l'immenso mare deserto che nessun contorno di terra limita all'orizzonte. Due marinai fermi vicino a lui non lo perdono di vista. Non ci si può forse aspettare di tutto da quel pazzo, anche che si getti in mare?

Chissà se mi sarà permesso di parlare col mio antico protetto?...

Mentre avanzo verso di lui, il capitano Spade e l'ingegner Serkö mi osservano.

Mi avvicino a Thomas Roch, che non si accorge del mio arrivo, e mi trovo al suo fianco.

Thomas Roch non pare affatto riconoscermi, e non fa un solo movimento. I suoi occhi, che brillano di una luce spiritata, non cessano di percorrere lo spazio attorno a lui. Felice di respirare quest'aria vivificante carica di effluvi salini, il suo petto si gonfia per le profonde aspirazioni. A quell'aria ossigenata si aggiunge la luce d'un magnifico sole che splende in un cielo senza nuvole e i cui raggi lo investono in pieno. Si rende conto del cambiamento avvenuto nella sua situazione?... O non si ricorda già piú di Healthful-house, del padiglione dove era rinchiuso e del suo guardiano Gaydon?... È molto probabile. Il passato si è cancellato nella sua memoria ed egli vive tutto nel presente.

Ma, secondo me, anche sul ponte dell'*Ebba*, in mezzo a questo mare immenso, Thomas Roch è sempre il pazzo di cui ho avuto cura per quindici mesi. Il suo stato mentale non è cambiato, la ragione non gli tornerà che quando gli si parlerà delle sue scoperte. Il conte d'Artigas conosce questa sua situazione mentale, per averla sperimentata durante la sua visita, ed è evidentemente su questa situazione appunto che egli conta per poter carpire, presto o tardi, il segreto dell'inventore. Che cosa ne potrebbe fare?...

— Thomas Roch... — chiamo.

La mia voce lo colpisce ma i suoi occhi, dopo essersi per un attimo fissati su di me, si distolgono vivacemente.

Afferro la sua mano, la stringo ma lui la ritira bruscamente, quindi s'allontana – senza avermi riconosciuto – e si dirige verso la poppa della goletta ove si trovano l'ingegner Serkö e il capitano Spade.

Pensa dunque di rivolgersi a uno di quei due uomini? E, se loro gli rivolgono la parola, risponderà? – cosa che non ha fatto con me...

Di colpo la sua fisionomia s'illumina d'un raggio d'intelligenza e la sua attenzione – non ne dubito – è attratta dallo strano modo di avanzare della goletta.

Infatti i suoi occhi si posano sull'alberatura dell'*Ebba*, le cui vele sono serrate e che, nonostante ciò, scivola rapidamente sulla calma superficie delle acque...

Allora Thomas Roch torna indietro, risale il corridoio di dritta e si arresta nel punto dove, se l'*Ebba* fosse una nave a vapore, dovrebbe sorgere la ciminiera, da cui sfuggirebbero dense nuvole di fumo...

Quello che mi è sembrato tanto strano, appare tale anche a Thomas Roch... Anche lui non sa spiegarsi quel che io ho trovato inesplicabile e, come ho fatto io, si reca a poppa per veder funzionare l'elica...

Intorno ai fianchi della goletta saltano una frotta di focene. Per quanto rapida proceda l'*Ebba*, quegli agili animali la superano senza sforzo, facendo capriole e evoluzioni, giocando nel loro elemento naturale con agilità fantastica.

Ma Thomas Roch non si cura affatto di seguirle con lo sguardo; si sporge e...

Subito l'ingegner Serkö e il capitano Spade gli si avvicinano, e nel timore che possa cadere in mare, lo afferrano solidamente e lo riconducono sul ponte.

Osservo a questo punto – poiché ne ho lunga esperienza – che Thomas Roch è in uno stato di sovreccitazione. Gira piú volte su se stesso, gesticola, dice frasi incoerenti che non sono rivolte ad alcuno...

È purtroppo evidente che sta sopraggiungendo una crisi – una crisi sul genere di quella che lo colpí durante l'ultima sera da lui passata nel padiglione di Healthful-house e le cui conseguenze sono state cosí funeste. Bisogna impadronirsi di lui, farlo ridiscendere nella sua cabina, dove forse poi mi chiameranno per prestargli le cure speciali a cui io sono abituato...

Intanto l'ingegner Serkö e il capitano Spade non lo perdono di vista. Probabilmente intendono lasciarlo fare: ed ecco che cosa egli fa:

Dopo essersi diretto verso l'albero di maestra di cui i suoi occhi hanno invano cercato la velatura, lo raggiunge, lo circonda con le braccia e cerca di smuoverlo, scrollandolo per la cavigliera come se volesse abbatterlo...

Ma, visto che i suoi sforzi sono vani, egli va a ripetere con l'albero di trinchetto quel che ha inutilmente provato sull'albero di maestra. Il suo nervosismo cresce in misura sempre maggiore. Alle parole insensate che gli sfuggono dalla bocca seguono grida inarticolate...

D'un tratto si precipita verso le sartie di sinistra e vi si attacca saldamente. Mi domando se non stia per lanciarsi sulle griselle e arrampicarsi fino alle barre della vela di gabbia... se non lo si ferma, corre il rischio di precipitare sul ponte, o di essere scagliato in mare, per un movimento di rollio piú forte degli altri...

A un cenno del capitano Spade alcuni marinai accorrono e lo sollevano di peso senza riuscire però a fargli lasciare la presa dalle sartie, tanto vi è saldamente avvinghiato. Lo so per esperienza che, durante le crisi, le forze gli si decuplicano. Per avere la meglio su di lui, molte volte mi è toccato di chiamare altri guardiani in mio aiuto...

Questa volta gli uomini della goletta – tutta gente di corporatura molto robusta – hanno ragione del povero mentecatto. Thomas Roch viene disteso sul ponte, dove due marinai lo tengono fermo, nonostante la sua straordinaria resistenza.

Non c'è altro da fare ormai che ricondurlo nella sua cabina e lasciarlo riposare, finché questa crisi non sarà finita. Ed è appunto ciò che vien fatto dietro l'ordine impartito da un nuovo personaggio, la cui voce ha colpito il mio orecchio...

Mi volto e lo riconosco.

È il conte d'Artigas, con la sua aria strana, l'atteggiamento imperioso, proprio come l'ho conosciuto ad Healthful-house.

Vado subito verso di lui. Ho assolutamente bisogno di spiegazioni... e le avrò.

— Con qual diritto, signore?... — domando.

— Col diritto del piú forte! — mi risponde il conte d'Artigas.

E si dirige verso poppa, mentre i marinai trascinano Thomas Roch nella sua cabina.

Capitolo VII

DUE GIORNI DI NAVIGAZIONE

Probabilmente – se le circostanze lo esigeranno – sarò costretto a dire al conte d'Artigas che sono l'ingegner Simon Hart. Chi sa che ottenga d'esser trattato con piú riguardi che non restando il guardiano Gaydon?... In ogni modo questa faccenda merita riflessione. Io sono infatti convinto che, se il proprietario dell'*Ebba* ha fatto rapire l'inventore francese, è nella speranza di garantirsi il possesso del Folgoratore Roch, per il quale né il vecchio né il nuovo mondo han voluto pagare l'inaccettabile prezzo richiesto. Ora, nel caso che Thomas Roch finisca con lo svelare il suo segreto, non sarebbe meglio che io continui a stargli vicino, che io conservi le mie mansioni di sorvegliante e che sia incaricato di prestargli quelle cure che gli sono necessarie?... Sí, devo continuare ad avere la possibilità di vedere tutto, di sentir tutto... chi lo sa?... forse di venire a sapere quello che non sono riuscito a scoprire a Healthful-house!

Ed ora, prima domanda... Dove si dirige l'*Ebba*?...

Seconda domanda... Chi è il conte d'Artigas?...

La prima domanda avrà una risposta senza dubbio fra qualche giorno, data la rapidità con la quale cammina questo fantastico yacht, sotto l'azione di un motore, di cui finirò certamente per scoprire il funzionamento.

Quanto alla seconda domanda non so se riuscirò mai a dare una risposta.

Secondo me infatti questo enigmatico personaggio deve avere un grande interesse a nascondere la sua origine e temo che nessun indizio mi permetterà di conoscere la sua nazionalità. Se il conte d'Artigas parla correttamente l'inglese, come ho potuto verificare durante la sua visita al padiglione 17, lo fa però con un accento duro e vibrato che non si riscontra nelle popolazioni del nord. Il suo modo di parlare non ha niente a che vedere con quello che ricordo di avere udito durante i miei viaggi attraverso i due mondi – se non forse quella specie di durezza che è una caratteristica degli idiomi della Malesia. E veramente con quella pelle scura, quasi olivastra, tendente al ramato, con quei capelli crespi e neri come l'ebano, con quegli occhi infossati nell'orbita profonda e lo sguardo che scatta come un dardo dalla pupilla immobile, con quella statura alta, le spalle squadrate, il corpo muscoloso che rivela un notevole vigore fisico, non sarebbe affatto impossibile che il conte d'Artigas appartenesse a qualcuna delle razze dell'estremo oriente.

Per me, questo nome d'Artigas non è che un nome preso in prestito come deve esserlo anche il suo titolo di conte. Se la sua goletta porta un nome norvegese, lui certamente di origine scandinava non è. Egli non ha niente dell'uomo del nord Europa, né la fisionomia calma, né i capelli biondi, né quello sguardo dolce che sfugge dai loro occhi d'un azzurro pallido.

Sta di fatto che, chiunque sia, quest'uomo ha fatto rapire Thomas Roch e me, e non può aver fatto ciò che con cattive intenzioni.

L'avrà fatto nell'interesse d'una potenza straniera, oppure nel suo interesse personale?... Ha voluto approfittare da solo della scoperta di Thomas Roch e dunque si trova nelle condizioni di poterne trarre profitto?... È questa una terza domanda alla quale non saprei ancora rispondere. Da tutto ciò che vedrò in seguito, da tutto ciò che potrò sentire, forse arriverò a dare una risposta prima d'essere fuggito, ammesso sempre che la fuga sia possibile?...

L'*Ebba* continua a navigare nelle inspiegabili condizioni che si conoscono. Io sono libero di andare e venire sul ponte senza però mai oltrepassare l'alloggio dell'equipaggio, il cui boccaporto si apre a prua dell'albero di trinchetto.

Infatti una volta ho voluto avanzarmi fino alla scassa del bompresso, di dove avrei potuto, sporgendomi in fuori, vedere la ruota di prua della goletta fendere le acque. Ma, evidentemente in seguito a degli ordini ricevuti, i marinai di guardia si sono opposti al mio passaggio e uno di loro mi ha detto in tono brusco e in un rauco inglese:

— Indietro!... indietro!... Qui impedite la manovra!

La manovra? Quale manovra, se su questa nave non si fa alcuna manovra.

Hanno capito che cercavo di scoprire a qual genere di motore obbedisce la goletta?... È probabile, e il capitano Spade, che è stato testimone della scena, deve aver indovinato che io cercavo di rendermi conto di questo tipo di navigazione. Anche un sorvegliante d'ospedale non potrebbe non essere meravigliato vedendo una nave che, senza vele e senza elica, è animata da tanta velocità. Insomma, per una ragione o per l'altra, la prua del ponte dell'*Ebba* mi è preclusa.

Verso le dieci si leva la brezza – una brezza di nord-ovest molto favorevole – e il capitano Spade dà le istruzioni al nostromo.

Subito questi si porta il fischietto alle labbra e fa issare la vela maestra, quella di trinchetto e i fiocchi. La manovra non sarebbe stata eseguita con maggior regolarità e disciplina a bordo d'una nave da guerra.

L'*Ebba* piega leggermente a sinistra e aumenta notevolmente la sua velocità. Tuttavia il motore non ha cessato affatto di funzionare, perché le vele non sono gonfie come dovrebbero essere se la goletta fosse sottoposta soltanto alla loro azione. Nondimeno esse ne aiutano la navigazione, grazie alla fresca brezza che ora si è regolarmente stabilita.

Il cielo è bello, le nuvole che vengono da occidente si dissolvono appena giungono all'altezza dello zenith e il mare risplende sotto la cascata dei raggi solari.

La mia preoccupazione diventa allora quella di rilevare, nel limite del possibile, la rotta da noi seguita. Io ho viaggiato abbastanza in mare per saper valutare la velocità d'una nave. A mio avviso, quella dell'*Ebba* dev'essere compresa fra le dieci e le undici miglia. Quanto alla direzione, è sempre la stessa e mi è facile verificarlo avvicinandomi alla chiesuola della bussola posta davanti al timoniere. Se l'accesso alla prua dell'*Ebba* è proibito all'infermiere Gaydon, non è cosí la poppa. Piú volte ho potuto gettare un'occhiata alla bussola il cui ago segna invariabilmente l'est o, con piú esattezza, l'est-sud-est.

Ecco dunque in che condizioni stiamo navigando attraverso questa parte dell'oceano Atlantico chiusa a ponente dalla costa degli Stati Uniti d'America.

Faccio appello alla mia memoria: quali sono le isole o i gruppi di isole che s'incontrano in questa direzione prima d'arrivare alle terre del vecchio continente?

La Carolina del Nord, che la goletta ha lasciato già da quarantotto ore, è attraversata dal trentacinquesimo parallelo e questo parallelo, prolungato verso levante, se non m'inganno, deve tagliare la costa africana press'a poco all'altezza del Marocco. Ma, su questa traiettoria si trova l'Arcipelago delle isole Azzorre a tremila miglia circa dall'America. È presumibile che l'*Ebba* abbia intenzione di raggiungere questo arcipelago e che il suo porto d'attracco si trovi in una di quelle isole che formano il possedimento insulare del Portogallo?... No, questa è un'ipotesi che non saprei ammettere.

Del resto prima delle Azzorre sulla linea del trentacinquesimo parallelo, solamente a milleduecento chilometri di distanza, s'incontra il gruppo delle Bermude che appartiene all'Inghilterra. A me pare meno impossibile che, se il conte d'Artigas è incaricato di rapire Thomas Roch per conto d'una potenza Europea, questo paese sia appunto il Regno Unito di Gran Bretagna e Irlanda. Resta comunque sempre la possibilità che questo personaggio abbia agito soltanto per il suo interesse personale.

Durante questa giornata il conte d'Artigas è venuto a sedersi a poppa tre o quattro volte. Di là il suo sguardo mi è parso interrogare attentamente piú punti dell'orizzonte.

Quando appaiono al largo una vela o una colonna di fumo egli le osserva a lungo, servendosi di un potente cannocchiale da marina. Aggiungo che non si è nemmeno degnato di notare la mia presenza sul ponte.

Di tanto in tanto il capitano Spade lo raggiunge e i due si scambiano qualche parola in una lingua che io non riesco a comprendere né a riconoscere.

Il proprietario dell'*Ebba* comunque si intrattiene piú volentieri con l'ingegner Serkö che ha tutta l'aria di essere molto in confidenza con lui. Molto loquace, meno arcigno e chiuso dei suoi compagni di bordo, per quale motivo quest'ingegnere si troverà sulla goletta?... È un amico stretto del conte d'Artigas?... Correrà per i mari dividendo col conte quella invidiabile esistenza di ricco yachtman?... In fondo quest'uomo è il solo che sembri dimostrarmi, se non proprio della simpatia, almeno un po' d'interesse.

Quanto a Thomas Roch, non l'ho visto in tutta la mattina: penso che sarà chiuso nella sua cabina, sotto lo choc della crisi di ieri, non ancora finita.

Ne ho avuto poi la certezza quando, verso le tre del pomeriggio, il conte d'Artigas, proprio nel momento in cui stava per discendere per il boccaporto, m'ha fatto cenno di avvicinarmi.

Ignoravo che cosa volesse da me ma sapevo bene quello che gli avrei detto.

— Queste crisi a cui va soggetto Thomas Roch durano per molto tempo? — mi domanda in inglese.

— A volte anche quarantott'ore — ho risposto.

— E che cosa gli si deve fare?...

— Nient'altro che lasciarlo tranquillo fino a quando si addormenta. Dopo una notte di sonno, la crisi è finita e Thomas Roch ritorna nel suo abituale stato d'incoscienza.

— Va bene, infermiere Gaydon; allora, se sarà necessario, voi continuerete a prestargli le vostre cure come a Healthful-house...

— Le mie cure?...

— Sí... a bordo della goletta... in attesa di arrivare...

— Dove?...

— Dove saremo domani pomeriggio — mi risponde il conte d'Artigas.

Domani... penso... Non si tratta dunque di raggiungere la costa africana e neanche l'arcipelago delle Azzorre... Sarebbe allora buona l'ipotesi che l'*Ebba* vada ad approdare alle Bermude...

Il conte d'Artigas sta già per mettere il piede sul primo gradino della scaletta, quando io lo interrogo a mia volta.

— Signore — dico — vorrei sapere... anzi ho il diritto di sapere dove vado... e...

— Qui, infermiere Gaydon, voi non avete alcun diritto. Limitatevi a rispondere quando siete interrogato.

— Io protesto...

— Protestate pure — mi risponde quel personaggio imperioso e altero, lanciandomi una brutta occhiata.

Quindi scendendo per il boccaporto mi lascia alla presenza dell'ingegner Serkö.

— Al vostro posto, io mi rassegnerei, infermiere Gaydon... — mi dice questi sorridendo. — Quando si è presi dentro in un ingranaggio...

— Mi sarà almeno permesso di gridare, suppongo...

— A che scopo... Quando non c'è alcuno a portata della vostra voce?

— Mi si sentirà piú tardi, signore...

— Piú tardi... è una data lontana!... ad ogni modo... fate come vi pare!

E con questo ironico consiglio l'ingegner Serkö mi abbandona alle mie riflessioni.

Verso le quattro è segnalato a sei miglia ad est un grande bastimento che procede a controbordo rispetto a noi. Avanza velocemente e ingrandisce a vista d'occhio. Colonne di fumo nerastro s'alzano dalle due ciminiere. È una nave da guerra dato che una stretta fiamma sventola in cima al suo albero maestro, e benché nessuna bandiera penda dal picco mi par di riconoscere un incrociatore della marina federale.

Mi domando se quando l'*Ebba* gli sarà al traverso gli farà il saluto d'uso. No, e proprio in questo momento la goletta evoluisce con l'evidente intenzione di allontanarsi.

Questo comportamento del resto non mi stupisce da parte di uno yacht cosí sospetto. Ma quella che mi procura la piú viva sorpresa è la maniera di manovrare del capitano Spade.

Infatti, dopo essersi recato a prua presso l'argano, egli si ferma davanti ad un piccolo apparecchio segnaletico, simile a quelli che sulle navi a vapore son destinati a inviare i comandi nella sala macchine. Appena egli ha toccato uno dei bottoni di questo apparecchio, l'*Ebba* poggia d'una quarta verso il sud-est, mentre gli uomini dell'equipaggio mollano dolcemente le scotte delle vele.

Evidentemente un « certo » ordine è stato trasmesso al macchinista di quella « certa » macchina che imprime alla goletta questo inspiegabile movimento, sotto l'azione di un « certo » motore il cui principio ancora mi sfugge.

Il risultato di questa manovra è che l'*Ebba* si allontana obliquamente dall'incrociatore, la cui direzione non è stata modificata. E perché un bastimento da guerra avrebbe cercato di stornare dalla sua rotta questo yacht che non può far sorgere alcun sospetto?...

Ma in tutt'altra maniera si comporta l'*Ebba* quando, verso le sei di sera, appare un secondo bastimento due quarte a sinistra di prora. Questa volta invece d'evitarlo, il capitano Spade, dopo avere inviato un ordine per mezzo del suddetto apparecchio, riprende la rotta verso est, secondo la quale andremo a finire esattamente nelle acque del bastimento.

Un'ora dopo le due navi sono al traverso l'una dall'altra, separate da una distanza di circa tre o quattro miglia. La brezza è completamente caduta. Il bastimento, che è un tre alberi mercantile di lungo corso, è intento a serrare le vele alte. È inutile contare sul ritorno del vento durante la notte e domani su questo mare cosí tranquillo quel tre alberi sarà ancora necessariamente allo stesso posto. Quanto all'*Ebba*, spinta dal suo motore misterioso continua ad avvicinarglisi.

Il capitano Spade ha ordinato di ammainare le vele e la manovra, sotto la direzione del nostromo Effrondat, viene eseguita con quella prontezza che si ammira a bordo degli yacht da corsa.

Quando l'oscurità comincia ad addensarsi, le due navi non si trovano piú che a una distanza d'un miglio e mezzo.

Il capitano Spade si dirige allora verso di me, mi raggiunge presso il boccaporto di poppa e senza tanti complimenti mi ordina di scendere nella mia cabina.

Non posso che obbedirgli. Tuttavia, prima d'abbandonare il ponte, osservo che il nostromo non fa accendere i fanali di posizione, mentre invece il tre alberi si prepara ad accendere i suoi, verde a dritta e rosso a sinistra.

Non dubito che la goletta abbia intenzione di passare inosservata nelle acque di questa nave. La sua velocità è stata molto rallentata, senza però modificarne la direzione.

Ritengo che dal giorno prima l'*Ebba* abbia dovuto avanzare di circa duecento miglia verso est.

Sono rientrato nella mia cabina sotto l'impressione d'un vago timore. La mia cena è pronta sulla tavola, ma io sono inquieto e, non so perché, tocco appena il cibo e mi metto a letto in attesa d'un sonno che non vuol venire.

Questo stato di malessere dura per due ore. Il silenzio non è turbato che dal fremito della goletta, dal mormorio dell'acqua che scivola sullo scafo, e dai leggeri colpi provocati dal suo spostamento sulla superficie di questo mare tranquillo.

Il mio spirito tenuto desto dal ricordo di tutto quanto è avvenuto in questi due ultimi giorni non ha trovato riposo. Domani nel pomeriggio saremo arrivati... Domani riprenderò a terra le mie funzioni presso Thomas Roch, « se sarà necessario », come ha detto il conte d'Artigas.

Come la prima volta in cui sono stato chiuso in fondo alla stiva mi sono accorto che la goletta aveva iniziato a navigare al largo del Pamplico Sound, ora – devono essere circa le dieci – sento che si è fermata.

Perché questa sosta?... Quando il capitano Spade mi ha ordinato di lasciare il ponte, non eravamo in vista di alcuna terra. In questa direzione le carte non segnano che l'arcipelago delle Bermude, e al calar della notte, mancavano ancora cinquanta, sessanta miglia prima che le vedette potessero essere in grado di segnalarle.

Del resto la marcia dell'*Ebba* è sospesa, e la nave si mantiene in un'immobilità quasi completa. Appena si può registrare un debole dondolio laterale, dolce e regolare. L'onda è poco sensibile e sulla superficie del mare non spira alcun soffio di vento.

La mia mente torna allora a quella nave mercantile che quando son tornato in cabina si trovava a un miglio e mezzo da noi. Se la goletta ha continuato a dirigersi da quella parte l'avrà certamente raggiunta. Ora che essa è ferma le due navi non dovrebbero piú trovarsi che a una o due lunghezze di cavo l'una dall'altra. Il tre alberi già fermo al tramontar del sole non ha potuto spostarsi verso ovest. Esso è là fermo e se la notte fosse chiara, potrei scorgerlo attraverso l'oblò.

Mi viene l'idea chc si possa presentare un'occasione di cui debba approfittare. Perché non dovrei provare a fuggire, se mi è stata tolta ogni speranza di ricuperare in seguito la mia libertà?... Non so nuotare, è vero: ma dopo essermi gettato in mare con uno dei gavitelli di bordo, mi sarebbe forse impossibile raggiungere il tre alberi, riuscendo a eludere la sorveglianza dei marinai di quarto?...

Prima di tutto si tratta di abbandonar la cabina e di salire la scaletta del boccaporto... Non sento alcun rumore nel locale dell'equipaggio né sul ponte dell'*Ebba*... Gli uomini a quest'ora probabilmente stanno dormendo. Proviamo...

Ma quando voglio aprire la porta della cabina m'accorgo che è chiusa dall'esterno: dovevo prevederlo.

Sono costretto ad abbandonare questo progetto che, del resto, aveva cosí poche probabilità di successo!...

La cosa migliore sarebbe dormire, poiché sono stanchissimo di mente anche se non di corpo. Se potessi annegare nel sonno tutte queste incessanti ossessioni, tutte queste associazioni d'idee contraddittorie!...

Devo esserci riuscito, poiché sono destato da un rumore – un rumore insolito che non ho ancora mai sentito a bordo della goletta.

La luce del giorno comincia a imbiancare il vetro dell'oblò rivolto a oriente. Guardo l'orologio... Segna le quattro e mezzo del mattino.

La mia prima idea è di appurare se l'*Ebba* si è rimessa in cammino.

No, certamente... né con le vele, né col motore... altrimenti si udirebbero certe scosse su cui non mi potrei ingannare. D'altra parte al levar del sole il mare sembra tranquillo cosí come lo era ieri al tramonto. Se pure l'*Ebba* ha navigato durante le poche ore del mio sonno, adesso è sicuramente immobile.

Il rumore che sento è prodotto da un affrettato andirivieni sul ponte – passi di gente che trasporta carichi pesanti. Contemporaneamente mi pare che un rumore dello stesso genere provenga dalla stiva sotto all'impiantito della mia cabina, a cui si accede tramite il grande boccaporto a poppa dell'albero di trinchetto. Noto anche che la goletta è sfiorata da qualcosa all'esterno, lungo i fianchi, nella parte emergente dello scafo. Forse qualche imbarcazione le si è accostata?... Gli uomini sono occupati a caricare o a scaricar mercanzie?...

E tuttavia non è possibile che siamo già arrivati a destinazione. Il conte d'Artigas ha detto che l'*Ebba* non sarebbe arrivata prima di ventiquattr'ore. Ora, ripeto, ieri sera essa si trovava a cinquanta o sessanta miglia dalle coste piú vicine, cioè dall'arcipelago delle Bermude. E nello stesso tempo è impossibile che sia ritornata verso ovest e che si trovi ora in prossimità della costa americana, data la distanza. E poi io ho motivo di credere che la goletta sia rimasta ferma durante tutta la notte. Prima d'addormentarmi avevo osservato che si era fermata. Ed ora osservo che non si è ancora rimessa in movimento.

Aspetto dunque che mi sia permesso di risalire sul ponte. La porta della mia cabina è sempre chiusa da fuori. Me ne sono assicurato proprio ora. Mi pare però poco probabile che mi impediranno d'uscirne anche quando sarà giorno fatto.

Un'ora è passata. La luce mattutina penetra dall'oblò. Ci guardo attraverso... Una nebbia leggera copre l'oceano ma non tarderà a dissolversi al calore dei primi raggi solari.

Dato che il mio sguardo può spaziare fino alla distanza d'un mezzo miglio, se non riesco a vedere il tre alberi è segno che esso è fermo a sinistra dell'*Ebba*, dal lato che io non posso scorgere.

Ecco un rumore stridente di chiave che gira nella serratura! Spingo la porta che ora è aperta, salgo la scaletta di ferro e metto piede sul ponte, nel momento in cui gli uomini stanno richiudendo il boccaporto di prua.

Cerco con gli occhi il conte d'Artigas... Ma non c'è e non deve neanche aver lasciato la sua cabina.

Il capitano Spade e l'ingegner Serkö sorvegliano la sistemazione di alcuni colli che, senza dubbio, sono stati presi dalla stiva e trasportati a poppa. Questo lavoro spiegherebbe il rumoroso andirivieni che ho udito al mio risveglio. Se l'equipaggio è intento a far risalire la mercanzia vuol dire che è prossimo il momento del nostro arrivo. Non siamo piú lontani dal porto e forse fra qualche ora la goletta andrà ad ancorarvisi.

A proposito... e il veliero che era alla nostra sinistra?... Dovrebbe essere nello stesso posto, dato che la brezza non si è piú levata...

Il mio sguardo si volge da quella parte...

Il tre alberi è scomparso, il mare è deserto, e al largo non si vede alcuna nave né una vela all'orizzonte, né a nord, né a sud...

Dopo aver riflettuto, la sola spiegazione che posso darmi, nonostante alcune riserve, è questa: anche se io non me ne sono accorto, l'*Ebba* deve essersi rimessa in movimento mentre dormivo, lasciandosi indietro il tre alberi, che invece ha continuato a stare fermo. E questa deve essere la ragione per cui non lo vedo piú al traverso della goletta.

Del resto mi guardo bene dall'andare a interrogare in proposito il capitano Spade o l'ingegner Serkö: essi non si degnerebbero neppure di darmi una risposta.

Proprio in questo momento il capitano Spade si dirige verso l'apparecchio di segnalazione e preme uno dei bottoni del lato superiore. Quasi subito l'*Ebba* registra a prua una scossa molto forte. Poi, sempre con le vele serrate, riprende la sua straordinaria navigazione verso levante.

Due ore dopo il conte d'Artigas fa la sua apparizione dall'apertura del boccaporto e va a prendere il suo posto abituale accanto all'impavesata. L'ingegner Serkö e il capitano Spade vanno subito a scambiare alcune parole con lui.

Tutti e tre impugnano i cannocchiali e osservano l'orizzonte percorrendolo da sud-est a nord-est.

Nessuno si stupisca se anche i miei sguardi si fissano ostinatamente in quella direzione. Ma, non avendo il cannocchiale, non riesco a vedere nulla in lontananza.

Terminato il pasto, siamo risaliti tutti sul ponte, tutti tranne Thomas Roch, che non è ancora uscito dalla sua cabina.

Verso l'una e mezzo uno dei marinai arrampicatosi sulle barre dell'albero di trinchetto, avvista la costa. Visto che l'*Ebba* procede a velocità eccezionale, non tarderò a vedere anch'io disegnarsi i primi contorni d'un litorale.

Infatti due ore dopo va profilandosi all'orizzonte una forma tondeggiante a meno di otto miglia. A mano a mano che la goletta si avvicina, la sagoma si delinea piú nettamente: si tratta d'una montagna o per lo meno di un rilievo molto accentuato. Dalla sommità s'innalza un pennacchio di fumo che sale verso lo zenith.

Un vulcano in questi paraggi?... Ma allora sarebbe...

Capitolo VIII

BACK-CUP

Secondo me l'*Ebba* non ha potuto, in questa parte dell'Atlantico, incontrare altro arcipelago, se non quello delle Bermude. Questo appare chiaro sia dalla distanza percorsa finora da quando abbiamo lasciato la costa americana, sia dalla direzione seguita fin da quando siamo usciti dal Pamplico Sound. La direzione è stata sempre quella di sud-sud-est; la distanza, in rapporto con la velocità della nave, può essere approssimativamente valutata fra i novecento e i mille chilometri.

Tuttavia la goletta non ha rallentato la sua andatura. Il conte d'Artigas e l'ingegnere Serkö si mantengono a poppa, vicino al timoniere. Il capitano Spade è andato a mettersi a prua.

Allora sorpasseremo quest'isolotto, che sembra isolato, lasciandolo ad ovest?...

Non mi pare probabile, dato che siamo nel giorno e nell'ora in cui è stato previsto l'arrivo dell'*Ebba* al suo punto di attracco...

In questo momento tutti i marinai sono allineati sul ponte, pronti alla manovra ed il nostromo Effrondat sta prendendo le disposizioni per un prossimo ancoraggio.

Fra due ore saprò come regolarmi. Sarà la prima risposta a uno dei tanti interrogativi che mi hanno assillato da quando la goletta era in alto mare.

Eppure è inverosimile che il porto di sosta dell'*Ebba* sia situato precisamente in una delle Bermude, proprio in mezzo ad un arcipelago inglese – a meno che, ipotesi praticamente inammissibile, il conte d'Artigas abbia rapito Thomas Roch per incarico della Gran Bretagna...

Quel che è fuori dubbio è che in questo momento quel bizzarro personaggio mi sta osservando con una insistenza per lo meno strana. Benché non possa sospettare che io sono l'ingegner Simon Hart, egli deve senza dubbio domandarsi che cosa ne pensi io di questa avventura. Se l'infermiere Gaydon non è che un povero diavolo, questo povero diavolo non sarà preoccupato del suo futuro meno di quanto lo sarebbe qualunque altro gentiluomo – foss'anche il proprietario di questo strano yacht. Per questo sono un po' inquieto per l'insistenza con cui quello sguardo è fisso sulla mia persona.

E se il conte d'Artigas avesse potuto indovinare quale folgorante intuizione è appena esplosa nella mia mente, credo che non avrebbe esitato a farmi gettare in mare...

La prudenza quindi m'impone d'essere piú circospetto che mai.

Infatti senza che io abbia dato adito al minimo sospetto – anche alla mente dell'ingegner Serkö che pure è tanto arguta, – un angolo del velo misterioso si è alzato. Ai miei occhi l'avvenire si è un poco rischiarato.

A mano a mano che l'*Ebba* si avvicina, i contorni dell'isola, o meglio dell'isolotto verso il quale si dirige, si vanno disegnando con maggior nitidezza sul fondo chiaro del cielo. Il sole, che è già in fase calante lo illumina in pieno dalla parte che guarda il tramonto. L'isolotto è solitario, o quanto meno né a nord né a sud io vedo nulla del gruppo a cui dovrebbe appartenere. Di mano in mano che la distanza diminuisce si allarga l'angolo visivo sotto il quale si presenta, mentre l'orizzonte si abbassa dietro di esso.

Quest'isolotto di forma curiosa assomiglia esattamente a una tazza rovesciata dal cui fondo sfugge un getto di vapore fuligginoso. La sua sommità, o se vogliamo il fondo della tazza, deve elevarsi circa cento metri al disopra del livello del mare, mentre i suoi fianchi sono tagliati da scarpate d'una ripidezza regolare e appaiono altrettanto nudi quanto gli scogli della base battuti senza posa dalla risacca.

Ma una particolarità naturale che rende quest'isolotto facilmente riconoscibile per i navigatori provenienti da ovest è costituita da una roccia forata. Quest'arco naturale sembra come formare il manico della suddetta tazza e lascia libero passo tanto alla schiuma turbinosa delle onde, quanto ai raggi del sole quando il suo disco infuocato spunta dall'orizzonte ad oriente. Visto in tali condizioni quest'isolotto giustifica pienamente il nome di Back-Cup [1] che gli è stato attribuito.

Ebbene, quest'isolotto io lo conosco e lo riconosco! Esso è situato proprio davanti all'arcipelago delle Bermude. È la « tazza rovesciata » che ho avuto occasione di visitare qualche anno fa... no! Non m'inganno!... A quell'epoca camminai su quelle rocce calcaree e feci il giro della sua base dalla parte orientale... Sí... è proprio Back-Cup...

Se fossi meno padrone di me, mi sarei lasciato sfuggire un'esclamazione di sorpresa... e di soddisfazione, di cui il conte d'Artigas avrebbe avuto buone ragioni per preoccuparsi.

Ed ecco in quali circostanze ebbi modo di esplorare l'isolotto di Back-Cup, quando mi trovavo alle Bermude.

Questo arcipelago, situato a mille chilometri circa dalla Carolina del Nord, è composto di parecchie centinaia d'isole e isolotti. Nella sua parte centrale s'incrociano il sessantaquattresimo meridiano e il trentaduesimo parallelo. Dall'epoca del naufragio dell'inglese Lomer, che vi fu gettato nel 1609, l'arcipelago delle Bermude appartiene al Regno Unito, che vi ha aumentato la popolazione

[1] *Back-Cup* in inglese significa letteralmente: tazza rovesciata. (*N.d.R.*)

della colonia di circa diecimila abitanti. Non è certo per i suoi prodotti cioè il cotone, il caffè, l'indaco e l'arrow-root [2] che l'Inghilterra ha voluto annettterselo, addirittura si potrebbe dire accaparrarselo. Ma perché possedeva una stazione marittima dalla posizione strategica in questa porzione d'oceano cosí vicina agli Stati Uniti d'America. La presa di possesso si compí senza alcuna protesta da parte delle altre potenze e cosí le Bermude sono ora amministrate da un governatore britannico coadiuvato da un consiglio e da un'assemblea generale.

Le principali isole di quest'arcipelago sono San David, Sommerset, Hamilton e San Giorgio. Quest'ultima possiede un porto franco e la città – che porta lo stesso nome dell'isola – è la capitale di tutto il gruppo.

La piú vasta di queste isole non supera i venti chilometri di lunghezza né i quattro di larghezza. Tolte quelle di dimensioni medie, non resta che un'agglomerato di isolotti e scogli distribuiti su una superficie di dodici leghe quadrate.

Quantunque il clima delle Bermude sia sanissimo e salubre, nondimeno queste isole sono investite violentemente dalle grandi tempeste invernali dell'Atlantico e gli approdi presentano serie difficoltà per i naviganti.

Quello di cui manca assolutamente questo arcipelago sono i fiumi ed i ruscelli. Tuttavia, siccome la pioggia vi cade in abbondanza, si è rimediato a questa deficienza d'acqua raccogliendo quella piovana per i bisogni degli abitanti e le esigenze della coltivazione. A questo scopo sono state fabbricate enormi cisterne che le piogge torrenziali s'incaricano di riempire con una generosità inesauribile. Tali lavori meritano una giusta ammirazione e fanno onore all'ingegno dell'uomo.

Appunto in occasione dell'impianto di queste cisterne io feci allora quel viaggio, oltre che per la curiosità di vedere un lavoro cosí imponente.

Dalla società, presso la quale lavoravo allora come ingegnere nel New-Yersey, ottenni un permesso di qualche settimana e partii imbarcandomi a New York per le Bermude.

Mentre mi trovavo nell'isola Hamilton, situata nel vasto porto di Southampton, avvenne un fenomeno naturale che interessò molto tutti i geologi.

Un bel giorno a Southampton-Harbour si vide arrivare una flottiglia di pescatori, uomini, donne e ragazzi.

Da circa una cinquantina d'anni quelle famiglie vivevano sulla fascia costiera di Back-Cup che è rivolta a levante. Vi avevano costruito delle capanne di legno e delle case di pietra e vivevano là in condizione favorevole per sfruttare proficuamente quelle acque ricchissime di pesce, specialmente per la pesca dei capodogli che durante i mesi di marzo e aprile abbondano lungo tutta la costa delle Bermude.

Nulla fino allora era venuto a turbare l'industriosa tranquillità di quei pescatori. Essi non si lamentavano di quell'esistenza dura, alleviata peraltro dalla facilità di comunicazione con Hamilton e San Giorgio. Le loro solide

[2] Da *arrow*: freccia, e *root*: radice, cosí chiamato poiché gli Indiani americani usavano le sue radici per medicare le ferite causate dalle frecce. Fecola commestibile che si ricava dai rizomi o dai bulbi di alcune piante. Viene usata per particolari diete e impiegata nell'industria alimentare e tessile. (*N.d.R.*)

barche armate a cutter esportavano il pesce e importavano, in cambio, i diversi generi di consumo necessari al mantenimento della famiglia.

Perché dunque avevano abbandonato quell'isolotto e – come si venne a sapere piú tardi – con l'intenzione di non tornarvi mai piú?... Senza dubbio perché la loro sicurezza laggiú non era piú la stessa d'una volta.

Due mesi prima i pescatori erano stati prima sorpresi, poi impauriti da alcune sorde detonazioni che provenivano dall'interno di Back-Cup. Contemporaneamente la sommità dell'isolotto – o, se vogliamo, il fondo della tazza rovesciata – si coronava di vapori e fiamme. Nessuno aveva potuto mai supporre che quell'isolotto fosse d'origine vulcanica e che sulla sua cima ci fosse un cratere, poiché non era mai stato possibile risalire le sue pendici, tanto erano ripide. Ma ora non c'era piú alcun dubbio: Back-Cup era un antico vulcano che minacciava il villaggio con una prossima eruzione.

Durante quei due mesi si era verificato un moltiplicarsi dei boati interni, di scosse molto sensibili in tutta l'isola, di altissimi getti di fiamme dalla cima, specialmente di notte, di detonazioni talvolta davvero formidabili: tutti sintomi che testimoniavano un sommovimento plutonico nella crosta sottomarina, tutti prodromi incontestabili di una prossima eruzione.

Le famiglie che si sentivano esposte ad una catastrofe imminente su quella fascia costiera che non offriva il minimo riparo dalle colate di lava e avevano motivo di temere una completa distruzione di Back-Cup, non esitarono a fuggire via. Tutto ciò che possedevano fu caricato sulle barche da pesca; vi salirono tutti quanti e vennero a rifugiarsi a Southampton-Harbour.

Alla notizia che un vulcano addormentato da secoli si era risvegliato nell'estremità occidentale dell'arcipelago, gli abitanti delle Bermude si spaventarono non poco. Ma, mentre in alcuni nasceva il terrore, in altri spuntava la curiosità. Io fui tra questi ultimi. Era importante soprattutto studiare il fenomeno e verificare se realmente i pescatori non avessero esagerato le conseguenze.

Back-Cup che sorge in un unico blocco a ovest dell'arcipelago, è attaccata a quest'ultimo da una capricciosa fila di isolotti e di scogli inaccessibili dalla parte est. Non la si può scorgere né da Hamilton, né da San Giorgio poiché la sua cima non è piú alta d'un centinaio di metri.

Un cutter partito da Southampton-Harbour mi sbarcò insieme con qualche altro esploratore sulla riva dove sorgevano le capanne abbandonate dai pescatori bermudiani.

I boati interni si sentivano benissimo e una colonna di vapore sfuggiva dalla sommità del cratere.

Anche noi non nutrimmo piú alcun dubbio: l'antico vulcano di Back-Cup si era risvegliato per azione di esplosioni sotterranee. C'era da temere che un'eruzione, con tutte le sue terribili conseguenze, sarebbe scoppiata da un giorno all'altro.

Invano cercammo di arrampicarci fino all'orifizio del vulcano. L'ascensione su quelle pendici scoscese, levigate, sdrucciolevoli, che non offrivano appiglio né al piede né alla mano, e che formavano angoli di 75/80 gradi, era impossibile. Io non avevo mai trovato nulla di piú arido di quella crosta rocciosa sulla quale, nei punti dove si trovava un po' di humus, vegetavano dei ciuffi di erba medica.

Dopo molti infruttuosi tentativi, provammo a fare il giro dell'isola. Ma, tranne la parte dove i pescatori avevano costruito il loro villaggio, il litorale, cosparso di frane sia a nord, sia a sud, sia a ovest, era impraticabile.

L'esplorazione dell'isola fu quindi limitata per forza di cose a questo giro decisamente insufficiente. In conclusione, vedendo le volute di fumo mescolate a fiamme che uscivano dall'alto del cratere, mentre sordi boati e talvolta vere detonazioni scoppiavano nell'interno, non si poteva che approvare la decisione dei pescatori di abbandonare l'isola nel timore di una sua prossima distruzione.

Queste sono le circostanze in cui ebbi modo di visitare Back-Cup e nessuno si stupirà se io gli affibbiai questo nome, data la bizzarra forma con cui esso era apparso alla mia vista.

No! Decisamente non avrebbe fatto certo piacere al conte d'Artigas sapere che l'infermiere Gaydon aveva riconosciuto quell'isola, ammesso che l'*Ebba* andasse a fermarsi laggiú – cosa che, vista la mancanza assoluta di un porto, a me pareva impossibile.

A mano a mano che la goletta s'avvicina, io guardo Back-Cup là dove, dal giorno della fuga, nessun bermudiano ha voluto piú ritornare. Questo centro di pesca è attualmente abbandonato ed io non riesco a spiegarmi perché l'*Ebba* vada a fermarvisi.

Forse il conte d'Artigas e i suoi compagni non hanno intenzione di sbarcare sul litorale di Back-Cup? Anche nel caso che una goletta possa trovare un riparo temporaneo fra le rocce, in una piccola baia, quale probabilità c'è che un ricco signore abbia l'idea di fissare la sua dimora su quell'arido cono, esposto alle infernali tempeste che provengono dall'Atlantico occidentale? Vivere in quell'angolo può andar bene per dei poveri pescatori, non già per il conte d'Artigas, per l'ingegner Serkö, per il capitano Spade e il suo equipaggio.

Back-Cup non dista ormai piú di un mezzo miglio e non ricordo per nulla l'ambiente naturale delle altre isole dell'arcipelago ricoperte da lussureggianti boscaglie. Qui invece è già molto se in qualche anfratto germoglia una ginestra o spunta un magro arboscello di quei cedri che sono la ricchezza maggiore delle Bermude. Le rocce della costa poi sono coperte da fitti strati di alghe, rinnovati continuamente dall'incessante moto ondoso, e da mucchi di quei vegetali filamentosi, gli innumerevoli sargassi di cui è pieno il mare omonimo situato fra le Canarie e le isole del Capo Verde, e che le correnti gettano in quantità enormi sugli scogli di Back-Cup.

I soli abitanti di quest'isolotto desolato sono pochi volatili, dei ciuffolotti, dei motacilla dalle piume azzurrognole e miriadi di gavine e gabbiani che traversano con voli rapidi le nubi di vapore che escono dal cratere.

Quando non è che a una distanza di due lunghezze di cavo la goletta rallenta e poi si ferma di colpo all'entrata d'un passaggio disseminato di scogli affioranti.

Mi domando se l'*Ebba* si arrischierà in questo passaggio cosí pericoloso...

No, l'ipotesi piú accettabile è che, dopo una fermata di qualche ora – di cui non so indovinare lo scopo – riprenda la sua rotta verso l'est.

Quello che è sicuro è che io non vedo fare alcun preparativo di ormeggio.

Le ancore restano sospese alle grue, le catene non sono apprestate e l'equipaggio non si dispone affatto a calare le lance in mare.

In questo momento il conte d'Artigas, l'ingegner Serkö e il capitano Spade si recano insieme a prua, e io vedo eseguire una manovra che per me è inesplicabile.

Avendo seguito l'impavesata di sinistra fino all'altezza dell'albero di trinchetto, scorgo un piccolo gavitello galleggiante, che uno dei marinai sta cercando d'issare a prua.

Quasi subito l'acqua, che è limpidissima in questa zona, si oscura e mi sembra di vedere una specie di massa nera salire dal fondo. È forse un enorme capodoglio che viene a respirare alla superficie del mare?... Forse l'*Ebba* è minacciata da un suo formidabile colpo di coda?...

Ho compreso tutto!... Adesso so da quale macchina la goletta è stata mossa a quella straordinaria velocità, senza bisogno di vele o di elica... Eccolo qui, il suo infaticabile motore, che viene finalmente a galla, dopo averla trascinata dalla costa americana fino all'arcipelago delle Bermude... Eccolo là, che galleggia al suo fianco... è un sommergibile, un rimorchiatore sottomarino, un *tug* mosso da un'elica per azione dell'energia fornita da una batteria di accumulatori o da quelle pile potenti che sono ora in uso...

Nella parte superiore di questo *tug* – a forma di lungo fuso metallico – s'allarga una piattaforma, nel centro della quale c'è il coperchio di un boccaporto che mette in comunicazione con l'interno. Verso prua, da questa piattaforma sporge un periscopio, un *look-out*, specie di abitacolo le cui pareti, fornite di oblò con cristalli a lente, permettono di illuminare elettricamente le profondità del mare. Ora, alleggerito della sua zavorra d'acqua, il *tug* è tornato alla superficie. Il boccaporto superiore sta per aprirsi – un'aria pura investirà tutto l'interno. E forse si potrebbe anche supporre che rimanga immerso durante il giorno, ma emerga di notte per rifornirsi d'aria e rimorchi l'*Ebba* restando in superficie...

Intanto si pone un problema. Se è l'elettricità che produce l'energia meccanica di questo *tug*, è indispensabile che esista una fonte d'energia da cui esso si rifornisce. Dove si trova questa fonte?... Non certo sull'isolotto di Back-Cup, penso...

E poi perché la goletta ricorre a questo genere di rimorchiatore che si muove sott'acqua?... Perché non ha anch'essa a bordo, come tante altre imbarcazioni da diporto, una forza propulsiva?

Ma io non ho adesso il tempo di abbandonarmi a simili riflessioni, o piuttosto non posso cercar di spiegare tante cose inesplicabili.

Il *tug* è affiancato all'*Ebba.* Il boccaporto si apre e parecchi uomini salgono sulla piattaforma: è l'equipaggio del sommergibile col quale il capitano Spade comunica per mezzo dei segnali elettrici disposti a prua della goletta e congiunti al tug per mezzo d'un filo. È quindi dall'*Ebba* che partono le indicazioni sulla rotta da seguire.

Allora l'ingegner Serkö mi si avvicina e mi dice questa sola parola:

— Imbarchiamoci.

— Imbarcarci?... — ho replicato.

— Sí... nel *tug*... presto!

Come sempre io non posso far altro che obbedire, perciò mi affretto a scavalcare l'impavesata. In quella, compare anche Thomas Roch sul ponte accompagnato da uno degli uomini. Mi sembra molto calmo, anche indifferente e non oppone alcuna resistenza quando viene il momento di trasferirlo a bordo del rimorchiatore. Quando mi è vicino, accanto al boccaporto, ci raggiungono anche il conte d'Artigas e l'ingegner Serkö.

Quanto al capitano Spade e all'equipaggio, restano sulla goletta, meno quattro uomini che discendono in un piccolo canotto calato in mare. Questi uomini portano con loro un lungo cavo destinato probabilmente a tonneggiare l'*Ebba* attraverso agli scogli. Esiste dunque in mezzo a queste rocce una rada dove lo yacht del conte d'Artigas può trovare un riparo sicuro dalle ondate del largo?... È dunque là il suo porto d'arrivo?...

L'*Ebba* si separa dal *tug*, il cavo che l'unisce al canotto si tende e alcuni marinai, un po' piú lontano, lo fanno passare in anelli di ormeggio in ferro fissati sugli scogli. Allora l'equipaggio alando a forza di braccia tonneggia lentamente la goletta.

Cinque minuti dopo l'*Ebba* è scomparsa dietro un masso di rocce e sicuramente dal largo non se ne potrà scorgere nemmeno la cima dell'alberatura.

Chi mai andrebbe a pensare, nelle Bermude, che una nave vada abitualmente a fermarsi in quella baia segreta?... Chi mai penserebbe in America, che il ricco yachtman ben noto in tutti i porti dell'ovest abiti nelle solitudini di Back-Cup?...

Dopo venti minuti il canotto ritorna verso il *tug* riconducendo i quattro uomini.

È chiaro che il battello sottomarino li aspettava per ripartire... per andare... dove?...

Infatti tutto l'equipaggio passa sulla piattaforma, il canotto è messo al traino, si produce un movimento, l'elica batte lenti giri sulla superficie dell'acqua e il *tug* si dirige verso Back-Cup, aggirando gli scogli da sud. A tre lunghezze di cavo da là si apre un secondo passo che approda all'isolotto e di cui il *tug* va seguendo le sinuosità. Quando ci troviamo accanto agli scogli della riva vien dato ordine a due uomini di tirare il canotto su una stretta striscia di sabbia, dove non arrivano le ondate o la risacca, e dove sarà comodo venirlo a riprendere, quando l'*Ebba* ricomincerà i suoi viaggi.

Fatto ciò, i due marinai risalgono a bordo del *tug* e l'ingegner Serkö mi fa segno di scendere nell'interno.

Pochi gradini d'una scaletta di ferro conducono a una sala centrale, dove sono ammucchiati diversi sacchi e balle che certamente non avranno trovato posto nella stiva già colma. Mi spingono verso una cabina laterale, la porta vien chiusa, e io mi trovo nuovamente immerso in mezzo a una profonda oscurità.

Ho subito riconosciuto questa cabina, appena vi sono entrato: è proprio quella dove ho passato tante lunghe ore, dopo il rapimento di Healthful-house e da cui sono uscito soltanto al largo del Pamplico Sound.

È evidente che devono aver fatto la stessa cosa con Thomas Roch, rinchiuso come me in un'altra cabina.

A un tratto sento un rumore sonoro – il rumore del portello del boccaporto che si richiude e il *tug* non tarda a immergersi.

Difatti sento un movimento di discesa dovuto all'introduzione dell'acqua nei cassoni del *tug*.

A questo movimento ne segue un altro – un movimento che spinge il battello sottomarino attraverso le acque.

Tre minuti dopo s'arresta e ho la sensazione che stiamo risalendo in superficie...

Nuovo rumore del portello del boccaporto che questa volta si riapre.

La porta della cabina mi lascia libero il passo e dopo pochi gradini mi ritrovo sulla piattaforma.

Mi guardo attorno...

Il *tug* è penetrato nell'interno dell'isolotto di Back-Cup.

Ecco dunque dove si trova il misterioso nascondiglio, dove il conte d'Artigas vive insieme con i suoi compagni – per cosí dire – al di fuori dell'umanità!

Capitolo IX

DENTRO LA CAVERNA

Il giorno dopo, senza che nessuno m'impedisse di andare e venire, ho potuto operare una prima ricognizione attraverso alla enorme caverna di Back-Cup.

Che notte ho passato in preda a visioni stranissime, e con quale impazienza ho atteso il giorno!

Ero stato condotto in fondo ad una grotta, a un centinaio di passi dalla spiaggia ove si era fermato il *tug*. In questa grotta, di dieci piedi per dodici, rischiarata da una lampada a incandescenza, si accedeva tramite una porta che fu richiusa dietro le mie spalle.

Non posso meravigliarmi del fatto che dentro a questa caverna sia impiegata l'elettricità come agente luminoso dato che la stessa era usata anche a bordo del rimorchiatore sottomarino. Ma da che cosa viene prodotta?... Da dove proviene?... C'è forse un'officina nell'interno di questa enorme cripta con relativo macchinario, dinamo e accumulatori?...

La mia cella è arredata con un tavolo su cui è stato messo del cibo, un letto, una poltrona di vimini e un armadio rifornito di biancheria e di vari capi di vestiario di ricambio. Nel cassetto della tavola c'è carta, penna e calamaio. Nell'angolo a destra v'è anche una toletta con tutti gli accessori. Tutto è molto pulito.

Il menu di questo mio primo pasto è composto di pesce fresco, di carne conservata, di pane d'ottima qualità, di birra e di whisky. Ma mi sento talmente snervato che ho mangiato solo a fior di labbra – a mezza bocca, come si suol dire.

Bisognerà però che io mi riprenda, che ritorni alla calma dello spirito e del cuore e che mi tiri su di morale. Voglio scoprire il segreto di questo pugno di uomini nascosto nel ventre di quest'isola... e lo scoprirò...

Dunque è sotto il guscio di Back-Cup che il conte d'Artigas è venuto a stabilirsi. Questa caverna, di cui nessuno conosce l'esistenza, gli serve da dimora abituale quando non va in giro con l'*Ebba* lungo la costa del Nuovo Mondo e forse anche fino alle coste del Vecchio. Questo è il rifugio sconosciuto da lui scoperto e al quale si accede tramite un'apertura sottomarina, una porta d'acqua che si apre a dodici o a quindici piedi sotto la superficie dell'oceano.

Ma perché si è allontanato dagli altri abitanti della terra?... Che cosa c'è nel passato di questo personaggio?... Se il suo nome d'Artigas e il suo titolo di conte sono fittizi, come credo, che motivo può avere quest'uomo di nascondere la sua identità?... È un bandito o un proscritto che ha preferito questo ad un altro qualsiasi luogo di esilio?... O piuttosto ho a che fare con un semplice malfattore che vuole assicurarsi l'impunità per i suoi delitti e l'impossibilità di essere perseguito dalla legge venendo a sotterrarsi in fondo a questa introvabile tana?... Ho tutti i diritti di sospettare, quando si tratta di questo straniero sospetto, e io immagino di tutto.

Mi ritorna in mente quella domanda a cui non sono ancora riuscito a dare una risposta soddisfacente. Perché Thomas Roch è stato rapito da Healthful-house nel modo che sappiamo?... Il conte d'Artigas spera forse di strappargli il segreto del suo Folgoratore e di utilizzarlo per difendere Back-Cup nell'eventualità che si venisse a conoscere il suo nascondiglio?... Ma se ciò accadesse, si saprebbe ben ridurre alla fame l'isolotto di Back-Cup, che il *tug* non basterebbe a rifornire!... La goletta non avrebbe piú alcuna possibilità di superare la linea d'assedio e, quand'anche ci riuscisse, sarebbe subito segnalata in tutti i porti!... Dunque, a che cosa potrebbe servire la scoperta di Thomas Roch una volta nelle mani del conte d'Artigas?... Decisamente non riesco a capirlo!

Verso le sette del mattino salto fuori del letto. Se sono prigioniero fra le pareti della caverna, almeno non lo sono fra quelle della mia cella. Niente m'impedisce d'uscirne... e difatti esco...

Trenta metri piú avanti si estende un tavolato roccioso, una specie di banchina che si allunga sia a destra che a sinistra.

Vari marinai dell'*Ebba* sono impegnati a sbarcare le casse e a svuotare la stiva del *tug*, che è fermo a fior d'acqua lungo un piccolo molo di pietre.

Una mezza luce, alla quale i miei occhi si vanno gradualmente abituando, illumina la caverna che è aperta nel centro della sua volta.

« Dev'essere di là » mi dico « che sfuggono i vapori o piuttosto le colonne di fumo che ci hanno segnalato l'isolotto a tre o quattro miglia di distanza. »

E in un istante mi balenarono alla mente tutta una serie di intuizioni.

« Dunque Back-Cup non è un vulcano come hanno creduto tutti e come ho creduto io stesso... I vapori e le fiamme che si sono visti qualche anno fa erano artificiali... I boati che spaventarono i pescatori bermudiani non erano causati dallo scatenarsi di forze sotterranee. Tutti i quei fenomeni erano fittizi... Erano causati dalla sola volontà del padrone di quest'isolotto, di colui che voleva mandar via gli abitanti stabilitisi sulla sua costa... E il conte d'Artigas c'è riuscito!... È rimasto l'unico padrone di Back-Cup... Col rumore di qualche detonazione, dirigendo verso questo falso cratere il fumo ottenuto facendo bruciare le alghe e i sargassi che le correnti marine gli portavano, egli è riuscito a far credere all'esistenza d'un vulcano, al suo inatteso risveglio e all'imminenza d'un'eruzione che non si è mai prodotta!... »

Cosí devono essere andate le cose e difatti, dal giorno della partenza dei pescatori bermudiani, Back-Cup non ha mai smesso di emettere dalla sua cima dense volute di fumo.

Intanto la luce interna si accresce, e il giorno penetra dal falso cratere a mano a mano che il sole sale sull'orizzonte. Mi sarà dunque possibile valutare in modo abbastanza preciso le dimensioni di questa caverna. Ecco qui le cifre che ho potuto in seguito stabilire.

L'isolotto di Back-Cup, di forma pressappoco circolare, misura milleduecento metri di circonferenza esterna, mentre ha una superficie interna di cinquantamila metri quadrati o di cinque ettari. Le pareti hanno uno spessore, alla base, che varia dai trenta ai cento metri.

Da ciò si può dedurre che, tolto lo spessore delle pareti, questa caverna occupa tutta la roccia di Back-Cup che s'alza sopra il mare. Quanto al tunnel sottomarino che mette in comunicazione l'interno con l'esterno, e attraverso cui è penetrato il *tug*, penso che debba essere lungo circa una quarantina di metri.

Queste cifre approssimative permettono di farsi un'idea delle enormi dimensioni di questa caverna. Ma, per quanto sia vasta, debbo ricordare che tanto il Vecchio quanto il Nuovo Continente ne possiedono alcune le cui dimensioni sono molto piú considerevoli di questa e che sono state oggetto di accuratissimi studi da parte degli speleologi.

Infatti nella Carniola, nel Northumberland, nel Derbyshire, in Piemonte, nella Morea, nelle isole Baleari, in Ungheria e in California si aprono grotte di una vastità superiore a quella di Back-Cup. Tali sono per esempio quella di Han-sur-Lesse nel Belgio e la Mammoth-Cave [1] del Kentucky negli Stati Uniti, che non ha meno di duecentoventisei cupole, sette corsi d'acqua, otto cateratte, trentadue pozzi dalla profondità sconosciuta, e un mare interno vasto cinque o sei leghe e di cui gli esploratori non ancora hanno potuto raggiungere il limite estremo.

Conosco questa grotta del Kentucky per averla visitata come hanno fatto migliaia di altri turisti. La principale mi servirà come termine di confronto con quella di Back-Cup. A Mammoth-Cave, come qui, la volta è sostenuta da piloni di forma e altezza diverse che le conferiscono l'aspetto d'una cattedrale gotica con navate, contronavate e navate laterali senza avere del resto quella regolarità architettonica propria degli edifici religiosi. La sola differenza sta nel fatto che se la volta della grotta del Kentucky raggiunge i centotrenta metri d'altezza, quella di Back-Cup non supera i sessanta metri nella parte che circonda l'apertura centrale – quella da cui sfuggono i vapori e le fiamme...

Altra particolarità – molto importante – che bisogna tenere presente, è che la maggior parte delle grotte che ho citato sono facilmente accessibili e dovevano necessariamente venir scoperte un giorno o l'altro.

Ma non è cosí per Back-Cup. Indicata sulle carte di questa zona come un isolotto del gruppo delle Bermude, come si sarebbe potuto sospettare che nell'interno della sua montagna si aprisse una caverna cosí enorme? Per saperlo

[1] *Mammoth-Cave*: Grotta del Mammut. (*N.d.R.*)

sarebbe stato necessario disporre di un sottomarino simile al *tug* che possiede il conte d'Artigas.

Ed io credo che sia stato solo per un puro caso che questo strano yachtman ha scoperto il tunnel grazie al quale ha potuto fondare questa sospetta colonia di Back-Cup.

Ora, dedicandomi all'esame della porzione di mare contenuta fra le pareti di questa caverna, debbo notare che è di dimensioni molto ristrette. Misurerà sí e no trecento/trecentocinquanta metri di circonferenza. In pratica non è che un laghetto circondato da rocce a picco, ma sufficiente per le manovre del *tug*, poiché – come ho appurato – ha una profondità non inferiore ai quaranta metri.

Data la posizione e la struttura di questa caverna, essa appartiene senz'altro alla categoria di quelle che si formano per invasione del mare. D'origine nettuniana e plutonica, essa è come le grotte di Crozon e di Morgate sulla baia di Douarnenez in Francia, come quella di Bonifacio sulla costa della Corsica, come quella di Thorgatten sulle coste della Norvegia la cui altezza non è inferiore ai cinquecento metri, come i « catabotri »[1] della Grecia, le grotte di Gibilterra in Spagna e di Tourane[2] nella Cocincina.[3] La natura insomma della loro struttura rocciosa indica chiaramente che sono il prodotto di questo doppio lavoro geologico.

L'isolotto di Back-Cup è formato in gran parte di rocce calcaree. Dalla sponda del laghetto queste rocce risalgono verso le pareti in dolce pendio, divise fra loro da estensioni di sabbia finissima, rallegrate qua e là da ciuffi giallastri, duri e spessi, di finocchio marino. Inoltre si estendono spessi strati di alghe e di sargassi, alcuni già secchi, altri ancora bagnati ed esalanti un forte odore di mare quando i flutti, dopo averle spinte nel tunnel, le riversano sulla sponda del laghetto. Del resto, non è questo il solo combustibile adoperato per le molte necessità di Back-Cup. Vedo anche un'enorme catasta di carbon fossile che dev'essere stato portato dal *tug* e dalla goletta. Ma le nuvole di fumo vomitate dal cratere dell'isola provengono, comunque, solo dall'incenerimento di quelle masse erbose.

Continuando la mia passeggiata, individuo sulla costa settentrionale del laghetto le abitazioni di questa colonia di trogloditi – non meritano forse questo nome? Questa parte della caverna denominata Bee-Hive, cioè « alveare » giustifica pienamente il suo nome. Infatti nella roccia calcarea delle pareti sono stati scavati dalla mano dell'uomo una quantità di alveoli allineati, nei quali abitano queste api umane.

Dal lato est la disposizione della caverna è invece molto differente. Qui si drizzano, si stagliano, si elevano, si moltiplicano, si raggruppano centinaia di pilastri naturali che sostengono la cupola della volta. Una vera foresta d'alberi

---

[1] Dal greco: voragini sotterranee. (*N.d.R.*)

[2] Tourane: antico nome della città di Da Nang (Vietnam del Sud). (*N.d.R.*)

[3] Cocincina: regione che comprendeva la città di Saigon e la pianura del basso Mekong fino alla zona del delta del fiume. Dopo lo scoppio della guerra indocinese, l'8 marzo 1949, la Cocincina entrò a far parte del nuovo stato del Vietnam condividendone in seguito la storia tormentata. (*N.d.R.*)

di pietra che si estende fino all'estremo limite della caverna. Tra questi pilastri s'incrociano sinuosi sentieri che permettono di raggiungere il piú recondito angolo di Back-Cup.

A contare gli alveoli di Bee-Hive, si può valutare da ottanta a cento il numero dei compagni del conte d'Artigas.

E proprio davanti a una di queste celle, isolata dalle altre, sta quel personaggio che è stato raggiunto un attimo fa dal capitano Spade e dall'ingegner Serkö. Dopo avere scambiato qualche parola, scendono tutti e tre verso la spiaggia e si fermano sul molo presso cui galleggia il *tug*.

Là una dozzina d'uomini, dopo aver sbarcato la mercanzia, la sta trasportando col canotto sull'altra riva, dove si vedono degli ampi ripari nella roccia laterale, che devono costituire i magazzini di Back-Cup.

Quanto all'imbocco del tunnel, essendo sotto le acque del lago, non è visibile. Ho notato infatti che, per entrarvi provenendo dal laghetto, il rimorchiatore ha dovuto immergersi nell'acqua di vari metri. Per la grotta di Back-Cup non è dunque come per quelle di Staffa e di Morgate, il cui ingresso è sempre libero anche quando c'è l'alta marea. Esiste forse un altro passaggio che comunica col litorale, un corridoio naturale o artificiale?... È importante che chiarisca questo punto.

In realtà l'isolotto di Back-Cup merita questo nome. È proprio come una enorme tazza rovesciata. Non solamente la richiama per la forma esteriore ma anche – cosa che era sconosciuta – ne riproduce la forma interna.

Ho detto che Bee-Hive occupa la parte settentrionale della caverna, cioè il lato sinistro per chi entra dal tunnel. Dalla parte opposta ci sono i magazzini dove sono ammassate provviste d'ogni specie, balle di mercanzie, botti di vino e d'acquavite, barili di birra, casse di alimenti in conserva, una quantità di colli contrassegnati da marche di svariata provenienza. Si direbbe che in quel punto è stato sbarcato il carico di almeno venti navi. Un po' piú lontano sorge una costruzione molto importante protetta da una palizzata di cui è facile riconoscere la destinazione. Da un palo che la domina partono grossi fili di rame che alimentano con la loro corrente le potenti lampade elettriche sospese alla volta e quelle a incandescenza che provvedono a illuminare le singole celle dell'alveare. Un buon numero di questi apparecchi da illuminazione è installato anche fra i pilastri della caverna, che permettono cosí di rischiararla fin nelle piú recondite profondità.

Ora il problema è questo: mi lasceranno circolare liberamente nell'interno di Back-Cup?... Lo spero. Perché il conte d'Artigas dovrebbe limitare la mia libertà impedendomi di girare per il suo misterioso dominio?... Non sono comunque prigioniero fra le pareti di quest'isolotto?... È forse possibile uscire da un'altra parte che non sia il tunnel? Come forzare questa porta d'acqua che è sempre chiusa?...

E poi, per quanto mi riguarda, anche ammettendo che io possa attraversare il tunnel, la mia scomparsa non tarderebbe a essere scoperta... Il *tug* condurrebbe subito una dozzina d'uomini sulla costa dell'isola, che sarebbe esplorata nei piú segreti nascondigli... Io sarei inevitabilmente ritrovato, ricondotto a Bee-Hive e questa volta privato anche della libertà di andare e venire...

Devo dunque abbandonare ogni idea di fuga fino a che non sarò riuscito a procurarmi qualche possibilità di successo in piú. Se mi si presenterà un'occasione favorevole, non me la lascerò di certo sfuggire.

Girando lungo la fila degli alveoli ho potuto osservare qualcuno di quei compagni del conte d'Artigas, che hanno accettato di dividere con lui questa monotona esistenza, rinchiusi nelle profondità di Back-Cup. Ripeto che il loro numero, sulla base di quello delle celle di Bee-Hive, si aggira sul centinaio.

Quando passo, nessuno di loro fa attenzione alla mia persona. A studiarli da vicino, mi pare che siano stati reclutati un po' dappertutto. Fra loro non si vede nessuna origine comune, nemmeno quella somiglianza che esiste per esempio tra i nordamericani, o gli europei o gli asiatici. Il colore della loro pelle va dal bianco, al ramato, al nero – un nero che è piuttosto della razza australiana che non dell'africana. In pratica sembrano, per la maggior parte, appartenere alla razza malese. Aggiungo che il conte d'Artigas deve certamente appartenere a quella razza particolare che abita le isole olandesi del Pacifico occidentale, cosí come l'ingegner Serkö dev'essere levantino e il capitano Spade d'origine italiana.

Ma se questi abitanti di Back-Cup non sono uniti per affinità di razza, lo sono certamente per affinità di istinti e di appetiti. Che aria infida, che facce feroci, che tipi terribilmente selvaggi! Si vede chiaramente che sono nature violente incapaci di frenare le proprie passioni o retrocedere davanti a qualunque eccesso. E mi viene l'idea che essi abbiano deciso di rifugiarsi in fondo a questa caverna, dove possono credersi protetti da una assoluta impunità in seguito a una lunga serie di delitti, furti, incendi, assassini e attentati d'ogni sorta commessi di comune accordo... In questo caso il conte d'Artigas non sarebbe che il capo d'una banda di malfattori, Spade e Serkö i suoi due aiutanti, e Back-Cup una tana di pirati...

Questa è la convinzione che si è saldamente radicata nel mio cervello e sarei molto sorpreso se il futuro dovesse dimostrarmi che mi sono ingannato. Del resto tutto quello che vedo nel corso di questa prima esplorazione non fa che confermarmi sempre piú nella mia idea e autorizza le ipotesi piú sospette.

In tutti i casi, chiunque siano e qualunque siano le circostanze che li hanno riuniti in questo luogo, mi pare che i compagni del conte d'Artigas abbiano accettato senza riserve la sua potente signoria. In compenso, se una severa disciplina li mantiene sotto la sua mano di ferro, è probabile che questa specie di schiavitú alla quale si sono assoggettati dia loro certi vantaggi... Ma quali?...

Dopo aver aggirato quel lato della costa sotto cui sbocca il tunnel, raggiungo la riva opposta del laghetto. Come avevo già visto, su questa ripa si trova il deposito delle mercanzie, trasportate dall'*Ebba* ad ogni viaggio. Vaste caverne scavate nella parete rocciosa possono contenere e infatti contengono un grosso numero di balle.

Al di là si trova la fabbrica che produce energia elettrica. Passando davanti alle finestre scorgo alcuni apparecchi di recente invenzione poco ingombranti e molto perfezionati. Non vedo nessuna di quelle macchine a vapore che richiedono l'impiego del carbon fossile e che hanno un meccanismo complicato. Come sospettavo, la corrente alle lampade della caverna e alle dinamo del *tug* è fornita da pile di potenza straordinaria. Senza dubbio questa corrente serve anche per i vari usi domestici, per il riscaldamento di Bee-Hive e per cuocere gli alimenti. Osservo anche che in una vicina caverna essa è applicata agli alambicchi che servono a produrre l'acqua dolce. Grazie a ciò i coloni di Back-Cup non sono costretti a raccogliere, per bere, l'acqua piovana che si rovescia con abbondanza sul litorale dell'isolotto. A qualche passo dalla sorgente di energia elettrica, sorge una larga cisterna che si può paragonare, fatte le debite proporzioni, a quelle che io avevo visitato nelle Bermude. Là si trattava di provvedere alle necessità d'una popolazione di diecimila abitanti, qui a un centinaio di...

Non so ancora come definirli. Che il loro capo e loro stessi abbiano avuto serie ragioni per venire ad abitare nelle viscere di quest'isolotto, questo è evidente; ma quali sono queste ragioni?... Quando dei religiosi si chiudono fra le mura di un convento coll'intenzione di isolarsi dal resto del mondo, lo si può capire. Ma, a dire il vero, questi schiavi del conte d'Artigas non hanno affatto l'aria di benedettini o di certosini!

Proseguendo la mia passeggiata per la foresta di pilastri, giungo fino in fondo alla caverna. Nessuno mi ha disturbato, nessuno mi ha rivolto la parola, né è parso preoccuparsi della mia presenza. Questa parte di Back-Cup è estremamente curiosa, paragonabile allo spettacolo che offrono le meravigliose grotte del Kentucky o delle Baleari. Il lavoro dell'uomo naturalmente è del tutto assente. Appare soltanto l'opera della natura, e non è senza un certo sentimento di meraviglia unito a timore che si pensa a tutte quelle forze telluriche, che sono state capaci d'innalzare costruzioni cosí prodigiose. La parte situata al di là del laghetto riceve i raggi luminosi del cratere centrale molto obliquamente. Di sera, quando è rischiarata dalle lampade elettriche, deve assumere un aspetto fantastico. Nonostante le mie ricerche, non ho trovato da nessuna parte un'uscita che comunichi con l'esterno. Va notato che l'isolotto offre asilo a numerose coppie d'uccelli, gavine, gabbiani e rondini di mare – ospiti abituali delle spiagge bermudiane. Sembra che qui nessuno abbia mai dato loro la caccia, anzi li si lasciano moltiplicare a piacere e difatti essi non si spaventano affatto della vicinanza dell'uomo.

In piú, oltre a questi volatili marini, Back-Cup ospita anche altri animali. Dalla parte di Bee-Hive sono stati costruiti dei recinti destinati alle vacche, ai maiali, ai montoni, ai polli. L'alimentazione dunque è non solo assicurata ma anche varia, grazie oltre a tutto ai prodotti della pesca fatta tra gli scogli esterni, e nelle acque del laghetto, dove abbondano pesci di moltissime specie.

Infine per convincersi che gli ospiti di Back-Cup non mancano d'alcuna risorsa basta guardarli. Sono tutti tipi robusti, energiche fibre di marinai induriti dal clima delle latitudini calde, dal sangue ricco e ossigenato dal vento dell'Oceano. Non vi sono né vecchi né bambini, ma solo uomini la cui età è compresa tra i trenta e i cinquant'anni.

Ma perché hanno accettato di sottoporsi a questo genere di vita?... Ed è possibile che non lascino mai questo loro nascondiglio di Back-Cup?...

Forse non tarderò a saperlo.

Capitolo X

KER KARRAJE

La cella da me occupata si trova a un centinaio di passi dall'abitazione del conte d'Artigas, una delle ultime della fila di Bee-Hive. Dato che non la divido con Thomas Roch, penso che la sua debba almeno essere vicina alla mia. Affinché l'infermiere sia in grado di continuare a dedicare le sue cure all'ospite di Healthful-house occorre che le due celle si trovino vicine... Certamente sarò presto informato al riguardo.

Il capitano Spade e l'ingegner Serkö abitano separatamente in prossimità del palazzo del conte d'Artigas.

Palazzo?... E perché non dargli questo nome, dal momento che la sua abitazione è stata costruita con vera arte? Abili mani hanno intagliato la roccia in modo da darle la forma d'una facciata ornamentale. Vi si accede attraverso una larga porta. La luce penetra da parecchie finestre aperte nella roccia calcarea e provviste di imposte di cristalli colorati. L'interno è suddiviso in varie camere, con una sala da pranzo ed un salone, illuminati da una vetrata, il tutto disposto in modo che l'aria vi circoli in maniera perfetta. I mobili sono d'origine diversa, di foggia fantasiosa e provenienti da fabbriche francesi, inglesi e americane. Evidentemente il proprietario ama la varietà degli stili. La dispensa e la cucina sono state sistemate in celle annesse alla parte posteriore di Bee-Hive.

Nel pomeriggio, al momento in cui esco con il fermo proponimento « d'ottenere un'udienza » dal conte d'Artigas, lo scorgo appunto risalire la riva del lago verso l'alveare. Ma, sia che non mi avesse visto sia che volesse evitarmi, ha affrettato il passo ed io non l'ho potuto raggiungere.

« Bisogna pure che mi riceva! » mi sono detto.

E m'affretto, e arrivo davanti alla porta della sua abitazione che veniva richiusa proprio allora.

Un brutto ceffo, d'origine malese, dalla pelle molto scura, viene sulla soglia e, con voce rude, mi ingiunge di allontanarmi.

Non mi curo di quella ingiunzione ed insisto, ripetendo per due volte in buon inglese la seguente frase:

— Avvertite il conte d'Artigas che desidero essere ricevuto, immediatamente.

Figurarsi! Come se mi fossi rivolto alle rocce di Back-Cup! Quel demonio evidentemente non capisce una parola d'inglese e mi risponde con un urlo di minaccia.

Mi viene allora in mente di forzare l'ingresso, di chiamare, in modo da essere inteso dal conte d'Artigas. Ma, con ogni probabilità, non otterrei altro risultato che di provocare la collera del malese, che tra l'altro deve essere dotato di una forza erculea.

Perciò rimando a un'altra volta la spiegazione che mi è dovuta e che sicuramente avrò, presto o tardi.

Passando davanti alle celle di Bee-Hive e dirigendomi verso est, il mio pensiero ritorna a Thomas Roch. Sono molto meravigliato di non averlo ancora mai veduto, in tutta la giornata. Che sia in preda a una nuova crisi?...

Ma questa ipotesi non è ammissibile. Il conte d'Artigas – secondo quanto lui stesso mi ha detto – si sarebbe preoccupato di far chiamare l'infermiere Gaydon accanto al malato.

Ho fatto appena un centinaio di passi quando incontro l'ingegner Serkö.

Con le sue maniere affabili, col suo consueto buonumore, quest'uomo sempre ironico, sorride vedendomi e non cerca di sfuggirmi. Se sapesse che sono un suo collega, che anch'io sono ingegnere – ammesso, naturalmente, che egli lo sia – non mi farebbe forse un'accoglienza migliore?... Ma io mi guarderò bene dal fargli conoscere il mio nome e la mia vera qualifica.

L'ingegner Serkö si ferma, con gli occhi vivaci, la bocca piegata in un sorriso ironico e mi augura il buon giorno con un gesto pieno di cortesia.

Rispondo freddamente alla sua gentilezza ed egli finge di non accorgersene.

— Che San Gionata vi protegga, signor Gaydon, — mi dice con voce fresca e sonora. — Spero che sarete contento della fortunata circostanza che vi ha permesso di visitare questa caverna, veramente fra le piú belle... Sí! È proprio una delle piú belle... eppure la meno conosciuta di tutto il nostro sferoide...

Quest'ultima parola, propria del linguaggio scientifico, messa in mezzo a una conversazione tenuta con un semplice infermiere mi sorprende, lo confesso, sicché mi limito a rispondere:

— Sí, signor Serkö, sarò certamente contento, se dopo aver avuto il piacere di visitare questa caverna, avrò anche la libertà d'uscirne...

— Come! Pensate già di lasciarci, signor Gaydon?... Di ritornare al vostro malinconico padiglione di Healthful-house?... Ma voi avete appena cominciato ad esplorare il nostro magnifico dominio, avete appena cominciato ad ammirare le incomparabili bellezze che sono frutto del solo lavoro della natura...

— Quel che ho veduto mi basta — ho replicato — e, dato che voi mi parlate seriamente, io seriamente vi rispondo che non desidero vedere altro...

— Andiamo, signor Gaydon, permettetemi di farvi notare che non avete ancora apprezzato i vantaggi di un'esistenza trascorsa in quest'ambiente!... Una vita dolce e tranquilla, esente da ogni preoccupazione, senza pensieri per il futuro e in condizioni che non si riscontrano in alcun altro luogo: clima sempre uguale, nessun timore delle tempeste che infieriscono su questi paraggi dell'Atlantico, niente ghiaccio d'inverno come niente calore eccessivo d'estate!... I cambiamenti di stagione modificano di pochissimo questa atmosfera temperata e salubre!... Qui non si han da temere le collere né di Plutone, né di Nettuno!...

Quest'evocazione di divinità mitologiche mi sembra decisamente fuori posto. È chiaro che l'ingegner Serkö vuole burlarsi di me. Come può un semplice infermiere aver mai inteso parlare di Nettuno e di Plutone?...

— Signore — ribatto — è possibile che questo clima a voi giovi e che voi apprezziate come conviene i vantaggi di vivere in fondo a questa caverna di...

Fui sul punto di pronunciare il nome di Back-Cup... ma mi sono trattenuto in tempo. Che cosa sarebbe accaduto se si fosse saputo che conosco il nome dell'isolotto e di conseguenza anche la sua posizione all'estremità occidentale del gruppo delle Bermude?...

Cosí ho continuato:

— Ma se questo clima a me non giova mi pare che avrò il diritto di cambiarlo...

— Il diritto, infatti.

— Chiedo che mi sia concesso di partire e che mi si forniscano i mezzi per ritornare in America.

— Non ho, signor Gaydon — mi risponde l'ingegner Serkö — alcuna buona ragione da opporvi. La vostra pretesa è giusta sotto ogni punto di vista. Tuttavia, permettete che vi faccia notare che qui noi viviamo in una nobile e superba indipendenza, che non conosciamo l'ingerenza di alcuna potenza straniera, che sfuggiamo a qualsiasi autorità esterna, che non siamo i coloni di alcuno stato sia del Vecchio sia del Nuovo Mondo... Ciò merita un po' di considerazione da parte di chi ha un animo fiero e un cuore elevato... E poi, quali ricordi evocano in una mente istruita queste grotte che sembrano scavate da mani divine e nelle quali le divinità in altri tempi per la bocca di Trofonio emettevano i loro oracoli!

Decisamente l'ingegner Serkö si diverte con le citazioni classiche! Trofonio dopo Nettuno e Plutone! Ah! Questa poi! È mai possibile che un infermiere d'ospedale conosca Trofonio?... È chiarissimo che questo canzonatore si prende gioco di me e io devo fare appello a tutta la mia pazienza per non rispondergli a tono.

— Un momento fa — ribatto seccamente — ho cercato d'entrare in quell'abitazione che, se non sbaglio, appartiene al conte d'Artigas, e mi è stato impedito...

— Da chi, signor Gaydon?

— Da un uomo al servizio del conte.

— Probabilmente ciò è avvenuto perché quell'uomo ha ricevuto ordini precisi al vostro riguardo.

— Intanto però, lo voglia o no, il conte d'Artigas mi deve ascoltare...

— Credo che sarà proprio difficile... e forse anche impossibile... — mi risponde sorridendo l'ingegner Serkö.

— E perché?...

— Perché il conte d'Artigas qui non esiste piú.

— Voi scherzate... l'ho visto proprio un momento fa...

— Non è il conte d'Artigas, signor Gaydon, colui che voi avete veduto...

— E chi è dunque?...

— È il pirata Ker Karraje.

Quel nome è stato pronunciato con tono stentoreo, dopodiché l'ingegner Serkö si è allontanato senza che io pensassi a trattenerlo.

Il pirata Ker Karraje!

Sicuro! Questo nome significa per me una rivelazione!... Io lo conosco, questo nome, e quanti ricordi vengono con esso evocati alla mia mente!... Quel nome da solo mi spiega tutto ciò che finora mi era sembrato inesplicabile!... Mi dice nelle mani di quale uomo sono caduto!...

Fra quello che sapevo già, e quello che ho appreso dopo il mio arrivo a

Back-Cup, dalla bocca stessa dell'ingegner Serkö, ecco quanto posso raccontare sul passato e sul presente di Ker Karraje.

Otto o nove anni fa i mari del Pacifico occidentale furono devastati da innumerevoli attentati, da imprese piratesche compiute con rara audacia. A quell'epoca una banda di malfattori di svariata origine, disertori di truppe coloniali, evasi da bagni penali, marinai ammutinati, si erano riuniti sotto il comando di un capo formidabile. Il nucleo di questa banda era inizialmente stato formato da quella gente di infima specie, proveniente dall'Europa e dall'America, che era stata attratta in Australia, nei distretti del Nuovo Galles del Sud, dalla scoperta di ricche miniere. Fra quei cercatori d'oro c'erano anche il capitano Spade e l'ingegner Serkö, due sbandati che una certa comunanza d'indole e d'idee non tardò a legare intimamente fra loro.

Quei due uomini istruiti e risoluti sarebbero certamente riusciti in ogni carriera senz'altro aiuto che la propria intelligenza. Ma, senza scrupoli e senza freni di sorta com'erano, decisi ad arricchirsi senza curarsi dei mezzi, domandando al gioco ed alla speculazione ciò che avrebbero potuto ottenere con un lavoro costante e onesto, essi si gettarono nelle piú strane avventure, ricchi sfondati oggi, completamente rovinati domani, come la maggior parte della gente venuta a cercar fortuna tra i filoni d'oro.

Nelle miniere del Nuovo Galles del Sud c'era allora anche un uomo dall'audacia senza pari, uno di quegli uomini che non indietreggiano davanti a nulla – nemmeno davanti al delitto – e che hanno influenza irresistibile sulle nature violente o malvagie.

Quell'uomo si chiamava Ker Karraje.

Quali fossero la sua origine e la sua nazionalità e quali fossero i suoi precedenti non fu mai possibile appurare in alcuna delle inchieste che a suo carico furono ordinate. Ma se egli era riuscito a sfuggire a tutte le cacce, il suo nome – o almeno quello che lui si era dato – aveva corso il mondo. Il suo nome era pronunciato con orrore e terrore come quello d'un personaggio leggendario, invisibile e imperscrutabile.

Io intanto ho tutte le ragioni di credere che Ker Karraje sia di razza malese. Ma questo in fondo importa poco. Quel che è certo è che è giustamente ritenuto un terribile furfante, autore dei molteplici attentati che erano stati commessi in quei mari lontani.

Ker Karraje, dopo aver passato vari anni nelle miniere australiane, dove conobbe l'ingegner Serkö e il capitano Spade, riuscí un bel giorno a impadronirsi d'una nave nel porto di Melbourne, nella provincia di Victoria.

Una trentina di bricconi, il cui numero si sarebbe in breve triplicato, divennero suoi compagni. E in quella parte dell'Oceano Pacifico dove ancor oggi la pirateria è tanto facile, e per di piú tanto redditizia, furono saccheggiati molti bastimenti, furono massacrati innumerevoli equipaggi mentre, in quelle isole occidentali che i coloni non avevan la forza di difendere, furono compiute un sacco di razzie. Quantunque la presenza della nave di Ker Karraje, comandata dal capitano Spade, fosse stata piú volte segnalata, nessuno riuscí mai a impadronirsene. Essa riusciva sempre a scomparire inspiegabilmente in mezzo a quei labirinti d'arcipelaghi, di cui il pirata conosceva ogni passaggio e ogni rada.

In quei paraggi regnava dunque il terrore. Inglesi, francesi, tedeschi, russi, americani avevano inutilmente inviato vascelli all'inseguimento di quella specie di nave fantasma, che compariva da chissà dove e spariva non si sa dove, dopo aver compiuto saccheggi e massacri che non si riuscivano né a fermare né a punire.

Un giorno però questi atti criminosi ebbero fine. Da allora inspiegabilmente non s'intese piú parlare di Ker Karraje.

Forse aveva abbandonato il Pacifico per altri mari?... Aveva destinato i suoi atti di pirateria ad altri luoghi?...

Siccome passò qualche tempo senza che si sapesse piú nulla di lui, si pensò che, a parte tutto ciò che aveva certamente sperperato in orgie e bagordi, doveva pur sempre restargli abbastanza del frutto dei suoi furti da costituire un tesoro di enorme valore. E senza dubbio Ker Karraje e i suoi compagni, messo al sicuro il loro tesoro in qualche nascondiglio a loro soli noto, se lo stavano ora godendo allegramente.

Ma dove era finita quella banda dal giorno della sua scomparsa?... Tutte le ricerche in proposito furono inutili. Ed essendo cessata, col pericolo, anche la preoccupazione di esso, si cominciarono a dimenticare gli attentati di cui l'Oceano Pacifico era stato teatro.

Ecco quello che era accaduto nel passato, ed ecco quello che non si saprà mai se io non riuscirò ad evadere da Back-Cup.

Sí, questi malfattori, quando abbandonarono i mari del Pacifico occidentale erano in possesso di considerevoli ricchezze. Dopo aver distrutto la nave ognuno se ne andò per la sua strada, dopo aver stabilito di ritrovarsi sul continente americano.

A quell'epoca l'ingegner Serkö, molto esperto nella sua professione ed abilissimo meccanico, specializzatosi nel funzionamento dei battelli sottomarini, propose a Ker Karraje di far costruire uno di tali battelli onde riprendere insieme, in condizioni piú segrete e piú temibili, la loro criminosa esistenza.

Ker Karraje comprese immediatamente le possibilità offerte dall'idea del complice, e, poiché il danaro non mancava, non gli rimaneva altro da fare che mettersi all'opera.

Mentre il sedicente conte d'Artigas ordinava ai cantieri di Göteborg in Svezia la costruzione della goletta *Ebba*, da parte dell'ingegner Serkö vennero forniti ai cantieri Cramps di Filadelfia i disegni di un battello sottomarino la cui costruzione non fece sorgere alcun sospetto. D'altra parte, come si vedrà, esso sarebbe ben presto sparito. Sui disegni dell'ingegner Serkö e sotto la sua speciale sorveglianza, il battello fu costruito mettendo in opera tutti i perfezionamenti della scienza nautica dell'epoca. Una corrente prodotta da accumulatori di nuova invenzione, mettendo in azione i « ricevitori » fissati sull'albero dell'elica, doveva dare al motore un'enorme potenza propulsiva.

Si comprende che nessuno avrebbe mai potuto individuare nel conte d'Artigas Ker Karraje, il terribile pirata del Pacifico, e neppure nell'ingegner Serkö il piú abile dei suoi complici. Egli appariva come uno straniero d'alto rango e molto ricco, che da circa un anno girava con la sua goletta *Ebba* per i porti degli Stati Uniti, poiché la goletta aveva preso il mare molto tempo prima che fosse terminata la costruzione del *tug*.

Per questo lavoro non ci vollero meno di diciotto mesi. Quando fu terminato, il nuovo battello suscitò l'ammirazione di tutti coloro che prendevano interesse ai mezzi di navigazione sottomarina. Per la forma esterna, per la disposizione interna, per il sistema di aereazione, per l'abitabilità, la stabilità, la rapidità d'immersione, per la manovrabilità e maneggevolezza, per la capacità di evoluzione tanto nell'immersione quanto nell'avanzata, per la straordinaria velocità, prodotta dagli accumulatori che fornivano energia, esso sorpassava, e di molto, tutti i successori dei *Goubet*, *Gymnote* e *Zédé* e gli altri campioni a quell'epoca già tanto perfezionati.

Comunque tutti avrebbero potuto giudicare poiché, dopo varie prove riuscitissime, ne fu ordinato anche un pubblico esperimento in mare aperto a quattro miglia di distanza da Charleston alla presenza di numerose navi da guerra, mercantili e da diporto, americane e straniere, riunite appunto allo scopo di dare un giudizio.

S'intende che l'*Ebba* si trovava fra quelle navi, con a bordo il conte d'Artigas, l'ingegner Serkö, il capitano Spade, e il suo equipaggio, meno una mezza dozzina d'uomini che, sotto la direzione del meccanico Gibson, un inglese coraggioso e molto abile, era stata destinata alla manovra del battello sottomarino.

Il programma di questo ultimo esperimento prevedeva varie evoluzioni alla superficie dell'Oceano, quindi una immersione che sarebbe durata un certo numero d'ore, trascorse le quali il battello avrebbe ricevuto l'ordine di risalire quando avesse raggiunto un gavitello galleggiante a parecchie miglia al largo.

Venuto il momento, richiuso il portello superiore, l'imbarcazione manovrò innanzi tutto sulla superficie del mare, e i risultati della sua velocità e le sue prove di viraggio suscitarono negli spettatori una comprensibile ammirazione.

Quindi, a un segnale dell'*Ebba*, il battello sottomarino s'immerse lentamente e si eclissò agli sguardi di tutti.

Qualcuna delle navi si diresse verso il punto convenuto per la ricomparsa del sottomarino.

Trascorsero tre ore... e il *tug* non era ancora risalito alla superficie del mare. Ciò che nessuno poteva sapere, era che il conte d'Artigas, d'accordo con l'ingegner Serkö, aveva stabilito che quella nave, destinata all'invisibile rimorchio della goletta, non tornasse alla superficie che parecchie miglia piú lontano. Ma, eccetto coloro che conoscevano il segreto, tutti gli altri furono convinti che il sottomarino doveva essere affondato, o per un incidente sopravvenuto allo scafo, o per un guasto ai motori.

La costernazione a bordo dell'*Ebba* fu simulata meravigliosamente, mentre a bordo delle altre navi era verissima. Si fecero scandagli, si calarono palombari nel tratto che si supponeva fosse stato percorso dal sottomarino, ma tutte le ricerche furono vane e si giunse alla conclusione ch'esso fosse stato inghiottito dalle profondità dell'Atlantico.

Dopo due giorni il conte d'Artigas riprendeva il mare e quarantott'ore dopo ritrovava il *tug* nella esatta località precedentemente stabilita.

Ecco come Ker Karraje si impossessò di quella macchina magnifica che era destinata alla doppia funzione di rimorchio per la goletta e di attacco alle navi. Con questo terribile strumento di distruzione del quale non si sospettava piú l'esistenza, il conte d'Artigas poteva ridare il via alle proprie piraterie nelle migliori condizioni di sicurezza e d'impunità.

Ho saputo questi dettagli dall'ingegner Serkö, orgogliosissimo del suo lavoro e sicurissimo anche che il prigioniero di Back-Cup non potrà mai rivelarne ad alcuno il segreto. Da qui si comprende di quanta potenza offensiva disponga Ker Karraje. Durante la notte il *tug* si scaglia sui bastimenti che non possono certo diffidare d'un innocente yacht da diporto. Quando il sottomarino li ha sfondati col suo sperone, la goletta li abborda, i pirati massacrano l'equipaggio e saccheggiano il carico. Ecco perché un buon numero di navi non compaiono piú nei bollettini di mare se non sotto questo titolo scoraggiante: « Inspiegabilmente scomparsa, con uomini e carico ».

Per tutto un anno dopo quell'odiosa commedia della baia di Charleston, Ker Karraje percorse i mari dell'Atlantico al largo dagli Stati Uniti. Le sue ricchezze s'accrebbero in maniera incredibile. Le mercanzie di cui egli non aveva bisogno si vendevano su lontani mercati e il prodotto di questi saccheggi si trasformava in argento e in oro. Ma ciò che ancora mancava era un luogo nascosto dove i pirati potessero deporre il loro tesoro in attesa di dividerlo.

Il caso venne loro in aiuto.

Esplorando le caverne sottomarine nelle vicinanze delle Bermude, l'ingegner Serkö e il meccanico Gibson scoprirono alla base dell'isolotto quella galleria che dava accesso all'interno di Back-Cup. Dove avrebbe mai potuto Ker Karraje trovare un nascondiglio migliore e piú al sicuro da qualsiasi perquisizione?... Fu cosí che un isolotto dell'arcipelago delle Bermude, che era stato un tempo ricovero di pescatori, divenne il nascondiglio di una banda terribile.

Una volta deciso di fare di Back-Cup il suo nascondiglio, il conte d'Artigas organizzò sotto quella vasta volta l'esistenza sua e dei suoi compagni come io stesso ho potuto osservare. L'ingegner Serkö installò una centrale elettrica, senza dover ricorrere ad alcuna di quelle macchine la cui costruzione ordinata all'estero avrebbe potuto far nascere dei sospetti, e senza altri elementi che parecchi accumulatori di facile montaggio, i quali non avevano bisogno che di placche metalliche e di sostanze chimiche procurate dall'*Ebba* durante le sue soste nei porti degli Stati Uniti.

Si comprende ora senza difficoltà ciò che era avvenuto durante la notte tra il 19 e il 20. Se il tre alberi, che per mancanza di vento non aveva potuto spostarsi, all'alba non si vedeva piú, ciò era dovuto al fatto che il *tug* lo aveva sfondato, la goletta lo aveva attaccato, saccheggiato e colato a picco assieme all'equipaggio... e una parte del suo carico si trovava a bordo dell'*Ebba* quando esso era scomparso nelle profondità dell'Atlantico!...

In quali mani sono dunque caduto e come andrà a finire quest'avventura?... Riuscirò mai a sfuggire da questa prigione di Back-Cup, a denunciare il falso conte d'Artigas e a ripulire i mari dai pirati di Ker Karraje?...

E questo Ker Karraje, già tanto temibile, non lo diventerà ancora di piú quando sarà in possesso del Folgoratore Roch?... Sí, cento volte di piú! Se egli utilizzerà questi nuovi mezzi di distruzione nessun mercantile gli potrà piú resistere, nessuna nave da guerra potrà sfuggire a una totale distruzione.

Rimango lungamente assorto sotto il peso delle riflessioni che la rivelazione del nome di Ker Karraje ha fatto sorgere nella mia mente. Tutto quello che conoscevo su questo famoso pirata m'è tornato alla memoria: la sua vita, quando pirateggiava lungo le coste del Pacifico, le spedizioni organizzate dalle potenze marittime contro la sua nave e l'inutilità delle loro campagne. Era a lui che dovevano attribuirsi le inesplicabili sparizioni di bastimenti che da qualche anno si andavano verificando al largo del litorale americano... Egli non aveva fatto che cambiare il teatro delle sue disgraziate imprese... Ci si era illusi di essersi sbarazzati di lui; ed egli invece, con l'aiuto di quel *tug* che tutti credevano affondato nelle acque della baia di Charleston, continuava le sue piraterie in quei paraggi cosí frequentati dell'Atlantico...

Ed ora, dico a me stesso, ecco che ora io conosco il suo vero nome e il suo vero nascondiglio: Ker Karraje e Back-Cup! Ma se Serkö ha detto questo nome davanti a me è segno che egli ne è stato autorizzato... È stato forse per farmi comprendere che debbo rinunziare per sempre a ricuperare la mia libertà?...

L'ingegner Serkö aveva senz'altro notato l'effetto prodotto su di me da questa rivelazione. Lasciandomi, ricordo bene, egli si è diretto verso l'abitazione di Ker Karraje, certamente per andargli a riferire quanto è avvenuto fra noi.

Dopo una lunghissima passeggiata intorno al lago, sono sul punto di tornare nella mia cella quando sento dietro di me un rumore di passi. Mi volto.

Vedo il conte d'Artigas assieme col capitano Spade. Egli mi lancia uno sguardo indagatore. E allora, seguendo un impulso di rabbia che non riesco a padroneggiare, mi sfuggono queste parole:

— Signore, voi mi tenete qui dentro contro ogni diritto!... Se mi avete tolto da Healthful-house per curare Thomas Roch, vi avverto che io mi rifiuto di farlo e vi ordino di rimettermi in libertà...

Il capo dei pirati non fa il piú piccolo gesto e non dice una parola. La collera allora mi trascina oltre ogni misura.

— Rispondete, conte d'Artigas... o piuttosto, poiché conosco il vostro vero nome... rispondete, Ker Karraje...

Ed egli mi risponde:

— Il conte d'Artigas è Ker Karraje come l'infermiere Gaydon è l'ingegner Simon Hart... e Ker Karraje non renderà mai la libertà all'ingegner Simon Hart, che ora conosce i suoi segreti!

Capitolo XI

PER CINQUE SETTIMANE

La situazione ora è chiara: Ker Karraje sa chi sono... Egli lo sapeva anche quando fece operare il doppio rapimento di Thomas Roch e del suo infermiere...

Come mai quest'uomo è riuscito a sapere ciò che ero riuscito a nascondere a tutto il personale di Healthful-house? Come mai ha saputo che un ingegnere francese occupava il posto di infermiere presso Thomas Roch?... Non capisco come ciò sia potuto accadere, eppure è cosí.

Senza dubbio quest'uomo possiede mezzi d'informazione che devono costargli ben cari ma dai quali ha saputo trarre un gran profitto.

D'altronde un individuo di tale specie non guarda mai al denaro quando si tratta di raggiungere un fine.

E ormai sarà certo Ker Karraje, o il suo complice l'ingegner Serkö, a rimpiazzarmi nelle funzioni di custode dell'inventore Thomas Roch. I suoi sforzi riusciranno meglio dei miei?... Dio voglia che non approdino a nulla e che questa sventura sia risparmiata al mondo! Io non ho risposto all'ultima frase di Ker Karraje. Sinceramente mi ha fatto l'effetto di una palla sparata in pieno petto. Tuttavia non sono caduto, come forse si aspettava il preteso conte d'Artigas.

No! Ho fissato i miei occhi nei suoi, i quali però non si sono affatto abbassati, anzi mandavano lampi. Ho incrociato le braccia imitando il suo esempio, ma intanto pensavo che egli era padrone della mia vita... sarebbe bastato un suo cenno perché un colpo di rivoltella mi stendesse ai suoi piedi... poi il mio corpo sarebbe stato buttato nell'acqua e, attraverso la galleria, sarebbe stato trasportato dalla corrente molto lontano da Back-Cup...

Dopo questa scena sono stato lasciato libero come prima. Nessun provvedimento è stato preso nei miei riguardi. Posso circolare fra i pilastri fino ai confini della caverna, la quale – non ne sono però troppo certo – non possiede altra uscita al di fuori della galleria. Quando son tornato alla mia cella, all'estremità di Bee-Hive, in preda alle mille riflessioni suggeritemi dalla mia nuova situazione, mi dico:

— Se Ker Karraje sa che io sono l'ingegnere Simon Hart, che almeno egli non sappia mai che io conosco esattamente il luogo in cui si trova l'isolotto di Back-Cup. Dal momento poi che egli conosce bene la mia professione, penso che il conte d'Artigas non abbia mai seriamente pensato di affidare Thomas Roch alle mie cure. In fondo mi dispiace, perché è fuori dubbio che l'inventore sarà oggetto di sollecitazioni magari violente e che l'ingegnere Serkö impiegherà tutti i mezzi a sua disposizione per ottenere la formula dell'esplosivo e del deflagratore di cui egli nelle sue future piraterie farà certamente un uso diabolico... Sí! sarebbe stato molto meglio che io qui, come a Healthful-house, fossi rimasto il custode di Thomas Roch. Durante i quindici giorni trascorsi qui non ho ancora mai veduto una volta il mio ex protetto. Nessuno, ripeto, mi ha infastidito durante le mie passeggiate quotidiane. Non debbo affatto essere in pensiero per gli aspetti pratici dell'esistenza. I pasti mi vengono portati con impeccabile regolarità dalla cucina del conte d'Artigas – nome e titolo che non riesco a togliermi l'abitudine di dargli e che perciò ogni tanto ancora gli attribuisco. È pur vero che per il cibo io non sono affatto difficile: tuttavia sarebbe ingiusto che a questo proposito io mi lamentassi. Grazie agli approvvigionamenti che vengono rinnovati ad ogni viaggio dell'*Ebba*, il vitto non lascia nulla a desiderare.

È anche buona cosa che durante queste lunghe ore di ozio non mi sia mai venuta a mancare la possibilità di scrivere. Quindi ho potuto notare sul mio taccuino tutto ciò che di piú significativo è avvenuto dal momento del mio rapimento a Healthful-house e, giorno per giorno, ho potuto segnare i miei appunti. Continuerò questo lavoro fino a che la penna non mi verrà strappata dalle mani. Forse un giorno servirà per svelare i misteri di Back-Cup.

Dal 5 al 25 luglio.

Sono trascorse due settimane ed ogni tentativo di riavvicinarmi a Thomas Roch è fallito. Senza dubbio è stato preso qualche provvedimento per sottrarlo alla mia influenza, quantunque essa finora sia stata sempre inefficace. La mia sola speranza è che il conte d'Artigas, l'ingegner Serkö e il capitano Spade sprechino il loro tempo e le loro fatiche nel volersi impadronire dei segreti dell'inventore.

Tre o quattro volte – almeno per quanto ne so io – Thomas Roch e l'ingegner Serkö sono usciti insieme facendo il giro del lago.

Da quanto ho potuto giudicare pareva che il primo ascoltasse con molta attenzione quello che l'altro gli diceva. Serkö gli ha fatto visitare tutta la caverna, l'ha condotto alla centrale elettrica, gli ha mostrato dettagliatamente il macchinario del *tug*... Lo stato mentale di Thomas Roch, dal giorno della sua partenza da Healthful-house, è visibilmente migliorato.

Thomas Roch occupa una camera separata nell'abitazione di Ker Karraje: è sempre sorvegliato, soprattutto per opera dell'ingegner Serkö.

All'offerta di pagargli la sua invenzione al prezzo esorbitante che egli domanda – ma comprende il valore del danaro? – avrà la forza di resistere?... Questi miserabili possono abbagliarlo con tutto l'oro proveniente dalle rapine per tanti anni da loro perpetrate!

Nello stato mentale in cui si trova non si lascerà sfuggire il segreto della formula del suo Folgoratore? In tal caso basterebbe riportare a Back-Cup le sostanze necessarie e Thomas Roch avrebbe tutto l'agio di dedicarsi alle sue combinazioni chimiche.

Quanto alle apparecchiature, sarebbe facilissimo ordinarne un certo numero presso una qualunque officina del continente, ordinarne anzi separatamente i vari pezzi, in modo da non suscitare il minimo sospetto...

Al solo pensiero di quello che una tal macchina di distruzione può diventare fra le mani di questi pirati, i capelli mi si rizzano in testa. Queste apprensioni intollerabili non mi lasciano un'ora di pace, mi rodono l'animo e la mia salute ne risente. Quantunque l'interno di Back-Cup sia pieno di aria pura, alle volte sono preso da una sorta di soffocamento. Mi pare che queste spesse pareti mi schiaccino con tutto il loro peso. E poi mi sento separato dal resto del mondo – proprio come se fossi fuori del nostro globo – non sapendo piú nulla di quanto accade nei paesi di là dal mare! Ah!... se fosse possibile fuggire per quel foro che si apre nella volta della caverna al disopra del lago... scappare dalla cima dell'isolotto... e ridiscendere alla base!...

La mattina del 25 luglio incontro finalmente Thomas Roch. È solo sulla riva opposta ed anzi, non avendo visto gli altri fin dal giorno prima, mi domando se Ker Karraje, l'ingegner Serkö e il capitano Spade non siano partiti per qualche spedizione al largo di Back-Cup... Mi dirigo verso Thomas Roch e lo studio attentamente prima che egli possa accorgersi di me. La sua fisionomia seria e pensosa non è piú quella d'un pazzo. Egli cammina lentamente, assorto, a testa bassa, senza interessarsi a nulla attorno a sé e reggendo sotto il braccio una tavoletta con un foglio su cui ci sono vari disegni.

A un tratto solleva la testa, fa un passo avanti e mi riconosce.

— Ah! Sei tu... Gaydon!... — esclama. — Ti sono dunque sfuggito!... Ora sono libero!

Infatti egli può credersi libero, piú libero a Back-Cup che non a Healthful-house. Ma la mia presenza gli fa tornare alla mente spiacevoli ricordi e forse gli causerà anche una crisi, poiché mi rivolge la parola con una straordinaria animazione.

— Sí... proprio tu... Gaydon... non t'avvicinare!... Non t'avvicinare!... Tu vorresti riprendermi... per riportarmi al padiglione 17... Mai... mai!... Qui ci sono amici che mi difendono!... Sono ricchi e potenti!... Il conte d'Artigas è il mio socio!... Anche l'ingegner Serkö è mio socio!... Prepareremo insieme la mia scoperta!... Qui dentro fabbricheremo il Folgoratore Roch... Vattene!... Vattene!...

Thomas Roch è in preda a una crisi di furore. Mentre la sua voce si alza, egli agita le braccia traendo dalla tasca grossi mazzetti di biglietti di banca. Anche monete d'oro inglesi, francesi, americane, tedesche gli sfuggono dalle dita. E da chi gli può venire tutto questo denaro se non da Ker Karraje, come prezzo del maledetto segreto?

Intanto al chiasso prodotto dallo scienziato accorrono vari uomini che ci stavano guardando a poca distanza. Essi afferrano Thomas Roch, lo tengono fermo e lo conducono via. Del resto appena egli non mi vede piú, diventa docile e ritrova la calma dello spirito e del corpo.

27 luglio.

Due giorni dopo, scendendo la sponda nelle prime ore del mattino, sono avanzato fino al limite estremo del piccolo molo di pietra.

Il *tug* non è piú al suo solito ancoraggio presso le rocce né lo si vede in altri punti del lago. Ieri sera Ker Karraje e l'ingegner Serkö non sono partiti, come invece avevo supposto, poiché li ho visti.

Ma oggi ho tutte le ragioni di credere che si siano imbarcati a bordo del *tug* col capitano Spade e l'equipaggio, che a quest'ora abbiano già raggiunto la goletta e fors'anche che l'*Ebba* abbia ripreso il mare.

Si tratta di qualche nuovo atto piratesco?... È probabile. Tuttavia è anche probabile che Ker Karraje, ritornato conte d'Artigas a bordo del suo yacht, abbia voluto raggiungere qualche porto della costa per procurarsi le sostanze necessarie alla preparazione del Folgoratore Roch... Ah! se avessi potuto nascondermi a bordo del *tug*, scivolare nella stiva dell'*Ebba* e rimanervi nascosto fino all'arrivo nel primo porto!... Allora forse avrei potuto evadere e liberare il mondo da questa banda di pirati!

Ecco quali sono i pensieri che ostinatamente mi perseguitano... Fuggire... fuggire ad ogni costo da questa tana... Ma la fuga non è possibile altro che col battello sottomarino, attraverso la galleria! Non è da pazzi pensarci?... Sí!... Da pazzi!... Ma intanto quale altro mezzo c'è per fuggire da Back-Cup?...

Mentre mi abbandono a queste riflessioni, ecco che le acque del lago si aprono a una ventina di metri dal molo e il *tug* ricompare alla superficie.

Quasi subito il portello si spalanca e il meccanico Gibson, assieme ai suoi uomini, esce sulla piattaforma. Altri uomini corrono lungo le rocce per afferrare la cima. Questa viene lanciata, afferrata e tirata... e l'imbarcazione ritorna al consueto punto d'ancoraggio.

Questa volta dunque la goletta naviga senza l'aiuto del rimorchiatore, il quale è uscito solo per condurre Ker Karraje e i suoi compagni a bordo dell'*Ebba* e far uscire quest'ultima dagli stretti dell'isolotto.

Ciò mi conferma sempre piú nell'idea che tale sortita ha lo scopo d'arrivare a uno dei porti americani, dove il conte d'Artigas potrà acquistare le materie necessarie a formare il deflagratore e ordinare i congegni necessari in qualche fabbrica. Quindi, al giorno stabilito per il ritorno, il *tug* uscirà di nuovo attraverso la galleria, raggiungerà la goletta e Ker Karraje rientrerà a Back-Cup...

Decisamente i progetti di questo malfattore stanno per realizzarsi e anche molto piú presto di quanto io avrei potuto supporre!

3 agosto.

Oggi è avvenuto un incidente di cui il laghetto è stato teatro: incidente curiosissimo e anche, credo, molto raro.

Verso le tre del pomeriggio un forte gorgoglio turba le acque per circa un minuto, cessa per altri due o tre minuti, e quindi ricomincia proprio nel mezzo del lago.

Una quindicina di pirati, attirati da questo fenomeno abbastanza inesplicabile, scendono sull'argine lasciandosi sfuggire qualche segno di stupore misto, mi pare, a una certa paura.

Non è il *tug* la causa di quest'agitazione dell'acqua, poiché esso è fermo presso il molo: e sembra per lo meno inverosimile che un altro sottomarino sia riuscito a penetrare là dentro attraverso la galleria.

In quella si sentono grandi grida echeggiare sulla riva opposta. Sono altri uomini che in un linguaggio a me inintelligibile si rivolgono ai primi: quindi, dopo uno scambio di poche rauche frasi, essi ritornano in gran fretta verso Bee-Hive.

Forse hanno riconosciuto qualche mostro marino imprigionato sotto le acque del lago e vanno a procurarsi armi adatte per attaccarlo o arnesi da pesca per catturarlo?

Ho indovinato. Un momento dopo li vedo tornare sull'argine armati di fucili e di ramponi muniti di lunghi uncini.

Si tratta infatti d'una balena – una specie di balenottere molto comune nelle Bermude – la quale, dopo aver attraversato la galleria, ora si sta dibattendo sul fondo del lago. Se l'animale è stato costretto a cercare rifugio nell'interno di Back-Cup, debbo forse arguire che era inseguito dai balenieri in caccia?

Passano parecchi minuti prima che il cetaceo salga alla superficie delle acque. Si intravede la sua massa enorme, luccicante e verdognola, agitarsi come se dovesse combattere contro un nemico feroce. Quando emerge, due colonne liquide scaturiscono rumorosamente dai suoi sfiatatoi.

Se quest'animale, penso io, si è ficcato nella galleria per sfuggire alla caccia dei balenieri, è segno che c'è una nave nelle vicinanze di Back-Cup... forse a poche lunghezze di cavo dal litorale... E le sue imbarcazioni hanno seguito i vari passaggi occidentali fino ai piedi dell'isolotto... Ah! Non poter comunicare con loro!

Ma quand'anche fosse cosí, come potrei raggiungerli attraverso le pareti di Back-Cup?...

Non tardo però a comprendere la causa che ha provocato l'apparizione della balenottera. Non si tratta di una banda di pescatori, ma d'un branco di pescecani, squali formidabili che infestano i paraggi delle Bermude. Li scorgo benissimo fra le acque. Sono cinque o sei che si rigirano sul fianco aprendo le enormi mascelle irte di denti come una striglia è irta di punte. Si lanciano sulla balena, la quale non può difendersi che menando gran colpi di coda. È già largamente ferita e l'acqua comincia a tingersi d'un colore rossastro mentre essa si tuffa, risale, si slancia fuori d'acqua senza riuscire a sottrarsi ai morsi dei pescecani.

Comunque non saranno questi voraci animali a ottenere la palma della vittoria in questa lotta. La preda sarà loro sottratta, perché l'uomo con le sue armi è molto piú potente di loro. Sugli argini infatti si sono radunati quasi tutti i compagni di Ker Karraje i quali per altro non valgono piú di questi pescecani, visto che i pirati e le tigri di mare si equivalgono!... Essi cercano di far prigioniero l'animale che sarebbe un'ottima preda per gli abitanti di Back-Cup!...

Ora la balena si avvicina al molo, dove sono in agguato la guardia malese del conte d'Artigas e parecchi fra gli uomini piú robusti del luogo. Il malese è armato di un rampone al quale è attaccata una lunga corda. Lo brandisce vigorosamente e lo lancia con grande forza e altrettanta abilità. Colpita gravemente sotto la pinna sinistra, la balena s'immerge bruscamente, scortata dagli squali che le corrono dietro. La corda del rampone si svolge per una lunghezza di cinquanta o sessanta metri. Dopodiché non resta che ritirarla e l'animale risalirà dal fondo, per venire ad esalare l'ultimo respiro alla superficie.

È appunto ciò che fa il malese, aiutato dai compagni, senza fretta, per non strappare il rampone dai fianchi della balena, la quale non tarda a riapparire presso la parete ove si apre la galleria.

L'enorme mammifero, colpito a morte, si dimena in una furiosa agonia, lanciando getti di vapore, colonne d'aria e d'acqua, mescolate a fiotti di sangue. Infine, con un colpo terribile, riesce a lanciare uno degli squali agonizzante contro le rocce.

In seguito a quella scossa il rampone si stacca dal suo fianco e la balena s'immerge ancora una volta. Quando ritorna in superficie, batte l'acqua con un colpo di coda talmente formidabile che l'ondata che ne segue, là dove l'acqua s'abbassa, lascia allo scoperto per un momento una parte dell'ingresso della galleria.

Gli squali allora si precipitano sulla preda, ma una grandine di palle ne colpisce alcuni e mette in fuga gli altri.

Il branco di pescecani ha potuto ritrovar la galleria e, uscendo da Back-Cup, ritornare al largo?... È probabile. Tuttavia, per misura di prudenza, sarà meglio non bagnarsi nelle acque del lago per qualche giorno. Due uomini intanto sono saliti sul canotto per andare ad agganciare la balena. La bestia agonizzante viene trainata verso la sponda e infine definitivamente spacciata dal malese che non sembra un novellino in lavori di tal genere.

Finalmente ora conosco con esattezza il punto preciso dove sbocca la galleria nella parete occidentale... L'imboccatura si trova a soli tre metri sotto la sponda. È però anche vero che ciò non potrà servirmi a nulla!...

7 agosto.

Sono dodici giorni che il conte d'Artigas, l'ingegner Serkö e il capitano Spade, hanno preso il mare e nulla fa presagire che il ritorno della goletta sia prossimo. Intanto ho potuto osservare che il *tug* si tiene pronto come farebbe un piroscafo con le caldaie in pressione e le sue batterie di accumulatori sono sempre tenute cariche da parte del meccanico Gibson. Se la goletta *Ebba* non teme d'entrare in pieno giorno nei porti degli Stati Uniti è però probabile che preferisca la sera per infilarsi nella galleria di Back-Cup. Perciò penso che Ker Karraje e i suoi compagni torneranno di notte.

10 agosto.

Ieri sera verso le otto, come prevedevo, il *tug* si è immerso ed ha attraversato la galleria giusto in tempo per recarsi a rimorchiare l'*Ebba* attraverso lo stretto ed ha infine riportato qua i passeggeri con l'equipaggio.

Questa mattina, uscendo, vedo Thomas Roch conversare con l'ingegner Serkö mentre scendono verso il lago. S'indovina di che cosa parlino. Mi fermo ad una ventina di passi, in modo da poter tener d'occhio il mio ex-protetto.

I suoi occhi brillano, la sua fronte si rischiara, la sua fisionomia si trasforma a mano a mano che l'ingegner Serkö risponde alle sue domande. Non riesce a tenersi fermo al suo posto. E si affretta verso la sponda.

L'ingegner Serkö lo segue e entrambi si fermano sul molo, presso il *tug*.

L'equipaggio, occupato nello scarico delle balle, va a posare una decina di casse di media grandezza fra le rocce. Sul coperchio di queste casse è segnata a lettere rosse la marca, scritta che Thomas Roch guarda con molta attenzione.

L'ingegner Serkö allora dà ordine che le casse, il cui contenuto è di un ettolitro circa ciascuna, siano trasportate nei magazzini della riva sinistra. Questo trasporto viene immediatamente eseguito per mezzo del canotto.

A mio avviso le casse contengono le sostanze la cui combinazione o la cui fusione dovrebbe produrre l'esplosivo e il deflagratore... I congegni devono invece essere stati ordinati a qualche fabbrica del continente. Quando saranno pronti, la goletta si recherà a ritirarli e li porterà a Back-Cup...

Cosí, almeno per questa volta, l'*Ebba* non è tornata portando mercanzie rubate e non si è resa colpevole di nuovi atti di pirateria. Ma quale terribile potenza avrà ora Ker Karraje per la sua azione offensiva e difensiva sul mare!... A sentire Thomas Roch il suo Folgoratore è capace d'annientare con un sol colpo il globo terrestre. E chissà che un giorno egli non voglia farne la prova?...

Capitolo XII

I CONSIGLI DI SERKÖ

Thomas Roch si è messo al lavoro e rimane per lunghe ore nel laboratorio che gli è stato approntato sulla riva sinistra. Là entra solo lui. Vuole essere solo mentre prepara la sua invenzione, per non doverne svelare ad alcuno le formule?... Ciò è possibile. Del resto io penso che il meccanismo d'impiego del Folgoratore Roch sia molto semplice. Infatti per essere lanciato questa sorta di proiettile non ha bisogno né di cannone, né di mortaio, né di un tubo di lancio come è, ad esempio, per la bomba Zalinski. Esso infatti è addirittura autopropulsivo e porta con sé la potenzialità dello scatto sicché ogni nave che passasse nel suo raggio d'azione correrebbe il rischio d'essere annientata anche solo dallo spaventoso turbamento degli strati atmosferici. Chi potrà piú opporsi a Ker Karraje se egli arrivasse a disporre d'un simile apparecchio di distruzione?...

Dall'11 al 17 agosto.

Durante questa settimana, il lavoro di Thomas Roch è proseguito senza interruzione di sorta. Ogni mattina l'inventore si reca nel suo laboratorio e non ne esce che al calar della notte. Non tento nemmeno di raggiungerlo o di parlargli. Quantunque egli sia sempre indifferente a tutto ciò che non ha attinenza con la sua scoperta, tuttavia sembra tornato padrone di sé. E perché non dovrebbe esserlo?... Non è forse arrivato alla completa soddisfazione del suo genio?... Non è sul punto di mettere in esecuzione i suoi piani concepiti da tanto tempo?...

Notte dal 17 al 18 agosto.

All'una del mattino alcune detonazioni provenienti dall'esterno m'hanno svegliato di soprassalto.

Forse un attacco contro Back-Cup? mi son chiesto. Qualcuno forse è rimasto insospettito dai movimenti della goletta del conte d'Artigas ed è venuto ad inseguirlo nei passaggi che conducono all'isolotto?... Stanno forse cercando di distruggere questo ammasso di rocce a colpi di cannone?... Si farà finalmente giustizia di questi malfattori prima che Thomas Roch abbia terminato di fabbricare il suo esplosivo, prima che i congegni vengano trasportati a Back-Cup?...

Queste detonazioni violentissime si ripetono a intervalli regolari. E mi viene in mente che, se la goletta *Ebba* venisse distrutta, per questi pirati ogni comunicazione col continente diventerebbe impossibile e il vettovagliamento dell'isolotto non si potrebbe piú effettuare...

È vero però che il *tug* basterebbe a trasportare il conte d'Artigas su qualche punto della costa americana dopodiché non gli mancherebbe di certo il danaro per ordinare la costruzione di un nuovo yacht... Non fa nulla!... Sia lodato il cielo se permette che Back-Cup sia distrutto, prima che Ker Karraje possa avere a sua disposizione il Folgoratore Roch!...

Al mattino, appena albeggia, mi precipito fuori della mia cella...

Niente di nuovo nelle vicinanze di Bee-Hive.

Gli uomini sono intenti ai soliti lavori. Il *tug* è fermo al suo posto. Vedo Thomas Roch che si reca al suo laboratorio. Ken Karraje e l'ingegner Serkö salgono lentamente l'argine del lago.

Dunque, durante la notte l'isolotto non è stato attaccato... Eppure, quel rumore ripetuto di detonazioni che mi ha ridestato...

Ker Karraje ritorna in questo momento verso la sua dimora e l'ingegner Serkö viene verso di me con la solita aria sorridente e sarcastica.

— Ebbene, signor Simon Hart — mi dice — vi andate finalmente abituando alla nostra esistenza in questo ambiente cosí tranquillo?... Cominciate ad apprezzare i vantaggi della nostra grotta incantata?... Avete rinunciato alla speranza di riconquistare un giorno o l'altro la vostra libertà... di fuggire da questa incantevole spelonca e di abbandonare — aggiunse, canticchiando una vecchia romanza francese — questi « ... luoghi d'amore / Dove a sognar di Silvia / Si compiaceva il cuore... »?

A che scopo mostrarsi in collera con questo schernitore? Perciò gli risposi con calma:

— No, signore, non vi ho rinunciato affatto; anzi, conto sempre che mi venga restituita la libertà...

— Ma come, signor Hart! Dovremmo separarci da un uomo per il quale abbiamo tutti tanta stima... e io da un mio collega che forse, attraverso le incoerenze di Thomas Roch, ha raccolto una parte dei suoi segreti!... Ma vi par serio?

Ecco dunque qual è la ragione per la quale mi trattengono a Back-Cup!... Suppongono che io sia, anche solo in parte, a conoscenza della scoperta di Thomas Roch... Sperano di obbligarmi a parlare, se Thomas Roch rifiuta... Ecco perché sono stato rapito assieme a lui... e perché non sono ancora stato gettato in fondo al lago con una pietra al collo!... Buono a sapersi!

E allora, alle ultime parole dell'ingegner Serkö ribatto:

— Molto serio... sí, molto serio.

— Ebbene — riprende il mio interlocutore — se io avessi l'onore d'essere l'ingegnere Simon Hart, farei questo ragionamento: dato che, da un lato, c'è un personaggio come Ker Karraje, le ragioni che lo hanno deciso a scegliere un nascondiglio misterioso quale questa caverna e la necessità che quest'ultima sfugga a qualsiasi tentativo di ricerca non solamente nell'interesse del conte d'Artigas, ma anche dei suoi compagni...

— Mi par meglio dire: « dei suoi complici »...

— Dei suoi complici, sia pure... e dall'altro lato invece c'è un personaggio come l'ingegnere Simon Hart, che conosce il vero nome del conte d'Artigas e sa in qual misteriosa cassaforte sono racchiuse le sue ricchezze...

— Ricchezze rubate e sporche di sangue, signor Serkö...

— Sia pure anche questo! Ma dato quello che vi ho detto, voi dovete comprendere che il problema della vostra libertà non potrà mai risolversi a vostro favore.

In queste condizioni è inutile discutere. Cosí cerco di indirizzare il discorso su un'altra via.

— Potrei sapere — ho chiesto — in che modo avete saputo che l'infermiere Gaydon era l'ingegnere Simon Hart?...

— Non c'è alcuna ragione, caro collega, perché io non ve lo riveli... È stata un po' opera del caso... Eravamo in rapporti con la fabbrica presso la quale voi lavoravate e che un bel giorno avete lasciata in modo abbastanza singolare... Poi, durante una visita che io feci ad Healthful-house qualche mese prima del conte d'Artigas vi vidi e vi riconobbi...

— Voi!...

— Proprio io... e da quel momento mi sono ripromesso d'avervi come compagno a bordo dell'*Ebba*...

Non ricordo d'aver mai incontrato questo ingegner Serkö a Healthful-house; ma è tuttavia probabile che egli dica la verità.

« Ed io spero » dico fra me « che un giorno o l'altro questo capriccio vi costerà caro. »

Quindi bruscamente:

— Se non m'inganno — gli dico — siete riuscito a convincere Thomas Roch a cedervi il segreto del suo Folgoratore...

— Sí, signor Hart, in cambio di milioni... Oh!... i milioni a noi non costano che la pena di prenderli!... Cosí abbiamo potuto riempirgliene le tasche...

— E a che cosa gli serviranno questi milioni se poi non è libero di portarseli via e di goderseli fuori di qui?...

— Ecco, caro signor Hart, una cosa a cui il nostro inventore non dà il minimo peso!... L'avvenire non preoccupa affatto questo genio!... Egli è tutto e unicamente preso nel momento presente!... Mentre laggiú, in America, stanno fabbricando secondo i suoi disegni i congegni necessari, egli qui è occupato a manipolare le sostanze chimiche di cui è stato rifornito in abbondanza... Ah!... è fantastico quest'ordigno autopropulsivo che contiene in se stesso la forza propulsiva e d'accelerazione di cui necessita per arrivare alla meta, grazie alla proprietà di progressiva combustione d'una polvere speciale!... È una invenzione che porterà un cambiamento radicale nell'arte della guerra...

— Difensiva, signor Serkö?...

— E offensiva, signor Hart.

— Naturalmente! — rispondo.

E cercando di mettere Serkö alle strette, aggiungo:

— Dunque... quello che nessuno finora era riuscito ad ottenere da Roch...

— ... Noi l'abbiamo ottenuto senza gran difficoltà...

— Pagandolo...

— ... Un prezzo inverosimile... e inoltre facendo vibrare in lui una corda sensibilissima...

— Quale?

— Quella della vendetta!

— Vendetta?... E contro chi?

— Contro tutti coloro che si son fatti suoi nemici scoraggiandolo, respingendolo, cacciandolo, costringendolo ad andar mendicando di paese in paese il prezzo d'una scoperta che è effettivamente di incontestabile superiorità! Ora ogni idea di patriottismo nel suo animo è spenta. Non ha piú che un solo pensiero, che un desiderio feroce: vendicarsi di coloro che l'hanno misconosciuto... e vendicarsi anche dell'intera umanità!... E in vero, signor Hart, i vostri governi d'America e d'Europa sono proprio ingiustificabili per non aver voluto pagare al suo vero valore il Folgoratore Roch!...

E Serkö prende a descrivermi con grande entusiasmo i vari vantaggi del nuovo esplosivo, che è, a sentire lui, incontestabilmente superiore a quello che si estrae dal nitrometano, sostituendo solo un atomo di sodio ad uno dei tre atomi d'idrogeno che esso possiede: fatto di cui al giorno d'oggi si parla moltissimo.

— E che effetto distruttore!... — aggiunge. — Identico a quello della bomba Zalinski, ma cento volte piú considerevole... oltre al fatto che non ha bisogno di nessuno strumento di lancio poiché esso « vola », per cosí dire, « con le proprie ali attraverso lo spazio »!

Io ascolto, con la speranza di sorprendere almeno in parte il segreto. No... l'ingegner Serkö non dice una parola piú di quanto si era prefisso di dire.

— Ma Thomas Roch — chiedo — vi ha rivelato la composizione del suo esplosivo?...

— Sí, signor Hart, se non vi dispiace e ben presto ne possiederemo considerevoli quantità che saranno riposte in luogo sicuro...

— Ma non c'è pericolo... pericolo a ogni istante... a riunire insieme grandi quantità di tale sostanza?... Al piú piccolo incidente... l'esplosione distruggerebbe l'isolotto di...

Anche stavolta il nome di Back-Cup mi stava per sfuggire dalle labbra. Sapere che Simon Hart, oltre alla vera identità del conte d'Artigas conosce anche la precisa posizione della caverna, potrebb'essere giudicato a mio danno.

Fortunatamente l'ingegner Serkö non ha fatto attenzione alla mia momentanea reticenza e mi risponde:

— Noi non abbiamo nulla da temere... L'esplosivo di Thomas Roch non può infiammarsi che a contatto con un deflagratore speciale... Né l'urto, né il fuoco sono sufficienti a farlo scoppiare...

— E Thomas Roch vi ha ceduto anche il segreto del suo deflagratore?

— Non ancora, signor Hart — mi risponde l'ingegner Serkö — ma non tarderemo a concludere anche quest'affare! Vi ripeto che non c'è pericolo di sorta e voi potete dormire tranquillo e beato!... Per mille diavoli! Come potete pensare che noi siamo disposti a rischiare di saltar per aria assieme alla nostra caverna e ai nostri tesori! Ancora qualche annata di buoni affari e ce ne divideremo gli utili; infatti saranno talmente tanti che la parte spettante a ciascuno formerà da sola una piccola fortuna, di cui ognuno godrà a proprio piacimento... dopo la liquidazione della società Ker Karraje e C.!... Aggiungo anche che, come siamo al sicuro da una esplosione, siamo ugualmente al sicuro da una denuncia che solo voi, mio caro Hart, siete in grado di fare! Per questo vi consiglio di starvene quieto, di rassegnarvi da uomo pratico e pazientare fino alla liquidazione della società... Quel giorno vedremo ciò che ci converrà fare di voi per la nostra sicurezza...

Bisogna convenire che queste parole non sono molto rassicuranti. È vero però che da adesso a quell'epoca ci sarà da vedere! Quel che son riuscito a sapere da questa conversazione è che, se Thomas Roch ha venduto il suo esplosivo alla società Ker Karraje e C., ha conservato però per sé il segreto del deflagratore senza il quale l'esplosivo ha lo stesso valore della polvere stradale.

Intanto, prima di mettere fine a questa chiacchierata, mi credo in dovere di fare all'ingegner Serkö una domanda, del resto piuttosto naturale.

— Signor Serkö — gli dico — voi ora conoscete la composizione dell'esplosivo del Folgoratore Roch e sta bene. Ma siete certi che esso abbia la potenza distruttiva che gli attribuisce il suo inventore?... Lo si è mai provato?... Non avete per caso acquistato una composizione altrettanto innocua quanto una presa di tabacco?...

— Può essere, signor Hart, che voi a questo riguardo ne sappiate piú di quanto volete mostrar di sapere. Tuttavia vi ringrazio dell'interesse che prendete al nostro affare, ma vi dico anche che da questo punto di vista potete stare perfettamente tranquillo: la notte scorsa abbiamo eseguito una serie di esperienze decisive. Con solamente pochi grammi di questa sostanza, enormi massi di roccia sono stati ridotti in una polvere impalpabile.

Questa era evidentemente la spiegazione delle detonazioni che avevo inteso.

— Cosí, mio caro collega — continua l'ingegner Serkö, — posso assicurarvi che non proveremo alcuna disillusione. Gli effetti dell'esplosivo superano di gran lunga quello che noi potremmo immaginare. Caricato a parecchie migliaia di tonnellate, sarebbe sufficiente per disintegrare l'intero nostro globo e disperderne i pezzi nello spazio come è avvenuto per quel pianeta scoppiato fra Giove e Marte. State pur certo che esso è capace di annientare qualsiasi nave anche a una distanza che sfida i piú lunghi lanci dei proiettili moderni e in una zona di un miglio buono... Il punto debole dell'invenzione sta nelle difficoltà di regolare il tiro... il quale, per essere regolato, ha bisogno di un tempo lunghissimo.

L'ingegner Serkö fa una pausa, come se non volesse aggiungere una parola di piú, poi continua:

— Dunque, signor Hart, finisco come ho cominciato. Bisogna che vi rassegnate!... Accettate senza rammarico questa nuova esistenza!... Adattatevi alle tranquille delizie di questa vita sotterranea!... Qui ci si conserva la salute quando è buona e la si riacquista quando è malandata... Questo è quanto è accaduto al vostro compatriota!... Sí... rassegnatevi alla vostra sorte... Mi pare che questa sarebbe la decisione piú saggia che voi potreste prendere!...

E con queste parole, quel prodigatore di buoni consigli mi lascia, dopo avermi salutato con un cenno amichevole come uno che desideri colmarmi di cortesi attenzioni. Ma quanta ironia nelle sue parole, nei suoi sguardi, nelle sue maniere! Potrò mai vendicarmene?

In ogni caso, da questa conversazione ho appreso che il modo di regolare il tiro è assai complicato. È dunque probabile che questo raggio d'azione d'un miglio, entro il quale gli effetti del Folgoratore Roch sono terribili, non si possa modificare troppo facilmente, e che al di là e al di qua di tale zona una nave possa essere fuori pericolo... Oh! se potessi informarne chi ne è interessato!

20 agosto.

Per due giorni non è avvenuto alcun incidente degno di nota. Ho spinto le mie passeggiate quotidiane fino ai limiti estremi di Back-Cup.

La sera, quando le lampade elettriche illuminano la lunga sfilata di arcate naturali, non posso sottrarmi all'impressione di un sentimento quasi religioso che mi assale contemplando le meraviglie che la Natura ha creato in questa caverna diventata mia prigione. D'altra parte non ho mai perduto la speranza di scoprire una qualche spaccatura nelle pareti, ignorata dai pirati e per la quale mi sia possibile fuggire!... È vero però che, una volta fuori, dovrai attendere il passaggio di una nave... la mia evasione sarebbe subito scoperta a Bee-Hive:... e non tarderebbero a riprendermi... a meno che... ora che ci penso, c'è il canotto... il canotto dell'*Ebba*, che è ormeggiato in fondo alla baia... se arrivassi a impadronirmene... a uscire dagli scogli... a dirigermi verso Hamilton, o verso St. George...

La sera, alle nove circa sono andato a stendermi, a un centinaio di metri a est del laghetto, su un tappeto di sabbia ai piedi d'uno dei pilastri.

Pochi attimi dopo, ho udito prima dei passi, poi delle voci a breve distanza.

Appiattito alla meglio dietro la base rocciosa del pilastro porgo attentamente l'orecchio... Riconosco le voci. Sono quelle di Ker Karraje e dell'ingegner Serkö. I due si sono fermati e discorrono fra loro in inglese, cioè la lingua generalmente adoperata a Back-Cup. Mi sarà dunque possibile comprendere ciò che dicono.

Si tratta appunto di Thomas Roch o piuttosto del suo Folgoratore.

— Fra otto giorni — disse Ker Karraje — conto di riprendere il mare con l'*Ebba* e di poter finalmente portare qui i diversi pezzi che ormai dovrebbero essere pronti nella fabbrica della Virginia...

— Quando saranno in nostro possesso — risponde l'ingegner Serkö — mi occuperò di montarli e di fabbricare i telai di lancio. Ma prima è necessario procedere a un lavoro che mi sembra indispensabile.

— E cioè?... — domanda Ker Karraje.

— Forare la parete dell'isolotto.

— Forarla?...

— Oh! nient'altro che un cunicolo largo lo spazio sufficiente a consentire il passaggio di un uomo solo, una specie di budello che possa facilmente essere chiuso e il cui orificio esterno sarà nascosto fra le rocce.

— A che scopo, Serkö?...

— Ho riflettuto spesso che ci sarebbe estremamente utile avere, oltre alla galleria sottomarina, una comunicazione con l'esterno... non si sa ciò che potrebbe accadere in avvenire.

— Ma queste pareti sono cosí spesse e di una roccia tanto dura... — fa osservare Ker Karraje.

— Con qualche granello dell'esplosivo di Thomas Roch — risponde l'ingegner Serkö — m'incarico di ridurre la roccia in una polvere fine come cipria.

Si comprenderà di quale interesse sia per me il soggetto di tale conversazione.

Ecco che si vuole aprire una comunicazione fra l'esterno e l'interno di Back-Cup... Chissà che non mi si presenti qualche fortunata occasione?...

Nel momento in cui faccio questa riflessione Ker Karraje risponde:

— Ho capito, Serkö, e se un giorno fosse necessario difendere Back-Cup, si impedirebbe che qualche nave potesse accostarsi... Bisognerebbe, è vero, che il nostro nascondiglio, sia per caso sia in seguito ad una denuncia, fosse stato scoperto...

— Non dobbiamo temere — risponde Serkö — né il caso... né una denuncia...

— Da parte dei nostri compagni no senz'altro, ma da parte di quel Simon Hart...

— Lui?! — esclama l'ingegner Serkö. — Ma questo significherebbe che è riuscito a fuggire... e da Back-Cup non si fugge!... D'altra parte confesso che quel bravo uomo m'interessa... dopo tutto è un collega, ed io nutro sempre il sospetto che, sulla scoperta di Thomas Roch, ne sappia piú di quanto non dice... Me lo lavorerò in modo che finiremo per intenderci benissimo, parlando di fisica, di meccanica e di balistica, come due vecchi amici.

— Non importa! — riprende quell'animo generoso e sensibile del conte d'Artigas. — Quando saremo interamente in possesso del segreto di Roch sarà meglio che ci sbarazziamo di...

— C'è tutto il tempo, Ker Karraje...

« Se Dio ve lo concede, miserabili! » ho pensato comprimendo i battiti violenti del mio cuore.

Ma, se la Provvidenza non interviene, che cosa mi resta da sperare?...

La conversazione cambia allora tema e Ker Karraje osserva:

— Ora che conosciamo la composizione dell'esplosivo, Serkö, bisogna che ad ogni costo Thomas Roch ci riveli quella del deflagratore.

— Certo — replica l'ingegner Serkö — e ci penserò io a convincerlo. Disgraziatamente Thomas Roch sfugge ad ogni domanda in proposito. D'altra parte egli ha già composto qualche goccia di questo deflagratore che è servita per provare l'esplosivo, e ce ne fornirà dell'altro quando si tratterà di forare la roccia per ottenere un cunicolo...

— Ma... per le nostre spedizioni in mare?... — domanda Ker Karraje.

— Pazienza... finiremo con l'avere nelle nostre mani tutti i segreti del suo apparecchio...

— Ne sei sicuro, Serkö?...

— Sicuro da scommetterci, Ker Karraje.

La conversazione termina con queste parole e i due uomini si allontanano senza essersi, per fortuna, accorti di me. Mi pare che, se l'ingegner Serkö ha preso un poco le mie difese almeno in qualità di collega, il conte d'Artigas è animato nei miei riguardi da intenzioni molto meno benevole. Al piú piccolo sospetto mi farà gettare nel lago e, se mai riuscirò a attraversare la galleria, lo farò allo stato di cadavere trascinato dalla corrente marina.

21 agosto.

Il giorno seguente l'ingegner Serkö si è occupato di ricercare il punto piú adatto dove aprire il foro del cunicolo, in modo che dal di fuori non sia possibile sospettarne l'esistenza. Dopo minuziose ricerche, ha deciso che il foro si debba fare nella parete nord, venti metri prima delle prime celle di Bee-Hive.

Io non vedo l'ora che questo cunicolo sia terminato. Chi sa che non possa servire per la mia fuga?... Ah! Se sapessi nuotare forse avrei già tentato di evadere attraverso la galleria sottomarina, poiché conosco esattamente il punto in cui si trova... Al momento della lotta tra i pescecani e la balena di cui il laghetto è stato teatro, quando le acque si sono abbassate di livello per il colpo di coda della balena, è rimasta per un istante scoperta una parte dell'apertura... L'ho veduta benissimo... Non si scoprirà allora anche all'epoca delle grandi maree? Nelle fasi di luna piena e di luna nuova, quando il mare raggiunge il massimo del suo abbassamento rispetto al livello consueto, è possibile che... Me ne accerterò!

Non so a che cosa potrà servirmi questa constatazione, ma non devo trascurare nulla che possa servirmi per fuggire da Back-Cup.

29 agosto.

Questa mattina assisto alla partenza del *tug*. Si tratta senza dubbio della solita corsa a qualcuno dei porti americani per ritirare i congegni che ormai dovrebbero essere pronti.

Il conte d'Artigas si trattiene per qualche momento coll'ingegner Serkö, che, a quanto pare, questa volta non lo accompagna e al quale mi sembra faccia alcune raccomandazioni di cui io potrei benissimo essere l'oggetto. Quindi, messo il piede sulla piattaforma del *tug*, vi si cala subito dentro seguito dal capitano Spade e dall'equipaggio dell'*Ebba*. Appena il portello viene richiuso, il *tug* s'immerge sotto l'acqua che è turbata in superficie da un leggero gorgoglio.

Le ore passano e la giornata finisce. Dato che il *tug* non è ritornato al suo ancoraggio, devo dedurre che esso proceda come rimorchiatore della goletta... fors'anche per sfondare le navi che avranno la disgrazia di incrociare la sua rotta...

Intanto è probabile che l'assenza della goletta sarà di breve durata, poiché per un viaggio d'andata e ritorno sono sufficienti sette o otto giorni.

Del resto l'*Ebba* ha la fortuna d'essere favorita dal tempo a giudicare dalla calma dell'atmosfera che regna nella caverna. Inoltre, data la latitudine delle Bermude, ora siamo nella stagione buona. Ah! se potessi trovare un'uscita traverso le pareti della mia prigione!...

Capitolo XIII

VA' CON DIO

Dal 20 agosto al 10 settembre.

Sono passati tredici giorni e l'*Ebba* non è ancora tornata... Forse allora non si è recata sulla costa americana... Forse si è fermata al largo di Back-Cup per compire qualche nuovo atto di pirateria... mi pare però che Ker Karraje dovrebbe avere tutto l'interesse a riportar qui alla svelta i congegni. È vero che forse la fabbrica della Virginia può non aver ancora terminato la fabbricazione...

In ogni modo l'ingegner Serkö non mi sembra affatto impaziente. Mi accoglie sempre nella solita maniera, con la solita aria ingenua, della quale però io non mi fido affatto e ho le mie buone ragioni.

Egli mostra d'informarsi della mia salute, mi invita sempre piú a rassegnarmi completamente, mi chiama Alí-Baba, mi assicura che sulla superficie della terra non esiste altro luogo che possa competere con questa caverna delle Mille e una Notte dove sono nutrito, riscaldato, alloggiato e vestito senza dover pagare né imposte né tasse, e aggiunge che neppure a Monaco gli abitanti di quel felice principato godono di un'esistenza piú spensierata della mia... Qualche volta davanti a queste stupide chiacchiere, mi sento montare il sangue alla testa, mi vien voglia di saltare alla gola di questo insopportabile canzonatore e di strangolarlo con le mie mani... Dopo mi si ucciderà... E che cosa me ne importa?... Non è meglio finire cosí piuttosto che essere condannato a vivere per anni ed anni in quest'ambiente infame di Back-Cup?

Tuttavia ritorno padrone di me stesso e finisco per rispondergli con un'alzata di spalle.

Durante i primi giorni, dopo la partenza dell'*Ebba*, ho visto appena Thomas Roch. Chiuso nel suo laboratorio, egli si occupa instancabilmente delle sue molteplici combinazioni. Supponendo che lavori su tutti gli elementi che sono stati messi a sua disposizione, egli avrà in mano tanto da far saltare per aria Back-Cup e tutte quante le Bermude.

Io spero sempre ch'egli non acconsenta mai a svelare la composizione del deflagratore e che tutti gli sforzi dell'ingegner Serkö non riescano a strappargli quest'ultimo segreto. Questa speranza sarà delusa?...

13 settembre.

Oggi ho potuto constatare coi miei occhi la potenza dell'esplosivo e allo stesso tempo vedere come si usa il deflagratore.

Al mattino gli uomini hanno cominciato a forar la parete, nel punto prescelto per aprire una comunicazione col basamento esterno dell'isolotto.

Gli uomini, sotto la direzione dell'ingegnere, hanno cominciato dai piedi della muraglia il cui calcare, durissimo, è paragonabile al granito. I primi colpi furono inflitti dal piccone maneggiato da braccia vigorose. Servendosi soltanto di uno strumento di lavoro come questo, l'operazione sarebbe stata lunga e penosa, poiché la roccia, in questa parte bassa di Back-Cup, è spessa almeno venti o venticinque metri. Ma, grazie al Folgoratore Roch il lavoro potrà essere terminato in uno spazio di tempo molto breve.

Ciò che ho visto avrebbe stupito chiunque: lo sgretolamento della parete, che il piccone non poteva intaccare che con dispendio di una enorme fatica, è avvenuto con una facilità straordinaria.

Sí! Pochi grammi di quell'esplosivo bastano a triturare la massa rocciosa, a sminuzzarla e a ridurla in una polvere quasi impalpabile che il minimo soffio disperde come un vapore.

Sí! Con una dose di cinque-dieci grammi si produce uno scavo di un metro cubo in seguito a una esplosione secca dovuta alla scossa terribile degli strati atmosferici, che può paragonarsi alla detonazione provocata da un pezzo d'artiglieria.

La prima volta che si è adoperato questo esplosivo, quantunque impiegato in dose minima, parecchi degli uomini che si trovavano troppo vicini alla parete furono gettati a terra. Due rimasero gravemente feriti, e lo stesso ingegner Serkö, gettato a qualche passo di distanza, si rialzò con delle forti contusioni.

Ecco come si adopera questo composto, la cui forza distruttiva supera ogni scoperta fatta fino ad ora.

La tecnica è: aprire innanzi tutto nella roccia un foro lungo cinque centimetri e di dieci millimetri di sezione, introdurvi pochi grammi di esplosivo, senza che sia nemmeno necessario richiudere il foro.

Allora è il momento in cui interviene Thomas Roch. Egli tiene in mano un piccolo cilindro di cristallo contenente un liquido azzurrastro d'apparenza oleosa e facilissimo a coagularsi non appena messo a contatto con l'aria.

Egli ne versa una goccia all'orifizio del foro e si allontana con discreta lentezza. Occorre infatti un certo tempo, circa trentacinque secondi, perché deflagratore e esplosivo si amalgamino completamente. Avvenuto ciò, la potenza dell'esplosione è tale che – insisto nel dirlo – la si può credere illimitata ed è comunque superiore per migliaia di volte a quella degli esplosivi attualmente conosciuti.

Ora si comprende come il traforo di questa spessa e dura parete sarà terminato in una settimana.

19 settembre.

Da qualche tempo ho osservato che il fenomeno dell'alta e bassa marea, che si manifesta in modo sensibilissimo attraverso la galleria sottomarina, produce due volte ogni ventiquattr'ore una corrente in senso inverso.

Si può quindi supporre che un oggetto galleggiante sulla superficie delle acque del lago verrebbe trasportato fuori dal riflusso, qualora la parte superiore dell'ingresso della galleria rimanesse scoperto. Ora, questo fenomeno non si potrebbe verificare nell'epoca di massimo abbassamento delle maree d'equinozio?... Me ne posso accertare, poiché ora ci troviamo precisamente in quest'epoca. Dopodomani è il ventun settembre, e oggi, diciannove, ho già visto disegnarsi al disopra dell'acqua la sommità dell'arco della galleria, nelle ore di bassa marea.

Ebbene! Se io non posso passare al di là, una bottiglia lanciata in acqua non avrà la possibilità di venir trascinata fuori durante gli ultimi minuti del riflusso?... E perché il caso – un caso, ne convengo, veramente provvidenziale – non potrebbe far sí che questa bottiglia venisse raccolta da una nave al largo di Back-Cup?... O perché le correnti non potrebbero gettarla sopra una qualunque spiaggia delle Bermude?... E se in questa bottiglia ci fosse un biglietto?...

Questo pensiero ora mi logora la mente. Mi vengono alla bocca mille obiezioni compresa quella che una bottiglia corre rischio di spezzarsi, sia attraversando la galleria, sia urtando sugli scogli che si trovano all'esterno, prima di poter raggiungere il largo... Sí... però... se fosse sostituita da un barile, chiuso ermeticamente, uno di quei barilotti che si adoperano per sostenere le reti da pesca, questo non sarebbe esposto ai pericoli della fragile bottiglia e potrebbe arrivare in alto mare.

20 settembre.

Questa sera, senza essere visto, mi sono introdotto in uno dei magazzini dove sono ammucchiati i diversi proventi dei saccheggi delle navi e dove ho potuto trovare un barilotto che fa proprio al caso mio.

Tenendolo nascosto alla meglio, ritorno a Bee-Hive e rientro nella mia celletta, quindi, senza perdere un minuto di tempo, mi metto subito all'opera.

Non mi mancano né carta, né penna, né calamaio poiché da tre mesi ormai vado prendendo quotidianamente gli appunti che raccolgo in questo diario. Prendo un foglio e ci scrivo quanto segue:

« *Dal giorno 19 giugno, in seguito a un doppio rapimento avvenuto il 15 dello stesso mese, Thomas Roch e il suo infermiere Gaydon o, per meglio dire, l'ingegnere francese Simon Hart, che occupavano il padiglione 17 a Healthful-house, presso New-Berne nella Carolina del Nord, Stati Uniti d'America, sono stati condotti prigionieri a bordo della goletta* Ebba, *appartenente al conte d'Artigas. Entrambi sono attualmente rinchiusi all'interno d'una caverna che serve da ricovero al suddetto conte d'Artigas, – il cui vero nome è Ker Karraje, il pirata fatalmente conosciuto sulle coste occidentali del Pacifico – e ad un centinaio d'uomini che compongono la banda di questo terribile malfattore. Quando sarà diventato padrone del Folgoratore Roch, che è d'una potenza senza limiti, Ker Karraje potrà continuare le sue imprese piratesche in condizioni tali per cui ai suoi delitti sarà piú che mai assicurata la completa impunità.*

« *Per questo è urgente che gli Stati interessati distruggano al piú presto la sua tana.*

« *La caverna ove si è rifugiato Ker Karraje si trova nell'interno dell'isolotto di Back-Cup che, a torto, viene considerato un vulcano nuovamente attivo.*

« *Situato all'estremità occidentale dell'arcipelago delle Bermude, inavvicinabile a oriente a causa delle irte scogliere, esso è di facile approdo a sud, a ovest e a nord.*

« *Le comunicazioni fra esterno e interno avvengono per il momento soltanto attraverso una galleria che si apre a pochi metri sotto la superficie dell'acqua, in fondo a uno stretto passaggio ad occidente. Cosí, per entrare nell'interno di Back-Cup, occorre avere un sottomarino – almeno fino a quando non sarà terminato il cunicolo che si sta costruendo sul lato a nord-ovest.*

« *Il pirata Ker Karraje dispone appunto d'un sottomarino – lo stesso che il conte d'Artigas fece fabbricare per sé e che si crede sia affondato in occasione del pubblico esperimento nella baia di Charleston. Questo* tug *è impiegato non solo per entrare ed uscire dalla caverna, ma anche per rimorchiare la goletta e attaccare le navi mercantili che incrociano nelle acque delle Bermude.*

« *La goletta* Ebba, *conosciutissima sulla costa occidentale americana, ha per unico porto una piccola baia riparata, dietro un groviglio di scogli, assolutamente invisibile dal largo e situata a occidente dell'isolotto.*

« *Prima di effettuare uno sbarco su Back-Cup, consigliabile sul lato ovest dove prima erano istallati i pescatori bermudiani, bisognerebbe aprire una breccia nella parete, servendosi dei piú potenti esplosivi a melinite. Eseguito poi lo sbarco, questa breccia permetterebbe di penetrare nell'interno di Back-Cup.*

« *Bisogna anche prevedere l'eventualità che il Folgoratore Roch sia già in grado d'agire e che Ker Karraje, sorpreso da un attacco, cerchi d'adoperarlo per difendere Back-Cup. Ci si regoli sul fatto che, se la sua potenza supera di gran lunga tutto ciò che fino ad oggi si è potuto immaginare, la zona del suo raggio d'azione però è limitata a 1700, 1800 metri. La lunghezza del tiro è variabile; ma una volta stabilitolo è operazione lunghissima modificarne la portata sicché una nave, che riuscisse a evitare la zona suddetta, potrebbe impunemente avvicinarsi all'isolotto.*

« Questo documento è stato scritto oggi 20 settembre alle otto pomeridiane e firmato col mio nome.

Ingegnere Simon Hart ».

Ecco la lettera che ho appena finito di scrivere.

In essa ho detto tutto quanto c'era da dire circa l'isolotto, la cui esatta posizione è segnata sulle carte moderne, e anche quanto c'era da dire su Ker Karraje, la difesa di Back-Cup che egli cercherà d'organizzare e la necessità d'agire senza indugio. Aggiungo una piantina della caverna che riporta la sua configurazione interna, il punto dove si trova il lago, la disposizione di Bee-Hive, il luogo dove è situata l'abitazione di Ker Karraje, la mia cella e il laboratorio di Thomas Roch. Ora bisognerebbe che questa notizia fosse conosciuta... lo sarà?...

Finalmente, dopo aver avvolto questo messaggio in un pezzo di tela incatramata, lo chiudo nel barilotto cerchiato di ferro che è lungo 15 centimetri e largo 8. Esso è a perfetta tenuta, come ho potuto constatare io stesso, e abbastanza robusto da poter resistere ai colpi, sia durante la traversata della galleria, sia contro gli scogli esterni.

E se invece d'arrivare in mani sicure il riflusso lo sbattesse sugli scogli dell'isolotto, e là fosse trovato dall'equipaggio dell'*Ebba* quando la goletta si mette all'ancora nella rada?... E se questo documento cadesse nelle mani di Ker Karraje ed egli vedesse la mia firma e leggesse il suo nome?... Allora non avrei piú da scervellarmi sul modo con cui fuggire da Back-Cup e la mia sorte sarebbe subito decisa...

È calata la notte. È facile comprendere quanto l'ho attesa con impazienza febbrile! Secondo i miei calcoli la punta minima della bassa marea dovrebbe verificarsi alle otto e tre quarti. In quel momento la parte superiore della galleria sarà scoperta per almeno 50 centimetri. Lo spazio dunque fra la superficie dell'acqua e la volta rocciosa sarà piú che sufficiente per far passare il mio barilotto. Del resto ho intenzione di lanciarlo una mezz'ora prima affinché il riflusso che dall'interno va verso l'esterno abbia il tempo di trascinarlo fuori.

Verso le otto, nella penombra, lascio la mia cella. Sull'argine non c'è nessuno. Mi dirigo dalla parte dove s'apre la galleria. Alla luce dell'ultima lampada elettrica accesa da questo lato, vedo la parte superiore dell'ingresso della galleria profilarsi sulla superficie dell'acqua e la corrente prendere quella direzione. Scendo di roccia in roccia fino al livello del lago e lancio il barilotto che racchiude il prezioso messaggio e tutte le mie speranze.

— Va' con Dio! — dico. — Va' con Dio!... — come dicono i nostri buoni marinai.

Il barilotto rimane per un poco fermo, galleggiando, poi sotto l'azione d'un mulinello d'acqua ritorna verso la sponda. Mi tocca respingerlo con forza perché il riflusso se ne impadronisca...

Fatto! E in meno di venti secondi esso sparisce nella galleria.

Sí!... Va' con Dio!... Che il Cielo ti guidi, mio piccolo barilotto!... Che Egli protegga tutti coloro che sono minacciati da Ker Karraje e faccia sí che questa banda di pirati non sfugga al castigo dell'umana giustizia!

Capitolo XIV

LO «SWORD» ALLE PRESE COL «TUG»

Per tutta la notte, senza poter dormire, ho seguito col pensiero il barilotto. Quante volte mi è parso di vederlo sbattere sulle rocce, avvicinarsi alla rada, fermarsi in una conca... un sudore freddo mi correva dalla testa ai piedi... Infine: ecco che ha passato la galleria... il barilotto entra nella corrente... il riflusso lo spinge in alto mare... Gran Dio! Se poi l'azione del flusso lo riportasse nuovamente verso l'ingresso della galleria, poi nell'interno di Back-Cup... e se, a giorno fatto, me lo rivedessi davanti!...

Alzatomi alle prime luci dell'alba, m'incammino verso la sponda...

Non si vede alcun oggetto galleggiare sulla superficie tranquilla del lago.

Nei giorni seguenti il lavoro di traforo del cunicolo è proseguito con la consueta tecnica. L'ingegner Serkö fa saltare l'ultimo ostacolo roccioso alle quattro pomeridiane del 23 settembre. La comunicazione tra esterno e interno è ora stabilita grazie a uno stretto budello, per entrare nel quale è necessario piegarsi in due. All'esterno l'orifizio rimane nascosto in mezzo agli anfratti del litorale ed è comunque facilissimo chiuderlo quando la necessità lo richiede.

Non è necessario dire che da questo giorno il cunicolo diventa oggetto di severa sorveglianza. Nessuno, senza averne avuto espressa autorizzazione, potrà servirsene sia per uscire dalla caverna, sia per ritornarvi... Impossibile dunque fuggire di là...

25 settembre.

Stamattina il *tug* è risalito in superficie. Il conte d'Artigas, il capitano Spade e l'equipaggio della goletta si avvicinano al molo. Si esegue immediatamente lo sbarco delle mercanzie riportate dall'*Ebba.* C'è un gran numero di casse contenenti vettovaglie, carne, conserve, botti di vino e d'acquavite, e parecchi colli destinati a Thomas Roch. Poi gli uomini scaricano a terra i vari pezzi dei congegni che hanno una forma molto discorde.

Thomas Roch assiste all'operazione. Nei suoi occhi brilla una luce straordinaria. Dopo avere preso uno dei pezzi ed averlo attentamente esaminato, egli crolla la testa in segno di approvazione. Osservo che la sua gioia non si manifesta con frasi incoerenti e che in lui non esiste piú nulla dell'antico ospite pazzo di Healthful-house. Mi domando anzi se quella forma di follia che si credeva incurabile non sia ora guarita del tutto...

Infine Thomas Roch entra nel canotto per recarsi al suo laboratorio e l'ingegner Serkö l'accompagna. In un'ora appena l'intero carico del *tug* viene trasportato sull'altra riva.

Ker Karraje, dal canto suo, ha scambiato solo poche parole con l'ingegnere Serkö. Piú tardi, nel pomeriggio, essi si sono incontrati di nuovo ed hanno discusso lungamente passeggiando dinanzi a Bee-Hive.

Terminata la loro conversazione, si dirigono verso il cunicolo e vi entrano, seguiti dal capitano Spade. Oh! Perché non posso anche io entrare con loro!... Perché non posso andare a respirare, foss'anche per un solo istante, quell'aria vivificante dell'Atlantico di cui a Back-Cup non arrivano che i soffi spenti!...

Dal 26 settembre al 10 ottobre.

Sono passati quindici giorni. Sotto la direzione dell'ingegner Serkö e di Thomas Roch si è lavorato alla preparazione dei congegni, poi alla costruzione delle basi di lancio. Si tratta di semplici cavalletti, muniti di vaschette, con una inclinazione variabile e che sarà molto facile istallare a bordo dell'*Ebba* o anche sulla piattaforma del *tug* quando esso si trova a fior d'acqua.

Cosí dunque Ker Karraje con null'altro che la sua goletta è sul punto di diventar padrone di tutti i mari!... Nessuna nave da guerra potrà superare la zona pericolosa e l'*Ebba* potrà mantenersi fuori della portata di qualsiasi proiettile!... Ah!... Se il mio messaggio fosse stato raccolto... se si sapesse dell'esistenza di questo nascondiglio di Back-Cup!... si potrebbe forse non distruggerlo, ma almeno impedire il suo rifornimento!...

20 ottobre.

Con mia straordinaria sorpresa questa mattina non ho piú visto il *tug* al solito posto. Mi ricordo che ieri sono state ricaricate le due batterie ed ho pensato che l'avessero fatto solo perché fossero pronte al momento necessario. Visto che il *tug* è partito, ora che il cunicolo è praticabile, è segno che deve fare qualche spedizione in questi paraggi. Infatti i pezzi e le sostanze che servono a Thomas Roch, sono ormai tutti qui a Back-Cup.

Intanto è giunta l'epoca dell'equinozio. Il mare intorno alle Bermude è sconvolto da burrasche terribili. Le tempeste si scatenano con una violenza spaventosa: lo si sente a giudicare dalle lente raffiche di vento che penetrano attraverso il cratere di Back-Cup, dai vapori turbinosi mescolati a pioggia che invadono l'ampia caverna e anche dall'agitazione delle acque del laghetto che spazzano con le loro schiume le rocce delle sponde.

Ma è poi certo che la goletta ha abbandonato la rada di Back-Cup?... Non ha uno scafo troppo leggero – quand'anche fosse aiutata dal rimorchiatore – per affrontare un mare cosí cattivo?...

D'altra parte, come pensare che il *tug*, quantunque non abbia nulla da temere dal mare grosso poiché può ritrovar la calma a pochi metri sotto la superficie, abbia intrapreso un viaggio senza accompagnar la goletta?...

Io non so proprio a che cosa attribuire questa partenza del sottomarino; del resto la sua assenza durerà a lungo, visto che non è tornato in giornata.

Questa volta l'ingegner Serkö è rimasto a Back-Cup. Soltanto Ker Karraje, il capitano Spade e gli equipaggi del *tug* e dell'*Ebba* hanno abbandonato l'isolotto...

La mia esistenza continua nella sua abituale e insipida monotonia, in mezzo a questa colonia di reclusi. Passo ore intere in fondo alla mia nicchia meditando, sperando, disperando, attaccandomi con un filo di speranza, che ogni giorno di piú si assottiglia, a quel barilotto affidato alla corrente, e infine scrivendo queste note che probabilmente non mi sopravviveranno...

Thomas Roch è costantemente occupato nel suo laboratorio, intento alla fabbricazione del suo deflagratore. Io sono sempre convinto che egli non cederà a nessun prezzo il segreto della composizione di questo liquido... ma sono anche convinto che egli non esiterà un istante a mettere il suo Folgoratore al servizio di Ker Karraje.

Quando le mie passeggiate mi conducono nei dintorni di Bee-Hive incontro spesso l'ingegner Serkö. Quest'uomo ogni volta si mostra disposto a conversare con me... Anche se lo fa sempre con tono di leggera impertinenza.

Parliamo di molte cose ma quasi mai della mia situazione, visto che ogni mio lamento è inutile e servirebbe solo ad attirarmi nuovi motteggi.

22 ottobre.

Oggi ho voluto domandare all'ingegner Serkö se la goletta aveva ripreso il mare assieme al *tug*.

— Sí, signor Hart — mi ha risposto — e quantunque il mare al largo sia pessimo, un vero tempaccio da cani, non è il caso di avere alcun timore per la nostra cara *Ebba*...

— E la sua assenza si prolungherà?

— L'aspettiamo fra 48 ore... È l'ultimo viaggio che il conte d'Artigas ha deciso di intraprendere prima che le tempeste invernali rendano impraticabili questi paraggi...

— Viaggio di piacere... o d'affari?... — ho domandato.

L'ingegner Serkö mi risponde sorridendo:

— D'affari, signor Hart, d'affari! A quest'ora i nostri apparecchi sono bell'e pronti e, appena tornato il bel tempo, non dovremo far altro che iniziare l'offensiva...

— Contro disgraziate navi...

— Tanto disgraziate quanto cariche di enormi ricchezze...

— Questa è vera pirateria — ho esclamato — la cui impunità mi auguro non durerà per sempre...

— Calmatevi, mio caro collega, calmatevi!... Del resto lo sapete bene che nessuno potrà mai conoscere questo nostro nascondiglio... perché nessuno lo potrà mai svelare... D'altronde con le nostre navi cosí facilmente manovrabili e cosí terribilmente potenti ci sarebbe facile annientare qualunque nave che passasse a una certa distanza dall'isolotto...

— A condizione però — ho aggiunto — che prima Thomas Roch vi venda la composizione del suo deflagratore, come vi ha venduto quella del suo Folgoratore!

— È cosa già fatta, signor Hart, e a questo proposito posso togliervi qualunque dubbio...

Da una risposta tanto categorica avrei dovuto concludere che il guaio era già avvenuto: ma il tono esitante della sua voce mi ha fatto comprendere che non dovevo fidarmi alle parole di Serkö.

25 ottobre.

In quale spaventosa avventura mi sono trovato immischiato!... E non so ancora come ho potuto non lasciarci la vita!...

Ed è solo per un miracolo che oggi posso riprendere queste note rimaste interrotte per quarantotto ore!... Se avessi avuto un po' piú di fortuna ora sarei libero!... In questo momento mi troverei in uno dei porti delle Bermude, a Hamilton o a St. George...

I misteri di Back-Cup sarebbero stati finalmente svelati!... La goletta segnalata a tutte le nazioni non potrebbe piú presentarsi in alcun porto!... L'approvvigionamento di Back-Cup diverrebbe impossibile... I banditi di Ker Karraje sarebbero condannati a morire di fame!...

Ma torniamo al racconto di quanto è avvenuto.

La sera del 23 ottobre verso le otto io avevo lasciato la mia cella in uno stato di nervosa eccitazione, come se avessi il presentimento di un prossimo grave avvenimento. Invano avevo cercato nel sonno un po' di calma. Poiché non riuscivo a dormire, sono uscito.

All'esterno di Back-Cup doveva esserci un tempo orribile. Terribili raffiche penetravano attraverso il cratere e sollevavano alte ondate sulla superficie del laghetto.

Mi diressi dalla parte di Bee-Hive.

In giro non c'era alcuno. La temperatura era molto bassa e l'aria umida. Tutti gli abitanti dell'alveare erano chiusi nelle loro nicchie.

C'era un solo uomo a guardia del cunicolo, benché, per precauzione, l'apertura che sbocca sulla costa fosse stata chiusa. Dal suo posto quell'uomo non poteva vedere le sponde del lago. Inoltre c'erano accese due sole lampade sulla riva destra e sulla riva sinistra, sicché in quella foresta di pilastri regnava un'oscurità profonda.

Camminavo cosí al buio, quando m'accorsi che qualcuno mi passava vicino.

Riconobbi Thomas Roch.

Egli camminava lentamente, assorto come al solito nei suoi pensieri, col cervello sempre in tensione e la mente sempre al lavoro.

Forse quella era la buona occasione per parlargli, per spiegargli tutto ciò che probabilmente egli ignorava?... Roch ignora... deve per forza ignorare in quali mani ora egli si trova... Non può sospettare che il conte d'Artigas sia nientemeno che il pirata Ker Karraje... Non può sospettare a quale razza di bandito egli abbia venduto parte della sua scoperta... Bisogna fargli sapere che egli non potrà mai godersi i milioni che gli sono stati pagati... cosí come non avrà mai la libertà di uscire da Back-Cup... Sí... Farò appello ai suoi sentimenti d'umanità, alle future sventure di cui egli sarà il solo responsabile se non ha la forza di conservare per sé il suo segreto...

Ero a questo punto delle mie riflessioni, quando mi sentii afferrare violentemente per le spalle.

Due uomini mi tenevano per le braccia ed un terzo mi si parò davanti.

Feci per gridare.

— Non un grido! — mi disse uno di loro parlando in inglese. — Non siete Simon Hart?

— Come lo sapete?

— Vi ho visto uscire dalla vostra cella...

— Ma chi siete voi?

— Tenente Davon, della marina inglese, ufficiale a bordo dello *Standard*, di stazione alle Bermude.

Mi fu impossibile formulare una qualunque risposta, tanto l'emozione in quel momento mi soffocava.

— Veniamo a strapparvi dalle mani di Ker Karraje — aggiunse il tenente Davon — e a liberare, assieme a voi, l'inventore francese Thomas Roch...

— Thomas Roch? — ho balbettato.

— Sí... il documento firmato col vostro nome è stato raccolto su una spiaggia di St. George...

— In un barilotto, tenente Davon... un barilotto che ho lanciato nelle acque di questo lago...

— E che conteneva — proseguí l'ufficiale — il messaggio per mezzo del quale abbiamo appreso che l'isolotto di Back-Cup era il rifugio del pirata Ker Karraje e della sua banda... Ker Karraje, il falso conte d'Artigas che è stato l'autore del duplice rapimento di Healthful-house...

— Ah!... Tenente Davon!...

— Ma ora non c'è un minuto da perdere... Bisogna approfittare dell'oscurità...

— Una sola parola, tenente... Come avete fatto a penetrare nell'interno di Back-Cup?

— Per mezzo del sottomarino *Sword* che da sei mesi stiamo sperimentando a St. George...

— Un sottomarino?...

— Sí... E ora ci attende sotto quelle rocce.

— Là... là!... — ho esclamato.

— Signor Hart, dov'è ora il *tug* di Ker Karraje?

— È partito... da tre settimane...

— Ker Karraje non è dunque a Back-Cup?

— No... ma lo stiamo aspettando da un giorno all'altro... anzi da un'ora all'altra.

— Non importa! — rispose il tenente Davon. — Ora non è Ker Karraje che ci interessa... il nostro compito è di portar via Thomas Roch... assieme a voi, signor Hart. Lo *Sword* non lascerà questo lago senza che voi siate stati trasportati a bordo... Se esso non dovesse ricomparire a St. George sarebbe segno che la mia impresa è fallita... e qualcun altro ricomincerebbe daccapo.

— Dov'è lo *Sword*, tenente?

— Da questa parte... all'ombra della spiaggia in modo che non lo si possa scorgere. Grazie alle vostre indicazioni, io e il mio equipaggio abbiamo subito trovato l'entrata della galleria sottomarina... lo *Sword* l'ha felicemente attraversata... e da appena dieci minuti è risalito sulla superficie dell'acqua. Due dei miei uomini mi hanno accompagnato su questa sponda... e subito vi ho visto uscire dalla cella segnata sulla vostra piantina... sapete ora dove si trovi Thomas Roch?

— A pochi passi di qua... è passato appena adesso diretto verso il suo laboratorio.

— Dio sia lodato, signor Hart!

— Sí, sempre sia lodato, tenente Davon!...

Allora tutti insieme imboccammo il sentiero che aggira il lago. Avevamo fatto solo una decina di metri quando scorsi Thomas Roch. Gettarsi su di lui, imbavagliarlo prima che avesse potuto emettere un grido, legarlo prima che avesse potuto fare il piú piccolo movimento, trasportarlo dove era ormeggiato lo *Sword*, fu cosa d'un istante.

Lo *Sword* stazzava una dozzina di tonnellate appena, e quindi era di dimensioni e di potenza molto inferiori a quelle del *tug*. Due dinamo, azionate da accumulatori caricati dodici ore prima nel porto di St. George, davano movimento all'elica. Ma, comunque fosse, questo *Sword* era sufficiente per farci uscire dalla nostra prigione e restituirci la libertà – quella libertà nella quale purtroppo non avevo piú sperato!... Finalmente Thomas Roch era stato strappato agli artigli di Ker Karraje e dell'ingegner Serkö!... Quei briganti non avrebbero piú potuto adoperare la sua infernale scoperta!... E niente avrebbe piú impedito un attacco all'isolotto per forzare l'entrata del cunicolo ed impadronirsi dei pirati!...

Mentre gli uomini trasportavano Thomas Roch, non incontrammo nessuno.

Infine scendemmo tutti nell'interno dello *Sword*... Il portello superiore venne chiuso... i serbatoi d'acqua vennero riempiti... e lo *Sword* s'immerse...

Eravamo salvi!

Lo *Sword*, diviso in tre parti da paratie di ferro, era cosí formato: nella prima parte che andava da poppa al baglio maestro erano sistemati le macchine e gli accumulatori. La seconda parte, occupata dal pilota, stava nel centro dell'imbarcazione, ed era sormontata da un periscopio a lente che proiettava un fascio di raggi luminosi per illuminare il cammino sott'acqua. La terza parte era quella a prua ed è appunto lí dove Thomas Roch ed io fummo rinchiusi.

È inutile dire che il mio compagno era stato liberato del bavaglio che lo soffocava ma non dei legami che lo stringevano ed io dubitavo che egli si rendesse perfettamente conto di quanto accadeva...

Ma avevamo fretta di partire con la speranza d'arrivare quella notte stessa a St. George se non fosse sopraggiunto alcun ostacolo.

Spinta la porta della paratia, raggiunsi nel secondo compartimento il tenente Davon che stava accanto all'uomo cui era affidata la manovra del timone.

Nel primo compartimento altri tre uomini – compreso il macchinista – eseguivano gli ordini del comandante per il funzionamento del motore.

— Tenente Davon — disse — penso che non vi sia alcun inconveniente a lasciare solo Thomas Roch... se posso esservi utile in qualche maniera per raggiungere l'apertura della galleria...

— Sí, signor Hart, restate vicino a me...

Erano le 8.37 precise della sera. Il fascio di raggi luminosi proiettato attraverso la lente del periscopio rischiarava d'una luce vaga la massa d'acqua in cui navigava lo *Sword*. Dalla sponda dove era approdato occorreva attraversare il lago in tutta la sua lunghezza. Ritrovare l'ingresso della galleria sarebbe stato difficile ma d'una difficoltà non certo insormontabile. Anche se avessimo dovuta costeggiare tutta la sponda lo avremmo infine trovato e in un tempo relativamente breve. Quindi, attraversata la galleria a piccola velocità per non urtar contro le pareti, lo *Sword* sarebbe risalito alla superficie del mare e avrebbe proseguito direttamente per St. George.

— A che profondità ci troviamo?... — domandai al tenente.

— A quattro metri e mezzo.

— Non è necessario abbassarsi di piú — risposi. — Da quanto ho potuto osservare durante la marea equinoziale, siamo all'altezza della galleria.

— *All right!* — rispose il tenente.

Sí! *All right!* E mi pareva che la Provvidenza stessa dicesse quelle parole per bocca dell'ufficiale... Infatti Essa non avrebbe potuto scegliere un migliore esecutore della Sua volontà.

Osservai il tenente alla luce interna del sottomarino. Davon era un uomo di circa trent'anni, freddo, flemmatico, dell'aria risoluta, il classico ufficiale inglese in tutta la sua proverbiale impassibilità, non piú emozionato che se fosse stato a bordo dello *Standard*, che operava sempre con sangue freddo straordinario, direi quasi con la precisione d'una macchina.

— Attraversando la galleria — mi disse — ho calcolato che la sua lunghezza dev'essere d'una quarantina di metri...

— Sí, tenente Davon... da un'estremità all'altra sarà circa una quarantina di metri...

E infatti questa cifra doveva essere esatta, poiché anche il cunicolo scavato dall'interno alla costa misurava circa trenta metri.

Fu dato ordine al macchinista di mettere in moto l'elica. Lo *Sword* cominciò a muoversi con immensa lentezza nel timore di urtare contro la sponda.

Alle volte le si avvicinava talmente che una gran macchia scura si disegnava in fondo al fascio luminoso proiettato dal fanale. Un colpo al timone interveniva allora a correggere l'errore di direzione. Ma se per un sottomarino è già difficile mantenere la direzione esatta in pieno mare, figurarsi come doveva esserlo sotto le acque di questo lago sotterraneo.

Dopo cinque minuti di marcia lo *Sword*, che si manteneva a quattro, cinque metri di profondità, non era ancora giunto all'imbocco della galleria.

In quel momento dissi:

— Tenente Davon, non pensate sarebbe saggio tornare in superficie per ritrovar meglio la parete dove s'apre l'ingresso della galleria?...

— Questa è anche la mia idea, signor Hart, se voi potete darci un'indicazione esatta...

— Sí, posso...

— Allora, va bene.

Per misura di prudenza fu tolta la corrente che dava luce al fanale e le acque tornarono nell'oscurità. Il macchinista ricevette l'ordine di mettere in funzione le pompe sicché lo *Sword*, alleggerito, risalí a poco a poco alla superficie del laghetto.

Io restai al mio posto per poter ritrovare la posizione della galleria attraverso le lenti del periscopio.

Finalmente si arrestò il movimento ascensionale dello *Sword* che ora galleggiava a piú di un piede sopra la superficie dell'acqua.

Da quella parte, illuminata dalla lampada della sponda, riconobbi Bee-Hive.

— Ebbene?... — mi domandò il tenente Davon.

— Siamo troppo a nord... La galleria si trova sul lato occidentale della caverna...

— C'è nessuno sugli argini?...

— Nessuno.

— Bene, signor Hart. Rimarremo a fior d'acqua. Poi, quando lo *Sword* dietro vostra indicazione si troverà davanti alla parete voluta, allora tornerà a immergersi...

Era la cosa migliore da fare. Il pilota riportò lo *Sword* sull'asse della galleria, dopo essersi allontanato dalla sponda a cui s'era troppo avvicinato. Il timone fu lievemente raddrizzato e, spinto dall'elica, il sottomarino prese la buona direzione.

Quando fummo a non piú d'una decina di metri, ordinai di fermare. Lo *Sword* s'arrestò, aprí i serbatoi d'acqua e lentamente s'immerse.

Allora il fanale del periscopio fu rimesso in azione e rivelò, nella scura parete rocciosa, una specie di cerchio nero dove non si riflettevano i raggi della luce elettrica.

— Là... là... la galleria! — esclamai.

Ecco la porta per la quale sarei uscito dalla mia prigione!...

Ecco la libertà che fuori di là mi attendeva!...

Lo *Sword* si mosse dolcemente verso l'imbocco.

Ah!... Orribile sventura! Come ho potuto resistere a un tal colpo?... Come ha potuto il mio cuore non spezzarsi?...

Improvvisamente infatti un vago chiarore apparve nella profondità della galleria, a meno di venti metri davanti a noi. Quella luce che veniva nella nostra direzione non poteva essere altro che la luce emanata dal fanale del sottomarino di Ker Karraje.

— Il *tug*!... — esclamai. — Tenente... è il *tug* che rientra a Back-Cup!...

— Macchine indietro! — comandò il tenente Davon.

E lo *Sword* arretrò proprio nel momento in cui stava per fare il suo ingresso nella galleria.

Forse ci rimaneva una probabilità di scampo, poiché con un movimento repentino il tenente aveva spento il nostro fanale nella speranza che né il capitano Spade né gli altri dell'equipaggio avessero veduto lo *Sword*... Forse, spostandosi, avrebbero potuto lasciar libero il passaggio al *tug*... Forse la sua massa scura avrebbe potuto confondersi nelle profondità del lago... Forse il *tug* sarebbe passato senza vederlo... e quando si fosse ancorato al solito posto, lo *Sword* avrebbe ripreso la sua direzione e sarebbe tornato verso la galleria...

L'elica dello *Sword*, girando in senso inverso, ci riportò verso il lato meridionale della sponda... Ancora pochi minuti e lo *Sword* non avrebbe potuto far altro che fermarsi.

Ahimè!... Il capitano Spade aveva avvertito la presenza d'un sottomarino pronto ad entrare nella galleria e ora si preparava a inseguirlo sotto le acque del lago... Che cosa avrebbe potuto fare quella fragile imbarcazione attaccata dal potente natante di Ker Karraje?...

Allora il tenente Davon mi disse:

— Tornate nel compartimento dove si trova Thomas Roch, signor Hart... Chiudete la porta, mentre io chiuderò quella del compartimento di poppa... se siamo abbordati è facile che, grazie ai suoi compartimenti, lo *Sword* riesca a mantenersi a galla...

Dopo aver stretto la mano al tenente il cui sangue freddo non veniva meno neanche davanti a un simile pericolo, io ritornai a prua, vicino a Thomas Roch... Richiusi la porta ed attesi, immerso nella piú completa oscurità.

Allora ebbi il sentimento o piuttosto provai l'impressione della manovra che lo *Sword* metteva in atto per sfuggire al *tug*, le sue immersioni, i suoi giri, le sue bordate. Ora si piegava bruscamente onde evitare un urto; ora risaliva alla superficie ed ora s'immergeva nella parte piú profonda del lago. Si può pensare una lotta come questa, fra due imbarcazioni di quel genere, in mezzo a quelle acque in convulsione, una lotta di due mostri marini dalla forza tanto ineguale?...

Passarono pochi minuti... Già mi chiedevo se l'inseguimento fosse finalmente sospeso e se lo *Sword* avesse potuto slanciarsi nella galleria...

A un tratto si produsse una collisione... Non mi parve che l'urto fosse stato molto violento, però non potei farmi illusioni: lo *Sword* era stato urtato sul fianco di dritta... Forse il suo scafo di ferro aveva resistito... Forse, anche in caso contrario, l'acqua non aveva invaso che uno solo dei compartimenti... Quasi subito un secondo urto spinse indietro lo *Sword* e questa volta con estrema violenza. Il sottomarino fu sollevato dallo sperone del *tug*, scivolò contro di esso e quindi si abbatté. Allora percepii che si era sollevato con la prua in alto e poi colava a picco sotto il peso dell'acqua che era entrata nel primo compartimento...

Thomas Roch ed io fummo bruscamente rovesciati uno sull'altro, senza esserci potuti aggrappare alle pareti... Finalmente, dopo un ultimo urto, che produsse un rumore di ferri spezzati lo *Sword* si stese sul fondo e rimase immobile... Da quel momento che cosa è avvenuto?... Io persi i sensi e non so piú nulla.

Poi appresi che molte ore, ore lunghissime, erano passate. Tutto ciò che mi ritorna alla memoria è questo mio ultimo pensiero:

« Se muoio io, almeno Thomas Roch e il suo segreto muoiono con me... e i pirati di Back-Cup non sfuggiranno al castigo dei loro delitti ».

Capitolo XV

IN ATTESA

Ripresi i sensi, mi accorgo d'essere disteso sul letto della mia cella dove, a quanto pare, mi trovo da trenta ore.

Non sono solo. Vicino a me sta l'ingegner Serkö, che mi ha fatto rivolgere tutte le cure necessarie e che lui pure mi ha curato non certo, penso, per amicizia ma perché sono l'unico dal quale ci si possa aspettare le indispensabili spiegazioni, salvo poi sbarazzarsi di me se l'interesse comune lo esige.

Mi sento ancora debolissimo e sarei incapace di fare un solo passo. C'è mancato poco che non rimanessi asfissiato in fondo a quello stretto comparto dello *Sword*, in fondo alle acque del lago. Sono in grado di rispondere alle domande che l'ingegner Serkö brucia dal desiderio di rivolgermi?... Sí... ma io mi atterrò ad una estrema riservatezza...

Innanzi tutto mi chiedo dove siano finiti il tenente Davon e l'equipaggio dello *Sword*. Quei coraggiosi inglesi sono morti durante la collisione?... O sono invece sani e salvi come noi – perché suppongo che anche Thomas Roch sia sopravvissuto come me al duplice urto del *tug* contro lo *Sword*...

La prima domanda che mi rivolge Serkö è questa:

— Spiegatemi, signor Hart, che cosa è successo...

Invece di rispondere mi vien l'idea di fare io una domanda.

— E Thomas Roch? — ho chiesto.

— Sta benissimo, signor Hart... Che cosa è successo, dunque? — mi ripete con tono imperioso.

— Prima di tutto — ho replicato io — ditemi che cosa è successo di... degli altri.

— Quali altri? — ribatte l'ingegner Serkö con degli occhi che cominciano a guardarmi un po' torvamente.

— Quelli che si son gettati su me e su Thomas Roch... che ci hanno imbavagliati... rapiti... e poi rinchiusi... dove?... io non lo so neppure!

A ben pensarci, è meglio sostenere che nella sera io sia stato sorpreso da un'improvvisa aggressione, durante la quale non ho avuto il tempo né di rendermi conto di quanto accadeva né di riconoscere gli autori dell'aggressione.

— Saprete poi — mi risponde l'ingegner Serkö — in qual modo sono finiti quegli uomini... Prima però raccontatemi come sono andate le cose...

E dal tono minaccioso che ha assunto la sua voce, ripetendo per la terza volta la sua domanda, comprendo bene di quali sospetti sono oggetto. Tuttavia, per potermi accusare d'aver avuto relazioni con l'esterno, bisognerebbe che il barilotto con il mio messaggio fosse caduto nelle mani di Ker Karraje... Ma ciò non è avvenuto poiché io so che quel barilotto è stato raccolto dalle autorità delle Bermude... Quindi una simile accusa contro di me sarebbe priva di qualunque fondamento.

Cosí mi limito a raccontare che il giorno prima, verso le otto di sera, mentre passeggiavo sull'argine dopo aver visto Thomas Roch dirigersi verso il suo laboratorio, venni afferrato per le spalle da tre uomini. Fui imbavagliato, bendato e quindi trascinato e calato in una specie di buco assieme a un'altra persona, che, dai gemiti, supposi fosse il mio antico protetto... Ebbi la sensazione di trovarmi a bordo d'un apparecchio galleggiante e che questo non potesse essere che il *tug* appena ritornato... Poi mi parve che l'apparecchio si immergesse... quando un urto improvviso mi gettò per terra, l'aria venne in breve a mancarmi... e... infine persi i sensi... Questo era tutto quanto sapevo io...

L'ingegner Serkö mi ascolta con profonda attenzione, con uno sguardo duro e la fronte aggrottata: e tuttavia niente lo autorizza a pensare che io abbia mentito.

— Voi dite — mi domanda — che tre uomini si sono lanciati su di voi?...

— Sí... e ho creduto che fossero dei vostri uomini... non li avevo visti avvicinarsi... chi sono?...

— Stranieri che voi avrete certo riconosciuto dal loro modo di parlare...

— Non hanno pronunciato una sola parola.

— Non sospettate di che nazionalità potessero essere?

— No.

— Non sapete quali fossero le loro intenzioni entrando nell'interno di questa caverna?...

— Lo ignoro.

— E qual è la vostra idea in proposito?

— La mia idea, signor Serkö?... Ve lo ripeto, io ho creduto che due o tre dei vostri pirati fossero incaricati, per ordine del conte d'Artigas, di gettarmi nel lago... e che lo stesso facessero con Thomas Roch... poiché – come voi stesso avete detto – divenuti padroni di tutti i suoi segreti, non vi restava altro da fare che sbarazzarvi di noi.

— Davvero — risponde l'ingegner Serkö, senza però riprendere il suo abituale tono di scherno — nel vostro cervello ha potuto formarsi un pensiero del genere?...

— Sí... ma non vi è rimasto a lungo quando, sbarazzatomi della benda, ho potuto accorgermi d'essere stato calato in uno dei comparti del *tug*.

— Non era il *tug*; era una nave dello stesso genere che attraverso la galleria si era introdotta qui dentro.

— Un sottomarino?... — ho esclamato.

— Sí... e guidato da degli uomini incaricati di portar via voi e Thomas Roch...

— Portar via noi?... — domando, continuando a mostrarmi sorpreso.

— Ed io — aggiunge l'ingegner Serkö — vi chiedo che cosa pensate di questa faccenda...

— Che cosa ne penso?... Ma mi sembra che ci sia una sola spiegazione plausibile. Se il segreto del vostro nascondiglio non è conosciuto – ed io non so come un tradimento avrebbe potuto verificarsi o quale imprudenza avreste potuto commettere voi o i vostri uomini – penso che quel sottomarino, facendo delle prove in questi paraggi, abbia scoperto per caso l'apertura della galleria, l'abbia attraversata, sia risalito alla superficie del lago... e che il suo equipaggio, stupefatto di trovarsi dentro a una caverna abitata, si sia impadronito dei primi abitanti che ha incontrati... Thomas Roch... io... altri forse... poiché non so...

L'ingegner Serkö si è rifatto serio, forse ha capito l'inanità dell'ipotesi che sto cercando di fargli entrare in mente?... O crede che io ne sappia piú di quanto non dico?... Comunque sia, pare che la mia risposta lo soddisfi e aggiunge:

— Infatti, signor Hart, le cose devono essere andate in questa maniera, e quando il sottomarino straniero ha voluto rientrare nella galleria proprio nel momento in cui il *tug* ne usciva, è avvenuta la collisione... di cui esso è rimasto vittima... Ma noi non siamo gente da lasciar morire i nostri simili... d'altra parte la vostra scomparsa e quella di Thomas Roch erano state subito notate... bisognava ad ogni costo salvare queste due esistenze preziose... ci si è messi subito all'opera... fra i nostri uomini abbiamo palombari abilissimi che sono scesi in fondo al lago... hanno passato molte corde intorno allo scafo dello *Sword*...

— Lo *Sword*?... — ho chiesto.

— È il nome che abbiamo letto sulla prua del sottomarino, quando è stato riportato in superficie... Che soddisfazione quando vi abbiamo ritrovati senza conoscenza, è vero, ma che respiravate ancora e che felicità nell'essere riusciti a farvi ritornare in vita!... Disgraziatamente per l'ufficiale che comandava lo *Sword* e per il suo equipaggio le nostre cure sono state inutili... L'urto aveva spaccato il compartimento centrale, e quello di poppa occupati da loro, ed essi hanno pagato con la vita la loro curiosità... grazie alla quale per un puro caso, come voi dite, hanno scoperto il nostro nascondiglio.

Sentendo della morte del tenente Davon e dei suoi compagni ho provato una dolorosa stretta al cuore. Ma per restar fedele alla mia parte, come se si trattasse di gente che non conoscevo... che anzi non dovevo assolutamente conoscere... ho dovuto contenermi. In effetti per il momento la cosa essenziale era di non dare alcun motivo di sospettare che vi fosse un'intesa fra me e l'ufficiale dello *Sword*... Chissà se l'ingegner Serkö non attribuisce veramente al « solo caso » questa venuta dello *Sword*, se non ha buone ragioni per trovar plausibile, almeno provvisoriamente, la spiegazione che io gli ho fornito?...

Ma intanto questa insperata occasione di ricuperare la mia libertà è per il momento perduta... Chissà se se ne presenterà mai un'altra?... In ogni modo fuori di qui sanno come regolarsi sul conto di Ker Karraje, poiché il mio messaggio è capitato nelle mani delle autorità inglesi dell'arcipelago...

Non vedendo ricomparire lo *Sword* alle Bermude, verranno senz'altro fatti nuovi tentativi contro l'isolotto di Back-Cup, dove, senza questa disgraziata coincidenza del ritorno del *tug*, proprio nel momento della partenza dello *Sword*, io ora non sarei piú prigioniero!...

Ho ripreso quindi la mia abituale esistenza e, non avendo fornito alcun motivo di sospetto, sono sempre libero di andare e venire nell'interno della caverna.

È indubbio che quest'ultima avventura non ha avuto alcuna spiacevole conseguenza per Thomas Roch. Le stesse cure intelligenti che hanno salvato me, hanno salvato lui. Nel pieno possesso delle sue facoltà intellettuali, egli si è rimesso al lavoro e passa intere giornate chiuso nel suo laboratorio. L'*Ebba* è tornata dal suo ultimo viaggio con una quantità di balle, di casse e di oggetti di varia provenienza e da ciò arguisco che deve avere saccheggiato molte navi durante la sua ultima scorribanda.

Intanto il lavoro di fabbricazione delle basi di lancio procede con alacrità. Il numero dei congegni già pronti è di circa una cinquantina. Se Ker Karraje e l'ingegner Serkö si vedessero costretti a difendere Back-Cup, tre o quattro di quegli arnesi basterebbero a garantire l'isolotto da ogni sbarco, poiché anche con questi pochi si potrebbe coprire una zona nella quale nessuna nave è in grado di avanzare senza essere distrutta. Ed io penso sia molto probabile che essi mettano Back-Cup in stato di difesa, dopo aver fatto questo ragionamento:

« Se la comparsa dello *Sword* nelle acque del lago è stata effetto di un puro caso, nulla è cambiato nella nostra situazione, e nessuna potenza, nemmeno l'Inghilterra, penserà mai di andare a cercare lo *Sword* sotto la cupola di quest'isolotto. Ma se invece, in seguito ad un'inspiegabile rivelazione, si sa che Back-Cup è il rifugio di Ker Karraje, se la spedizione dello *Sword* rappresenta un primo tentativo di attacco all'isolotto, ce se ne deve attendere un secondo in condizioni certo differenti, vale a dire con un attacco a distanza, o addirittura con uno sbarco. Bisogna dunque mettere in funzione il Folgoratore Roch per la difesa dell'isola, prima di aver potuto abbandonare Back-Cup e trasportare altrove le ricchezze qui racchiuse ».

Anzi, secondo me, un tale ragionamento dev'essere stato spinto anche piú avanti e questi malfattori avranno pensato: « C'è forse un nesso fra questa rivelazione, in qualunque modo sia essa avvenuta, e il doppio rapimento di Healthful-house?... Si sa che Thomas Roch e il suo infermiere sono rinchiusi a Back-Cup?... Si sa anche che questo ratto è stato eseguito a profitto del pirata Ker Karraje?... Americani, inglesi, francesi, tedeschi, russi hanno motivo di temere che ogni attacco diretto a viva forza contro l'isolotto sia condannato all'insuccesso?... »

Pertanto, supposto che tutto ciò si conosca, per quanto gravi siano i pericoli a cui si va incontro, Ker Karraje deve aver capito che non si indietreggerà. È per l'interesse di tutti, per la salute pubblica e per tutta l'umanità che si deve distruggere il suo rifugio. Il pirata e i suoi complici, dopo aver depredato i mari del Pacifico occidentale, ora infestano le coste occidentali dell'Atlantico... Bisogna sconfiggerli a qualunque costo!

In ogni caso, e solo tenendo conto di quest'ultima ipotesi, è necessaria una attiva sorveglianza sugli abitanti della caverna di Back-Cup. E difatti da oggi stesso essa è stata organizzata con estrema scrupolosità. Senza bisogno di attraversare la galleria sottomarina, i pirati non cessano di sorvegliare l'esterno dell'isola grazie al cunicolo appena costruito. Nascosti fra gli scogli del litorale osservano giorno e notte tutto l'arco dell'orizzonte, dandosi il cambio mattina e sera a squadre di dodici uomini ciascuna. Ogni nave che comparisse al largo, ogni imbarcazione che tentasse d'avvicinarsi sarebbe immediatamente avvistata.

Nei giorni successivi, che si succedono con una affliggente monotonia, non è accaduto nulla di nuovo. In realtà, si percepisce che a Back-Cup non si gode piú la sicurezza di un tempo. Ovunque regna una sorta di vaga e opprimente preoccupazione. Ad ogni momento si teme di sentir risuonare il grido d'allarme lanciato dalle sentinelle della costa. La situazione non è certo piú quella che era prima dell'arrivo dello *Sword*.

Coraggioso tenente Davon, coraggioso equipaggio dello *Sword*!... che l'Inghilterra e tutto il mondo civile ricordino sempre che voi avete sacrificato la vita per la causa dell'umanità!

Adesso, per quanto potenti siano i loro mezzi di difesa, è evidente che Ker Karraje, l'ingegner Serkö e il capitano Spade sono in preda a un turbamento che tentano invano di nascondere. Per questo si riuniscono in frequenti conciliaboli. Forse discutono sull'eventualità di abbandonare Back-Cup, portandosi via le ricchezze, perché, se il nascondiglio è conosciuto, si finirebbe ben presto col farlo cedere se non altro per fame.

Io non so quanto di vero ci sia in tutto ciò, ma l'essenziale è che non si sospetti che sono stato io a lanciare attraverso la galleria quel barilotto cosí provvidenzialmente raccolto alle Bermude. Ho constatato che l'ingegner Serkö con me non ha mai fatto delle allusioni a questa faccenda. No! Io non sono né sospetto, né sospettato. Conosco abbastanza la natura del conte d'Artigas per sapere che, se lo fossi, a quest'ora egli mi avrebbe già fatto gettare nel lago a raggiungere il tenente Davon e l'equipaggio dello *Sword*.

Oramai questi paraggi sono visitati quotidianamente dalle grandi tempeste invernali. Raffiche spaventose si abbattono sulla cima dell'isolotto.

I turbini d'aria che circolano attraverso la foresta di pilastri producono suoni meravigliosi come se questa caverna fosse la cassa armonica d'un gigantesco strumento musicale. Ed i suoi rimbombi a volte sono tali che coprirebbero le detonazioni prodotte da una intera squadra d'artiglieria. Un infinito numero d'uccelli marini, in fuga davanti alla tempesta, penetrano nell'interno della grotta e ci assordano con le loro grida acutissime.

È evidente che, con un simile maltempo, la goletta non potrebbe reggere al mare grosso. Del resto, per ora, una sua uscita non è necessaria, poiché a Back-Cup ci sono provviste per tutta la stagione. Penso anche che il conte d'Artigas d'ora in avanti non avrà piú tanta voglia d'andar a zonzo con l'*Ebba* lungo la costa americana, dove correrebbe il rischio di essere ricevuto non piú con tutti i riguardi dovuti ad un ricco signore, ma con l'accoglienza che si merita il pirata Ker Karraje.

Io penso tuttavia che, se la comparsa dello *Sword* rappresenta l'inizio d'una campagna condotta contro l'isolotto, denunciato ormai alla pubblica vendetta, si pone una domanda che per l'avvenire di Back-Cup è della massima importanza.

Perciò un giorno, appunto su quest'argomento e con molta prudenza, per non far sorgere alcun sospetto, mi sono azzardato a tastare il terreno presso l'ingegner Serkö.

Ci trovavamo nelle vicinanze del laboratorio di Thomas Roch. La conversazione era già avviata da qualche minuto, quando Serkö tornò a parlarmi di come fosse stata straordinaria la comparsa di un sottomarino di nazionalità inglese nelle acque del lago. Questa volta mi pareva propenso a credere ad un probabile tentativo d'attacco contro la banda di Ker Karraje.

— Non sono del vostro parere — risposi, per poter poi giungere alla domanda che avevo intenzione di fare.

— E perché?... — mi chiese.

— Perché se il vostro nascondiglio fosse conosciuto, un nuovo tentativo sarebbe già stato fatto, e se non proprio per penetrare nella caverna almeno per cercar di distruggere Back-Cup...

— Distruggerla!... — esclamò Serkö — distruggerla!... Sarebbe molto molto pericoloso, dati i mezzi di difesa dei quali ora disponiamo...

— Ma questo non lo si può sapere, signor Serkö. Non si sa né nel Vecchio né nel Nuovo Mondo che il rapimento di Thomas Roch è stato operato da voi... e che siete riusciti a trattare con lui per l'acquisto del suo Folgoratore...

L'ingegner Serkö non rispose nulla a questa mia osservazione che, del resto, non ammetteva repliche.

Ed io continuai:

— Una flotta, dunque, inviata dalle varie potenze marittime che avessero interesse ad annientare quest'isolotto, non esiterebbe certo ad avvicinarsi... a prenderlo di mira sotto il tiro dei suoi cannoni... Ma, poiché questo non è ancora avvenuto, bisogna dedurre che non avverrà perché non si sa nulla riguardo a Ker Karraje... E questa, penso che ne converrete, è per voi la migliore delle ipotesi...

— Sia — risponde l'ingegner Serkö — ma quel che è... è. Che la cosa si sappia o non si sappia, è comunque un fatto che se una nave da guerra si avvicina a quattro o cinque miglia dall'isolotto verrà certamente colata a picco prima che possa far uso anche di uno solo dei suoi proiettili.

— Sia — rispondo a mia volta — e poi?

— Poi?... Il caso piú probabile è che nessuno oserà piú arrischiarsi...

— Sia anche questo! Ma queste navi vi potranno affrontare fuori della zona difesa dal Folgoratore... e, d'altra parte, l'*Ebba* non potrà piú recarsi nei porti che prima frequentava col conte d'Artigas... E allora come potrete provvedere al vettovagliamento dell'isolotto?

L'ingegner Serkö rimane silenzioso.

C'è poco da fare: questo problema, che deve averlo già preoccupato, non ha potuto essere risolto... Ed io credo che i pirati pensino di abbandonare Back-Cup.

Tuttavia non volendosi far mettere con le spalle al muro dalle mie osservazioni, Serkö aggiunge:

— Ci resterà sempre il *tug* e ciò che non potrà far l'*Ebba* lo farà...

— Il *tug*!... — ho esclamato io. — Ma se si conoscono i segreti di Ker Karraje, come può essere che non si conosca anche l'esistenza del sottomarino del conte d'Artigas?...

L'ingegner Serkö mi rivolge uno sguardo sospettoso.

— Signor Simon Hart — mi dice — mi pare che voi spingiate un poco troppo lontano le vostre deduzioni...

— Io, signor Serkö?

— Sí, voi... e trovo anche che parliate di tutto ciò come uno che ne sa piú di quanto non dovrebbe.

Quest'osservazione mi lascia di stucco. È evidente che le mie argomentazioni rischiano di suscitare il sospetto che io posso aver avuto una parte in questi ultimi avvenimenti. Lo sguardo dell'ingegner Serkö è fisso implacabilmente su di me, pare volermi forare il cranio, e frugare il cervello.

Tuttavia riesco a non perdere il mio sangue freddo e con tono tranquillo gli rispondo:

— Signor Serkö, per professione e per gusto personale io sono abituato a ragionare su tutte le cose. È per questo che ho voluto riferirvi il risultato dei miei ragionamenti di cui voi terrete o non terrete conto, a vostro piacimento.

Detto ciò ci separiamo, ma per non avermi saputo mantenere abbastanza riservato, ho forse suscitato dei sospetti dai quali non sarà facile liberarmi.

Da questo colloquio comunque ho potuto rilevare una notizia preziosa: cioè che la zona che il Folgoratore Roch rende pericolosa per le navi va dalle quattro alle cinque miglia... E forse alla prossima marea d'equinozio riuscirò a inviare un messaggio in un secondo barattolo? È vero che devono passare lunghi mesi, prima che la bassa marea metta nuovamente allo scoperto l'imboccatura della galleria!... E poi, questo nuovo avviso arriverebbe a destinazione come il primo?...

Il cattivo tempo continua e le raffiche diventano sempre piú spaventose, fatto abituale alle Bermude durante il periodo invernale. Sono dunque le condizioni del mare che ritardano una seconda campagna contro Back-Cup?... Eppure il tenente Davon mi aveva assicurato che, se egli avesse fallito la sua spedizione, se a St. George non si fosse piú visto tornare lo *Sword*, il tentativo di attacco contro questo covo di banditi, sarebbe stato rinnovato in maniera diversa... L'opera della giustizia presto o tardi dovrà dare risultati, e Back-Cup dovrà essere completamente distrutta... Me lo auguro anche se non dovessi sopravvivere a questa distruzione!...

Ah! Come vorrei respirare, anche per un solo istante, l'aria vivificante dell'esterno... Come vorrei rivolgere anche un solo sguardo al lontano orizzonte delle Bermude... Tutta la mia vita ora si concentra in questo desiderio: passare il cunicolo, arrivare al litorale, nascondermi fra gli scogli... Chissà, forse sarei il primo a scorgere il fumo d'una flotta navale diretta verso l'isolotto...

Disgraziatamente non posso realizzare questo progetto, dato che giorno e notte le sentinelle vegliano alle due estremità del cunicolo. Nessuno può accedervi senza una speciale autorizzazione dell'ingegner Serkö; se ci provassi, rischierei di perdere l'unica libertà che possiedo, cioè quella di girare nell'interno della caverna, e forse rischierei anche di peggio...

Infatti mi sembra che, dal nostro ultimo colloquio, il comportamento dell'ingegner Serkö nei miei confronti sia mutato, il suo sguardo finora sarcastico, si è fatto diffidente, sospettoso, indagatore e severo come quello di Ker Karraje.

17 novembre.

Oggi pomeriggio tutta Bee-Hive ha vissuto in un clima di agitazione profonda. Tutti escono dalle proprie celle... da ogni parte scoppiano grida...

Scendo dal mio letto ed esco anch'io frettolosamente.

I pirati corrono verso il cunicolo al cui ingresso si trovano Ker Karraje, l'ingegner Serkö, il capitano Spade, il nostromo Effrondat, Gibson, il macchinista e il malese al servizio del conte d'Artigas.

Vedendo che le sentinelle rientrano dando il grido d'allarme non tardo a conoscere la causa di quel tumulto.

Una flotta di navi è stata segnalata in direzione nord-ovest: sono navi da guerra in rotta a tutto vapore verso l'isolotto di Back-Cup.

Capitolo XVI

POCHE ORE ANCORA

Che effetto produce su di me questa notizia, e che indicibile emozione mi invade l'animo! Sento che si sta approssimando la conclusione di questa vicenda... Che possa essere all'altezza delle aspettative di tutta l'umana civiltà!

Fino ad ora ho redatto le mie note giorno per giorno. D'ora innanzi è necessario che lo faccia ora per ora, minuto per minuto. Chissà se l'ultimo segreto di Thomas Roch mi sarà svelato e se io avrò il tempo di trascriverlo qui?... Se perisco durante l'attacco Dio voglia che si ritrovi sul mio cadavere il resoconto di questi cinque mesi trascorsi nella caverna di Back-Cup!

D'un tratto Ker Karraje, l'ingegner Serkö, il capitano Spade e molti altri loro compagni escono sulla base esterna dell'isolotto per sistemarsi ai rispettivi posti d'osservazione. Che cosa non pagherei per poterli seguire, nascondermi fra gli scogli, e osservare le navi che sono state segnalate al largo... Un'ora dopo, lasciati una ventina d'uomini di vedetta, tutti gli altri tornano a Bee-Hive. Siccome in questa stagione le giornate sono brevissime, non c'è nulla da temere fino a domani. Dato che non si tratta di uno sbarco e dato il tipo di difesa di Back-Cup che gli assalitori ben conoscono, è inammissibile ch'essi pensino a un attacco notturno.

Fino a sera si è lavorato per sistemare le basi di lancio in vari punti del litorale. Ce ne sono sei che sono state trasportate attraverso il cunicolo in posti precedentemente stabiliti.

Fatto ciò, l'ingegner Serkö si reca da Thomas Roch nel suo laboratorio. Forse vuole comunicargli quanto avviene... fargli sapere che una flotta è in vista di Back-Cup... dirgli che il suo Folgoratore servirà alla difesa dell'isolotto...

Quel che è certo è che una cinquantina di quei congegni carichi ciascuno di parecchi chili di esplosivo di quel materiale che assicura loro una traiettoria superiore a quella di qualunque altro proiettile, son pronti a compiere la loro opera di distruzione. Per di piú, Thomas Roch ha preparato un certo numero di cilindri contenenti il liquido deflagratore e so purtroppo che egli non rifiuterà il suo aiuto ai pirati di Ker Karraje!

Mentre fervono questi preparativi è sopraggiunta la notte. Dentro la caverna regna una profonda oscurità perché non si sono accese che le lampade di Bee-Hive. Nel desiderio di essere notato il meno possibile, ritorno nella mia cella. I sospetti che ho probabilmente suscitato nell'ingegner Serkö non aumenteranno ora che la flotta si avvicina a Back-Cup?...

Ma è poi sicuro che le navi segnalate manterranno questa direzione?... Non potrebbe accadere che passino al largo delle Bermude e poi spariscano all'orizzonte?... Per un momento questo dubbio mi si è affacciato alla mente... No... No!... D'altronde dopo quanto ha osservato il capitano Spade – gliel'ho sentito dire io stesso – è certo che le navi sono rimaste in vista dell'isolotto.

Di che nazionalità sono?... Forse gli inglesi, nel desiderio di vendicare la distruzione dello *Sword*, si sono presi l'incarico di questa spedizione?... O anche incrociatori di altri paesi si sono uniti a loro?... Non so niente e non posso saper niente!... Del resto che cosa importa?... L'importante è solo che quest'antro sia distrutto, dovessi perire anch'io sotto le sue rovine, dovessi anche far la fine dell'eroico tenente Davon e del suo equipaggio!

Sotto la sorveglianza dell'ingegner Serkö i preparativi per la difesa procedono con sangue freddo e ordine. È chiaro che questi pirati sono piú che sicuri di annientare gli assalitori appena questi ultimi entreranno nella zona pericolosa. La loro fiducia nel Folgoratore Roch è assoluta. Tutti assorti nel crudele pensiero che quelle navi non possono nulla contro di loro, non si curano affatto dei pericoli e delle difficoltà dell'avvenire!...

A quanto posso supporre, le basi di lancio devono essere state impiantate sulla parte nord-occidentale della costa con gli augelli per il lancio dei proiettili orientali verso nord, ovest e sud. Quanto alla parte orientale dell'isolotto, si sa che è difesa da alte scogliere.

Verso le nove mi azzardo a uscire dalla mia cella. Nessuno baderà a me e forse riuscirò a passare inosservato in mezzo all'oscurità. Ah! Se riuscissi a introdurmi nel cunicolo, arrivare fino al litorale e nascondermi dietro qualche scoglio!... Trovarmi là al sorgere del sole!... Perché non dovrei riuscirci, ora che Ker Karraje, l'ingegner Serkö, il capitano Spade e i pirati hanno preso i loro posti all'esterno dell'isola?

In questo momento le sponde del lago sono deserte: solo l'entrata del cunicolo è guardata dal malese del conte d'Artigas. Io comunque esco e mi dirigo verso il laboratorio di Thomas Roch. Il mio pensiero è tutto concentrato sul mio compatriota!...

A pensarci bene, credo che egli ignori completamente la presenza di una flotta nelle acque di Back-Cup. Certamente solo all'ultimo momento l'ingegner Serkö lo metterà di fronte alla vendetta che egli deve compiere!...

Allora mi viene l'idea di pensare io a mettere Thomas Roch di fronte alla responsabilità del suo gesto e di svelargli in questo grave momento chi sono gli uomini che vogliono farlo cooperare ai loro disegni criminosi...

Sí... ci proverò e chissà che, in fondo a quest'animo ribelle contro l'umana ingiustizia, io non riesca a far vibrare una nascosta corda di patriottismo!

Thomas Roch è chiuso nel suo laboratorio. Dev'essere solo perché non ha mai permesso ad alcuno di restare con lui quando era intento a preparare il liquido deflagratore...

Vado da quella parte e, passando presso la sponda del lago, posso constatare che il *tug* è sempre ormeggiato al solito posto, lungo il moletto.

Arrivato là, reputo piú prudente raggiungere il primo ordine di pilastri in modo d'arrivare di lato al laboratorio, il che mi permetterà di vedere se c'è qualcuno assieme a Thomas Roch.

Appena addentratomi sotto queste oscure arcate scorgo una luce vivissima che si riflette sull'altra riva del lago. Quella luce proviene dalla lampada del laboratorio ed esce da una stretta finestrella che si apre sul fronte dell'edificio.

Eccettuata questa parte, la sponda meridionale è completamente buia, mentre all'opposto Bee Hive è rischiarata in parte fino alla parete ovest. Dalla apertura superiore della volta, sopra le cupe acque del lago, si vede scintillare qualche stella. Il cielo è limpido. La tempesta è finita e i turbini di vento non entrano piú nell'interno di Back-Cup.

Arrivato accanto al laboratorio, mi isso fino al finestrino, scorgo Thomas Roch...

È solo. La sua testa, in piena luce, è illuminata per tre quarti. Benché abbia i lineamenti contratti e la fronte increspata, ha un'aria perfettamente tranquilla il che significa che è nel pieno possesso delle sue facoltà. No! Egli non è piú l'ospite del padiglione 17, non è piú il pazzo di Healthful-house e mi domando se non sia veramente guarito del tutto e se sia davvero scomparso ogni pericolo di vederlo ricadere in una nuova crisi.

Thomas Roch depone due cilindri sopra un banco e ne conserva un terzo fra le mani. Mettendo quest'ultimo contro la luce della lampada egli osserva la limpidezza del liquido che vi è contenuto.

Per un attimo mi prende la smania di lanciarmi nel laboratorio, afferrare quei cilindri, spezzarli... Ma certo Thomas Roch avrebbe il tempo di fabbricarne altri... È meglio che segua la mia prima idea.

Spingo la porta, entro e lo chiamo:

— Thomas Roch?

Egli non mi ha visto né udito, sicché ripeto:

— Thomas Roch?

Allora egli alza il capo, si volta e mi guarda.

— Ah! Siete voi, Simon Hart... — mi risponde con aria calma, anzi addirittura indifferente.

Dunque conosce il mio nome. L'ingegner Serkö ha voluto fargli conoscere che chi lo custodiva a Healthful-house era Simon Hart e non l'infermiere Gaydon.

— Voi sapete?...

— Sí, so e so anche lo scopo per il quale avevate preso il posto di mio infermiere. Speravate di scoprire un segreto che non mi si era voluto pagare al giusto prezzo!

Thomas Roch sa tutto e forse, dato quello che ho intenzione di dirgli, è meglio che sia cosí.

— Ebbene... non ci siete riuscito, signor Hart, e per quanto riguarda questo — aggiunge scuotendo il cilindro di cristallo — nessuno ci è ancora riuscito... né ci riuscirà mai!

Come avevo sospettato, Thomas Roch non ha svelato a nessuno la composizione del suo deflagratore.

Dopo averlo ben guardato in faccia gli rispondo:

— Vai sapete, Roch, chi sono io... ma sapete anche in casa di chi siete?

— In casa mia! — esclama lui.

Già! Questo è quanto Ker Karraje gli ha fatto credere!... A Back-Cup l'inventore si crede a casa sua... Crede che le ricchezze accumulate in questa caverna gli appartengano... Perciò, secondo lui, se qualcuno verrà ad attaccare Back-Cup, lo farà per rubargli le sue ricchezze... perciò egli le difenderà!... egli pensa di avere il diritto di difenderle!...

— Thomas Roch, — gli dico — ascoltatemi...

— Che cosa volete dirmi, signor Hart?

— Questa caverna dove entrambi siamo stati rinchiusi è occupata da una banda di pirati...

Thomas Roch non mi lascia terminare – non so nemmeno se mi abbia compreso – ed esclama con violenza:

— Vi ripeto che tutti i tesori racchiusi qui dentro sono il prezzo della mia scoperta... Sono mia proprietà... Mi si è pagato il Folgoratore Roch quanto volevo io... quel prezzo che dovunque mi è stato rifiutato... persino dal mio paese... che è anche il vostro... ed io non mi lascerò derubare da nessuno!...

Che cosa rispondere a queste insensate affermazioni?... Tuttavia io continuo:

— Thomas Roch... vi ricordate di Healthful-house?...

— Healthful-house... dove mi avevano rinchiuso, dopo aver incaricato l'infermiere Gaydon di spiare ogni mia parola per carpire il mio segreto...

— Ma io non ho mai pensato, Thomas Roch, di rubarvi i proventi del vostro segreto... Non avrei mai accettato una simile missione... Ma voi eravate malato... la vostra ragione era offesa... e non si doveva permettere che la vostra scoperta andasse perduta... Sí... se vi fosse sfuggita durante una delle vostre crisi, voi ne avreste avuto sicuramente tutti i benefici e l'onore...

— Ma davvero, signor Hart?... — risponde Thomas Roch sdegnosamente. — L'onore e i benefici... È un po' tardi per dirmi ciò!... Dimenticate che mi si era fatto rinchiudere dentro un manicomio... col pretesto che fossi pazzo... Sí!... Un pretesto, poiché la ragione non mi ha mai abbandonato nemmeno per un'ora e lo potete veder bene da tutto ciò che ho fatto da che sono tornato libero...

— Libero!... Voi vi credete libero, Thomas Roch!... Ma, fra le pareti di questa caverna, non siete forse piú severamente rinchiuso di quanto non lo foste fra le mura di Healthful-house?...

— Chi sta in casa sua — risponde Thomas Roch con una voce che la collera comincia ad alterare — esce quando gli pare e come gli piace!... Io non ho che da dire una parola perché tutte le porte si aprano davanti a me... Questa è la mia dimora!... Il conte d'Artigas me ne ha ceduta la proprietà con tutto quello che vi si trova dentro! Guai a chi venisse ad attaccarla!... Io, Simon Hart, ho qui il mezzo di distruggerlo...

Cosí dicendo l'inventore agita febbrilmente il tubo di cristallo che ha fra le mani.

Allora io esclamo:

— Il conte d'Artigas vi ha ingannato, Thomas Roch, come ha ingannato tanti altri!... Sotto questo nome si nasconde uno dei piú terribili malfattori che abbiano finora infestato i mari dell'Atlantico e del Pacifico!... È un bandito carico di delitti... è il terribile Ker Karraje!

— Ker Karraje... — ripete Thomas Roch.

Mi domando se questo nome gli ha fatto qualche impressione, se la sua memoria gli rammenta chi sia costui... In ogni modo devo constatare che quest'impressione si spegne rapidamente.

— Io non conosco questo Ker Karraje — prosegue Thomas Roch, stendendo un braccio verso la porta per indicarmi di uscire; — io non conosco che il conte d'Artigas...

— Thomas Roch — ho ripreso io con un ultimo sforzo — il conte d'Artigas e Ker Karraje sono lo stesso uomo!... Se quest'uomo ha comprato il vostro segreto, lo ha fatto al solo scopo d'assicurarsi l'impunità dai suoi delitti e la facilità di commetterne dei nuovi. Il capo di questi pirati...

— I pirati... — mi interrompe Thomas Roch, la cui irritazione cresce a mano a mano che si sente sempre piú alle strette, — pirati son coloro che oseranno venire a minacciarmi fino in fondo a questo mio rifugio, come hanno tentato di fare quei signori dello *Sword*... sí, lo so benissimo: Serkö mi ha messo al corrente di tutto... volevano derubarmi di tutto ciò che mi appartiene... del giusto prezzo della mia scoperta...

— No, Thomas Roch, i pirati sono coloro che vi hanno imprigionato in questa caverna di Back-Cup... che stanno per adoperare il vostro genio per difendere le loro persone e che si libereranno di voi non appena possederanno per intero il vostro segreto...

A queste parole Thomas Roch m'interrompe... Pare che non senta piú nulla di quel che gli dico... Egli segue il filo del suo pensiero, non del mio, quel continuo pensiero di vendetta, abilmente sfruttato dall'ingegner Serkö e nel quale ora si concentra tutto il suo odio.

— Banditi — egli riprende — sono coloro che mi hanno respinto senza volermi ascoltare... che mi hanno colmato di ingiustizie... che mi hanno schiacciato sotto il peso del loro sdegno e del loro rifiuto... che mi hanno mandato ramingo di paese in paese, quando io offrivo loro la superiorità, l'invincibilità, l'onnipotenza...

Sí! La solita storia dell'inventore che nessuno vuole ascoltare, a cui per indifferenza o per invidia si rifiuta l'aiuto affinché possa sperimentare le sue scoperte, si nega di farne l'acquisto al giusto prezzo... La conosco bene e non ignoro nulla su quanto di esagerato si è scritto su questa faccenda!...

Comunque non è questo il momento di stare a discutere con Thomas Roch... Capisco che le mie argomentazioni non hanno piú alcuna presa su quell'animo sconvolto, su quel cuore gonfio ormai di odio per chi gli ha procurato tanti disinganni, su quel disgraziato che è ora lo zimbello di Ker Karraje e dei suoi complici!... Svelandogli il vero nome del conte d'Artigas, denunziandogli l'intera banda e il suo capo speravo di sottrarlo alla loro influenza e di mostrargli il fine criminoso a cui lo si voleva spingere...

Mi sono ingannato!... Non c'è verso di farmi credere!... E poi Artigas o Ker Karraje che cosa importa?... Non è lui ora, Thomas Roch, il vero padrone dell'isola?... Non è lui il possessore di tutte quelle ricchezze accumulate là dentro in vent'anni d'assassini e di saccheggi?

Disarmato di fronte a una simile degenerazione morale, non sapendo piú con che mezzo arrivare a toccare quella natura sconvolta, quell'anima non cosciente della responsabilità delle proprie azioni, indietreggio a poco a poco fino alla porta del laboratorio... Non mi resta altro che andarmene... Ciò che dovrà avvenire avverrà, poiché non mi è stato possibile impedire lo spaventoso disastro, dal quale solo poche ore ci separano...

D'altra parte Thomas Roch non mi vede neanche piú... Pare che si sia dimenticato della mia presenza, e che abbia già scordato tutto quello che abbiamo appena detto. Si è di nuovo dedicato alle sue manipolazioni senza curarsi d'altro...

Non c'è che un mezzo per prevenire la catastrofe imminente... lanciarmi su

Thomas Roch... metterlo in condizione di non poter nuocere... colpirlo... ucciderlo... sí! Ucciderlo... è mio diritto... è mio dovere...

Non ho armi, ma sopra un banco scorgo qualche utensile... uno scalpello, un martello... Chi mi trattiene dal fracassare la testa dell'inventore? Morto lui, io mando in pezzi i suoi tubi e la sua scoperta morrà con lui!...

Le navi potranno avvicinarsi... sbarcare i loro uomini a Back-Cup... demolire l'isolotto a colpi di cannone!... Ker Karraje e i suoi complici saranno uccisi fino all'ultimo... Davanti a un assassinio che segnerà la fine di tanti delitti, posso dunque esitare?...

Mi dirigo verso il banco... prendo un martello... la mia mano l'ha appena afferrato...

Thomas Roch si volta.

È troppo tardi per colpirlo... ne seguirebbe una lotta... e alla lotta il rumore... Si sentirebbero le grida... Da questo lato vi è ancora qualche pirata... anzi sento dei passi che scricchiolano sulla sabbia della sponda... Ho appena il tempo di fuggire se non voglio essere sorpreso...

Tuttavia per un'ultima volta cerco di far battere nell'inventore la corda del patriottismo e gli dico:

— Thomas Roch, è stata avvistata una flotta di navi... che vengono per distruggere questa tana... Una di esse batte bandiera francese...

Thomas Roch mi guarda... Egli forse non sa che Back-Cup sta per essere attaccata... io gliel'ho detto... la sua fronte si aggrotta... il suo sguardo s'accende...

— Thomas Roch... osereste tirare sulla bandiera del vostro paese... sulla bandiera tricolore?

Egli solleva il capo, lo scuote nervosamente, poi fa un gesto di sdegno.

— La vostra patria! — insisto.

— Io non ho piú patria, Simon Hart — esclama lui. — L'inventore disprezzato non ha piú patria!... Il suo paese è là dove ha trovato un asilo!... Vogliono impadronirsi dei miei averi?... Ebbene, io mi difendo... e guai... guai a coloro che oseranno attaccarmi!

Quindi, lanciatosi verso la porta del laboratorio, l'apre con violenza:

— Uscite!... uscite! — mi ripete con una voce talmente forte che sarà senz'altro udita fino a Bee-Hive...

Non c'è un secondo da perdere e m'allontano di corsa.

Capitolo XVII

UNO CONTRO CINQUE

Per un'ora intera ho vagato sotto le arcate oscure di Back-Cup fra gli alberi di pietra, fino agli estremi limiti della caverna. Quante volte tra questi meandri ho cercato un'uscita, una feritoia, una spaccatura della parete, attraverso la quale potessi scivolare fino alla costa dell'isolotto.

Le mie ricerche sono state inutili. Ora, nello stato di eccitazione in cui mi trovo, in preda ad infinite allucinazioni, mi pare che queste pareti siano diventate ancora piú pesanti... che le mura della mia prigione si restringano a poco a poco... fino a schiacciarmi completamente...

Quanto tempo è durato questo mio turbamento mentale? Non saprei dirlo.

Mi sono ritrovato dalla parte di Bee-Hive, davanti a quella cella in cui non posso trovare né sonno né riposo... Dormire, quando si è in preda a una tale agitazione mentale!... Dormire, quando si è sul punto di arrivare alla conclusione d'un dramma che minacciava di durare ancora per anni e anni...

Ma quale sarà la conclusione per quanto mi riguarda?... Che cosa debbo aspettarmi dall'attacco preparato contro Back-Cup, a cui non sono riuscito ad assicurare un buon esito, mettendo Thomas Roch nell'impossibilità di nuocere?... I suoi proiettili sono pronti per essere lanciati, appena le navi saranno entrate nella zona pericolosa ed esse saranno inevitabilmente annientate...

Qualunque cosa avvenga, io sono condannato a passare queste ultime ore della notte in fondo alla mia cella.

È venuta l'ora di rientrarvi. All'alba vedrò quello che mi conviene fare. E chissà che forse questa notte stessa non risuonino cupamente, sotto la volta di Back-Cup, le detonazioni del Folgoratore Roch impiegato per distruggere le navi prima che abbiano potuto mettersi in linea contro l'isolotto?

Con tali pensieri getto un ultimo sguardo sui dintorni di Bee-Hive. Dal lato opposto brilla un lume... uno solo... quello del laboratorio, il cui chiarore si rifrange sulle acque del lago.

Gli argini sono deserti, non c'è nessuno sul molo... Mi viene l'idea che Bee-Hive a quest'ora sia completamente vuota e che i pirati siano tutti al loro posto di combattimento...

Allora, spinto da un irresistibile istinto, invece di entrare nella mia cella scivolo lungo le pareti, ascoltando, spiando, pronto ad appiattirmi in qualche anfratto della roccia al primo sentore di un passo o di una voce...

Cosí arrivo fino all'entrata del cunicolo...

Dio onnipotente!... Non c'è nessuno di guardia... il passaggio è libero!...

Senza fermarmi a ragionare, mi lancio dentro l'oscuro budello... striscio lungo le pareti... Di colpo un'aria freschissima mi investe la faccia: l'aria salina, l'aria del mare, quell'aria che da cinque mesi non respiravo piú... Quell'aria vivificante che ora aspiro a pieni polmoni...

L'altra estremità del cunicolo sbuca sotto un cielo tutto punteggiato di stelle. Nessun'ombra l'ostruisce... forse sono sul punto d'uscire da Back-Cup...

Dopo essermi sdraiato sul ventre, striscio lentamente, senza far rumore...

Arrivato all'orifizio, metto fuori la testa, guardo...

Nessuno... nessuno!...

Costeggiando la base dell'isolotto verso oriente, dalla parte dove gli scogli rendono impossibile l'approdo e che non è certamente sorvegliata, arrivo ad uno stretto incavo a circa duecento metri dalla punta in corrispondenza della quale la costa piega verso nord-ovest.

Finalmente sono fuori della caverna, non certo libero ma almeno con un inizio di libertà.

Sulla punta si stagliano le ombre di varie sentinelle talmente immobili che si potrebbero confondere con le rocce.

Il firmamento è limpidissimo e in esso le costellazioni brillano con la stessa intensa luce con cui appaiono nelle fredde notti d'inverno.

All'orizzonte, verso nord-ovest, si vede la linea luminosa dei fuochi delle navi.

Da varie macchie biancastre in direzione di levante arguisco che debbano essere circa le cinque del mattino.

18 novembre.

Il chiarore è sufficiente perché io possa completare i miei appunti trascrivendo i particolari della mia visita al laboratorio di Thomas Roch. Sono forse queste le ultime righe che traccerà la mia mano...

Comincio a scrivere e, di mano in mano che le cose procederanno durante l'attacco, riporterò tutto sul mio taccuino.

Il vapore umido e lieve che vela la superficie del mare non tarda a dissiparsi al soffio della brezza. Finalmente scorgo le navi...

Sono cinque e stanno allineate a una distanza di sei miglia almeno; di conseguenza sono fuori della portata dell'arma micidiale di Thomas Roch.

Uno dei miei timori è quindi svanito, il timore che quelle navi, dopo esser passate in vista delle Bermude, proseguissero la loro rotta, verso i paraggi delle Antille e del Messico... No! Esse stanno ferme là... in attesa del giorno per attaccare Back-Cup...

A un tratto sulla costa vedo un certo movimento. Tre o quattro pirati compaiono fra gli scogli piú lontani. Le sentinelle avanzate ritornano indietro. Tutta la banda è là, al completo.

I pirati, ben sapendo che le navi non possono avvicinarsi in modo che i loro proiettili raggiungano l'isolotto, non hanno cercato un riparo nell'interno della caverna.

In fondo a quest'anfratto in cui sono nascosto fino alla testa, non corro rischio d'essere scoperto, e tanto meno c'è da pensare che qualcuno abbia motivo di venire da questa parte. Tuttavia potrebbe verificarsi una spiacevole circostanza, e cioè che l'ingegner Serkö o qualcun altro volesse assicurarsi che io sia nella mia cella e magari volesse rinchiudermici... Ma che cosa si può temere da me?...

Alle sette e venticinque Ker Karraje, l'ingegner Serkö e il capitano Spade si recano all'estremità della punta dell'isola, da dove osservano l'orizzonte in direzione nord-ovest.

Dietro di loro sono piazzate le sei basi di lancio che sostengono gli ordigni auto-propulsivi. Una volta incendiati dal deflagratore, essi partiranno di là, descrivendo una lunga traiettoria fino alla zona in cui la loro esplosione sconvolgerà tutta l'atmosfera.

Alle sette e trentacinque si elevano colonne di fumo dalle navi che si apprestano a muoversi per portarsi a tiro degli ordigni di Back-Cup.

Quest'orda di pirati lancia delle orribili grida di gioia, una vera salva di urrà, che sembrano urla di bestie feroci. In questo momento l'ingegner Serkö lascia

Ker Karraje col capitano Spade, si dirige verso l'apertura del cunicolo e penetra nella caverna, dove certamente va a cercare Thomas Roch.

Al momento in cui Ker Karraje gli darà l'ordine di lanciare i suoi ordigni contro le navi, si ricorderà Thomas Roch di quanto gli ho detto?... Non gli apparirà il suo delitto in tutto il suo orrore?... Rifiuterà d'obbedire?... No... purtroppo sono sicuro di no!... Perché ancora illudersi su ciò?... L'inventore qui si sente il padrone... Me lo ha ripetuto... ne è convinto... Lo si viene ad attaccare... e lui si difende!

Intanto le cinque navi avanzano a velocità moderata con la prua rivolta verso l'isolotto. Forse a bordo credono che Thomas Roch non abbia ancora ceduto il suo ultimo segreto ai pirati di Back-Cup; e infatti il giorno in cui ho lanciato il barilotto nelle acque del lago, quel segreto era ancora in possesso di Thomas Roch. Dunque se gli attaccanti hanno intenzione di eseguire uno sbarco sull'isolotto e se di conseguenza le navi verranno ad arrischiarsi nella zona fatale, in breve di esse non rimarrà che una massa di rottami informi galleggianti sulla superficie del mare!...

Ecco Thomas Roch in compagnia dell'ingegner Serkö!

Appena usciti dal cunicolo, i due si dirigono verso una delle basi puntata in direzione della nave che guida la flotta.

Ker Karraje e il capitano Spade li attendono nello stesso punto.

Da quanto posso giudicare mi sembra che Thomas Roch sia calmissimo come uno che sa ciò che sta per fare. Nessun dubbio o rimorso verrà a turbare l'animo di quello sventurato, ottenebrato dall'odio.

In una delle mani luccica uno di quei cilindri di cristallo che contengono il liquido deflagratore.

Il suo sguardo si volge verso la nave piú vicina, che si trova a cinque miglia circa di distanza. È un incrociatore di medie dimensioni, che stazzerà al massimo duemilacinquecento tonnellate.

Sul suo albero non sventola alcuna bandiera; ma dal modello mi sembra che quella nave appartenga a una nazione non certo troppo simpatica al cuore d'un francese.

Le altre quattro rimangono indietro.

È dunque l'incrociatore che darà inizio all'attacco contro l'isolotto.

Ebbene!... Cominci dunque l'artiglieria a tirare, dal momento che i pirati lo lasciano avvicinare sicché, appena sarà a tiro, il primo dei suoi proiettili colpisca Thomas Roch!

Mentre l'ingegner Serkö rileva con precisione la rotta dell'incrociatore, Thomas Roch va a porsi davanti alla base di lancio. Questa contiene tre ordigni carichi di esplosivo a cui il fatto di essere incendiati assicurerà una lunga traiettoria, senza che sia necessario imprimere loro un movimento di rotazione: cosí infatti l'inventore Turpin aveva immaginato per i suoi proiettili giroscopici. Del resto è sufficiente che essi scoppino a poche centinaia di metri dalla nave, perché questa venga annientata in un solo colpo.

È giunto il momento.

— Thomas Roch! — esclama l'ingegner Serkö.

E col dito gli mostra l'incrociatore. Questo avanza lentamente verso la punta nord-ovest dell'isola e ormai è a non piú di quattro o cinque miglia.

Thomas Roch annuisce e poi fa capire con un gesto che vuol rimanere solo davanti alla base di lancio.

Ker Karraje, il capitano Spade e gli altri indietreggiano d'una cinquantina di passi.

Allora Thomas Roch stappa il cilindro di cristallo che tiene nella destra e, tramite un foro operato appositamente, versa negli ordigni poche gocce del liquido che si mescola col materiale esplosivo...

Passano quarantacinque secondi – tempo necessario perché avvenga la fusione – quarantacinque secondi durante i quali mi pare che il mio cuore abbia cessato di battere.

Un fischio strepitoso risuona nell'aria e i tre proiettili, descrivendo una lunghissima parabola, passano un centinaio di metri al di là dell'incrociatore...

Non sono stati forse ben diretti?... Il pericolo è forse scomparso?...

No! I proiettili, come il discoide del comandante d'artiglieria Chapel, tornano su se stessi come un *boomerang* australiano.

Subito dopo, l'aria è scossa da uno scoppio di violenza straordinaria, paragonabile a quella prodotta dall'esplosione di una polveriera di melinite o di dinamite. Gli strati piú bassi dell'atmosfera sono respinti fino all'isolotto di Back-Cup che trema tutto alla sua base...

Io guardo allibito...

L'incrociatore è scomparso... sventrato, disintegrato, colato a fondo.

È lo stesso effetto della bomba Zalinski ma centuplicato dalla infinita potenza del Folgoratore Roch.

I pirati emettono grida di gioia e si lanciano di corsa verso la punta dell'isola. Ker Karraje, l'ingegner Serkö e il capitano Spade possono appena credere a ciò che hanno appena veduto coi loro occhi.

Thomas Roch è là fermo, con le braccia incrociate, lo sguardo acceso e la fisionomia raggiante.

Nonostante l'orrore che mi ispira, capisco quale sia il trionfo dell'inventore al cui odio si è aggiunto il compimento della vendetta!...

E se le altre navi si avvicineranno, avverrà di esse ciò che è avvenuto dell'incrociatore: saranno inevitabilmente distrutte e nella stessa orribile maniera senza che possano sfuggire alla sorte che le aspetta!... Ebbene! Quantunque la mia ultima speranza debba sparire assieme a loro, io mi auguro che facciano dietro-front, che ritornino in alto mare e abbandonino l'idea di un attacco assolutamente inutile!... Ci penseranno poi le maggiori potenze, riunite in consiglio, a trovare il modo di annientare quest'isolotto!... Basterà circondare Back-Cup con una linea di assedio di navi che i pirati non possano attraversare e cosí questi morranno di fame nella loro caverna, come bestie feroci nella loro tana!...

Ma io so bene che le navi da guerra non indietreggiano mai quand'anche andassero incontro a perdita sicura; queste non esiteranno a cimentarsi una dopo l'altra nella lotta, anche se hanno la certezza d'essere inghiottite nelle profondità dell'oceano!

E infatti ecco che da una nave all'altra vengono scambiati una quantità di segnali. Subito dopo l'orizzonte si oscura d'un fumo densissimo mantenuto basso dal vento di nord-ovest e le quattro navi si mettono in movimento.

Una di esse avanza in testa a tutte le altre a tutto vapore, sforzandosi di arrivare alla distanza necessaria per far fuoco con i suoi cannoni...

Non reggo piú ed esco dal mio buco... Guardo con occhi ardenti di febbre... E, senza poterla impedire, aspetto una seconda catastrofe...

La nave che ingrandisce a vista d'occhio è un altro incrociatore di tonnellaggio quasi uguale a quello della nave che l'ha preceduto. Nessuna bandiera sventola al suo albero sicché non posso riconoscere a che nazione appartiene. Si vede bene che avanza a tutto vapore, per sfuggire dalla zona pericolosa prima che nuovi ordigni siano lanciati. Ma come farà a sfuggire alla loro potenza distruttiva, se questi possono investirlo nella fase di ritorno?...

Nel momento in cui la nave passa nel punto dove è colato a picco l'altro incrociatore, Thomas Roch prende posto davanti alla seconda base di lancio.

Tranne una leggera brezza che spira dal largo, niente turba il silenzio dello spazio.

A un tratto a bordo dell'incrociatore si ode rullare il tamburo... Si odono dei suoni. Le note delle trombe arrivano fino a me...

Riconosco quei suoni... sono le note dell'inno francese... Gran Dio!... È una nave del mio paese quella che è in testa alle altre e che sta per essere annientata da un inventore francese!...

No!... Questo non avverrà!...

Mi getterò su Thomas Roch... egli non ha riconosciuto quella nave...

Gli griderò che quella nave è francese... egli deve riconoscerla...

A questo punto, a un segnale dell'ingegner Serkö, Thomas Roch alza la mano che impugna il cilindro di vetro...

In quella le trombe suonano piú forte, è il saluto all'alzabandiera... Un vessillo si spiega alla brezza... è la bandiera tricolore... e il rosso, il bianco e il blu si stagliano luminosi nel cielo.

Mio Dio! Che cosa succede?... Ah, capisco!... Alla vista della bandiera della sua nazione Thomas Roch è rimasto come abbagliato!... Il suo braccio si abbassa a mano a mano che la sua bandiera sale lentamente nell'aria!... Poi egli retrocede... e si copre gli occhi con la mano, quasi per nascondere alla vista l'ondeggiante tricolore...

Potenza del cielo!... Dunque in quel cuore ottenebrato non è spento ogni sentimento di patriottismo, se esso riesce a battere ancora alla vista della sua bandiera!

La mia emozione non è minore della sua!... A rischio d'essere visto – che cosa me ne importa in fondo? – mi arrampico sopra le rocce... voglio arrivare vicino a Thomas Roch per confortarlo e dirgli di non cedere... dovessi anche pagarlo con la vita, voglio scongiurarlo un'ultima volta in nome della nostra patria!...

Gli griderò: « Tu sei francese, ed è il tricolore francese che sventola su quella nave!... Tu sei francese, ed è un pezzetto di Francia che si avvicina!... Tu sei francese e sarai tanto scellerato da annientarlo? »

Ma il mio intervento non sarà necessario... Thomas Roch non è affatto in preda a una di quelle crisi che una volta lo atterravano... Egli è perfettamente padrone di se stesso... E quando si è trovato di fronte alla bandiera ha capito... ed è indietreggiato...

Alcuni pirati si avvicinano per ricondurlo davanti alla base di lancio... egli li respinge... si dibatte...

Accorrono Ker Karraje e l'ingegner Serkö... Gli mostrano la nave che avanza rapidamente... gli ordinano di lanciare i suoi proiettili...

Thomas Roch rifiuta.

Il capitano Spade e gli altri al colmo del furore lo minacciano... lo insultano... lo colpiscono... cercano di togliergli dalle mani il fatale cilindro...

Thomas Roch lo scaglia per terra e lo schiaccia col piede...

Uno spavento immenso s'impadronisce allora di tutti quei delinquenti!... L'incrociatore ha oltrepassato la zona proibita ed essi non possono rispondere ai proiettili che cominciano a piovere sull'isolotto, le cui rocce volano in frantumi...

Ma dov'è Thomas Roch?... Lo ha forse colpito qualche proiettile?... No... lo vedo un'ultima volta, mentre scompare nell'apertura del cunicolo...

Ker Karraje, l'ingegner Serkö e gli altri gli corrono dietro per cercare un riparo nell'interno di Back-Cup...

Io... a costo di correre qualunque rischio non rientrerò nella caverna, dovessi anche essere ucciso sul posto! Continuerò a prendere i miei appunti, e quando i marinai francesi sbarcheranno sulla punta dell'isolotto, mi recherò...

(Qui terminano gli appunti dell'ingegnere Simon Hart.)

Capitolo XVIII

A BORDO DELLA «TONNANT»

Dopo il fallito tentativo del tenente Davon che aveva avuto l'incarico di penetrare nell'interno di Back-Cup con lo *Sword*, le autorità inglesi non poterono dubitare della morte di quei coraggiosi marinai. Infatti lo *Sword* non era piú ricomparso alle Bermude. Si era sfasciato contro gli scogli del fondo nel cercare l'entrata della galleria, o era stato distrutto dai pirati di Ker Karraje?... Nessuno lo sapeva.

Lo scopo di quella spedizione, secondo le indicazioni contenute nel documento chiuso nel barilotto sulla spiaggia di St. George, era di portar via Thomas Roch prima che la preparazione dei suoi congegni fosse terminata. Una volta rapito l'inventore francese – senza dimenticarsi naturalmente dell'ingegner Hart – esso sarebbe stato consegnato alle autorità delle Bermude.

Ciò fatto, non si avrebbe piú avuto nulla da temere dal Folgoratore Roch e l'approdo all'isola di Back-Cup sarebbe stato possibile.

Ma passati vari giorni senza veder tornare lo *Sword*, lo si dovette considerare come perduto. Allora le autorità decisero di tentare una seconda spedizione ma organizzandola in modo diverso.

Infatti bisognava tener conto del tempo trascorso – quasi otto settimane –

dal giorno in cui l'avviso di Simon Hart era stato affidato al barilotto. Chissà che Ker Karraje non possedesse già tutti i segreti di Thomas Roch?

Un consiglio tenuto fra tutte le potenze marittime decise l'invio di cinque navi da guerra nei paraggi delle Bermude. Poiché esisteva una vasta caverna nell'interno di Back-Cup, si sarebbe tentato di demolirne le pareti come le mura di una cittadella sotto i colpi della potente artiglieria moderna.

La squadra si riuní all'entrata della Chesapeake Bay in Virginia e si diresse verso l'arcipelago, in vista del quale si trovò la sera del 17 novembre.

L'indomani mattina la nave designata ad attaccare per prima si pose in cammino. Era ancora a quattro miglia e mezzo dall'isolotto quando tre proiettili, dopo averla oltrepassata, rimbalzarono indietro, la colpirono di lato scoppiando a cinquanta metri appena di distanza e la nave colò a fondo in pochi secondi.

L'effetto di quell'esplosione, dovuto al formidabile sconvolgimento degli strati atmosferici, a una vibrazione dello spazio superiore a tutto ciò che era stato ottenuto fino allora dai piú moderni esplosivi, era stato istantaneo. Le quattro navi rimaste indietro, pur essendo a notevole distanza, ne risentirono un tremendo contraccolpo.

Due conseguenze si potevano dedurre da quella cosí repentina catastrofe: innanzi tutto che il pirata Ker Karraje era diventato padrone del Folgoratore Roch; in secondo luogo che il nuovo congegno possedeva in tutto e per tutto quella formidabile potenza distruttiva che gli aveva attribuito il suo inventore.

Dopo l'affondamento dell'incrociatore, le altre navi calarono subito in mare le lance per raccogliere i superstiti del disastro, rimasti aggrappati a qualche relitto.

Fu allora che le navi si scambiarono dei segnali e si lanciarono verso l'isolotto di Back-Cup.

La piú rapida, la *Tonnant*, una nave da guerra francese, si avviò a tutto vapore, mentre le altre si sforzavano di raggiungerla.

La *Tonnant*, a rischio d'essere annientata da nuovi proiettili, avanzò per oltre mezzo miglio nella zona che poc'anzi era stata sconvolta dall'esplosione. Al momento in cui evoluiva per mettere in posizione di tiro i suoi grossi cannoni, fu innalzata la bandiera tricolore.

Dall'alto del ponte di comando gli ufficiali potevano scorgere la banda di Ker Karraje sparsa fra gli scogli dell'isolotto.

L'occasione era buona per falciare quei malfattori in attesa di distruggere a colpi di cannone la loro tana. Cosí la *Tonnant* cominciò a lanciare le prime scariche, alle quali i pirati risposero con una fuga generale nell'interno di Back-Cup...

Pochi attimi dopo lo spazio fu scosso da una tale esplosione che la volta del cielo parve dovesse precipitare negli abissi dell'Atlantico.

Al posto dell'isolotto ora non si vedeva altro che un ammasso di rocce fumanti, che precipitavano l'una sull'altra come le pietre di una valanga. Invece di una tazza rovesciata, Back-Cup era ora una tazza in mille pezzi!... Restava solo un ammasso di scogli sui quali il mare spumeggiava ancora sconvolto dalla terribile esplosione!...

Qual era stata la causa di tutto ciò?... Quell'esplosione era stata causata volontariamente dai pirati che vedevano ogni difesa divenuta per loro impossibile?...

La *Tonnant* era stata colpita soltanto di striscio dai frantumi dell'esplosione. Il suo comandante fece calare immediatamente in mare le lance, le quali si diressero verso la punta che era l'unico angolo rimasto intatto di Back-Cup.

Gli equipaggi sbarcati sotto gli ordini dei loro ufficiali esplorarono quelle rovine che si confondevano con il banco roccioso rivolto verso le Bermude.

Qua e là furono raccolti parecchi cadaveri orribilmente mutilati, membra sparse, una fanghiglia insanguinata di carne umana... Della grotta non si vedeva piú niente. Tutto era sepolto sotto le rocce.

Un solo corpo fu ritrovato intatto nella parte nord-orientale dell'isola. Quantunque un respiro lievissimo muovesse appena quel corpo, si ebbe speranza di poterlo conservare in vita. Steso su un fianco, stringeva nella mano rattrappita un libretto di appunti, dove si leggeva un'ultima frase rimasta interrotta...

Era l'ingegnere francese Simon Hart che fu trasportato subito a bordo della *Tonnant*; ma, nonostante le cure prestategli, non si riuscí a fargli riprendere conoscenza.

Tuttavia, dalla lettura dei suoi appunti segnati fino al momento dell'esplosione della caverna, si poté ricostruire una parte di quanto era accaduto a Back-Cup in quelle ultime ore.

Peraltro, Simon Hart doveva fortunatamente sopravvivere a quella catastrofe, solo fra tutti quelli che giustamente ne erano stati le vittime. Non appena fu in grado di rispondere alle domande, fu interrogato, e questo è quanto si poté desumere dal suo racconto, che non era altro che la pura verità.

Thomas Roch, scosso profondamente di fronte alla bandiera tricolore del suo paese e finalmente cosciente del crimine che stava per commettere, si precipitò nel cunicolo e corse fino al laboratorio dove erano ammassate immense quantità dell'esplosivo da lui preparato. Poi, prima che qualcuno riuscisse a fermarlo, egli aveva provocato il terribile scoppio in seguito al quale l'isolotto di Back-Cup era andato completamente distrutto.

Ed ora Ker Karraje e i suoi compagni sono scomparsi e, assieme a loro, anche Thomas Roch e il segreto della sua infernale scoperta.

CLOVIS DARDENTOR

Ai miei nipotini
Michel, Georges, Jean Verne,

JULES VERNE

Capitolo I

NEL QUALE NON VIENE PRESENTATO IL PERSONAGGIO PRINCIPALE DI QUESTO RACCONTO

Allorché entrambi furono smontati dal treno Parigi-Mediterraneo alla stazione di Cette, Marcel Lornans si rivolse a Jean Taconnat e gli disse:

— E adesso che facciamo, per favore, in attesa della partenza del piroscafo?...

— Niente — rispose Jean Taconnat.

— Però, stando alla *Guida del viaggiatore*, Cette è una città interessante, anche se non è estremamente antica, dal momento che la sua costruzione è posteriore a quella del porto dove finisce il canale della Linguadoca dovuto a Luigi XIV...

— Ed è forse la cosa piú utile che Luigi XIV abbia fatto in tutto il suo regno! — ribatté Jean Taconnat. — Certo il Gran Re prevedeva che noi saremmo venuti ad imbarcarci qui in questo giorno 27 aprile 1885...

— Sii serio, Jean, e non dimenticare che il Mezzogiorno ci può sentire! Dato che siamo a Cette, mi sembra giusto visitare la città, e i suoi bacini, i suoi canali, il suo porto, i suoi dodici chilometri di banchine, il suo lungomare bagnato dalle acque limpide di un acquedotto...

— Marcel, hai finito di recitarmi le pagine della guida?...

— Una città — continuò Marcel Lornans — che avrebbe potuto essere una Venezia...

— E che — aggiunse Jean Taconnat — si è accontentata di essere una piccola Marsiglia!

— Appunto, caro Jean, la rivale della superba città provenzale e, dopo questa, il primo porto franco del Mediterraneo dal quale si esportano vini, sale, acquavite, olio, prodotti chimici...

— E che importa — fece Jean Taconnat, volgendo la testa — i seccatori come te...

— Oltre a pelli grezze, lane del Rio della Plata, farina, frutti, merluzzi secchi, legname per la fabbricazione delle botti, metalli...

— Basta!... basta!... — esclamò il giovanotto ansioso di sottrarsi a quella valanga d'informazioni che scendeva dalle labbra del suo amico.

Ma l'implacabile Marcel Lornans continuò:

— Duecentosettantatremila tonnellate di merci d'importazione e duecentotrentacinquemila di esportazione... senza contare gli stabilimenti per la salatura delle acciughe e delle sardine, le saline la cui produzione annuale va dalle dodici alle quattordicimila tonnellate, la sua fabbrica di botti, tanto importante da dar lavoro a duemila operai e da produrre duecentomila botti...

— Nelle quali, amico parolaio, vorrei che tu fossi rinchiuso duecentomila volte!... Su, Marcel, dimmi in tutta sincerità come questa superiorità industriale e commerciale potrebbe interessare due bravi ragazzi diretti a Orano con l'intenzione di arruolarsi nel 7° reggimento cacciatori d'Africa?...

— Quando si viaggia — affermò Marcel Lornans — tutto è interessante... anche ciò che non lo è...

— E almeno a Cette si trova abbastanza bambagia per potersi tappare le orecchie?...

— Lo domanderemo passeggiando.

— L'*Argèlès* parte fra un paio d'ore — osservò Jean Taconnat — e, secondo me, la cosa migliore da fare è andare direttamente a bordo dell'*Argèlès*.

E forse aveva ragione. In due ore come sarebbe stato loro possibile visitare, con un minimo di profitto, quella città costantemente in espansione? Avrebbero dovuto recarsi allo stagno di Thau, vicino al canale al termine del quale essa è stata costruita, salire la montagna calcarea isolata fra lo stagno e il mare, quel Pillier di Saint-Clair sul cui fianco la città si allarga ad anfiteatro e che in un prossimo futuro sarà rimboschito da fitte piantagioni di pini. Non merita forse di trattenere il turista per qualche giorno questa capitale marittima sud occidentale che per mezzo del canale del Mezzogiorno comunica con l'oceano, per mezzo del canale di Beaucaire con l'interno e che due linee ferroviarie, l'una via Bordeaux l'altra attraverso la regione centrale, collegano al cuore della Francia?

Ad ogni modo, Marcel Lornans non insistette oltre e seguí docilmente Jean Taconnat, il quale era preceduto da un facchino che spingeva il carrello coi bagagli.

Dopo un breve tragitto giunsero al vecchio bacino, dove si trovavano già riuniti gli altri viaggiatori del treno che avevano la stessa meta dei due giovani. Sulla banchina attendevano parecchi di quei curiosi che di solito attira una nave in partenza, il cui numero (su una popolazione di trentaseimila abitanti) non sarebbe stato esagerato fissare intorno al centinaio.

Cette possiede un servizio regolare di piroscafi con Algeri, Orano, Marsiglia, Nizza, Genova e Barcellona. I viaggiatori piú esperti preferiscono la traversata nella parte occidentale del Mediterraneo, che è favorita dal riparo offerto dalla costa spagnola e dall'arcipelago delle Baleari. Quel giorno una cinquantina di passeggeri stava per imbarcarsi sull'*Argèlès*, piroscafo di dimensioni modeste – tra le otto e le novecento tonnellate – che sotto il comando del capitano Bugarach offriva tutte le migliori garanzie.

L'*Argèlès*, con le caldaie al minimo e la ciminiera vomitante una nuvola di fumo nerastro, era ancorato all'interno del vecchio bacino dalla parte orientale lungo la banchina di Frontignan. A nord si delinea la forma triangolare del nuovo bacino in cui sbocca il canale marittimo. Dalla parte opposta si trova la batteria circolare che difende il porto e il molo Saint-Louis. Fra questo molo e la punta della banchina di Frontignan un passaggio piuttosto facile dà accesso al vecchio bacino.

Dalla banchina i viaggiatori s'imbarcavano sull'*Argèlès* mentre il capitano Bugarach sorvegliava di persona la sistemazione dei colli sotto le incerate del ponte. La stiva, piena con carico di carbone, di legname per doghe, d'olio, di prodotti sotto sale e di quei vini tagliati che Cette fabbrica nei suoi magazzini e che vengono esportati in quantità considerevole, non aveva piú un buco vuoto.

Alcuni vecchi marinai – dai volti bruciati dal vento, con gli occhi scintillanti sotto le folte cespugliose sopracciglia, con le orecchie profilate da un grosso orlo rosso, oscillanti sulle anche come scossi da un eterno rollio – stavano chiacchierando immersi nel fumo delle loro pipe. Quanto dicevano non poteva che riuscire piacevole a quei passeggeri messi in agitazione preventiva da una traversata di trenta o trentasei ore.

— Bel tempo! — diceva uno.

— Una brezza di nord-est — aggiungeva un altro — che a quel che pare resisterà...

— Vi sarà vento fresco dalle parti delle Baleari — concluse un terzo scuotendo sull'unghia la cenere della pipa spenta.

— Col vento in poppa l'*Argèlès* non avrà difficoltà a filare i suoi undici nodi all'ora — disse il pilota che saliva allora a prendere il suo posto sul piroscafo. — D'altra parte sotto il comando del capitano Bugarach non c'è nulla da temere. Il vento favorevole, lui lo tiene chiuso nel cappello e non ha da far altro che scoprirsi per averlo al giardinetto!

Molto tranquillizzanti, quei lupi di mare. Ma chi non conosce il proverbio marinaresco: « Se vuoi raccontar frottole, parla del tempo »?

Ma, se i due giovanotti prestavano scarsa attenzione a quei pronostici, se per di piú non si preoccupavano affatto né dello stato del mare né di ciò che poteva riserbare la traversata, la maggior parte degli altri viaggiatori si mostrava meno indifferente o meno tranquilla. Qualcuno cominciava a sentire mal di testa o mal di stomaco ancor prima di aver posto piede sul ponte.

Fra questi ultimi appunto Jean Taconnat mostrò a Marcel una famiglia che di certo « doveva essere al suo debutto sulla scena un po' troppo macchinosa del teatro mediterraneo » (per usare la frase metaforica del piú allegro dei due amici).

Quella famiglia era costituita dal classico gruppo trinitario del padre, della madre e del figlio. Il padre era un uomo di circa cinquantacinque anni, dal viso di magistrato (benché non appartenesse né alla magistratura inquirente né a quella giudicante) con i favoriti a scopettoni color pepe e sale, la fronte poco sviluppata, la figura atticciata, alto poco piú di cinque piedi grazie agli alti tacchi delle sue scarpe: in una parola uno di quei grossi omiciattoli che comunemente vengono definiti « vasi da tabacco ». Indossava un completo a quadretti di grossa stoffa in sbieco, un berretto con paraorecchie sui capelli grigiastri e reggeva con una mano un ombrello inguainato nella sua fodera lucente e con l'altra una coperta da viaggio a disegno tigrato arrotolata e cerchiata da una doppia cinghia di cuoio.

La madre aveva sul marito il vantaggio di dominarlo di parecchi centimetri: era una spilungona secca e magra, dal viso giallastro, l'espressione altezzosa (certo a causa della sua... altezza), i capelli in due bande di un nero che diventa sospetto quando ci si aggira intorno alla cinquantina, la bocca serrata, le gambe macchiate da una leggera forma di erpete, con l'intera boriosa figura avvolta in una mantella rotonda di lana scura foderata di *petit-gris*. Una borsa con fermaglio d'acciaio pendeva all'estremità del suo braccio destro e un manicotto di finta martora all'estremità del suo braccio sinistro.

Il figlio era un ragazzo qualunque, che aveva passato la maggior età da soli sei mesi, dalla fisionomia insignificante, collo lungo (il che, unito al resto, è spesso indizio di stupidaggine naturale), un accenno di baffetti biondi, occhi inespressivi con occhiali a stringinaso muniti di lenti da miope, figura dinoccolata e sgraziata, con l'aria stupida del ruminante, apparentemente impacciato nelle braccia e nelle gambe (nonostante avesse preso lezioni di ballo e di portamento), in una parola uno di quegli imbecilli nulli e inutili che, per usare una locuzione del linguaggio algebrico, sono contraddistinti con il segno « meno ».

Ecco dunque com'era questa famiglia di borghesi volgari. Possedevano una rendita di una dozzina di migliaia di franchi proveniente da una doppia eredità, senza, in ogni caso, aver mai fatto nulla né per accrescerla né per diminuirla. Oriundi di Perpignano, vi abitavano in una vecchia casa sulla Popinière, che costeggia il fiume Tet. Quando si annunciava il loro nome in una delle sale della Prefettura o della Tesoreria generale, era con questa formula: « Il signor e la signora Désirandelle, con il signor Agathocle Désirandelle ».

Arrivata sulla banchina, davanti alla passerella che dava accesso all'*Argèlès*, la famiglia si fermò. Si sarebbe imbarcata immediatamente o avrebbe atteso il momento della partenza passeggiando?... Problema serio, in verità.

— Siamo arrivati troppo presto, signor Désirandelle — brontolò la signora — e voi fate sempre cosí...

— Proprio come voi, signora Désirandelle, avete sempre da brontolare! — replicò il marito sullo stesso tono.

I due coniugi, sia in pubblico sia in privato, si rivolgevano sempre l'uno all'altro con « signore » e « signora », cosa che pensavano fosse di estrema distinzione.

— Andiamoci a sistemare a bordo — propose il signor Désirandelle.

— Un'ora di anticipo — recriminò la signora Désirandelle — quando ne dobbiamo passar trenta su questa nave che già sta dondolando come un'altalena!...

Infatti, benché il mare fosse calmo, l'*Argèlès* provava un leggero rollío dovuto a un po' di mare lungo, non essendo il vecchio bacino riparato completamente dalla diga frangiflutti di cinquecento metri, eretta ad alcune lunghezze di cavo dal canale di accesso.

— Se cominciamo ad aver paura del mal di mare in porto — ribatté il signor Désirandelle — sarebbe stato meglio neanche cominciare questo viaggio!

— E voi credete, signor Désirandelle, che vi avrei acconsentito se non si fosse trattato di Agathocle...

— Ebbene, dal momento che è deciso...

— Non è una buona ragione per imbarcarsi tanto in anticipo.

— Ma dobbiamo depositare i bagagli, dobbiamo prendere possesso della cabina, dobbiamo scegliere il posto nella sala da pranzo, come mi ha consigliato Dardentor...

— Ma vedete bene — rispose la signora seccamente — che il vostro Dardentor non è ancora arrivato!

E si ergeva sulla persona per ingrandire il proprio campo visuale, percorrendo con lo sguardo tutta la banchina di Frontignan. Ma il personaggio indicato con il nome sfavillante di Dardentor non compariva.

— Eh! — esclamò il signor Désirandelle — sapete bene che fa sempre cosí!... Lo si vedrà solo all'ultimo momento!... L'amico Dardentor rischia sempre che si parta senza di lui...

— Ah, beh, se avvenisse una cosa simile... — fece la signora Désirandelle.

— Non sarebbe la prima volta!

— E allora perché ha lasciato l'albergo prima di noi?

— È andato a trovare Pigorin, un bottaio suo amico, e ha promesso di raggiungerci sul piroscafo. Appena arrivato, salirà a bordo, e scommetto che non starà ad annoiarsi sulla banchina...

— Ma non è ancora arrivato...

— Arriverà tra poco — ribatté il signor Désirandelle, dirigendosi risolutamente verso la passerella.

— Agathocle — chiese la signora Désirandelle rivolgendosi a suo figlio — tu cosa ne pensi?

Agathocle non ne pensava niente per la semplice ragione che non pensava mai a niente. Infatti perché quell'imbecille avrebbe dovuto interessarsi al movimento marittimo e commerciale, al trasporto delle merci, all'imbarco dei passeggeri, a tutto quel va e vieni di bordo che precede la partenza di un piroscafo?

Fare un viaggio in mare, visitare un nuovo paese non produceva affatto in lui l'allegra curiosità, l'emozione istintiva tanto naturali nei giovanotti della sua età. Indifferente a tutto, estraneo a ogni cosa, apatico, senza spirito né immaginazione, accettava supinamente. Suo padre gli aveva detto: « Partiamo per Orano » ed egli aveva risposto: « Ah! ». Sua madre gli aveva detto: « Il signor Dardentor ha promesso di accompagnarci » ed egli aveva risposto: « Ah! ». Entrambi gli avevano detto: « Resteremo qualche settimana in casa della signora Elissane e di sua figlia che hai conosciuto all'epoca della loro ultima venuta a Perpignano » ed egli aveva risposto: « Ah! ».

Questa esclamazione di solito serve a indicare la gioia, o il dolore, o l'ammirazione, o la compassione o l'impazienza. Nella bocca di Agathocle sarebbe stato difficile dire che cosa indicava, se non la nullità nella stupidaggine e la stupidaggine nella nullità.

Però quando sua madre gli domandò che cosa pensasse circa l'opportunità di salire a bordo o di rimanere sulla banchina, egli avendo visto il signor Désirandelle mettere piede sulla passerella aveva seguito il padre, e la signora Désirandelle si rassegnò a seguirli.

I due giovani avevano già preso posto sul casseretto del piroscafo. Tutto quell'agitarsi rumoroso li divertiva. La comparsa di questo o quel compagno di viaggio suggeriva loro questa o quella riflessione a seconda del tipo dei vari individui. L'ora della partenza si avvicinava, la sirena a vapore lacerava l'aria. Il fumo, piú abbondante, turbinava all'imboccatura del grosso fumaiolo, collocato piuttosto vicino all'albero di maestra che era stato coperto con la sua camicia giallastra.

I passeggeri dell'*Argèlès* erano per la maggior parte francesi che si recavano in Algeria, soldati che raggiungevano il reggimento o il battaglione, alcuni arabi e alcuni marocchini diretti a Orano. Questi ultimi, appena messo piede sul ponte, si dirigevano verso la parte destinata alla seconda classe. A poppa si riunivano i passeggeri di prima classe ai quali era riservato il casseretto, con all'interno il salone e la sala da pranzo che prendevano luce da un elegante osteriggio. Le cabine disposte a murata erano illuminate da oblò provvisti di vetri lenticolari. Certo, l'*Argèlès* non offriva né il lusso né le comodità delle navi della Compagnia Transatlantica o delle Messaggerie marittime. I piroscafi che salpano per l'Algeria da Marsiglia sono di tonnellaggio maggiore, piú veloci e piú comodi. Ma è il caso di mostrarsi difficili quando si tratta di una traversata cosí breve? E infatti il servizio da Cette a Orano, per i prezzi non troppo elevati, non mancava mai né di passeggeri né di merci.

Quel giorno, se i passeggeri di prora toccavano la sessantina, non pareva che quelli di poppa superassero il numero di venti o trenta. Uno dei marinai aveva in quel momento dato il segnale delle due e mezzo. Fra una mezz'ora l'*Argèlès* avrebbe mollato gli ormeggi e i ritardatari non sono mai numerosi alla partenza dei piroscafi.

La famiglia Désirandelle, non appena imbarcata, si era affrettata verso la porta a due battenti che dava accesso alla sala da pranzo.

— Come si agita fin da ora, questo piroscafo! — non aveva potuto far a meno di esclamare la madre di Agathocle.

Il padre si era ben guardato dal risponderle. Egli si preoccupava soltanto di scegliere una cabina con tre cuccette e tre posti alla tavola della sala pranzo, in prossimità della dispensa. È da lí che arrivano i piatti e quindi si possono scegliere i pezzi migliori senza esser ridotti a prendere gli avanzi degli altri.

La cabina da lui scelta era contrassegnata col numero 19. Situata a dritta era tra le piú vicine al centro in cui i movimenti di beccheggio sono meno sensibili. Quanto alle oscillazioni dovute al rollío, non era possibile pensare di evitarle: tanto a prora quanto a poppa sono uguali e ugualmente spiacevoli per quei passeggeri che non apprezzano il fascino di quel cullante dondolio.

Scelta la cabina e depostivi i bagagli a mano, il signor Désirandelle, lasciando alla consorte la sistemazione del tutto, tornò con Agathocle nella sala da pranzo. Poiché la dispensa era a sinistra, si diresse da quella parte per fissare all'estremità della tavola i tre posti che desiderava.

A quel posto era già seduto un passeggero mentre il capocameriere e i camerieri erano intenti ad apparecchiare per il pranzo delle cinque.

A quanto si vedeva, il suddetto passeggero aveva già preso possesso del suo posto e infilato il proprio biglietto da visita fra le pieghe del tovagliolo posato sul piatto recante il monogramma dell'*Argèlès*. E certamente, nel timore che un intruso avesse voluto cambiargli quel buon posto, egli sarebbe rimasto davanti al suo piatto fino alla partenza del piroscafo.

Il signor Désirandelle gli lanciò uno sguardo obliquo, ne ricevette un altro della stessa fatta, passandogli accanto riuscí a leggere questo nome stampato sul biglietto: *Eustache Oriental*, fissò tre posti di fronte a quell'individuo e, seguito sempre dal figlio, uscí dalla sala da pranzo per risalire sul casseretto.

Mancava ormai solo una dozzina di minuti all'ora della partenza e i passeggeri attardatisi sul molo di Frontignan fra poco avrebbero udito gli ultimi fischi della sirena. Il capitano Bugarach andava avanti e indietro sul ponte di comando. Sul castello di prua il primo ufficiale dell'*Argèlès* seguiva i preparativi di disormeggiamento.

La preoccupazione del signor Désirandelle aumentava di minuto in minuto: con voce impaziente egli ripeteva:

— Ma non arriva!... Perché ritarda?... Che cosa fa dunque?... Eppure lo sa che si parte alle tre precise!... Perderà il piroscafo!... Agathocle?...

— Sí?... — rispose scioccamente Désirandelle figlio senza dar l'impressione di capire perché il padre fosse in preda a quella straordinaria agitazione.

— Non vedi il signor Dardentor?...

— Non è arrivato?...

— No! Non è arrivato... Ma a che cosa stai mai pensando?

Agathocle non pensava a niente.

Il signor Désirandelle andava e veniva da un'estremità all'altra del casseretto, girando lo sguardo ora sul molo di Frontignan ora sulla banchina dall'altra parte del vecchio bacino. Infatti il ritardatario avrebbe potuto comparire da quella parte e una lancia, con pochi colpi di remo, avrebbe potuto condurlo a bordo del piroscafo.

Nessuno... nessuno!

— Che dirà la signora Désirandelle! — esclamò il signor Désirandelle non vedendo piú via di scampo. — Lei, che ha tanto a cuore i suoi interessi!... Eppure bisogna che lo sappia! Che fare, se quel demonio di un Dardentor non è qui fra cinque minuti?

Marcel Lornans e Jean Taconnat si divertivano un mondo all'imbarazzo del disgraziato. Certo fra poco gli ormeggi dell'*Argèlès* sarebbero stati mollati se non si avvertiva il capitano, e, supponendo che questi non avesse voluto accordare il tradizionale quarto d'ora di tolleranza (cosa che non si fa quando si tratta della partenza di un piroscafo) si sarebbe partiti senza il signor Dardentor. Del resto, l'alta pressione del vapore faceva già brontolare le caldaie; veloci volute bianche sfuggivano dal tubo di scappamento, il piroscafo urtava contro i parabordi mentre l'ufficiale di macchina regolava la macchina e i giri dell'elica.

In quel momento la signora Désirandelle comparve sul casseretto. Piú secca del consueto, piú pallida del solito, sarebbe certo rimasta in cabina senza uscirne per tutta la traversata, se anche lei non fosse stata tormentata da una viva preoccupazione. Presentendo che il signor Dardentor non era a bordo, ecco che, nonostante si sentisse venir meno, voleva chiedere al capitano Bugarach di attendere il passeggero in ritardo.

— Ebbene?... — domandò al marito.

— Non c'è... — le fu risposto.

— Non possiamo partire prima che Dardentor...

— Ma...

— Ma cosa aspettate ad andare a parlare col capitano, signor Désirandelle!... Vedete bene che io non ho la forza di salire da lui.

Il capitano Bugarach, attento a tutto, lanciando un comando a prua e l'altro a poppa, non sembrava di facile abbordaggio. Accanto a lui, in plancia, il timoniere con le mani sulla ruota attendeva l'ordine per agire sui frenelli del timone. Non era certo quello il momento di rivolgergli la parola, ma, sotto l'ingiunzione della signora Désirandelle, dopo essersi penosamente arrampicato su per la scaletta di ferro, il signor Désirandelle si aggrappò ai montanti della plancia coperta di tela bianca.

— Capitano... — fece.

— Che cosa volete?... — rispose bruscamente il « padrone dopo Dio » facendo rotolare la voce fra i denti come il lampo fra le nuvole di una bufera.

— Contate di partire?...

— Alle tre precise... e ci manca un solo minuto...

— Ma c'è uno dei nostri compagni di viaggio che è in ritardo...

— Peggio per lui.

— Ma non potreste aspettare?...

— Nemmeno un secondo.

— Ma si tratta del signor Dardentor!...

E pronunciando quel nome il signor Désirandelle credeva sicuramente che il capitano Bugarach prima si sarebbe scoperto, poi avrebbe fatto un inchino...

— Chi è questo Dardentor?... Mai sentito nominare!

— Il signor Clovis Dardentor... di Perpignano...

— Ebbene, se il signor Clovis Dardentor di Perpignano non sarà a bordo fra quaranta secondi, l'*Argèlès* partirà senza il signor Clovis Dardentor... Mollate a prora!

Il signor Désirandelle rotolò piú che scendere per la scaletta e rimbalzò sul casseretto.

— Si parte?... — esclamò la signora Désirandelle a cui la collera imporporò per un secondo le gote già pallide.

— Il capitano è un tanghero!... non ha voluto sentir nulla e non vuole aspettare!...

— Sbarchiamo immediatamente!...

— Signora Désirandelle... è impossibile!... I nostri bagagli sono già stivati...

— Sbarchiamo vi dico!

— I posti sono già pagati...

All'idea di dover perdere l'importo della traversata per tre persone da Cette a Orano la signora Désirandelle ritornò livida.

— La brava donna ammaina la bandiera! — disse Jean Taconnat.

— Allora sta per arrendersi! — concluse Marcel Lornans.

Infatti si arrendeva, non senza però sfogarsi in inutili recriminazioni.

— Ah! quel Dardentor... è proprio incorreggibile!... Non è mai dove dovrebbe essere!... Perché, invece di venire direttamente al piroscafo, è andato da quel suo Pigorin?... E... là... senza di lui... a Orano... che cosa faremo?...

— L'aspetteremo dalla signora Elissane — rispose il signor Désirandelle — e lui ci raggiungerà col prossimo piroscafo che andrà a prendere magari a Marsiglia!...

— Quel Dardentor!... quel Dardentor!... — ripeteva la signora, il cui pallore aumentò ulteriormente alle prime oscillazioni dell'*Argèlès*. Ah! se non si trattasse di nostro figlio... della felicità e dell'avvenire di Agathocle!...

Quell'avvenire e quella felicità preoccupavano alla stessa guisa quel giovanotto tanto inetto, quel *minus habens*?... A vederlo cosí indifferente al turbamento fisico e morale dei suoi genitori non c'era nemmeno da supporlo.

Quanto alla signora Désirandelel, ella ebbe appena la forza di esalare queste parole inframmezzate da gemiti:

— La mia cabina... la mia cabina...

La passerella di comunicazione fu tratta a terra dagli uomini di servizio. E il piroscafo, scostata un poco la prora dalla banchina, fece un piccolo giro per mettersi nella direzione del canale d'uscita. L'elica roteava a piccola velocità producendo un mulinello biancastro alla superficie del vecchio bacino. La sirena lanciava le sue note stridule per mantenere libero il passaggio nel caso che un altro piroscafo fosse venuto a presentarsi all'esterno.

Per un'ultima volta il signor Désirandelle lanciò uno sguardo disperato sulle persone che assistevano alla partenza del piroscafo, poi fino all'estremità del molo di Frontignan da dove avrebbe potuto spuntare il ritardatario... Con un'imbarcazione sarebbe stato ancora in tempo a raggiungere l'*Argèlès*...

— La mia cabina... la mia cabina... — mormorava con voce rantolante la signora Désirandelle.

Il signor Désirandelle, molto seccato per il contrattempo, molto infastidito per il frastuono, avrebbe volentieri mandato a quel paese il signor Dardentor e la signora Désirandelle. Ma la cosa piú urgente ora era riportare quest'ultima nella cabina che non avrebbe dovuto abbandonare. Tentò di farla alzare dal sedile su cui si era accasciata: riuscitovi, la prese per la vita e, aiutato da una cameriera, la fece scendere dal casseretto sul ponte. Dopo averla trascinata attraverso alla sala da pranzo fino alla sua cabina, la spogliarono, la misero a letto, la avvolsero nelle coperte per ristabilire nel suo corpo il semispento calore vitale.

Terminata la penosa operazione, il signor Désirandelle risalí sul casseretto dal quale il suo sguardo furioso e minaccioso percorse i moli del vecchio bacino.

Il ritardatario non c'era e, anche se ci fosse stato, non avrebbe potuto far altro che battersi il petto, gridando: *mea culpa*!

Infatti, terminata l'evoluzione, l'*Argèlès* aveva infilato il canale di uscita salutato dai curiosi affollati da un lato sulla testa della diga e dall'altra intorno al molo Saint-Louis. Poi, modificò lievemente la rotta a sinistra per scansare una goletta che veniva a terminare il suo ultimo bordo all'interno del bacino. E finalmente uscito dal canale, il capitano Bugarach manovrò in modo da aggirare da nord la diga frangiflutti e da scapolare a piccolo vapore la punta di Cette.

Capitolo II

NEL QUALE IL PROTAGONISTA DI QUESTA STORIA VIENE FINALMENTE PRESENTATO AL LETTORE

— Eccoci in viaggio — disse Marcel Lornans — in viaggio verso...

— L'ignoto — rispose Jean Taconnat — quell'ignoto che, come ha detto Baudelaire, bisogna sviscerare per trovare il nuovo!

— L'ignoto, Jean?... Speri forse d'incontrarlo durante una semplice traversata dalla Francia all'Africa, in un viaggio da Cette a Orano?

— Non contesto il fatto che si tratti di una navigazione di trenta o quaranta ore, Marcel, di un semplice viaggio di cui Orano sarà la prima e forse unica tappa. Ma, quando si parte, si sa forse sempre dove si va?...

— Certo, Jean, quando un piroscafo vi porta là dove dovete andare, e a meno che non avvengano infortuni di mare...

— Eh! chi ti parla di ciò, Marcel? — rispose sdegnosamente Jean Taconnat. — Sí, infortuni di mare, una collisione, un naufragio, un'esplosione in sala macchine, una ventina d'anni da Robinson su un'isola deserta, bella roba!... No! l'ignoto di cui del resto non mi preoccupo affatto è l'*x* dell'esistenza, è quel segreto del destino, che nei tempi antichi gli uomini incidevano sulla pelle delle capre Amaltea, ciò che sta scolpito nel gran libro di lassú e che le lenti piú perfette non ci permettono di leggere, è l'urna in cui sono rinchiusi i numeri della vita che vengono estratti dalla mano del caso...

— Imbriglia questo torrente di metafore, Jean — esclamò Marcel Lornans — o mi farai venire il mal di mare!

— È lo scenario misterioso sul quale sta per alzarsi il sipario...

— Basta, ti dico, basta! Non entusiasmarti cosí fin dal principio!... Non caracollare sulle ali delle chimere! Non correre a briglia sciolta...

— Ehi!... tu?... Mi sembra che adesso sia tu a esagerare con le metafore!...

— Hai ragione, Jean. Ragioniamo freddamente e guardiamo le cose come stanno. Ciò che vogliamo fare non ci lascia possibilità di scelta. Ci siamo imbarcati a Cette, ciascuno con un migliaio di franchi in tasca, per andare ad Orano ad arruolarci nel 7° cacciatori d'Africa. Tutto questo è molto normale, molto semplice, e l'ignoto con le sue prospettive fantasiose non può avervi nessuna parte...

— Chi sa?... — rispose Jean Taconnat tracciando con l'indice nell'aria un punto interrogativo.

Questo dialogo, che denota certi particolari del temperamento dei due giovani, si svolgeva a poppa del casseretto. Dal sedile posto contro la battagliola a rete di maglia di ferro, il loro sguardo rivolto verso prua era fermato solo dalla tuga della plancia che dominava il ponte, fra l'albero di maestra e quello di trinchetto del piroscafo.

Una ventina di passeggeri occupavano i sedili laterali e le sedie pieghevoli protette dai raggi del sole dalla tenda del ponte sospesa al suo sistema di drizze.

Fra questi passeggeri c'erano anche il signor Désirandelle e suo figlio. Il primo percorreva febbrilmente il ponte con le mani ora incrociate dietro la schiena, ora alzate verso il cielo. Poi andava ad appoggiarsi alla battagliola e contemplava la scia dell'*Argèlès* come se il signor Dardentor trasformato in delfino fosse stato lí lí per apparire fra gli squarci della bianca schiuma del solco.

Quanto ad Agathocle, lui continuava a ostentare la piú assoluta indifferenza per la disavventura che causava ai suoi genitori tanta sorpresa e tanta angustia.

Altri passeggeri (i meno sensibili al rollio, che del resto era debole) passeggiavano chiacchierando, fumando, passandosi l'un l'altro il cannocchiale di bordo per osservare la costa che si allontanava, la quale mostrava verso occidente la cresta splendidamente accidentata dei Pirenei. Altri, meno forti contro le oscillazioni dell'*Argèlès*, stavano seduti nelle loro poltrone di vimini nell'angolo che sarebbe stato da loro preferito durante tutta la traversata.

Alcune passeggere, avvolte in scialli, con l'aria rassegnata a inevitabili malori, l'espressione avvilita, si erano sistemate al riparo delle tughe, cosí da essere piú vicine alla parte centrale della nave, dove – come si è detto – le oscillazioni del beccheggio si fanno sentire meno: gruppi familiari di madri con i loro bambini simpaticissime certamente, ma che rimpiangevano di non essere piú... anziane di una cinquantina d'ore.

Fra le passeggere andavano circolando le cameriere del piroscafo; fra i passeggeri, invece, gli *stewards*, pronti a un gesto, al minimo segno per accorrere e offrire i loro servigi... indispensabili e fruttuosi.

Quanti di quei passeggeri, allorché fosse sonata la campana del pranzo, sarebbero andati a sedersi alla tavola della sala da pranzo?... Era la domanda che continuava a porsi il medico dell'*Argèlès*, il quale non si sbagliava certo valutando al sessanta o al settanta per cento il numero di coloro che mancavano al primo pasto.

Il medico di bordo era un omino rotondo, tutto arzillo, molto discorsivo, d'un buon umore inalterabile, di una attività sorprendente nonostante i suoi cinquant'anni, buon mangiatore, buon bevitore, e provvisto di una collezione inverosimile di formule e di ricette contro il mal di mare, alla cui efficacia non credeva minimamente. Ma era cosí prodigo di parole consolatrici, sapeva persuadere cosí delicatamente la sua clientela di passaggio che le sfortunate vittime di Nettuno riuscivano a sorridergli fra un attacco di nausea e l'altro...

— Non è niente... — continuava a ripetere — badate solo a espirare, quando vi sentite sollevare, e a inspirare quando vi sentite scendere... Non appena rimetterete piede sulla terra ferma non proverete piú nulla... È la vostra salute avvenire!... Questo vi risparmia in futuro un sacco di malattie!... Una traversata vale un soggiorno a Vichy o a Uriage!...

I due giovanotti avevano notato fin dall'inizio quel tipo allegro e vivace (si chiamava dottor Bruno) e Marcel Lornans disse a Jean Taconnat:

— Ecco un medico spiritoso che non deve meritare affatto l'appellativo di ammazza cristiani...

— No — rispose Jean — ma solo perché cura una malattia di cui non si muore!

Quanto al signor Eustache Oriental che non era piú ricomparso sul ponte, il suo stomaco era forse in preda a spiacevoli sommovimenti o, per usare una frase del gergo marinaresco, era forse intento a « contarsi le camicie »? Vi sono dei disgraziati che ne contano a dozzine in questo modo e non nella loro valigia.

No! Il titolare di quel poetico nome non stava affatto male: non lo era mai stato in mare e non lo sarebbe mai stato. Entrando nella sala da pranzo dal vestibolo del casseretto lo si sarebbe visto a capo tavola, seduto al posto che si era scelto e che certo non avrebbe lasciato prima del dessert. Come dunque, allora, gli si sarebbe potuto contestare il diritto di primo occupante?

Ad ogni modo, la presenza del dottor Bruno era piú che sufficiente per animare il casseretto. Per lui era un piacere e un dovere nello stesso tempo far conoscenza con tutti i passeggeri. Smanioso di sapere da dove venivano, dove andavano, curioso come una delle figlie di Eva, ciarliero come una coppia di gazze o di merli, vero furetto in una tana di conigli, egli passava dall'uno all'altro, congratulandosi con loro per essersi imbarcati sull'*Argèlès*, il miglior piroscafo delle linee per l'Algeria, il piú funzionale, il piú comodo, un piroscafo al comando del capitano Bugarach e con (questo non lo diceva ma lo si indovinava) un medico di bordo come il dottor Bruno... ecc. ecc. Poi, rivolgendosi alle passeggere, le rassicurava sugli incidenti della traversata... L'*Argèlès* non sapeva ancora che cosa fosse una tempesta... filava sul Mediterraneo senza nemmeno bagnare la punta del tagliamare... ecc. ecc. E passava infine a offrire caramelle ai bambini... ne prendessero senza complimenti, quei cherubini!... La stiva era piena di caramelle... ecc. ecc.

Marcel Lornans e Jean Taconnat sorridevano a tutto quell'armeggio. Conoscevano quel tipo di medico che si incontra spesso fra il personale dei piroscafi d'oltre mare... Una vera gazzetta marittima e coloniale.

— Buon giorno, signori — disse quando si fu seduto accanto a loro, — il medico di bordo ha il dovere di far conoscenza con i passeggeri... Mi permetterete quindi...

— Molto volentieri, dottore, — rispose Jean Taconnat. — Dal momento che corriamo il rischio di passare per le vostre mani (badate che dico passare e non trapassare), è giusto che ce le stringiamo...

E fra i tre ci fu uno scambio di calorose strette di mano.

— Se il mio fiuto non m'inganna — riprese il dottor Bruno — ho il piacere di parlare con dei parigini?...

— Infatti, — rispose Marcel Lornans — parigini... di Parigi.

— Di Parigi... benissimo... — esclamò il dottore — proprio di Parigi... e non dei dintorni... del centro forse?...

— Del quartiere della Banca — rispose Jean Taconnat — e, se volete che sia piú preciso, della rue Montmartre numero 133, quarto piano, porta a sinistra...

— Beh! signori... — riprese il dottor Bruno — le mie domande forse saranno indiscrete... ma questo dipende dalla mia professione... un medico deve sapere tutto anche ciò che non lo riguarda... scuserete quindi...

— Siete completamente scusato — rispose Marcel Lornans.

E allora il dottor Bruno aprí completamente la valvola della sua parlantina. La sua lingua schioccava come la battola di un mulino. E con che gesti, con che frasi! Raccontando quanto era già riuscito a sapere di questo e di quello, prendendo in giro i Désirandelle e quel signor Dardentor che non era comparso all'appuntamento, portando alle stelle in anticipo il pranzo che sarebbe stato eccellente, assicurando che l'*Argèlès* il giorno appresso sarebbe stato in vista delle Baleari, dove avrebbe sostato alcune ore con gran diletto per i turisti; dando infine libero corso alla sua verbosità naturale o, per usare una parola che dipinge meglio quel suo fiotto di parole, alla sua logorrea cronica.

— E prima di imbarcarvi, signori, avete avuto il tempo di visitare Cette? — domandò alzandosi.

— No, dottore, purtroppo — rispose Marcel Lornans.

— Peccato!... Ne vale proprio la pena!... e Orano la conoscete già?...

— Nemmeno per sogno! — rispose Jean Taconnat.

In quel momento uno dei mozzi venne ad avvertire il dottor Bruno di recarsi dal capitano Bugarach. Il dottor Bruno lasciò i due amici non senza toglier loro il fiato con nuove cortesie e ripromettendosi di riallacciare una conversazione da cui sperava di ricavare ancora una quantità di notizie.

Ma ora sarà necessario riassumere in poche righe quanto egli non aveva potuto apprendere circa il passato e il presente dei due giovani.

Marcel Lornans e Jean Taconnat erano primi cugini per parte di madre, due sorelle parigine di nascita. Rimasti entrambi orfani di padre fin dalla prima infanzia, erano cresciuti in condizioni di fortuna piuttosto modeste. Studenti presso lo stesso liceo, superati gli esami di maturità, seguirono, Jean Taconnat la facoltà di economia e commercio, Marcel Lornans la facoltà di legge. Appartenevano entrambi alla piccola borghesia commerciale di Parigi e le loro ambizioni erano molto modeste. Attaccatissimi uno all'altro come due fratelli in una stessa casa, provavano l'uno per l'altro un profondo affetto, un'amicizia che niente avrebbe potuto spezzare, quantunque fra loro esistesse una grande differenza di carattere.

Marcel Lornans riflessivo, attento, disciplinato aveva preso sin dall'inizio la vita per il suo lato serio.

Jean Taconnat, invece, autentico monello, puledro sbrigliato, costantemente allegro, amante forse un po' piú del piacere che del lavoro, era la molla, l'animazione, la vivacità di tutta la casa. Se qualche volta si attirava dei rimproveri per le sue birichinate intempestive sapeva però farsi perdonare con tanta buona grazia! D'altronde, come il cugino, possedeva qualità che compensavano molti difetti.

Entrambi erano buoni, aperti, franchi, leali. Entrambi adoravano le loro madri, e si perdonerà alle signore Lornans e Taconnat di averli amati fin troppo, dal momento che essi non avevano abusato di quell'affetto.

Quando ebbero vent'anni il servizio militare li chiamò sotto le armi. Come esonerati, vi dovevano trascorrere un solo anno, ed essi lo passarono arruolati insieme in un reggimento di cacciatori di stanza nelle vicinanze di Parigi. Anche lí, una buona sorte volle che non fossero separati né di squadrone né di camerata. La vita militare non piacque loro. Prestarono servizio con zelo e buon umore. Erano ottimi elementi, apprezzati dai superiori, benvoluti dai compagni e il mestiere delle armi non sarebbe forse loro dispiaciuto, se fin dall'infanzia le loro idee fossero state rivolte verso quella meta. A farla corta, benché durante la ferma fossero rimasti qualche volta consegnati (sembra che si sia mal visti al reggimento quando non lo si è mai), lasciarono l'esercito con un attestato favorevole.

Tornati a casa Marcel Lornans e Jean Taconnat, ora ventunenni, compresero che era venuto il momento di mettersi a lavorare. D'accordo con le loro madri, entrambi decisero di entrare in una ditta seria, dove avrebbero potuto far pratica commerciale e in cui piú tardi avrebbero potuto avere una cointeressenza.

Le signore Lornans e Taconnat incoraggiavano i figli a farsi strada in quel modo. Era l'avvenire assicurato per i due giovani che esse amavano tanto. Erano felici al pensiero che in pochi anni essi avrebbero avuto una buona posizione, si sarebbero sposati adeguatamente, che da semplici impiegati sarebbero divenuti prima soci poi titolari nonostante la giovane età, che la loro ditta avrebbe continuato a prosperare, che il nome onorato dei nonni sarebbe continuato nei nipoti, ecc., ecc., quei sogni, infine, che fanno tutte le mamme e che sono dettati loro dal cuore.

Esse però non dovevano vedere la realizzazione di tali sogni. Pochi mesi dopo il ritorno dal reggimento e prima che fossero entrati nella ditta ove dovevano iniziare la loro carriera, una doppia sciagura venne a colpire i due cugini nel loro affetto piú grande.

A poche settimane d'intervallo un'epidemia che colpí particolarmente i quartieri centrali di Parigi strappò alla vita la signora Lornans e la signora Taconnat.

Che dolore per quei giovani, colpiti dal medesimo fulmine, ridotti ormai ad essere i soli membri della famiglia! Stravolti, non riuscivano nemmeno a credere alla realtà di tale sventura!

Tuttavia, bisognava pensare all'avvenire. Ciascuno di loro ereditava un centinaio di migliaia di franchi, ossia, calcolando l'interesse non alto del denaro, una rendita annua che andava dai tremila ai tremilacinquecento franchi. Questo introito meschino non permette certo di rimanere disutili e oziosi. Essi non lo avrebbero nemmeno voluto, del resto. Ma sarebbe stato il caso di rischiare la loro modesta sostanza negli affari che passavano allora un momento tanto difficile, di abbandonarla alle incertezze dell'industria o del commercio? In una parola dovevano seguire i progetti formulati dalle loro madri?... La signora Lornans e la signora Taconnat non erano piú là per spingerveli...

Intervenne allora un vecchio amico di famiglia, un ufficiale in pensione, e comandante di squadrone nei cacciatori d'Africa, del quale essi subirono l'influenza. Il comandante Beauregard espose loro francamente il suo parere: non rischiare l'eredità, investirla in buone obbligazioni delle ferrovie francesi e dal momento che non avevan conservato un cattivo ricordo del loro periodo di ferma, tornarsi ad arruolare... Ben presto sarebbero diventati sottufficiali... Passati i debiti esami sarebbero potuti entrare alla scuola di Saumur... Ne sarebbero usciti sottotenenti... E allora una bella, interessante e nobile carriera si sarebbe aperta davanti a loro... Stando a quanto diceva il comandante Beauregard, un ufficiale che, senza contare lo stipendio, poteva disporre di tremila lire di rendita, non si trovava forse nella piú invidiabile delle situazioni? E poi l'avanzamento, poi le decorazioni, poi la gloria... e infine tutto ciò che può dire un ex combattente d'Africa...

Marcel Lornans e Jean Taconnat rimasero convinti che la carriera militare è tale da soddisfare tutte le aspirazioni dello spirito e del cuore?... Si diedero una risposta sull'argomento con la stessa franchezza con cui il comandante Beauregard aveva dato il suo parere?... Quando ne parlarono a quattr'occhi, si persuasero che quella era l'unica via da seguire e che, camminando sulla strada dell'onore, avrebbero potuto incontrare la felicità?...

— Che cosa rischiamo a provare, Marcel? — disse Jean. — Dopo tutto, forse il nostro bravo « residuato bellico » ha ragione... Ci offre delle raccomandazioni per il colonnello del 7° reggimento di guarnigione a Orano... Andiamo a Orano... Durante il viaggio avremo tutto il tempo di riflettere... E una volta in terra algerina vedremo se ci converrà o meno impegnarci...

— Il che ci sarà costato una traversata... e, aggiungerò, una spesa inutile, — fece osservare saggiamente Marcel.

— D'accordo, ragione fatta persona! — rispose Jean. — Ma per poche centinaia di franchi avremo calpestato il suolo della Francia d'oltremare! E questa bella frase vale da sola il danaro della spesa, caro Marcel!... E poi chissà?...

— Che cosa vogliono dire queste parole, Jean?...

— Quello che dicono di solito e niente di piú...

A farla breve, Marcel Lornans si arrese senza tanta fatica. Si decise che i due cugini sarebbero partiti per Orano, provvisti delle raccomandazioni dell'ex comandante di squadrone per il suo amico colonnello del 7° reggimento cacciatori. Una volta a Orano, avrebbero deciso con cognizione di causa, e il comandante Beauregard era sicuro che la loro decisione sarebbe stata conforme ai suoi consigli.

In fondo, se al momento d'arruolarsi avessero cambiato idea, non avrebbero dovuto far altro che tornarsene a Parigi a scegliersi un'altra carriera. E in questo caso, poiché il loro viaggio sarebbe stato inutile, Jean aveva pensato che esso doveva essere circolare. Ma che cosa intendeva con questa parola, di cui Marcel Lornans a prima vista non arrivava a comprendere il significato?...

— Intendo — egli rispose — che sarebbe bene approfittare di questa occasione per vedere un po' di mondo.

— E come?...

— Andando per una strada e tornando per un'altra. Non costerà molto piú caro e sarà infinitamente piú piacevole! Per esempio, si potrebbe andare a imbarcarsi a Cette per Orano, poi raggiungere Algeri per imbarcarsi sul piroscafo per Marsiglia...

— È un'idea...

— Ottima, Marcel, e sono nientemeno che Talete, Pittaco, Biante, Cleobulo, Periandro, Chilone e Solone che parlano per bocca mia.

Marcel Lornans non si sarebbe certo permesso di discutere una decisione suggerita tanto incontestabilmente dai sette sapienti della Grecia ed ecco perché, il 27 aprile, i due cugini si trovavano a bordo dell'*Argèlès*.

Marcel Lornans aveva ventidue anni e Jean Taconnat qualche mese meno. Il primo di altezza superiore alla media, era piú alto del secondo (una differenza di due o tre centimetri soltanto), ma di modi eleganti, viso simpatico, occhi un po' velati pieni di profonda dolcezza, barba bionda e prontissimo a sacrificarla per conformarsi ai regolamenti.

Jean Taconnat, se non possedeva le qualità esteriori del cugino, se non rappresentava, come lui, quello che nella società borghese si suol dire un bell'uomo, non è da credere che fosse brutto a vedersi: bruno di carnagione, ben piantato, baffi arricciati all'insú, fisionomia allegra, occhi di singolare vivacità, portamento elegante e un'aria di bravo ragazzo!

Ora li conosciamo sia nel fisico sia nel morale, i nostri giovani. Ed eccoli partiti per un viaggio che non ha nulla di straordinario. Per ora non sono altro che passeggeri di prima classe sul piroscafo in rotta per Orano. Al loro arrivo cambieranno questa posizione con quella di cavalleggeri di seconda classe presso il 7° cacciatori d'Africa?...

— Chissà? — aveva detto Jean Taconnat da persona convinta che il caso reciti una parte importante nel destino umano.

L'*Argèlès* in cammino da venticinque minuti non aveva ancora raggiunto la velocità massima. Aveva superato di un miglio la diga frangiflutti e si preparava a volgere la prua verso sud-ovest.

In quel momento il dottor Bruno, che si trovava sul casseretto, afferrò il cannocchiale, e lo puntò in direzione del porto su un oggetto mobile coronato da volute di fumo nero e di vapori bianchi.

Fissare quell'oggetto per qualche secondo, lanciare un'esclamazione di sorpresa, correre verso la scaletta di dritta, lasciarsi cadere sul ponte, salire fino in plancia dove si trovava il capitano Bugarach, chiamarlo con voce ansante e ansiosa, mettergli il cannocchiale fra le mani fu per il dottor Bruno questione di mezzo minuto.

— Guardate, comandante! — gli disse indicando l'oggetto che ingrandiva a mano a mano che si avvicinava.

Dopo averlo osservato:

— È sicuramente una lancia a vapore — rispose il capitano Bugarach.

— E mi pare proprio che quella lancia cerchi di raggiungerci — aggiunse il dottor Bruno.

— Non c'è dubbio, dottore, poiché a prua fanno dei segnali.

— Darete l'ordine di fermare?...

— Sono perplesso!... Che cosa può volere da noi quella lancia?...

— Lo sapremo quando avrà accostato...

— Peuh! — fece il capitano Bugarach che pareva poco disposto a far fermare l'elica.

Il dottor Bruno non abbandonò la partita.

— Ehi! — esclamò — che sia il viaggiatore in ritardo, che insegue l'*Argèlès*...

— Quel signor Dardentor... che non è arrivato in tempo per la partenza?...

— E che si sarà buttato su quella lancia per raggiungerci...

Spiegazione abbastanza plausibile poiché era certo che la lancia, forzando la macchina, cercava di raggiungere il piroscafo prima che esso uscisse in mare aperto. E poteva essere benissimo che facesse ciò per conto del ritardatario di cui i Désirandelle deploravano tanto amaramente l'assenza.

Il capitano Bugarach non era uomo da sacrificare il prezzo di un biglietto di prima classe al fastidio d'una fermata di pochi minuti. Lanciò sí tre o quattro bestemmie d'una sonorità tutta meridionale ma inviò in sala macchine l'ordine di fermare.

Il piroscafo proseguí per inerzia di una lunghezza di cavo, la sua velocità diminuí a poco a poco, e si fermò. Tuttavia, siccome l'onda lunga proveniente dal largo lo prendeva al traverso, il suo rollio si accentuò con desolazione dei passeggeri e delle passeggere già in preda agli spasimi del mal di mare.

Intanto la lancia avanzava con tale rapidità che la parte inferiore del suo dritto di prua usciva fuori dall'acqua schiumosa. Si cominciava a distinguere un individuo a prora, che agitava il cappello.

In quel momento il signor Désirandelle si azzardò a salire sul ponte di comando e là, rivolgendosi al dottor Bruno che era rimasto accanto al capitano:

— Che cosa si aspetta?... — chiese.

— Quella lancia — rispose il dottore.

— E che cosa vuole?...

— Regalarci un passeggero in piú... certo quello che non è arrivato in tempo...

— Il signor Dardentor?...

— Il signor Dardentor, se si chiama cosí.

Désirandelle afferrò il cannocchiale che il dottore gli porgeva e dopo parecchi tentativi infruttuosi, riuscí a inquadrare la lancia nell'obiettivo del troppo mobile strumento.

— Lui!... È proprio lui! — esclamò.

E si affrettò a portare la buona notizia alla madre di Agathocle.

La lancia era ormai a sole tre lunghezze di cavo dall'*Argèlès* che dondolava sotto l'azione di un fiacco mare lungo, mentre il superfluo del vapore sfuggiva dalle valvole con un sibilo assordante.

La lancia arrivò controbordo proprio nel momento in cui il signor Désirandelle, un po' pallido dopo la visita fatta alla consorte, ricompariva sul ponte.

Subito una scaletta di corda a pioli di legno lanciata al disopra del capodibanda, cadde contro il fianco del piroscafo.

Il viaggiatore era intanto occupato a pagare il padrone della lancia e si deve supporre che lo facesse regalmente poiché fu salutato con un: — Grazie, eccellenza! — di cui solo i *lazzaroni* sembrano avere il segreto.

Pochi secondi dopo, il detto individuo, seguito dal suo domestico che portava una valigia, scavalcava il capodibanda, saltava sul ponte e con volto sorridente e allegro e inchinandosi cortesemente salutava gli astanti.

Poi, scorgendo il signor Désirandelle che si preparava a rivolgergli dei rimproveri:

— E sí... eccomi qua, vecchio mio! — esclamò assestandogli una robusta pacca in mezzo al ventre.

Capitolo III

NEL QUALE IL CORDIALE PROTAGONISTA DI QUESTO RACCONTO COMINCIA A PIAZZARSI IN PRIMO PIANO

Il signor Dardentor (di nome Clovis) era nato quarantacinque anni prima dell'inizio del nostro racconto, al numero 4 di place de la Loge, nell'antica Ruscino, divenuta capitale del Roussillon, oggi la celebre e patriottica Perpignano, capoluogo del dipartimento dei Pirenei orientali.

I tipi come Clovis Dardentor non sono affatto rari in questa buona città di provincia. Figuratevi un uomo di altezza un po' superiore alla media, spalle quadrate, ossatura robusta, sistema muscolare dominante su quello nervoso, in eustenia perfetta (cioè, per chi ha dimenticato il greco, in completo equilibrio di forze), testa rotonda, capelli tagliati a spazzola e brizzolati, barba bruna a ventaglio, sguardo vivo, bocca ampia, dentatura magnifica, piede saldo, mano pronta, di ottima tempra sia moralmente sia fisicamente, brav'uomo per quanto di carattere imperioso, di umore allegro, d'una facondia inesauribile, molto sveglio, infine meridionale quanto può esserlo un individuo che non sia originario di quella

Provenza, nella quale si riassume e si concentra tutto quanto il mezzogiorno della Francia.

Clovis Dardentor era scapolo e effettivamente non si potrebbe concepire un uomo del genere legato da vincoli coniugali né che una qualsiasi luna di miele fosse mai sorta sul suo orizzonte. Non che si mostrasse misogino, anzi gradiva molto la compagnia femminile; era però misogamo al massimo grado. Quel nemico del matrimonio non arrivava a capire come un uomo, sano di mente e di corpo, tutto preso dagli affari, potesse avere il tempo di pensarvi. Il matrimonio! Non lo ammetteva né di passione, né di convenienza, né d'interesse, né di ragionamento, né sotto il regime della comunanza dei beni, né sotto quello della loro separazione, né in alcuna delle varie maniere in uso in questo nostro mondo.

In fondo, dal fatto che un uomo sia rimasto celibe non se ne deve dedurre che egli sia vissuto nell'ozio. E questo non si sarebbe certo potuto dire di Clovis Dardentor. Ricco di due buoni milioni, questi non gli erano piombati addosso né per patrimonio né per eredità. Niente affatto! Se li era guadagnati con il suo lavoro. Interessato in diverse società commerciali e industriali (concerie, marmisti, fabbriche di turaccioli, rivendite di vini di Rivesaltes), egli era sempre riuscito, con una straordinaria abilità, a trarne guadagni considerevoli. Ma la maggior parte del suo tempo e della sua intelligenza li aveva dedicati all'industria dei fusti, tanto importante in quella regione. Ritiratosi dall'attività a quarant'anni, dopo essersi fatto un bel patrimonio, con una rendita piú che soddisfacente egli non sarebbe mai stato di quegli ammassatori di ricchezze che si preoccupano di far economie anche sulle rendite. Da quando aveva smesso di lavorare conduceva una vita agiata, apprezzando i viaggi e soprattutto recandosi molto spesso a Parigi. Aveva una salute di ferro e possedeva uno di quegli stomaci che avrebbe fatto invidia a quel volatile diventato famoso a questo riguardo fra tutti gli uccelli corridori dell'Africa meridionale.

La famiglia del nostro perpignanese era costituita da lui solo. La lunga dinastia dei suoi avi si estingueva con lui. Non aveva né ascendenti, né discendenti né collaterali, se non in ventiseiesimo o ventisettesimo grado poiché (come dicono le statistiche) tutti i francesi sono parenti a quel grado, risalendo anche solo all'epoca di Francesco I. Ma, credetemi, di questi collaterali non c'è da preoccuparsi. E del resto, risalendo all'inizio dell'era cristiana, ogni uomo non possiede forse ben centotrentanove quadrilioni di antenati, non uno di piú non uno di meno?...

Clodoveo Dardentor non ne andava per questo superbo. Tuttavia, pur essendo assolutamente sprovvisto di famiglia, non trovava nella cosa nessun inconveniente, dal momento che non aveva mai pensato a formarsene una con i mezzi che sono alla portata di tutti. A farla corta, eccolo imbarcato per Orano e possa sbarcare sano e salvo nel capoluogo della grande provincia algerina!

Una delle principali ragioni per cui conveniva che l'*Argèlès* fosse favorito da una splendida navigazione era appunto la presenza a bordo del perpignanese. Fino ad allora, quando si doveva recare in Algeria (paese che gli piaceva molto) egli partiva da Marsiglia: era la prima volta che accordava la preferenza alla linea di Cette. Avendo dunque fatto l'onore a uno dei piroscafi di questa linea di affidargli il trasporto della sua persona, era necessario che il viaggio riuscisse di sua piena soddisfazione, in altri termini che arrivasse a buon porto dopo una traversata breve e felice.

Come ebbe messo piede sul ponte Clovis Dardentor si volse al suo domestico:

— Patrice, — gli disse — va' ad assicurarti che la cabina numero 13 sia a mia disposizione.

E Patrice rispose prontamente:

— Il signore sa che è stata prenotata per telegrafo e non deve avere la minima preoccupazione al riguardo.

— Allora portaci la mia valigia e sceglimi un buon posto a tavola... non troppo distante dal capitano. Ho già lo stomaco sotto i piedi.

Questa locuzione sembrò certamente a Patrice ben poco elegante, e forse avrebbe preferito che il suo padrone avesse detto « nei calcagni », dato che sulle sue labbra si disegnò una smorfia di disapprovazione. Comunque, si diresse verso il casseretto.

In quel momento Clovis Dardentor scorse il comandante dell'*Argèlès* che scendeva dal ponte di comando, e senza tanti complimenti gli disse:

— Eh! Eh! capitano, come mai non avete avuto la pazienza di aspettare uno dei vostri passeggeri in ritardo?... Al vostro piroscafo prudeva forse la macchina da desiderare tanto di farsela grattare dall'elica?

Questa metafora non ha nulla di marinaresco, ma Clovis Dardentor non era marinaio, e, nel suo linguaggio figurato, diceva le cose come gli venivano alla bocca, in frasi ora abominevolmente pompose, ora malauguratamente volgari.

— Signore, — rispose il capitano Bugarach — le nostre partenze avvengono a ora fissa, e i regolamenti della Compagnia non ci permettono d'aspettare...

— Oh! ma mica ve ne voglio per questo! — rispose Clovis Dardentor tendendo la mano al capitano.

— E nemmeno io — replicò l'altro — benché sia stato costretto a fermare...

— Ebbene poco male! — esclamò il nostro perpignanese.

E agitò la mano del capitano Bugarach con l'energia di un ex bottaio che ha maneggiato la tenaglia e l'ascia della sua professione.

— Dovete sapere — aggiunse — che se la mia lancia non avesse potuto raggiungere il vostro piroscafo, avrebbe continuato fino in Algeria... e se non avessi trovato quella lancia, mi sarei tuffato in acqua dal molo e vi avrei seguito a nuoto! Ecco come sono io, mio caro capitano Bugarach!

Sicuro! Ecco com'era Clovis Dardentor, e i due giovani che si divertivano ad ascoltare quell'originale furono onorati da un saluto a cui risposero sorridendo.

— Bel tipo! — mormorò Jean Taconnat.

In quel momento l'*Argèlès* poggiò di una quarta e puntò sul capo d'Agde.

— A proposito, capitano Bugarach — riprese il signor Dardentor — una domanda importantissima.

— Dite pure.

— A che ora si pranza?...

— Alle cinque.

— Fra tre quarti allora... Non prima, ma nemmeno dopo.

E il signor Dardentor fece un mezzo giro dopo aver consultato il suo magnifico orologio a ripetizione appeso per mezzo di una grossa catena d'oro a un'asola del suo panciotto di robusta stoffa diagonale provvisto di grossi bottoni metallici.

Certamente, per usare un'espressione giustificata da tutta la sua persona, quel perpignanese era « molto chic », col suo cappello a cencio inclinato sull'orecchio destro, il suo soprabito inglese a quadri, il binocolo a bandoliera, la coperta da viaggio che gli scendeva dalle spalle alla cintola, i pantaloni alla zuava, le ghette dai puntali di rame e gli stivali da caccia a doppia suola.

E la sua voce da commediante risuonò di nuovo per aggiungere:

— Se sono arrivato in ritardo per la partenza, caro capitano, non vi arriverò per il pranzo, e se il vostro cuoco ha avuto cura del menú, mi vedrete masticarlo in proporzione...

A un tratto quel flusso di parole, deviando dal suo corso, si diresse verso un altro interlocutore.

In quel momento faceva la sua comparsa il signor Désirandelle che era andato ad avvertire la consorte dell'arrivo del loro compagno di viaggio, cosí sciaguratamente in ritardo.

— Eh! Caro amico! — esclamò Clovis Dardentor — e la signora Désirandelle?... Dov'è quell'ottima signora?... e il piú bello degli Agathocle?...

— Non temete, Dardentor — ribatté il signor Désirandelle — noi non eravamo in ritardo e l'*Argèlès* non è stato costretto a salpare senza di noi.

— Mi rimproverate, mio caro?...

— In fede mia... lo meritereste!... Che preoccupazioni ci avete causato!... Immaginateci sbarcare a Orano, in casa della signora Elissane... senza di voi!...

— Eh!... Ho tirato moccoli anch'io, Désirandelle... La colpa è di quel bestione di Pigorin!... mi ha trattenuto coi suoi campioni di vecchio Rivesaltes... Mi è toccato assaggiare e riassaggiare... e quando sono comparso in fondo al vecchio bacino, l'*Argèlès* stava uscendo dal porto... Ma eccomi qua ed è inutile fare recriminazioni su quanto è successo né fare quegli occhi da pesce moribondo... Finirebbe per aumentare il rollio... E vostra moglie?...

— È in cuccetta... un po'...

— Di già...

— Di già!... — sospirò il signor Désirandelle sbattendo le palpebre — e anch'io...

— Mio caro, un consiglio da amico! — disse Clovis Dardentor. — Non aprite la bocca come state facendo... Tenetela chiusa piú che potete... altrimenti sarebbe come tentare il diavolo...

— Perdinci — balbettò il signor Désirandelle — dite bene, voi!... Ah! questa traversata fino a Orano!... Né la signora Désirandelle né io vi ci saremmo arrischiati se non fosse stato in gioco l'avvenire di Agathocle...

Infatti si trattava proprio dell'avvenire dell'unico erede dei Désirandelle. Ogni sera Clovis Dardentor, che era un vecchio amico della famiglia, si recava a fare una partita di bazzica o di picchetto nella casa di via de la Popinière. Si può dire che avesse visto nascere quel ragazzo, che l'avesse visto crescere (fisicamente, almeno) dal momento che la sua intelligenza era rimasta indietro rispetto allo sviluppo. Agathocle fece al liceo quei cattivi studi che costituiscono ordinariamente la dote degli inetti e dei pigri. Non mostrava vocazione per una via piuttosto che per un'altra. Gli sembrava che una vita senza far nulla fosse l'ideale per un essere umano. Con quanto i genitori gli avrebbero lasciato, un giorno avrebbe avuto una rendita di circa diecimila franchi. È già qualche cosa, ma non ci si deve meravigliare se il signor e la signora Désirandelle avessero sognato un avvenire finanziariamente piú roseo per il loro figlio. Essi conoscevano la famiglia Elissane, che prima di recarsi in Algeria aveva abitato a Perpignano. La signora Elissane, che aveva allora una cinquantina d'anni, vedova di un ex negoziante, godeva di una discreta agiatezza grazie al patrimonio ereditato dal marito, il quale, ritiratosi dagli affari, si era stabilito in Algeria. La vedova aveva una sola figlia, di vent'anni. Bel partito la signorina Louise Elissane! si diceva tanto ad Orano, quanto nel dipartimento dei Pirenei orientali, o per lo meno, nella casa della via de la Popinière. Chi avrebbe potuto immaginare un matrimonio meglio assortito di quello fra Agathocle Désirandelle e Louise Elissane?...

Ma, prima di sposarsi, bisogna conoscersi e Agathocle e Louise, pur essendosi visti da piccini, non avevano conservato alcun ricordo l'uno dell'altro. Dunque, dal momento che Orano non veniva a Perpignano, poiché alla signora Elissane non piaceva affatto spostarsi, toccava a Perpignano recarsi ad Orano. Ne era stato la conseguenza quel viaggio, nonostante che la signora Désirandelle provasse i sintomi del mal di mare solo a guardare le onde infrangersi su una spiaggia, e che suo marito contrariamente alle sue affermazioni non avesse lo stomaco piú robusto. Fu allora che si pensò a Clovis Dardentor. Quel perpignanese era abituato ai viaggi, e non avrebbe certo rifiutato di accompagnare gli amici. Forse non si faceva illusioni sul valore del giovanotto a cui si voleva dar moglie. Ma a suo parere quando si trattava di trasformare un uomo in marito, tutti gli uomini valevano lo stesso. Se Agathocle fosse piaciuto alla giovane ereditiera, tutto sarebbe proceduto benone. È vero che Louise Elissane era molto carina... Ma la presenteremo al lettore quando i Désirandelle saranno sbarcati ad Orano, e toccherà a lei darsi da fare per allontanare Agathocle.

Cosí, ora si sa con quale scopo il gruppo dei perpignanesi aveva preso posto a bordo dell'*Argèlès*, e a qual fine affrontava la traversata del Mediterraneo.

Attendendo l'ora di pranzo, Clovis Dardentor salí sul casseretto dove si trovavano quei passeggeri di prima classe che il rollio non aveva ancora costretto a rifugiarsi nelle loro cabine. Il signor Désirandelle, il cui pallore aumentava sempre di piú, lo seguí fin là e andò ad abbattersi su una panchina.

Agathocle si avvicinò.

— Eh! ragazzo mio, hai una cera migliore di tuo padre! — fece il signor Dardentor. — Come la va?...

Agathocle rispose che « l'andava ».

— Meglio cosí, e cerca di continuare fino in fondo! Non arrivare al momento dello sbarco con una faccia di carta pesta o di zucca in poltiglia!

No!... Nessuna paura!... A quel ragazzo il mare non faceva proprio niente.

Clovis Dardentor non aveva ritenuto opportuno scendere nella cabina della signora Désirandelle. La brava donna sapeva che egli era a bordo e ciò bastava. Le espressioni di conforto che egli avrebbe potuto recarle non avrebbero prodotto nessun effetto salutare. E poi il signor Dardentor apparteneva a quella abominevole categoria di persone sempre pronte a prendere in giro le vittime del mal di mare. Con la scusa di non soffrirlo, non vogliono ammettere che si possa andarvi soggetti! Bisognerebbe semplicemente impiccarli al pennone di maestra!

L'*Argèlès* si trovava all'altezza del capo d'Agde quando un tocco di campana risuonò a prua. Erano le cinque, l'ora del pranzo.

Fino a quel momento il beccheggio e il rollio del piroscafo non erano stati molto accentuati. Il mare lungo, anche se un po' frequente, causava un dondolio sopportabilissimo per la maggior parte dei passeggeri. L'*Argèlès*, ricevendolo a poppa, si spostava con esso. Si poteva dunque sperare che intorno alla tavola da pranzo non sarebbero mancati i commensali.

I passeggeri, fra i quali anche cinque o sei signore, scesero per la doppia scala del casseretto e andarono a occupare i posti prenotati a tavola.

Il signor Eustache Oriental occupava il proprio, manifestando già una viva impazienza. Erano due ore che era lí!... Tutto lasciava credere, però, che finito il pranzo quell'accaparratore di buoni posti sarebbe risalito sul ponte e non sarebbe restato inchiodato alla sedia fino all'arrivo in porto.

Il capitano Bugarach e il dottor Bruno stavano in fondo alla sala. Essi non mancavano mai al dovere di farne gli onori. Clovis Dardentor e i signori Désirandelle padre e figlio si diressero verso capo tavola. Marcel Lornans e Jean Taconnat, desiderosi di studiare quei vari tipi di perpignanesi, presero posto accanto al signor Dardentor. Gli altri commensali, una ventina in tutto, sedettero a loro piacere, alcuni vicino al signor Oriental, nei pressi della dispensa, da dove agli ordini del capocameriere arrivavano i piatti.

Il signor Clovis Dardentor fece subito conoscenza col dottor Bruno, e si può star sicuri che grazie a quei due chiacchieroni arrabbiati la conversazione intorno al capitano Bugarach non sarebbe di certo languita.

— Dottore, — fece il signor Dardentor — sono felice... felicissimo di stringervi la mano fosse anche farcita di microbi come quelle di tutti i vostri colleghi...

— Non abbiate paura, signor Dardentor, — rispose il dottor Bruno con lo stesso tono scherzoso — mi sono appena lavato con acqua all'acido borico.

— Bah! Me ne infischio dei microbi e dei microbici! — esclamò Dardentor. — Non sono stato mai malato un minuto, caro Esculapio!... Non ho mai avuto un raffreddore!... Non ho mai ingurgitato né una tisana né una pillola!... E permettetemi di pensare che non comincerò a imbottirmi di medicine grazie alle vostre ricette!... Oh! Apprezzo molto la compagnia dei medici! Sono brave persone, che hanno un solo torto, quello di rovinarvi la salute solo a tastarvi il polso e a guardarvi la lingua!... Dopo di che, felicissimo di sedere a tavola accanto a voi, e se il pranzo è buono, gli farò onore meravigliosamente.

Il dottor Bruno non si diede per vinto quantunque avesse trovato qualcuno piú loquace di lui. E ribatté senza cercare di difendere troppo il collegio dei medici contro un avversario tanto agguerrito. Poi, avendo fatto la sua comparsa la minestra, ognuno pensò solo a soddisfare il proprio appetito aguzzato dalla vivace aria di mare.

All'inizio le oscillazioni del piroscafo non furon tali da infastidire i commensali, tranne il signor Désirandelle che era diventato bianco come il suo tovagliolo. Non si sentivano né i movimenti d'altalena che compromettono l'orizzontalità, né i sollevamenti e gli abbassamenti che spostano la verticalità. Se durante il pasto, tale stato di cose non si fosse modificato, tutto avrebbe proceduto magnificamente fino alla fine del pranzo.

Ma ad un tratto ecco cominciare il tintinnío del vasellame. Le lampade a sospensione della sala da pranzo presero a dondolare sulla testa dei commensali con loro grande fastidio. Rollio e beccheggio si combinarono insieme in modo da provocare uno smarrimento generale fra i passeggeri, le cui sedie cominciavano a inclinarsi in maniera preoccupante. Non c'era piú sicurezza nei movimenti delle braccia e delle mani. I bicchieri venivano portati alle labbra con grande difficoltà e spesso i denti delle forchette pungevano le guance o i menti...

La maggior parte dei commensali non poté resistere. Il signor Désirandelle fu uno dei primi ad abbandonare la tavola con significativa precipitazione. Molti altri lo seguirono per andare a respirare l'aria fresca del ponte, un fuggi fuggi generale nonostante gli avvertimenti del capitano Bugarach, che ripeteva:

— Non è niente, signori... questo imbando dell'*Argèlès* durerà poco!...

E Clovis Dardentor a gridare:

— Guardali come tagliano la corda all'indiana!...

— Finisce sempre cosí!... — rispose il capitano strizzando un occhio.

— No! — riprese il nostro perpignanese — io proprio non capisco come mai non si ha un po' piú di fegato in pancia!

Ammettendo pure che questa espressione non sia contraria alla struttura del corpo umano e se effettivamente il fegato può spostarsi, come afferma questo detto popolare, quello di tutte quelle brave persone non tendeva tanto a scendere quanto piuttosto a risalire verso la bocca. Per farla breve, quando il capocameriere fece passare gli antipasti, a tavola non rimanevano che una decina di commensali intrepidi. Fra questi figuravano – esclusi il capitano Bugarach e il dottor Bruno abituati a quello scompiglio delle sale da pranzo – Clovis Dardentor fedele alla consegna, Agathocle assolutamente indifferente alla fuga di suo padre, i due cugini Marcel Lornans e Jean Taconnat per nulla turbati nelle loro funzioni digestive e infine, all'estremità opposta, l'impassibile signor Eustache Oriental intento a scrutare il movimento dei piatti, a interrogare i camerieri senza pensare minimamente a lamentarsi delle inopportune scosse dell'*Argèlès*, dal momento che poteva scegliere i bocconi migliori.

Ad ogni modo, dopo l'esodo degli infastiditi commensali fin dall'inizio del pranzo, il capitano Bugarach aveva lanciato uno sguardo bizzarro al dottor Bruno che a sua volta gli rispose con uno strano sorriso. Quel sorriso e quello sguardo parevano essersi capiti e, come in uno specchio, si riflettevano fedelmente sul volto impassibile del capocameriere.

In quel momento Jean Taconnat diede una gomitata al cugino e gli disse a bassa voce:

— È il colpo della « prua nella schiuma »!...

— Che vuoi che me ne importi, Jean?...

— A me, poi!... — replicò Jean Taconnat facendo scivolar sul suo piatto una gustosa fetta di salmone rosa tenero, di cui il signor Oriental non aveva creduto di profittare.

Ecco in che cosa consiste semplicemente il cosiddetto « colpo della prua nella schiuma »:

Vi sono alcuni capitani – non tutti, ma pare che ve ne siano – i quali, con un fine ben comprensibile, proprio all'inizio del pranzo modificano un pochino la rotta del piroscafo (oh! soltanto un lievissimo cambiamento di rotta!). E, per la verità, come si potrebbe rimproverarli? È forse proibito mettere una nave contro le onde per appena un mezzo quarto d'ora?... È forse proibito accordarsi con il rollio e il beccheggio per realizzare una sensibile economia sulle spese di vitto?... No, e se capita non bisogna prendersela troppo!

Del resto quello scompiglio non si prolungò eccessivamente. È vero che i fuggiaschi non furono affatto tentati di riprendere i loro posti alla tavola comune, nonostante che il piroscafo avesse ripreso un'andatura piú calma e, ammettiamolo, piú onesta.

Il pranzo, ridotto a pochi scelti commensali, si sarebbe dunque svolto in ottime condizioni, senza che nessuno si preoccupasse dei disgraziati scacciati dalla sala da pranzo e riuniti in piccoli gruppi sul ponte in atteggiamenti tanto vari quanto lamentevoli.

Capitolo IV

NEL QUALE CLOVIS DARDENTOR DICE QUALCOSA DA CUI JEAN TACONNAT DECIDE DI TRARRE PROFITTO

— Quanti vuoti alla vostra tavola, mio caro capitano — esclamò Clovis Dardentor, mentre il capocameriere sorvegliava il succedersi delle portate senza abbandonare la sua abituale dignità.

— Forse c'è da temere che questi vuoti aumentino ancora se il mare peggiora... — fece osservare Marcel Lornans.

— Peggiorare?!... — rispose il capitano Bugarach. — Ma se è un olio! L'*Argèlès* è finito in una controcorrente in cui il mare lungo è piú duro... Succede, a volte...

— E spesso all'ora di pranzo e di cena — aggiunse Jean Taconnat con la sua espressione piú seria.

— Già — aggiunse in tono sbadato Clovis Dardentor — l'ho osservato anch'io parecchie volte... e se queste dannate compagnie marittime vi trovano il loro tornaconto...

— Lo credereste?... — esclamò il dottor Bruno.

— Credo una cosa sola — replicò Clovis Dardentor — che, per quanto mi riguarda, io non vi ho mai rimesso nemmeno un boccone e se a tavola dovesse rimanere un solo passeggero...

— Quello sareste voi! — terminò Jean Taconnat.

— Avete indovinato, signor Taconnat.

Il nostro perpignanese lo chiamava già per cognome, come se lo conoscesse già da alcune giornate.

— Però — riprese allora Marcel Lornans — può essere che qualcuno dei nostri compagni torni a sedersi a tavola... Il rollio ora è meno sensibile...

— Ve lo ripeto — confermò il capitano Bugarach. — È stata una cosa momentanea... È bastata una distrazione del timoniere... Capocameriere, guardate un po' se fra i nostri commensali...

— Fra i quali, quel poveretto di tuo padre, Agathocle! — raccomandò Clovis Dardentor.

Ma il giovane Désirandelle scosse la testa, ben sapendo che l'autore dei suoi giorni non si sarebbe deciso a ritornare in sala da pranzo, e non si mosse.

Quanto al capocameriere, questi si diresse assai poco convinto verso la porta, pur sapendo l'inutilità del suo passo. Quando un passeggero ha abbandonato la tavola, anche se le circostanze si modificano, è raro che acconsenta a ritornarvi. E infatti i vuoti continuarono a rimanere tali, cosa di cui il degno capitano e l'ottimo dottore fecero le viste di essere molto addolorati.

Un lieve colpo di timone aveva rettificato la rotta del piroscafo, il mare lungo non lo prendeva piú di prora e la tranquillità era assicurata per la decina di commensali rimasti al loro posto.

Del resto – come sosteneva Clovis Dardentor – a tavola è meglio non essere in troppi. Il servizio vi guadagna, l'intimità pure, e la conversazione può diventar generale.

Fu ciò che avvenne. Il banco era tenuto (e in che maniera!) dall'eroe di questa nostra storia! Il dottor Bruno, per quanto fosse straordinariamente facondo, riusciva appena a piazzare una parola qua e là; men che meno Jean Taconnat che si divertiva un mondo ad ascoltare quel fiume di chiacchiere! Marcel Lornans si accontentava di sorridere, Agathocle di mangiare senza prestare attenzione a nulla, il signor Eustache Oriental di assaporare i buoni bocconi innaffiandoli con una bottiglia di pommard [1] che il capocameriere gli aveva messo davanti in un panierino dalla rassicurante orizzontalità. Degli altri convitati non era il caso di occuparsi.

La supremazia del Mezzogiorno sul Nord, i meriti indiscutibili della città di Perpignano, il posto che vi deteneva uno dei suoi figli piú in vista, Clovis Dardentor in persona, la considerazione che gli procurava il suo patrimonio raccolto onoratamente, i viaggi da lui fatti e quelli che pensava di fare, la sua idea di visitare Orano, di cui i Désirandelle gli parlavano continuamente, il progetto da lui formulato di percorrere in lungo e in largo la bella provincia algerina... Infine, era partito e non si preoccupava affatto di sapere quando sarebbe tornato.

Sarebbe un errore credere che quel flusso di parole sfuggite dalle labbra di Clovis Dardentor impedisse al contenuto del suo piatto di salire fino alla bocca. No! Quello che entrava e quello che usciva procedeva simultaneamente con una facilità straordinaria. Quel tipo stupefacente mangiava e parlava nello stesso tempo, senza dimenticare di vuotare il bicchiere, per facilitare quella doppia operazione.

« Che macchina umana! » pensava Jean Taconnat. « E come funziona! Questo Dardentor è uno dei meglio riusciti campioni del nostro Mezzogiorno che io abbia incontrato sinora! »

E il dottor Bruno non lo ammirava meno degli altri. Che splendido esemplare anatomico sarebbe stato quel campione e quanti vantaggi la fisiologia avrebbe ricavato dall'esame dei misteri di un tale organismo! Ma, poiché la proposta di lasciarsi aprire la pancia sarebbe certo sembrata poco opportuna,

[1] Celebre qualità di vino francese. (*N.d.T.*)

il dottore si accontentò di domandare al signor Dardentor se aveva pensato sempre a curare la propria salute.

— La salute... caro dottore?... Per favore, che cosa intendete dire con questa parola?...

— Intendo dire — rispose il dottore — ciò che tutti quanti intendono dire. Cioè, seguendo la definizione generalmente accettata, l'esercizio permanente e facile di tutte le funzioni dell'economia...

— E, accettando questa definizione — dichiarò Marcel Lornans — desideriamo sapere, signor Dardentor, se in voi quest'esercizio è facile...

— E permanente! — aggiunse Jean Taconnat.

— Permanente, certo, poiché io non sono mai stato malato — dichiarò il nostro perpignanese battendosi il torace — e facile poiché si effettua senza che io nemmeno me ne accorga!

— Ebbene, mio caro signore — chiese il capitano Bugarach — avete compreso ora ciò che s'intende con la parola « salute »?... Questo ci permetterebbe di bere alla vostra...

— Se è per darvi questo permesso vi dirò che ho compreso benissimo... e infatti mi pare che sia venuta l'ora di far fuori lo champagne senza aspettare il dessert!

Nel Mezzogiorno l'espressione « far fuori lo champagne » era molto usata e in bocca di Clovis Dardentor assumeva certamente una magnifica risonanza tutta meridionale.

Fu dunque servito il Roederer,[1] gli alti calici vennero riempiti e si coronarono di schiuma bianca e la conversazione, anziché annegarvi continuò di bene in meglio!

Fu il dottor Bruno a riaprire il fuoco dicendo:

— Allora, signor Dardentor, vi prego di rispondere a quest'altra domanda: per esser riuscito a conservare costantemente il vostro buono stato di salute, vi siete forse tenuto lontano da qualsiasi eccesso?...

— Che cosa intendete con la parola « eccesso »?...

— Oh! questa poi! — fece Marcel Lornans sorridendo — la parola « eccesso » come la parola « salute » sono dunque sconosciute nei Pirenei Orientali?...

— Sconosciute... no, signor Lornans, ma a dirla chiara, non sono ben certo su che cosa significhi...

— Signor Dardentor, — riprese il dottor Bruno — commettere degli eccessi significa abusare di se stessi, significa logorare il corpo non meno che lo spirito mostrandosi smodati, intemperanti, incontinenti, abbandonandosi soprattutto ai piaceri della tavola, passione deplorevole che finisce sempre col distruggere lo stomaco...

— Che cos'è lo stomaco? — domandò Clovis Dardentor in tono serissimo.

— Che cos'è?... — esclamò il dottor Bruno — Eh! per bacco! un aggeggio che serve per fabbricare le gastralgie, le gastriti, le gastrocoliti, le gastroenteriti, le endogastriti e le exogastriti!...

E sgranando quel rosario di termini con la radice « gastro » pareva lietis-

[1] Celebre marca di champagne. (*N.d.T.*)

simo che lo stomaco avesse dato origine a tutta quella serie di malattie speciali.

A farla breve, poiché Clovis Dardentor continuava a sostenere che tutto ciò che indicava un qualsiasi deterioramento della salute gli era perfettamente sconosciuto, poiché rifiutava di ammettere che per lui quelle parole avessero significato, Jean Taconnat, molto divertito, gli rivolse una domanda servendosi della sola locuzione che riassume l'intemperanza umana:

— Insomma... non avete mai fatto troppe concessioni a... Bacco, tabacco e Venere?...

— No... perché non mi intendo di mitologia!

E la voce sonora di quell'originale si prolungò con tali scoppi di risa, che i bicchieri tremarono sulla tavola, come se questa fosse stata scossa da un colpo di rollio.

Si comprese che sarebbe stato impossibile sapere se quel fantastico Dardentor fosse stato o no il prototipo della sobrietà, se dovesse alla sua costante temperanza la sfacciata salute di cui godeva, o se invece questa fosse dovuta a un fisico di ferro che nessun abuso aveva potuto danneggiare.

— Su, su! — ammise il capitano Bugarach — vedo, signor Dardentor, che madre natura vi ha costruito in modo da farvi diventare uno dei nostri futuri centenari!

— E perché no, caro capitano?...

— Sicuro... perché no?... — ripeté Marcel Lornans.

— Quando una macchina è costruita solidamente — riprese Clovis Dardentor — ben equilibrata, ben ingrassata, ben tenuta, non c'è nessuna ragione perché non possa durare eternamente...

— È vero — concluse Jean Taconnat — e dal momento che non si è a corto di combustibile...

— E non è certo il combustibile che verrà a mancare! — esclamò Clovis Dardentor scuotendo il taschino del panciotto che emise un suono metallico: e aggiunse poi con uno scoppio di risa: — E adesso, cari signori, avete finito di bersagliarmi di domande?...

— No! — ribatté il dottor Bruno.

E incaponendosi a voler mettere il perpignanese con le spalle al muro seguitò:

— Sbagliate, signore, sbagliate! Non esiste nessuna macchina per buona che sia, che non si logori, non esiste nessun meccanismo per ben fatto che sia, che un giorno o l'altro non si guasti...

— Questo dipende dal meccanico! — rispose Clovis Dardentor, riempiendo il suo bicchiere fino all'orlo.

— Ma insomma — esclamò il dottore — suppongo che una buona volta dovrete finir pure col morire!...

— E perché volete che muoia, dal momento che non chiamo mai un medico?... Alla vostra salute, signori!

E in mezzo all'ilarità generale, alzando il bicchiere, egli lo batté contro quelli dei suoi compagni di tavola, quindi lo vuotò d'un fiato. E la conversazione continuò rumorosa, animata, a ritmo sempre piú veloce, fino al dessert, la cui ampia scelta di piatti venne a sostituirsi alla portata precedente.

Si pensi quale effetto quel baccano conviviale doveva fare sui disgraziati passeggeri delle cabine, sdraiati sulle loro cuccette di dolore e i cui sussulti di stomaco non potevano che aumentare per la vicinanza di tutta quell'allegria.

Piú volte il signor Désirandelle era comparso sulla soglia della sala da pranzo. Che rabbia per lui non poter gustare la sua parte di pranzo, dal momento che tanto il suo come quello di sua moglie erano compresi nel prezzo del biglietto! Ma non appena apriva la porta, si sentiva di nuovo riafferrare dai conati di vomito e risaliva con gran fretta sul ponte!

Per consolarsi si diceva:

« Fortunatamente nostro figlio Agathocle sta divorando per tre! ».

E infatti il giovane lavorava coscienziosamente per ricuperare quanto piú gli era possibile del denaro sborsato dal padre.

Intanto, dopo l'ultima risposta di Clovis Dardentor, la conversazione venne indirizzata su un nuovo binario. Possibile che non si potesse trovare il tallone di Achille di quel gaudente, buon bevitore e miglior mangiatore? Era indiscutibile che il suo fisico fosse eccellente, la sua salute inalterabile e il suo organismo di prima qualità. Ma qualunque cosa avesse potuto dire, avrebbe finito col lasciare questo basso mondo come tutti gli altri mortali (diciamo *quasi* tutti, per non scoraggiare nessuno). E quando quell'ora fatale fosse suonata a chi sarebbe andato il suo grosso patrimonio?... Chi avrebbe preso possesso degli stabili e dei valori mobiliari dell'ex bottaio di Perpignano non avendogli dato madre natura eredi diretti indiretti o collaterali in grado di succedergli?...

Glielo si fece notare e Marcel Lornans domandò:

— Come mai non aver pensato a crearvi degli eredi?

— E come?...

— Come fanno tutti, perbacco! — esclamò Jean Taconnat, — diventando, cioè, il marito di una donna giovane, bella, distinta e degna di voi...

— Io... sposarmi?...

— Certamente!

— Ecco un'idea che non mi è mai venuta!

— Avrebbe dovuto venirvi, signor Dardentor — dichiarò il capitano Bugarach — e siete ancora in tempo...

— Caro capitano, siete sposato?...

— No.

— E voi, dottore?...

— Nemmeno.

— E voi, signori?...

— Affatto — rispose Marcel Lornans — ma, data la nostra età, questo non deve sorprendere.

— E allora, se non siete sposati voi, perché volete che lo sia io?...

— Ma per avere una famiglia — replicò Jean Taconnat.

— E con la famiglia i fastidi che essa si porta appresso!

— Per avere dei figli,... dei nipotini...

— E con loro i guai che essi provocano!

— Insomma per aver degli eredi naturali che si addoloreranno della vostra morte...

— O se ne rallegreranno!

— Ma dunque, — riprese Marcel Lornans — credete che lo Stato non si rallegrerà, quando erediterà da voi?...

— Lo Stato... ereditare i miei beni... che poi consumerebbe da quel dissipatore che è!

— Questo non si chiama rispondere, signor Dardentor — disse Marcel Lornans — e fa parte del destino dell'uomo crearsi una famiglia e perpetuare se stesso nei propri figli...

— Siamo d'accordo, ma l'uomo può averne senza sposarsi...

— Che cosa volete dire?... — chiese il dottore.

— Voglio dire come va detto, signori, e per parte mia, preferirei i figli belli e fatti.

— Figli adottivi?... — replicò Jean Taconnat.

— Certamente! Non si tratta di una cosa cento volte migliore?... Non è forse una cosa piú saggia?... Si può scegliere!... Si può prenderli sani d'animo e di corpo quando hanno già superato l'età della tosse asinina, della scarlattina e del morbillo!... Si possono scegliere biondi o bruni, stupidi o intelligenti!... Si possono avere maschi o femmine secondo il sesso che si desidera!... Se ne può prendere uno, due, tre, quattro e magari una dozzina a seconda che si abbia piú o meno sviluppato il bernoccolo della paternità adottiva!... Infine, si è liberi di formarsi una famiglia di eredi in condizioni eccellenti di garanzia fisica e morale, senza aspettare che Dio si degni di benedire la vostra unione!... Ci si benedice da se stessi... quando ci pare e piace!...

— Bravo, signor Dardentor, bravo! — esclamò Jean Taconnat. — Alla salute dei vostri figli adottivi.

E i bicchieri furono alzati ancora una volta.

È impossibile farsi un'idea di quanto avrebbero perduto i commensali seduti intorno alla tavola della sala da pranzo dell'*Argèlès* se non avessero udito l'espressivo perpignanese lanciare l'ultima frase della sua tirata. Era stato superbo!

— Però, — credette di dover aggiungere il capitano Bugarach — che nel vostro progetto ci sia del buono, sia pure, caro signore! Ma se tutti vi si conformassero, se vi fossero solo padri adottivi, ben presto non vi sarebbero piú figliuoli da adottare! Pensateci...

— Ah no, capitano, proprio no!... — rispose Clovis Dardentor. — Ci saranno sempre delle brave persone pronte a sposarsi... migliaia, anzi milioni...

— Per fortuna, — concluse il dottor Bruno — altrimenti il mondo non tarderebbe a finire!

E la conversazione proseguí allegramente senza essere riuscita a distrarre né il signor Eustache Oriental che, seduto all'altro estremo della tavola, sorbiva il suo caffè, né Agathocle Désirandelle, intento al saccheggio dei piatti del dessert.

Fu allora che Marcel Lornans, ricordandosi di un certo titolo VIII del codice civile, portò la questione sul terreno del diritto.

— Signor Dardentor, — disse — quando si vuole adottare qualcuno è indispensabile osservare certe condizioni.

— Lo so perfettamente, signor Lornans, e mi pare di osservarne già qualcuna.

— Infatti — replicò Marcel Lornans — e prima di tutto siete francese dell'uno e dell'altro sesso...

— Piú particolarmente del sesso maschile, se mi farete il favore di credermi, signori.

— Vi crediamo sulla parola — confermò Jean Taconnat — e senza esserne minimamente sorpresi.

— Inoltre — riprese Marcel Lornans — la legge obbliga l'adottante a non avere né figli, né discendenti legittimi.

— È proprio il mio caso, signor giurista, — rispose Clovis Dardentor — e aggiungo che non ho nemmeno ascendenti...

— Gli ascendenti non sono vietati.

— Beh, io non ho nemmeno quelli.

— Ma vi è una cosa che, signor Dardentor, non avete!

— E sarebbe?...

— Cinquant'anni d'età! Bisogna avere cinquant'anni perché la legge permetta di adottare...

— Li avrò fra cinque anni se Dio mi dà vita, e non so perché dovrebbe rifiutarsi di darmela...

— Avrebbe torto — aggiunse Jean Taconnat — perché non potrebbe trovare di piazzarla meglio.

— Penso anch'io cosí, signor Taconnat. Perciò aspetterò di aver compiuti i cinquant'anni per fare il mio atto d'adozione, se se ne presenterà l'occasione, una buona occasione, come si dice in affari...

— A condizione — ribatté Marcel Lornans — che colui o colei su cui voi avrete messo gli occhi, non abbia piú di trentacinque anni, poiché la legge esige che l'adottante abbia almeno quindici anni piú dell'adottato.

— Eh! Credete — esclamò il signor Dardentor — che pensi di affibbiarmi un vecchio celibe o una zitellona? No perbacco! Non è né di trenta né di trentacinque anni che li sceglierei, ma appena compiuta la maggiore età, poiché il codice impone che siano maggiorenni.

— Tutto questo va bene, signor Dardentor — rispose Marcel Lornans. — È convenuto che voi avete in voi tutte le condizioni necessarie... Ma – e io ne sono addolorato per i vostri progetti di paternità adottiva – ve ne è una che, lo scommetto, vi manca...

— Non è certo perché io non goda di buona riputazione!... Chi si permetterebbe di sospettare dell'onorabilità di Clovis Dardentor da Perpignano nei Pirenei Orientali, nella vita pubblica o nella vita privata?...

— Oh! Nessuno... — esclamò il capitano Bugarach.

— Nessuno — aggiunse il dottor Bruno.

— No... nessuno — affermò Jean Taconnat.

— Nessuno, certo — ribatté Marcel Lornans. — E infatti, non è questo che intendevo...

— E cosa dunque?... — domandò Clovis Dardentor.

— Una certa condizione imposta dal codice, una condizione che voi avete senza dubbio trascurata...

— E quale, per favore?...

— Quella che esige che l'adottante abbia usato verso l'adottato, durante la minore età di quest'ultimo, premure assidue e ininterrotte per almeno sei anni...

— La legge dice questo?...

— Formalmente.

— E chi è la bestia che ha infilato questa fesseria nel codice?...

— La bestia importa poco!

— Ebbene, signor Dardentor, — domandò il dottor Bruno insistendo — avete usato queste premure verso qualche minorenne di vostra conoscenza?...

— No, che io sappia!

— Allora — dichiarò Jean Taconnat — non vi rimane altra risorsa che quella d'impiegare la vostra fortuna a fondare un'istituzione di beneficenza che assumerà il vostro nome!...

— Cosí, la legge vuole?... — domandò il perpignanese.

— Proprio cosí — confermò Marcel Lornans.

Clovis Dardentor non aveva minimamente nascosto il disappunto causatogli da quella esigenza del codice. Gli sarebbe stato tanto facile provvedere ai bisogni di un minorenne per sei anni! E non averci mai pensato! È vero però che non avrebbe potuto assicurarsi di fare una buona scelta rivolgendosi verso degli adolescenti che non offrono nessuna garanzia per l'avvenire!... Ad ogni modo, non vi aveva affatto pensato!... Ma era poi una clausola davvero indispensabile?... e Marcel Lornans non poteva ingannarsi?...

— Mi assicurate che il codice civile?... — domandò una seconda volta.

— Ve lo assicuro — rispose Marcel Lornans. — Consultate il codice, titolo « Dell'adozione », articolo 345. Esso ne fa una condizione essenziale... a meno che...

— A meno che... — ripeté Clovis Dardentor.

E il suo viso si rasserenò.

— Andate avanti... accidenti — esclamò. — Mi fate venir male con le vostre bagatelle, i vostri « a meno che... ».

— A meno che — riprese Marcel Lornans — l'individuo che si tratta di adottare non abbia salvato la vita all'adottante o in combattimento o traendolo dalle fiamme o dall'acqua... secondo la legge.

— Ma io non sono mai caduto e non cadrò mai in acqua! — esclamò Clovis Dardentor.

— Beh! Potrebbe capitarvi come a qualunque altro! — esclamò Jean Taconnat.

— Spero proprio che la mia casa non prenda mai fuoco...

— La vostra casa rischia d'incendiarsi come qualunque altra: e anche se non fosse la vostra casa, potrebbe essere un teatro in cui vi trovaste... questo stesso piroscafo, se a bordo scoppiasse un incendio...

— Sia per il fuoco e per l'acqua, signori. Ma quanto al combattimento, sarei molto meravigliato se dovessi mai trovarmi in condizioni di essere soccorso. Possiedo due buone braccia e due buone gambe che non domandano l'aiuto e la protezione di nessuno.

— Chissà? — fece Jean Taconnat.

Qualunque cosa fosse accaduta, Marcel Lornans aveva, durante quella conversazione, esposto esattamente le disposizioni di legge presentate dal titolo VIII del codice civile. Se non aveva parlato degli altri titoli era perché ciò sarebbe stato inutile. Perciò non aveva detto nulla né dell'obbligo che l'adottante, nel caso sia coniugato, ha di ottenere il consenso del congiunto all'adozione (Clovis Dardentor era scapolo), né aveva detto nulla del consenso necessario da parte dei genitori dell'adottato se questi non ha raggiunto la maggior età di venticinque anni.

D'altronde ora pareva difficile che Clovis Dardentor riuscisse a realizzare il suo sogno e a crearsi una famiglia di figli adottivi. Certo, poteva ancora scegliersi un ragazzo, prendersene affettuosa cura per sei anni consecutivi, educarlo a bacchetta e poi dargli il suo nome con tutti i diritti inerenti all'erede legittimo. Ma che rischio però! Eppure, se non si fosse deciso, sarebbe stato ridotto ai tre casi previsti dal codice, sarebbe stato necessario che egli venisse salvato o in un combattimento o dalle fiamme o dall'acqua. Ora era possibile che una di queste circostanze si verificasse con un uomo come Clovis Dardentor?... Non lo credeva lui e nessuno lo avrebbe creduto.

I passeggeri seduti a tavola si scambiarono ancora qualche battuta abbondantemente innaffiata di champagne. E gli scherzi non risparmiarono il nostro perpignanese che era il primo a riderne. Se non voleva che la sua sostanza finisse come bene vacante, se non voleva che lo Stato divenisse il suo unico erede, avrebbe dovuto necessariamente seguire il consiglio di Jean Taconnat, dedicare cioè il suo patrimonio alla fondazione di un qualche istituto benefico. Dopo tutto, padronissimo di regalare la sua eredità al primo venuto. Ma no!... Era attaccato alle sue idee!... In breve, finito quel memorabile pasto, i commensali risalirono sul casseretto.

Erano circa le sette, poiché il pranzo era durato al di là di tutti i limiti. Bella serata che annunciava una notte altrettanto bella. La tenda era stata scostata. Si respirava l'aria pura rinfrescata dalla brezza. La terra, affogata nel crepuscolo, non appariva piú che come un profilo confuso sull'orizzonte occidentale.

Clovis Dardentor e i suoi compagni continuando a chiacchierare, passeggiavano sul ponte in lungo e in largo, in mezzo al fumo degli ottimi sigari di cui il perpignanese era abbondantemente provvisto e che offriva con cortese liberalità.

Verso le nove e mezzo tutti si separarono dopo aver preso appuntamento per l'indomani.

Clovis Dardentor, dopo aver aiutato il signor Désirandelle a raggiungere la cabina della signora Désirandelle, si diresse verso la propria dove né i rumori né i movimenti di bordo avrebbero potuto turbare il suo sonno.

E allora Jean Taconnat si rivolse al cugino.

— Ho un'idea.

— Quale?...

— Se ci facessimo adottare da quel galantuomo?...

— Noi?...

— Tu ed io... oppure tu o io...

— Sei pazzo, Jean.

— La notte porta consiglio, Marcel, e quale consiglio mi avrà portato te lo dirò domani.

Capitolo V

NEL QUALE PATRICE CONTINUA A RITENERE CHE IL SUO PADRONE A VOLTE MANCA DI DISTINZIONE

L'indomani alle otto nessuno era ancora salito sul casseretto. Eppure lo stato del mare non era tale da obbligare i passeggeri a chiudersi nelle loro cabine. Le corte onde del Mediterraneo imprimevano all'*Argèlès* appena un debolissimo dondolio. A quella notte tranquilla stava per seguire una meravigliosa giornata. Perciò, se i passeggeri non avevano lasciato le loro cuccette all'alba, era perché la pigrizia ve li tratteneva, gli uni in preda al dormiveglia, gli altri sognando ad occhi aperti, tanto gli uni che gli altri abbandonandosi a quel dondolio simile all'oscillazione di un bambino in culla.

Stiamo parlando solo di quei privilegiati che non soffrono mai il mal di mare, anche quando è cattivo tempo, e non di quei disgraziati che lo soffrono sempre, anche quando è tempo buono. Da iscrivere in questa seconda categoria erano i Désirandelle e parecchi altri che non avrebbero ricuperato il loro benessere fisico e morale se non quando il piroscafo avesse gettato le ancore nel porto.

L'atmosfera chiara e purissima si andava riscaldando sotto i raggi luminosi riflessi dal leggero sciacquio che si produceva alla superficie dell'acqua. L'*Argèlès* procedeva a una velocità di dieci miglia all'ora, con prora a sud-sud-est, facendo rotta verso l'arcipelago delle Baleari. Qualche nave passava al largo a controbordo spiegando il suo pennacchio di fumo o gonfiando sul fondo un po' nebbioso dell'orizzonte la sua bianca velatura.

Il capitano Bugarach andava da un'estremità all'altra del ponte per i comandi del turno di guardia.

In quel momento Marcel Lornans e Jean Taconnat fecero la loro comparsa all'ingresso del casseretto. Subito il capitano si avvicinò a loro e tendendo la mano domandò:

— Avete passato una buona nottata, signori?...

— Piú che buona, capitano — rispose Marcel Lornans — e sarebbe difficile immaginarne una migliore. Non conosco camera d'albergo che possa reggere il confronto con una cabina dell'*Argèlès.*

— Sono del vostro avviso, signor Lornans — rispose il capitano Bugarach — e non capisco come si possa vivere altrove che a bordo di una nave.

— Andatelo un po' a dire al signor Désirandelle — osservò il giovanotto — e se condivide le vostre idee...

— Né a quel terraiolo né a tutti quelli come lui incapaci di apprezzare le delizie di una traversata!... — esclamò il capitano. — Veri colli da stiva!... Quei passeggeri sono la vergogna dei piroscafi!... Bah! Dal momento che pagano il biglietto...

— Già! — replicò Marcel Lornans.

Jean Taconnat, di solito tanto loquace ed espansivo, si era limitato a stringere la mano del capitano, e non aveva preso parte alla conversazione. Sembrava preoccupato.

Marcel Lornans, continuando a far domande al capitano Bugarach, gli chiese:

— Quando saremo in vista di Maiorca?...

— In vista di Maiorca?... verso l'una del pomeriggio. Ma non tarderemo a vedere le cime piú elevate delle Baleari.

— E sosteremo a Palma?...

— Fino alle otto di sera, il tempo necessario per imbarcare delle merci destinate a Orano.

— E avremo la possibilità di visitare l'isola?...

— L'isola... no, ma la città di Palma che dicono ne valga la pena...

— Come « dicono »?... Capitano, non siete mai andato a Maiorca?...

— Trenta o quaranta volte almeno.

— Senza averla mai visitata?...

— E il tempo, signor Lornans, e il tempo?... L'ho forse mai avuto?

— Né il tempo... né la voglia, forse?...

— Né la voglia, effettivamente! Quando non sono piú sul mare, mi viene il mal di terra.

E detto ciò il capitano Bugarach lasciò il suo interlocutore per salire in plancia.

Marcel Lornans si volse verso il cugino.

— Ebbene, Jean — gli disse — questa mattina sei muto come un Arpocrate.

— Sto pensando, Marcel.

— A che cosa?...

— A quello che ti ho detto ieri.

— Che cosa mi hai detto?...

— Che ci era capitata un'occasione unica per farci adottare da quel cittadino di Perpignano.

— Ci pensi ancora?...

— Sí... dopo averlo sognato tutta la notte.

— Sul serio?...

— Serissimo... Lui desidera dei figli adottivi... Prenda noi... Non ne troverà certo di migliori!

— Tanto modesto, quanto fantasioso, Jean!

— Vedi, Marcel, essere soldati è molto bello! Arruolarsi nel 7° cacciatori d'Africa è molto onorifico. Però temo che il mestiere delle armi non sia piú quello che era una volta. Una volta c'era una guerra ogni tre o quattro anni. E questo significava la promozione assicurata, gradi, medaglie. Ma la guerra – una guerra europea, voglio dire – con gli enormi contingenti che arrivano a milioni d'uomini da armare, da spostare, da nutrire, la si è resa quasi impossibile. I nostri giovani ufficiali, la maggior parte almeno, non possono sperare altro, per l'avvenire, che di andare in pensione col grado di capitano. La carriera militare, anche avendo fortuna, non darà mai quello che dava una trentina di anni fa. Le grandi guerre sono state rimpiazzate dalle grandi manovre. Dal punto di vista sociale questo è certamente progresso, ma...

— Jean — fece osservare Marcel Lornans — questo ragionamento bisognava farlo prima di imbarcarsi per l'Algeria...

— Intendiamoci, Marcel. Io sono sempre disposto ad arruolarmi, come lo sei tu. Però se la dea dalle mani piene si decidesse ad aprirle al nostro passaggio...

— Ma sei pazzo?

— Neanche per idea!
— Tu vedi già in quel signor Dardentor...
— Un padre!
— Dimentichi dunque che, per adottarti, bisognerebbe che ti avesse prestato le sue cure almeno per sei anni della tua minore età... Lo avrebbe forse fatto?...
— Che io sappia... no — rispose Jean Taconnat — o almeno non me ne sono accorto...
— Vedo che torni a ragionare, caro Jean, dal momento che scherzi...
— Scherzo sí e no.
— Ebbene, avresti forse salvato quel degno uomo dall'acqua, dalle fiamme... o in qualche combattimento?
— No... ma lo salverò... o piuttosto, tu ed io lo salveremo...
— Ma come?...
— Non ne dubito affatto.
— Sarà in terra, sul mare o nello spazio?...
— Sarà secondo come se ne presenterà l'occasione e non è impossibile che questa si presenti...
— E saresti tu a farla nascere?...
— Perché no?... Siamo a bordo dell'*Argèlès* e supponiamo che il signor Dardentor cada in mare...
— Non avrai l'intenzione di buttarlo fuori bordo...
— Beh... Supponiamo che cada!... Tu o io ci precipitiamo dietro di lui, come eroici terranova, egli è salvato da questo terranova, e di questo terranova ne fa un cane... no... un figlio adottivo...
— Parla per te, Jean, che sai nuotare! Io non ne sono capace e se non ho altra occasione che questa per farmi adottare da quell'ottimo signore...
— Benissimo, Marcel! Io lavorerò sul mare e tu sulla terra! Ma stabiliamo bene le cose fra noi: se sarai tu a diventare Marcel Dardentor io non ne sarò affatto geloso, e se sarò io al quale toccherà questo splendido nome... a meno che tutti e due...
— Non voglio nemmeno risponderti, mio povero Jean.
— Te ne dispenso... a condizione che mi lasci agire... senza mettermi bastoni fra le ruote...
— Ciò che mi preoccupa, Jean — ribatté Marcel Lornans — è che tu sgrani questo rosario di corbellerie con una serietà che non fa parte delle tue abitudini...
— Perché si tratta di una cosa molto seria. Ma tranquillizzati pure, prenderò la cosa dal lato comico e se farò fiasco non per questo mi farò saltare il cervello...
— Ma te ne rimane?
— Ancora qualche grammo!
— Te lo ripeto... sei pazzo!
— Altroché!...
La conversazione si fermò lí: d'altra parte Marcel Lornans non vi aveva dato nessuna importanza; quindi, fumando entrambi, cominciarono ad andare su e giú per il casseretto.

Quando si avvicinavano alla battagliola potevano vedere il domestico di Clovis Dardentor che se ne stava immobile vicino al tambuccio del locale macchina, con indosso la livrea da viaggio di una correttezza assoluta.

Che cosa stava facendo là e che cosa aspettava senza dare alcun segno d'impazienza? Attendeva il risveglio del suo padrone. Ecco cosa faceva il bizzarro domestico del signor Clovis Dardentor, non meno originale di lui. Ma fra quei due individui quanta differenza di carattere e di temperamento!

Quantunque non fosse di origine scozzese, egli si chiamava Patrice e meritava quel nome che deriva dai patrizi dell'antica Roma.

Era un uomo d'una quarantina d'anni, estremamente « a modo ». Le sue maniere distinte contrastavano con il fare senza complimenti del perpignanese al cui servizio egli aveva la buona e allo stesso tempo cattiva fortuna di trovarsi.

I lineamenti del viso glabro sempre rasato di fresco, la fronte leggermente sfuggente, lo sguardo abbastanza fiero, la bocca le cui labbra semichiuse lasciavano vedere dei bei denti, i capelli biondi molto curati, la voce calma, il portamento nobile permettevano di classificarlo nel tipo, secondo i fisiologi, « dolicocefalo ». Aveva l'aria di un membro della camera dei pari d'Inghilterra. Teneva questo servizio da quindici anni, ma piú volte aveva desiderato lasciarlo. Inversamente, Clovis Dardentor aveva avuto non meno spesso l'idea di metterlo alla porta. In realtà, non potevano fare a meno l'uno dell'altro, quantunque fosse difficile immaginare due caratteri piú opposti. Ciò che legava Patrice alla casa di Perpignano non era tanto lo stipendio, benché esso fosse abbastanza elevato, bensí la certezza che il suo padrone aveva in lui una fiducia assoluta, d'altronde meritata. Ma quanto si sentiva ferito nel suo amor proprio Patrice nel vedere quella familiarità, quella loquacità, quell'esuberanza tutte meridionali! Per lui, il signor Dardentor mancava di contegno, si allontanava da quella dignità che gli era imposta dalla sua condizione sociale; nel suo modo di salutare, di presentarsi, di esprimersi, ricompariva intero il vecchio bottaio. Le belle maniere gli facevano difetto, ma come avrebbe potuto acquistarne fabbricando, cerchiando e rotolando migliaia e migliaia di fusti per i suoi magazzini?... No, cosí non andava e Patrice non si asteneva dal dirglielo.

Qualche volta Clovis Dardentor che, come si è visto, aveva la manía di « parlar bene » accettava volentieri le osservazioni del suo domestico. Ne rideva prendendo in giro quel Mentore in livrea, si divertiva a farlo andare in bestia con le sue repliche improvvise. Qualche volta però, nei giorni di cattivo umore, si irritava e mandava al diavolo l'inopportuno consigliere dandogli i tradizionali otto giorni di cui l'ottavo però non arrivava mai.

Alla fin fine se Patrice era dispiaciuto di trovarsi al servizio d'un padrone cosí poco gentleman, Clovis Dardentor era fiero di avere un domestico cosí distinto.

Ora quel giorno Patrice non aveva motivo per essere soddisfatto. Aveva saputo dal capocameriere che il signor Clovis Dardentor durante il pranzo della sera prima si era abbandonato a riprovevoli intemperanze linguistiche, che aveva parlato per dritto e per traverso dando in tal modo ai commensali una meschina idea di un nativo dei Pirenei Orientali.

No! Patrice non era contento e non intendeva nasconderlo. Ecco perché, piuttosto di buon'ora e prima di essere stato chiamato, si era permesso di andare a bussare alla porta della cabina 13.

A un primo colpo rimasto senza risposta, tenne dietro un secondo piú energico.

— Chi è?... — brontolò una voce impastata di sonno.

— Patrice...

— Va' al diavolo.

Patrice, senza andare dove lo si mandava, si era subito ritirato, molto seccato da quella risposta poco parlamentare a cui tuttavia avrebbe dovuto essere abituato.

— Non caverò mai niente di buono da quell'uomo! — aveva mormorato obbedendo.

E sempre dignitoso, sempre nobile, sempre « mylord inglese », era ritornato sul ponte per attendervi pazientemente la comparsa del suo padrone.

L'attesa durò un'ora buona poiché il signor Dardentor non aveva nessuna fretta di lasciare la sua cuccetta. Finalmente la porta della cabina cigolò, quindi si aprí quella del casseretto dando passaggio al protagonista di questa storia.

In quel momento Jean Taconnat e Marcel Lornans, appoggiati alla battagliola, lo scorsero.

— Attento!... Nostro papà! — disse Jean Taconnat.

E Marcel Lornans, nel sentire quell'appellativo tanto balzano quanto prematuro, non poté trattenere una magnifica risata.

Intanto Patrice, mal disposto a ricevere gli ordini del suo padrone, con passo regolare, volto severo ed espressione accigliata, avanzò verso il signor Dardentor.

— Ah! sei tu, Patrice... sei tu che sei venuto a svegliarmi in pieno sonno, mentre mi cullavo in sogni dai bordi dorati?...

— Il signore converrà che il mio dovere...

— Il tuo dovere era aspettare che io ti avessi chiamato.

— Il signore crede senza dubbio di essere ancora a Perpignano nella sua casa in piazza de la Loge...

— Io mi credo dove sono — rispose il signor Dardentor — e se avessi avuto bisogno di te, qualcuno sarebbe venuto a cercarti da parte mia... pezzo di sveglia mal caricata!

La faccia di Patrice si contrasse leggermente ed egli disse in tono grave:

— Preferisco non ascoltare il signore, quando il signore esprime in simili termini il suo pensiero molto scortese. Farò inoltre osservare al signore che il berretto di cui ha creduto coprirsi non mi sembra conveniente per un passeggero di prima classe.

E infatti il berretto sistemato all'indietro, sulla nuca di Clovis Dardentor, mancava completamente di distinzione.

— Dunque, Patrice, il mio berretto non ti piace.

— Non meno della casacca in cui il signore si è insaccato col pretesto che quando si naviga bisogna aver l'aria del marinaio!

— Davvero!

— Se il signore mi avesse ricevuto, avrei certamente impedito al signore di vestirsi in questa guisa.

— Mi avresti impedito, Patrice?...

— Ho l'abitudine di non nascondere mai la mia opinione al signore anche quando essa può contrariarlo, ed è naturale che io faccia a bordo di questo piroscafo quanto faccio a Perpignano, nella casa del signore.

— Quando avrete la cortesia di aver finito, signor Patrice?...

— Quantunque questa formula sia d'una educazione perfetta — continuò Patrice — devo confessare che non ho detto ancora tutto quanto volevo dire, e prima di tutto che il signore ieri durante il pranzo avrebbe dovuto moderarsi piú di quanto abbia fatto...

— Moderarmi... nel cibo?...

— E nelle libagioni che hanno passato alquanto la misura... Infine, stando a ciò che mi ha riferito il capocameriere... una persona veramente a modo...

— E che cosa vi ha riferito questa persona veramente a modo? — chiese Clovis Dardentor che, segno di un'irritazione in via di raggiungere l'estremo limite, non dava piú del tu a Patrice.

— Che il signore aveva parlato... parlato... e di cose che secondo me, è meglio non dire quando non si conoscono le persone davanti alle quali si parla... È non solo una questione di prudenza ma anche una questione di dignità...

— Signor Patrice...

— Il signore mi chiede?...

— Questa mattina quando cosí inopportunamente siete venuto a bussare alla porta della mia cabina, siete andato dove vi ho detto di andare?...

— La memoria non mi sovviene...

— Ebbene, ve la rinfresco io, la memoria!... Al diavolo... al diavolo vi ho detto di andare, e con tutti i riguardi che vi son dovuti mi permetterò di mandarvici una seconda volta, pregandovi di restarvi finché non vi chiamerò!

Patrice socchiuse gli occhi, strinse le labbra, poi girando sui talloni si diresse verso prora, proprio nel momento in cui il signor Désirandelle usciva dal casseretto.

— Ah! Il nostro ottimo amico! — esclamò Clovis Dardentor appena lo scorse.

Il signor Désirandelle si era azzardato a salire sul ponte per respirare un ossigeno piú puro di quello delle cabine.

— Ebbene, mio caro Désirandelle — riprese il perpignanese — come vanno le cose da ieri?...

— Non vanno affatto.

— Coraggio, amico mio, coraggio!... Avete ancora la faccia bianca come un lenzuolo, l'occhio vitreo, le labbra screpolate, ma non è niente e questa traversata finirà...

— Male, Dardentor!

— Quanto siete pessimista!... Andiamo! *Sursum corda,* come si dice nelle messe cantate!

Citazione veramente felice per un uomo che aveva, come si suol dire, « il cuore in bocca »!

— D'altra parte — riprese Clovis Dardentor — fra poche ore potrete mettere piede sulla terraferma. L'*Argèlès* getterà l'ancora nel porto di Palma...

— Dove resterà solo mezza giornata — sospirò il signor Désirandelle — e venuta la sera bisognerà tornare a imbarcarsi su questa abominevole altalena!... Ah! Se non si fosse trattato dell'avvenire di Agathocle!...

— Certo, Désirandelle, e la cosa valeva bene questo leggero disturbo. Ah! mio vecchio amico, mi sembra proprio di vederla, laggiú, quella graziosa figliola, con una lampada in mano come Ero che aspetta Leandro, voglio dire Agathocle, sulla costa algerina... Ma no!... Il paragone non calza poiché nella leggenda pare che quel disgraziato Leandro si sia annegato strada facendo... Oggi sarete dei nostri a colazione?...

— Oh!... Dardentor, nello stato in cui sono...

— Peccato... Proprio peccato!... Il pranzo di ieri è stato particolarmente ricco di battute e magnifico come menú!... I piatti erano degni dei commensali!... Il dottor Bruno!... Quel bravo dottore, l'ho sistemato alla provenzale!... E quei due giovanotti... che piacevoli compagni di viaggio!... E come ha lavorato quello stupefacente Agathocle!... Se non ha aperto la bocca per parlare, perlomeno l'ha aperta per mangiare... Si è riempito fino al gozzo...

— E ha fatto bene.

— Certo!... ah! E la signora Désirandelle, la vedremo forse questa mattina?...

— Non credo... né questa mattina... né piú tardi...

— Come!... Nemmeno a Palma?...

— Non è in grado di alzarsi.

— Povera donna!... Come la compiango... e come la ammiro!... Tutto questo scompiglio per il suo Agathocle!... Ha davvero viscere di madre... e un cuore... Ma non parliamo del suo cuore!... Salite sul casseretto?...

— No... Non potrei, Dardentor! Preferisco rimanere nel salone! Si sta piú sicuri!... Ah! quando costruiranno bastimenti che non ballino, e perché ostinarsi a far navigare degli aggeggi come questo?...

— È certo, Désirandelle, che per terra le navi non avrebbero né rollio né beccheggio... Ma non siamo ancora arrivati a questo... Ma ci si arriverà... ci si arriverà...

Ma nell'attesa della realizzazione di un tale progetto, il signor Désirandelle dovette rassegnarsi a sdraiarsi su uno dei divani del salone che non avrebbe piú abbandonato fino all'arrivo alle Baleari. Clovis Dardentor che l'aveva accompagnato, gli strinse la mano, quindi ritornando sul ponte salí la scala del casseretto con l'aria d'un vecchio lupo di mare, il berretto bravamente buttato indietro, il volto radioso, e la casacca gonfiata dalla brezza come una bandiera ammiraglia.

I due cugini gli si avvicinarono; da una parte e dall'altra furono scambiati cordiali saluti, pieni di domande sulla reciproca salute... Il signor Clovis Dardentor aveva dormito bene dopo le belle ore passate a tavola?... Ottimamente... un sonno continuo e ristoratore fra le braccia di Morfeo... proprio come si dice: a occhi abbottati!

Oh! se Patrice avesse udito espressioni del genere uscire dalla bocca del suo padrone!...

E quei signori avevano dormito bene?...

— Tutto un sonno, proprio come un paio di ciabatte! — rispose Jean Taconnat che desiderava tenersi all'altezza di Clovis Dardentor.

Fortunatamente Patrice non era là. In quel momento stava facendo sfoggio di frasi eleganti col suo nuovo amico il capocameriere. Davvero, non avrebbe potuto avere una buona opinione di un giovane parigino che si esprimeva in un modo tanto volgare!

E la conversazione prese a procedere con la massima cordialità. Il signor Clovis Dardentor non poteva che felicitarsi dell'amicizia stretta con quei due giovanotti... E per loro, dunque, che fortuna aver fatto la conoscenza di un compagno di viaggio simpatico come il signor Clovis Dardentor!... C'era da sperare che le cose non si sarebbero fermate lí!... Ci si sarebbe riincontrati a Orano!... Quei signori contavano prolungarvi il loro soggiorno?...

— Certo — rispose Marcel Lornans — perché intendiamo arruolarci...

— Arruolarvi... in qualche compagnia di teatro?...

— No, signor Dardentor, nel 7° cacciatori d'Africa.

— Bel reggimento, signori, bel reggimento e voi vi farete certamente carriera!... Si tratta dunque di un progetto prefissato...

— A meno che — credette di dover insinuare Jean Taconnat — non sopravvengano delle circostanze...

— Signori — rispose Clovis Dardentor — qualunque sia la carriera che seguirete, sono sicuro che le farete onore!

Ah!... se quella frase fosse giunta fino alle orecchie di Patrice!... Ma questi, assieme al capocameriere, era sceso in dispensa dove il caffè e latte stava fumando nelle grandi tazze di bordo.

Ad ogni modo, era assodato che i signori Clovis Dardentor, Marcel Lornans e Jean Taconnat erano felicissimi di essersi incontrati; speravano anzi che lo sbarco a Orano non avrebbe portato a una brusca separazione, come di solito avviene fra passeggeri...

— E — fece Clovis Dardentor — se voi credete si potrebbe scendere allo stesso albergo...

— Benissimo — si affrettò a rispondere Jean Taconnat — questo anzi offre indiscutibili vantaggi.

— Allora è deciso, signori.

Nuovo scambio di strette di mano, nelle quali Jean Taconnat volle trovar qualche cosa di paterno e di filiale.

« E » pensò subito « se per una fortunata combinazione l'albergo si incendiasse, che splendida occasione per salvare dalle fiamme questo galantuomo! »

Verso le undici furono segnalati a sud-est i profili ancora lontani dell'arcipelago delle Baleari. Entro tre ore il piroscafo sarebbe stato in vista di Maiorca. Con quel mare favorevole che lo spingeva di poppa, esso non avrebbe subíto alcun ritardo e sarebbe arrivato a Palma con la puntualità di un treno espresso.

I passeggeri che avevano partecipato al pranzo della sera prima, scesero nuovamente in sala da pranzo.

La prima persona che scorsero fu il signor Eustache Oriental, sempre seduto all'estremità piú favorevole della tavola.

Ma insomma, chi era quell'individuo cosí ostinato, cosí poco socievole, quel cronometro di carne e ossa, le cui lancette segnavano soltanto le ore dei pasti?

— Avrà passato la notte a quel posto?... — domandò Marcel Lornans.

— Probabilmente — rispose Jean Taconnat.

— Avranno dimenticato di svitare il dado che lo blocca! — aggiunse il nostro perpignanese.

Il capitano Bugarach, che aspettava i suoi commensali, augurò a tutti il buongiorno formulando la speranza che la colazione avrebbe meritato i loro elogi.

Fu quindi la volta del dottor Bruno che fece un saluto circolare. Aveva una fame da lupo – da lupo di mare, s'intende – e questa gli capitava tre volte al giorno. Volle informarsi molto particolarmente della straordinaria salute di Clovis Dardentor.

Il signor Clovis Dardentor non era mai stato meglio, pur dispiacendosene per il dottore di cui non avrebbe certamente potuto utilizzare i preziosi servigi.

— Non bisogna essere mai sicuri di nulla, signor Dardentor — rispose il dottor Bruno. — Molti uomini robusti quanto voi, dopo aver resistito per un'intera traversata, hanno ceduto appena giunti in vista del porto!

— Suvvia, dottore! È come se diceste a un pescecane di stare attento al mal di mare...

— Ma ho visto dei pescecani che l'avevano — ribatté il dottore — quando erano tirati fuori dell'acqua all'estremità di un rampone!

Agathocle occupava il posto del giorno prima. Tre o quattro nuovi commensali vennero a sedersi a tavola. Il capitano Bugarach fece forse qualche smorfia?... Quegli stomaci a dieta dalla sera precedente dovevano essere di un vuoto da far inorridire la natura.[1] Che breccia avrebbero aperto nel menú della colazione!

Durante quel pasto e a dispetto delle osservazioni fatte da Patrice, le fila della conversazione non uscirono mai dalle mani del signor Dardentor. Ma questa volta il nostro perpignanese parlò meno del suo passato e piú del suo avvenire e per avvenire intendeva il suo soggiorno a Orano. Contava di visitare l'intera provincia, forse tutta l'Algeria, forse spingersi fino al deserto... perché no?... E a questo proposito domandò se c'erano sempre arabi in Algeria.

— Qualcuno — rispose Marcel Lornans. — Li conservano per mantenere il colore locale.

— E leoni?

— Una mezza dozzina abbondante — rispose Jean Taconnat — e sono in pelle di montone con le rotelle sotto le zampe.

— Non credetelo, signori, — pensò bene d'intervenire il capitano Bugarach.

Si mangiò bene, si bevve meglio. I nuovi commensali si rifecero. Si sarebbero detti tanti pozzi delle Danaidi intenti a riempirsi fino all'orlo. Ah! se ci fosse stato il signor Désirandelle... D'altra parte era meglio che non ci fosse perché piú volte i bicchieri urtarono contro le posate e i piatti mandarono un suono stridente di vasellame agitato.

Mezzogiorno era già suonato quando, bevuto il caffè e anche liquori e liquorini, tutti si alzarono da tavola, lasciarono la sala da pranzo e salirono a cercare un po' d'ombra sotto la tenda del casseretto.

Solo il signor Oriental rimase al suo posto, il che fece domandare a Clovis

[1] Allusione all'espressione: « La natura ha orrore del vuoto ». (*N.d.T.*)

Dardentor chi fosse quel passeggero cosí puntuale all'ora dei pasti e cosí desideroso di rimanere in disparte.

— Lo ignoro — rispose il capitano Bugarach — so soltanto che si chiama Eustache Oriental.

— E dove va?... Di dove viene?... Qual è la sua professione?...

— Credo che nessuno lo sappia.

Patrice si avvicinava per sentire se si aveva bisogno dei suoi servizi. Ora, poiché aveva udito la serie di domande fatte dal suo padrone, credette di potersi permettere di dire:

— Se il signore mi autorizza, sono in grado di potergli dare schiarimenti sul passeggero di cui si tratta...

— Lo conosci?...

— No, ma ho saputo dal capocameriere che l'ha saputo a sua volta dal fattorino dell'albergo di Cette...

— Metti la sordina alla tua voce, Patrice, e scuci in tre parole chi è quel tizio...

— È il presidente della società astronomica di Montélimar — rispose Patrice seccamente.

Un astronomo! il signor Eustache Oriental era un astronomo. Ciò spiegava il cannocchiale che portava a bandoliera e di cui si serviva per scrutare i diversi punti dell'orizzonte, quando si decideva a fare la sua comparsa sul casseretto. Ad ogni modo non sembrava d'umore da legarsi con chicchessia.

— Certo è tutto preso dalla sua astronomia!... — si accontentò di rispondere Clovis Dardentor.

Verso l'una Maiorca mostrò le varie ondulazioni del suo litorale e le alture pittoresche che la dominano.

L'*Argèlès* modificò la rotta per aggirare l'isola, e al riparo della costa trovò il mare piú calmo, il che fece uscire molti passeggeri dalle loro cabine.

Il piroscafo scapolò ben presto lo scoglio pericoloso della Dragonera, su cui si erge un faro, ed entrò nello stretto canale di Friou fra una doppia fila di scogliere dirupate. Quindi, lasciatosi a sinistra il capo Calanguera, l'*Argèlès* evoluí all'ingresso della baia di Palma e costeggiando il molo venne a ormeggiarsi presso la banchina dove già si stringeva una folla di curiosi.

Capitolo VI

NEL QUALE GLI SVARIATI INCIDENTI DI QUESTO RACCONTO SI SVOLGONO NELLA CITTÀ DI PALMA

Se esiste una località che si possa conoscere a fondo senza averla mai visitata, questa è il magnifico arcipelago delle Baleari. Esso merita certamente di attirare i turisti che non si dispiaceranno certo di passare da un'isola all'altra anche se i flutti azzurri del Mediterraneo fossero bianchi di furore. Dopo Maiorca, Minorca, dopo Minorca il selvaggio isolotto di Cabrera, e l'isolotto delle Capre. E dopo le Baleari, che costituiscono il gruppo principale, Ibiza, Formentera, Conigliera con le loro fitte foreste di pini, e conosciute con il nome di Pitiuse.

Sí, se quanto è stato fatto per queste oasi del Mediterraneo lo fosse stato per qualsiasi altro paese dei due continenti, sarebbe inutile scomodarsi, abbandonare la propria casa, e mettersi in viaggio, inutile andare ad ammirare *de visu* le meraviglie della natura tanto raccomandate ai viaggiatori. Basterebbe chiudersi in una biblioteca purché essa possedesse l'opera di sua altezza l'arciduca Luigi Salvatore d'Austria [1] sulle Baleari, leggerne il testo tanto completo e preciso, osservarne le incisioni colorate, i panorami, i disegni, gli schizzi, i piani, le piante, le carte che rendono tale volume un'opera senza pari.

Essa è infatti un lavoro eccezionale per la bellezza dell'esecuzione, per il valore geografico, etnico, statistico, artistico... Disgraziatamente questo capolavoro dell'arte libraria non si trova in commercio.

Perciò né Clovis Dardentor né Marcel Lornans né Jean Taconnat lo conoscevano affatto. Tuttavia poiché grazie alla sosta dell'*Argèlès* essi erano sbarcati sull'isola principale dell'arcipelago, almeno avrebbero potuto fare atto di presenza nella sua capitale, penetrare nel cuore di quella incantevole città, e conservarne il ricordo nei loro appunti. E probabilmente, dopo aver salutato in fondo al porto lo yacht a vapore *Nixe* dell'arciduca Luigi Salvatore, non avrebbero potuto far altro che invidiarlo per aver fissato la sua residenza in quell'isola meravigliosa.

Come il piroscafo si fu ormeggiato alla banchina del porto artificiale di Palma parecchi passeggeri sbarcarono. Alcuni ancora tutti scossi dai trabalzoni di quella traversata pure tanto tranquilla (e particolarmente le signore) non vedevano in ciò altro che la soddisfazione di sentirsi per qualche ora la terraferma sotto i piedi. Gli altri, che non avevano sofferto, contavano di sfruttare quella sosta per visitare la capitale dell'isola e i suoi dintorni fra le due e le otto di sera, se il tempo lo avesse permesso. L'*Argèlès* infatti doveva riprendere il mare solo al cadere della notte e nell'interesse degli escursionisti il pranzo era stato rimandato a dopo la partenza.

Fra questi nessuno si stupirà di trovare Clovis Dardentor, Marcel Lornans e Jean Taconnat. Oltre a loro, sbarcarono anche il signor Oriental col suo cannocchiale a bandoliera e padre e figlio Désirandelle che avevano lasciato la signora Désirandelle in cabina abbandonata a un sonno riparatore.

— Bellissima idea, mio caro amico! — disse Clovis Dardentor al signor Désirandelle. — Poche ore a Palma rimetteranno in sesto la vostra macchina piuttosto sconquassata!... Magnifica occasione per sgranchirsi vagabondando per la città, *pedibus cum jambis*!... Siete dei nostri?

— Grazie, Dardentor — rispose il signor Désirandelle il cui volto cominciava a riprendere colore. — Mi sarebbe impossibile seguirvi e preferisco sedermi in un caffè in attesa del vostro ritorno.

E fu ciò che fece mentre Agathocle andava a spasso a sinistra, e il signor

[1] Luigi Salvatore d'Austria, nipote dell'Imperatore, fratello minore di Ferdinando IV, pretendente al Granducato di Toscana, e fratello di colui che, navigando sotto il nome di Giovanni Orth, non fece piú ritorno da un viaggio nei mari dell'America meridionale. (*N.d.A.*)

Eustache Oriental a destra. Né l'uno né l'altro parevano avere la smania del turismo.

Patrice, che aveva lasciato il piroscafo appiccicato dietro il suo padrone, gli si avvicinò per chiedergli ordini con voce seria:

— Debbo accompagnare il signore?...

— Piuttosto due volte che una — rispose Clovis Dardentor. — È probabile che trovi qualche oggetto che mi piace, caratteristico del paese e non ho la minima intenzione di spupazzarmelo io!...

Infatti non esiste turista che a spasso per le vie di Palma non acquisti qualche vaso di artigianato locale, una di quelle vivaci ceramiche che reggono il confronto con le porcellane cinesi, una insomma di quelle curiose maioliche chiamate cosí dal nome di quest'isola celebre per questa produzione.

— Se permettete — disse Jean Taconnat — faremo la nostra escursione con voi, signor Dardentor...

— E come no, signor Taconnat? Stavo appunto per pregarvene o meglio stavo per domandarvi di accettarmi come compagno durante queste poche ore.

Patrice trovò questa risposta formulata adeguatamente, e la approvò con un lieve cenno del capo. Era sicuro che il suo padrone avrebbe avuto tutto da guadagnare dalla compagnia di quei due parigini i quali a suo avviso dovevano appartenere alla migliore società.

E mentre Clovis Dardentor e Jean Taconnat scambiavano fra loro quei complimenti, Marcel Lornans indovinando a quale scopo essi tendevano da parte del suo fantasioso amico non poté trattenere un sorriso.

— Ebbene... sí!... — gli disse questi prendendolo in disparte. — Perché non potrebbe presentarsi l'occasione?...

— Sí... sí!... l'occasione... Jean... la famosa occasione richiesta dal codice... il combattimento, l'incendio, i flutti...

— Chissà?...

Non c'era però da temere che durante la passeggiata del signor Dardentor per le vie della città egli dovesse essere trascinato dai flutti o avvolto dalle fiamme, né che dovesse subire un attacco durante la sua passeggiata in aperta campagna. Disgraziatamente per Jean Taconnat in quelle fortunate isole Baleari non vi erano né animali feroci, né malfattori di sorta.

E adesso non c'era tempo da perdere se si volevano sfruttare le ore della sosta.

Mentre l'*Argèlès* entrava nella baia di Palma i passeggeri avevano potuto notare tre grandi edifici che dominano in modo pittoresco le case del porto. Erano la cattedrale, un palazzo ad essa collegato, e sulla sinistra vicino alla banchina, una costruzione maestosa le cui torrette si specchiano nell'acqua. Al disopra delle cortine bianche della cinta di bastioni spuntavano dei campanili di chiesa e roteavano le grandi pale di alcuni mulini a vento mosse dalla brezza spirante dal largo.

La cosa migliore quando non si conosce un paese è quella di consultare la *Guida dei Viaggiatori*, e se non si ha quel libriccino a propria disposizione, di assumere una guida in carne ed ossa. E fu quest'ultima che il perpignanese e i suoi compagni incontrarono sotto i panni di un giovanottone di una trentina d'anni, alto di statura, dal portamento agile e dalla fisionomia dolce. Con una specie di cappa scura drappeggiata sulla spalla, pantaloni rigonfi al ginocchio e un semplice fazzoletto rosso che come una benda gli cingeva la testa e la fronte, si presentava bene.

Per pochi *douros* il perpignanese combinò con il maiorchino una visita a piedi della città e dei suoi principali edifici e di completare l'escursione con una gita in carrozza nei dintorni.

Ciò che conquistò subito Clovis Dardentor fu che la guida parlava abbastanza bene il francese con l'accento meridionale proprio dei nativi dei dintorni di Montpellier: ora tutti sanno che fra Montpellier e Perpignano la distanza non è grande.

Ecco dunque i nostri tre turisti in cammino, interessati alle indicazioni della guida-cicerone che usava volentieri frasi pompose e descrittive.

L'arcipelago delle Baleari, d'altronde, ha una storia che val la pena di conoscere, storia raccontata magistralmente dalle sue leggende e dai suoi monumenti.

Ciò che esso è oggi non rivela nulla di quanto fu un tempo. Infatti floridissimo fino al XVI secolo dal punto di vista del commercio, se non da quello industriale, la sua magnifica posizione al centro del bacino occidentale del Mediterraneo, la facilità delle sue comunicazioni marittime con le tre grandi nazioni europee Francia, Italia e Spagna, la vicinanza con il litorale africano ne fecero un centro di sosta per tutta la marina mercantile. Sotto la dominazione del re don Yayme I il Conquistador, il cui ricordo è quasi venerato, l'arcipelago raggiunse l'apogeo grazie alla genialità dei suoi coraggiosi armatori che contavano fra loro le personalità piú alte della nobiltà maiorchina.

Oggi il commercio è ridotto all'esportazione dei prodotti del suolo, olii, mandorle, capperi, limoni, legumi. L'industria si limita all'allevamento dei suini che vengono spediti a Barcellona. Gli aranci invece, il cui raccolto è meno abbondante di quanto si creda, non giustificano piú la denominazione di Giardino delle Esperidi che ancora si dà alle isole Baleari.

Ma ciò che questo arcipelago non ha perduto, ciò che Maiorca (isola che è la piú estesa del gruppo, con una superficie di tremilaquattrocento chilometri quadrati per una popolazione che passa i duecentomila abitanti) non avrebbe mai potuto perdere, sono il clima incantevole d'una dolcezza infinita, l'aria sottile, salubre, vivificante, le meraviglie naturali, lo splendore dei paesaggi, la luminosa colorazione del cielo, che giustificano un altro dei suoi nomi mitologici, quello di isola del Buon Genio.

Aggirando il porto in modo da dirigersi verso il monumento che aveva attirato per primo l'attenzione dei passeggeri, la guida (un autentico grammofono perennemente in funzione, un pappagallo ciarliero) eseguí coscienziosamente il suo mestiere di cicerone ripetendo per la centesima volta le frasi del suo repertorio. Raccontò che la fondazione di Palma, avvenuta un secolo prima dell'era cristiana, risaliva all'epoca in cui i romani occupavano l'isola, dopo averla lungamente disputata agli abitanti già celebri per l'abilità nel maneggio della fionda.

Clovis Dardentor volle ammettere che il nome di Baleari fosse dovuto appunto a quell'esercizio in cui Davide era stato tanto celebre ed anche che là non si desse da mangiare ai ragazzi fino a che essi con un tiro di fionda non avessero colpito nel segno. Ma quando la guida affermò che le palle lanciate con quell'ordigno primitivo si fondevano fendendo l'aria, tanto era notevole la loro velocità, egli rivolse uno sguardo significativo ai due giovani.

— Beh! — mormorò. — Ma questo isolano balearese sta forse prendendoci in giro?

— Oh!... nel mezzogiorno — rispose Marcel Lornans.

Tuttavia accettarono per vero il seguente brano di storia: che cioè il cartaginese Amilcare durante la sua traversata dall'Africa alla Catalogna si fermò all'isola di Maiorca, e là divenne padre di quel figlio generalmente conosciuto sotto il nome di Annibale.

Ma Clovis Dardentor si rifiutò ostinatamente di credere che la famiglia Bonaparte fosse originaria dell'isola di Maiorca, dove sarebbe risieduta fin dal XV secolo. La Corsica, passi! Le Baleari, mai!

Erano passati i giorni in cui Palma era stata teatro di numerosi combattimenti, prima quando dovette difendersi contro i soldati di don Yayme, poi al tempo in cui i piccoli proprietari terrieri si rivoltarono contro la nobiltà che li opprimeva di tasse. Ora la città godeva di una calma tale da togliere a Jean Taconnat ogni speranza di intervenire in una aggressione di cui il suo futuro padre adottivo potesse essere l'oggetto.

La guida, risalendo poi all'inizio del XV secolo, raccontò che il torrente della Riena, ingrossatosi a causa di una piena straordinaria, aveva causato la morte di milleseicentotrentatré persone. E Jean Taconnat domandò:

— Dov'è questo torrente?...

— Attraversa la città.

— Lo potremo vedere?...

— Certamente.

— E... vi è molta acqua?...

— Nemmeno abbastanza per affogare un topo.

— Sono a posto! — sussurrò il povero giovane all'orecchio del cugino.

I tre turisti, sempre chiacchierando, cominciavano a farsi un'idea della città bassa seguendo le banchine o meglio il terrapieno che regge la cinta bastionata lungo il mare.

Alcune case offrivano alla vista l'aspetto fantasioso dell'architettura moresca, il che deriva dal fatto che gli arabi hanno abitato l'isola per quattrocento anni. Le porte socchiuse lasciavano vedere dei cortili centrali, *patios*, circondati da agili colonnati col pozzo tradizionale sormontato dalla elegante armatura di ferro, con la scala dall'andamento elegante, il peristilio adorno di piante rampicanti in piena fioritura, le finestre a crociera di pietra straordinariamente sottile chiuse a volte da grate o da persiane alla moda spgnola.

Finalmente Clovis Dardentor e i suoi compagni giunsero davanti a un fabbricato fiancheggiato da quattro torri ottagonali che apportava una nota gotica in mezzo a quei primi tentativi di Rinascimento.

— Che cos'è quel baraccone? — domandò il signor Dardentor.

Non foss'altro per non urtare Patrice, avrebbe potuto usare una parola un po' piú *select.*

Quel magnifico monumento era la « fonda », l'antica borsa, con magnifiche finestre merlate, cornicione artisticamente intagliato, minuziose dentellature che facevano onore ai decoratori dell'epoca.

— Entriamo — disse Marcel Lornans che s'interessava sempre alle curiosità archeologiche.

Entrarono passando sotto un'arcata che un robusto pilastro divideva al centro. Nell'interno una sala spaziosa (capace di contenere un migliaio di persone) la cui volta era sorretta da quelle colonne a spirale. In quel momento non vi mancava che il rumore del commercio e il tumulto dei mercanti che dovevano averla riempita in tempi piú prosperi.

È ciò che fece osservare il nostro perpignanese. Egli avrebbe voluto trasportare quella « fonda » nel suo paese natale e là, da solo, sarebbe stato capace di renderle l'animazione d'una volta.

Inutile dire che Patrice ammirava quelle belle cose con la flemma d'un inglese in viaggio, dando alla guida l'idea d'un *gentleman* discreto e riservato.

Jean Taconnat, bisogna confessarlo, si interessava molto limitatamente alle chiacchiere farraginose del cicerone. Non che egli fosse insensibile al fascino della nobile arte architettonica; ma ossessionato da un'idea fissa aveva i pensieri che seguivano un altro corso e rimpiangeva che non ci fosse da fare in quella « fonda ».

Dopo una visita necessariamente breve la guida prese la strada della Riena. I passanti vi affluivano. Molto notati gli uomini, piuttosto belli, dal portamento elegante, dall'andatura veloce, coi calzoni alla zuava, la cintura arrotolata intorno alla vita e il giubbotto in pelle di capra col pelo all'esterno. Bellissime le donne dall'incarnato caldo, occhi neri e profondi, fisionomia espansiva, gonne dai colori vivaci; grembiulino corto, corpetto sciancrato, braccia nude; qualche giovinetta recava in capo il grazioso *rebosillo* il quale, nonostante la linea quasi monacale, non toglie nulla al fascino del volto e alla vivacità dello sguardo.

Ma non era il caso di abbandonarsi a scambi di complimenti e di saluti, quantunque il timbro di voce delle giovani maiorchine sia cosí dolce, cosí gentile e cosí melodico. Affrettando il passo i turisti seguirono le mura del Palacio Real, costruito vicino alla cattedrale e che visto da un dato punto (per esempio, dalla baia) pare quasi formare tutt'uno con essa.

È un vasto fabbricato, con torri quadrate, preceduto da un portico ad ampie arcate rette da pilastri, e sormontato da un angelo di epoca gotica: nel suo complesso ibrido, riproduce quella mescolanza fra stile romanico e moresco che è la caratteristica dell'architettura delle Baleari.

A qualche centinaio di passi di là il gruppo dei nostri escursionisti arrivò a una piazza piuttosto ampia, di forma molto irregolare, sulla quale sboccano diverse strade che portano all'interno della città.

— Come si chiama questa piazza?... — domandò Marcel Lornans.

— La piazza di Isabella II — rispose la guida.

— E quella ampia via fiancheggiata da begli edifici?...

— Il *paseo* del Borne.

Si trattava di una via d'aspetto pittoresco, per le facciate variate delle sue case, le finestre inquadrate nella verzura, le tende multicolori che proteggono i larghi balconi in oggetto, i miradors dai vetri variopinti aperti nei grossi muri e qua e là vari alberi. Il *paseo* del Borne porta alla piazza della Constitucion, rettangolare, su un lato della quale si trova il palazzo della Hacienda publica.

— Risaliamo il *paseo* del Borne? — domandò Clovis Dardentor.

— Lo scenderemo al ritorno — rispose la guida. — È meglio ora andare alla cattedrale da cui non siamo molto lontani.

— Vada per la cattedrale — rispose il perpignanese — e non mi dispiacerebbe salire fino in cima a una delle sue torri per avere una veduta d'insieme...

— Vi proporrei piuttosto — riprese la guida — di andare a visitare il castello di Bellver fuori della città, da dove si domina tutta la pianura circostante.

— Ne avremo il tempo?... — osservò Marcel Lornans. — L'*Argèlès* parte alle otto...

Jean Taconnat si attaccava a una nuova vaga speranza. Forse una gita per la campagna avrebbe offerto l'occasione che cercava invano per le strade della città.

— Ne avrete tutto il tempo, signori — affermò la guida. — Il castello di Bellver non è lontano e nessun viaggiatore potrebbe perdonarsi di lasciare Palma senza esservisi fatto condurre...

— E come vi andremo?...

— Prendendo una carrozza alla porta di Gesú.

— Ebbene, andiamo alla cattedrale — disse Marcel Lornans.

La guida voltò a destra, infilò una via stretta (la *calle* de la Seo) e sboccò sulla piazza dello stesso nome dove si erge la cattedrale, la cui facciata occidentale domina la cinta muraria dal di sopra della *calle* de Mirador.

La guida condusse i turisti prima davanti al portale del Mare.

Questo portale appartiene a quello splendido periodo dell'architettura a sesto acuto, nel quale la disposizione variatissima delle finestre e dei rosoni lascia presentire le vicine fantasie del Rinascimento. Le nicchie laterali sono occupate da statue, e sul timpano fra ghirlande di pietra sono riprodotte scene bibliche finemente disegnate d'una composizione deliziosamente ingenua.

Quando ci si trova davanti alla porta di un edificio si pensa subito che si entri in questo edificio da quella porta. Clovis Dardentor stava appunto per spingerne uno dei battenti quando la guida lo fermò.

— La porta è murata — disse.

— E perché mai?...

— Perché il vento del largo vi entrava con tale violenza che i fedeli avevano l'impressione di trovarsi già nella valle di Giosafat sotto i colpi della tempesta del Giudizio Finale.

Frase, questa, che la guida propinava invariabilmente a tutti i forestieri, della quale egli era molto fiero e che piacque molto a Patrice.

Aggirando il monumento terminato nel 1601, fu possibile ammirarne l'esterno, le sue due guglie ricche di ornamenti e i suoi svariati pinnacoli piuttosto corrosi eretti a ogni angolo degli archi rampanti. Questa cattedrale, insomma, rivaleggia con quelle piú famose della penisola iberica.

Si entrò attraverso la porta maggiore aperta al centro della facciata principale.

La chiesa, come tutte le altre della Spagna, all'interno era molto buia. Non vi era una sedia né nella navata principale né in quelle laterali. Qua e là pochi banchi di legno. Solo il pavimento di fredde lastre di pietra sulle quali i fedeli si inginocchiano, il che conferisce un particolare carattere alle cerimonie religiose.

Clovis Dardentor e i due giovani risalirono la navata principale tra la sua doppia fila di pilastri i cui costoloni prismatici vanno a ricongiungersi alla linea di imposta della volta. Giunsero cosí fino all'estremità della navata. Si fermarono davanti alla cappella reale, ammirarono una magnifica pala d'altare, entrarono nel coro il quale, piuttosto curiosamente, è situato al centro della chiesa. Ma non si ebbe il tempo di esaminare dettagliatamente il ricco tesoro della cattedrale, le sue meraviglie artistiche, le sacre reliquie, veneratissime a Maiorca in particolare la mummia del re don Yayme d'Aragona chiusa da tre secoli nel suo sarcofago di marmo nero.

Forse durante quella breve visita i turisti non ebbero il tempo di dire una preghiera. In ogni modo se Jean Taconnat avesse pregato per Clovis Dardentor, sarebbe stato solo a condizione che fosse lui l'unico suo salvatore in questo mondo aspettando di andare in quell'altro.

— E ora dove andiamo?... — chiese Marcel Lornans.

— All'Ayuntamiento — rispose la guida.

— Per quale strada?

— Per la *calle* de Palacio.

Il gruppo ritornò sui suoi passi risalendo quella via per trecento metri, ossia circa milleseicento palmos per contare alla maniera maiorchina. La via sbocca in una piazza meno ampia di quella di Isabella II, ma non meno irregolare di essa. Del resto, non è certo alle Baleari che s'incontrano città dove il filo a piombo e la squadra traccino caselle da scacchiera come nelle città americane.

Valeva la pena di visitare l'Ayuntamiento detto anche Casa Consistorial? Certamente, e nessuno straniero si recherebbe a Palma senza ammirare un monumento provvisto da parte del suo architetto di una facciata tanto interessante, con ognuna delle due porte aperta fra due finestre, e con accesso, nell'interno, alla tribuna, loggia elegante aperta nel centro della costruzione. Vi è poi il primo piano le cui sette finestre danno su un balcone che prende tutta la lunghezza dell'edificio, il secondo piano protetto da un tetto sporgente come quello di uno *chalet* svizzero, e i cassettoni a rosette sostenuti da instancabili cariatidi di pietra. Insomma questa Casa Consistorial è considerata come un capolavoro del Rinascimento italiano.

Il governo dell'arcipelago tiene le sue sedute nella sala ornata con quadri rappresentanti i piú importanti personaggi locali, per non parlare di un superbo *San Sebastiano* di Van Dyck. Là passeggiano con passo regolare e in atteggiamento austero i mazzieri dal viso glabro e dai lunghi mantelli. Là vengono prese le decisioni che sono proclamate poi nella città dai superbi *tamboreros* dell'Ayuntamiento nei costumi tradizionali tutti ricamati di passamanerie rosse poiché l'oro è riservato al loro capo, il *tamborero mayor*.

Clovis Dardentor avrebbe volentieri speso qualche *douro* per poter vedere in tutto il suo splendore quel personaggio di cui la guida gli parlava con una vanità tutta paesana; ma il *tamborero mayor* non era visibile.

Delle sei ore concesse per la sosta, una era già trascorsa. Se si voleva fare la passeggiata al castello di Bellver bisognava sbrigarsi.

Perciò attraverso un groviglio di strade e di incroci nel quale Dedalo si sarebbe perduto anche col filo di Arianna, la guida risalí dalla piazza de Cort alla piazza de Mercado e centocinquanta metri piú oltre i turisti sboccarono sulla piazza del Teatro.

Clovis Dardentor poté fare allora qualche acquisto, un paio di vasi di maiolica, presi a un prezzo sufficientemente esagerato. Patrice, che aveva ricevuto l'ordine di portar tali oggetti a bordo del piroscafo e di riporli nella cabina del padrone, al sicuro da qualunque urto, ridiscese verso il porto.

Passato il teatro, i turisti presero una larga via (il *paseo* della Rambla) lunga circa tremila metri, che arriva fino alla piazza de Jesus. Il *paseo* è fiancheggiato da chiese e conventi, fra i quali quello delle suore de la Madeleine che si trova di fronte alla caserma della fanteria.

In fondo alla piazza de Jesus si apre la porta dello stesso nome tagliata nella cinta delle mura, sopra la quale corrono i fili del telegrafo. Da entrambi i lati le case sono rallegrate dalle tende dei balconi o dalle verdi persiane delle finestre. Sulla sinistra alcuni alberi rallegrano quel grazioso angolo di piazza illuminato dal sole pomeridiano.

Attraverso la porta spalancata si vedeva la pianura verdeggiante tagliata da una strada che scende verso il Terreno e porta al castello di Bellver.

Capitolo VII

NEL QUALE CLOVIS DARDENTOR RITORNA DAL CASTELLO DI BELLVER PIÚ IN FRETTA DI COME VI SIA ANDATO

Erano le quattro e mezzo. C'era dunque tempo a sufficienza per prolungare l'escursione fino a quel *castillo* del quale la guida aveva vantato la felice posizione, per visitarne l'interno, per salire sulla piattaforma del suo torrione e per ammirare il panorama del litorale circostante la baia di Palma.

Infatti una carrozza può coprire il percorso in meno di quaranta minuti, purché non proceda battendo la fiacca per quelle strade in salita. Questo, del resto, è solo questione di *douros*, e sarebbe stato facile risolverla nel migliore interesse dei tre escursionisti, tanto piú che se fossero tornati in ritardo il capitano Bugarach non li avrebbe attesi. Il perpignanese ne sapeva qualche cosa.

Proprio davanti alla porta de Jesus sostavano una mezza dozzina di *galeras* che non chiedevano altro che lanciarsi per la via suburbana al galoppo delle loro scalpitanti mule. Infatti questi veicoli, leggerissimi e scorrevolissimi, sia in piano, sia in discesa, sia in salita, conoscono solo il galoppo.

La guida fece un segno a uno di quei veicoli del quale Clovis Dardentor (che se ne intendeva) giudicò il « tiro » ottimo. Spesso egli guidava un carrozzino per le strade di Perpignano e non sarebbe stato alle prime armi se avesse dovuto far la parte di cocchiere.

Ma l'occasione di mettere a profitto i suoi talenti di sportivo non si presentava, ed era meglio lasciare al cocchiere titolare le redini della *galera.*

In queste condizioni era evidente che la gita si sarebbe compiuta senza pericolo, e Jean Taconnat, come diceva Marcel Lornans, avrebbe visto sfumare le sue speranze « di adozione traumatica ».

— Questa *galera* — domandò la guida — vi sembra andar bene?...

— Sotto ogni punto di vista — rispose Marcel Lornans — e se il signor Dardentor vuol prendervi posto...

— Subito, amici miei. A voi l'onore, signor Marcel.

— Dopo di voi, signor Dardentor.

— Allora non salirò.

Non volendo prolungare ulteriormente quello scambio di complimenti, Marcel Lornans si decise a salire.

— E voi, signor Taconnat? — chiese Clovis Dardentor. — Ma che avete dunque?... Che aria preoccupata... Dov'è finito il vostro solito buon umore?...

— Io... signor Dardentor?... Non ho niente... vi assicuro proprio niente...

— Non penserete forse che possa capitarci qualche disgrazia con questo veicolo?...

— Una disgrazia, signor Dardentor! — ribatté Jean Taconnat alzando le spalle. — E perché dovrebbe capitarci una disgrazia?... Io non credo alle disgrazie!

— E nemmeno io, giovanotto, e vi garantisco che la nostra *galera* non ribalterà per strada...

— E d'altronde — aggiunse Jean Taconnat — se ribaltasse bisognerebbe che lo facesse in un fiume, in un lago, in uno stagno, in un catino... altrimenti non conterebbe.

— Come... non conterebbe!... Questa è bella!... — esclamò il signor Dardentor, spalancando gli occhi.

— Voglio dire — riprese Jean Taconnat — che il testo del codice parla chiaro... Bisogna... insomma, so io quello che voglio dire.

Al che Marcel Lornans scoppiò a ridere alle imbarazzate spiegazioni del cugino in cerca di paternità adottiva.

— Non conterebbe... non conterebbe!... — ripeteva il perpignanese. — Sul serio, una delle migliori battute che abbia mai sentito!... Su, in marcia!

Jean Taconnat salí accanto al cugino e si sedette sul secondo banco. Il signor Clovis Dardentor si mise a cassetta accanto al cocchiere e la guida, invitata a seguirlo, si arrampicò sul retro, attaccandosi al montatoio della carrozza.

La porta di Jesus fu varcata rapidamente e, appena fuori, i nostri viaggiatori videro il *castillo* di Bellver saldamente fissato sulla sua verdeggiante collina.

La *galera*, uscendo dalla cinta muraria, non doveva attraversare la pianura. Prima si deve seguire il Terreno che è una specie di sobborgo della capitale balearese: e giustamente questo sobborgo viene considerato come una stazione balneare nei pressi di Palma dove i villini eleganti e le graziose *alquerias* si nascondono all'ombra fresca degli alberi, in particolare vecchissimi fichi contorti fantasiosamente dall'età.

Quel complesso di casine bianche è riunito su un rilievo la cui base rocciosa è circondata dalla schiuma fremente delle onde. Dopo essersi lasciati dietro le spalle il grazioso Terreno, Clovis Dardentor e i due parigini voltandosi indietro poterono abbracciare con lo sguardo la città di Palma, la sua baia azzurra fino all'estremo limite dell'alto mare, e le capricciose festonature del suo litorale.

La *galera* proseguí allora lungo una strada in salita nascosta sotto una fitta foresta di pini di Aleppo che circonda il villaggio e tappezza la collina incoronata dalle mura del *castillo* di Bellver.

Ma, a mano a mano che salivano che scorci si aprivano sulla campagna! Le case sparpagliate si stagliavano sul verde dei palmizi, degli aranci, dei melograni, dei fichi, delle capperaie e degli ulivi. Clovis Dardentor, sempre espansivo, non faceva economia di frasi ammirative nonostante avesse familiarità con i paesaggi consimili del Mezzogiorno della Francia. Certo che, per quanto riguarda gli ulivi, non ne aveva veduti mai di piú sbilenchi, tormentati, gibbosi, pieni di nodosità e di dimensioni tali da farli classificare fra i giganti della specie. Poi, le capanne dei contadini, le *pagesés* attorniate da campi di legumi, emergenti da boschetti di mirti e di citisi, coperte di fiori a profusione, fra cui le *lagrymas* dal nome poetico e triste, come rallegravano la vista con i loro tetti aguzzi, ravvivati da centinaia di grappoli di peperoncini rossi!

Fino a quel momento la corsa era andata magnificamente, e i passeggeri della *galera* non avevano dovuto domandarsi:

— Cosa diavolo siamo venuti a fare su questa *galera*?[1]

No! Quella *galera* non correva sulle acque infide con l'aiuto d'una doppia fila di remi. Attraverso quella campagna non la minacciava nessun assalto di pirati barbareschi. Essa aveva felicemente percorso quella via meno capricciosa del mare, ed erano le cinque quando giunse in porto, ossia quando giunse davanti al ponte del *castillo* di Bellver.

Se questa fortezza è stata costruita lí dove sta è perché era destinata a difendere la baia e la città di Palma. Cosí con i suoi fossati profondi, le sue massicce mura di pietra, e il torrione che la domina, essa offre quell'aspetto militare comune alle fortezze del medioevo.

Quattro torrette fiancheggiano la sua cinta di mura circolare, al cui interno si sovrappongono due piani di doppio stile romanico e gotico. Fuori della cinta si erge la torre dell'Homenaje (dell'Omaggio, si può tradurre) il cui aspetto feudale è evidentissimo.

Clovis Dardentor, Marcel Lornans e Jean Taconnat dovevano salire fin sulla piattaforma di quel mastio per avere un panorama generale della città e della campagna, panorama ben piú completo di quello che avrebbero potuto godere da una delle guglie della cattedrale.

La *galera* si fermò davanti al ponte di pietra gettato sul fossato e il cocchiere ebbe ordine di attendere i turisti i quali con la guida penetrarono nel castello.

La loro visita non poteva essere lunga: non si trattava infatti di andare a frugare negli angoli e angolini di quella vecchia costruzione, ma solo di far girare lo sguardo sul lontano orizzonte.

---

[1] Parodia di un celebre verso tratto dalla commedia *Les fourberies de Scapin* di Molière. (*N.d.T.*)

Perciò dopo aver dato un'occhiata alle sale al livello del cortile, Clovis Dardentor ritenne di dover dire:

— Ebbene, giovanotti, saliamo là in cima?

— Quando vorrete — rispose Marcel Lornans — ma non ci fermiamo troppo. Sarebbe il colmo che il signor Dardentor dopo non essere arrivato in tempo una prima volta alla partenza dell'*Argèlès*...

— Non vi arrivasse nemmeno una seconda! — aggiunse il perpignanese. — E sarebbe tanto piú imperdonabile inquantoché a Palma non troverei una lancia a vapore per correr dietro al piroscafo!... E che cosa avverrebbe di quel povero Désirandelle?

Si diressero dunque verso la torre dell'Omaggio che si erge fuori della cinta ed è collegata al *castillo* per mezzo di due ponti.

Quella torre rotonda e massiccia, del colore caldo dei mattoni ha il suo basamento sul fondo di un fossato. Nel lato di sud-ovest, all'altezza della sommità del fossato, si apre una porta rossastra. Al disopra si disegna una finestra a tutto sesto, sovrastata a sua volta da due strette feritoie, e quindi dalle mensole che sostengono il parapetto della piattaforma superiore.

Seguendo la guida Clovis Dardentor e i suoi compagni cominciarono a salire una scala a chiocciola tagliata nello spessore della muraglia e debolmente illuminata dalle feritoie. Finalmente dopo una ripida salita uscirono sulla piattaforma.

Per la verità la guida non poteva essere accusata di esagerazione. Da quell'altezza la vista era stupenda.

Ai piedi del *castillo* la collina scende rivestita del suo verde mantello di pini d'Aleppo. Al di là si vede il grazioso sobborgo di Terreno. Piú in basso si inarca la baia azzurrina macchiata di puntini bianchi che si sarebbero potuti credere uccelli di mare, mentre sono vele di paranze. Piú lontano si stende la città in anfiteatro nella sua splendida massa con la cattedrale, i palazzi, le chiese, complesso sfolgorante bagnato in quell'atmosfera luminosa che il sole quando declina verso l'orizzonte trafigge con i suoi raggi dorati. Finalmente al largo risplende il mare infinito con qua e là delle navi con le bianche vele spiegate, dei piroscafi che spazzano il cielo con il loro lungo pennacchio fuligginoso. A oriente non si vede Minorca come non si vede Ibiza a sud-ovest, ma dritto a mezzogiorno si scorge lo scosceso isolotto di Cabrera dove tanti soldati francesi perirono miseramente durante le guerre del primo impero.

Dal mastio del *castillo* di Bellver la parte occidentale dell'isola dà un'idea di quello che è Minorca, la sola dell'arcipelago che possiede delle vere catene di montagne coperte di querce e di lecci, fra i quali si ergono punte di rocce porfiriche, dioritiche o calcaree. Del resto, la pianura è altrettanto cosparsa di eminenze che portano il nome di *pays* cosí alle Baleari come in Francia, e non se ne trova una che non sia sovrastata da un castello, da una chiesa o da un eremo in rovina. Oltre a ciò dovunque scorrono torrenti tumultuosi che, stando alla guida, nell'isola sono piú di duecento.

« Duecento occasioni per il signor Dardentor di cadervi » pensò Jean Taconnat « ma vedrete che non vi cadrà! »

Quello che si vedeva di veramente moderno era la ferrovia che percorre la parte centrale di Maiorca. Essa va da Palma ad Alcudia, passando per i distretti di Santa Maria e di Benisalem, e si sta pensando di costruire nuove diramazioni attraverso le valli capricciose della catena di cui la piú alta cima raggiunge i mille metri.

Come di consueto, Clovis Dardentor si entusiasmava contemplando quel meraviglioso spettacolo. Marcel Lornans e Jean Taconnat a loro volta condividevano quella giustificatissima ammirazione. Era proprio un peccato che la visita al castello di Bellver non potesse essere prolungata, che non fosse possibile ritornarvi, che la sosta dell'*Argèlès* dovesse terminare fra poche ore.

— Sí! — dichiarò il perpignanese — bisognerebbe rimaner qui per delle settimane... dei mesi...

— Già! — rispose la guida sempre pronta coi suoi aneddoti — è precisamente ciò che accadde a un vostro compatriota ma non del tutto per sua volontà...

— Che si chiamava?... — domandò Marcel Lornans.

— François Arago.

— Arago... Arago... — esclamò Clovis Dardentor — una delle glorie della scienza di Francia!

Infatti l'illustre astronomo si era recato nel 1808 alle Baleari per completare la misura di un arco del meridiano fra Dunkerque e Formentera. Divenuto sospetto alla popolazione maiorchina e minacciato perfino di morte, fu imprigionato per due anni nel castello di Bellver. E chissà quanto sarebbe durata la sua prigionía se non fosse riuscito a fuggire calandosi da una delle finestre del castello e poi a noleggiare una barca che lo condusse ad Algeri.

— Arago — ripeteva Clovis Dardentor — Arago, il celebre figlio di Estagel, la gloria del dipartimento della mia Perpignano, dei miei Pirenei Orientali!

Intanto si avvicinava l'ora di abbandonare la piattaforma da cui come dalla navicella di un aerostato si dominava quella splendida regione. Clovis Dardentor non riusciva a strapparsi da quello spettacolo. Andava, veniva, si piegava sul parapetto della torre.

— Ehi! attento! — gli gridò Jean Taconnat afferrandolo per il colletto della giacca.

— Attento a che?...

— Certo!... ancora un po' e sareste caduto!... Perché causarci questo spavento?...

Spavento del tutto legittimo, perché se il degno uomo fosse precipitato dall'alto della torre, Jean Taconnat non avrebbe potuto che assistere, senza essere in grado di portare alcun soccorso, alla caduta del suo padre adottivo nella profondità del fossato.

Ad ogni modo, era proprio un peccato che il tempo, ridottissimo, non permettesse di organizzare l'esplorazione completa della splendida Maiorca. Non basta aver percorso i vari quartieri della sua capitale, bisogna visitare anche le altre città tutte degne di attirare i turisti, Soller, Ynka, Pollensa, Manacor, Valldmosa! E le grotte naturali di Artà e del Drach, considerate le piú belle del mondo con i loro laghi leggendari, le loro cappelle di stalattiti, le loro vasche dalle acque limpide e fresche, il loro teatro, il loro inferno, – denominazioni fantasiose, se si vuole, ma che le meraviglie di quelle immensità sotterranee meritano certamente!

E che dire di Miramar, la stupenda proprietà dell'arciduca Luigi Salvatore, delle millenarie foreste delle quali questo principe scienziato e artista ha voluto rispettare gli antichissimi tronchi, del suo castello eretto su un terrazzo a picco sul litorale in mezzo a un paesaggio di fiaba, e dell'*hospederia*, l'albergo sovvenzionato da Sua Altezza, aperto a tutti, che a tutti offre per due giorni gratuitamente letto e tavola e dove anche coloro che lo vogliono, invano cercano di far accettare al personale dell'arciduca una mancia in cambio di quella generosa accoglienza!

E non merita di essere visitata la Certosa di Valldmosa, ora deserta, silenziosa, abbandonata, dove Georges Sand e Chopin trascorsero un'intera stagione, il che produsse tante belle ispirazioni del grande artista e della grande scrittrice, il racconto *Un inverno a Maiorca* e il bizzarro romanzo *Spiridion*!

Ecco cosa narrava la guida, nella sua facondia inesauribile, con frasi da lungo tempo stereotipate nel suo cervello di cicerone. Non ci si deve dunque meravigliare se Clovis Dardentor esprimeva il suo dispiacere di abbandonare quell'oasi del Mediterraneo e se si riprometteva di tornare alle Baleari in compagnia dei suoi giovani e nuovi amici appena questi avrebbero potuto...

— Sono le sei — fece osservare Jean Taconnat.

— E se sono le sei — aggiunse Marcel Lornans — non possiamo ritardare oltre la nostra partenza. Prima di tornare a bordo dobbiamo ancora percorrere un quartiere di Palma...

— Partiamo, allora!... — rispose Clovis Dardentor sospirando.

Fu gettato un ultimo sguardo ai molteplici paesaggi della costa occidentale, al sole il cui disco declinante oscillava sopra l'orizzonte indorando coi suoi raggi obliqui i candidi villini di Terreno.

Clovis Dardentor, Marcel Lornans e Jean Taconnat ripresero la stretta chiocciola che scendeva dentro il muro, attraversarono il ponte, rientrarono nel cortile, e uscirono dalla postierla.

La *galera* attendeva là dove l'avevano lasciata, e il cocchiere passeggiava lungo il fossato.

Chiamato dalla guida, egli si avvicinò con un passo calmo e geometrico, il passo di quei privilegiati mortali che non hanno mai fretta in nulla in quel felice paese dove l'esistenza non esige mai che si abbia fretta.

Il signor Dardentor salí per primo nel veicolo, prima anche che il cocchiere fosse venuto a sedersi a cassetta.

Ma ecco che, al momento in cui Marcel Lornans e Jean Taconnat stavano per salire sul montatoio, la *galera* si muove bruscamente e li obbliga a ritrarsi rapidamente per evitare di essere travolti dal mozzo dell'assale.

Il cocchiere si slancia immediatamente alla cavezza del « tiro », per trattenerlo. Impossibile! Le mule si imbizzarriscono, rovesciando l'uomo, ed è un miracolo che questi non rimanga schiacciato dalle ruote della carrozza che parte a gran velocità.

Il cocchiere e la guida gettano un grido simultaneo. Entrambi si precipitano giú per il sentiero di Bellver che la *galera* divora a gran galoppo col pericolo o di sfasciarsi nei precipizi laterali o di fracassarsi contro gli abeti della cupa foresta.

— Signor Dardentor... signor Dardentor! — urlava Marcel Lornans con tutta la forza dei suoi polmoni. — Si ammazzerà!... Corriamo, Jean, corriamo!

— Già — rispose Jean Taconnat — ma se questa occasione non conta...

Contasse o no quell'occasione, bisognava afferrarla per i capelli... per i cavalli, si potrebbe anzi dire, se non si fosse trattato di mule. Ma mule o cavalli, la carrozza filava con una tale rapidità da lasciar poca speranza di poterla raggiungere.

Ad ogni modo il cocchiere, il cicerone, i due giovani e qualche contadino si erano buttati all'inseguimento con tutte le loro forze.

Frattanto Clovis Dardentor, che in qualunque circostanza non perdeva mai il consueto sangue freddo, aveva vigorosamente afferrato le redini e, tirando, cercava di frenare le bestie. Ma era come voler trattenere un proiettile nel momento in cui sfugge dalla canna, e per i passanti che vi provarono, era come voler fermare tale proiettile al momento del passaggio.

La strada fu percorsa a velocità folle, il torrente attraversato con furia. Clovis Dardentor, senza mai perdere la calma e essendo riuscito a mantenere la *galera* in linea retta, pensava che quella corsa sarebbe senza dubbio finita davanti alla cinta dei bastioni, poiché il veicolo non ne avrebbe superato la porta. Quanto a lasciare le redini e a saltare dalla carrozza egli sapeva fin troppo bene a che cosa si sarebbe esposto e che era molto meglio rimanere sul veicolo anche se questo avesse dovuto rovesciarsi con le quattro ruote all'aria o fracassarsi contro un ostacolo.

E quelle maledette mule che continuavano la loro corsa irresistibile, e tale che a memoria di balearese non se ne era mai vista una simile né a Maiorca né in alcun'altra delle isole dell'arcipelago!

Dopo Terreno la *galera* seguí le mura all'esterno abbandonandosi a una serie di piú sgradevoli zig-zag, caracollando come una capra, sobbalzando come un canguro, passando davanti alle porte della cinta finché non giunse alla puerta Pintada, all'angolo nord-est della città.

Bisogna dire che le due mule conoscevano quella porta in modo particolare poiché esse la varcarono senza la minima esitazione. Si può star certi che allora non obbedivano né alla voce né alla mano di Clovis Dardentor. Erano loro a dirigere la *galera* eccitandosi fra loro, con un galoppo sempre piú sfrenato, senza badare ai passanti che gridavano buttandosi nei portoni o disperdendosi per le strade vicine. Quelle bestie maligne avevano l'aria di dirsi all'orecchio: « Correremo a questo modo finché ci piacerà e a meno che non si fracassi, la barca vada come vuole! »

E gli animali sovreccitati si slanciarono con ardore raddoppiato in mezzo al dedalo intricatissimo di quell'angolo di città, un vero labirinto.

Nell'interno delle case, in fondo ai negozi, la gente si spolmonava a gridare. Varie teste spaventate si affacciavano alle finestre. Il quartiere era preso da un'agitazione come un tempo, qualche secolo prima, quando risuonava il grido: « Ecco i mori!... Ecco i mori!... ». Ed è un miracolo se non avvenne alcuna disgrazia in quelle strade strette e tortuose che finiscono nella *calle* dei Capuchinos.

Intanto Clovis Dardentor seguitava a cercare di trattenere gli animali. Per moderare quell'insensato galoppo, tirava a sé le redini a rischio di romperle o di slogarsi le braccia. Ma in realtà erano le redini a tirare lui minacciando di strapparlo fuori della carrozza in condizioni non certo piacevoli.

« Ah! Disgraziate! Che cosa infernale! » andava dicendo a se stesso. « Sono convinto che non si fermeranno fino a che avranno quattro gambe ciascuna!... E continuiamo a scendere... a scendere! ».

Carrozza e mule infatti continuavano a scendere: dal *castillo* di Bellver avrebbero seguitato fino al porto dove la *galera* avrebbe forse fatto un tuffo nelle acque della baia, il che avrebbe certamente calmato gli animali.

A farla breve, la carrozza girò a destra, poi a sinistra, sboccò sulla piazza de Olivar di cui fece il giro come le antiche bighe romane sulla pista del Colosseo, eppure non vi erano né concorrenti da battere né premi da vincere!

Invano su quella piazza tre o quattro poliziotti si gettarono contro le mule che facevano a chi correva di piú!... Invano cercarono di prevenire una catastrofe impossibile ad evitarsi!... I loro sforzi furono inefficaci. Uno di essi, buttato a terra, si rialzò ferito; gli altri dovettero mollare la presa. E la *galera* continuò a correre con rapidità crescente come se fosse stata soggetta alla legge della caduta dei gravi.

Per un momento però si credette che quella corsa sfrenata sarebbe finita (in maniera disastrosa certo), quando la carrozza entrò nella *calle* di Olivar.

Infatti a metà di questa strada assai ripida si trova una scala d'una quindicina di gradini e se c'è una strada non carrozzabile è proprio quella.

Allora le grida raddoppiarono e ad esse si aggiunse l'abbaiare dei cani. Bah! Per violente che fossero, le mule non si preoccupavano certo di pochi scalini. Ed ecco le ruote della *galera* sobbalzare sulla scalinata, scuotendo la cassa in modo da sfasciarla, da fracassare la carrozza...

Ma no! Il veicolo rimase intero. Nonostante i molteplici trabalzoni, l'avantreno rimase attaccato alla parte posteriore, la cassa rimase intera, le stanghe resistettero e le due mani di Clovis Dardentor non mollarono le redini durante quella straordinaria serie di ruzzoloni!

E dietro la *galera* si ammassava una folla sempre piú numerosa, della quale non facevano ancora parte il cocchiere, la guida, Marcel Lornans e Jean Taconnat, sempre indietro.

Dopo la *calle* di Olivar fu la volta della *calle* di San Miguel, alla quale tenne dietro la *plaza* de Abastos dove una delle mule dopo essere caduta si rialzò sana e salva, poi della *calle* de la Plateria e poi della *plaza* di Santa Eulalia.

« È certo » si disse Clovis Dardentor « che la *galera* continuerà cosí finché non le verrà a mancare il terreno e non vedo che la baia di Palma dove esso possa mancarle definitivamente! »

Sulla piazza Santa Eulalia si erge la chiesa dedicata alla martire dello stesso nome che per i balearesi è oggetto di particolare venerazione. Fino a non molto tempo prima, tale chiesa serviva anche da luogo di asilo e i malfattori che riuscivano a rifugiarvisi sfuggivano alle grinfie della polizia.

Questa volta la buona fortuna non vi condusse un malfattore, bensí Clovis Dardentor, inchiodato a cassetta della sua *galera*.

Sí! In quel momento il magnifico portale di Santa Eulalia era interamente aperto. I fedeli riempivano la chiesa. Vi si stava svolgendo una benedizione:

la cerimonia stava per finire e il celebrante rivolto verso la pia assemblea stava alzando le mani per benedire.

Che tumulto, che fuggi fuggi, che grida di spavento quando la *galera* piombò rimbalzando sulle lastre della pavimentazione della navata centrale. Ma anche che effetto prodigioso quando le mule finalmente si abbatterono davanti ai gradini dell'altare maggiore, proprio nel momento in cui il prete stava dicendo:

— *Et Spiritui Sancto!...*

— *Amen!* — rispose una voce sonora.

Era la voce del perpignanese, il quale riceveva cosí una benedizione ben meritata.

Dopo quella conclusione inattesa, non potrà sorprendere che in quel paese cosí profondamente religioso si credesse al miracolo e non ci sarebbe davvero da stupirsi che da allora ogni anno, il 28 di aprile, nella chiesa di Santa Eulalia si celebri la festa di *Santa Galera de Salud*!

Un'ora dopo, Marcel Lornans e Jean Taconnat avevano raggiunto Clovis Dardentor presso una *fonda* della *calle* de Miramar, dove quell'uomo eccezionale era andato a riposarsi dalle fatiche e dalle emozioni. Né è il caso di parlare di emozioni quando si tratta di una tempra come la sua.

— Signor Dardentor! — esclamò Jean Taconnat.

— Ah! miei cari amici! — rispose l'eroe della giornata — ecco una corsa in carrozza che mi ha un po' scosso...

— Siete sano e salvo?... — domandò Marcel Lornans.

— Sí... completamente e credo di non essere mai stato meglio!... Alla vostra salute, signori!

E i due giovani dovettero vuotare alcuni bicchieri di quell'ottimo vino di Benisalem, la cui fama passa i confini delle Baleari.

Poi, quando Jean Taconnat poté prendere in disparte il cugino, gli disse:

— Un'occasione mancata!

— Ma no, Jean...

— Ma sí, Marcel, perché alla fin fine se avessi salvato il signor Dardentor, se avessi fermato la sua *galera*, anche se non l'avevo tratto né dall'acqua né dal fuoco né da un combattimento, tu non mi darai ad intendere che...

— Bella tesi da discutere davanti a un tribunale civile! — si accontentò di rispondere Marcel Lornans.

Alle otto, tutti coloro che erano sbarcati dall'*Argèlès* erano di ritorno a bordo.

Questa volta nessuno era in ritardo, né i signori Désirandelle padre e figlio né il signor Eustache Oriental.

Quanto all'astronomo, aveva passato il tempo a osservare il sole sull'orizzonte delle Baleari? Nessuno avrebbe potuto dirlo. In ogni modo egli riportava con sé vari pacchetti di prodotti commestibili caratteristici di queste isole, come le *encimadas*, specie di paste sfoglie in cui il burro è sostituito dallo strutto ma che non sono per questo meno saporite, e anche una mezza dozzina di *tourds*, pesci ricercatissimi dai pescatori del capo Formentor e che il capocameriere ebbe ordine di far cucinare per lui con cura particolare.

In verità il presidente della società astronomica di Montélimar, almeno da quando era partito dalla Francia, si serviva piú della bocca che degli occhi.

Verso le otto e mezzo furono mollati gli ormeggi e l'*Argèlès* lasciò il porto di Palma, senza che il capitano Bugarach avesse accordato ai suoi passeggeri di passar l'intera notte nella città maiorchina. Ecco perché Clovis Dardentor non poté sentire la voce dei *serenos* e i loro canti notturni, né i ritornelli delle *habaneras* e delle *jotas* nazionali accompagnati dal melodioso pizzicar della chitarra che riempiono fino al levar del sole i *patios* delle case delle Baleari.

Capitolo VIII

NEL QUALE LA FAMIGLIA DÉSIRANDELLE ENTRA IN CONTATTO CON LA FAMIGLIA ELISSANE

— Oggi ritarderemo la cena alle otto — disse la signora Elissane. — I signori Désirandelle col loro figlio, e molto probabilmente il signor Dardentor... sono quattro persone in piú.

— Sí, signora — rispose la cameriera.

— I nostri amici avranno molto bisogno di riposarsi, Manuela, e io temo che quella povera signora Désirandelle abbia molto sofferto durante la traversata. Bada perciò che la sua camera sia pronta, perché è possibile che ella preferisca andare a riposarsi appena arrivata.

— Sta bene, signora.

— Dov'è mia figlia?...

— In dispensa, signora, a preparare il dessert.

Manuela, che era al servizio della signora Elissane fin da quando ella era andata a stabilirsi a Orano, era una di quelle spagnole fra le quali viene generalmente assunto il personale domestico delle famiglie oranesi.

La signora Elissane abitava in una casa piuttosto bella della rue du Vieux-Château, dove gli edifici hanno conservato un carattere mezzo spagnolo e mezzo moresco. Un piccolo giardino ostentava due cespugli di vilucchio, una aiuola ancora verde benché si fosse all'inizio della stagione calda, e alcuni alberi fra cui qualche *bella-ombra* dal nome di buon augurio, di cui la Promenade de l'Etang a Parigi possiede tanti begli esemplari.

La casa, composta di un pianterreno e di un primo piano, era piú che sufficiente perché la famiglia Désirandelle vi trovasse un'ospitalità confortevole. Né le camere né le premure le sarebbero certo mancate durante il suo soggiorno a Orano.

Questa capitale della provincia è già una città molto bella. Ha un'ottima posizione fra i due pendii di uno scoscendimento in fondo al quale scorrono le fresche acque dello Ued-Rehhi, di cui il boulevard Oudinot segue parte del corso. Tagliata dalle fortificazioni del Château-Neuf, essa si presenta come tutte queste città, vecchia da un lato e nuova dall'altro. La parte vecchia, l'antica città spagnola, con la sua kasbah, le case scaglionate su terrazze, il porto, è situata a occidente e ha conservato gli antichi bastioni. A oriente c'è la parte nuova con le case ebree e moresche, difesa da un muro merlato che va dal castello fino al forte Saint-André.

Questa città, la Guharan degli arabi, costruita nel X secolo dai mori d'Andalusia, è dominata da una montagna piuttosto alta sul cui fianco dirupato si erge il forte La Moune. Cinque volte piú estesa di quanto non fosse all'epoca della sua fondazione, ha ora una superficie non inferiore ai settantadue ettari e parecchie vie tracciate al di fuori delle sue mura si prolungano per due chilometri verso il mare. Proseguendo la passeggiata al di là della cintura dei forti verso nord o verso est, il turista giungerebbe in sobborghi di costruzione recente, come quelli di Gambetta e di Noiseux-Eckmülh.

Difficilmente si potrebbe trovare una città algerina piú interessante da studiarsi per la diversità dei tipi che offre. Dei suoi quarantasettemila abitanti, solo diciassettemila sono francesi ed ebrei naturalizzati: altri diciottomila sono stranieri per la maggior parte spagnoli, poi italiani, inglesi e maltesi. Aggiungetevi circa quattromila arabi riuniti a sud della città nel sobborgo di Gialis, chiamato anche « il villaggio negro », dal quale vengono gli spazzini delle strade e i facchini del porto; dividete questo miscuglio di razze in ventisettemila seguaci della religione cattolica, settemila adepti di quella israelitica, un migliaio di credenti della religione musulmana, e avrete una ripartizione pressappoco esatta della popolazione ibrida della capitale oranese.

Il clima della provincia è perlopiú poco favorevole, secco, infuocato. Il vento vi solleva turbini di polvere. Per quanto concerne la città l'innaffiamento quotidiano delle vie, affidato al comune, dovrebbe essere piú regolare e piú abbondante di quel che non sia nelle mani del « sindaco » celeste.

Ecco dunque la città in cui era andato a ritirarsi il signor Elissane dopo aver esercitato per una quindicina d'anni il commercio a Perpignano con buona fortuna sufficiente a permettergli di mettere assieme una dozzina di migliaia di lire di rendita, che non erano diminuite sotto la prudente amministrazione della sua vedova.

La signora Elissane, che aveva allora quarantaquattro anni, non doveva essere mai stata bella come sua figlia, né altrettanto gentile, né altrettanto simpatica. Donna straordinariamente pratica, che pesava le parole come zucchero, impersonificava il ben noto tipo del contabile femmina, valutando a numeri i sentimenti, regolando la propria esistenza in partita doppia come i suoi registri contabili, saldando le entrate e le uscite con la continua preoccupazione che il suo conto corrente fosse sempre in attivo. I volti di queste persone sono riconoscibili dai lineamenti squadrati, con poche curve e decise, seni frontali prominenti, sguardo acuto, bocca severa, tutti elementi che nel sesso cosiddetto debole indicano abitudini di concentrazione e di ostinatezza. La signora Elissane aveva organizzato la sua casa molto correttamente senza spese inutili. Faceva delle economie che poi sapeva impiegare in investimenti fruttuosi e sicuri. Tuttavia non badava a spese quando si trattava di sua figlia sulla quale si concentrava tutto il suo affetto. Vestita in modo quasi monacale voleva però che Louise fosse elegante e non trascurava nulla per ottenere questo scopo. In fondo, tutti i suoi desideri miravano alla felicità della sua creatura ed era certa che tale felicità sarebbe stata assicurata con la progettata unione alla famiglia Désirandelle. I dodicimila franchi di rendita che un giorno Agathocle avrebbe avuto unito alla fortuna che

Louise avrebbe ereditato dalla madre costituivano una base metallica che molti avrebbero trovato sufficientemente solida per fondarvi sopra un avvenire di tutto riposo.

Louise però si ricordava appena di Agathocle. Ma la madre l'aveva allevata nell'idea che un giorno sarebbe diventata la giovane signora Désirandelle. Nel complesso la cosa le sembrava abbastanza naturale, ammesso che quel fidanzato le fosse piaciuto: e perché del resto non avrebbe dovuto piacerle?

Dopo aver dato gli ultimi ordini, la signora Elissane entrò nel salone dove la figlia venne a raggiungerla.

— Il dessert è pronto, mia cara?... — le domandò.

— Sí, mamma.

— Peccato che il piroscafo arrivi un po' tardi, quasi al cader della notte!... Tienti pronta per le sei, Louise, e indossa l'abito a quadretti: scenderemo al porto dove forse sarà già stato segnalato l'*Agatoclès*...

La signora Elissane sbagliandosi di nome metteva un accento grave su una *e* che non doveva averne.

— Vuoi dire l'*Argèlès* — rispose Louise ridendo. — E poi il mio pretendente non si chiama Agathoclès ma Agathocle!...

— Bah!... — ribatté la signora Elissane — *Argèlès*... Agathocle... Non ha importanza! Puoi sta certa che lui non si sbaglierà affatto pronunciando il nome di Louise...

— Davvero?... — rispose la giovinetta in tono un po' malizioso. — Il signor Agathocle non mi conosce affatto e io confesso che non lo conosco di piú...

— Oh! vi lasceremo tutto il tempo di far conoscenza prima di prendere qualunque decisione...

— È troppo giusto!

— D'altra parte sono sicura che tu gli piacerai bambina mia, ci sono tutti i motivi per pensare che lui saprà piacere a te... La signora Désirandelle lo elogia talmente!... E allora stabiliremo le condizioni del matrimonio.

— E il conto sarà saldato, mamma?...

— Sicuro, burlona, e a tutto tuo vantaggio!... Ah! non dimentichiamo che coi Désirandelle c'è anche il loro amico Clovis Dardentor... sai, quel ricco perpignanese di cui essi sono tanto fieri e che a sentir loro è il miglior uomo del mondo. I signori Désirandelle non hanno l'abitudine di navigare ed egli ha voluto guidarli fino a Orano. Questo è molto bello da parte sua, e noi gli faremo buona accoglienza, Louise...

— Tutta l'accoglienza che merita, e anche se avesse l'idea di chiedere la mia mano... Ma no, dimentico che devo essere... che sarò la signora Agathocle... un bel nome quantunque risenta un po' di antichità greca!...

— Andiamo, Louise, sii seria, una volta!

Seria lo era, la fanciulla, ed era anche graziosa e allegra. E non perché sono cosí tutte le eroine dei romanzi. No, lei lo era veramente nello splendore dei suoi venti anni, nella natura franca, nella fisionomia mobile e viva, negli occhi vellutati e luminosi la cui pupilla si apriva in un'iride azzurra, nei lunghi capelli di un biondo caldo, nel modo aggraziato (diciamo addirittura serico, per usare un'espressione che Pierre Loti, prima di diventare accademico, non ha temuto di attribuire al volo della rondine) di camminare.

Questo leggero schizzo basta per dipingere Louise Elissane, che (il lettore se ne accorgerà) contrastava alquanto con l'imbecille che le veniva spedito da Cette insieme con gli altri bagagli dell'*Argèlès*.

Giunta l'ora, dopo aver dato l'ultima occhiata della padrona di casa alle camere riservate alla famiglia Désirandelle, la signora Elissane chiamò la figlia, ed entrambe si diressero verso il porto. Dapprima vollero fermarsi nel giardino ad anfiteatro che domina la rada. Di là la vista spazia ampiamente fino al mare aperto. Il cielo era magnifico, l'orizzonte d'una purezza perfetta. Il sole stava già calando verso la punta di Mers-el-Kébir, il *Portus divinus* degli antichi, nel quale corazzate e incrociatori possono trovare eccellente riparo contro le frequenti burrasche dell'ovest.

Alcune vele bianche si stagliavano verso nord. Lontane strisce di fumo indicavano i piroscafi delle numerose linee che fanno il servizio del Mediterraneo, collegando frequentemente l'Europa con le terre africane. Due o tre di quei piroscafi erano senza dubbio diretti a Orano e uno di essi non distava piú di tre miglia. Era l'*Argèlès* atteso con tanta impazienza almeno dalla madre, se non dalla figlia. Perché, infine, Louise non lo conosceva, quel giovanotto che ogni giro d'elica avvicinava a lei e forse sarebbe stato meglio che l'*Argèlès* avesse fatto macchina indietro...

— Fra poco saranno le sei e mezzo — osservò la signora Elissane. — Scendiamo.

— Ti seguo, mamma — rispose Louise.

E per la larga strada che porta alla banchina, madre e figlia discesero verso il bacino dove ordinariamente si ormeggiano i piroscafi.

La signora Elissane domandò a uno degli ufficiali del porto che passeggiava sulla banchina se l'*Argèlès* era stato segnalato.

— Sí, signora — rispose l'ufficiale — e fra una mezz'ora entrerà in porto.

La signora Elissane e la figlia aggirarono il porto, i cui rilievi verso nord ora nascondevano loro la vista dell'alto mare.

Venti minuti dopo risuonarono parecchi sibili prolungati. Il piroscafo superava il molo all'estremità della calata lunga un chilometro che corre fino ai piedi del forte La Moune e, dopo alcune evoluzioni, raggiunse il suo ormeggio con la poppa verso la banchina.

Non appena furono poste le passerelle, la signora Elissane e Louise salirono a bordo. Le braccia della prima si spalancarono per stringere la signora Désirandelle, ritornata in sé al momento dell'entrata in porto, poi il signor Désirandelle e infine Agathocle, mentre Louise si manteneva in disparte con un riserbo che tutte le fanciulle comprenderanno facilmente.

— Ebbene, e io, cara e brava signora?... Non ci siamo forse conosciuti già a Perpignano?... io mi ricordo bene della signora Elissane e anche della signorina Louise... che, beh, è un po' cresciuta!... Ah! beh! Non ci sarebbe dunque un bacio e magari anche due per quel bravo figliolo di un Dardentor?...

Se Patrice aveva sperato che il suo padrone, al primo incontro, avesse usato la riservatezza propria dell'uomo di mondo, dovette essere duramente disilluso da quella familiare entrata in scena. Quindi si ritrasse, severo ma giusto, nel momento in cui le labbra di Clovis Dardentor schioccavano sulle gote secche della signora Elissane come la bacchetta sulla pelle di un tamburo.

Si capisce che Louise non aveva evitato gli abbracci dei coniugi Désirandelle. Tuttavia, e per quanto si comportasse senza tanti complimenti, il signor Dardentor non arrivò al punto di affibbiare alla fanciulla i suoi baci paterni che ella del resto avrebbe accettato bonariamente.

Quanto al giovane Agathocle, dopo essersi avanzato verso Louise, l'aveva onorata di un saluto meccanico a cui prese parte solamente la testa grazie al lavoro dei muscoli del collo, e ritornò indietro senza pronunciare parola.

La giovinetta non poté trattenere una smorfia piuttosto sdegnosa di cui Clovis Dardentor non si accorse, ma che non sfuggí né a Marcel Lornans, né a Jean Taconnat.

— Eh! — fece il primo — non mi aspettavo di vedere una personcina cosí graziosa!

— Graziosa davvero! — aggiunse il secondo.

— E dovrebbe sposare quel cretino?... — fece Marcel Lornans.

— Lei! — esclamò Jean Taconnat. — Dio mi perdoni se per impedirlo non preferirei tradire il giuramento che ho fatto di non sposarmi mai!

Già! Jean Taconnat aveva fatto quel giuramento (o almeno lo diceva). Dopo tutto alla sua età sono cose che si fanno ed esso vale quello che valgono tanti altri che non si mantengono. Facciamo osservare d'altra parte, che Marcel Lornans non aveva giurato niente di simile. Che importava? Entrambi erano venuti a Orano con l'intenzione di arruolarsi nel 7° cacciatori d'Africa e non per sposare la signorina Louise Elissane.

Diciamo anche, per non dovervi piú tornare sopra, che la traversata dell'*Argèlès* fra Palma e Orano si era compiuta in condizioni di benessere straordinarie. Un mare d'olio, come si suol dire, tale da far credere che tutto l'olio della Provenza fosse stato rovesciato sulla sua superficie, una brezza di nord-est che aveva preso il piroscafo all'anca di sinistra e gli aveva permesso di servirsi della trinchettina, dei fiocchi e della randa. Non c'era stato un frangente durante quelle ventitré ore di navigazione. Cosí, dopo la partenza da Palma quasi tutti i viaggiatori erano tornati a prender posto alla tavola comune e in fin dei conti la compagnia marittima avrebbe fatto male a lamentarsi di quel numero inusitato di commensali.

Inutile dire che i *tourds* preparati alla napoletana erano sembrati deliziosi al signor Oriental, e che egli si era servito di *encimadas* con la sensualità di un ghiottone di professione.

Tutti dunque erano arrivati a Orano in buona salute, anche la signora Désirandelle che aveva tanto sofferto fino all'arcipelago delle Baleari.

Tuttavia, benché durante la seconda parte del viaggio avesse riacquistato il suo equilibrio fisico e morale, il signor Désirandelle, non aveva stretto amicizia coi due parigini. I giovanotti lo lasciavano indifferente. Nonostante il loro spirito (che del resto a lui sembrava di cattiva lega), li stimava molto al disotto di suo figlio Agathocle. Trovasse pure Dardentor piacevole la loro amicizia e divertente la loro conversazione. Secondo lui, tutto sarebbe finito all'arrivo dell'*Argèlès*.

Si comprende dunque che il signor Désirandelle non pensò affatto a presentare i due cugini alla signora Elissane, o a sua figlia. Ma Clovis Dardentor, con la bonomia meridionale e l'abitudine di seguir sempre il suo primo impulso, non esitò affatto.

— Il signor Marcel Lornans e il signor Jean Taconnat, di Parigi — disse, — due giovani amici, per i quali sento viva simpatia che essi ricambiano e spero che la nostra amicizia durerà piú di questa troppo breve traversata.

Quanti contrasti in quel perpignanese! Ecco dei buoni sentimenti molto bene espressi. Peccato che Patrice non fosse stato lí ad ascoltarlo.

I due giovani si inchinarono davanti alla signora Elissane che rese loro un saluto discreto.

— Signora — disse Marcel Lornans — siamo molto sensibili a questa cortesia del signor Dardentor... Abbiamo potuto apprezzarlo come meritava... E anche noi crediamo alla durata d'una amicizia...

— Paterna da parte sua e filiale dalla nostra! — concluse Jean Taconnat.

La signora Désirandelle, stufa di tutti quei complimenti, guardava suo figlio che non aveva ancora aperto bocca. Del resto la signora Elissane, che forse avrebbe dovuto dire ai giovani parigini che li avrebbe ricevuti volentieri durante il loro soggiorno a Orano, non lo fece, cosa della quale la madre di Agathocle le fu assai grata *in petto*. Nel loro istinto materno le due signore comprendevano che sarebbe stato meglio mantenere un prudente riserbo nei confronti di quegli stranieri.

La signora Elissane avvertí allora il signor Dardentor che il suo posto a tavola era pronto a casa sua e che ella sarebbe stata felice di averlo a pranzo fin da quel giorno insieme con la famiglia Désirandelle.

— Il tempo di farmi accompagnare all'albergo, cara signora, — rispose il perpignanese — di ripulirmi un poco, di cambiare la casacca e il berretto da marinaio con un abbigliamento piú adatto e verrò a mangiare la vostra zuppa!

Stabilito questo, Clovis Dardentor, Jean Taconnat e Marcel Lornans si congedarono dal capitano Bugarach e dal dottor Bruno. Se mai avessero dovuto imbarcarsi di nuovo sull'*Argèlès*, avrebbero avuto veramente piacere di ritrovarsi con il gentile dottore e il cortese comandante. Questi risposero che raramente avevano incontrato dei passeggeri piú simpatici e ci si separò molto soddisfatti gli uni degli altri.

Il signor Eustache Oriental aveva già messo piede sul suolo africano col suo cannocchiale a bandoliera chiuso in un astuccio di cuoio, la borsa da viaggio in mano, preceduto da un fattorino carico di una pesante valigia. Poiché si era sempre tenuto in disparte, durante la traversata, nessuno si preoccupò di salutarlo al momento della partenza.

Clovis Dardentor e i parigini sbarcarono lasciando la famiglia Désirandelle occupata a combinare il trasporto dei suoi bagagli fino alla casa di rue du Vieux-Château. Quindi, saliti sulla stessa vettura caricata delle loro valigie, si diressero verso un ottimo albergo di place de la République che il dottor Bruno aveva raccomandato loro in modo speciale. Là al primo piano, un salotto, una camera da letto, e una stanza riservata a Patrice furono messi a disposizione di Clovis Dardentor. Marcel Lornans e Jean Taconnat ebbero due camere al piano superiore con finestre sulla piazza.

Ora avvenne che anche il signor Oriental aveva scelto lo stesso albergo. Cosí, quando vi arrivarono i suoi compagni di traversata, lo videro già seduto nella sala da pranzo occupato a meditare il menú del pranzo che stava per farsi servire.

— Bizzarro astronomo! — osservò Jean Taconnat. — Mi stupisce che non ordini, per pranzo, una frittata alle stelle o un'anitra con contorno di pianeti!

Dopo mezz'ora, Clovis Dardentor abbandonava la sua camera in un abbigliamento di cui Patrice aveva curato i minimi particolari.

Sulla porta della hall egli incontrò i due cugini.

— Ebbene, amici miei — esclamò — eccoci scaricati a Orano!...

— Scaricati è la parola giusta — rispose Jean Taconnat.

— Ah, beh! Spero proprio che non penserete ad arruolarvi fin da oggi nel 7° cacciatori...

— Eh! signor Dardentor, non potremo tardare a farlo — rispose Marcel Lornans.

— Avete dunque molta fretta di indossare la tunica blu, infilare i pantaloni rossi con banda nera, e mettere in capo il berretto d'ordinanza...

— Quando si è decisa una cosa...

— Bene... bene!... aspettate almeno che abbiamo visitato insieme la città e i dintorni. A domani.

— A domani! — rispose Jean Taconnat.

E Clovis Dardentor si fece condurre dalla signora Elissane.

— Già, — ripeté Marcel Lornans — come dice quel brav'uomo, eccoci dunque a Orano!

— E quando si è in un posto — aggiunse Jean Taconnat — il problema è di sapere che cosa vi si va a fare...

— Mi pare, Jean, che questo sia stato già stabilito da un pezzo... Il nostro arruolamento da firmare...

— Certo, Marcel, ma...

— Come... pensi forse sempre all'articolo 345 del codice civile?...

— Quale articolo?...

— Quello che tratta delle condizioni per l'adozione...

— Se quest'articolo è il 345 — rispose Jean Taconnat — sí... penso all'articolo 345. L'occasione che non si è presentata a Palma, può benissimo presentarsi ad Orano...

— Con una probabilità di meno — fece ridendo Marcel Lornans. — Non hai piú l'acqua a tua disposizione, mio povero Jean, e ti rimangono solo il combattimento o le fiamme! Per esempio se questa notte si incendiasse l'albergo... ti prevengo che penserei prima a salvare te e poi me stesso...

— Sei un vero amico, Marcel.

— Quanto al signor Dardentor, mi pare che sia un uomo in grado di salvarsi da solo. Ha un sangue freddo di prim'ordine... e noi ne sappiamo qualche cosa...

— Siamo d'accordo, Marcel, ed egli ne ha dato la prova quando è entrato in Sant'Eulalia per ricevervi la benedizione. Tuttavia se non pensasse affatto a un pericolo... se fosse sorpreso dal fuoco... se non potesse esser soccorso che dal di fuori...

— Cosí, Jean, tu pensi sempre che il signor Dardentor possa diventare il nostro padre adottivo!...

— Precisamente... il nostro padre adottivo!...

— Va bene... Non intendi di rinunziarvi?

— Mai!

— Allora non scherzerò piú su questo argomento, Jean, ma a una condizione...

— Quale?

— Che tu la finisca con la tua aria cupa e preoccupata e che ritrovi il buon umore di una volta, prendendo tutto in ridere...

— Accettato, Marcel... in ridere se arrivo a salvare Dardentor da uno dei pericoli contemplati dal codice, in ridere se non si offre l'occasione di cavarlo fuori, in ridere se riesco, in ridere se faccio fiasco, in ridere sempre e dovunque...

— Benone! ecco che sei tornato quello che eri... Quanto al nostro arruolamento...

— Non c'è nessuna fretta, Marcel... e prima di andare all'ufficio dell'intendenza, chiedo una dilazione...

— Di quanto?...

— Di una quindicina di giorni! Che diavolo! Quando ci si va a legare per tutta la vita, si può ben prima godere una quindicina di giorni di completa libertà...

— Accordata la quindicina, Jean, e se entro quel giorno non sei riuscito a farti un padre del signor Dardentor...

— Tu o io, Marcel...

— Io o te, va bene... allora andremo a mettere il berretto col fiocco...

— D'accordo, Marcel.

— Ma resterai di buon umore, Jean?

— Come il piú sfringuellante dei fringuelli...

Capitolo IX

NEL QUALE LA DILAZIONE TRASCORRE SENZA ALCUN RISULTATO NÉ PER MARCEL LORNANS, NÉ PER JEAN TACONNAT

Un gallo non si sentiva tanto contento ai primi chiarori dell'alba quanto lo era Jean Taconnat allorché saltò fuori del letto svegliando Marcel Lornans col suo canto mattutino. Aveva quindici giorni davanti a sé, ben quindici giorni per trasformare quel bravo uomo foderato di milioni in loro padre adottivo.

Era certo, d'altronde, che Clovis Dardentor non avrebbe abbandonato Orano prima che fosse stato celebrato il matrimonio fra Agathocle Désirandelle e Louise Elissane. Non doveva essere testimonio del figlio dei suoi vecchi amici di Perpignano? Ora, a dir poco, sarebbero trascorse quattro o cinque settimane prima che si arrivasse alla cerimonia nuziale... se ci si arrivasse... Ma, per la verità, ci si sarebbe arrivati?...

Quel « se » e quel « ma » giravano volentieri nel cervello di Marcel Lornans. Gli sembrava inverosimile che quel ragazzo diventasse il marito di quella adorabile fanciulla, perché, per poco che l'avesse vista sul ponte dell'*Argèlès*, trovava che non adorarla sarebbe stato un mancare ai suoi doveri. Che il signor e la la signora Désirandelle vedessero nel loro Agathocle uno sposo convenientissimo per Louise, è comprensibile. In ogni tempo un padre e una madre hanno sempre avuto un « colpo d'occhio » speciale, come direbbe il signor Dardentor, riguardo alla loro progenie. Ma era inammissibile che, presto o tardi, il perpignanese non si rendesse conto della nullità di Agathocle, e non riconoscesse che due esseri cosí differenti non erano per nulla fatti l'uno per l'altra.

Alle otto e mezzo il signor Dardentor e i due parigini si ritrovarono nella sala da pranzo dell'albergo davanti alla tavola della prima colazione.

Clovis Dardentor si sentiva di buon umore: aveva pranzato bene la sera prima e aveva dormito bene durante la notte. Con lo stomaco a posto, un sonno perfetto, la coscienza tranquilla, se non si è sicuri del domani, lo si potrà mai essere?

— Giovanotti, — disse il signor Dardentor intingendo una *brioche* nella sua tazza di cioccolata di qualità extra-superiore — non ci siamo visti da ieri sera e questa separazione mi è parsa lunga.

— Voi ci siete apparso in sogno, signor Dardentor, — rispose Jean Taconnat — con la testa circondata da una aureola...

— Bah! Un santo!

— Qualche cosa come il patrono dei Pirenei Orientali.

— Ah! Ah! Signor Jean, avete ripescato la vostra consueta allegria?...

— Ripescato... proprio come dite voi — ripeté Marcel Lornans — ma si trova esposto a riperderla.

— E perché?...

— Perché, signor Dardentor, bisogna nuovamente separarci e andarcene voi da una parte e noi da un'altra...

— Come?... separarci?...

— Certamente, poiché la famiglia Désirandelle reclamerà la vostra persona...

— Ehi!... Ehi!... Poche storie, belli miei! Questa è buona!... Non permetto affatto che mi si accaparri in questa maniera!... che ogni tanto accetti di mangiare un boccone in casa della signora Elissane, passi! Ma che mi si tenga al guinzaglio, no e poi no!... La mattina e il pomeriggio li riservo per me e spero che li impiegheremo a girare insieme per la città... la città e i suoi dintorni...

— Alla buon'ora signor Dardentor! — esclamò Jean Taconnat. — Non vorrei starvi lontano piú di un metro...

— Né un metro, né un centimetro! — rispose il nostro perpignanese sbottando a ridere. — Mi piace la gioventú, e mi pare di avere la metà dei miei anni quando mi trovo con amici della metà piú giovani di me! Eppure... fatti bene i conti, potrei benissimo esser padre di tutti e due voi altri...

— Ah, signor Dardentor! — esclamò Jean Taconnat che non poté reprimere questo grido del cuore.

— Restiamo dunque insieme, giovanotti! Sarà già troppo presto separarci, quando partirò da Orano per andare... veramente non so dove...

— Dopo il matrimonio?... — osservò Marcel Lornans.

— Quale matrimonio?...
— Quello del figlio del signor Désirandelle...
— È vero... Non ci pensavo piú... Mmmh!... che bella figliola, la signorina Louise Elissane!
— Ci è sembrata tale fin dal momento che è salita a bordo dell'*Argèlès*... — aggiunse Marcel Lornans.
— Anche a me, amici miei. Ma dopo che l'ho vista in casa sua cosí graziosa, cosí premurosa, cosí... infine cosí... ha guadagnato il cento per cento nella mia considerazione! Davvero quel volpone d'Agathocle non sarà da compiangere...
— Se piace alla signorina Elissane — credette di dover insinuare Marcel Lornans.
— Certo, ma piacerà, il ragazzo!... Si conoscono fin dalla nascita, quei due...
— E anche da prima! — fece Jean Taconnat.
— Agathocle ha un buon carattere in fondo, forse un po'... un po'...
— Un po'... troppo... — disse Marcel Lornans.
— E anche niente affatto... — disse Jean Taconnat.
E mormorò fra sé:
« Niente affatto ciò che conviene alla signorina Elissane ».
Però non credette venuto il momento di affermare questa sua opinione davanti al signor Dardentor, il quale riprese la sua frase:
— Sí... è un po'... ne convengo... Bah! Si tirerà fuori... come una marmotta dopo il letargo invernale...
— Non per questo resterà meno marmotta! — non poté fare a meno di dire Marcel Lornans.
— Siamo indulgenti, ragazzi, siamo indulgenti! — riprese il signor Dardentor. — Se Agathocle vivesse con dei parigini come voi, sarebbe svegliato in meno di due mesi!... Dovreste dargli qualche lezione...
— Lezioni di spirito... A cento soldi l'ora! — esclamò Jean Taconnat. — Ma sarebbe un volergli rubare il suo danaro...
Il signor Dardentor non consentiva ad arrendersi. Che il giovane Désirandelle fosse dritto come un uncino, egli lo pensava: ad ogni modo aggiunse:
— Ridete, ridete, signori! Voi dimenticate che l'amore è capace di togliere lo spirito ai piú furbi e di darne ai piú imbecilli... e ne ricolmerà il nostro...
— Gagathocle! — conchiuse Jean Taconnat.
E questa volta il signor Dardentor non poté fare a meno di ridere a quella battuta.
Poi Marcel Lornans tornò a parlare della signora Elissane. Chiese notizie sulla vita che ella conduceva a Orano e chiese anche come il signor Dardentor avesse trovato la sua casa...
— Carina — rispose questi, — una graziosa gabbia rallegrata dalla presenza di un vispo uccellino. Ci verrete...
— Se non è indiscrezione... — osservò Marcel Lornans.
— Vi presenterò io, e non ci saranno problemi. Non oggi però... bisogna lasciar che Agathocle prenda piede... vedremo domani... Ma adesso occupiamoci solo delle nostre passeggiate... La città... il porto... i monumenti...
— E il nostro arruolamento?... — fece Marcel Lornans.

— Non è né oggi, né domani, né dopodomani che voi andate ad impiastricciarvi la vostra firma!... aspettate almeno dopo le nozze...

— Bisognerà forse attendere che arrivi l'età della pensione...

— No... no!... Le cose non andranno tanto per le lunghe!

Che sfilza di espressioni che avrebbero urtato la delicatezza di Patrice!

— Perciò — riprese il signor Dardentor — non parliamo piú di arruolamento...

— Rassicuratevi — disse Jean Taconnat. — Ci siamo offerti una proroga di quindici giorni! Se entro questo tempo la nostra situazione non si è modificata... se nuovi interessi...

— Bene, amici miei... non discutiamo! — esclamò Clovis Dardentor. — Vi siete riservati quindici giorni... io me li prendo e ve ne do ricevuta!... Durante questo periodo mi apparterrete... Infatti mi sono imbarcato sull'*Argèlès* solo perché sapevo che a bordo avrei trovato voi altri...

— E con tutto ciò avete anche rischiato di perdere la partenza, signor Dardentor! — ribatté Jean Taconnat.

All'apice del buon umore, il perpignanese si alzò da tavola e passò nella hall. Patrice era là.

— Il signore ha ordini da darmi?...

— Ordini... no, ma ti do libertà per tutta la giornata! Ficcati bene questo in zucca e fatti rivedere solo quando suonano le dieci.

Patrice fece una smorfia sdegnosa, poco grato al suo padrone per quel permesso concessogli in tali termini.

— Cosí il signore non desidera che io l'accompagni?

— Io desidero, Patrice, non averti tra i piedi e ti prego di alzare i tacchi!

— Il signore mi permetterà forse di fargli una raccomandazione...

— Sí... se sparisci dopo avermela fatta...

— Ebbene, il consiglio di cui prego il signore di tener conto è di non salire piú su una carrozza prima che il vetturino non sia montato a cassetta... Ciò potrebbe finire non con una benedizione ma con un capitombolo...

— Ritorna all'inferno!...

E Clovis Dardentor scese la scalinata dell'albergo fra i due parigini.

— Avete un bel tipo di domestico! — disse Marcel Lornans. — Che correttezza... che distinzione...

— E che rompiscatole con quei suoi modi! Ma è un bravo ragazzo, che si butterebbe nel fuoco per salvarmi...

— Non sarebbe il solo, signor Dardentor — esclamò Jean Taconnat che, se si fosse presentata l'occasione, avrebbe certo tentato di togliere a Patrice la sua parte di salvatore.

Durante quella mattina, Clovis Dardentor e i due cugini passeggiarono lungo le banchine della città bassa. Il porto di Orano è stato strappato al mare. Un lungo molo lo chiude, e parecchi altri moli trasversali lo dividono in tanti bacini, il tutto sopra una superficie di ventiquattro ettari.

Se i due giovinotti non si interessarono gran ché al movimento commerciale che mette Orano in prima linea fra le città algerine, l'ex industriale di Perpignano invece si mostrò interessatissimo. I carichi di alfa, erba che è oggetto di un commercio considerevole e che alcuni vasti territori della parte meridionale della provincia forniscono in abbondanza, le forniture di bestiame e di cereali, di zucchero grezzo, l'imbarco dei minerali estratti dalle regioni montuose, tutto interessava moltissimo Clovis Dardentor.

— È un fatto — diceva — che passerei delle giornate intere in mezzo al movimento di questi affari! Mi trovo qui come una volta nei miei magazzini ingombri di fusti! Non è possibile che Orano possa offrire nulla di piú curioso...

— All'in fuori dei suoi monumenti, della sua cattedrale, delle sue moschee — disse Marcel Lornans.

— Eh! — fece Jean Taconnat che voleva andare incontro agli interessi del suo possibile futuro padre — io non sono lontano dal pensare come il signor Dardentor! Questo andirivieni è molto interessante, queste navi che entrano e escono, questi carri carichi di merci, queste legioni di facchini arabi... Certo, all'interno della città, vi sono degli edifici da vedere e li vedremo. Ma questo porto, il mare che ne riempie i bacini, quest'acqua azzurra in cui si specchiano le alberature...

Marcel Lornans gli lanciò uno sguardo ironico.

— Bravo! — esclamò il signor Dardentor. — Vedete? Quando in un paesaggio non c'è acqua mi pare che gli manchi qualche cosa. Possiedo parecchi quadri di grandi artisti nella mia casa di place de la Loge, ma sempre con dell'acqua in primo piano... Altrimenti non li comprerei...

— Eh! Ve ne intendete, signor Dardentor! — rispose Marcel Lornans. — Perciò andiamo a cercare dei posti dove vi sia dell'acqua... Ci tenete che sia acqua dolce?...

— Importa poco, perché non si tratta di berla!

— E tu, Jean?...

— Nemmeno a me... per quel che vorrei farne! — rispose Jean Taconnat, guardando l'amico.

— Ebbene — riprese Marcel Lornans — l'acqua dolce la troveremo fuori del porto, stando a quanto dice la guida Joanne, c'è il torrente del Rehhi parzialmente coperto dal boulevard Oudinot...

Ma intanto, per quanto avesse detto Marcel Lornans, la mattinata trascorse tutta sulle banchine del porto. E quando Clovis Dardentor e i due parigini ritornarono all'albergo per la colazione, la loro visita era stata completa. Dopo un paio d'ore consacrate alla siesta e alla lettura dei giornali, Clovis Dardentor fece a se stesso questo ragionamento che poi comunicò ai suoi amici:

— Sarebbe meglio rimandare a domani la passeggiata all'interno della città.

— E perché?... — domandò Marcel Lornans.

— Perché i Désirandelle potrebbero offendersi se li piantassi in asso cosí di colpo!... Facciamo un gradino per volta...

Dato che Patrice non era là, il signor Dardentor poteva benissimo dir le cose « come gli venivano » alla bocca.

— Ma non dovete andare a pranzo dalla signora Elissane?... — domandò Jean Taconnat.

— Sí... per oggi ancora. Ma da domani potremo stare insieme fino alla sera... Arrivederci, dunque.

E Clovis Dardentor si avviò con passo veloce verso la rue du Vieux-Château.

— Quando non gli sono accanto — commentò Jean Taconnat — temo sempre che gli capiti qualche disgrazia...

— Cuore d'oro! — rispose Marcel Lornans.

Insistere sul fatto che il signor Dardentor fu ricevuto con vivo piacere in casa della signora Elissane e che Louise, attratta istintivamente verso quel bravissimo uomo, gli attestò grande amicizia, sarebbe perdere tempo in frasi inutili.

Quanto al figlio Désirandelle non c'era,... non c'era mai. Preferiva andare a spasso piuttosto che rimanere in casa, quel ragazzo. Tornava solo all'ora dei pasti. Benché a tavola sedesse alla destra di Louise Elissane, le rivolgeva appena la parola. A dire il vero, il signor Dardentor, seduto dall'altra parte, non era uomo da lasciar languire la conversazione. Egli parlò di tutto, del suo dipartimento, della sua città natale, del suo viaggio a bordo dell'*Argèlès*, delle sue avventure a Palma, della *galera* imbizzarrita, della sua splendida entrata nella chiesa di Sant'Eulalia, dei suoi giovani compagni di viaggio dei quali fece grandi elogi, amici ventennali per quanto li conoscesse da soli tre giorni, il che lo costringeva a far partire la loro amicizia dall'anno successivo alla loro nascita.

La conseguenza fu che Louise Elissane provava un segreto desiderio di vedere i due giovani parigini ricevuti in casa di sua madre, e non poté trattenere un lieve segno di approvazione quando Dardentor propose di condurveli.

— Ve li presenterò, signora Elissane — disse — ve li presenterò domani... sono giovani per bene... molto per bene... e non vi pentirete di averli ricevuti.

Forse la signora Désirandelle trovò la proposta del perpignanese per lo meno inopportuna. Tuttavia la signora Elissane non credette di poter esimersi dall'accondiscendere: non poteva dir di no al signor Dardentor.

— Dirmi di no! — esclamò questi. — Ah! vi prendo in parola, cara signora. D'altronde non domando che cose ragionevoli... tanto a me stesso quanto agli altri... e si può facilmente accontentarmi come io stesso mi accontento... domandate all'amico Désirandelle.

— Certo... — rispose il padre d'Agathocle non molto convinto.

— Dunque, è deciso — riprese il signor Dardentor — domani sera i signori Marcel Lornans e Jean Taconnat verranno a far visita alla signora Elissane. A proposito, Désirandelle, verrete con noi a visitare la città dalle nove a mezzogiorno?...

— Mi scuserete, Dardentor... ma preferisco non lasciare le signore e tenere compagnia alla nostra cara Louise...

— Come preferite... come preferite!... Capisco benissimo!... Ah! signorina Louise, come vi vogliono già bene in questa famiglia dove state per entrare!... E tu, Agathocle, mio caro ragazzo, non dici nulla?... Devo dunque parlare io per te?... O bella! Non trovi forse carina la signorina Louise?...

Agathocle credette di mostrarsi intelligente rispondendo che se non diceva ad alta voce quello che pensava, era perché pensava che sarebbe stato meglio dirlo a bassa voce, insomma una frase contorta che non significava nulla e dalla quale non se la sarebbe saputa cavare se il signor Dardentor non fosse venuto in suo aiuto.

E Louise Elissane che non cercava minimamente di nascondere la cattiva impressione che quel cretino le procurava, guardava il signor Dardentor coi suoi begli occhi sconcertati, mentre la signora Désirandelle diceva per incoraggiare il figlio:

— Non è simpatico?

— E il signor Désirandelle aggiungeva:

— E come le vuol bene!

Evidentemente Clovis Dardentor cercava di non accorgersi di nulla. A suo parere, poiché il matrimonio era deciso, per lui era come se fosse già avvenuto: non gli sarebbe mai venuto in mente che non potesse farsi.

Il giorno dopo, sempre fresco, gioviale, raggiante e ben disposto, Clovis Dardentor si trovò coi due parigini dinanzi alla tazza di cioccolata.

E subito li informò che avrebbero passato la serata insieme in casa della signora Elissane.

— Avete avuto un'ottima idea a volerci presentare! — disse Marcel Lornans. — Almeno durante il nostro soggiorno di guarnigione avremo una casa piacevole...

— Piacevole... piacevolissima... — rispose Clovis Dardentor. — È vero che dopo il matrimonio della signorina Louise...

— Già — fece Marcel Lornans, — c'è il matrimonio...

— Al quale, amici miei, sarete invitati anche voi...

— Signor Dardentor, — rispose Jean Taconnat — voi ci colmate di cortesie... io non so come potremo mai ricambiare... ci trattate...

— Come dei figli!... forse che la mia età non mi permetterebbe di essere vostro padre?...

— Ah, signor Dardentor, signor Dardentor! — esclamò Jean Taconnat con un tono di voce che diceva tante cose.

L'intera giornata fu impiegata a girare per la città. I tre turisti percorsero le vie principali, la passeggiata di Torino fiancheggiata da begli alberi, il boulevard Oudinot con la sua doppia fila di *bella-ombra*, la piazza de la Carrière e quelle del Théâtre, d'Orléans e di Nemours.

Si ebbe occasione di osservare i diversi tipi della popolazione oranese, una gran parte della quale è formata di soldati e ufficiali di cui parecchi indossavano l'uniforme del 7° cacciatori d'Africa.

— Molto elegante, questa uniforme — diceva Dardentor; — la tunica gallonata vi andrà a pennello e farete carriera sempre meglio vestiti! Eh! vi vedo già brillanti ufficiali e destinati a qualche bel matrimonio!... È proprio un bel mestiere il mestiere del soldato... quando naturalmente ci si è portati, e poiché voi vi siete portati...

— L'abbiamo nel sangue! — rispose Jean Taconnat. — Lo abbiamo ereditato dai nostri nonni, bravi commercianti della rue Saint-Denis; è da loro che abbiamo la passione per la vita militare.

Poi incontrarono degli ebrei in costume marocchino, delle ebree in vesti di seta ricamate in oro, poi dei mori che passeggiavano oziosi e spensierati per i marciapiedi assolati, e infine anche molti francesi d'ambo i sessi.

Clovis Dardentor naturalmente ammirava tutto ciò che vedeva. Ma forse sentiva crescere notevolmente il suo interesse quando il caso lo portava davanti a qualche stabilimento industriale, conceria, fabbrica di pasta o di tabacco, fonderia.

Infatti (perché non confessarlo?) la sua ammirazione si contenne in limiti moderati davanti ai monumenti della città, la cattedrale che fu ricostruita nel 1839 con le sue tre navate a tutto sesto, il palazzo della prefettura, la banca, il teatro, tutti edifici del resto moderni.

I due giovanotti ammirarono molto la chiesa di Saint-André, un'ex moschea rettangolare, le cui volte partono dagli archi a ferro di cavallo dell'architettura moresca, e che è sormontata da un elegante minareto. Questa chiesa tuttavia parve loro meno bizzarra della moschea del Pascià, il cui portico a forma di *koubba* è molto ammirato dagli artisti. Forse si sarebbero anche fermati a lungo dinanzi alla moschea di Sidi-el-Hâuri e ai suoi tre piani di archi, se Clovis Dardentor non avesse fatto osservare che si faceva tardi.

Uscendo, Marcel Lornans vide al balcone del minareto un individuo che stava scrutando l'orizzonte con un cannocchiale.

— Toh... — disse — il signor Oriental...

— Chi... quello scovatore di stelle... quel conta-pianeti! — esclamò il perpignanese.

— Proprio lui... e come guarda!...

— Se guarda non è lui! — affermò Jean Taconnat. — Dal momento che non mangia non può essere il signor Oriental.

Ma era proprio il presidente della società astronomica di Montélimar che seguiva l'astro solare nella sua corsa diurna.

Infine, poiché i signori Dardentor, Lornans e Taconnat avevano bisogno di riposo, se ne tornarono all'albergo per l'ora di pranzo.

Patrice approfittando, senza però abusarne, della libertà che gli lasciava il suo padrone, aveva fatto un giro metodico delle strade, non credendosi obbligato a veder tutto in un giorno solo ed arricchendo la sua memoria di preziosi ricordi.

Perciò si permise un'osservazione riguardo al signor Dardentor che, secondo lui, non era abbastanza moderato nelle sue azioni e rischiava di affaticarsi troppo. Ottenne per tutta risposta che la fatica non faceva presa su chi era nato nei Pirenei Orientali e che perciò poteva pure andarsene a riposare tranquillo.

È appunto ciò che fece Patrice verso le otto, non già metaforicamente, ma materialmente, dopo aver incantato il personale di servizio dell'albergo con le sue espressioni e con i suoi modi.

A quella stessa ora, il signor Dardentor e i due cugini arrivavano alla casa di rue du Vieux-Château. Le famiglie Elissane e Désirandelle erano in salotto. Dopo la presentazione fatta da Clovis Dardentor, i due amici furono ricevuti con molta amabilità.

La serata passò come passano tutte le serate della borghesia: un po' di chiacchiere, una tazza di tè e un po' di musica. Louise Elissane suonava molto bene il pianoforte, con vero senso artistico. Ora, guardate il caso!, Marcel Lornans «possedeva» (per usare la parola adatta) un'ottima voce. Cosí il giovanotto e la ragazza poterono eseguire insieme qualche pezzo di un nuovo spartito.

Clovis Dardentor adorava la musica e nell'ascoltarla vi metteva tutto il fervore incosciente di chi non ne capisce molto. A costoro basta che le note entrino da un orecchio ed escano dall'altro: non è dimostrato che il loro cervello ne rimanga impressionato. Tuttavia il perpignanese si sbracciò a complimentare, ad applaudire, a gridare « bravo! » con tutto il suo entusiasmo di meridionale.

— Due talenti che si sposano a meraviglia — concluse.

Sorriso della giovane pianista, leggero imbarazzo del giovane cantante, aggrottar di ciglia dei coniugi Désirandelle. Davvero, il loro amico non era molto felice nella scelta delle espressioni e, quantunque la sua frase fosse molto cortese (almeno cosí l'avrebbe giudicata Patrice), in quella circostanza stonava. Effettivamente (pensava Jean Taconnat) in Agathocle non c'era nulla da sposare, né talento, né spirito, né persona, nemmeno per un semplice matrimonio di convenienza.

La conversazione toccò anche la passeggiata, che il signor Dardentor e i due parigini avevano fatto per la città. Louise Elissane, molto colta, rispose con disinvoltura ad alcune domande che le vennero fatte: dei tre secoli di occupazione araba, della presa di Orano fatta dalla Francia circa sessant'anni prima, e del suo commercio che la pone al primo posto fra le città dell'Algeria.

— Ma, — soggiunse la giovane — la nostra città non è sempre stata felice, e la sua storia è ricca di calamità. Dopo gli attacchi dei musulmani, le disgrazie naturali. Cosí, il terremoto del 1790 la distrusse quasi interamente.

Jean Taconnat tese l'orecchio.

— E — continuò la fanciulla — in seguito agli incendi provocati da quella catastrofe, fu saccheggiata dai turchi e dagli arabi. La sua tranquillità comincia sotto la dominazione francese.

E Jean Taconnat pensava:

« Terremoti... incendi... attacchi di nemici!... Bah! Arriverò con cento anni di ritardo! » — Si sentono tuttora delle scosse, signorina? — domandò.

— No, signore — rispose la signora Elissane.

— È spiacevole.

— Come... spiacevole! — esclamò il signor Désirandelle. — Adesso desiderate il terremoto, signore... disgrazie di questo genere, signore...

— Cambiamo argomento — dichiarò seccamente la signora Désirandelle — altrimenti mi farete tornare il mal di mare. Siamo sulla terraferma, e ne ho abbastanza del rollio delle navi, per pensare di provarlo nuovamente in città!

Marcel Lornans non poté fare a meno di sorridere a questa osservazione della buona signora.

— Mi spiace di avere richiamato questo ricordo — disse allora Louise Elissane — dal momento che la signora Désirandelle è tanto impressionabile...

— Oh! non state a rimproverarvi, mia cara fanciulla... — rispose il signor Désirandelle.

— E poi, se venisse il terremoto — esclamò il signor Dardentor — saprei bene placarlo!... Un piede qui, l'altro là... come il colosso di Rodi!... E tutto tornerebbe fermo...

Il perpignanese, a gambe larghe, faceva scricchiolare il pavimento sotto gli stivali, pronto a lottare contro qualunque sommovimento del suolo africano. E dalla sua bocca spalancata sgorgò un riso cosí sonoro, che tutti presero parte alla sua ilarità.

Era giunta intanto l'ora di ritirarsi, e nel separarsi ci si accordò con le due famiglie per andare a visitare la *kasbah* il giorno seguente. E Marcel Lornans ritornando all'albergo, pensava che l'arruolarsi al 7° cacciatori non era forse l'ideale della felicità su questa terra...

La mattina del giorno dopo, le famiglie Elissane e Désirandelle, il signor Dardentor e i due parigini passeggiavano per le vie sinuose della vecchia *kasbah* oranese, ora divenuta una volgare caserma che comunica con la città per mezzo di due porte. Poi, la passeggiata fu spinta fino al villaggio negro di Gialis, considerato giustamente una delle curiosità di Orano. E durante questa escursione il caso (oh! il caso solamente!) fece sí che Louise Elissane parlasse volentieri con Marcel Lornans con grande malcontento della signora Désirandelle.

Alla sera Clovis Dardentor volle offrire un pranzo a « tutta la comitiva ». Un pranzo sontuoso diretto da Patrice, il quale era molto competente in materia culinaria. La signorina Elissane piacque molto a questo gentiluomo in livrea, il quale riconobbe in lei una persona di rara distinzione.

Molti giorni trascorsero e tuttavia le rispettive posizioni degli ospiti della casa della rue du Vieux-Château non tendevano a modificarsi.

Piú volte la signora Elissane aveva parlato con la figlia circa Agathocle. Da donna positiva, le poneva in evidenza i vantaggi offerti dalle due famiglie. Ma Louise evitava di rispondere alle domande insistenti della madre, la quale, a sua volta, non sapeva che rispondere alle incessanti interrogazioni della signora Désirandelle.

E non che quest'ultima mancasse nello spronare il figlio:

— Sii piú premuroso! — gli ripeteva dieci volte al giorno. — Ci preoccupiamo di lasciarvi soli, tu e Louise, e sono sicura che tu te ne stai là, a guardare attraverso i vetri invece di spiccicare qualche complimento...

— Se... spiccico...

— Sí, spiccichi e spiaccichi la lingua senza dire dieci parole in dieci minuti.

— Dieci minuti... sono lunghi!

— Ma, figliolo, pensa al tuo avvenire! — rispondeva la madre desolata, scuotendolo per la manica della giacca. — È un matrimonio che dovrebbe camminare da sé, dal momento che le due famiglie sono d'accordo, e non è stato neppure intavolato a metà.

— Sí che lo è... dal momento che ho dato il mio consenso — rispondeva ingenuamente Agathocle.

— No... poiché Louise non ha dato il suo! — rispondeva la signora Désirandelle.

E le cose non andavano mai avanti: anche il signor Dardentor, quando se ne immischiava, non arrivava a ricavare la minima scintilla da quel ragazzo.

« Esca bagnata invece di pietra focaia sempre pronta ad accendersi! » pensava. « Eppure basterebbe un'occasione... Davvero... in questa casa cosí tranquilla... »

Insomma si rigirava sempre intorno allo stesso punto. Ora, non è certo segnando il passo che si va all'assalto; oltre a ciò, la quantità delle distrazioni giornaliere stava per esaurirsi. La città era stata visitata in tutti i suoi sobborghi. Ed ora il signor Dardentor ne sapeva quanto l'erudito presidente della società geografica di Orano, che è la piú importante della regione algerina. E mentre i signori Désirandelle si disperavano, altrettanto si disperava Jean Taconnat, in quella città cosí solida, il cui suolo stabile godeva d'un riposo assoluto che non lasciava « speranza alcuna ».

Per fortuna, a Clovis Dardentor venne un'idea, una idea come poteva venire a un uomo come lui.

La società delle ferrovie algerine faceva allora pubblicità a un giro a prezzi ridotti nella parte meridionale della provincia oranese. C'era di che tentare anche i piú pigri. Si partiva con una linea e si ritornava con un'altra. Fra l'una e l'altra, cento leghe di magnifico paese da attraversare. Sarebbe stata questione di quindici giorni, impiegati veramente bene.

Sui manifesti multicolori della Compagnia faceva bella mostra una carta della regione attraversata da una grande linea rossa a zig-zag. Per ferrovia si andava a Tlélat, a Saint-Denis du Sig, a Perregaux, a Mascara, a Saïda, capolinea. Da lí, in carrozza o in carovana, si sarebbe visitato Daya, Magenta, Sebdu, Tlemcen, Lamoricière, Sidi-bel-Abbès. Infine, via ferrovia si ritornava da Sidi-bel-Abbès a Orano.

Ebbene, ecco il viaggio sul quale Clovis Dardentor si fissò con l'entusiasmo che caratterizzava i piú piccoli atti di quell'uomo straordinario. E non trovò difficoltà a far accettare quel progetto ai Désirandelle. Le combinazioni del viaggio, la vita in comune, i piccoli servigi da rendere, quante occasioni delle quali Agathocle avrebbe saputo approfittare per piacere alla graziosa Louise!

La signora Elissane si fece un po' pregare. Questo spostamento la spaventava, e poi questo, e poi quello. Ma provatevi a resistere al signor Dardentor. La brava signora non aveva forse detto che non era possibile dirgli di no? Ed egli glielo ricordò al momento opportuno. Poi, egli seppe tirare fuori argomenti decisivi. Durante quell'escursione Agathocle si sarebbe rivelato sotto una luce nuova. La signorina Louise l'avrebbe apprezzato secondo il suo vero valore e al ritorno il matrimonio sarebbe stato concluso.

— E — domandò la signora Elissane — anche i signori Lornans e Taconnat saranno della partita?

— Purtroppo no! — rispose Dardentor. — Fra pochi giorni devono arruolarsi e questo giro li farebbe ritardar troppo.

La signora Elissane parve soddisfatta.

Ma dopo quello della madre bisognò ottenere il consenso della figlia.

Il signor Dardentor dovette faticare parecchio. Quel viaggio durante il quale ella sarebbe rimasta in continuo contatto con la famiglia Désirandelle, le ripugnava visibilmente. Almeno a Orano le assenze di Agathocle erano frequenti; non lo si vedeva che alle ore dei pasti, le sole in cui egli aprisse seriamente la bocca e non per parlare. Mentre in vagone, in carrozza, nella carovana sarebbe stato sempre là... Quella prospettiva non era tale da rallegrare Louise Elissane. Quel giovane non poteva che dispiacerle ed ella forse avrebbe fatto meglio a dichiarare alla madre che non lo avrebbe mai sposato. Ma conosceva il carattere risoluto e tenace della madre, poco disposto ad abbandonare i suoi progetti. Per la verità, sarebbe stato meglio che la buona signora avesse riconosciuto da sé la nullità del pretendente...

Il signor Dardentor ostentò un'eloquenza irresistibile. Del resto egli credeva in buona fede che quel viaggio avrebbe fornito all'erede dei Désirandelle un'occasione propizia a mostrare le sue qualità e sperava che il voto dei suoi vecchi amici avrebbe finito col realizzarsi. Sarebbe stato un tale dolore per loro se non fossero riusciti nel loro intento! Benché la cosa non commuovesse minimamente la fanciulla, egli riuscí finalmente a convincerla a fare i preparativi per la partenza.

— Me ne ringrazierete piú tardi — le ripeteva — me ne ringrazierete! Patrice, saputa la cosa, non nascose al suo padrone che quel viaggio non riscuoteva la sua intera approvazione. Egli avanzava delle riserve... Senza dubbio vi sarebbero stati altri turisti... non si sapeva chi fossero... e che si sarebbe dovuto vivere in comune... e che quella promiscuità...

Ma il suo padrone gli ingiunse di prepararsi a chiudere le valigie e per la sera del 10 maggio, cioè di lí a quarantott'ore.

Quando il signor Dardentor fece sapere ai due giovanotti la decisione presa dalle famiglie Elissane e Désirandelle e da lui stesso, si affrettò a dimostrar loro tutto il suo dispiacere (oh! un vivo dispiacere!) perché essi non potevano essere della partita. Sarebbe stata una cosa bellissima poter « carovanare » insieme (disse proprio cosí) per qualche settimana attraverso la provincia oranese.

Marcel Lornans e Jean Taconnat risposero mostrando il loro disappunto non meno vivo e non meno sincero. Ma erano ormai a Orano da dieci giorni, come avrebbero potuto ritardare ancora a regolarizzare la loro posizione?...

Ciononostante la sera dopo (che precedeva la mattina della progettata partenza) dopo essersi congedati dal signor Dardentor, i due cugini ebbero il seguente scambio di domande e risposte:

— Senti, Jean...

— Che c'è, Marcel?...

— Un ritardo di due settimane...

— Durerebbe piú di quindici giorni?... no, Marcel, non lo credo... nemmeno in Algeria...

— Se partissimo col signor Dardentor?...

— Partire, Marcel!... E sei tu a farmi questa proposta... tu che non mi hai concesso che quindici giorni per i miei esperimenti di salvataggio?...

— Sí, Jean... perché... qui... ad Orano... in questa città con cosí poco traffico... non avresti potuto riuscire a nulla... Mentre... questo giro... Chissà?... Qualche occasione...

— Eh! eh! Marcel, può capitare davvero... L'acqua... il fuoco... e soprattutto il combattimento... Ed è proprio per procurarmi queste occasioni che hai avuto questa idea?...

— Unicamente! — rispose Marcel Lornans.

— Frottole! — replicò Jean Taconnat.

Capitolo X

NEL QUALE SULLA FERROVIA CHE VA DA ORANO A SAÏDA SI PRESENTA UNA PRIMA, SERISSIMA OCCASIONE

Il giro organizzato dalla società delle ferrovie algerine era tale da piacere ai turisti oranesi. Cosí, il pubblico accolse con favore quell'itinerario di seicentocinquanta chilometri attraverso la provincia, di cui trecento chilometri in treno e trecentocinquanta o in carrozza o con altri mezzi di trasporto fra Saïda, Daya, Sebdu, Tlemcen e Sidi-bel-Abbès. Una passeggiata, come si vede, una semplice passeggiata che si sarebbe potuta compiere da maggio a ottobre, a scelta, ossia durante i mesi in cui non sono da temere grandi perturbazioni atmosferiche.

D'altra parte (ed è il caso di insistervi) non si trattava di un viaggio economico sul genere di quelli combinati dalle agenzie Lubin, Cook o simili, che vi costringono a seguire un dato itinerario e vi obbligano a visitare in quel giorno e a quell'ora la tale città e il tale monumento, programma che infastidisce e imbarazza i clienti e dal quale non ci si può allontanare. No; e Patrice si sbagliava in merito. Nessun impegno e nessuna promiscuità. I biglietti valevano per tutta la bella stagione. Si partiva quando si voleva e ci si fermava a proprio piacimento. Avendo cosí la possibilità di mettersi in viaggio quando piú faceva comodo, derivò che alla prima partenza del 10 maggio non presero parte che una trentina di persone.

L'itinerario era stato scelto molto bene. Delle tre sottoprefetture facenti parte della provincia di Orano (Mostaganem, Tlemcen e Mascara) esso attraversava le due ultime, e delle circoscrizioni militari (Mostaganem, Saïda, Orano, Mascara, Tlemcen e Sidi-bel-Abbès) ne comprendeva tre su cinque.

Entro quei confini la provincia delimitata a nord dal mare, a est dal dipartimento di Algeri, a ovest dal Marocco, e a sud dal Sahara, presenta svariati aspetti, montagne di un'altezza di oltre mille metri, foreste la cui superficie non è inferiore ai quattrocentomila ettari, poi laghi e corsi d'acqua, come il Macta, l'Habra, il Chélif, il Mekena, il Sig. Se la carovana non percorreva l'intera provincia, certo ne visitava le parti piú belle.

Quel giorno Clovis Dardentor non avrebbe certo perso il treno come aveva perduto il piroscafo. Si trovò alla stazione in anticipo: come promotore del viaggio, non faceva che il suo dovere precedendo i compagni, i quali erano tutti d'accordo nel riconoscere in lui il capo della spedizione.

Patrice, freddo e silenzioso, stava accanto al padrone in attesa del bagaglio da far registrare, bagaglio non molto ingombrante: poche valigie, qualche borsa, qualche coperta, il puro necessario.

Erano già le otto e mezzo e il treno partiva alle nove e cinque minuti.

— Ebbene — esclamò Clovis Dardentor, — ma che cosa fanno?... com'è che non mostra il naso, la nostra *smala*?

Dal momento che si trovavano in paese arabo, Patrice si degnò di accettare quella parola indigena e rispose che vedeva un gruppo di gente avvicinarsi alla stazione.

Era la famiglia Désirandelle con la signora e la signorina Elissane.

Il signor Dardentor fece loro una quantità di complimenti. Era cosí felice che i suoi vecchi amici di Francia e i suoi nuovi amici d'Africa avessero accolto la sua proposta. A sentir lui, quel viaggio avrebbe lasciato in tutti imperituri ricordi... La signora Elissane gli pareva in ottima salute, quella mattina... E la signorina Louise... veramente deliziosa nel suo costume da viaggio!... Nessuno doveva preoccuparsi per i posti... Era compito suo... Avrebbe preso lui i biglietti per tutti... I conti li avrebbero regolati dopo... Il bagaglio sarebbe stato affidato a Patrice... E tutti sapevano quanta minuziosa diligenza egli ponesse nelle piú piccole cose... In quanto a lui, Dardentor, da tutto il suo corpo sprizzava una quantità di buon umore.

Le due famiglie entrarono nella sala d'aspetto, lasciando a Patrice i pochi bagagli che non desideravano portare con loro nel vagone. La cosa migliore anzi sarebbe stata lasciarli sul bagagliaio durante le soste a Saint-Denis du Sig e a Mascara fino all'arrivo alla stazione di Saïda.

Dopo aver pregato la signora Désirandelle e Agathocle di rimanere con la signora Elissane e con sua figlia nella sala d'aspetto, Clovis Dardentor con passo leggero (un silfo) e il signor Désirandelle con passo pesante (un pachiderma) andarono a far la coda allo sportello dove venivano distribuiti i biglietti per il viaggio. Una ventina di viaggiatori, impazienti che venisse la loro volta, erano già là in attesa.

E chi vide mai il signor Désirandelle, prima d'ogni altro, fra loro?... Proprio il signor Eustache Oriental, il presidente della Società astronomica di Montélimar, col suo inseparabile cannocchiale a bandoliera. Sicuro! anche quell'originale si era lasciato sedurre dall'esca di un viaggio di quindici giorni a prezzo ridotto.

— Come! — mormorò il signor Dardentor. — Anche lui!... Ebbene, staremo attenti che a tavola il posto migliore non sia sempre il suo e che i bocconi migliori non siano quelli del suo piatto! Che diavolo! le signore prima di tutto!

Tuttavia quando il signor Oriental e il signor Dardentor si trovarono davanti allo sportello, si credettero in dovere di salutarsi con un lieve cenno del capo. Quindi il signor Dardentor prese sei biglietti di prima classe per la famiglia Elissane, la famiglia Désirandelle e per sé, e uno di seconda per Patrice, che non avrebbe accettato di viaggiare in terza.

Poco dopo risuonò la campana, le porte della sala d'aspetto furono aperte, e i viaggiatori affluirono sul marciapiede lungo il quale stazionava il treno; la caldaia metallica della locomotiva brontolava e sussultava di già, mentre dalle valvole il vapore sfuggiva con un sibilo acuto.

In quel treno diretto da Orano ad Algeri i viaggiatori sono sempre numerosi, ed esso, come il solito, non si componeva che di una mezza dozzina di vetture. I gitanti, del resto, dovevano lasciarlo a Perregaux per prendere la ferrovia che scende a sud verso Saïda.

Quando vi è affluenza di viaggiatori, sei persone non trovano facilmente posto in uno stesso scompartimento. Ma Clovis Dardentor, che aveva sempre sottomano una moneta da due franchi, riuscí, grazie allo zelo d'un impiegato, a sistemarsi con tutti i suoi compagni in uno scompartimento i cui due ultimi posti furono subito presi. Si era dunque al completo: le tre signore sul sedile di dietro e i tre uomini su quello anteriore. Si deve anche osservare che Clovis

Dardentor stava di fronte a Louise Elissane e ambedue, da quel lato, occupavano gli angoli del vagone.

Quanto al signor Eustache Oriental, non lo si era rivisto e non ce se ne preoccupò affatto. Egli doveva esser salito nel primo vagone, e certamente si sarebbe visto il suo strumento diottrico passare attraverso il finestrino.

Quella parte del viaggio è di soli settanta chilometri fra Orano e Saint-Denis du Sig, dove l'orario segnava la prima fermata.

Alle nove e cinque precise si udí il fischio del capo stazione, poi uno sbattere di portiere che si chiudevano, quindi il fischio stridente della locomotiva e finalmente il muoversi rumoroso del treno che sobbalzò al passaggio sugli scambi.

Uscendo da Orano, l'occhio del viaggiatore si ferma subito, a destra della ferrovia, su un cimitero e un ospedale, due fabbricati che evidentemente si completano l'uno con l'altro e il cui aspetto non ha nulla di piacevole. A sinistra si susseguono diversi cantieri, al di là dei quali si vede la campagna verdeggiante.

È appunto questo lato quello che si presentò agli sguardi del signor Dardentor e della sua graziosa dirimpettaia. Dopo sei chilometri, costeggiato il laghetto Morselli, il treno si fermò alla stazione de la Senia. Per la verità, solo gli occhi migliori riuscirono a distinguere il borgo situato a milleduecento metri di distanza, al punto in cui si biforca la strada dipartimentale da Orano a Mascara.

Cinque chilometri piú in là, dopo aver lasciato sulla destra l'antico ridotto d'Abdel-Kader, vi fu una fermata alla stazione di Valmy, dove la ferrovia taglia la strada predetta.

A sinistra si svolge una larga porzione del grande lago salato di Sebgha la cui altezza è già di novantadue metri sopra il livello del mare.

Dagli angoli che occupavano nello scompartimento Clovis Dardentor e Louise Elissane non poterono scorgere quel lago che molto imperfettamente. In ogni modo, nonostante la sua vastità, esso non avrebbe ottenuto uno sguardo sdegnoso da Jean Taconnat poiché le sue acque a quell'epoca erano già bassissime ed esso non avrebbe tardato ad asciugarsi totalmente sotto gli ardori della stagione calda.

Fino allora, la direzione della ferrovia era stata verso sud-est; ma a un tratto essa rimontò verso la borgata del Tlélat dove ben presto il treno andò a fermarsi.

Clovis Dardentor si era munito di una carta tascabile montata su tela che comprendeva tutto l'itinerario del viaggio. Ciò non doveva stupire da parte di un uomo tanto pratico e previdente. Egli disse rivolto ai suoi compagni:

— Di qui si stacca la linea di Sidi-bel-Abbès che al ritorno ci riporterà ad Orano.

— Ma — chiese il signor Désirandelle — questa linea non va forse fino a Tlemcen?...

— Dovrà arrivarvi — rispose il signor Dardentor — dopo il suo biforcamento e Bukhanéfes, ma non è ancora terminata.

— Questo mi dispiace — fece osservare la signora Elissane — se si fosse potuto...

— Bontà divina, mia cara signora — esclamò Clovis Dardentor — avrebbe voluto dire sopprimere il tratto di carovana! Dall'interno di un vagone si vede nulla o ben poco, e si cuoce nel proprio sugo! Cosí, non vedo l'ora di essere arrivato a Saïda!... non siete anche voi del mio parere, signorina Louise?...

Come pensare che la giovinetta non si sarebbe schierata dalla parte del signor Dardentor?

Da Tlélat la ferrovia puntò decisamente verso est, attraversando i piccoli corsi d'acqua sinuosi e mormoranti, fedeli tributari del Sig. Il treno ridiscese verso Saint-Denis, dopo aver attraversato il fiume che, sotto il nome di Macta, va a gettarsi in un'ampia baia fra Arzeu e Mostaganem.

I viaggiatori giunsero a Saint-Denis alle undici e qualche minuto: là scese la maggior parte di coloro che facevano il viaggio turistico.

Del resto il programma particolare del signor Dardentor indicava una sosta di un giorno e una notte in quella borgata, dalla quale si sarebbe ripartiti verso le dieci del giorno seguente. Poiché tutti i suoi compagni si rimettevano completamente a lui per le modalità del viaggio, egli era deciso a seguire punto per punto il suo motto: *transire videndo.*[1]

Il nostro perpignanese fu il primo a scendere dal vagone, certo di essere seguito da Agathocle che si sarebbe affrettato a offrire la mano a Louise Elissane per aiutarla a scendere sul marciapiede. Ma quel disgraziato giovane venne preceduto dalla fanciulla che saltò agilmente a terra con l'aiuto del signor Dardentor.

— Ah! — fece lasciandosi sfuggire un piccolo grido nel momento in cui si voltava.

— Vi siete fatta male, signorina? — chiese Clovis Dardentor.

— No... no... — rispose Louise — vi ringrazio, signore... ma credevo... che...

— Credevate?...

— Credevo... che i signori Lornans e Taconnat non facessero il viaggio con noi...

— Loro?... — esclamò Clovis Dardentor con voce stentorea.

E fatta una giravolta si trovò di fronte ai suoi amici, ai quali aprí le braccia, mentre essi salutavano la signora Elissane e sua figlia.

— Voi!... voi!... — andava ripetendo.

— Proprio noi! — rispose Jean Taconnat.

— E l'arruolamento al 7° cacciatori?...

— Abbiamo pensato che sarebbe stato fattibile lo stesso fra quindici giorni... — disse Marcel Lornans — e per utilizzare questo tempo...

— Ci è parso — aggiunse Jean Taconnat — che un giro turistico...

— Avete avuto un'eccellente idea! — esclamò il signor Dardentor. — E non potete credere quanto essa faccia piacere a noi tutti...

A tutti? Forse la parola era eccessiva. Per non parlare di Louise, come avevano preso la cosa tanto i Désirandelle quanto la signora Elissane?... Con vero dispiacere. Cosí lo scambio di saluti con i due parigini fu secco da parte

[1] Spostarsi osservando. (*N.d.T.*)

delle signore e asciutto da parte degli uomini. Quanto a Clovis Dardentor, nessun dubbio che egli fosse in buona fede quando aveva dichiarato alla signora Elissane che né Marcel Lornans né Jean Taconnat l'avrebbero accompagnato. Non era dunque il caso di volergliene. Però egli forse si mostrava troppo contento dell'accaduto.

— Ecco una bella fortuna! — esclamò.

— Il treno stava per partire quando siamo arrivati alla stazione — spiegò Jean Taconnat. — Infatti ho dovuto penare parecchio a convincere Marcel... a meno che non sia stato lui a faticare altrettanto per convincere me... Infine... siamo stati indecisi fino all'ultimo momento...

Basta: Clovis Dardentor e la sua *smala* erano a Saint-Denis du Sig, prima tappa del viaggio e i due giovani furono accettati a far parte della carovana. Ora bisognava cercare un albergo dove poter fare colazione, pranzare e dormire convenientemente. Non ci si sarebbe piú separati... Non ci sarebbero stati due gruppi, il gruppo Dardentor da una parte e quello Lornans-Taconnat dall'altra. No davvero! Questa soluzione fece senza dubbio dei contenti e dei malcontenti me nessuno ne lasciò trapelar nulla.

— Decisamente — mormorò Jean Taconnat — questo pirenaico ha per noi viscere di vero padre!

Se i nostri turisti fossero smontati a Saint-Denis du Sig quattro giorni prima (la domenica e non il mercoledí) vi avrebbero trovato alcune migliaia di arabi. Infatti quello sarebbe stato giorno di mercato, e il problema dell'albergo non si sarebbe potuto risolvere con molta facilità: la popolazione ordinaria di quella borgata è di circa seimila abitanti, di cui un quinto è formato da ebrei, e vi sono inoltre altri quattromila stranieri.

Trovato l'albergo si fece colazione allegramente, con una allegria sfrenata di cui a far le spese fu soprattutto il signor Dardentor. Con l'idea di entrare a poco a poco in sincera intimità con i compagni di viaggio ai quali si erano imposti, i due parigini affettarono di mantenere un discreto riserbo.

— Suvvia, amici miei — osservò persino Clovis Dardentor — non vi riconosco affatto!... le vostre balie vi hanno cambiato strada facendo!... Voi... cosí allegri...

— Non è della nostra età, signor Dardentor — rispose Jean Taconnat. — Non siamo giovani quanto voi...

— Ah!... ipocriti!... A proposito... alla stazione non ho visto il signor Oriental...

— Quel personaggio planetario era dunque sul treno?... — domandò Marcel Lornans.

— Sí e certo avrà proseguito per Saïda.

— Perbacco! — fece Jean Taconnat — un uomo di quella fatta equivale a un'invasione di cavallette... divorerà tutto certamente!

Finita la colazione, poiché la partenza era per le nove dell'indomani mattina, si stabilí che l'intera giornata sarebbe stata impiegata a visitare Saint-Denis du Sig. A dir la verità, queste borgate algerine assomigliano in modo straordinario a capoluoghi cantonali della madrepatria: nulla vi manca, né il commissario di polizia, né il giudice di pace, né il notaio, né il ricevitore delle imposte, né l'ufficiale del genio civile... e nemmeno i gendarmi!

Saint-Denis du Sig possiede qualche strada piuttosto bella, delle piazze dal disegno regolare, piantagioni rigogliose (di platani soprattutto) e una graziosa chiesa di stile gotico del XII secolo. In realtà sono piuttosto i dintorni della città quelli che meritano di essere visitati.

Si girò dunque per i dintorni. Il signor Dardentor fece ammirare alle signore (che non vi erano minimamente interessate) e ai due cugini (la cui mente era altrove, forse fra le nebbie del futuro) l'eccezionale fertilità delle terre, i vigneti superbi che tappezzavano il massiccio isolato a cui si appoggia la borgata, specie di fortezza naturale facile da difendere. Il perpignanese apparteneva a quella categoria di persone che ammirano tutto per la semplice ragione che non stanno piú in casa propria e a cui non si dovrebbe certo affidare la compilazione di nessuna *Guida del viaggiatore*.

Quella passeggiata pomeridiana fu favorita da un tempo meraviglioso. Si andò, uscendo dalla parte settentrionale della città, lungo la riva del Sig, fino alla diga che costringe le acque ad espandersi in un bacino per circa quattro chilometri, bacino che ha una capacità di quattordici milioni di metri cubi destinati all'innaffiamento delle coltivazioni industriali. Questa diga qualche volta ha ceduto e certo cederà ancora. Ma gli ingegneri vegliano e dal momento che i rappresentanti di questa dotta corporazione stanno vegliando, non c'è nulla da temere... almeno a sentir loro.

Dopo quell'escursione cosí lunga, la scusa della fatica non era davvero esagerata. Quindi, quando Clovis Dardentor parlò di una nuova gita che richiedeva parecchie ore di cammino, la signora Elissane e la signora Désirandelle, alla quale credette di doversi unire anche suo marito, chiesero grazia.

Louise dovette riaccompagnarli all'albergo sotto la protezione di Agathocle. Che bell'occasione sarebbe stata per lui d'offrire il braccio alla sua promessa... se egli – almeno al morale – non fosse stato amputato di tutte e due le braccia.

Se non avessero dovuto rassegnarsi a seguire il signor Dardentor, Marcel Lornans e Jean Taconnat non avrebbero chiesto di meglio che di tornare a casa con le signore.

Ma Dardentor si era messo in testa di andare a visitare, a otto chilometri di là, una fattoria di duemila ettari l'« Unione-del-Sig », la cui origine risaliva al 1844. Fortunatamente il tragitto poté effettuarsi a dorso di mulo senza causare né troppo ritardo né troppa fatica. E mentre attraversavano quella campagna ricca e tranquilla, Jean Taconnat pensava:

« È una vera disperazione!... Forse una sessantina d'anni fa... quando qui si combatteva per prender possesso della provincia oranese... chissà se avrei potuto... ».

A farla corta, durante tutta la strada non si era offerta alcuna occasione di salvataggio quando tutti e tre tornarono all'albergo per il pranzo. La serata non fu prolungata di troppo. Fin dalle nove ognuno era già nella sua camera. Agathocle che non sognava mai, non sognò Louise, e Louise il cui sonno era sempre abbellito da sogni piacevoli, non sognò affatto Agathocle...

Il giorno dopo alle otto, Patrice bussò a tutte le porte con un colpettino discreto. Tutti obbedirono al segnale di quel domestico cosí puntuale; si fece una prima colazione con caffè o con cioccolata a seconda dei gusti, si regolò il conto dell'albergo, quindi tutti si recarono a piedi alla stazione.

Questa volta il signor Dardentor e i suoi compagni occuparono un intero scompartimento. Il tragitto ad ogni modo sarebbe stato molto corto, fra Saint-Denis du Sig e la stazione di Perregaux.

Dopo una breve fermata a Mocta-Duz, villaggio di tipo europeo situato a diciassette chilometri da Saint-Denis, il treno si fermò otto chilometri piú in là.

Perregaux, semplice borgata di tremila abitanti, di cui milleseicento indigeni, si trova nel centro d'una pianura meravigliosamente feconda di circa trentaseimila ettari. Essa è bagnata dalle acque dell'Habra; è in questo punto che si incrociano la ferrovia che va da Orano ad Algeri e quella che da Arzeu, porto situato sulla costa settentrionale, scende fino a Saïda. Tracciata da nord a sud attraverso tutta la provincia, passando per i territori immensi dove si raccoglie l'alfa, verrà prolungata fino ad Ain-Safra quasi alla frontiera col Marocco.

I viaggiatori dovettero dunque cambiare treno a quella piccola stazione e si andarono a fermare ventun chilometri piú in là, a quella di Crève-Cœur.

Infatti la linea che va da Arzeu a Saïda lascia Mascara sulla sinistra. Ora, « bruciare », come si suol dire, quel capoluogo di provincia forse avrebbe fatto comodo allo stato d'animo di Jean Taconnat a caccia di incendi. Ma Clovis Dardentor avrebbe protestato energicamente perché il programma del giro comprendeva anche Mascara. Fuori della stazione, a disposizione dei viaggiatori, si trovavano le carrozze prenotate dalla Compagnia ferroviaria per percorrere i venti chilometri che v'erano da compiere.

Uno stesso omnibus accolse la compagnia di Dardentor, e il caso, che alle volte è di una straordinaria abilità, fece sí che Marcel Lornans si trovasse seduto vicino a Louise Elissane. No! Mai venti chilometri gli sembrarono tanto corti! Eppure l'omnibus aveva camminato molto lentamente, poiché la strada si eleva fino a centotrentacinque metri sopra il livello del mare.

Infine, breve o meno che fosse stato il percorso, l'ultimo chilometro venne superato verso le tre e mezzo. Secondo quanto era stato stabilito, si sarebbe dovuto passare a Mascara la sera e la notte dell'undici, quindi la giornata del dodici per partire poi alla volta di Saïda.

— Perché non prendiamo il treno sin da questa sera?... — chiese la signora Elissane.

— Oh! mia cara signora, — rispose Dardentor — non lo vorreste di certo, e se lo voleste e se io avessi la debolezza di obbedirvi, me lo rimprovererereste per tutta la vita...

— Mamma — disse Louise ridendo — come puoi esporre il signor Dardentor a rimproveri cosí lunghi?...

— E cosí giustificati? — aggiunse Marcel Lornans, il cui intervento parve piacere alla signorina Elissane.

— Sí... giustificati — riprese il signor Dardentor — poiché Mascara è una delle piú graziose città dell'Algeria, e il tempo che le dedicheremo non sarà perduto! Che il lupo mi divori dalla nuca alla schiena se...

— Uhm!... — brontolò Patrice.

— Sei raffreddato?... — chiese il suo padrone.

— No... volevo solamente cacciar via il lupo del signore...

— Animale!

A farla breve, la piccola comitiva si arrese ai desideri del suo capo, desideri che del resto assomigliavano molto a ordini.

Mascara è una città fortificata. Posta sul versante meridionale della prima catena dell'Atlante, ai piedi del Chareb-er-Rih, domina la spaziosa pianura d'Eghris. Tre corsi d'acqua vi confluiscono: l'Ued-Tudman, l'Ain-Beida e il Ben-Arrach. Nel 1835 fu presa dal duca d'Orléans e dal maresciallo Clausel, ma quasi subito fu abbandonata, e fu riconquistata solo nel 1841 dai generali Bugeaud e Lamoricière.

Prima di pranzo, i turisti ebbero modo di riconoscere che il signor Dardentor non aveva esagerato. Mascara sta in una posizione deliziosa, situata sopra le due colline fra le quali scorre l'Ued-Tudman. La passeggiata ebbe luogo attraverso i suoi cinque quartieri quattro dei quali sono circondati da un boulevard fiancheggiato da alberi posto sopra un bastione provvisto di sei porte e difeso da dieci torri e da otto baluardi. In ultimo essi si fermarono sulla piazza d'armi.

— Che fenomeno! — esclamò il signor Dardentor mentre si fermava a gambe larghe e braccia alzate al cielo, davanti a un enorme albero vecchio di due o trecento anni.

— È una foresta lui solo — rispose Marcel Lornans.

Era un gelso che meriterebbe d'avere la sua leggenda e sul quale molti secoli erano trascorsi senza abbatterlo.

Clovis Dardentor volle coglierne una foglia.

— Il primo abito a strascico delle eleganti del Paradiso terrestre... — disse Jean Taconnat.

— E che si confezionava senza sarte! — rispose il signor Dardentor.

Infine un eccellente e abbondante pranzo rese le forze ai commensali. Si bevve molto vino di Mascara, di quel vino che occupa un buon posto nelle cantine dei conoscitori d'oltre mare. Quindi, come la sera prima, le signore si ritirarono presto nelle loro stanze. Non si esigeva che si alzassero all'alba; i signori Désirandelle padre e figlio avrebbero potuto riposare fino a tardi. Ci si sarebbe ritrovati all'ora di colazione. Il pomeriggio sarebbe stato dedicato a una visita in comune dei principali edifici della città.

In seguito a queste disposizioni, l'indomani alle otto, i tre inseparabili furono visti nel quartiere commerciale. I suoi vecchi istinti d'industriale e di negoziante vi avevano attirato l'ex bottaio di Perpignano. Quell'adulatore di Jean Taconnat li eccitava con gran fastidio di Marcel Lornans che non provava alcun interesse né per i frantoi, né per i mulini, né per le fabbriche indigene. Ah! se la signorina Elissane fosse stata affidata alle cure paterne del signor Dardentor!... Ma ella non c'era e a quell'ora i suoi begli occhi non si erano ancora aperti alla luce del giorno.

Durante la passeggiata per le vie di quel quartiere, Clovis Dardentor fece diversi acquisti (fra cui un paio di *burnus* neri conosciuti con il nome di *zerdanis* che contava di indossare se si fosse presentata l'occasione, proprio come fanno gli arabi dell'Africa settentrionale).

Verso mezzogiorno, la comitiva si ricostituí. Si visitarono le tre moschee della città, per prima quella di Ain-Beida che data del 1761 e nella quale Abd-el-Kader indisse la guerra santa, per seconda quella trasformata in chiesa per la fabbricazione del pane dell'anima, e per terza quella trasformata in magazzino di grano per la fabbricazione del pane corporale (secondo le parole di Jean Taconnat). Dopo la piazza Gambetta adorna d'una elegante fontana con vasca di marmo bianco, i viaggiatori visitarono successivamente il *beylik*, che è un antico palazzo d'architettura araba, l'ufficio arabo di costruzione moresca, il giardino pubblico ricavato in fondo al burrone dell'Ued-Tudman, con i suoi vivai, le sue piantagioni di ulivi, fichi, dei quali gli arabi fanno una specie di pasta commestibile. A pranzo il signor Dardentor si fece servire una grossa fetta di quella pasta che trovò eccellente e che Jean Taconnat credette di dover gratificare dello stesso aggettivo... anzi in grado superlativo.

Verso le otto, l'omnibus riprese i suoi viaggiatori della sera precedente e abbandonò Mascara. Questa volta il veicolo, invece di tornare a Crève-Cœur, risalí verso la stazione di Tizi, attraversando la pianura di Eghris, le cui vigne producono un vino bianco abbastanza noto.

Il treno partí alle undici. Ma quella sera, per quanto Clovis Dardentor avesse profuso le sue monete da due franchi fra gli impiegati della ferrovia, la comitiva risultò divisa.

Infatti il treno composto di sole quattro vetture era quasi al completo. Ne conseguí che la signora Désirandelle, la signora Elissane e sua figlia poterono trovar posto solo nello scompartimento per signore sole che era già occupato da due donne anziane. Il signor Désirandelle, facendo le smorfie secondo lui piú seducenti, cercò di farvisi ammettere: ma dietro le proteste delle due inflessibili viaggiatrici che l'età rendeva feroci, dovette andare a cercar posto altrove.

Clovis Dardentor se lo tirò dietro nello scompartimento fumatori brontolando fra i denti:

— Le solite Compagnie!... Idiote in Africa come in Europa!... Economizzano sui vagoni per non dir sugli impiegati!

Poiché quello scompartimento conteneva già cinque viaggiatori, rimaneva ancora un posto vuoto, dopo che vi furono entrati i signori Dardentor e Désirandelle, sedendosi uno di fronte all'altro.

— In fede mia — disse Jean Taconnat al cugino — preferisco stare con lui...

Marcel Lornans poteva benissimo fare a meno di domandare a chi si riferisse quel pronome personale: perciò ridendo aggiunse:

— Hai ragione... sali accanto a lui... non si sa mai...

Dal canto suo, egli non era affatto malcontento di sistemarsi in un vagone meno pieno, dove avrebbe potuto sognare a suo agio. L'ultimo del treno conteneva tre soli viaggiatori ed egli vi prese posto.

La notte era scura, senza luna, senza stelle e con l'orizzonte nebbioso. Del resto, il paese non offriva nulla da vedere in quel tratto di percorso che attraversa i territori di colonizzazione. Soltanto fattorie e *ueds* in una vera e propria rete liquida.

Marcel Lornans, sistematosi nel suo angolo, si abbandonò a quei sogni che si fanno ad occhi aperti. Pensava a Louise Elissane, al fascino della sua conversazione, alla grazia della sua persona... Che dovesse diventare la moglie di quell'Agathocle, no! non era possibile!... L'intero universo avrebbe protestato... e lo stesso signor Dardentor avrebbe finito col diventar l'ambasciatore dell'universo...

— Froha... Froha!...

Quel nome che pare il grido di una cornacchia fu lanciato dalla voce stridente del capotreno. Nessun viaggiatore scese dallo scompartimento nel quale il giovanotto si cullava nei suoi sogni. L'amava... Sí! Egli amava quella meravigliosa fanciulla... e l'amava dal giorno in cui l'aveva vista per la prima volta sul ponte dell'*Argèlès*... Era stato quel famoso colpo di fulmine che colpisce anche quando il cielo è senza nubi...

— Thiersville... Thiersville!... — si udí gridare venti minuti dopo.

Il nome dello statista dato a quella stazione sperduta (un paesino di poche case arabe) non distolse dai suoi sogni Marcel Lornans, e Louise Elissane eclissò completamente l'illustre « liberatore del territorio ».

Il treno procedeva solo a piccola velocità, risalendo verso la stazione di Traria, sullo *ued* dello stesso nome, e che si trova a un'altezza di centoventisei metri.

A quella stazione scesero i tre compagni di Marcel Lornans che rimase solo nello scompartimento.

Dalla posizione verticale egli poté quindi passare a quella orizzontale mentre il treno, dopo la borgata di Charrier, costeggiava la base di montagne coperte di boschi fino alla cima. Allora le palpebre gli si appesantirono, per quanto egli si sforzasse di resistere al sonno che gli avrebbe cancellato dalla mente l'immagine delle sue fantasticherie. Ma dovette cedere e il nome di Franchetti fu l'ultimo che gli riuscí di sentire.

Quanto tempo dormí, e perché non del tutto desto provò come un principio di soffocamento?... Dal suo petto sfuggivano gemiti precipitosi... Soffocava... Gli mancava il respiro... Un fumo acre riempiva lo scompartimento... Ad esso erano frammiste lingue di fiamme fuligginose che si estendevano precipitosamente, alimentate dalla velocità del treno...

Marcel Lornans volle alzarsi per spezzare il cristallo di uno dei finestrini... ma ricadde indietro semi asfissiato...

E un'ora dopo, quando il giovane parigino riprese conoscenza alla stazione di Saïda grazie alle cure prestategli, quando poté riaprire gli occhi, scorse il signor Dardentor, Jean Taconnat... e anche Louise Elissane...

Il suo vagone aveva preso fuoco e non appena il treno si era fermato al segnale del capotreno Clovis Dardentor non aveva esitato a precipitarsi in mezzo alle fiamme, mettendo a repentaglio la propria vita per salvare quella di Marcel Lornans.

— Ah! signor Dardentor!... — egli mormorò con voce piena di riconoscenza.

— Va bene!... va bene!... — rispose il perpignanese. — Credevate che vi lasciassi arrostire come un pollastro?... il vostro amico Jean o voi avreste fatto altrettanto per me...

— Certo!... — esclamò Jean Taconnat — ma ecco... questa volta... siete stato voi che... e non è la stessa cosa!...

E sottovoce all'orecchio del cugino aggiunse:

— È inutile!... sono proprio sfortunato!...

Capitolo XI

IL QUALE È SOLO UN CAPITOLO PREPARATORIO A QUELLO CHE SEGUIRÀ

Era finalmente giunta l'ora in cui i diversi elementi del gruppo Dardentor si sarebbero riuniti in carovana. Per andare da Saïda a Sidi-bel-Abbès, niente piú viaggio a bordo di vagoni trainati da una sbuffante locomotiva. Le strade carrozzabili si sarebbero sostituite alle strade ferrate.

Rimanevano trecentocinquanta chilometri (ossia cento leghe) da percorrere « nelle condizioni piú piacevoli », continuava a ripetere il signor Dardentor. Si sarebbe andati a cavallo, a dorso di mulo, di cammello, di dromedario, in carrozza attraverso i territori coltivati ad alfa, attraverso le interminabili foreste che si estendono a sud di Orano, che sulle carte colorate, figurano come aiuole verdeggianti, bagnate dalla rete degli *ueds* di questa regione montuosa.

Dalla partenza da Orano, e durante quei centosettantasei chilometri già percorsi, s'era visto molto bene come l'erede dei Désirandelle, costante nella sua innegabile nullità, non era avanzato di un passo verso la meta a cui la sua famiglia lo spingeva. D'altra parte, come la signora Elissane avrebbe potuto non accorgersi che Marcel Lornans cercava tutte le occasioni per trovarsi con sua figlia, per fare in una parola tutto ciò che non faceva (benché ne avesse diritto), quell'imbecille di Agathocle?... Che poi la giovane Louise fosse sensibile alle cortesie del giovanotto, sí, forse... ma niente di piú, la signora Elissane ne era certa. E, in fin dei conti, non era donna soggetta a ingannarsi... Louise, alla quale (nel caso) ella avrebbe fatto una bella predica, non avrebbe mai osato rifiutare il suo consenso al progettato matrimonio.

E Jean Taconnat aveva motivo per essere soddisfatto?...

— Proprio no! — egli esclamò quella mattina.

Marcel Lornans era ancora nella camera dell'albergo dove era stato trasportato la sera prima, e addirittura steso sul letto, sia pure, per la verità, in pieno possesso delle sue facoltà respiratorie.

— No!... — ripeté — pare proprio che ci mettano la coda tutte le contrarietà della terra...

— Non certo contro di me — gli fece osservar il cugino.

— Anche contro di te, Marcel.

— Niente affatto, perché io non ho mai avuto l'idea di diventare il figlio adottivo del signor Dardentor.

— Perbacco, è l'innamorato che parla!...

— Come!... l'innamorato!...

— Ipocrita!... È chiaro come la luce del giorno che ami la signorina Louise Elissane...

— Ssst... Jean!... Potrebbero sentirti...

— E anche se mi sentissero, non verrebbero a sapere qualcosa che tutti sanno già?... Forse che non lo si vede come la luna a un metro?... Per vederti gravitare ci vuole forse il cannocchiale del signor Oriental?... La signora Elissane non ha forse già cominciato a preoccuparsene?... E i Désirandelle padre, madre e figlio non preferirebbero che tu fossi all'inferno?...

— Esageri, Jean!...

— Niente affatto!... Il solo a ignorarlo è il signor Dardentor, e forse anche la signorina Elissane...

— Lei?... credi?... — chiese con vivacità Marcel Lornans.

— Bene... adesso calmati, signor asfissiato di ieri! Una ragazza può forse sbagliarsi a certe leggere palpitazioni del suo cuoricino?...

— Jean!...

— Quanto al disprezzo che ella prova per quel capo d'opera dei Désirandelle che risponde al nome di Agathocle...

— Ma sai, Jean, che sono diventato innamorato pazzo della signorina Louise?...

— Pazzo è proprio la parola adatta, perché sai come andrà a finire la faccenda?... Che la signorina Elissane sia deliziosa è evidente, e anch'io l'avrei adorata quanto te! Ma è fidanzata e se questo non è un matrimonio d'amore, lo è però di convenienza, d'interesse, e voluto tanto dai genitori di qua come da quelli di là! È una costruzione le cui fondamenta sono state gettate fin dalla infanzia dei due fidanzati e se credi di riuscire a mandarlo all'aria in un soffio...

— Io non credo niente e lascio andare le cose...

— Ebbene, Marcel... hai un torto.

— Quale?...

— Quello di abbandonare i nostri primi progetti.

— Preferisco cederti il posto, Jean.

— Ma rifletti, Marcel! Se riuscissi a farti adottare...

— Io?...

— Sí... tu!... Non ti vedi corteggiare la signorina Elissane... con in mano un bel portafogli, invece del gallone di cavalleggero di prima classe, schiacciando cosí Agathocle con la tua superiorità pecuniaria?... Per non parlare dell'influenza che il tuo nuovo padre, che è stato incantato dalla signorina Louise, metterebbe a tua disposizione... Ah! non esiterebbe davvero, lui, a farne la sua figlia adottiva se la Provvidenza permettesse che lei lo salvasse in un combattimento o in un incendio o dall'acqua!

— Tu sragioni!

— Sragiono con tutta la serietà di una ragione trascendente e ti do anche un buon consiglio.

— Suvvia, Jean, confessa almeno che io ho cominciato molto male! Come! Si sviluppa un incendio nel treno e non solo non sono io a salvare il signor Dardentor, ma è il signor Dardentor a salvare me...

— Beh, Marcel, questa è sfortuna... sfortuna nera!... E a pensarci sei tu ora che ti trovi nelle condizioni volute dalla legge per adottare il perpignanese!... In fondo, la cosa sarebbe la stessa!... Adottalo, e lui farà ricco suo padre...

— Impossibile! — dichiarò ridendo Marcel Lornans.

— E perché?...

— Perché, in ogni caso, bisogna che l'adottante sia piú anziano dell'adottato almeno di qualche giorno.

— Ah! Marcel, jella sempre piú nera! Va tutto a rotoli! Com'è difficile procurarsi una paternità con i mezzi giuridici!

In quel momento, una voce sonora risuonò nel corridoio sul quale si apriva la camera.

— È lui! — fece Jean Taconnat.

Clovis Dardentor fece la sua comparsa tutto allegro e gesticolante, e in un balzo passò dalla soglia ai piedi del letto di Marcel Lornans.

— Come! — esclamò. — Ancora a letto?... È forse malato?... Forse il suo respiro manca di profondità e di regolarità?... Bisogna che gli soffi dell'aria nei polmoni?... Non si preoccupi!... Io ho il petto pieno di un ossigeno di qualità superiore, di cui solo possiedo il segreto!

— Signor Dardentor... mio salvatore!... — disse Marcel Lornans sollevandosi sul letto.

— Ma no... ma no!...

— Ma sí... ma sí! — replicò Jean Taconnat. — Senza di voi sarebbe morto asfissiato!... Senza di voi sarebbe stato cotto, stracotto, bruciato, incenerito!... Senza di voi non ne resterebbe che un pugno di cenere e io non avrei potuto far altro che portarlo via chiuso in un'urna!...

— Povero ragazzo!... povero ragazzo!... — esclamò il signor Dardentor alzando le mani al cielo.

Quindi aggiunse:

— Eppure è vero che l'ho salvato io!

E lo guardava con uno sguardo sincero e commosso, e lo abbracciò in un vero accesso di «perichonismo»[1] acuto che forse sarebbe passato anche allo stato cronico.

Si cominciò a chiacchierare:

Come mai lo scompartimento in cui Marcel Lornans dormiva il sonno del giusto aveva preso fuoco? Forse una favilla, sfuggita dalla locomotiva ed entrata attraverso un finestrino aperto... Allora i cuscini avevano cominciato a incendiarsi... e l'incendio si era sviluppato grazie alla velocità del treno.

— E le signore? — domandò Marcel Lornans.

— Stanno bene, e si sono riavute dallo spavento, mio caro Marcel.

«Siamo già al "mio caro Marcel"» sembrò dire Jean Taconnat scrollando il capo.

— Perché d'ora in avanti è come se foste mio figlio! — insisté Clovis Dardentor.

— Suo figlio! — mormorò il cugino.

E il brav'uomo proseguí:

— Eh! se aveste veduto la signorina Elissane, quando finalmente il treno si è fermato, precipitarsi verso il vagone da cui uscivano turbinando le fiamme... sí... veloce come me!... E quando vi ho deposto sul marciapiede, se l'aveste vista prendere il suo fazzoletto, versarvi alcune gocce da una bottiglia di sali,

[1] Si fa qui allusione a una celebre commedia-vaudeville di E. Labiche, *Le voyage de Monsieur Perrichon*, nella quale il protagonista (il signor Perrichon, appunto) è salvato da uno dei pretendenti alla mano di sua figlia: ma a questi egli preferirebbe l'altro pretendente che è stato lui a salvare in un incidente di montagna. (*N.d.T.*)

bagnarvi le labbra!... Ah! le avete fatto una bella paura, ho temuto che svenisse!...

Marcel Lornans, piú turbato di quello che avrebbe voluto dimostrare, prese le mani del signor Dardentor e lo ringraziò di tutto quello che aveva fatto per lui... delle sue premure... del fazzoletto della signorina Louise! Benone! ecco che il nostro perpignanese s'intenerisce, e gli s'inumidiscono gli occhi...

« Una goccia di pioggia fra due raggi di sole » pensò Jean Taconnat, che contemplava quel quadretto commovente con un'aria un po' ironica.

— Mio caro Marcel, non avete intenzione di saltar fuori dal vostro letto? — domandò il signor Dardentor.

— Stavo alzandomi, quando siete arrivato...

— Se posso aiutarvi...

— Grazie... grazie... ora c'è Jean...

— Non dovete fare complimenti! — replicò il signor Dardentor. — Ora siete cosa mia!... E ho tutto il dannato diritto di circondarvi di cure...

— Paterne — suggerí Jean.

— Paterne... tutto ciò che può esservi di piú paterno, e che la coda del diavolo mi strozzi il gozzo!...

Fortunatamente Patrice non era presente.

— Amici, sbrighiamoci! Vi aspettiamo entrambi in sala da pranzo... Una tazza di caffè, e andremo alla stazione dove voglio controllare con i miei occhi che non manchi nulla all'organizzazione della carovana! Quindi faremo un giro per la città... Oh! si farà presto... Poi visiteremo i dintorni!... E domani fra le otto e le nove, ci metteremo in cammino all'uso arabo! In cammino, turisti! In cammino, escursionisti! Vedrete se sto bene avvolto nel mio *zerdani*!... Uno sceicco... un autentico sceicco della Sceiccardia!

Infine, dopo aver dato a Marcel Lornans una stretta di mano talmente energica da strapparlo fuori del letto, egli uscí canticchiando un motivo delle montagne dei Pirenei.

Come fu uscito:

— Eh! — disse Jean Taconnat — dove trovarne uno compagno... e una compagna... l'uno col suo *zerdani* africano... l'altra col suo fazzoletto intriso di sali?...

— Jean — fece Marcel un po' seccato — mi sembri di una allegria eccessiva!

— È colpa tua; hai voluto tu che io fossi allegro... e lo sono! — rispose Jean, facendo una burlesca giravolta.

Marcel Lornans cominciò a vestirsi: era ancora pallido, ma presto si sarebbe rimesso.

— D'altronde — diceva sua cugino — quando saremo nel 7° cacciatori saremo esposti a ben altre avventure... E che prospettive! cadute da cavallo, calci di questo nobile animale, e in caso di combattimento, una gamba o un braccio di meno, il petto bucato, il naso tagliato, la testa troncata... e con ciò l'impossibilità di poter reclamare contro la brutalità dei proiettili da dodici... e anche contro quelli di minor calibro.

Marcel Lornans, vedendolo « partito in quarta », preferí non interromperlo, e attese che il rubinetto degli scherzi si chiudesse per dirgli:

— Scherza, scherza, amico Jean! Ma non dimenticare che io ho rinunciato ad ogni tentativo di farmi adottare dal mio salvatore, salvandolo a mia volta! Manovra, combina, agisci pure come vuoi! Ti auguro buon successo!

— Grazie, Marcel.

— Non c'è di che, Jean... Dardentor!

Mezz'ora dopo facevano entrambi il loro ingresso nella sala da pranzo dell'albergo, una modesta locanda ma pulita e di aspetto piacevole. I Désirandelle e le signore Elissane stavano riuniti davanti a una finestra.

— Eccolo!... eccolo! — esclamò Clovis Dardentor. — Eccolo al completo, con tutte le sue facoltà respiratorie e stomacali... scappato di fresco alla griglia!

Patrice girò leggermente il capo, perché quella disgraziata parola « griglia » gli pareva evocare dei paragoni piuttosto spiacevoli.

La signora Elissane accolse Marcel Lornans con parole cortesi e si congratulò con lui per essere sfuggito a quel terribile pericolo...

— Grazie al signor Dardentor — rispose Marcel Lornans. — Senza la sua abnegazione...

Patrice vide con soddisfazione che il suo padrone si limitava a stringere la mano del giovanotto senza rispondere.

Dal canto loro i Désirandelle, a bocca stretta, cera seccata, smorfia rebarbativa s'inchinarono appena davanti ai due parigini.

Louise Elissane non disse una parola; ma il suo sguardo incrociò quello di Marcel Lornans e forse i suoi occhi dissero molto di piú di quanto avrebbero potuto dire le sue labbra.

Dopo colazione il signor Dardentor pregò le signore di cominciare a prepararsi mentre li attendevano. Poi assieme ai due giovanotti e ai Désirandelle padre e figlio uscí diretto alla stazione.

Come abbiamo già detto, la ferrovia che va da Arzeu a Saïda si ferma a quest'ultima città che è il suo capolinea. Aldilà di essa, attraverso le coltivazioni di alfa della Società Franco-algerina, la Compagnia Ferroviaria del Sud-oranese ha gettato la linea che via Tafararna arriva fino alla stazione di Kralfalla, dalla quale partono tre diramazioni; una, già ultimata, che per il Kreider scende fino a Méschéria e Ain-Sefra; la seconda, ancora in costruzione, che attraverserà la parte orientale di quella regione verso Zragnet; e la terza, in progetto, che passando per Ain-Sfissifa, dovrà arrivare fino a Géryville che si trova a millequattrocento metri sul livello del mare.

Ma il giro non si spingeva tanto addentro nella regione meridionale. Da Saïda i viaggiatori avrebbero dovuto spingersi verso ovest fino a Sebdu, poi risalire a nord fino a Sidi-bel-Abbès, dove avrebbero ripreso la ferrovia per Orano.

Se Clovis Dardentor si recò perciò alla stazione, fu per esaminare i mezzi di trasporto messi a disposizione dei viaggiatori, e ne rimase soddisfatto.

C'erano dei carri coperti e tirati da muli, cavalli, asini e cammelli, i quali non aspettavano altro che il comodo dei viaggiatori per mettersi in marcia. Del resto, nessuno degli altri turisti partiti da Orano aveva ancora lasciato Saïda e, per quanto non vi fosse nulla da temere da parte delle tribú nomadi in quella escursione attraverso la regione meridionale, era preferibile che la carovana fosse la piú numerosa possibile.

Marcel Lornans e Jean Taconnat, ottimi cavalieri, scelsero due cavalli che ritennero buoni, di quei cavalli berberi, solidi, ostinati, sobri e forti che provengono dagli altipiani meridionali della provincia d'Orano. Il signor Désirandelle, dopo aver ben ponderato tutto, si decise a prendere posto assieme con le tre signore a bordo di uno dei carri. Agathocle, poco sicuro in sella, non trovando di suo gusto l'andatura troppo rapida del cavallo, fece cadere la sua scelta su un mulo di cui, pensava, non avrebbe avuto che a lodarsi altamente. E Clovis Dardentor, eccellente cavaliere, guardò i cavalli da conoscitore, scosse la testa e non disse verbo.

È inutile aggiungere che la direzione della carovana era affidata a un agente della Compagnia Ferroviaria. Questo agente si chiamava Derivas e aveva ai suoi ordini una guida di nome Moktani e parecchi altri servitori arabi. Un carretto doveva seguire con una quantità sufficiente di provviste, le quali, del resto, si sarebbero potute rinnovare a Daya, e Sebdu e a Tlemcen. Non c'era nemmeno da pensare ad accamparsi durante la notte. Per mantenersi nei limiti di tappa stabiliti, la carovana non doveva percorrere piú d'una decina di leghe al giorno e, venuta la sera, si sarebbe fermata nei villaggi o nei paesini disseminati lungo il suo itinerario.

— Va benissimo — dichiarò Dardentor — e l'organizzazione fa onore al direttore delle ferrovie algerine. Non dobbiamo che congratularci per le misure prese. Domani alle nove, appuntamento alla stazione, e poiché ora abbiamo un'intera giornata a nostra disposizione, in cammino, amici, per visitare Saïda la bella!

Al momento d'uscire Dardentor e i suoi compagni scorsero una delle loro conoscenze.

Il signor Eustache Oriental stava arrivando alla stazione per lo stesso motivo per cui vi si erano recati loro.

— Guarda, guarda chi arriva in carne ed ossa! — disse il perpignanese in tono declamatorio senza accorgersi che parlava in versi.

Il presidente della Società astronomica di Montélimar salutò, ma non fu scambiata nessuna parola. Il signor Eustache Oriental pareva volesse tenersi in disparte come aveva fatto a bordo dell'*Argèlès*.

— Cosí, anche lui sarà dei nostri?... — osservò Marcel Lornans.

— Sí... e si farà sballottolare con noi! — aggiunse il signor Dardentor.

— Spero — disse Jean Taconnat — che la Compagnia avrà pensato a provvedersi di viveri supplementari...

— Scherzate, signor Taconnat, scherzate! — rispose Clovis Dardentor. — Eppure, chissà che quell'astronomo non ci sia utile durante il viaggio... Supponete che la carovana si perda... non riuscirebbe forse a rimetterla sulla buona via, solo guardando le stelle?...

In ogni modo, si sarebbe cercato di approfittare della presenza di quello scienziato se le circostanze l'avessero richiesto.

Come aveva proposto il signor Dardentor, la mattinata e il pomeriggio furono dedicati a visitare l'interno e l'esterno della città.

La popolazione di Saïda ammonta a circa tremila abitanti, popolazione mista, composta per un sesto da francesi, per un dodicesimo da ebrei e da indigeni per tutto il resto.

Il paese, originato da un cerchio della circoscrizione militare di Mascara, fu fondato nel 1854. Ma dieci anni prima non esistevano piú che dei ruderi della vecchia città, presa e distrutta dalle truppe francesi. Quel quadrilatero di mura era stato una delle piazzeforti di Abdel-Kader. Dopo di allora, la nuova città è stata ricostruita due chilometri a sud-est, vicino alla cresta fra il Tell e gli altopiani, a un'altezza di circa novecento metri. È bagnata dal Meniarin che sgorga da una gola profonda.

Bisogna convenire che Saïda la bella, con la sua struttura moderna frammista di costumi indigeni, non offriva ai turisti che una copia di Saint-Denis du Sig e di Mascara. Sempre l'inevitabile giudice di pace, l'ufficiale del registro, del catasto e delle imposte, le guardie forestali e il tradizionale ufficio arabo. Ma non un monumento, niente di artistico da vedere, nessun avanzo di colore locale, ma questo non deve stupire, poiché si tratta d'una città di fondazione relativamente recente.

Il signor Dardentor non pensò affatto a lamentarsi. La sua curiosità fu soddisfatta, o meglio i suoi istinti d'industriale presero in lui il sopravvento davanti ai mulini e alle segherie il cui acuto ticchettio e i laceranti stridori accarezzavano il suo orecchio. L'unica cosa di cui egli si lamentò fu di non essere arrivato a Saïda di mercoledí, giorno in cui gli arabi tengono il gran mercato delle lane. In ogni modo la sua disposizione al *tot admirari* non doveva venir meno durante l'escursione, e come lo si vedeva al principio, cosí sarebbe apparso alla fine del viaggio.

Fortunatamente i dintorni di Saïda offrono panorami graziosi, incantevoli paesaggi e punti di vista tali da tentare il pennello d'un pittore. Inoltre vi prosperano opulenti vigneti e ricche coltivazioni, in cui fioriscono tutte le specie della flora algerina. Insomma la campagna di Saïda, come nelle altre tre province della colonia francese, rivelava le sue qualità produttive. Gli ettari dediti alla coltura dell'alfa sono circa cinquecentomila. Le terre vi sono ottime e la diga dell'Ued-Meniarin dispensa ad esse l'acqua necessaria. Cosí quel suolo, fornito anche di ricche cave di marmo dalle vene giallastre, offre ottimi risultati alle coltivazioni.

Ne conseguí questa riflessione del signor Dardentor, riflessione fatta anche da diverse altre persone intelligenti:

— Come mai l'Algeria, con tante risorse naturali, non può bastare a se stessa?...

— Vi crescono troppi funzionari — rispose Jean Taconnat — e non abbastanza coloni, che d'altra parte vi rimarrebbero soffocati. È tutta questione di mondatura!

La passeggiata si prolungò fino a due chilometri a nord-ovest di Saïda. Là, su un rilievo alla cui base, a trecento piedi di profondità scorre il Meniarin, si ergeva la città vecchia. Vi rimangono solo dei ruderi della fortezza del famoso conquistatore arabo, che finí come finiscono tutti i conquistatori.

Dardentor coi suoi amici rientrò all'albergo all'ora di pranzo, e in vista della prossima partenza, ognuno, finito di mangiare, si ritirò nella propria stanza per ultimare i preparativi.

Se Jean Taconnat dovette iscrivere ancora questa giornata nella colonna delle perdite, Marcel Lornans invece poté segnare una buona partita al suo attivo. Infatti aveva avuto occasione di soffermarsi con Louise Elissane per ringraziarla delle sue premure...

— Ah! signore — aveva risposto la fanciulla — quando vi ho visto privo di sensi, quasi senza respiro, ho creduto che... no! Non dimenticherò mai...

E bisogna confessare che quelle parole erano molto piú significative della « bella paura » di cui aveva parlato il signor Dardentor.

Capitolo XII

NEL QUALE LA CAROVANA LASCIA SAÏDA E ARRIVA A DAYA

L'indomani, un'ora prima della partenza, il personale e il materiale della carovana attendevano alla stazione l'arrivo dei turisti. L'agente Derivas dava gli ultimi ordini. L'arabo Moktani finiva di sellare il suo cavallo. Tre carri e un carretto, allineati in fondo al cortile, con i guidatori a cassetta, erano pronti a partire al galoppo dei loro « attacchi » Una dozzina fra cavalli e muli sbuffavano e scalpitavano mentre due cammelli tranquillissimi riccamente bardati stavano accovacciati a terra. Cinque indigeni, assunti per tutta la durata dell'escursione, accoccolati in un angolo, a braccia incrociate, immobili nei loro burnus bianchi, aspettavano il segnale del capo.

Col gruppo Dardentor, composto da nove persone, la carovana doveva comprendere sedici escursionisti. Sette altri viaggiatori partiti da Orano (fra loro c'era il signor Oriental) e smontati da due giorni a Saïda, avrebbero compiuto quel giro organizzato nelle migliori condizioni. Nessun'altra viaggiatrice si era unita a loro. La signora e la signorina Elissane, e la signora Désirandelle sarebbero state le sole a rappresentare il contingente femminile.

Clovis Dardentor, i suoi compagni e le sue compagne, preceduti da Patrice, furono i primi a giungere alla stazione. Gli altri viaggiatori giunsero a poco a poco: per lo piú erano di Orano, e alcuni conoscevano la signora Elissane.

Il signor Eustache Oriental, col cannocchiale a bandoliera e la borsa in mano, salutò gli ex-passeggeri dell'*Argèlès* i quali gli resero il saluto. Questa volta il signor Dardentor gli si fece incontro sorridendo e con la mano tesa.

— Siete dei nostri? — gli domandò.

— Sí — rispose il presidente della Società astronomica di Montélimar.

— E vedo che non avete dimenticato il vostro cannocchiale. Tanto meglio, perché potrebbe darsi il caso di dover tenere gli occhi aperti... e bene... se le nostre guide ci cacciassero in qualche pasticcio!

Patrice distolse il viso con atteggiamento riprovatore, mentre il perpignanese e il montelimarese si scuotevano il braccio con energia.

Frattanto Marcel Lornans sbarazzava la signora e la signorina Elissane di tutti i piccoli oggetti che avevano in mano, il signor Désirandelle badava che i bagagli venissero accuratamente deposti nel carretto, Agathocle faceva scherzi cretini al mulo da lui scelto, le cui orecchie andavano drizzandosi freneticamente, e Jean Taconnat pensieroso si domandava che cosa sarebbe successo nei prossimi quindici giorni di viaggio attraverso i territori meridionali della provincia di Orano.

La carovana fu formata rapidamente. Il primo carro foderato di soffici cuscini, coperto da una pratica tenda a cortine, accolse la signora Elissane e sua figlia, il signor Désirandelle e sua moglie. Altri cinque turisti che preferivano la tranquillità di quel genere di trasporto all'agitazione del cavalcare, presero posto nel secondo e nel terzo carro.

I due parigini salirono a cavallo d'un balzo, da persone per le quali l'equitazione non ha nessun segreto. Agathocle si arrampicò alla meglio sul suo mulo.

— Faresti meglio a salire nel nostro carro dove tuo padre ti cederebbe il posto... — gli gridò la signora Désirandelle.

E il signor Désirandelle era pronto a favorire tale combinazione che avrebbe permesso a suo figlio di trovarsi vicino a Louise Elissane. Ma Agathocle non volle sentir ragioni e seguitò a cavalcare la sua bestia che, non meno ostinata di lui, si riprometteva certo di giocargli qualche brutto tiro.

L'agente Derivas era già in sella al suo cavallo e due altri viaggiatori sui loro, quando gli sguardi di tutti si rivolsero a Clovis Dardentor.

Quello stupefacente individuo, aiutato dal suo domestico, si era allora buttato in spalla lo *zerdani* africano. È vero che invece del fez o del turbante la sua testa era coperta da un casco di tela bianca; ma le sue uose ricordavano gli stivali arabi, e in quel costume (che era stato approvato anche da Patrice) egli faceva una bella figura. Forse il domestico sperava che il suo padrone ora si sarebbe espresso solo in termini molto scelti e con eleganza assolutamente orientale.

Allora il signor Dardentor andò ad accoccolarsi sulla gobba di uno dei due cammelli accovacciati mentre la guida Moktani andava a sedersi sul dorso dell'altro. Poi i due mehari si alzarono maestosamente e il perpignanese salutò con gesto elegante i suoi compagni di viaggio.

— Ne combina sempre qualcuna! — commentò la signora Désirandelle.

— Purché non gli capiti qualche disgrazia! — mormorò la fanciulla.

— Che uomo! — ripeteva Jean Taconnat al cugino. — Chi non si sentirebbe onorato d'essere suo figlio?...

— Cosí come di averlo per padre! — aggiunse Marcel Lornans il cui magnifico pleonasmo fu accolto con uno scoppio di risa dal cugino.

Patrice con molta dignità aveva inforcato un mulo e l'agente Derivas diede il segnale della partenza.

La carovana seguiva quest'ordine: in testa, a cavallo, procedeva l'agente Derivas, poi, sui loro cammelli, la guida Moktani e il signor Dardentor, quindi i due giovanotti insieme con gli altri due viaggiatori a cavallo, Agathocle molto male in equilibrio sulla sua cavalcatura; seguivano i tre carri, a bordo di uno dei quali si trovava il signor Eustache Oriental, e infine il carretto che trasportava gli indigeni con le provviste, il bagaglio e le armi. Altri due indigeni a cavallo formavano la retroguardia.

Il tragitto da Saïda a Daya non superava i cento chilometri. L'itinerario, studiato con molta cura, indicava a metà cammino un villaggio, al quale si sarebbe arrivati verso le otto di sera: lí si sarebbe passata la notte e di lí si sarebbe ripartiti il giorno seguente per giungere in serata a Daya. Una media di una lega all'ora avrebbe permesso di trasformare quel viaggio in una passeggiata attraverso territori di aspetto tanto vario.

Lasciando Saïda, la carovana abbandonò immediatamente il terreno di colonizzazione per il territorio di Beni-Meniarin. Una strada di grande comunicazione, che giunge fino a Daya, si stendeva davanti ai viaggiatori in direzione dell'occidente. Non c'era da far altro che seguirla.

Il cielo era cosparso di nuvole che una brezza di nord-est spingeva rapidamente davanti a sé. La temperatura si manteneva a una media piú che sopportabile, grazie al rinfrescamento dell'atmosfera. Il sole mandava quel tanto che basta dei suoi raggi per creare contrasti di luci e di ombre e per mettere in valore il paesaggio. Si procedeva al piccolo trotto, perché la strada saliva da novecento a millequattrocento metri.

Dopo alcuni chilometri, la carovana superò sulla destra alcune rovine e passò sul ciglio della foresta di Dui-Thabet dirigendosi verso le sorgenti dell'Ued-Hunet. Allora si costeggiò la foresta di Gieffra-Cheraga, la cui superficie non è inferiore ai ventunmila ettari.

Verso nord si stendono vaste colture di alfa con i loro cantieri e le loro presse idrauliche per schiacciare la *stipa tenerissima*, appunto l'alfa degli arabi. Questa graminacea che resiste all'asciutto e al calore, serve a nutrire cavalli e bovini e le sue foglie rotonde sono anche impiegate nella fabbricazione degli oggetti di sparto, delle stuoie, delle corde, dei tappeti, delle calzature e anche d'una robustissima qualità di carta.

— Inoltre — fece osservare l'agente al signor Dardentor — lungo tutta la strada potrete veder succedersi immense coltivazioni di alfa, foreste immense, montagne dalle quali si estrae il ferro e cave che forniscono marmo e altre pietre...

— E noi non penseremo certo a lamentarci... — rispose il perpignanese.

— Soprattutto se i panorami saranno pittoreschi — aggiunse Marcel Lornans pensando a tutt'altro.

— In questa parte della regione abbondano i corsi d'acqua?... — domandò Jean Taconnat.

E la guida Moktani gli rispose:

— Vi sono piú *ueds* qua che vene nel corpo umano!...

— Tante vene al plurale... — mormorò Jean Taconnat — ma non abbastanza al singolare!

La regione allora attraversata appartiene al Tell, nome dato a quella parte del paese che declina verso il Mediterraneo. È la parte piú bella della provincia di Orano, dove il calore è sempre eccessivo e superiore a quello di tutta l'antica Barberia. Là invece la temperatura è sopportabile anche quando sull'altipiano, dove sono i grandi pascoli e i laghi salati, e piú oltre, nel Sahara, in cui l'atmosfera si carica di pulviscolo accecante, il regno vegetale e quello animale sono divorati dagli ardori del sole africano.

Se il clima della provincia di Orano è il piú caldo dell'Algeria, è tuttavia anche il piú sano. Questa salubrità è data dalla frequenza con cui spirano le brezze di nord-ovest. Questa porzione poi del Tell oranese che la carovana stava per traversare, è meno montuosa del Tell delle province d'Algeri e di

Costantina. Le sue pianure, meglio irrigate, sono piú adatte alle coltivazioni, e il loro suolo è di primissimo ordine: si prestano quindi ad ogni genere di colture e piú particolarmente a quella del cotone, quando il suolo è impregnato di sale, e in queste condizioni esistono piú di trecentomila ettari.

Del resto, all'ombra di quell'immensa foresta, la carovana doveva viaggiare senza temere nulla dei calori estivi già intensi nel mese di maggio. E che vegetazione variata, lussureggiante, poderosa si offriva agli sguardi! Che aria buona si respirava, alla quale si mescolava il profumo di mille piante profumate! Dovunque, macchie di giuggioli, carrubi, corbezzoli, lentischi, palmizi nani; cespugli di piante di timo, di mirto, di lavanda; boschetti di ogni specie di querce di cosí grande valore botanico; sugheri, lecci e altre; e poi tuie, cedri, olmi, frassini, olivi selvatici, pistacchi, ginepri, limoni, eucalipti, cosí prosperi in Algeria, pini d'Aleppo a migliaia, per non parlare di tante altre essenze resinose! I nostri viaggiatori interessatissimi, allegri, nello stato d'animo che caratterizza l'inizio di ogni viaggio, percorsero con entusiasmo la prima tappa del loro itinerario. Gli uccelli cantavano al loro passaggio e il signor Dardentor pretendeva che fosse stata la cortese Compagnia Ferroviaria Algerina a organizzare quel concerto. Il suo mehari lo portava con tutte le premure dovute a tanto personaggio e quantunque alle volte un trotto troppo rapido lo sbatacchiasse fra le due gobbe del ruminante, egli affermava di non aver mai incontrato una cavalcatura piú dolce e regolare.

— Molto superiore al brocco! — sostenne.

— Cavallo... non brocco! — avrebbe corretto Patrice se fosse stato vicino al suo padrone.

— Davvero, signor Dardentor — gli domandò Louise Elissane — questo animale non vi sembra troppo rigido?...

— No, mia cara signorina... è piuttosto lui che deve trovar me molto rigido... autentico marmo dei Pirenei!

In quel momento i cavalieri si erano avvicinati ai carri e ci fu uno scambio di parole. Marcel Lornans e Jean Taconnat poterono parlare con la signora Elissane e con sua figlia, con gran rabbia dei Désirandelle che non cessavano dal tener d'occhio Agathocle, che ogni tanto era alle prese col suo mulo.

— Attento a non cadere! — gli raccomandava sua madre. Quando l'animale con uno scarto brusco si gettava da un lato.

— Se cade si rialzerà! — rispondeva il signor Dardentor. — Su, Agathocle, attento a non farti disarcionare...

— Avrei preferito che salisse in carrozza... — continuava a ripetere il signor Désirandelle.

— Beh?... Ma dove va ora?... — esclamò ad un tratto il perpignanese. — Se ne torna forse a Saïda... Ehi?... Agathocle... sbagli strada, ragazzo mio!

Infatti, nonostante gli sforzi del cavaliere, la bestia procedendo con andatura saltellante e ostinata, stava facendo marcia indietro senza ascoltar ragioni.

Ci si dovette fermare per qualche minuto e Patrice fu inviato dal padrone, con l'ordine di riportare sui suoi passi l'animale.

— A chi tocca questo appellativo?... — disse a mezza voce Jean Taconnat — al cavaliere o alla cavalcatura?...

— A tutti e due — mormorò Marcel Lornans.

— Signori... signori..., un po' di comprensione! — fece Dardentor che aveva, del resto, una voglia matta di ridere.

Ma certo Louise udí la battuta e non è impossibile che un lieve sorriso si fosse disegnato sulle sue labbra.

Finalmente le apprensioni della signora Désirandelle si calmarono. Patrice aveva raggiunto prontamente Agathocle e aveva riportato indietro il recalcitrante animale.

— Non è colpa mia — disse quell'imbecille, — seguitavo a darci dentro...

— Ma non ne venivi fuori! — ribatté il signor Dardentor, i cui sonori scoppi di risa misero in fuga gli ospiti alati di un fitto cespuglio di lentischi.

Verso le dieci e mezzo la carovana aveva passato il confine che separa il Beni-Meniarin dal Giafra-ben-Giafur. Il guado di un piccolo ruscello affluente dell'Hunet, che alimenta gli *ueds* della regione settentrionale, fu eseguito senza difficoltà. E lo stesso avvenne, qualche chilometro piú avanti, per il Fenuan, le cui acque sgorgano nel folto della foresta di Chéraga. L'acqua non superava il pasturale dei cavalli.

Mancavano venti minuti al mezzogiorno, quando Moktani dette il segnale della fermata. Per la tappa della colazione non si sarebbe potuto trovare un luogo piú piacevole, sul limitare del bosco all'ombra di quei lecci le cui chiome sono impenetrabili anche ai raggi piú ardenti del sole, e in riva all'Ued-Fenuan dalle acque cosí fresche e limpide.

I cavalieri smontarono dai cavalli e dai muli poiché queste bestie non hanno l'abitudine di accovacciarsi a terra. I due mehari piegarono le ginocchia e allungarono la testa sull'erba che tappezzava la strada. Clovis Dardentor e la guida sbarcarono, espressione piú che appropriata poiché il cammello, secondo gli arabi, è la « nave del deserto ».

Le bestie si allontanarono di qualche passo per pascolare sotto la sorveglianza degli indigeni.

Il loro pasto era davvero abbondante: alfa, diss, chiehh, in prossimità di un boschetto di terebinti, splendidi campioni delle essenze forestali del Tell.

Il carretto fu scaricato delle provviste portate da Saïda: vari tipi di cibi conservati, carne fredda, pane fresco, frutti appetitosi nei loro panieri di verdura, banane, goyave, fichi, nespole del Giappone, pere, datteri. E che appetito avevano tutti, stimolato dall'aria buona!

— Questa volta — osservò Jean Taconnat — non vi sarà un capitano Bugarach per mettere la nave di traverso alle onde all'ora di colazione!

— Come? — chiese il signor Désirandelle — il capitano dell'*Argèlès* avrebbe osato?...

— Eh! sí, caro mio, ha osato — esclamò il signor Dardentor — ...e nell'interesse degli azionisti della compagnia! Il dividendo prima di tutto, sai, e a pagarne lo scotto sono i passeggeri!... tanto meglio per quelli che hanno lo stomaco saldo al suo posto, e che se ne infischiano del beccheggio e del rollio come un delfino di un fortunale.

Il naso di Patrice si era raddrizzato tre volte.

— Ma qui — continuò il signor Dardentor — il pavimento sta fermo e non abbiamo bisogno di una tavola anti-rollio.

L'orecchio di Patrice riprese la sua normale posizione.

Era stato apparecchiato sull'erba: non mancavano né piatti, né bicchieri, né forchette, né cucchiai, né coltelli, il tutto di una pulizia veramente consolante.

Naturalmente i turisti consumarono il pasto tutti insieme, cosa che permise loro di fare piú ampia conoscenza. Ognuno si sedette dove volle: Marcel Lornans non troppo vicino alla signorina Elissane, per discrezione, ma nemmeno troppo lontano, accanto al suo salvatore che lo adorava da quando lo aveva strappato « al fuoco turbinoso d'un vagone in fiamme », frase superba, ripetuta spesso e volentieri dal signor Dardentor e che Patrice non si dimenticava di salutare al passaggio.

Quella volta la tavola campestre non offriva posti buoni o cattivi. I piatti non arrivavano da una parte per andarsene dall'altra. Quindi il signor Eustache Oriental non poté, come aveva fatto a bordo del piroscafo, scegliersi un posto piuttosto che un altro. Tuttavia si tenne un po' in disparte, e grazie al colpo d'occhio di cui era dotato, non perse mai di vista i bocconi migliori. È vero che Jean Taconnat, con la sveltezza d'un prestigiatore riuscí a sottrargliene qualcuno: il che provocò una smorfia di disappunto che il signor Oriental non riuscí a dissimulare.

Quel primo pasto all'aria aperta fu molto allegro. E non erano forse tutti di un'allegria contagiosa i pasti presieduti dal nostro perpignanese la cui allegria sgorgava come una sorgente delle sue montagne? La conversazione non tardò a estendersi. Si parlò del viaggio, delle sorprese che certo esso avrebbe riservato, dei possibili incidenti attraverso quel paese pur cosí interessante. Anzi a quel proposito la signora Elissane domandò se non c'era nulla da temere dalle bestie feroci.

— Bestie feroci? — rispose Clovis Dardentor. — Peuh! Non siamo forse in buon numero?... Forse che il carretto dei bagagli non porta pistole, fucili e munizioni a sufficienza?... forse che i miei giovani amici Jean Taconnat e Marcel Lornans non hanno confidenza con le armi da fuoco, dato che hanno fatto il servizio militare?... E fra i nostri compagni, non ve ne sono forse alcuni che hanno vinto dei premi al tiro a segno?... Quanto a me, senza vantarmi, posso spedire tranquillamente una palla, conica o meno, a quattrocento metri nel cocuzzolo della mia berretta!...

— Uhm!... — fece Patrice al quale non piaceva affatto quel modo di indicare un cappello.

— Signore — disse allora l'agente Derivas — per quanto riguarda le bestie feroci potete star tranquilli. Dal momento che viaggiamo di giorno non c'è da temere nessun attacco. È solo di notte che i leoni, le pantere, i ghepardi e le iene lasciano le loro tane. Ora, quando viene la sera la nostra carovana sarà sempre al riparo in qualche villaggio o arabo o europeo.

— Basta! — rispose Clovis Dardentor — me ne infischio delle vostre pantere come d'un gatto morto, e per quel che riguarda i vostri leoni — aggiunse puntando contro una bestia immaginaria il braccio teso a mo' di fucile — bang! bang!... nella cucuzza!

Patrice si affrettò a andare a cercare un piatto che nessuno gli aveva chiesto.

Ma l'agente diceva la verità: l'aggressione delle bestie feroci non era da temersi durante il giorno; ed era inutile preoccuparsi degli altri abitanti di quelle foreste, sciacalli, scimmie con o senza coda, volpi, mufloni, gazzelle, struzzi, e nemmeno di scorpioni e vipere ceraste, che sono rari nel Tell.

Sarebbe superfluo dire che il pasto fu innaffiato da buoni vini algerini, soprattutto dal bianco di Mascara, per non parlare del caffè e dei liquori al dessert.

All'una e mezzo fu ripreso il cammino nello stesso ordine. La strada penetrava piú profondamente nella foresta di Tendfeld e si persero di vista le grandi coltivazioni di alfa. Sulla destra si profilavano quelle alture note con il nome di Montagne di Ferro, dalle quali si estrae dell'ottimo minerale. Non lontano esistono ancora dei pozzi di origine romana che servivano per la sua estrazione.

Le strade, che solcano quella parte della provincia, erano frequentate dagli operai che lavoravano alle miniere o nei cantieri per la lavorazione dell'alfa. Per la maggior parte erano di quel tipo moro, comune tanto a quelli che abitano le basse pianure quanto a coloro che vivono sugli altopiani in mezzo alle montagne, ai confini del deserto, nei quali scorre il sangue degli antichi libici, degli arabi, dei turchi e degli orientali. Passavano a squadre e da parte loro non c'erano certo da temere gli attacchi sognati da Jean Taconnat.

Verso le sette di sera, i viaggiatori giunsero all'incrocio della strada statale con la carrozzabile che collegava i campi di alfa, carrozzabile che si stacca dalla strada che va da Sidi-bel-Abbès a Daya, e si prolunga a sud fino ai territori della Compagnia franco-algerina.

Là apparve un villaggio dove, conformemente all'itinerario, la carovana doveva passare la notte. Tre case piuttosto ben tenute erano state preparate per riceverla. Dopo il pranzo, ognuno si scelse il letto che preferiva, e quella prima tappa di una dozzina di leghe procurò ai viaggiatori dieci ore di buon sonno.

La mattina seguente, la carovana si rimise in cammino, e procedette in modo da coprire nella giornata la seconda tappa che faceva sosta a Daya.

Ma, prima di partire, il signor Dardentor, prese in disparte i coniugi Désirandelle, aveva avuto con loro questa conversazione:

— Ma, amici miei! e vostro figlio... e la signorina Louise? Mi pare che le cose non procedano affatto!... Diavolo! Bisogna pure che lui si faccia avanti!

— Che volete, Dardentor, — rispose il signor Désirandelle — è un ragazzo cosí discreto, sulla cui riserva...

— Riserva! — esclamò il perpignanese che colse la parola al volo. — Andiamo! Se non è nemmeno nella territoriale! Su, perché non è continuamente accanto al vostro carro, quel battifiacca, e durante le soste non si occupa della sua fidanzata, le parla gentilmente, le fa dei complimenti sul suo buon carattere e sul suo bell'aspetto... insomma non sgrana tutto quel rosario di sciocchezze che si suole recitare alle ragazze?... Non apre mai bocca, quel treppiede di un Agathocle!...

— Signor Dardentor, — rispose la signora Désirandelle — volete che vi dica io qualche cosa... che vi dica tutto quello che ho nel gozzo?...

— Fuori, cara signora!

— Ebbene, avete sbagliato a portare con voi quei due parigini!...

— Jean e Marcel?... — rispose il perpignanese. — Prima di tutto non li ho portati io, perché si sono portati da sé!... E nessuno glielo avrebbe potuto impedire...

— Tanto peggio, perché ciò è veramente spiacevole!

— E perché?

— Perché uno di loro è troppo premuroso con Louise... e la signora Elissane non può non aver notato queste premure...

— Quale dei due?...

— Quel signor Lornans... quel presuntuoso... che non posso soffrire!

— Neanch'io! — aggiunse il signor Désirandelle.

— Come! — esclamò Dardentor — il mio amico Marcel... quello che ho strappato al fuoco turbinoso...

Ma trattenne il resto della frase *in petto.*

— Su, amici miei, — riprese — questa proprio non regge!... Marcel Lornans si occupa della nostra cara Louise come un ippopotamo di un mazzolino di violette!... Terminato il nostro giro, lui e Jean Taconnat torneranno a Orano per arruolarsi nel 7° cacciatori... Voi avete sognato!... E poi se Marcel non fosse venuto, non avrei avuto l'occasione di...

E la sua frase finí con le tre parole: « vagone in fiamme »!

Il galantuomo era davvero in buona fede: eppure, se effettivamente « le cose non procedevano affatto con Agathocle », non si poteva negare che « procedessero benissimo con Marcel ».

Verso le nove, la carovana entrò nella piú vasta foresta della regione, la foresta di Zègla, che la statale attraversa diagonalmente scendendo verso Daya. Essa ha una superficie non inferiore ai sessantottomila ettari.

A mezzogiorno si arrivò alla fine della seconda tappa e, come si era fatto il giorno prima, si fece colazione all'ombra fresca degli alberi in riva allo Ued Sefium.

E il signor Dardentor era in tale stato d'animo che non pensò nemmeno di osservare se era vero che Marcel Lornans si mostrasse premuroso verso la signorina Elissane.

Durante la colazione, Jean Taconnat osservò che il signor Eustache Oriental estraeva dalla sua borsa parecchi dolci, che si guardava bene dall'offrire agli altri e che gustava con la sensualità del gastronomo raffinato. Come sempre si era scelto i migliori bocconi durante il pasto.

— E non ha bisogno del cannocchiale per scoprirli... — disse Jean Taconnat al signor Dardentor.

Verso le tre del pomeriggio, carri, cavalli, cammelli e muli si fermarono davanti alle rovine berbere di Taurira che interessarono due dei viaggiatori i quali erano un po' piú archeologi degli altri.

Proseguendo la strada verso sud-ovest, la carovana entrò nel territorio di Giafra-Thuama e Mehamid, bagnato dall'Ued Taulila. Non si dovettero nemmeno staccare i carri per attraversarlo in un punto guadabile.

La guida, per altro, si mostrava molto capace, di quella capacità che prevede delle buone mance quando il viaggio è stato compiuto con soddisfazione generale.

Finalmente verso le otto di sera, nella penombra del crepuscolo, all'estremità della piccola foresta di Daya apparve il borgo dello stesso nome.

Una discreta locanda offrí ospitalità a tutta quella gente piuttosto stanca.

Prima di mettersi a letto, uno dei due parigini disse all'altro:

— Dimmi, Marcel, se fossimo attaccati da delle bestie feroci e se avessimo la fortuna di salvare il signor Dardentor dagli artigli di un leone o di una pantera, la cosa sarebbe valida?...

— Sí — rispose Marcel che stava già per pigliar sonno. — Ma ti prevengo che in una faccenda del genere, non sarebbe certo lui che cercherei di salvare...

— Per bacco! — fece Jean Taconnat.

E quando si fu coricato e udí dei ruggiti risuonare intorno al borgo, esclamò:

— Tacete, stupide bestie, che passate il giorno a dormire!...

Poi, prima di chiudere gli occhi:

— Suvvia; è scritto che non riuscirò a diventare il figlio di quel bravo uomo... e nemmeno il nipote!...

Capitolo XIII

NEL QUALE LA RICONOSCENZA E LA RABBIA SI CONTROBILANCIANO NEL CUORE DI JEAN TACONNAT

Daya, l'antica Sidi-bel-Kheragi degli arabi, ora città circondata da un muro merlato e difesa da quattro bastioni, controlla l'ingresso agli altopiani oranesi.

Per lasciar riposare i turisti delle fatiche di quelle due prime giornate, il programma aveva previsto ventiquattr'ore di sosta in quel capoluogo. La carovana quindi non sarebbe ripartita che l'indomani.

Del resto non vi sarebbe stato alcun inconveniente a prolungare il soggiorno lí, poiché il clima di quel borgo, che si trova a millequattrocento metri d'altezza sul fianco di montagne boscose, in mezzo a una foresta di pini e di querce di quattordicimila ettari, è estremamente salubre, cosa molto apprezzata dagli europei e con ragione.

In quella città di milleseicento-millesettecento abitanti quasi tutti indigeni, i francesi si riducono agli ufficiali e ai soldati della guarnigione.

Non è il caso di dilungarsi sulla sosta che i viaggiatori fecero a Daya. Le signore non uscirono a passeggiare fuori della città; gli uomini si spinsero un po' piú lontano sul pendio delle montagne, in mezzo a belle foreste. Alcuni scesero anche verso la pianura fino a quei boschi paludosi che portano lo stesso nome del borgo e dove crescono rigogliosi i *betum*, i pistacchi e i giuggioli selvatici.

Sempre incantando e sempre ammirando, fu il signor Dardentor che si trascinò dietro i compagni per tutta quella giornata. Forse Marcel Lornans avrebbe preferito restare con le signore Elissane, anche a costo di subire l'insopportabile presenza dei Désirandelle. Ma il salvatore non poteva separarsi dal salvato. Quanto a Jean Taconnat, il suo posto era costantemente accanto al perpignanese, dal quale egli non si staccò d'un centimetro.

Uno solo non prese parte a quell'escursione. E fu proprio Agathocle, grazie all'intervento di Clovis Dardentor, che fece un predicozzo ai Désirandelle. Bisognava che il loro figlio, dal momento che le signore non li accompagnavano, rimanesse accanto a Louise Elissane... Una franca spiegazione avrebbe schiarito la posizione dei due fidanzati... Ora, era venuto il momento di provocare questa spiegazione... ecc. ecc. E, dietro tale ordine, Agathocle era rimasto.

La spiegazione ebbe luogo?... Non si sa. Ciononostante, quella stessa sera il signor Dardentor, prendendo in disparte Louise, le domandò se si era riposata per poter riprendere l'indomani...

— Fin dall'alba, signor Dardentor, — rispose la fanciulla, il cui volto rifletteva ancora un malessere indefinibile.

— Agathocle vi ha tenuto compagnia per tutta la giornata, mia cara signorina!... Avrete potuto discorrere con tutto comodo... È a me che lo dovete...

— Ah! è a voi, signor Dardentor...

— Sí... Sono stato io ad avere questa splendida idea e sono certo che ne sarete rimasta soddisfatta...

— Oh! signor Dardentor!

Quell'« ah! » e quell'« oh! » dicevano molto, al punto che un colloquio di due ore non avrebbe detto di piú. Ma il nostro perpignanese non si accontentò di quello: mise Louise con le spalle al muro e le strappò la confessione che ella non poteva soffrire Agathocle.

— Diavolo! — mormorò andandosene, — questa proprio non va! Bah! però non è ancora detta l'ultima parola!... Come è insondabile il cuore delle ragazze, e come ho fatto bene a non andare a ficcarmi in uno di quei pozzi!

Cosí monologò Clovis Dardentor, ma non gli passò per la mente che Marcel Lornans avesse potuto far torto al figlio Désirandelle. Secondo lui la palese nullità, l'incosciente stupidità del fidanzato bastavano a spiegare la ripugnanza di Louise Elissane.

L'indomani, il borgo di Daya fu lasciato alle spalle fin dalle sette del mattino. Uomini e animali, tutti erano freschi e ben disposti. Il tempo era dei piú favorevoli col cielo un po' nebbioso al sorgere dell'alba, ma che non avrebbe tardato a schiarirsi. Inoltre non c'era certo da temere la pioggia. Le nuvole si addensavano cosí raramente sulla provincia oranese, che in vent'anni, la media delle precipitazioni non ha raggiunto il metro, metà cioè di quella riscontrabile nelle altre province dell'Algeria. Fortunatamente se l'acqua non viene dal cielo, sgorga dalla terra, grazie alle molteplici ramificazioni degli *ueds*.

Seguendo la strada carrozzabile, che via El-Gor porta da Ras-el-Ma a Sebdu, la distanza fra Sebdu e Daya è di circa settantaquattro chilometri. Questa distanza aumenta di cinque leghe da Daya a Ras-el-Ma. Tuttavia è sempre meglio preferire quest'allungamento piuttosto che avventurarsi in linea retta attraverso le piantagioni di alfa dell'ovest e le colture indigene. Quella regione accidentata non offre piú ai viaggiatori la gradevole ombra delle foreste che si trovano verso sud.

Da Daya la strada scende verso Sebdu. Partendo di buon mattino e tenendo un'andatura piú rapida, la carovana contava di giungere a El-Gor in serata. Lunga tappa, certo, interrotta solo dalla colazione di mezzogiorno, e di cui solo i cammelli, i cavalli e i muli, se avessero potuto, avrebbero dovuto lamentarsi.

Fu mantenuto dunque l'ordine abituale in mezzo a una contrada in cui abbondano le sorgenti, Ain-Sba, Ain-Bahiri, Ain-Sissa, tutti affluenti dell'Ued-Messulen, e anche i ruderi berberi, romani e marabutti arabi. I viaggiatori nelle prime due ore percorsero i venti chilometri fino a Ras-el-Ma, stazione della ferrovia in costruzione che da Sidi-bel-Abbès va verso la regione degli altipiani. Quello era il punto piú meridionale che avrebbero toccato durante il loro giro.

Ora c'era solo da seguire la lunga curva che collega Ras-el-Ma a El-Gor, località che non va confusa con una stazione della ferrovia suddetta.

Breve fermata in quel punto dove allora stavano lavorando gli operai della ferrovia che, dalla stazione di Magenta, costeggia la riva sinistra dell'Ued-Hacaiba risalendo da novecentocinquantacinque a millecentoquattordici metri.

Si entrò dapprima nella foresta di Hacaiba, piccola foresta di quattromila ettari, che l'*ued* separa dal bosco di Daya; le acque dell'*ued* sono regolate da una diga a monte di Magenta.

Alle undici e mezzo la coravana si fermò sul limitare opposto delle foreste.

— Signori, — disse l'agente Derivas, dopo essersi consultato con la guida Moktani — vi proporrei di far colazione qui.

— Proposta sempre ben accetta quando si muore di fame! — rispose Jean Taconnat.

— E ne moriamo davvero! — aggiunse il signor Dardentor. — Mi sento un vuoto nella pancia...

— Ecco appunto un ruscello che ci fornirà acqua limpida e fresca, — osservò Marcel Lornans — e se il posto piace alle signore...

— La proposta di Moktani — riprese l'agente — deve essere tanto piú bene accetta, in quanto fino alla foresta di Urgla, ossia per dodici-quindici chilometri fra le coltivazioni di alfa, non avremo alcuna ombra...

— Accettiamo — rispose il signor Dardentor con l'approvazione dei compagni. — Ma che le signore non si spaventino per quattro passi sotto il sole. Saranno bene al riparo nei loro carri... Quanto a noi, basterà che guardiamo bene in faccia l'astro del giorno per fargli abbassare gli occhi...

— Piú forti delle aquile! — aggiunse Jean Taconnat.

Si fece colazione, come il giorno prima, con le provviste del carretto, parte delle quali era stata rinnovata a Daya e che assicuravano il viaggio sino a Sebdu.

Una maggiore intimità si era stabilita fra i diversi membri della carovana, ad eccezione del signor Eustache Oriental, il quale si manteneva sempre in disparte. Del resto, non c'era che da rallegrarsi di come si andava compiendo quell'escursione, e da congratularsi con la Compagnia che aveva previsto tutto per la completa soddisfazione dei suoi clienti.

Marcel Lornans si fece notare per le sue cortesie. Istintivamente il signor Dardentor si sentiva fiero di lui come lo sarebbe stato un padre di un figlio. Cercava anche di metterlo in evidenza, e a un tratto gli sfuggí questa esclamazione:

— Ehi! signore, non ho fatto bene a salvare questo caro Marcel e a strapparlo...

— Al fuoco turbinoso d'un vagone in fiamme! — non poté fare a meno di aggiungere Jean Taconnat.

— Perfettamente!... perfettamente!... — esclamò il signor Dardentor. — È mia questa frase che si svolge in parole cosí sonore e superbe!... È di tuo gusto, Patrice?

E Patrice rispose sorridendo:

— È veramente una frase ben tornita, e quando il signore si esprime in questa maniera accademica...

— Suvvia, signori — disse il perpignanese alzando il bicchiere — alla salute delle signore... e anche alla nostra! Non dimentichiamo che siamo nel paese dei Be... vi-Bevi-e-Trinca!

— Era impossibile che durasse! — mormorò Patrice abbassando il capo.

Inutile far sapere che il signor e la signora Désirandelle trovavano Marcel Lornans sempre piú insopportabile, un bellimbusto, uno sdolcinato, un posatore, un fatuo, e si ripromettevano di aprir bene gli occhi del signor Dardentor sul suo conto, cosa certo non facile al punto in cui era arrivato quell'uomo cosí espansivo.

A mezzogiorno e mezzo, panieri, bottiglie e vasellame furono riposti nel carretto e la carovana si dispose a rimettersi in via.

Ma proprio in quel momento fu notata l'assenza del signor Eustache Oriental.

— Non vedo piú il signor Oriental... — disse l'agente Derivas.

Nessuno vedeva infatti quell'individuo, nonostante egli avesse preso parte alla colazione con la solita esattezza e con l'appetito consueto.

Dove era andato a finire?...

— Signor Oriental!... — gridò Clovis Dardentor con la sua voce poderosa. — Ma dove diavolo è finito quel pappagallo col suo telescopio tascabile!... Ehi!... signor Oriental...

Nessuna risposta.

— Eppure — disse la signora Elissane — non possiamo abbandonare questo signore...

Evidentemente non lo si poteva. Tutti si misero dunque alla sua ricerca e ben presto l'astronomo fu trovato all'angolo della foresta, col cannocchiale puntato verso nord-ovest.

— Non lo disturbiamo — consigliò il signor Dardentor — dal momento che sta scrutando l'orizzonte... Pensate che quel tizio può esserci molto utile!... Se la nostra guida si smarrisse, solo facendo il punto lui potrebbe rimetterci sulla via...

— Della dispensa... — concluse Jean Taconnat.

— Proprio cosí!

Un grande complesso per la coltura e lo sfruttamento dell'alfa occupa questa parte del territorio di Uled-Balagh che i viaggiatori attraversavano risalendo verso El-Gor. La strada fiancheggiata da un numero enorme di quelle graminacee che si stendevano a perdita d'occhio, permetteva a stento il passaggio ai carri. Si dovette procedere in fila indiana.

Un calore pesante gravava su quelle vaste distese. Fu necessario alzare le coperture dei carri. Se mai Marcel Lornans maledisse l'astro radioso, fu proprio quel giorno, poiché il grazioso volto di Louise Elissane scomparve dietro le tende. Clovis Dardentor, con gran travaglio delle sue ghiandole sudoripare, piazzato fra le due gobbe del suo mehari, « beduinando come un autentico figlio di Maometto », a quanto pare non era riuscito a far abbassare gli occhi al sole e, asciugandosi il cranio a tutto spiano, rimpiangeva probabilmente il *taburka* arabo che lo avrebbe protetto contro quei raggi incendiari.

— Diavolo! — esclamò. — È al calor bianco quella stufa mobile che sballonzola da un lato all'altro dell'orizzonte! E come ti batte sulla cuticagna!...

— Sulla testa... per favore, signore! — fece osservare Patrice.

Verso nord-ovest si inarcavano le coste boscose della foresta di Urgla, mentre a sud si vedeva l'enorme massiccio degli altipiani.

Alle tre si raggiunse la foresta dove la carovana avrebbe ritrovato, sotto la chioma impenetrabile dei lecci, un'aria satura di profumi freschi e tonificanti.

La foresta di Urgla è una delle piú grandi della regione, dato che supera i settantacinquemila ettari. La strada la attraversa per un tratto di undici-dodici chilometri. Di carreggiata larga per permettere il passaggio dei convogli governativi all'epoca della falciatura, essa permise ai viaggiatori di tornare a raggrupparsi a loro piacimento. Furono alzate le tende dei carri e i cavalieri tornarono ad avvicinarsi. Battute scherzose furono scambiate tra i vari gruppi. E il signor Dardentor si mise a ripetere, a caccia di congratulazioni che nessuno gli rifiutava, tranne i Désirandelle piú ingrugnati che mai.

— Ehi? amici, chi è il brav'uomo che vi ha consigliato questo viaggio delizioso?... Siete contenta, signora Elissane?... e voi, mia cara signorina Louise?... Eppure avete esitato non poco a lasciare la vostra casa di rue du Vieux-Château!... Suvvia!... Questa magnifica foresta non batte le strade di Orano?... La Promenade de l'Etang o il boulevard Oudinot ce la farebbero con lei?...

No! non avrebbero potuto « farcela » (povero Patrice!), tanto piú che in quel momento una banda di scimmiette faceva da scorta alla carovana, sgambettando fra gli alberi, saltellando di ramo in ramo, gridando e facendo smorfie d'ogni specie. Ma ecco che il signor Dardentor, desideroso di mostrare la sua abilità (e a parte ogni vanteria, era veramente un abilissimo tiratore) manifestò l'intenzione di abbattere uno di quei graziosi animaletti con un colpo di carabina. E siccome anche altri avrebbero voluto imitarlo, ne sarebbe nato il massacro di tutta quella piccola banda. Ma le signore intercedettero, e come resistere alla signorina Elissane che chiedeva grazia per quei simpatici campioni della fauna algerina?

— E poi — mormorò Jean Taconnat, sollevandosi sulle staffe fino all'orecchio del signor Dardentor — a mirare una scimmia, rischiereste di colpire Agathocle...

— Oh! signor Jean — rispose il perpignanese. — Davvero, non ne perdonate una, a quel ragazzo!... Non è generoso da parte vostra!...

Ma mentre guardava il figlio Désirandelle che il mulo, con uno scarto brusco, aveva mandato allora a ruzzolare a quattro passi di distanza (senza peraltro causargli gran danno), aggiunse:

— Certo... una scimmia non sarebbe caduta...

— Già! — replicò Jean — e chiedo scusa ai quadrumani del paragone...

Se si voleva arrivare a El-Gor prima di notte, bisognava affrettare il passo durante quelle ultime ore del pomeriggio.

I carri furono dunque messi al trotto, il che produsse dei grandi scossoni. Infatti se la strada era carrozzabile per i carichi di alfa e di legna, lasciava molto a desiderare per una carovana di turisti. Tuttavia, nonostante i sussulti dei carri e gli incespicamenti delle cavalcature su un terreno dissestato dai solchi e dalle radici sporgenti, non si udí nessuna lamentela.

Le signore, soprattutto, avevano fretta di arrivare ad El-Gor, ossia in un luogo dove avrebbero potuto essere completamente al sicuro. L'idea di trovarsi ad attraversare la foresta dopo il tramonto del sole non le faceva per nulla sorridere. Era stato simpatico incontrare bande di scimmie o mandrie di antilopi e di gazzelle. Ma di quando in quando in lontananza si erano uditi anche dei ruggiti e quando le bestie feroci sono uscite dalle loro tane nelle tenebre...

— Signore, — disse Clovis Dardentor con l'intenzione di rassicurarle — non spaventatevi per cose che non hanno nulla di spaventoso! Anche fossimo sorpresi dall'oscurità in piena foresta, non sarebbe davvero una gran disgrazia!... Io vi organizzerei un accampamento protetto con i carri e si dormirebbe alla luce delle stelle!... Sono sicuro che la signorina Louise non avrebbe paura...

— Con voi... no, signor Dardentor.

— Lo vedete?... « Col signor Dardentor! » Su! signore mie! questa cara fanciulla ha fiducia in me... e ha ragione.

— Per quanto si possa avere fiducia nel vostro coraggio — rispose la signora Désirandelle — preferiamo non essere costretti a metterlo alla prova!

E la madre di Agathocle pronunciò queste parole con un tono secco che fu tacitamente approvato da suo marito.

— Non abbiate paura, signore — disse Marcel Lornans. — Se fosse il caso, il signor Dardentor potrebbe contare su tutti noi, e noi sacrificheremmo la vita prima di...

— Bella premessa — rispose il signor Désirandelle — se dopo dovessimo perdere la nostra!

— Fin troppo logico, amico mio! — esclamò Clovis Dardentor. — Ma in fondo, io non capisco che pericolo...

— Il pericolo di essere sorpresi da una banda di delinquenti!... — rispose la signora Désirandelle.

— Credo che non vi sia nulla da temere da questo lato — affermò l'agente Derivas.

— Che cosa ne sapete, voi? — riprese la signora che non voleva arrendersi. — Poi, le bestie feroci che scorrazzano di notte...

— Nemmeno da questo lato c'è qualcosa da temere! — esclamò il signor Dardentor. — Ci si garantirebbe con delle sentinelle poste agli angoli dell'accampamento e con fuochi tenuti accesi fino al sorgere del giorno... Si potrebbe dare la carabina di Castibelza a Agathocle e piazzarlo...

— Per favore, lasciate in pace Agathocle! — rispose acidamente la signora Désirandelle.

— E lasciamocelo! Ma Marcel e Jean farebbero buona guardia...

— Ne siamo piú che sicure, — concluse la signora Elissane — tuttavia, la cosa migliore è arrivare a El-Gor.

— Allora in marcia, cavalli, muli e mehari! — gridò Clovis Dardentor. — Che giochino di gambe e macinino la strada!

« Quest'uomo non riesce mai ad arrivare in fondo in maniera decente! » pensò Patrice.

Cosí, la carovana procedette ad andatura tanto rapida, che verso le sei e mezzo raggiungeva il limitare opposto della foresta di Urgla. Solo cinque o sei chilometri la separavano da El-Gor, dove sarebbe certo arrivata prima di notte.

In quel punto si doveva attraversare un corso d'acqua il cui guado appariva meno facile degli altri.

La strada era tagliata da un *ued* piuttosto largo. Il Sâr, affluente dell'Ued-Slissen, era salito di livello certo a causa della fuoruscita dell'acqua in sovrappiú di una diga situata qualche chilometro a monte. Gli altri guadi che la carovana aveva attraversato fra Saïda e Daya, bagnavano appena le gambe delle cavalcature, e si poteva anzi dire quasi che fossero asciutti. Questa volta invece c'erano da ottanta a novanta centimetri d'acqua, ma la guida che conosceva il guado non ne era preoccupata.

Moktani scelse quindi un posto dove il pendio del greto permettesse ai carri e al carretto di scendere in acqua per attraversare il letto dell'*ued*. Poiché l'acqua non doveva superare gli assi delle ruote, la cassa dei carri sarebbe rimasta all'asciutto, e i viaggiatori potevano stare sicuri che sarebbero stati trasportati senza danni sulla riva sinistra distante un centinaio di metri.

La guida si pose alla testa della carovana, seguíta dall'agente Derivas e da Clovis Dardentor. Dall'alto della sua gigantesca cavalcatura, questi dominava la superficie del corso d'acqua simile a un mostro acquatico di epoca antidiluviana.

Ai lati del carro sul quale si trovavano le signore, cavalcavano Jean Taconnat a destra e Marcel Lornans a sinistra. Seguivano gli altri viaggiatori negli altri due carri, mentre gli indigeni, saliti sul carretto, formavano la retroguardia della carovana.

Bisogna dire che Agathocle, per volere espresso di sua madre, aveva dovuto abbandonare il suo mulo e arrampicarsi sul carretto. La signora Désirandelle non voleva affatto che suo figlio fosse esposto agli inconvenienti di un bagno forzato nel Sâr qualora il recalcitrante animale si fosse abbandonato a qualche fantasia acrobatica, di cui il suo cavaliere sarebbe sicuramente rimasto vittima.

Le cose procedettero magnificamente seguendo la direzione che aveva preso Moktani. Siccome il letto del fiume si andava abbassando gradatamente, gli « attacchi » andavano via via immergendosi. Tuttavia l'acqua non arrivò loro nemmeno fino al ventre anche quando si trovarono in mezzo all'*ued*. Se coloro che andavano a cavallo erano costretti ad alzare le gambe, il signor Dardentor e la guida, accoccolati sui mehari, non dovevano prendere quella precauzione.

La metà della distanza era già stata superata quando risuonò un grido.

Quel grido era stato gettato da Louise Elissane che aveva visto scomparire Jean Taconnat con tutto il cavallo.

Infatti sulla destra del guado si apriva nel fondo una depressione di cinque o sei metri che la guida avrebbe dovuto evitare tenendosi piú a monte.

Al grido della signorina Elissane la carovana si fermò.

Jean Taconnat, buon nuotatore, non avrebbe corso alcun pericolo se avesse potuto liberarsi dalle staffe. Ma sorpreso dalla caduta, non ne ebbe il tempo e fu rovesciato contro il fianco del cavallo che si dibatteva con violenza.

Marcel Lornans spinse vivamente la sua cavalcatura verso destra nel momento in cui il cugino scompariva.

— Jean... — gridò — Jean...

E benché non sapesse nuotare stava cercando il modo di andargli in aiuto, a rischio di annegare anche lui, quando vide che un altro l'aveva preceduto. Questo altro era Clovis Dardentor.

Sbarazzatosi dello *zerdani* che lo avvolgeva, il perpignanese, dall'alto del suo mehari, si era tuffato nel Sâr e nuotava verso il punto dove l'acqua ribolliva ancora.

Immobili, trattenendo il respiro, spaventati, tutti guardavano il coraggioso salvatore... Non aveva forse presunto troppo dalle sue forze?... Non si sarebbero forse dovute contare due vittime invece di una?...

Dopo pochi secondi, Clovis Dardentor ricomparve tirandosi dietro Jean Taconnat semisoffocato, che egli era riuscito a liberare dalle staffe. Lo teneva per il colletto, alzandogli la testa fuori dell'acqua, mentre con la mano libera nuotava in direzione del guado.

Qualche minuto piú tardi, la carovana saliva la riva opposta. Tutti scesero dai carri e dai cavalli, affollandosi intorno al giovanotto che non tardò a riprendere conoscenza, mentre Clovis Dardentor si scuoteva come un cane di Terranova dopo un salvataggio.

Jean Taconnat si rese conto, allora, di quanto era successo, capí a chi doveva la vita, e tendendo la mano al suo salvatore, invece di ringraziarlo gli disse:

— Non ho proprio fortuna!

Risposta che fu compresa solo dall'amico Marcel.

Poi dietro un gruppo d'alberi, a pochi passi dalla riva, Clovis Dardentor e Jean Taconnat, ai quali Patrice portò degli abiti asciutti estratti dalle valigie, si cambiarono da capo a piedi.

Dopo una breve sosta, la carovana si rimise in cammino e alle otto e mezzo di sera terminava quella lunga tappa nel villaggio di El-Gor.

Capitolo XIV

NEL QUALE TLEMCEN NON VIENE VISITATA CON LA CURA CHE QUESTA GRAZIOSA CITTÀ MERITEREBBE

Sebdu, capoluogo di circolo, comune misto di milleseicento abitanti (di cui appena poche dozzine di francesi) è situata al centro di una regione dai bellissimi panorami, con clima d'una salubrità eccezionale e campagna di straordinaria fertilità. Si dice anche che essa fosse la Tafraua degli indigeni!... Eppure Jean Taconnat se ne « infischiava come uno storione d'uno stuzzicadenti », come avrebbe potuto dire Clovis Dardentor a rischio di urtare la sensibilità linguistica del suo fedele domestico.

Infatti quel povero Jean era rimasto furibondo dall'arrivo a El-Gor fino all'arrivo a Sebdu. Durante la parte di giornata che la carovana trascorse in questa cittadina, non fu possibile farlo uscire di camera. Marcel Lornans dovette lasciarlo a se stesso: non voleva vedere né ricevere nessuno. La riconoscenza che in fondo doveva al coraggioso perpignanese, egli non era capace di provarla e ancor meno di manifestarla. Se fosse saltato al collo del suo salvatore, lo avrebbe fatto con una voglia pazza di strangolarlo.

Cosí avvenne che solo il signor Dardentor e Marcel Lornans, con qualche altro turista fedele al programma di viaggio, visitarono Sebdu in tutta coscienza. Le signore, non ancora rimesse dall'emozione e dalle fatiche, avevan deciso di dedicare la giornata al riposo, decisione che dispiacque molto a Marcel Lornans, perché gli fece incontrare Louise Elissane solo a colazione e a pranzo.

Per di piú Sebdu non offriva niente di veramente curioso e un'ora sarebbe bastata per percorrere tutta la cittadina. Ciononostante Clovis Dardentor vi trovò il solito contingente di forni da calce, di fornaci per tegole, di mulini che si vedono in funzione in quasi tutte le città della provincia oranese. Assieme ai suoi compagni fece il giro dei bastioni che cingono la cittadina che per alcuni anni era stata un posto avanzato della colonia francese. Ma poiché quel giorno era giovedí e vi era il gran mercato arabo, il nostro perpignanese si interessò vivamente a tutto quel movimento commerciale.

La carovana partí di buon'ora l'indomani, 19 maggio, per percorrere in una giornata i quaranta chilometri che separano Sebdu da Tlemcen. Uscendo, al di là dell'Ued-Mergia, affluente del Tafna, la carovana costeggiò una vasta piantagione di alfa, attraversò vari *ain* dalle acque limpidissime, superò alcune foreste di media importanza, si fermò all'ora di colazione in un caravanserraglio situato a millecinquecento metri d'altezza, quindi passando per il villaggio di Terni e per le Montagne Nere, al di là dell'Ued-Sakaf, raggiunse Tlemcen.

Dopo quella faticosa tappa, un buon albergo accolse tutti quanti: li avrebbe ospitati per trentasei ore.

Durante la strada, Jean Taconnat si era tenuto in disparte, rispondendo appena alle dimostrazioni quasi paterne del signor Dardentor. Al suo disappunto si univa anche una certa dose di vergogna. Lui, avere un obbligo di riconoscenza verso colui che egli avrebbe voluto ne avesse uno nei suoi confronti! Cosí quella mattina, dopo aver « messo il muso » fin dalla sera precedente, balzò fuori del letto e svegliò Marcel Lornans, apostrofandolo con queste parole:

— Ebbene... che cosa ne dici?...

Il dormiente non poteva dir nulla per la semplice ragione che aveva la bocca chiusa, come gli occhi, del resto.

E il cugino andava, veniva, gesticolava, incrociava le braccia, si abbandonava a numerose recriminazioni. No! Non avrebbe piú preso le cose allegramente, come aveva promesso. Era deciso a prenderle sul tragico.

Finalmente, avendogli Jean ripetuto la domanda, il parigino alzandosi a sedere non seppe rispondere che questo:

— Dico, Jean, che devi calmarti. Quando la sfortuna è cosí categorica, non c'è altro da fare che sottomettersi...

— O dimettersi! — replicò Jean Taconnat. — La conosco, questa battuta, ma non ne farò il mio motto! Davvero, questo è troppo! Se penso che su tre delle condizioni volute dal codice se ne sono presentate due: le fiamme e i flutti! E quell'accidente di un Dardentor che avrebbe potuto essere avvolto dalle fiamme del treno, che avrebbe potuto sparire nelle acque del Sâr e che tu o io avremmo potuto salvare... è stato lui, invece, a fare la parte del salvatore... E sei tu, Marcel, che l'incendio ha scelto per sua vittima, come sono io quello che le acque hanno scelto per la loro!...

— Vuoi sapere cosa ne penso, Jean?...

— Sentiamo.

— Beh, io trovo questo divertente.

— Ah!... lo trovi divertente?...

— Sí... e penso che se si verificasse il terzo incidente, per esempio un combattimento durante l'ultima parte del viaggio, sono convinto che il signor Dardentor ci salverebbe tutti e due insieme!

Jean Taconnat pestava i piedi, prendeva a calci le sedie, picchiava pugni sui vetri della finestra a rischio di spezzarli, e (cosa che può sembrare strana) tutta quella rabbia in un allegrone come lui, era effettivamente seria.

— Vedi, caro Jean — riprese Marcel Lornans — dovresti rinunciare a farti adottare dal signor Dardentor come da parte mia vi ho già rinunciato io...

— Mai!

— Tanto piú che, ora che ti ha salvato, quest'emulo dell'immortale Perrichon [1] ti adorerà come adora me!

— Non ho bisogno della sua adorazione, Marcel, ma della sua adozione, e che Maometto mi strangoli se non trovo il modo di diventare suo figlio!

— E come farai dal momento che la sorte si dichiara invariabilmente dalla sua parte?...

— Gli preparerò dei trabocchetti... lo spingerò nel primo torrente che troveremo... se sarà necessario, darò fuoco alla sua stanza, a casa sua... assolderò una banda di beduini, o di tuareg perché ci attacchino lungo la strada... gli tenderò insomma dei lacci...

— E sai, Jean, che cosa succederà dei tuoi lacci?...

— Che cosa?...

— Che ci finirai dentro tu e che a tirartene fuori sarà sempre il signor Dardentor, il protetto delle fate, il favorito della Provvidenza, il prototipo dell'uomo fortunato al quale tutto è sempre riuscito nella vita, e per il quale la ruota della Fortuna, ha sempre girato nel senso giusto...

— Va bene, ma saprò ben io afferrare la prima occasione per farla sterzare!

— Del resto, Jean, eccoci a Tlemcen...

— Ebbene?...

— Ebbene, fra tre o quattro giorni al massimo saremo di ritorno a Orano, e la cosa piú saggia che ci resta da fare sarà quella di buttare alle ortiche tutte le nostre velleità di avvenire e di andare a firmare il nostro arruolamento...

Ma dicendo questo, la voce di Marcel Lornans si era visibilmente alterata.

— Dimmi un po', amico mio — fece Jean Taconnat; — credevo che la signorina Louise Elissane...

[1] Vedi nota a pag. 220. (*N.d.T.*)

— Sí... Jean... sí!... Ma... perché pensarvi?... È un sogno che non diventerebbe mai realtà!... Almeno, serberò un ricordo incancellabile di quella fanciulla...

— Rassegnato fino a questo punto, Marcel?...

— Sí...

— Quasi quanto me a non diventar figlio adottivo del signor Dardentor! — esclamò Jean Taconnat. — E se devo dirti tutto il mio pensiero, mi pare che fra noi due sei tu quello che ha piú probabilità di riuscire...

— Sei pazzo!

— No... perché infine, a quanto ne so, la disdetta non si accanisce contro di te, e credo che sarebbe piú facile alla signorina Elissane diventare la signora Lornans, che a Jean Taconnat diventare Jean Dardentor, benché per me non si tratti che di un semplice cambiamento di cognome.

Mentre i due giovanotti erano occupati in un colloquio che durò fino all'ora di colazione, Clovis Dardentor, aiutato da Patrice, era occupato a vestirsi. La visita di Tlemcen e dei suoi dintorni sarebbe iniziata solo nel pomeriggio.

— Ebbene, Patrice, — chiese il padrone al domestico — che ne pensi di quei giovanotti?...

— Del signor Jean e del signor Marcel?

— Sí.

— Penso che uno sarebbe morto tra le fiamme e l'altro in acqua, se il signore, a rischio della propria vita, non si fosse azzardato a salvarli da una morte orribile.

— E sarebbe stato peccato, Patrice, perché entrambi meritano una vita lunga e felice. Col loro buon carattere, il loro buon umore, la loro intelligenza, il loro spirito faranno strada nel mondo, non ti sembra, Patrice?...

— Il mio parere è precisamente quello del signore... Ma il signore mi permetterà un'osservazione ispiratami solo da mie personali riflessioni?...

— Te lo permetto... se non arzigogoli troppo le tue frasi.

— Ma!... Il signore contesterà forse l'esattezza della mia osservazione?...

— Sentiamo, senza tanti fronzoli e senza girare un'ora intorno al nocciolo!

— Il nocciolo... il nocciolo!... — fece Patrice già seccato dall'« arzigogolamento » di cui erano tacciati i suoi periodi favoriti.

— Allora, attacchi sí o no?...

— Il signore consentirebbe a esternarmi la sua opinione sul figlio dei signori Désirandelle?...

— Agathocle?... è un bravo ragazzo... un po'... non abbastanza... anzi troppo... e che non cerca altro che di far tutto alla rovescia! Uno di quei tipi di ragazzi che si conoscono solo dopo il matrimonio! Forse è un po' di legno... Dammi il pettine per i baffi...

— Ecco il pettine, signore.

— Ma di quel legno di cui sono fatti i migliori mariti. Gli è stato scelto un ottimo partito, e sono sicuro che a quella coppia è assicurata la felicità sotto ogni punto di vista!... Ma, a proposito, Patrice, non vedo ancora spuntare la tua osservazione...

— Spunterà naturalmente quando il signore avrà voluto cortesemente rispondere alla seconda domanda che la sua condiscendenza mi autorizza a sottoporgli...

— Sottoponi, proponi e deponi!

— Che cosa pensa il signore della signorina Elissane?...

— Oh! Una fanciulla graziosa, deliziosa, buona, ben fatta, spiritosa, e intelligente, seria e allegra insieme... insomma, mi mancano le parole... e anche la spazzola per i capelli!... Dove si è ficcata la mia spazzola?...

— Eccola, signore.

— E se fossi sposato, vorrei averne una simile...

— Di spazzola?...

— No, triplice imbecille!... Una moglie come quella cara Louise!... E ripeto che Agathocle potrà vantarsi d'aver avuto la fortuna di estrarre un gran bel numero.

— Cosí, il signore crede di poter affermare, che questo matrimonio... sia cosa fatta?...

— È come se la fascia del sindaco li avesse già legati l'uno all'altra! D'altronde, siamo venuti a Orano solo per questo! Certo io speravo che, durante questo viaggio, i due futuri sposi si sarebbero avvicinati un po' di piú! Bah! Le cose si accomoderanno, Patrice! Le ragazze, naturalmente, esitano un pochino... è nel loro carattere! Ma ricordati quello che ti dico... Entro tre settimane, balleremo al loro ricevimento di nozze e vedrai se non saprò dimenarmi al punto da battere tutti gli altri cavalieri!...

Patrice mandò giú con visibile ripugnanza quei dimenamenti messi in mezzo a una cerimonia tanto solenne.

— Su, su... eccomi pronto — dichiarò il signor Dardentor — e non so ancora quale sia la tua osservazione ispirata da personali riflessioni...

— Personali appunto e mi stupisco che tale osservazione abbia potuto sfuggire alla perspicacia del signore...

— Ma corpo d'una botte! Ti muovi o non ti muovi?... Questa tua osservazione?

— È cosí giusta che il signore la farà da se stesso dopo una terza domanda...

— Una terza!

— Se il signore non vuole...

— Eh! Arriva al dunque, animale! Si direbbe che tu faccia di tutto per farmi uscir dai gangheri!

— Il signore sa che sono incapace di qualunque tentativo di tal genere contro la sua persona!

— Insomma vuoi scucirla sí o no, questa tua terza domanda?...

— Il signore non ha osservato il modo di comportarsi del signor Marcel Lornans dopo la partenza da Orano?

— Quel caro Marcel?... Già, mi è parso molto riconoscente per quel piccolo servigio che sono stato ben felice di rendergli... e anche a suo cugino... che però è meno caloroso...

— Qui si tratta del signor Marcel Lornans e non del signor Jean Taconnat, — rispose Patrice. — Il signore non ha osservato che la signorina Elissane sembra piacergli moltissimo, e che egli si occupa di lei piú di quanto non convenga con un fanciulla già legata dai vincoli di un fidanzamento, e che il signore e la signora Désirandelle, non senza motivo, se ne sono legittimamente adombrati?

— Hai notato ciò, Patrice?

— Se non dispiace al signore.

— Già... me ne hanno già parlato... quella brava signora Désirandelle... mi pare!... Bah! Pura immaginazione...

— Oso affermare al signore che la signora Désirandelle non è sola ad essersi accorta...

— Voi non sapete quel che dite, né gli uni né gli altri! — esclamò Clovis Dardentor. — E poi, se anche fosse cosí, che cosa ne nascerebbe?... No, ho promesso di portare avanti il matrimonio di Agathocle con Louise e lo porterò avanti e si farà!

— Benché mi spiaccia di dover contraddire il signore, devo persistere nel mio modo di vedere...

— Persisti... e suonaci pur sopra un'aria di flauto!

— Chi vede la pagliuzza nell'occhio degli altri!... — fece osservare seccamente Patrice.

— Ma non c'è il minimo buon senso in questo, teste di legno che siete!... Marcel! Un ragazzo che ho strappato al fuoco turbinoso... correr dietro a Louise!... È un'idiozia come se tu pretendessi che a chiedere la sua mano fosse quel pozzo senza fondo di un Oriental.

— Io non ho parlato affatto del signor Eustache Oriental — rispose Patrice — e il signor Eustache Oriental non ha niente a che vedere con questa faccenda che riguarda esclusivamente il signor Marcel Lornans.

— Dov'è il mio cencio?

— Il cencio del signore?...

— Sí... il mio cappello...

— Ecco il suo cappello e non il... — rispose Patrice indignato.

— E tu, Patrice, ascolta bene: tu non sai quello che dici, tu non capisci niente e ti ficchi un dito nell'occhio fino al gomito!

Quindi il signor Dardentor, preso il cappello, lasciò Patrice a cavar fuori come poteva quel dito che si era conficcato a tale profondità.

Intanto però il nostro perpignanese doveva sentirsi un po' scosso... Quell'idiota d'Agathocle che non faceva nessun progresso... I Désirandelle che facevano i sostenuti con lui, come se fosse lui il responsabile delle idee di Marcel Lornans, ammesso che fossero quelle che si diceva... Certi fatterelli che gli tornarono in mente... Infine, si ripromise di tener gli occhi bene aperti.

Quella mattina, durante la colazione, Clovis Dardentor non notò nulla di sospetto. Trascurando Marcel Lornans, rivolse tutte le sue amenità su Jean Taconnat, il suo « ultimo salvataggio » che rispondeva piuttosto fiaccamente.

Louise Elissane, dal canto suo, si mostrò molto affettuosa con lui e forse egli cominciò a sospettare che fosse troppo carina per quell'imbecille che volevano darle per marito... e che sembrava andar d'accordo con quello come il sale con lo zucchero...

— Signor Dardentor... — chiese la signora Désirandelle quando furono giunti al dessert.

— Mia buona amica... — rispose il signor Dardentor.

— Non c'è ferrovia tra Tlemcen e Sidi-bel-Abbès?...

— Sí... ma è in costruzione.

— Che peccato!

— E perché?...

— Perché il signor Désirandelle ed io avremmo preferito tornare a Orano in ferrovia...

— Questa poi! — esclamò Clovis Dardentor. — La strada fino a Sidi-bel-Abbès è bellissima... Non ci sono da temere né fatiche... né pericoli per nessuno...

E sorrise a Marcel Lornans che non notò il suo sorriso, e a Jean Taconnat che digrignò i denti come se avesse voluto morderlo.

— Sí, — aggiunse il signor Désirandelle — siamo molto provati dal viaggio ed è un peccato che non si possa accorciarlo... Anche la signora Elissane e la signorina Louise avrebbero voluto, come noi...

Prima che quella frase fosse terminata, Marcel Lornans aveva guardato la fanciulla che ricambiò lo sguardo. Questa volta il signor Dardentor dovette dirsi: « Ci siamo! » e ricordandosi di quel delicato detto del poeta che « Dio ha dato alla donna la bocca per parlare e gli occhi per rispondere », si domandò che cosa avessero risposto gli occhi di Louise.

— Per mille migliaia di diavoli! — mormorò.

Quindi riprese:

— Che cosa volete, amici miei! la ferrovia non è ancora in funzione e non c'è mezzo di smembrare la carovana!

— Non si potrebbe partire oggi stesso?... — chiese la signora Désirandelle.

— Oggi! — esclamò Dardentor. — Andarsene senza aver visitato questa magnifica Tlemcen i suoi empori, la sua cittadella, le sue sinagoghe, le sue moschee, le sue passeggiate, i suoi dintorni e tutte le meraviglie che la nostra guida mi ha insegnato?... Due giorni basteranno appena...

— Queste signore sono troppo stanche per prender parte a un'escursione del genere — rispose freddamente il signor Désirandelle — e io terrò loro compagnia. Faremo solo un giretto per la città... Voi siete padronissimo... con questi signori... che avete salvato dai turbini delle acque e del fuoco... di visitare da cima a fondo... questa splendida Tlemcen!... Qualunque cosa succeda, però, resta stabilito che si partirà domani all'alba...

Obiettare non era possibile e Clovis Dardentor, piuttosto seccato dal tono ironico del signor Désirandelle, vide rabbuiarsi contemporaneamente i volti di Louise Elissane e di Marcel Lornans. Ma comprendendo che non bisognava insistere, lasciò le signore dopo aver lanciato un ultimo sguardo alla fanciulla rattristata.

— Venite, Marcel?... Venite, Jean?... — domandò.

— Vi seguiamo — rispose l'uno.

— Finirà per darci del « tu », — borbottò l'altro, ingrugnato.

Nella situazione in cui si trovavano, non restava loro altro che lasciarsi rimorchiare dal signor Dardentor. Il figlio Désirandelle, da parte sua, se l'era già battuta e per tutta la giornata lo si vide in compagnia del signor Eustache Oriental entrare e uscire dai negozi di commestibili e dalle pasticcerie. Certo il presidente della Società astronomica di Montélimar aveva notato in lui una naturale disposizione per le occupazioni della bocca.

Dato il loro stato morale, i due giovanotti non potevano interessarsi che molto mediocremente alle curiosità di Tlemcen, la Bab-el-Gharb degli arabi, posta al centro del bacino dell'Isser nel circondario del Tafna. Eppure essa è cosí graziosa che viene detta la Granada africana. L'antica Pomaria romana abbandonata a sud-est, rimpiazzata a ovest dalla Tagrart, è ora diventata la moderna Tlemcen. Ma seguendo la guida Joanne, il signor Dardentor ebbe un bel ripetere che quella città era già fiorente nel XV secolo, ricca di industrie di commerci, sede di arti e scienze sotto l'influenza delle razze berbere, che allora contava circa venticinquemila famiglie, che attualmente per importanza era la quinta città dell'Algeria, con la sua popolazione di venticinquemila abitanti di cui tremila francesi e tremila ebrei, che dopo essere stata presa dai turchi nel 1553, dai francesi nel 1836 poi ceduta a Abd-el-Kader e ripresa definitivamente nel 1842, costituiva un capoluogo strategico di grande importanza sulla frontiera marocchina, – sí! nonostante tutti i suoi sforzi, fu appena ascoltato e non ottenne che risposte vaghe.

E il degnissimo uomo si domandava se non avrebbe fatto meglio a lasciar quei due piagnoni nel loro cantuccio con i loro guai!... Ma no! egli voleva loro bene e non volle mostrare nessun malumore.

Certo, piú d'una volta, il signor Dardentor ebbe voglia di interrogare Marcel Lornans, di metterlo con le spalle al muro e di gridargli sul viso:

— È vero?... È una cosa seria?... Ma lasciatemi leggere una buona volta quel che avete scritto in cuore!...

Non lo fece. A che scopo?... Un giovanotto senza rendite che la pratica e interessata signora Elissane non avrebbe mai accettato!... E poi... lui... l'amico dei Désirandelle...

Avvenne cosí che il nostro perpignanese non trovò in quella città quello che aveva creduto di trovare. Eppure essa è in una posizione veramente magnifica, su un terrazzo a ottocento metri di altezza, accanto agli scoscendimenti del monte Terni, che si stacca dalla catena del Nador, da dove la vista si estende sulle pianure dell'Isser e del Tafna, sopra le valli sottostanti dove gli orti si succedono ai giardini, una zona verdeggiante di dodici chilometri d'estensione, ricca di aranceti e oliveti, con una vera foresta di noci secolari e di terebinti dalla ricchissima vegetazione, per non parlare degli altri alberi da frutto e di piantagioni di ulivi con centinaia di migliaia di piante.

Inutile aggiungere che tutto il congegno dell'amministrazione francese a Tlemcen procede con la regolarità di un cronometro. Fra i suoi numerosi stabilimenti industriali il signor Dardentor avrebbe potuto scegliere fra i mulini, i frantoi, le fabbriche di tessuti (soprattutto quelle che producono la stoffa per i *burnus* neri). Acquistò anche un elegantissimo paio di babbucce in una bottega della piazza Cavaignac.

— Mi sembrano un po' piccole per voi... — osservò Jean Taconnat con aria canzonatoria.

— Eh sí!

— E anche un po' care.

— Ma il denaro non manca!

— Allora volete regalarle?... — chiese Marcel Lornans.

— A una deliziosa personcina — rispose il signor Dardentor con una lieve, anzi lievissima strizzatina d'occhi.

Ecco una cosa che non avrebbe potuto permettersi Marcel Lornans, e pure egli sarebbe stato felice di spendere tutto quanto il danaro di quel viaggio in regali per la fanciulla.

Se è a Tlemcen che si accentra tutto il commercio dell'occidente e delle tribú marocchine, grano, bestiame, pelli, tessuti, piume di struzzo, la città offre anche ricordi preziosi agli amatori delle antichità. Qua e là si vedono numerosi avanzi dell'architettura araba, le rovine delle sue tre vecchie cinte di mura sostituite ora dal muro moderno lungo quattro chilometri e forato da nove porte; alcuni quartieri moreschi dai viottoli a volta e qualche esemplare residuo delle sessanta moschee che essa in altri tempi possedeva. Bisognò bene che i due giovanotti dessero almeno uno sguardo al Méchuar, la venerabile cittadella, antico palazzo del XII secolo, e un altro sguardo alla Kissaria, ora caserma degli spahis, dove si riunivano i mercanti genovesi, pisani e provenzali. Quindi le moschee con la loro abbondanza di bianchi minareti, le loro colonnine in mosaico, le loro pitture e le loro porcellane, la moschea di Giema-Kebir, quella di Abdul-Hassim, le cui tre campate riposano su pilastri d'onice e nella quale i ragazzi arabi imparano a leggere, a scrivere e a far di conto nel posto dove morí Boabdil, l'ultimo re di Granada.

Poi il terzetto attraversò varie strade e superò piazze dal disegno regolare, un quartiere ibrido in cui le case indigene contrastavano con quelle europee, altri quartieri assolutamente moderni. E dovunque si vedevano fontane, fra cui la piú graziosa è quella della piazza Saint-Michel. Finalmente si raggiunse la spianata di Méchuar, ombreggiata da quattro file di alberi, che offrí ai viaggiatori fino al momento di rientrare all'albergo, uno splendido panorama della campagna circostante.

Quanto ai dintorni di Tlemcen, ai suoi villaggi agricoli, alle *kubbas* di Sidi-Daudi e di Sidi-Abd-es-Salam, alla rombante cascata di El-Urit dalla quale il Saf-Saf precipita per un'altezza di ottanta metri e a tante altre cose attraenti, Clovis Dardentor dovette accontentarsi di ammirarle nella descrizione ufficiale della sua guida.

Sí! Sarebbero stati necessari parecchi giorni per studiar bene Tlemcen e i suoi dintorni. Ma proporre un prolungamento di permanenza a gente che non desiderava altro che andarsene al piú presto e per la via piú breve, sarebbe stato tempo buttato. E per quanta autorità avesse il nostro perpignanese sui suoi compagni di viaggio (autorità, del resto, alquanto diminuita) egli non osò farlo.

— E ora, mio caro Marcel e mio caro Jean, che ne pensate di Tlemcen?...

— Bella città — rispose il primo distrattamente.

— Bella... sí... — aggiunse il secondo a fior di labbra.

— Uhm! ragazzi miei, ho fatto bene a riacchiapparvi, voi, Marcel, per il colletto... e voi, Jean, per il fondo dei calzoni! Quante cose meravigliose avreste perduto...

— Voi avete rischiato la vita, signor Dardentor, — disse Marcel Lornans — e credete pure che la nostra riconoscenza...

— Ah! beh, signor Dardentor, — fece Jean Taconnat, tagliando la parola in bocca al cugino — è forse una vostra abitudine andare in giro a salvare...

— Eh!... Mi è capitato piú di una volta, e potrei impastarmi sul torace una bella pappina di medaglie!... Ecco perché, con tutta la mia voglia di diventare padre adottivo, come sapete, non ho ancora potuto adottare nessuno!...

— Anzi — osservò Jean Taconnat — eravate voi a rispondere alle condizioni per essere...

— Precisamente, piccolo mio! — rispose Clovis Dardentor. — Ma ora bisogna spicciarsi...

Si tornò all'albergo. Il pranzo non fu affatto allegro. I commensali avevano l'aria di gente che ha chiuso le valigie e che aspetta solo la partenza del treno. Al dessert il perpignanese si decise a offrire le graziose babbucce alla persona cui erano destinate.

— In ricordo di Tlemcen, mia cara signorina! — disse.

La signora Elissane non poté rispondere che con un sorriso alla graziosa premura del signor Dardentor, mentre nel gruppo dei Désirandelle la signora si mordeva le labbra e il signore alzava le spalle.

Il volto di Louise si rasserenò e un lampo di gioia brillò nei suoi occhi quando disse:

— Grazie, signor Dardentor. Volete permettermi di abbracciarvi?...

— Perbacco!... Le ho comprate solo per questo! Un bacio per babbuccia!...

E la giovinetta abbracciò di vero cuore il signor Dardentor.

Capitolo XV

NEL QUALE SI VERIFICA FINALMENTE UNA DELLE TRE CONDIZIONI RICHIESTE DALL'ARTICOLO 345 DEL CODICE CIVILE

A dir la verità era forse ora di concludere quel viaggio organizzato cosí bene dalla Compagnia Ferroviaria algerina. Cominciato tanto bene, esso rischiava di finire male, almeno per il gruppo Dardentor.

Lasciando Tlemcen, la carovana era ridotta alla metà. Parecchi viaggiatori avevan desiderato prolungare ancora di qualche giorno la permanenza in quella città che realmente lo meritava. L'agente Derivas rimase con loro, e il signor Dardentor con i suoi, sotto la condotta della guida Moktani, fin dall'alba del 21 maggio avevano preso da soli la via di Sidi-bel-Abbès.

Va citata anche la presenza fra loro del signor Eustache Oriental che certo, aveva fretta di ritornare a Orano. Avrebbe di sicuro stupito il signor Dardentor e gli altri se egli avesse voluto redigere un resoconto scientifico su tale escursione: infatti per rilevare le diverse posizioni egli si era servito solamente del cannocchiale lasciando tutti gli altri strumenti in fondo alla valigia.

La carovana si componeva ora di due soli carri. Nel primo stavano le signore col signor Désirandelle. Nel secondo avevano preso posto il signor Oriental,

Agathocle stanco del suo poco conciliante mulo, due servi indigeni e tutto il bagaglio e le provviste di riserva. In fondo non rimaneva da fare che una colazione fra Tlemcen e il villaggio di Lamoricière dove la carovana si sarebbe fermata per la notte, e un'altra colazione l'indomani fra Lamoricière e Sidi-bel-Abbès, dove la guida contava di giungere verso le otto di sera. Là sarebbe terminato il viaggio in carovana e la ferrovia avrebbe ricondotto a Orano l'avanguardia degli escursionisti.

Naturalmente il signor Dardentor e Moktani non si erano separati dai loro mehari, ottime bestie delle quali non avevano affatto da lamentarsi, né i due parigini dai loro cavalli che non avrebbero lasciato senza un vero dispiacere.

Una strada nazionale attraversa fra Tlemcen e Sidi-bel-Abbès quella parte di provincia e al Tlélat si ricongiunge con quella che unisce Orano ad Algeri. La distanza da Tlemcen a Sidi-bel-Abbès è di novantadue chilometri che possono essere facilmente percorsi in due giorni.

La carovana procedeva quindi attraverso un paesaggio molto piú vario di quello della regione meridionale che va da Saïda a Sebdu. Qui meno foreste ma vaste tenute agricole, immensi terreni coltivati, e la capricciosa rete degli affluenti del Chuly e dell'Isser. Quest'ultimo è uno dei piú grandi fiumi dell'Algeria, l'arteria vivificante il cui corso di duecento chilometri giunge fino al mare seguendo una valle in cui prospera il cotone, grazie alle acque che vengono dagli altopiani e dal Tell.

Che cambiamento però nel morale dei nostri viaggiatori tanto uniti alla partenza in ferrovia da Orano e in carovana da Saïda! Una freddezza palese raggelava i loro rapporti. I Désirandelle e la signora Elissane parlavano fra loro nel loro carro e Louise era costretta a sentir discorsi poco piacevoli per lei. Marcel Lornans e Jean Taconnat, in preda ai loro tristi pensieri, procedevano dietro il perpignanese rispondendogli appena quando egli si fermava ad aspettarli.

Povero Dardentor! Sembrava proprio che tutti gliene volessero: i Désirandelle, perché non supplicava Louise di essere gentile con Agathocle; la signora Elissane, perché egli non voleva decidere sua figlia a quel matrimonio stabilito da tanto tempo; Marcel Lornans, perché egli avrebbe dovuto intervenire in favore di colui che aveva salvato; Jean Taconnat, perché egli l'aveva salvato invece di aver dato luogo ad esserlo da lui. Insomma Clovis Dardentor non era che un capro espiatorio caricato su un cammello. Gli rimaneva solo il fedele Patrice che pareva dire:

« Sí... ecco come stanno le cose e il vostro servitore non s'ingannava affatto! ».

Ma egli non esprimeva questo pensiero, non gli dava consistenza letteraria per timore che Dardentor gli ribattesse con una delle solite risposte che lo irritavano tanto.

Ebbene! Clovis Dardentor avrebbe certo finito col mandarli tutti al diavolo!

« Su, Clovis » si diceva « devi forse qualche cosa a questi pulcinella?... Perché vuoi martellarti il cervello fino alla tortura se le cose non vanno come vogliono loro?... È forse colpa tua se Agathocle non è che un papero, se suo padre e sua madre lo considerano una fenice, se Louise ha finito per valutare quel volatile al suo giusto valore, perché alla fin fine bisogna arrendersi all'evidenza!... Comincio realmente a dubitare che Marcel ami la ragazza; ma, corpo delle due gobbe del mio mehari, non posso mica gridar loro: "Andate, ragazzi, vi benedico!...", e quel mattacchione di Jean che ha perduto tutto il suo buon umore, tutta la sua allegria annegati nelle acque del Sâr!... Si direbbe che ce l'abbia con me perché l'ho ripescato!... Parola mia, sono diventati tutti matti da legare!... Ebbene... »

Patrice era sceso dal suo carro per parlare al padrone.

— Temo, signore — gli disse — che voglia piovere e forse sarebbe meglio...

— È meglio un cattivo tempo che niente!

— Che niente?... — rispose Patrice colpito da quel fantasioso assioma. — Se dunque il signore...

— Ssst!

Sconfitto da quello zittio Patrice risalí sul carro piú veloce di quando ne era sceso.

Durante la mattinata i dodici chilometri che separano Tlemcen dall'Aïn-Fezza furono percorsi sotto una pioggia calda che cadeva da nuvole temporalesche. Finito il temporale si fece colazione in una gola boscosa rinfrescata dalle numerose cascate dei dintorni; una colazione senza intimità e dove in tutti regnava un visibile imbarazzo. Sembravano i commensali d'una tavola d'albergo che non si sono mai visti prima di sedersi davanti al loro piatto, e che dopo aver finito non si vedranno mai piú. Sotto gli sguardi inceneritori dei Désirandelle, Marcel Lornans evitava di guardar Louise Elissane. Jean Taconnat dal canto suo non contando piú sui casi della strada (una strada nazionale col piano in buono stato, le sue pietre miliari, i suoi mucchi di pietrisco in ordine, i suoi cantonieri al lavoro) malediceva la disgraziata amministrazione che aveva civilizzato quel paese.

Tuttavia, piú volte, Clovis Dardentor cercò di reagire, tentò di riallacciare i legami spezzati, lanciò qualche frizzo... ma i suoi artifici, come se fossero stati rovinati dalla pioggia, non prendevano fuoco.

— Decisamente, mi scocciano! — mormorava.

Verso le undici la carovana si rimise in cammino, passò il Chuly, rapido affluente dell'Isser, su un ponte, costeggiò una piccola macchia, passò davanti a delle cave di pietra, alle rovine di Hagiar-Rum e senza incidenti giunse verso le sei di sera al villaggio di Lamoricière.

Dopo un cosí breve soggiorno a Tlemcen, non era certo il caso di pensare a rimanere in quell'Ued-Mimun di duecento abitanti, che prende il nome dall'illustre generale. Noto soprattutto per la sua fresca e fertile vallata, non forniva però nessuna comodità nella sua unica locanda. Vi furono addirittura servite delle uova alla coque che avrebbero potuto passar per sode. Per fortuna l'agente Derivas non c'era, il che risparmiò delle giuste recriminazioni. In compenso i turisti furono onorati da una serenata indigena, alla quale avrebbero forse rinunciato; ma dietro le istanze del signor Dardentor di cui non era prudente eccitare maggiormente il cattivo umore, tutti si rassegnarono.

Quella serenata fu data nella sala principale della locanda e valeva la pena di essere intesa.

Era una *nuba* limitata a tre specie di strumenti arabi: il *tebeul*, grande tamburo che viene suonato su entrambe le facce con due sottili bacchette di legno; la *rheïta*, flauto fatto in parte di metallo e simile per sonorità alla cornamusa bretone; e il *nuara*, composto di due mezze zucche, sulle quali è tesa una pelle secca. Quantunque di solito la *nuba* sia accompagnata da danze piene di grazia, quella sera esse non figurarono nel programma.

Quando la festicciola fu finita, il signor Dardentor esclamò con una voce arcigna:

— Bellissimo! bellissimo!

E poiché nessuno osò emettere un'opinione diversa, egli incaricò Moktani di complimentare i musicanti indigeni e diede loro una mancia abbondante.

Il nostro perpignanese era stato realmente soddisfatto come aveva assicurato? Questo è un problema; in ogni modo, vi fu un ascoltatore la cui soddisfazione si può affermare che fosse veramente completa. Sí! durante la *nuba*, uno dei due cugini (si può immaginare quale) aveva potuto sedersi vicino alla signorina Elissane. E chissà se allora non le rivelò le tre parole impresse in fondo al suo cuore, che trovarono eco in quello della fanciulla?...

L'indomani di buon'ora, i viaggiatori ripartirono, impazienti di giungere alla fine del viaggio. Da Lamoricière fino a Aïn-Tellut per una decina di chilometri, si seguí il tracciato della ferrovia in costruzione. A Aïn Tellut la via se ne allontana e risale direttamente verso nord-est dove a pochi chilometri da Sidi-bel-Abbès taglia la ferrovia in costruzione che scende verso la provincia meridionale d'Orano.

Si dovettero prima attraversare grandi piantagioni di alfa e vasti campi coltivati che arrivavano fino all'orizzonte. Lungo la strada s'incontravano spesso dei pozzi, benché le acque degli *ueds* Muzen e Zehenna fossero abbastanza abbondanti. I carri e le cavalcature procedevano piú in fretta che potevano, per coprire in una sola giornata quella tappa di quarantacinque chilometri. Non era piú il caso di perder tempo in allegre chiacchierate e d'altronde nulla di curioso si offriva ai viaggiatori su quel percorso, nemmeno qualche gruppo di rovine romane o berbere.

La temperatura era alta. Per fortuna, uno schermo di nuvole moderava gli ardori del sole che sarebbero stati insopportabili in quella regione priva di boschi. Dovunque si stendevano campi privi di alberi, pianure senza un filo d'ombra. Sempre la stessa strada che continuò fino alla sosta per la colazione.

Erano le undici quando, a un segnale della guida Moktani, la carovana si fermò. Se si fossero portati qualche chilometro piú a sinistra, il ciglio della foresta degli Ued-Mimun avrebbe loro offerto un posto molto piú adatto. Ma non conveniva allungare la strada con quella deviazione.

Dai panieri furono estratte le provviste. E tutti si sedettero in vari gruppi sul ciglio della strada. Vi era il gruppo Désirandelle-Elissane ed era necessario che Louise ne facesse parte. Vi era il gruppo Jean-Marcel e il giovanotto non cercando di avvicinarsi alla fanciulla, mostrò una discrezione di cui ella dovette essergli riconoscente. Forse da Lamoricière in qua quei due avevano fatto piú cammino che la carovana e verso una meta che non era precisamente Sidi-bel-Abbès...

Vi era finalmente il gruppo Dardentor, il quale sarebbe stato composto solo dal personaggio di quel nome se, in mancanza di meglio, il perpignanese non avesse accettato la compagnia del signor Oriental.

Si trovarono l'uno vicino all'altro e cominciarono a chiacchierare. Di che?... Di tutto... del viaggio che stava per finire e, bisognava convenirne, molto bene.

Senza ritardi... senza gravi incidenti per via... Tutti i viaggiatori, forse un po' stanchi, ma in ottima salute... specialmente le signore... Ancora cinque o sei ore di cammino fino a Sidi-bel-Abbès e poi non ci sarebbe stato altro che sistemarsi in un vagone di prima classe diretto a Orano.

— E voi, signor Oriental, siete rimasto soddisfatto? — domandò Clovis Dardentor.

— Soddisfattissimo, signor Dardentor, — rispose il montelimarese. — Questo giro era organizzato molto bene e il problema delle provviste è stato risolto in modo accettabilissimo, anche nei villaggi piú piccoli...

— Questo problema mi pare abbia occupato un gran posto nel vostro animo...

— Importantissimo infatti, e ho potuto anche procurarmi vari campioni di commestibili di cui ignoravo l'esistenza.

— Per conto mio, signor Oriental, queste preoccupazioni di gargarozzo...

— Hum!... — brontolò Patrice che stava servendo il suo padrone.

— Lasciano indifferente il mio stomaco — finí il signor Dardentor.

— A mio parere, invece — riprese il signor Oriental — devono occupare il primo posto nell'esistenza.

— Ebbene, caro signore, permettetemi di confessarvi che se noi ci fossimo aspettati da voi qualche servizio, non sarebbe stato davvero nel settore culinario, quanto in quello astronomico...

— Astronomico? — ripeté il signor Oriental.

— Sicuro... se, per esempio la nostra guida si fosse smarrita... se ci fosse stato bisogno di ricorrere a qualche osservazione per ritrovare la strada... voi avreste potuto fare il punto...

— Io avrei fatto il punto?...

— Certo... con l'altezza di sole di giorno... o quella delle stelle di notte... Sapete, le declinazioni...

— Quali declinazioni?... Rosa, rosae?...

— Buona, questa! — esclamò il signor Dardentor.

E scoppiò in una grossa risata, che però non produsse negli altri gruppi nessun effetto di ripercussione.

— Insomma — riprese — voglio dire che con i vostri strumenti... col sestante... come fanno i marinai... col sestante che avete in valigia...

— Io ho un sestante... in valigia?...

— Probabilmente... perché il cannocchiale serve solo per i paesaggi... ma quando si tratta del passaggio del sole al meridiano...

— Non capisco...

— Insomma... siete o non siete il presidente della Società astronomica di Montélimar?...

— Gastronomica, caro signore, gastronomica!... — rispose fieramente il signor Oriental. E quella risposta che spiegava tante cose inesplicabili fino a quel momento, riuscí a rasserenare persino Jean Taconnat dopo che il signor Dardentor l'ebbe ripetuta.

— Ma è quell'animale di Patrice che ci ha detto a bordo dell'*Argèlès*... — esclamò.

— Come!... il signore non è astronomo?... — chiese il degno domestico.

— No... gastronomo,... ti dico: ga-stro-no-mo!

— Avrò capito male quanto ha detto il capocameriere — rispose Patrice, — capita a tutti di capire male.

— E io ho potuto credere... — esclamò il perpignanese — io ho potuto prendere il signor Oriental per un... mentre invece era un... Ah, bah. C'è da sbudellarsi!... Toh, toh! Prendi tutte le tue carabattole, Patrice, e va' a farti benedire!...

Patrice si allontanò, tutto confuso dell'errore in cui era caduto e ancora piú umiliato dall'intemerata spiacevole che ne era stata la conseguenza, fatta poi in termini cosí volgari. Sbudellarsi... era la prima volta che il suo padrone adoperava una simile espressione davanti a lui... e sarebbe anche stata l'ultima, altrimenti Patrice avrebbe lasciato il suo servizio per cercarsi un posto presso un membro dell'Accademia francese, dal linguaggio raffinato, non certo presso il signor Emile Zola, certo... se mai...

Jean Taconnat si avvicinò.

— Perdonategli, signor Dardentor, — gli disse.

— E perché?...

— Perché si tratta di una quisquilia. Dopo tutto, un gastronomo non è che un astronomo con in piú le penne di una « g ».

Clovis Dardentor a quella battuta scoppiò in una nuova risata che rischiò di compromettere la sua digestione.

— Ah! questi parigini!... il pomo spetta a loro!... Come vi divertono!... — esclamò. — No! a Perpignano nessuno avrebbe saputo dire cosí... eppure i perpignanesi non sono mica bestie!... Oh! tutt'altro!...

« D'accordo » disse Jean Taconnat fra sé « ma hanno troppo il bernoccolo del salvataggio! ».

Carri e cavalcature si rimisero in movimento. Alle coltivazioni di alfa tennero dietro i terreni a coltura. Verso le due, si giunse al trotto al villaggio di Lamtar, proprio alla congiunzione di una piccola deviazione che collega la strada di grande comunicazione di Aïn-Temuchent con la nazionale di Sidi-bel-Abbès. Alle tre la carovana era al ponte di Muzen, nel punto dove questo *ued* si unisce con uno dei suoi affluenti; e alle quattro arrivò all'incrocio formato dalle due strade suddette un po' al disotto di Sidi-Kraled, a qualche chilometro da Sidi-Lhassen, dopo aver seguito il corso del Mekerra (nome che viene dato al Sig in questa regione).

Sidi-Lhassen non è che un villaggio di circa seicento abitanti, per la maggior parte tedeschi e indigeni, e non era certo il caso di sostarvi.

A un tratto – erano le quattro e mezzo – la guida che procedeva in testa alla comitiva fu bruscamente fermata da uno scarto del suo mehari. Invano provò a incitarlo con la voce, l'animale rifiutò di avanzare, anzi indietreggiò.

Quasi subito i cavalli dei due giovanotti sbuffarono, si impennarono, emettendo nitriti di spavento, e nonostante gli speroni e le redini, indietreggiarono verso i carri le cui bestie davan gli identici segni di spavento.

— Che c'è, dunque? — domandò Clovis Dardentor.

La sua cavalcatura, sbuffando e fiutando qualche odore lontano, si era accovacciata al suolo.

Alla domanda risposero due formidabili ruggiti, sulla natura dei quali era impossibile ingannarsi. Tali ruggiti erano risuonati a un centinaio di passi di distanza, nel bosco dei pini.

— Dei leoni! — esclamò la guida.

Si può facilmente immaginare quale fu il fin troppo giustificato spavento che invase la carovana. Belve del genere nelle vicinanze, in pieno giorno, belve senza dubbio pronte all'assalto...

La signora Elissane, la signora Désirandelle e Louise, spaventate balzarono giú dal carro, mentre le mule dell'attacco cercavano di rompere le tirelle per fuggire.

La prima idea – istintiva – che venne alle due signore, ai Désirandelle padre e figlio, al signor Eustache Oriental, fu di retrocedere e di rifugiarsi nel villaggio che si erano lasciati indietro parecchi chilometri prima...

— Non muovetevi! — esclamò Clovis Dardentor con voce cosí imperiosa che ottenne subito un'obbedienza passiva.

Intanto la signora Désirandelle era svenuta. In quanto ai cavalli e ai cammelli, il conduttore e gli indigeni li avevano impastoiati in un attimo, perché non potessero fuggire per la campagna.

Marcel Lornans si era precipitato verso il secondo carro, e, aiutato da Patrice, ne aveva estratte le armi, carabine e rivoltelle, che furono subito caricate.

Il signor Dardentor e Marcel Lornans presero le carabine, Jean Taconnat e Moktani impugnarono le rivoltelle. Tutti si raggrupparono ai piedi di un boschetto di terebinti, sul ciglio di sinistra della strada.

Su quella campagna deserta non c'era da aspettarsi alcun soccorso.

I ruggiti risuonarono nuovamente e quasi subito apparve sul limitare della boscaglia una coppia di belve.

Erano un leone e una leonessa, di dimensioni enormi, il cui manto giallastro si stagliava vividamente sul verde scuro dei pini di Aleppo.

Questi animali si sarebbero slanciati sulla carovana che guardavano con sguardo fiammeggiante?... Oppure, spaventati dal numero, sarebbero rientrati nella boscaglia lasciando libero il passo?...

Dapprima fecero qualche passo, senza fretta, limitandosi a turbare l'aria con sordi mugolii.

— Nessuno si muova — ripeté il signor Dardentor — e lasciateci fare!

Marcel Lornans gettò uno sguardo a Louise che pallida, con il viso stravolto, ma padroneggiandosi, cercava di rassicurare sua madre. Quindi assieme a Jean Taconnat venne a porsi accanto al signor Dardentor e a Moktani, a una decina di passi davanti al boschetto di terebinti.

Un minuto dopo, siccome le due belve si erano avvicinate, risuonò una prima detonazione. Il perpignanese aveva sparato sulla leonessa, ma questa volta, la sua abituale abilità l'aveva tradito e la belva, sfiorata solamente al collo, fece un balzo emettendo delle urla roche. E siccome nello stesso momento il leone si slanciava, Marcel Lornans puntò la sua carabina e fece fuoco.

— Maldestro che sono! — aveva esclamato il signor Dardentor dopo aver fallito il bersaglio.

Marcel Lornans non poté farsi lo stesso rimprovero poiché il leone fu colpito alla giuntura della spalla. Però la sua folta criniera attutí il colpo e il proiettile non lo colpí mortalmente, e con rabbia duplicata il leone si precipitò sulla strada senza fermarsi davanti a tre proiettili della rivoltella di Jean Taconnat.

Tutto ciò era accaduto in pochi secondi e non era stato possibile ricaricare le due carabine, quando le belve piombarono presso il boschetto di terebinti.

Marcel Lornans e Jean Taconnat furono rovesciati dalla leonessa, i cui artigli si alzavano su di loro quando una palla di Moktani stornò per un momento l'animale, il quale tornando alla carica piombò sopra i due giovanotti stesi al suolo.

La carabina del signor Dardentor risuonò una seconda volta. Il proiettile forò il petto della leonessa senza attraversarle il cuore, e se i due cugini non si fossero messi fuori di portata con grande sveltezza non ne sarebbero usciti sani e salvi.

Frattanto la leonessa, benché gravemente ferita, era ancora temibilissima. Il leone che l'aveva raggiunta si precipitò con lei sul gruppo, dove lo spavento dei cavalli e dei muli aumentava il disordine e lo spavento.

Moktani, afferrato dal leone, fu trascinato per una decina di passi tutto ricoperto di sangue. Jean Taconnat con la rivoltella in pugno, Marcel Lornans con la carabina ricaricata nuovamente, tornarono verso il ciglio della strada. In quel momento due colpi, tirati quasi a bruciapelo, finirono la leonessa, che ricadde immobile dopo un ultimo sussulto.

Il leone all'ultimo stadio dell'ira, con un salto di venti piedi cadde su Clovis Dardentor, il quale non potendo far uso dell'arma, travolto a terra, rischiava di essere schiacciato sotto il peso della bestia...

Jean Taconnat corse verso di lui e a tre passi dal leone (e state pur certi, in quel momento non pensava alle condizioni richieste dal Codice Civile per l'adozione) premette il grilletto della rivoltella il cui ultimo colpo fece cilecca...

In quel momento i cavalli e le altre bestie degli attacchi, in preda al parossismo dello spavento, spezzate le pastoie presero a fuggire per la campagna. Moktani, nell'impossibilità di usare la sua arma, si era trascinato fino al ciglio della strada mentre il signor Désirandelle, il signor Oriental e Agathocle erano rimasti davanti alle signore...

Clovis Dardentor non era riuscito a rialzarsi e la zampa del leone stava per ricadergli sul petto, quando risuonò un colpo d'arma da fuoco...

L'enorme belva, col cranio forato, rovesciò la testa all'indietro e cadde morta accanto al perpignanese...

Era stata Louise Elissane che, raccolta la rivoltella di Moktani, aveva tirato a bruciapelo sull'animale...

— Salvato... salvato da lei!... — esclamò il signor Dardentor. — E quei leoni lí non erano mica fatti di pelle di pecora, non avevan mica le rotelle sotto le zampe!...

Poi si rialzò con un balzo che sarebbe stato degno di quel re degli animali rimasto steso al suolo.

Cosí, ciò che non erano riusciti a fare né Jean Taconnat né Marcel Lornans, lo aveva fatto quella fanciulla! È vero però che subito dopo le forze le mancarono e presa da improvvisa debolezza sarebbe caduta a terra, se Marcel Lornans non l'avesse ricevuta fra le braccia per riportarla a sua madre.

Ogni pericolo ormai era scomparso; e il signor Dardentor che cosa mai avrebbe potuto aggiungere alle parole che già gli erano uscite dal cuore all'indirizzo di Louise Elissane?...

Così, aiutato dagli indigeni, il nostro perpignanese, assieme a Patrice, si mise in traccia delle mule e dei cavalli fuggiti. In poco tempo riuscirono a riprenderli, poiché quegli animali, calmatisi dopo la morte delle fiere, tornarono da loro stessi verso la strada.

Moktani, ferito piuttosto gravemente al fianco e al braccio, fu deposto a bordo di uno dei carri e Patrice dovette prendere il suo posto fra le due gobbe del suo mehari, dove si mostrò sportivo elegante non meno che se avesse montato un purosangue arabo.

Quando Marcel Lornans e Jean Taconnat furono risaliti a cavallo, il secondo disse al primo:

— Ebbene?... ci ha salvati tutti e due ancora una volta, questo terranuova dei Pirenei Orientali!... Decisamente, con un uomo simile non c'è niente da fare!...

— Niente! — rispose Marcel Lornans.

La carovana si rimise in cammino. Mezz'ora più tardi arrivava a Sidi-Lhassen e alle sette tutti scendevano nel miglior albergo di Sidi-bel-Abbès.

Fu subito fatto venire un medico per curare Moktani: egli fece sapere che le ferite riportate dalla guida non avrebbero avuto serie conseguenze.

Alle otto pranzarono tutti insieme, un pranzo silenzioso, durante il quale, come per tacito accordo, i commensali non fecero alcuna allusione all'attacco delle belve.

Ma al dessert, il signor Dardentor alzandosi e rivolgendosi a Louise con un tono serio che fino allora nessuno gli aveva visto, esclamò:

— Signorina, voi mi avete salvato...

— Oh! signor Dardentor!... — rispose la fanciulla arrossendo violentemente.

— Sí... salvato... e salvato in una lotta dove senza il vostro intervento avrei perduto la vita!... Perciò, con il permesso di vostra madre, poiché il caso risponde in tutto alle condizioni volute dall'articolo 345 del Codice Civile, il mio desiderio piú vivo sarebbe quello di adottarvi...

— Signore... — replicò la signora Elissane, piuttosto imbarazzata davanti a quella proposta.

— Niente obiezioni — riprese il perpignanese — perché se non acconsentite...

— Se non acconsento?...

— Allora io vi sposo, cara signora... e la signorina Louise diventerà lo stesso mia figlia!

Capitolo XVI

NEL QUALE UNA CONCLUSIONE SODDISFACENTE METTE FINE A QUESTO ROMANZO CON GRANDE PIACERE DEL SIGNOR CLOVIS DARDENTOR

Il giorno dopo, alle 9 del mattino, il treno di Sidi-bel-Abbès trasportava una parte di quella carovana che, dopo un viaggio di quattordici giorni, ritornava al punto di partenza.

Quella parte di carovana era composta di Clovis Dardentor, dalla signora e dalla signorina Elissane, dai coniugi Désirandelle e dal loro figlio Agathocle, da Jean Taconnat e Marcel Lornans, senza contare Patrice che desiderava riprendere la sua vita tranquilla e regolare a Perpignano nella casa di piazza dc la Loge.

Per convenienza o per necessità, restavano a Sidi-bel-Abbès la guida Moktani che doveva essere accuratamente medicata dopo essere stata regalmente ricompensata dal signor Dardentor, e gli indigeni addetti al servizio della Compagnia Ferroviaria algerina.

E il signor Eustache Oriental?... Ebbene, il presidente della Società gastronomica di Montélimar non era uomo da lasciare Sidi-bel-Abbès senza prima aver studiato dal punto di vista commestibile una città a cui si è dato il nome di « Biscuitville ».

È un importante comune di diciassettemila abitanti, di cui quattromila francesi, millecinquecento ebrei e il resto indigeni. Questo capoluogo di dipartimento che rischiò di diventare la capitale della provincia oranese, è l'ex dominio dei Beni-Amor, i quali dovettero ripassare la frontiera e rifugiarsi in Marocco. La città moderna, che data dal 1843, è bella e ricca con fertili dintorni irrigati dalle acque del Mekerra: è costruita sopra una scarpata del Tessala e si nasconde nel verde a un'altezza di quattrocentosettantadue metri sul livello del mare.

Comunque fosse e nonostante tante attrattive, fu il signor Dardentor, questa volta, a mostrare il desiderio di partire in fretta. No! mai aveva desiderato tanto, come allora, di tornare a Orano.

Effettivamente non c'era da stupirsi se la domanda che egli aveva fatto alla signora Elissane di adottare sua figlia sarebbe stata accettata in linea di principio e senza che quella eccellente signora fosse obbligata a diventar la moglie del signor Dardentor. Un padre adottivo, ricco di due milioni, deciso a rimaner scapolo, non si rifiuta sotto nessuna latitudine di questo nostro mondo sublunare... Certo la signora Elissane, per la forma e per discrezione, aveva dovuto mostrare un poco di resistenza: ma questa aveva avuto una breve durata. La fanciulla ebbe anche un bel dire:

— Rifletteteci, signor Dardentor...

— Ho ben riflettuto, mia cara! — rispose lui.

— Non potete sacrificarvi cosí...

— Lo posso e lo voglio, bambina mia!

— Ve ne pentirete...

— Non me ne pentirò, cocca del suo papà!...

E in fondo la signora Elissane, donna pratica, comprendendo i vantaggi di quella combinazione (cosa certo non difficile) aveva dal fondo del cuore ringraziato il signor Dardentor.

I Désirandelle, poi, non stavano piú in sé dalla gioia. Che dote immensa avrebbe portato Louise a suo marito!... Che ricchezza un giorno!... Che ereditiera!... E tutto ciò per Agathocle, perché ora essi erano certi che il loro amico, il loro compatriota, Clovis Dardentor, non avrebbe potuto fare altro che porre tutta la sua influenza paterna al servizio di quel bravo ragazzo!... Quello doveva essere il suo segreto pensiero!... e il loro figlio sarebbe diventato il genero del ricco perpignanese!...

Dunque erano tutti d'accordo di ritornare a Orano nel piú breve tempo. Per quanto poi concerne Marcel Lornans e Jean Taconnat, ecco cosa c'era da dire:

Il secondo, abbandonato definitivamente il paese dei sogni nel quale la sua immaginazione lo aveva fatto smarrire, quella mattina esclamò:

— In fede mia, evviva Dardentor! e dal momento che non siamo noi a diventare suoi figli, sono contento che sia la bella Louise a diventarlo!... E tu, Marcel?...

Il giovanotto non rispose.

— Ma — riprese Jean Taconnat — è proprio vero che vale lo stesso?...

— Che cosa?...

— Un combattimento contro i leoni...

— Contro le belve o contro gli uomini, un combattimento è sempre un combattimento e non si può negare che la signorina Elissane abbia salvato il signor Dardentor.

— Ehi! Ora che ci penso, Marcel, è andata molto bene che né tu né io abbiamo partecipato al salvataggio di quel brav'uomo con la signorina Louise Elissane...

— E perché?...

— Perché forse egli avrebbe voluto adottarci tutti e tre... E in questo caso lei sarebbe divenuta nostra sorella... e tu non avresti piú potuto sognare di...

— Infatti — rispose Marcel seccato — la legge proibisce i matrimoni fra... D'altra parte... io non ci penso piú...

— Povero amico!... povero amico!... l'ami molto?...

— Sí, Jean... con tutta l'anima!...

— Che disgrazia che non sia stato tu a salvare quel bimilionario!... lui ti avrebbe scelto per figlio e allora...

Sí! che disgrazia! e i due giovanotti erano ancora piuttosto tristi quando il treno, dopo aver aggirato da nord l'importante massiccio di Tessala, prese a tutto vapore la direzione di Orano.

Dunque il signor Dardentor non aveva veduto nulla di Sidi-bel-Abbès: né i suoi mulini ad acqua e a vento, né le sue fabbriche di gesso, né le sue concerie, né le sue fornaci di mattoni. Non aveva visitato né il quartiere civile né quello militare, né passeggiato per le sue strade ad angoli retti e fiancheggiate da platani superbi, né bevuto alle sue numerose e fresche fontane, né varcato le quattro porte del suo muro di cinta, né visitato il suo magnifico vivaio alla porta di Daya!

La locomotiva, dopo aver costeggiato il Sig per una ventina di chilometri, attraversato il villaggio di Trembles e quello di Saint-Lucien e raggiunto a Sainte-Barbe del Tlélat la linea Algeri-Orano, dopo aver percorso settantotto chilometri di strada ferrata, verso mezzogiorno venne a fermarsi nella stazione del capoluogo.

Quel giro era finalmente terminato con l'aggiunta di qualche incidente che la Compagnia Ferroviaria algerina non aveva certo previsto nel programma e che i viaggiatori non avrebbero certo mai dimenticato.

E mentre il signor Dardentor e i due parigini se ne tornavano al loro albergo in piazza de la République, la signora Elissane e sua figlia rientrarono nella loro casa in rue du Vieux-Château, dopo quattordici giorni d'assenza.

Col signor Dardentor le cose « non andavano per le lunghe », ci sia permesso usare questa locuzione volgare, anche se Patrice dovesse offendersene. Egli condusse in porto a perfezione la faccenda dell'adozione, le cui formalità sono certamente abbastanza complicate. Benché egli non avesse ancora cinquant'anni e benché non avesse reso nessun servizio alla signorina Louise durante la sua minore età, è però certo che ella, conformemente a quanto vuole l'articolo 345 del Codice Civile, lo aveva salvato in un combattimento. Quindi le condizioni richieste all'adottante e all'adottato esistevano.

E poiché, durante questo periodo di tempo, il nostro perpignanese era chiamato ogni momento in rue du Vieux-Château, trovò piú pratico accettare l'invito fattogli e andarsi a sistemare in casa della signora Elissane.

Quello però che intanto si era potuto osservare era che, durante tale periodo, Clovis Dardentor, di solito cosí espansivo e comunicativo, era diventato molto riservato e anzi quasi taciturno. I Désirandelle, benché non potessero mettere in dubbio la bontà servizievole del loro amico, cominciarono a preoccuparsene. E dietro loro ordine Agathocle faceva il premuroso verso la giovane ereditiera che un giorno avrebbe posseduto tante centinaia di migliaia di franchi quanti erano i suoi anni, e Agathocle non la mollava piú.

Da questo stato di cose derivò poi che Marcel Lornans e Jean Taconnat furono completamente abbandonati dal loro antico salvatore. Da quando egli aveva lasciato l'albergo, essi lo vedevano molto raramente e solo quando lo incontravano per strada, sempre di fretta, con una grande cartella sotto il braccio contenente una quantità di incartamenti voluminosi. Sí! certamente il « perichonismo » di Clovis Dardentor verso i due parigini era ormai in decadenza. Quel montanaro dei Pirenei pareva non si ricordasse piú di averli salvati due volte, dai flutti turbinosi delle acque e dalle fiamme di un incendio, e un'altra volta tutti e due nel combattimento contro le bestie feroci.

E un bel mattino Jean Taconnat credette di doversi esprimere cosí:

— Caro Marcel, bisogna decidersi!... Dal momento che siamo venuti fin qua per essere soldati, diventiamo una buona volta soldati!... Quando vuoi che si vada all'ufficio di reclutamento?...

— Domani! — rispose Marcel Lornans.

E l'indomani quando Jean Taconnat rinnovò la sua proposta, ottenne l'identica risposta.

Ciò che maggiormente addolorava Marcel Lornans era che gli mancavano le occasioni di rivedere ogni tanto la signorina Elissane. La fanciulla non usciva mai. E i ricevimenti nella casa di rue du Vieux-Château erano finiti. Il matrimonio del signor Agathocle Désirandelle con la signorina Louise Elissane era dato come prossimo e Marcel Lornans se ne disperava.

Una mattina Clovis Dardentor si recò all'albergo a far visita ai due amici.

— Ebbene, amici miei, — domandò senza altri preamboli — e il vostro arruolamento?...

— Domani... — rispose Marcel Lornans.

— Sí, domani — aggiunse Jean Taconnat — domani di certo, egregio signor Dardentor.

— Domani?... — riprese questi. — Ma no... ma no... che diavolo!... avete ancora tutto il tempo per andarvi a impastare nel 7° cacciatori!... aspettate... non c'è fretta... Voglio che assistiate tutti e due alla festa che darò...

— Per il matrimonio della signorina Elissane col signor Désirandelle?... — domandò Marcel Lornans il cui volto si alterò visibilmente.

— No — riprese Dardentor — la festa dell'adozione, prima del matrimonio... Conto su di voi... Buona sera!...

E con quel saluto li lasciò, andandosene in fretta.

Il nostro perpignanese aveva dovuto eleggere domicilio in Orano ed era il giudice di pace di questa città che avrebbe dovuto redigere l'atto di adozione. Davanti a lui si erano già presentate le parti contraenti: la signora e la signorina Elissane e il signor Clovis Dardentor muniti dei loro certificati di nascita e di tutti gli altri documenti atti a perfezionare le condizioni richieste sia per l'adottante sia per l'adottata.

Il giudice di pace, dopo aver ricevuto il consenso, aveva redatto l'atto. In dieci giorni ne fu fatta una copia dal cancelliere del tribunale. Vi furono aggiunti i certificati di nascita, gli atti di consenso, i certificati relativi, e finalmente l'incartamento arrivò per mezzo di un avvocato nelle mani del procuratore della Repubblica.

— Quanti andirivieni, quanti ammennicoli, quante quisquilie! — ripeteva Dardentor — c'è proprio da perder la testa!

Quindi, esaminati i documenti, il tribunale di prima istanza decretò che l'adozione poteva aver luogo. Allora sentenza e incartamento furono inviati al tribunale d'Algeri, che confermò tutto quanto riguardava l'adozione. E per questo ci vollero settimane e settimane!

Intanto i due parigini passavano ogni mattina davanti all'ufficio militare senza entrarvi...

— Suvvia — si ripeteva volentieri il signor Dardentor — la via piú breve per avere un figliolo è pur sempre quella di prender moglie!

Finalmente accettata l'adozione, l'ordinanza del tribunale fu affissa nei luoghi a ciò designati e nel numero di esemplari indicati dall'ordinanza stessa, a cura della parte piú diligente, Clovis Dardentor in particolare. Questi fece eseguire la pubblicazione a mezzo di manifesti stampati e muniti del timbro legale. Finalmente l'ordinanza fu inviata all'ufficiale di stato civile del municipio d'Orano il quale alla data della sua presentazione lo iscrisse nel registro delle nascite, formalità alla quale si deve ottemperare entro tre mesi, dovendosi in caso contrario ritenere l'adozione come non avvenuta.

Credete pure però che non solo non si fecero passare tre mesi ma nemmeno tre giorni.

— Ci siamo! — esclamò il signor Dardentor.

Tutto l'affare era costato circa trecento lire e il signor Dardentor ne avrebbe magari sborsate il doppio o il triplo purché tutto si sbrigasse il piú sollecitamente possibile.

Arrivò il giorno della cerimonia e la festa annunciata ebbe luogo nel grande salone dell'albergo, poiché la sala da pranzo della signora Elissane non avrebbe potuto contenere tutti gli invitati. Là si ritrovarono Jean Taconnat, Marcel Lornans, gli amici e le conoscenze, compreso il signor Eustache Oriental tornato ad Orano e al quale il nostro perpignanese aveva mandato l'invito per lettera, accolto con tutti i riguardi. Ma con estrema sorpresa degli uni e infinita soddisfazione degli altri, la famiglia Désirandelle non figurava nel numero degli invitati.

No! fin dal giorno prima, imbarazzati, furibondi (poiché ormai avevano ben capito le intenzioni del signor Dardentor) maledicendolo fin nei suoi piú lontani discendenti, che sarebbero derivati dai figli della sua figlia adottiva, erano ripartiti a bordo dell'*Argèlès*, dove il capitano Bugarach e il dottor Bruno non si sarebbero certo rovinati per nutrirli, poiché anche Agathocle aveva perduto l'appetito.

Inutile dire che il rinfresco fu splendido, pieno di buon umore e d'allegria: Marcel Lornans trovò là in mezzo Louise Elissane in tutto lo splendore della sua bellezza; Jean Taconnat aveva composto un'elegia sulla partenza del « Piccolo Gagathocle », ma che per convenienza non osò recitare; e il signor Eustache Oriental, assorbito dalla tavola fino alle orecchie, mangiò di tutto (ma con moderazione) e bevve di tutto (ma con discrezione).

L'allocuzione fatta dal signor Dardentor, prima del dessert fu splendida e rimarchevole. Come erano stati bene ispirati i Désirandelle ad imbarcarsi il giorno prima, altrimenti chissà che faccia avrebbero fatto in quel momento solenne!...

— Signore e signori, vi ringrazio di aver voluto prender parte a questa cerimonia che corona il piú caro dei miei desideri.

Patrice poté sperare da quell'inizio che l'orazione sarebbe terminata in maniera conveniente.

— Sappiate, del resto, che se il pranzo vi è sembrato buono, il dessert vi sembrerà anche migliore, grazie alla comparsa d'un nuovo piatto che non figura sulla lista delle vivande...

Patrice cominciò a provare inquietudine.

— Ah! ah! un piatto nuovo!... — fece il signor Eustache Oriental leccandosi le labbra.

E il signor Dardentor continuò:

— È inutile che vi presenti la nostra graziosa Louise che la sua bravissima mamma mi ha permesso di adottare e che pur restando sua figlia è diventata anche la mia...

Qui scoppiarono applausi unanimi e qualche lacrima spuntò negli occhi femminili dell'uditorio.

— Ora è appunto col consenso della madre che io offro al dessert la nostra Louise come un piatto prelibato della tavola degli Dei...

Disillusione del signor Oriental che ritrasse subito la lingua.

— E a chi, amici miei?... A uno dei nostri convitati... a quel bravo giovanotto che è Marcel Lornans che per questo fatto diventerà mio figlio...

— E io? — non poté trattenersi dall'esclamare Jean Taconnat.

— Tu sarai mio nipote, testone! E ora avanti la musica! Bum!... bum!... pif!... paf!... e tutta la cagnara di una festa di nozze fuori classe...

Patrice si nascose la faccia nel tovagliolo.

È il caso di aggiungere che Marcel Lornans si sposò la settimana seguente in pompa magna con Louise Elissane e che mai né il suo nome né quello di Jean Taconnat figurarono nei ruoli del 7° cacciatori d'Africa?...

Ma, si dirà che si finisce come un'operetta... Ebbene, che cos'è questa storia se non un'operetta senza romanze e con l'obbligatorio matrimonio al momento in cui cala il sipario?...

INDICE

STAMPATO PER CONTO DEL GRUPPO UGO MURSIA EDITORE S.P.A. DA « L.V.G. » - AZZATE (VARESE)

EDIZIONE INTEGRALE DI TUTTI

« *I viaggi straordinari* »
di Jules Verne

Volumi già pubblicati o in corso di pubblicazione:

I Cinque settimane in pallone

Precorrendo con la sua straordinaria fantasia i piú celebri « viaggi di esplorazione » dell'Africa, Verne compie la traversata del continente nero, da Zanzibar al Senegal, sorvolando la foresta equatoriale, il lago Victoria e le maestose cateratte del Nilo. Sotto la guida del dottor Fergusson, audaci esploratori, librati dentro la fragile navicella di un aerostato, scoprono un mondo nuovo, paesaggi e popoli sconosciuti, in un susseguirsi di fantastiche avventure.

II Viaggio al centro della Terra

Che cosa c'è al centro della Terra? Al fine di verificare alcune ipotesi scientifiche avanzate nell'800, il professor Lidenbrock compie un viaggio nelle misteriose profondità terrestri. La discesa nel cratere dello Sneffels e il fantastico spettacolo di grotte e cunicoli che conducono al vasto mare che occupa il centro della Terra sono descritti in pagine serrate e avvincenti. Ma in quegli abissi profondi anche il tempo si è fermato e il lettore si trova all'improvviso nella preistoria tra rettili antidiluviani e piante gigantesche dell'epoca terziaria. Il romanzo è seguito da *Il conte di Chanteleine*, un racconto ambientato al tempo della Rivoluzione francese.

III Dalla Terra alla Luna - Intorno alla Luna

In un solo volume, due romanzi di fantascienza. Anticipando le scoperte scientifiche e tecniche del nostro tempo, Verne immagina il primo viaggio nello spazio e crea personaggi ardimentosi – come Barbicane, Nicholl e Ardan – che prefigurano i moderni astronauti. In un proiettile di alluminio, essi vengono lanciati verso la Luna da un supercannone, il *Columbiad*, e ruotano intorno al satellite, osservandone, attraverso gli oblò, l'affascinante e spettrale paesaggio. Due romanzi che aprono la strada alla fantascienza e che precorrono di un secolo le piú spettacolari imprese dell'era in cui viviamo.

IV Le avventure del capitano Hatteras

Un avvincente romanzo ispirato alle imprese polari. Salpato da Liverpool per piantare la bandiera inglese sul Polo Nord, il capitano Hatteras affronta le piú tragiche avventure: l'ammutinamento dell'equipaggio, il disperato cammino nel deserto di ghiaccio, il fortunoso incontro con il capitano Altamont, che lo ha preceduto in quell'inferno bianco, il freddo, la fame, la solitudine di un intero inverno. Coraggioso e tenace fino alla temerarietà, Hatteras riuscirà a piantare la bandiera sul Polo, ma pagherà l'audace impresa con infinite sofferenze, sino ad essere travolto nel turbine della follia.

V I figli del capitano Grant

Una bottiglia, trovata nel ventre di uno squalo, restituisce il messaggio del capitano Grant, vittima di un naufragio. Nella speranza di salvare i naufraghi, lord Glenarvan si imbarca sul *Duncan*, insieme con la consorte e con i figli giovinetti del capitano Grant, e si getta all'avventura. È l'inizio di una storia che conduce i protagonisti fra i marosi degli oceani, sulla cordigliera delle Ande, nelle boscaglie di eucalipti dell'Australia, fra i Maori antropofagi. Il capitano Grant viene tratto in salvo, ma il seguito dell'avventura è nei due successivi romanzi: *Ventimila leghe sotto i mari* e *L'isola misteriosa*...

VI Ventimila leghe sotto i mari

È il romanzo che salda, come un anello della catena, *I figli del capitano Grant* a *L'isola misteriosa.* Ed è la sconvolgente, allucinante scoperta degli abissi marini. Dopo aver esplorato il cielo e la terra, Verne, con il *Nautilus*, si inabissa nelle profondità del mare. Il misterioso sottomarino passa sotto l'istmo di Suez, non ancora tagliato; dall'occhio dei suoi oblò scorgiamo il favoloso regno dell'Atlantide sommersa; con i suoi personaggi lottiamo contro polpi giganteschi e, per la prima volta nella storia, assistiamo al « siluramento » di una nave... Protagonista del grande romanzo è il capitano Nemo, un personaggio enigmatico e indimenticabile.

VII L'isola misteriosa

È il libro che conclude la trilogia comprendente *I figli del capitano Grant* e *Ventimila leghe sotto i mari.* Durante la guerra americana di Secessione cinque prigionieri chiusi nella città di Richmond riescono a fuggire con un pallone e vengono trascinati nel Pacifico, dove approdano a un'isola deserta. Ma il loro destino si ricollega a due misteriose figure incontrate nei libri precedenti: quella di Ayrton e quella del capitano Nemo, che ricompaiono qui come « personaggi chiave » di una vicenda che è insieme misteriosa ed esaltante, assai simile a quella di Robinson Crusoe.

VIII Una città galleggiante - Avventure di tre russi e tre inglesi nell'Africa australe

Nel romanzo *Una città galleggiante*, Verne racconta la traversata dell'Atlantico compiuta a bordo di quella che era allora chiamata l'« ottava meraviglia » dei mari, il gigantesco piroscafo *Great-Eastern.* L'intreccio romanzesco è messo in sordina, mentre vi predomina la « città galleggiante », la sola vera protagonista del romanzo. Completa il volume il romanzo *Avventure di tre russi e tre inglesi nell'Africa australe*, che è la storia di una commissione scientifica recatasi nell'Africa del Sud per compiervi delle misurazioni geodetiche. Con questo pretesto, lo scrittore ci svela un volto nuovo e inedito del continente africano.

IX Il giro del mondo in 80 giorni

Quando Verne scrisse questo romanzo, il progresso scientifico e tecnico non era ancora in grado di assicurare un viaggio attorno alla Terra in 80 giorni. Ma Verne anticipa i tempi. Il viaggio viene fatto per una scommessa: un colpo di testa del flemmatico Phileas Fogg. Messosi in viaggio, l'imperturbabile protagonista si trasforma in un personaggio straordinariamente intraprendente. Lo accompagna il fedele domestico Passepartout, mentre un intransigente poliziotto, vera vittima del dovere, lo insegue perché lo crede responsabile di un furto in una banca londinese. Al romanzo fa seguito il racconto *I violatori del blocco*, ambientato all'epoca della guerra di Secessione.

x Il paese delle pellicce

Il romanzo è ambientato nelle regioni settentrionali del Canada e dell'Alaska, dove il continente americano confina con il Mar Glaciale Artico. La Compagnia della baia di Hudson, per garantirsi il traffico delle pellicce, manda una spedizione oltre il 70° parallelo. Capo della spedizione è il valoroso Jasper Hobson, che non si arresta davanti a nessun ostacolo. La corsa delle slitte attraverso il deserto di ghiaccio, la caccia agli animali da pelliccia, le bufere di neve, l'interminabile inverno polare, la lotta all'arma bianca con gli orsi e con i lupi, costituiscono alcuni fra gli episodi piú salienti di questo romanzo d'avventure.

xi I naufraghi del « Chancellor » - Le Indie nere

Il volume inizia con un romanzo tipicamente marinaresco, *I naufraghi del « Chancellor »*, in cui Verne narra le disavventure dei passeggeri di un veliero durante una traversata dell'Atlantico, culminanti con il naufragio. Segue il romanzo *Le Indie nere*, ambientato in Scozia, nelle regioni in cui vennero scoperti vasti giacimenti di carbone e che per questo vennero chiamate dagli inglesi « Le Indie nere ». Il romanzo illustra la vita in miniera ed esalta quegli oscuri eroi che traggono dal sottosuolo risorse sempre nuove per il progresso umano.

xii Michele Strogoff

Con questo romanzo, Verne ha creato uno dei personaggi piú potenti e suggestivi di tutta la letteratura avventurosa. Michele Strogoff, il corriere dello Zar, è la personificazione del coraggio e della piú assoluta devozione e affronta i piú terribili rischi pur di recapitare il messaggio imperiale nella lontana città di Irkutsk, la cui guarnigione è in procinto di ribellarsi al potere centrale. Il romanzo è ricco di episodi di altissima drammaticità: come quello, culminante, in cui l'eroe viene fatto prigioniero da Ivan Ogareff, il ribelle, e viene accecato con la lama rovente di una sciabola...

xiii Le avventure di Ettore Servadac (*Attraverso il mondo solare*)

Capitano di stato maggiore della guarnigione francese in Algeria, Ettore Servadac è il protagonista di una strabiliante avventura interplanetaria. Una cometa, sfiorando la Terra, risucchia una piccola parte della sua superficie, trascinandola con sé negli spazi. Su quella porzione di Terra volante ci sono appunto il capitano Ettore Servadac e altri pochi uomini. La cometa, nel suo fantastico viaggio, gira attorno al Sole e finalmente riporta i nostri « astronauti » al punto di partenza.

xiv Un capitano di quindici anni

Verne, questa volta, ha scelto come protagonista proprio un ragazzo, il quindicenne Dick Sand, che diviene capitano per caso, in pieno oceano, dopo che il vero capitano del *Pilgrim* è perito in una temeraria caccia alla balena. Costretto ad assumersi quella grave responsabilità, egli l'affronta con la serietà e la forza d'animo di un uomo fatto; e a nulla riusciranno le infernali macchinazioni di Negoro, mercante di schiavi e avido ricattatore. Il giovane capitano ne sventa ogni insidia e porta vittoriosamente a termine la sua straordinaria impresa.

XV I cinquecento milioni della Begum - Le tribolazioni di un cinese in Cina

In un unico volume, un romanzo a sfondo scientifico e utopistico e un romanzo scoppiettante di *humour*. Ne *I cinquecento milioni della Begum*, Verne immagina una città ideale, France-ville, retta sui principi della fratellanza, cui si contrappone una fantomatica città di acciaio, Stahlstadt, mostruoso arsenale di guerra che il maniaco professor Schultze ha modellato sul tipo del militarismo prussiano. *Le tribolazioni di un cinese in Cina* è la storia di un ricco mandarino che, credendosi in miseria per un crollo in borsa, ordina al suo precettore di ucciderlo quando e come vorrà. Ma la notizia del crollo in borsa era falsa e il mandarino si riscopre ricco. Di qua la sua corsa affannosa attraverso la Cina per sfuggire all'amico fedele che ha l'ordine di ucciderlo.

XVI La Casa a vapore

Ambientato in India, il romanzo è costruito attorno a una ardita e ingegnosa fantasia tecnica: un treno che corre sulle strade comuni trainato da una incredibile locomotiva a forma di elefante. Ma non è solo un treno, è una casa che viaggia. Di qui il titolo: *La Casa a vapore.* Il colonnello Munro vive in uno stato di prostrazione per la scomparsa della giovane sposa, avvenuta durante la rivolta del rajah ribelle Nana Sahib. Alcuni suoi amici, il capitano Hod, l'ingegner Banks e il signor Maucler, al fine di svagarlo, lo trascinano in un lungo viaggio attraverso l'India misteriosa sull'insolito treno trainato dall'elefante d'acciaio.

XVII La Jangada

Il romanzo si svolge nel grandioso paesaggio dell'Amazzonia. Le « jangade », infatti, sono zatteroni composti da tronchi d'albero che scendono lungo il Rio delle Amazzoni. Una famiglia che abita nell'interno deve raggiungere una delle grandi città del Brasile. Per compiere un cosí lungo viaggio non c'è che la via dell'acqua, affidandosi a una « jangada ». Il romanzo è la storia di questo viaggio sul grande fiume, nell'imponente scenario di una regione selvaggia. Il lavoro e l'ingegno dell'uomo trasformano l'enorme zattera in un'isola galleggiante su cui la vita, per piú di quattro mesi, può trascorrere attiva e serena.

XVIII La scuola dei Robinson - Il Raggio Verde

Il signor Kolderup di San Francisco (California) ha acquistato l'isola Spencer per quattro milioni di dollari. Ma perché questo acquisto? Lo si ignora. Nel frattempo il giovane nipote di Kolderup, l'indolente Godfrey Morgan, e il suo precettore professor Tartelett (che stanno facendo il giro del mondo) naufragano su un'isola sconosciuta. Lí sono costretti a rimanere per sei mesi, lottando come Robinson per sopravvivere finché si verifica un eccezionale avvenimento che chiarisce tutto. A questo romanzo fa seguito *Il Raggio Verde*, in cui si spiega come e perché la signorina Campbell, che si era messa in testa di vedere il famoso raggio verde che il sole sprigiona al momento di sparire in mare, non riuscisse a vederlo mai.

XIX Kéraban il testardo

Il mercante turco Kéraban, ricco perlomeno quant'è bizzarro e testardo, si rifiuta di pagare il nuovo irrisorio pedaggio imposto a chi vuole attraversare il Bosforo da Scutari a Costantinopoli, o viceversa. Cosí, per recarsi dalla piazza del Top-Hané di Costantinopoli alla sua casa di Scutari (mezz'ora di traversata in tutto), egli decide di compiere il periplo del Mar Nero. Lo accompagnano nel lungo viaggio un amico e un fedele servitore, che affrontano insieme con lui una serie di strane e piacevoli avventure.

XX La Stella del Sud - L'arcipelago in fiamme

Un giovane chimico francese, compiendo alcune esperienze, ottiene (o per lo meno cosí crede) un diamante enorme, la Stella del Sud. Durante una festa, il diamante scompare e corre voce che sia stato rubato da uno schiavo negro. Ha inizio cosí una caccia affannosa senza alcun risultato. Non è stato il negro a rubare la Stella del Sud; chi è il ladro allora?... Il romanzo, quasi a sfondo giallo, ha un finale imprevisto. Completa il volume il romanzo *L'arcipelago in fiamme*, ambientato all'epoca della guerra d'indipendenza della Grecia contro il governo turco. Il pretesto storico trova qui imprevedibili sviluppi avventurosi.

XXI Mathias Sandorf

Il conte Mathias Sandorf, un ricco aristocratico ungherese, ha progettato con alcuni amici una rivolta per staccare l'Ungheria dall'Impero austriaco. Ma la rivolta fallisce perché alcuni delatori denunciano i congiurati. Imprigionati, essi tentano di fuggire, ma solo il conte Sandorf vi riesce. Egli giura di vendicarsi dei delatori, e dopo quindici anni la macchina della vendetta comincia a mettersi in moto. Il conte, sotto il nome di dottor Antekirtt, si impadronisce uno per uno dei suoi nemici ma il destino sostituisce alla giustizia degli uomini la giustizia di Dio.

XXII Robur il conquistatore - Un biglietto della lotteria

I soci del Weldon-Institute sono incerti su dove collocare l'elica in un pallone dirigibile di loro costruzione. Ed ecco che si presenta loro l'ingegner Robur, il quale sostiene le virtú del « piú pesante dell'aria ». Essi lo scherniscono, ma Robur, con un ardito colpo di mano, rapisce il presidente e il segretario dell'istituto, e li porta a viva forza sul suo vascello volante, l'*Albatros*. È l'inizio di un'avventura nello spazio che, ancora una volta, precorre il futuro. A *Robur il conquistatore* fa seguito *Un biglietto della lotteria*, imperniato sulle strane vicissitudini del biglietto vincente della grande lotteria nazionale norvegese.

XXIII Nord contro Sud

Il romanzo è ambientato in America al tempo della guerra di Secessione. Nei pressi di Jacksonville, una cittadina della Florida, vive un nordista, James Burbank, il quale amministra la sua bellissima piantagione. Burbank si trova in una situazione sempre piú critica e, con il precipitare degli eventi, è fatto segno alle rappresaglie di un certo Texar che con i suoi uomini muove all'assalto della piantagione del nordista, Castle House. L'assalto è sventato, ma Texar riesce a rapire la figlioletta di Burbank. Ha cosí inizio, da parte di Burbank, la ricerca affannosa della figlia, che si conclude con la cattura di Texar.

XXIV La strada per la Francia - Il mondo sottosopra

Il primo romanzo descrive il rientro in Francia dalla Prussia di alcuni francesi dopo gli avvenimenti del 1792. Jean Keller e Marthe de Lauranay, di famiglie protestanti stabilitesi in Prussia in seguito all'editto di Nantes, si amano e devono sposarsi ma la guerra li separa e solo alla fine del lungo viaggio potranno riabbracciarsi. Il secondo romanzo, *Il mondo sottosopra*, narra una nuova avventura degli eroi del Gun-Club. Non paghi di aver fatto « il periplo della Luna », Barbicane, Ardan e compagnia si propongono ora di... raddrizzare l'asse terrestre! Come? Con una cannonata! Il progetto va però in fumo, per un banale... errore di calcolo. Il mondo resta com'è.

XXV Due anni di vacanze

Il romanzo si apre con la scena della goletta *Sloughi* in balia della tempesta. L'equipaggio è stranamente composto di ragazzi i quali, per un motivo che si chiarirà in seguito, sono rimasti soli sull'imbarcazione. La *Sloughi* naufraga sulle coste di un'isola sconosciuta: i ragazzi si salvano e iniziano una vita alla Robinson. Fra le molte avventure, essi devono affrontare dei loschi figuri, dei marinai ammutinati, che tengono prigioniera una donna, e riescono a liberarla. Raccolti da un piroscafo, alla fine possono rivedere i loro cari che li ritenevano perduti per sempre.

XXVI Famiglia senza nome

Con questo romanzo, Verne celebra l'insurrezione franco-canadese contro i soprusi degli inglesi nel Canada. L'antefatto si svolge nel 1825, quando un gruppo di patrioti, raccolti attorno a Walter Hodge, ordisce una cospirazione per rovesciare il dominio inglese. Per colpa di un traditore il complotto viene scoperto e i patrioti giustiziati. Ma il loro sacrificio non sarà vano. A soli dodici anni di distanza sorgerà a vendicarli una figura misteriosa, Jean Senza Nome. Il romanzo è tutto imperniato attorno a questo misterioso e leggendario patriota.

XXVII César Cascabel

César Cascabel è un girovago francese che, fattosi un buon gruzzoletto in America, ha deciso di fare ritorno in patria insieme con la propria famiglia di saltimbanchi. Ma sul piú bello il gruzzolo gli viene rubato. Egli, tuttavia, non rinuncia per questo al progetto di tornare in Francia. Squattrinato com'è, non può fare il viaggio via mare; ebbene, lo farà per terra, sulla sua pittoresca Belle-Roulotte, passando attraverso lo stretto di Behring ghiacciato. Un avventuroso libro di viaggio che ha un suo curioso intreccio romanzesco.

XXVIII Mistress Branican

È la storia della energica e sventurata Dolly Branican, moglie di John Branican, capitano del *Franklin*. Mentre il marito è in mare il figlioletto le muore ed ella, sconvolta, perde la ragione. Il destino si accanisce contro di lei, perché giunge notizia che il *Franklin* è naufragato. Inoltre, una losca figura cerca di impossessarsi di ogni suo avere. Alla fine, attraverso una serie di colpi di scena inaspettati, Mistress Branican riconquista la sua felicità di sposa e di madre.

XXIX Il castello dei Carpazi - Claudius Bombarnac

Questo volume è costituito da due singolari romanzi. *Il castello dei Carpazi* è una storia romantica e piena di suspense, ambientata in un tetro castello che sorge nel cuore dei Carpazi. Il giovane conte Franz di Télek, di passaggio per quella impervia regione, cerca di svelare il mistero di ciò che avviene nel castello, che si ritiene abitato dagli « spiriti ». E vi riesce. È un colpo di scena in cui le diverse anticipazioni scientifiche acquistano un fascino stregonesco. Completa il volume il romanzo *Claudius Bombarnac*, taccuino di viaggio di un reporter del « XX.e Siècle », spedito dal suo giornale in Estremo Oriente, su un immaginario tronco ferroviario transasiatico che anticipa la linea Transiberiana. Un libro vario e divertente come un pittoresco caleidoscopio.

XXX AVVENTURE DI UN RAGAZZO (*P'tit-Bonhomme*)

Scritto quasi un secolo fa, il libro prospetta situazioni e problemi drammaticamente attuali. Ambientato in Irlanda, è una denuncia delle misere condizioni in cui vivono gli abitanti del paese e un processo ai grandi proprietari che sfruttano senza pietà le già povere risorse dell'isola. Il protagonista, *P'tit-Bonhomme*, è un povero trovatello irlandese cui arriderà inaspettatamente la fortuna. Un romanzo che ci aiuta a comprendere la storia dell'Irlanda.

XXXI MIRABOLANTI AVVENTURE DI MASTRO ANTIFER

A chi andrà il tesoro che Kamylk-Pascià ha seppellito in un'isola sconosciuta? Forse al collerico mastro Antifer, figlio del marinaio che aveva un tempo salvato da morte certa il ricco egiziano e che ha in mano un vecchio documento su cui è segnata la latitudine del misterioso nascondiglio: ma chi sarà il possessore dell'altro dato necessario per ricavare il punto esatto del luogo, cioè la longitudine? Sauk lo sciagurato nipote del defunto pascià, o l'ambiguo notaio Ben-Omar? Ad ogni modo, l'iracondo bretone, concluso un accordo con i due orientali, parte per una meta misteriosa trascinandosi dietro il trepidante nipote Juhel e il suo placido amico Gildas Trégomain. Comincia cosí un'agitatissima e divertente caccia al tesoro, piena di sorprese e di colpi di scena.

XXXII L'ISOLA A ELICA

Il Quartetto Orchestrale di Sébastien Zorn è rimasto bloccato a venti miglia da San Diego a causa di un incidente e rischia di passare la notte all'aperto. I quattro musicisti, raggiunto finalmente un villaggio, cercano di destarne gli abitanti grazie ad una esibizione... fuori programma: sono uditi da uno sconosciuto musicofilo che, ammirato per la loro bravura, propone loro di tenere un'audizione il giorno seguente in una vicina città dalla quale poi verranno ricondotti a San Diego. Essi accettano e si trovano in piena avventura a Milliard-City, la capitale di Standard-Island, una fantastica isola artificiale abitata da una popolazione di miliardari che naviga per il Pacifico mantenendosi costantemente alle latitudini piú calde. Standard-Island è un prodigio della tecnica e della civiltà, un vero Eden del 2000 dove tutto dovrebbe procedere per il meglio, senza il minimo intoppo: le cose però non vanno come si sperava e dopo varie serie di avventure gli abitanti giungono a dividersi in due fazioni, ognuna delle quali con ordini di navigazione in disaccordo con quelli dell'altra fa sí che l'isola prima prenda a girare su se stessa e alla fine si distrugga e coli a picco.

XXXIII DI FRONTE ALLA BANDIERA - CLOVIS DARDENTOR

Il francese Thomas Roch, inventore di un infernale congegno di guerra che dà a chi lo possiede la supremazia su qualsiasi altra arma, in preda ad una violenta alterazione mentale derivatagli dal rifiuto da parte dei maggiori Governi ad acquistare la sua invenzione, è stato rinchiuso in un manicomio americano e affidato alle cure di un infermiere: questi è in realtà l'ingegner Simon Hart incaricato dal Governo francese di cercar di carpire al folle il suo segreto. I due vengono però rapiti da un misterioso personaggio che li porta in un suo rifugio nascosto e offre allo scienziato la somma precedentemente rifiutatagli dai vari Governi, pur di poter sfruttare l'arma terribile: Thomas Roch accetta senza comprendere che il suo finanziatore è solo un pirata della peggior specie che mira a divenire invulnerabile. Simon Hart riesce però ad inviare una richiesta d'aiuto e una flotta internazionale giunge davanti all'isola in cui si cela il pirata. Lo scienziato dovrebbe distruggere le navi con la sua arma, ma ecco che una di esse issa la bandiera francese: nella mente sconvolta di Roch la scintilla del patriottismo non è del tutto spenta e lo scienziato si ribella al pirata facendo saltare in aria con la sua invenzione anche il covo dei malfattori. Il secondo romanzo descrive le vicende pittoresche e movimentate di due giovani parigini desiderosi di farsi adottare da un ricco provenzale (Clovis Dardentor, appunto) al fine di poter convolare a giuste nozze con la bella Louise Elissane. Il tutto avviene in occasione di un viaggio in Algeria (dove abitano madre e figlia Elissane) e alle spese dei ridicoli coniugi Désirandelle, il cui inetto figlio Agathoclès aspira anch'egli alla mano di Louise.

XXXIV La Sfinge dei Ghiacci

Questo romanzo è nientemento che il seguito de *La relazione di A. Gordon Pym* di Edgar Allan Poe e dà a Verne il pretesto per portarci fra i misteri dei ghiacci antartici. La goletta *Halbrane* del capitano Len Guy va alla ricerca dei superstiti della *Jane*, la nave del fratello di Len, William Guy, a bordo della quale era imbarcato Arthur Gordon Pym; sull'*Halbrane* si trovano anche il signor Jeorling (il narratore) e un certo Hunt, il quale dimostra un grande interesse a che la nave ritrovi i sopravvissuti alla catastrofe della *Jane* e Pym in particolare. Hunt in realtà è il meticcio Dirk Peters, l'uomo con cui Pym era riuscito a fuggire dall'isola Tsalal, salvatosi poi miracolosamente; costui vuole a tutti i costi ritrovare il « suo caro Pym » e, nonostante lo scontento dell'equipaggio dell'*Halbrane*, spinge il capitano Len Guy sempre piú avanti. Dopo tutta una serie di avventure (tra cui la perdita della goletta, l'ammutinamento dell'equipaggio e il ritrovamento di William Guy) i superstiti raggiungono un'enorme roccia magnetica che assomiglia vagamente ad una macabra sfinge, contro la quale trovano i resti del povero Gordon Pym. Peters, a quella vista, muore di dolore: gli altri riescono a sfuggire alla terribile attrazione di quella gigantesca calamita naturale e dopo nuove peripezie giungono finalmente in salvo.

XXXV Il superbo Orinoco

Sulla base di una vecchia lettera spedita da San Fernando sul fiume Orinoco, Jean de Kermor si convince che suo padre, il colonnello de Kermor scomparso da tanti anni, vive ancora nelle vicinanze di quella cittadina dell'America Meridionale. Spalleggiato da suo « zio », il sergente Martial, il giovane parte per il Venezuela, decisissimo a risalire il grande fiume seguendo le tracce lasciate dal genitore. Non mancano nemmeno in questo racconto le avventure straordinarie e i colpi di scena: Jean rischia mille tremendi pericoli, ma alla fine la sua tenacia sarà ricompensata.

XLII Il faro in capo al mondo - L'invasione del mare

Il volume raccoglie gli ultimi due romanzi pubblicati mentre Verne era ancora vivo. Il primo narra la storia di un celebre faro fatto costruire dal governo argentino sull'Isola degli Stati. Una banda di pirati se ne impadronisce ma il guardiano superstite, col suo coraggio, riesce a far arrestare i fuorilegge. *L'invasione del mare* è la storia di un audace progetto: quello di creare un mare interno nella zona sahariana della Tunisia e dell'Algeria. L'azione si svolge nel XX secolo ed è dominata dalla guerriglia che insorge fra i tecnici al lavoro e una pericolosa tribú guidata da un famoso predone.

JULES VERNE
il viaggiatore della fantasia
di Beril Becker

La nostra Casa Editrice nella Collana « I grandi di tutti i tempi » — sezione « I grandi narratori per i giovani » — ha dedicato a Jules Verne una biografia che ne ricostruisce la figura come uomo e come scrittore, e che ha il fascino di un vero e proprio romanzo. Questo non perché la vita di Jules Verne sia stata caratterizzata da particolari avventure — ché, anzi, fu la vita di un uomo sedentario e apparentemente tranquillo — ma perché è indissolubilmente legata ai « viaggi straordinari » della sua eccezionale fantasia. Tracciare il profilo dello scrittore significava non solo ripercorrere le tappe della sua esistenza, illuminare i suoi rapporti con gli intellettuali del suo tempo e con gli avvenimenti storici della Francia nella seconda metà dell'800, ma significava soprattutto esplorare il suo mondo romanzesco, rivivere dall'interno quella gara ricorrente tra scienza e fantasia che fa di lui il precursore della fantascienza. È quanto ha fatto Beril Becker in questo libro, che costituisce una guida essenziale per conoscere Verne e una appassionante introduzione alla lettura dei suoi libri.

Collana « I grandi di tutti i tempi »

Una serie di profili biografici dedicati alle personalità che hanno lasciato un segno nella storia della civiltà umana. Questi « grandi », antichi o moderni, sono fatti rivivere nella loro perenne attualità, con uno stile semplice e piano, che parla al cuore e alla fantasia. La Collana si articola in tre sezioni, rispettivamente dedicate alla storia, all'arte e alla letteratura giovanile.

I protagonisti della storia

Pina Ballario, GIOVANNA D'ARCO (Una ragazza salverà la Francia)
Nazareno Fabbretti, LA STORIA DI PAPA GIOVANNI
Zoja Voskresenskaja, VITA DI LENIN

I grandi dell'arte, della musica e della letteratura

Giorgio Pittèri, BEETHOVEN, IL GIGANTE DELLA MUSICA
Emilio Radius, VITA DI DANTE
Anna Maria Romagnoli, GLI ARTISTI DEL '400 NELLA VITA DEL LORO TEMPO (Le storie del secolo d'oro)

I grandi narratori per i giovani

Beril Becker, JULES VERNE, IL VIAGGIATORE DELLA FANTASIA
Ginetta Ortona, VITA DI LOUISA MAY ALCOTT (La vera storia di Jo)